Oase van geluk

Om saam met jou jonger suster bekend te staan as die dorp se twee aantreklike oujongnooiens, is miskien nie so sleg nie. Maar as jou sus skielik halsoorkop verlief raak en trou, is dit seker net normaal dat mens self ook begin smag na romanse en die klank van huweliksklokkies. Soos haar sus Martina, vind Isolde uiteindelik ook geluk, maar eers nadat sy 'n behoorlike vuurdoop beleef aan die hand van haar nuwe swaertjie Kobus se ouboet Zak daar op hul afgeleë Karooplaas . . .

Wanneer die nuwe dag breek

Toe die jong Elfie en die wêreldwyse Renier die eerste maal ontmoet, het hul albei geweet hulle het hul lewensmaat gevind. Maar hulle moes eers deur die lewe gelouter word voordat hulle mekaar werklik kon waardeer . . .

Môre lê ver

Die verwende rykmansdogter Tania Erasmus se gemaksugtige bestaan word op sy kop gekeer toe 'n vreemdeling onverwags by haar verlowingspartytjie opdaag. Teen haar wil en sin word sy 'n baie belangrike lewensles geleer: dat ryk nie gelyk is aan beter nie. En dié les leer sy by Rocco Roux, haar pa se nuwe plaasbestuurder, wat sy verag om sy sosiale stand, maar onweerstaanbaar aantreklik vind as man . . .

Ena Murray

Omnibus 36

Oase van geluk
Wanneer die nuwe dag breek
Môre lê ver

Jasmyn

Eerste uitgawe van:
Oase van geluk: J.P. van der Walt & Seun, 1977
Wanneer die nuwe dag breek: J.P. van der Walt & Seun, 1963
Môre lê ver: J.P. van der Walt & Seun, 1978

Tweede uitgawe in 2012 deur Jasmyn,
'n druknaam van NB-Uitgewers,
'n afdeling van Media24 Boeke (Edms) Bpk,
Heerengracht 40, Kaapstad 8001
© H.A. Mostert 2012
Alle regte voorbehou
Omslagfoto deur Marie Theron
Geset in 12 op 15 pt Sabon
Gedruk in Suid-Afrika deur
Interpak Books, Pietermaritzburg

FSC
www.fsc.org
MENGSEL
Papier van
verantwoordelike
bronne
FSC™ C105735

Produkgroep afkomstig van goed bestuurde bebossing
en ander beheerde bronne.

Eerste uitgawe 2002

ISBN: 978-0-624-05094-0
Epub: 978-0-624-05172-5

Inhoud

Oase van geluk

1

Sy reik na die foon toe dit lui. "Nul agt tw-"

'n Kragtige "hallo" weergalm só kwaai in haar ore dat Isolde eers sluk voordat haar eie groet bra flou opklink.

"Dis Coetzenbergh wat praat."

"O?"

"Wie praat nou?" wil die man ongeduldig weet.

"U wil seker met Kobus praat? Hy . . ."

"Ja!"

Die woordjie klap soos 'n pistoolskoot in haar ore. Móét die man só kortaf wees?

"Hy is nie hier nie," antwoord sy en frons. Maar dit behoort hy tog te weet.

"Wie is u . . . Martina?"

Nou klink hy werklik dreigend en Isolde se frons verdiep. "Nee, haar ouer suster, Isolde." Haar stem het 'n waarneembare verkoeling ondergaan.

Die stem aan die ander kant is nou openlik ergerlik. "Wat de duiwel gaan daar aan? Kobus is gestuur vir besigheid, nie om vrou te gaan soek nie! Kan jy nie hul koorsigheid keer nie? Hy is 'n snuiter. Nog nat agter die ore. Wat weet hy van die getroude lewe en die eise wat dit stel?"

Isolde luister verslae na die onverwagse tirade. Dan begin haar groen oë blits oor die onregverdigheid daarvan. Om 'n totale vreemdeling op só 'n toon oor 'n foon aan te val! 'n Sonstraal vang die rooi hare toe sy haar ken omhoog ruk asof sy die onbeskofte buffel in lewende lywe voor haar sien staan. Maar in teenstelling met die vuur in haar hare, is die ysigheid van die Noordpool in haar stem toe sy antwoord: "Ek dink Kobus is heeltemal oud genoeg om te weet wat hy doen, meneer Coetzenbergh. Wat betref die eise wat 'n huwelik aan 'n man stel . . . 'n oujongkêrel soos u weet natuurlik alles daarvan af, veronderstel ek?"

Sy geniet die verbaasde stiltetjie wat op háár aanval volg, maar haar ingenome glimlag verdwyn net so vinnig toe sy teenaanval kom.

"Juffrou, u klink net so onverantwoordelik soos wat ek van die hele spul daar verwag. Hoe dink jy gaan my ma voel as sy moet hoor dat haar jongste seun sommer met 'n wildvreemde meisie wil trou wat . . . wat . . ."

"Wat wát, meneer Coetzenbergh?"

"Wat ons nie weet waar hy haar uitgekrap het nie!"

Hierdie keer is daar nie net vuur in haar hare nie. Daar spat ook vonke uit die groen oë. "Ek kan jou verseker dat jou broer my suster nêrens uitgekrap het nie. Die groot vraag is liewer waar my suster jóú broer uitgekrap het, na sy ouer broer se maniere te oordeel."

"Juffrou, luister . . ."

"Ek luister nie na ongepoetste, onopgevoede plaasbuffels soos jy nie, nie 'n minuut langer nie. Gaan na die duiwel!"

Skielik is daar 'n grafstilte.

Sy gesig lyk nog grimmiger. So 'n . . . Net betyds keer hy die woord in sy gedagtes. Sy is 'n mooi een om van 'n ander se maniere te praat. Het haar ma haar nie geleer dat dit die toppunt van ongeskiktheid is om 'n foon in 'n ander se oor neer te sit nie?

Toe hy wegdraai, is daar benewens die ergernis op sy gesig ook kommer. Dat Kobus nou sulke kaf kon gaan staan en aanvang. As hy geweet het die jong sot sou so gou kop verloor, het hy liewer self gegaan, of dan saamgegaan. Maar hulle kan ook nie albei gelyk van die plaas af padgee nie. Behalwe dat so 'n groot en deskundige boerdery nie sommer opsy geskuif kan word nie, is daar ook nog sy ma. Sy durf nooit alleen gelaat word nie.

Die moederoë hou hom al 'n hele rukkie dop sonder dat hy dit weet. Haar gelaat is sag en moederlik, ingekeep deur lyding en ervaring en liefde. Sy lyk op hierdie oomblik ietwat geamuseer, hoewel sy ook frons. Wie sou hierdie seun van haar nou weer so kwaad gemaak het dat hy soos 'n baster donderstorm lyk?

"Iets gebeur, Zakkie?"

Hy ruk uit sy donker bepeinsinge op en sy sien hoe hy 'n daadwerklike poging aanwend om te glimlag. "Nee. Sommer net . . . Ek het gedink."

Sy glimlag. "Dit kon nie aangename gedagtes gewees het nie. Jy het gelyk of jy elke oomblik kan oopbars."

Dit beskryf sy gevoel redelik korrek, dink hy steeds grimmig, maar glimlag. Hy is 'n groot man, en moet effens buk om die silwer kop liggies te streel. "Ek lyk maar so as ek diep dink," omseil hy die vraag in haar oë. "Ek gaan gou na die onderste kamp. Moenie vir my wag vir ete as dit te laat raak nie."

"Goed, my seun. Zak?"

"Ja?"

"Het jy al iets van Kobus gehoor? Jy het mos gesê jy sal bel. Ek voel half onrustig oor hom. Hy is so stil."

"Ek het gebel," sê hy vinnig, en probeer kalm klink. Sy ma mag onder geen omstandighede ontstel word nie. "Hy was nie daar nie. Ek het 'n boodskap gelaat dat hy moet bel sodra hy by die agent se kantoor aankom." Sy een mondhoek trek weer vlugtig. Dis wat hy van plan was om te doen, maar toe is die telefoon in sy oor neergegooi. Maar daarvan hoef sy nie te weet nie.

"Ek hoop hy kry waarna hy soek," sug sy saggies, teerheid in haar stem by die gedagte aan haar jongste.

Hy't veel meer gekry as waarna hy gaan soek het, voeg die oudste seun stilswyend by, maar vra hardop. "Hoekom?"

Die ma frons, kyk versigtig op. Sy en haar seuns is baie na aan mekaar, maar hierdie een verstaan sy nie altyd nie. Hy is 'n diep mens, 'n goeie mens, hierdie Zak-seun van haar, maar 'n man wat versigtig gehanteer moet word. "Kobus wil so graag iets op sy eie begin en wys hy kan 'n sukses daarvan maak. Hy wil homself bewys, Zak."

Hy frons. "Hy kan homself mos hier op Rocklands bewys, Ma. Ons sit met 'n magtige stuk aarde en so intensief as wat ons boer, is daar meer as genoeg geleentheid vir Kobus om te bewys wat in hom steek." En by die eerste geleentheid wat hy kry, bewys hy dat hy nog 'n onverantwoordelike jong seun is, dink sy broer bitter.

"Dis reg, ja, Zak, maar hy kan net voortbou op dit wat jou oorlede pa en jy reeds tot stand gebring het. Jou pa het intensief geboer, en jy doen dit ook en vir

14

Kobus het daar niks oorgebly om op eie inisiatief aan te pak nie. Niks nuuts nie. En die mens is nou maar so, my seun. Elkeen wil maar graag 'n eie spoortjie trap, nie waar nie? Hy wil ook self graag 'n nuwe spoor agterlaat, sodat mense eendag kan sê, dit was Kobus Coetzenbergh wat eerste met dit of dat begin het. Dis net menslik, Zak, en dit hoort ook so."

Die broeiende, ergerlike blik verdof en deernis neem die plek daarvan in. Hy het 'n wonderlike moeder. "Dis reg, Ma, en ek gun Kobus dit ook van harte. Ek dink ook self dat hierdie Brahmaan-idee van hom groot moontlikhede inhou, maar . . ."

"Ja?"

Maar sy kop is vol muisneste in plaas van Brahmane, sê hy vir homself. "Nee, ek bedoel maar net," en hy glimlag skeef, "ek is seker al te oud vir nuwe idees. Ek glo nog soos my voorvaders dat ons Karooveld vir skaap gemaak is en klaar. Kobus moet eers bewys dat 'n bees in hierdie deel van die Karoo gaan aard."

"Maar jy gaan hom die kans gee om dit te doen, nè, Zakkie?"

Hy glimlag gerusstellend. "Ek het mos reeds, het ek nie, ou broeis hen?" sê hy goedig. "U baba sal die geleenthede wat hy wil hê van sy ouboet kry om homself te bewys. Tevrede?"

Die moederglimlag is sag van liefde en dankbaarheid. "Dankie, Zak. Ek het so baie om voor dankbaar te wees. Soms, as ek so om my kyk en hoor en sien van al die hartseer en smart wat kinders hul ouers aandoen, dan word my hart te vol om werklik te kan dankie sê vir die twee seuns wat die Vader my gegee het. Ek het nog altyd net vreugde van julle gehad. Veral aan jou 'n baie groot dankie, Zak. Toe jou pa

15

dood is, het jy die leisels geneem en amper soos 'n tweede vader vir Kobus gesorg. Ek weet jy sal dit altyd doen, ook nog as ek die dag nie meer daar is nie. Dis wonderlik om so 'n seun soos jy te hê, my kind. Ek verdien . . ."

"Nee, toe nou, wat is dit dan vanmôre? Ons praat nie nou oor sulke dinge nie." Hy klink ongeërg, maar sy oë is skerp. Sy verlang na Kobus, besef hy.

"Jy skram altyd weg wanneer ek daaroor wil praat, Zak," betig sy hom. "Maar daar gaan 'n dag kom dat ek nie meer hier sal wees nie, Zakkie. Het jy dan nog nie die regte meisie raakgeloop nie?"

"Ou Moedertjie, moenie dat ons nou weer dáároor begin praat nie. Wil Ma my so graag aan 'n ander vroumens afsmeer?" Hy buk af en soen haar vlugtig op die gerimpelde voorkop. "Eendag, een van hierdie mooi dae, verras ek Ma nog. Net nie so haastig wees nie, mevrou Coetzenbergh."

Sy sien hom wegstap en sug saggies. Hy sê dit elke keer . . . een van hierdie mooi dae. Maar dié mooi dag breek net nie aan nie.

Terwyl Zak se ma verlangend wonder wanneer haar oudste seun sy bruid sal huis toe bring, stap daardie selfde seun met lang treë na sy bakkie en voel allermins na 'n potensiële bruidegom. Die onaangename herinneringe aan 'n onbekende vroumens is nog vars in sy geheue en hy voel heel tevrede dat hy nog nie die mal perd opgesaal het deur hom aan een van dáárdie geslag te verbind nie.

Baie ver van die spogplaas Rocklands daar in die hart van die Groot-Karoo, staan Isolde Cilliers nog stomend.

Sy sou nooit kon raai daar bestaan sulke onbeskofte mense nie. En dit nogal die gawe Kobus se broer! Sy sluk. Dan is daardie ongemanierde buffel mos nou ook haar swaer!

Sy gaan sit peinsend op die rusbank terwyl die woede in haar bedaar en kommer al vinniger begin oorneem.

Iets is hier verkeerd, vertel haar verstand haar. Hoe meer sy aan die pas afgelope gesprek dink, hoe seker-der word sy dat Kobus se mense nie weet dat hy al klaar getroud is nie. Maar Kobus het hulle verseker dat hy kontak met sy ma en broer gemaak en hulle van sy voorgenome huwelik vertel het.

Die onrus begin in haar aangroei. Wat weet hulle eintlik van hierdie gawe Kobus af?

Amper niks, besef sy. Net wat hy self te vertelle ge-had het en wat Richard beaam het – en teen hierdie tyd behoort sy goed te weet dat sy woord selde ge-loofwaardig is.

Die gedagte aan haar gewese verloofde laat haar terugleef die verlede in.

Richard Latsky is die bekendste prokureur hier op Skoonspruit, 'n groot dorp nie ver van Johannesburg af nie. Hy het vir homself naam gemaak as 'n man wat selde of nooit 'n saak verloor, en een wat nie huiwer nie om sy eie gewete te verkrag om dit reg te kry.

Toe haar ouers kort ná mekaar oorlede is, keer Isolde terug na Skoonspruit om by haar jonger sus-sie te wees. Martina is in matriek en sy self 'n ge-kwalifiseerde maatskaplike werkster, wat deur die goedgesindheid van die departement 'n oorplasing na Skoonspruit kry. Haar ouers se plaas word verkoop en sy en Martina trek dorp toe. Richard Latsky was haar oorlede pa se prokureur, en sy en Martina leer om baie op hom te steun. Hy is nie net hul prokureur nie, maar ook algemene raadgewer. Hy is besonder behulpsaam en vriendelik en mettertyd ontstaan daar 'n sterk vriendskap tussen hom en Isolde wat 'n jaar later op 'n verlowing uitloop.

Maar soos die tyd vorder en Isolde al meer deel van Skoonspruit en sy mense word, bereik allerhande storietjies haar ore. Stories wat haar ongelukkig begin maak. Sy wil aanvanklik nie glo wat sy hoor nie. Teenoor haar en Martina is hy altyd onberispelik en hy het hulle mooi gehelp ná hul ouers se dood. Tog moet sy later aanvaar dat, hoewel miskien 'n bietjie oordrewe, daar tog waarheid in die stories steek wat die ronde oor haar verloofde doen.

So gaan die tyd verby – tot sy op 'n dag finaal moet besluit of sy kans sien om die res van haar lewe met 'n man te slyt wat niks in sy pad na roem en geld laat staan nie. Sy sien egter nie kans om haar toekoms te deel met iemand wat bereid is om sy eie gewete te verkrag ter wille van aansien en tydelike voorspoed nie, en gee sy ring terug.

Hy wil dit nie aanvaar nie. Daar volg lelike rusies, maar op die ou end moet hy maar sy ring terugneem. Hy laat haar nietemin goed verstaan dat hy dit nie as finaal beskou nie. Hy laat haar ook nie met rus nie. Sy is lankal oortuig dat dit nie is omdat hy haar so vreeslik liefhet nie – hy word intussen 'n haan onder Skoonspruit se nooiens – maar net omdat hy nie daaraan gewoond is om nee vir 'n antwoord te kry nie en omdat hul verlowing die eerste mislukking in sy lewe was.

Die verbreking van haar verlowing het Isolde nie noemenswaardig ontstel nie. Sy besef dat sy hom nooit werklik liefgehad het nie, maar net baie afhanklik van hom geword en gewoond geraak het daaraan om op hom te steun. Die feit dat sy nie ten gronde gegaan het sonder hom nie, is natuurlik 'n doring in die egoïstiese heer se vlees.

Isolde weet nou dat sy eintlik ternouernood groot ongelukkigheid ontkom het, en is dankbaar dat haar oë betyds oopgegaan het. Tog is sy 'n bietjie bekommerd oor haarself.

Sy het haar werk waarin sy baie gelukkig is. Sy het 'n groot vriendekring. Aan geselskap en bewondering het sy geen tekort nie. Tog kan sy haarself ná die ervaring met Richard nie so ver kry om weer ernstig oor 'n man te dink nie, en die een bewonderaar na die ander blaas dan maar die aftog en trou met iemand anders.

Martina bekwaam haar as onderwyseres en kom bly weer saam met haar suster in die woonstel op Skoonspruit toe sy so gelukkig is om 'n pos op haar geboortedorp te kry. Martina met haar donker hare en bruin oë is ook 'n baie gewilde meisie, want sy het 'n opregte, sagte geaardheid, en die Cilliers-susters se woonstel is 'n gewilde bymekaarkomplek vir die jongmense van Skoonspruit.

Tog kry Isolde die afgelope tyd die gevoel dat sy stadigaan op die agtergrond begin verdwyn, dat die lewe by haar begin verbygaan en sy nie meer werklik deel daarvan is nie. Dit is al meer Martina se ouderdomsgroep wat die woonstel op horings neem en die ouer suster wat haar dan taktvol in haar slaapkamer terugtrek.

Op 'n dag kom sy tot die ontnugterende ontdekking dat sy vinnig besig is om 'n oujongnooi te word. Sy is ses en twintig. Vriendinne van haar ouderdom is reeds almal getroud en besig om 'n krosie groot te maak. Dit is nog net sy wat los rondloop.

Dit is ook die dag dat sy besef hoe ver sy al op die eensame pad van oujongnooiskap gevorder het. Sy gaan fronsend op haar bed sit en neem haar lewe van die afgelope jaar of so in oënskou en besef dat sy reeds in 'n groef verval het. Sy gaan deesdae selde uit, want daar is eintlik nie meer ongetroude mans van haar ouderdom op die dorp nie. Sy sit 'n onrusbarende aantal aande in die week alleen tuis met 'n boek of die televisie of naaldwerk as geselskap, terwyl Martina saam met die jongklomp uit is. Wat meer sê, sy begin dit verkies om haar aande in haar eie geselskap deur te bring – 'n baie gevaarlike teken.

Daarom dat sy sedert hierdie ontdekking aan Richard se pleidooie toegee om weer saam met hom uit te gaan. Hy is ook nog nie getroud nie, en hoewel sy weet dat dit nie is omdat hy nog aan haar verkleef is nie, is hy nou byna die enigste man op Skoonspruit van haar ouderdomsgroep met wie sy kán uitgaan.

Een aand daag hy nie alleen by die woonstel op nie, maar bring 'n ander man saam – Kobus Coetzenbergh. Hy vertel dat hy 'n skatryk jong boer is, afkomstig van dieselfde plek as Richard. Sy ouers en Richard s'n is al jare lank bure. Kobus is in die stad in verband met besigheid en Richard het hom raakgeloop en oorreed om die naweek saam met hom Skoonspruit toe te kom.

Toevallig is Martina daardie aand tuis en die twee jongmense kom sommer uit die staanspoor goed klaar. Van dié naweek af ry Kobus gereeld Skoonspruit toe. Nie omdat hy Richard se geselskap so besonder aangenaam vind nie, maar om 'n rede wat Isolde eers besef toe die koeël reeds deur die kerk is.

Martina en Kobus ken mekaar maar veertien dae toe sy een aand met sterre in haar oë die woonstel binnestap en by haar suster op die bed kom sit.

"Ek het gedink jy slaap al," sê Martina. Isolde klap haar boek toe.

"Nee. Ek het so begogel geraak dat ek die boek nie kon neersit nie. Wêreld, maar dis al laat. Ek het nie besef . . ." Sy kyk haar sussie fronsend aan. "Martina, ek wil nie prekerig klink nie, maar jy was die afgelope veertien dae elke aand tot bitter laat uit. Jou werk gaan daaronder ly. Jy sal die joligheid so 'n bietjie moet inkort, sussie."

Martina glimlag net goedig. Soos 'n mens geduldig teenoor 'n oujongnooisuster sal glimlag, dink Isolde by haarself en die benoude gevoel wel weer in haar op.

"Sus, sê my, hoe weet 'n mens as jy werklik verlief is? Ek bedoel, hoe kan jy seker wees dat jy die één man vir jou in die lewe raakgeloop het?"

Isolde kyk haar suster verslae aan. Toe laat sy haar blik sak. Hoe weet 'n mens? Sy frons. Sy weet nie. Op ses en twintig weet sy nie hoe dit voel om iemand lief te hê nie. Sy probeer dink. "Wel, ek sal sê . . ." Sy byt haar onderlip vas.

"Ja? Hoe moet 'n mens voel?"

Sy kyk half moedeloos na haar jonger suster op. Probeer weer. "As hy jou baie kosbaar laat voel, dink ek."

"Werklik?" Martina se donker oë dartel.

Isolde kyk haar skerp aan. "Hoekom vra jy?"

"Ek . . . wil weet. Isolde . . ." Die jonger meisie lyk soos iemand wat nie 'n oomblik langer 'n geheim kan hou nie. "Sus, ek is verlief, hierdie keer wérklik verlief! Ek weet nou dis vir altyd, want jy het reg. Hy laat my so kosbaar voel. So verskriklik kosbaar."

Isolde kyk haar suster ontsteld aan. Toe kom daar 'n stilte oor haar. Martina kan al werklik verlief raak. Sy is een en twintig. Daar is van haar vriendinne wat al getroud is en selfs een of twee wat babas het.

"Op . . . wie is jy verlief, Martina?"

"Op Kobus, natuurlik! O, hy is so wonderlik, Isolde!"

Isolde frons. "Maar julle ken mekaar skaars, my liewe sussie."

"Maak dit saak? Ons weet ons het mekaar lief. Ons sal mekaar altyd liefhê. Sus, jy moet dit verstaan."

Isolde kyk in haar suster se pleitende oë en weet dat haar suster iets ervaar wat sy nie ken nie – die sekerheid dat jy jou lewensmaat gevind het.

"Ek is bly jy is so gelukkig, Martina. En hoe beter julle mekaar leer ken, hoe verder sal jou geluk verdiep, hoop ek."

"O, ek weet dit sal so wees. Ons gaan ook nie wag nie, ons gaan dadelik trou."

"Dadelik? Maar Martina . . . werklik, is julle nie 'n bietjie haastig nie? 'n Mens kan nie iemand in veertien dae leer ken nie, my sussie."

'n Mooi, wyse glimlag verskyn om die meisie se lippe en Isolde besef meteens met beklemming dat hierdie jong sussie van haar – wat sy al die jare beskerm en gelei het; vir wie sy byna 'n tweede ma geword het – die afgelope twee weke in 'n onafhanklike, volwasse vrou ontwikkel het. Die werklike erns van die situasie tref haar en sy vra dringend: "Hoe kan jy so seker wees dat dit Kobus en net Kobus is?"

"Ek wéét."

Dié woorde word met stille sekerheid gesê en Isolde besef dat niks wat sy kan byvoeg iets aan die situasie sal verander nie. Martina is nie iemand wat met mans se gevoelens speel nie. Daarom is sy verplig om te aanvaar dat haar sussie dit werklik ernstig bedoel.

Die volgende dag vind sy by Kobus ook dieselfde absolute sekerheid. Sy het geen ander keuse nie as om te aanvaar dat die twee mense in die loop van veertien dae werklik op mekaar verlief geraak het en vasberade is om so gou moontlik te trou. Daardie "so gou moontlik", moet sy hoor, is nog dieselfde week.

"Maar hoekom so haastig?" vra sy vir die hoeveelste keer. "Jou mense sal tog seker eers vir Martina wil ontmoet. Hulle sal nie daarvan hou dat jy sommer met 'n wildvreemde meisie trou nie."

Kobus het 'n antwoord gereed. "Dis nog net my ma wat leef en sy sal nie omgee nie, solank ek net gelukkig is. Natuurlik sal ek haar graag by die huwelik wou hê, maar sy is 'n hartlyer en sal nie vir die troue hierheen kan kom nie."

Isolde gryp na die laaste strooihalmpie. "Martina is onder verpligting by die skool, Kobus. Sy kan nie haar werk sommer net so los . . ."

Daarvoor het Martina weer 'n antwoord gereed. "Alles gereël, sus, ek het klaar met die hoof gepraat. Die skole sluit oormôre en juffrou Conradie is bereid om my pos volgende kwartaal oor te neem. Ek het klaar 'n plaasvervanger gekry."

Die ouer suster bly woordeloos sit. Wonderlik hoe die liefde alle probleme kan oorbrug en wegvee, dink sy effens wrang. Daar is net niks waarop hierdie twee nie 'n antwoord en 'n oplossing voor gereed het nie.

En aangesien albei reeds mondig is, is daar niks wat sy verder kan sê nie.

Nog steeds nie baie gelukkig omdat dinge so vinnig verloop nie, moet Isolde op die ou end maar saam met die onstuitbare stroom gaan en haar toestemming tot die huwelik gee. Die feit dat Richard haar verseker dat Kobus uit 'n puik familie kom en dat sy geen vrese oor haar suster se materiële welvaart hoef te hê nie, help nie veel nie.

Die twee jongmense trou stil en gaan net vir 'n naweekwittebrood na 'n vakansieoord nie ver van Johannesburg af nie. Dit is eers toe hulle weg is, en sy alleen in die woonstel agterbly, dat Isolde werklik ten volle besef wat gebeur het. Van nou af sal sy alleen wees. Martina is getroud en sy gaan haar baie ver van Skoonspruit af op 'n plaas vestig. Isolde bly alleen agter.

Daarom dat sy, toe Richard weer met haar oor 'n huwelik begin praat, hom nie dadelik stilmaak nie. "Isolde, dink jy nie dit het tyd geword om sake nugter te beskou nie? Martina is nou getroud en jy is alleen. Trou asseblief met my. Jy weet hoe ek oor jou voel."

Sy kyk hom onseker aan. Miskien het hierdie man haar tog werklik lief, of, altans, so lief as wat hy in staat is om 'n vrou lief te hê. "Wat van al die ander meisies?"

"Jy weet hulle beteken niks vir my nie. Ek het maar net die tyd met hulle verwyl omdat jy my so op 'n afstand hou."

"Jy sal my tyd moet gee om daaroor te dink, Richard."

Hy is nie tevrede met haar antwoord nie, maar hy het ook al geleer dat dit hom niks in die sak bring om hierdie meisie te probeer dryf nie. Dis een van die redes hoekom hy besluit het dat niemand anders as Isolde Cilliers sy vrou sal word nie. Hy het nog altyd respek vir haar gehad. Die ander meisies sê te maklik ja en amen op alles. Isolde is egter 'n vrou met 'n persoonlikheid en wil van haar eie. 'n Man sal nie verveeld raak met haar nie. Liefde maak nie saak nie. Net so beredeneerd as wat hy altyd is wanneer hy 'n hofsaal binnestap, so hanteer hy die kwessie van sy toekomstige vrou. Daar is sekere vereistes wat hy aan so 'n dame stel, en hy het doelbewus nog altyd na so 'n vrou gesoek.

En ná al die jare staan Isolde nog steeds boaan die lys.

Toe Isolde daardie aand in die bed klim, kan sy nie aan die slaap raak nie. Aan die een kant bekommer sy haar oor haar suster se skielike huwelik. Sy kon tot dusver niks in Kobus vind wat sy tot sy nadeel kan aanteken nie, maar die haas van alles bly haar hinder, en in haar agterkop het sy nog steeds die gevoel dat Kobus se mense nie tevrede gaan wees nie. Hy het haar wel verseker dat hy telefonies met hulle in verbinding was en dat daar niks in die pad van sy en Martina se huwelik staan nie, maar die onrus bly.

Dan is daar nog Richard se huweliksaanbod om in die lang nag oor te lê en tob. In een opsig het hy reg. Dit het tyd geword dat sy die lewe en haar omstandighede nugter bekyk. Geld ontbreek haar nie. Afgesien van haar salaris, is daar die erfporsie van haar ouers wat verseker dat sy nooit gebrek sal ly nie, of sy trou of nie.

Maar geld is nie alles nie. Dit het sy die afgelope paar dae besef terwyl sy haar jonger suster se geluk aanskou het. 'n Vrou is gemaak om bemin te word.

Daarin lê die vervulling van haar hele wese. Terwyl sy in hierdie dae van dolle voorbereidings gehelp het waar sy kon, het sy al meer besef dat haar jonger sussie iets in die lewe gevind het wat háár verbygegaan het – en vir altyd vir haar verlore gaan wees as sy nie nou die werklikheid in die oë kyk nie. Maar of Richard Latsky die man is by wie sy hierdie kosbare kleinood sal vind wat ook haar oë soos sterre sal laat skitter, betwyfel sy. Maar wie is daar anders? vra sy haarself eerlik in hierdie nag af.

Sy het haarself onbewustelik die afgelope tyd so teruggetrek dat sy begin glo het dat daar geen ander man is met wie sy sal kan trou nie behalwe met Richard Latsky. Sonder dat sy dit besef het, het sy haar kanse op geluk, en veral huweliksgeluk, by haar laat verbygaan.

Sy lê fronsend met oop oë na die donker en staar. Sy dink nou eers daaraan dat haar jaarlikse verlof ook oor 'n paar dae begin. Dit is die afgelope jare so gereël, sodat sy en Martina saam verlof het en saam êrens kon gaan vakansie hou. Maar vanjaar sal Martina nie by wees nie. Sy sal by haar man wees.

Isolde sal van nou af ook alleen moet vakansie hou. Hierdie vooruitsig hou geen plesier vir haar in nie en sy wonder of sy nie maar haar verlof moet kanselleer nie. Dis tog nie lekker om alleen met vakansie te gaan nie. Maar dan . . . Sy sal seker daaraan gewoond moet raak. Die volgende oggend staan sy op met die besef dat haar suster se troue haar eie lewe totaal ontwrig het en dat sy nuwe aanpassings sal moet maak. Sy sal moet leer om alleen haar pad te stap. Of sy sal met Richard Latsky moet trou.

Ontsteld oor wat sy alles in die oë moes kyk in hierdie nag wat verby is, onthou sy weer gister se oproep. En sy weet sommer dat haar voorgevoel van onheil nie ongegrond is nie. Kobus se mense – spesifiek sy ouer broer – is beslis nie ingenome met die verloop van sake nie. Verder het sy nog die gevoel dat hulle glad nie eens die volle toedrag van sake ken nie.

Die res van die dag dwaal sy diep bekommerd in die woonstel rond. Van vyfuur af hou sy die straat voor die woonstelblok dop, en slaak 'n sug van verligting toe sy Kobus se motor sien stilhou. Hulle is terug! Dit was die langste Sondag wat sy nog belewe het.

Sy voel gemeen om hul vreugde en geluk te demp, want die twee lyk so stralend gelukkig, maar daar sit 'n man, 'n baie ontevrede man, iewers op hulle en wag. Hoe gouer sy hulle van die oproep vertel, hoe beter. Kobus is nou 'n getroude man en hy moet sy verantwoordelikhede self dra.

Martina bars die woonstel binne en gryp haar suster om die nek. "O, dis lekker om jou weer te sien, sus. O, Isolde, ek is só gelukkig!"

Isolde se keel trek toe terwyl haar oë verteder. Ag, mag die Vader gee dat haar kleinsus altyd so gelukkig sal bly. Maar met beklemming besef sy dat dit nie sal gebeur nie. Sy het sedert gisteroggend die nare voorgevoel dat daar probleme op die paartjie wag.

Martina is egter te intens in haar eie geluk opgeneem om iets van haar suster se kommer agter te kom, en sy borrel voort. "En weet jy wat? Die wonderlikste ding het gebeur by die vakansieoord. Daar is toe mos buitelandse toeriste in die rondawel langs ons en Kobus en die man begin gesels en toe vertel dié hom van 'n miljoenêr in Argentinië wat aan die bankrot speel is en dié het 'n hele stoetery van Brahmane en hy sê toe

27

vir Kobus as hy gou speel, kan hy dalk van die Brahmane spotgoedkoop kry . . ."

"Stadig, liewe land. Jy is soos 'n orrel, Martina," keer Isolde. "Waarvan praat jy, kind? Wat is Brahmane?"

Martina lyk heel verontwaardig. "Dis natuurlik beeste. Dis 'n soort beesras waarin Kobus belangstel. Dis hoekom hy Johannesburg toe gekom het, op soek na kontakpersone van wie hy egte stoet-Brahmane kan koop. En toe loop ons nou dié Amerikaner raak en nou gaan ons volgende week Argentinië toe om te gaan kyk na . . ."

Isolde gooi haar hande in die lug en Kobus lag saam, sy oë aanbiddend op sy opgewonde jong vroutjie. Dan knik hy op die vraag in Isolde se oë.

Isolde gaan sit en kyk die twee verstom aan. "Julle kan nie gaan nie. Jy moet liewer Argentinië los en jou broer bel voordat hy ontplof."

2

Die twee jong gesigte versober ietwat.

Kobus lyk bekommerd. "Hoekom?"

"Hy het gister hierheen gebel en . . . wel, om dit sag te stel, hy was baie ontevrede." Sy aarsel. Sy kry hulle jammer. Hulle is so vreeslik gelukkig, maar hulle moet liewer weet waar hulle staan. Daardie meneer Coetzenbergh het nie geklink na 'n man wat onsin verdra nie. "Hy wou weet wat de duiwel hier aangaan. En hy was baie skepties omtrent jou keuse. Hy het hardop gewonder waar jy Martina uitgekrap het. Sy eie woorde."

"Sus!" Martina se oë is rond van skok, en Kobus laat sy kop skuldig sak. Dan kyk hy verskonend op.

"Jy . . . moet hom maar verskoon, asseblief, Isolde. Zak is maar . . . kort van humeur en baie reguit van geaardheid."

Isolde kan die koelheid in haar stem nie keer nie. Sy voel nou nog hoe haar bloeddruk styg as sy net terugdink aan daardie gesprek. "So het ek agtergekom, ja." Sy kyk haar jong swaer stip aan. "Kobus, het jy jou mense vertel van jou huwelik?"

Hy én sy bruid lyk meteens só skuldig dat Isolde se hart in haar skoene sak. "Martina?"

"Jy sien, sus . . ."

"Ja?" Sy weet sy klink nou presies soos 'n versuurde oujongnooi, vol kritiek en oordeel, maar daardie Zak-mens gaan hulle almal lewend braai as hy moet agterkom dat hulle hom bedrieg het. "Kom. Wat gaan hier aan? Dit klink dan nou vir my julle is met 'n bedrieëry besig."

Martina en Kobus kyk na mekaar. Ten spyte van die erns van die oomblik, ontmoet hul oë in 'n verskuilde geamuseerde blik. Kobus se broer Zak is wel uitgesproke – maar Isolde staan nie ver terug vir hom nie. Kobus se geamuseerdheid verdiep. Hy sal graag dié twee bymekaar wil sien. Die vonke sal spat!

Dis Martina wat vinnig begin verduidelik. "Jy sien, sus, ek en Kobus het gedink . . . wel, dis miskien beter om hulle nie sommer dadelik van die troue te vertel nie." Die uitdrukking op haar suster se gesig laat haar nog vinniger verduidelik. "Ons wou nie doelbewus bedrog pleeg nie, sus. Dis net . . . Kobus se ma is 'n hartlyer. Hy het gevoel ons moet maar eers met die nuus wag tot ons daar kom."

29

"Ja, sien," val Kobus ook in om te help verduidelik, "ek weet Ma sal natuurlik dadelik vir Martina lief word as sy haar sien en dan sal sy dit makliker aanvaar dat ons getroud is. Anders sal sy haar baie bekommer as sy moet weet ek is met 'n wildvreemde meisie getroud. Maar as sy haar eers gesien het, sal sy weet en verstaan hoekom ek Martina nie onder my oë wou laat uitgaan nie. Ons wou regtig nie doelbewus skelm wees nie, Isolde."

"Hmmm." Isolde lyk minder kwaai, maar is nietemin nog net so bekommerd. "Ek dink julle sal met hierdie storie by jou ma verbykom, Kobus, maar dis daardie ouboet van jou met wie julle rekening moet hou. Die duiwel gaan los wees op daardie plaas wanneer julle daar kom. Ek kon dit sommer aan sy stem hoor. Julle moet dus maar liewer hierdie Argentinië-storie vergeet en sorg dat julle op die plaas kom en julle verduidelikings agtermekaar kry vir ouboet Zak." Sy frons. "Dis darem ook 'n vreeslike naam. Waar kom hy daaraan?"

Kobus moet glimlag. "Dis 'n afkorting vir Zacharias. Almal noem hom Zak, en Ma noem hom selfs soms Zakkie." Sy glimlag verdiep. "Dis natuurlik haar eksklusiewe voorreg om hom só aan te spreek. Hy sal dit van niemand anders duld nie."

Die rooi glinster in Isolde se hare. "Ek kan my ook nie voorstel dat so 'n dwars mens 'n troetelnaampie kan hê nie. Wel, daar het julle nou die hele storie. Julle moet maar liewer môreoggend vroeg terug plaas toe en gaan regmaak waar julle verbrou het."

"Maar ons kan nie, Isolde!" roep Martina ontsteld uit.

Kobus laat ook fronsend hoor. "Dis buite die kwessie. Ek móét eers van daardie beeste uitvind, en as daar 'n moontlikheid is dat ek wel van die Brahmane in die hande kan kry, moet ek eers Argentinië toe gaan."

Isolde sluit haar oë 'n oomblik. Sy is self nie alte bekend vir haar geduld nie, en hierdie twee besef blykbaar nie die erns van die saak nie. "Hoe langer julle draai om jou mense die waarheid te vertel, hoe slegter gaan dit lyk en hoe swakker gaan hulle van julle dink. Gaan éérs plaas toe en dan kan julle reël vir Argentinië."

"Maar dis nie moontlik nie, Isolde," laat Kobus koppig hoor. "Teen die tyd dat ek nog eers op die plaas was en alles verduidelik het, is daardie winskoop reeds deur iemand anders opgeraap. Dis die kans van 'n leeftyd."

Daardie nag slaap nie een juis baie lekker nie. Isolde bekommer haar dood oor Martina. Sy was al die jare so gewoond om haar sussie te beskerm dat sy dit nie sommer kan afmaak met die gedagte dat sy nou getroud is en haar man na haar moet kyk nie. Martina is so 'n liewe kind, maar hierdie ding gaan haar uit die staanspoor in 'n slegte lig by haar skoonmense stel. Hulle gaan 'n totaal verkeerde indruk van haar kry. As daardie Zak net nie so 'n buffel was nie.

Ook die jong paartjie lê tot laatnag en gesels, en daar word aan allerhande planne gedink hoe om hierdie eerste groot probleem in hul huwelik die hoof te bied. Party heeltemal vergesog, soos Kobus uitwys, maar Martina hou voet by stuk toe die idee eers posvat.

"Ek sê vir jou, Kobus, dis ons enigste uitweg," laat Martina beslis hoor. "Ons kan nie jou ma laat weet ons is klaar getroud nie. Netnou kry sy 'n hartaanval en kom iets oor en dan sal ons werklik skuldig wees. Ons moet tyd wen."

"Liefste, Isolde sal nooit vir so iets te vinde wees nie. Ons moet aan iets anders dink."

"Aan wat? Gee jy dan 'n beter plan."

Maar daar is geen beter plan nie, en as Isolde kon weet wat die twee in die nagtelike ure lê en fabriseer en watter rol sy daarin gaan speel, sou sy nog slegter geslaap het.

Kobus is die volgende oggend baie vroeg na Richard toe en toe hy omstreeks elfuur weer terugkeer na die woonstel, kyk die twee susters hom elk met hul eie bedenkinge aan.

"Ons het die man geskakel. Hy sê hy het nog niks verkoop nie, en as ek wil, kan ek kom en kom uitsoek wat ek wil hê." Hy kyk na Isolde. "Asseblief, jy moet verstaan, Isolde."

Albei jongmense kyk haar so pleitend aan dat Isolde aardig voel. Haar stem is effens heftig. "Ek verstaan, Kobus. Maar dis jóú mense wat jy moet oortuig, nie vir my nie."

"Ons het aan 'n plan gedink."

Isolde kyk haar suster agterdogtig aan. Daardie stemtoon ken sy goed. Martina gebruik dit altyd wanneer sy iets wil hê waarmee sy weet haar suster nie sal saamstem nie. "Ja?"

Martina kom nader, slaan haar arms om haar suster. "Asseblief, sus, jy moet ons nou help. Nog net hierdie een keertjie. Ek sal nooit weer iets van jou vra nie. Asseblief tog, Sol!"

Isolde se gesig verstil. Sy voel sommer hier is 'n groot slang in die gras, maar haar hart word onwillekeurig week. Sy is al wat Martina het. As hul ouers geleef het, sou Martina haar nou tot hulle kon wend. Maar nou het sy net haar suster.

"Goed, wat is dit? Hoe kan ek help?"

Man en vrou kyk weer vlugtig na mekaar, en Kobus lyk nie juis hoopvol nie.

Maar Martina wend haar weer moedig tot haar suster. "Jy sien, sus, ons het gewonder . . . ek en Kobus . . ."

Kobus tree vorentoe. "Voordat Martina jou oor haar plan inlig, moet ek jou . . . julle eers iets vertel. Ek het plaas toe gebel nadat ek met die man in Argentinië gepraat het. Zak klink heeltemal te vinde vir my plan. Hy dink ek kan moontlik 'n goeie slag slaan. Maar dan . . ." Hy trap effens ongemaklik rond. "Hy het my ook gewaarsku dat ek . . . wel, dat ek nie dwase goed moet aanvang en miskien skielik trou nie, want . . . want dan gaan hy toesien dat ek onterf word."

"Wat?" Martina lyk geskok en frons hewig. "Kobus, jy het Zak as so 'n wonderlike mens geskilder, maar ek begin my bedenkinge oor hom kry."

Isolde het verbleek sodat die groen oë nog skerper uitstaan teen haar ligte vel. Haar dunk van Kobus se broer daal by die minuut. "En watter reg het hy om dit te doen?"

Kobus lyk moedeloos. "Hy kan. Toe my pa oorlede is, het hy alles, ook alle seggenskap oor sy boedel, in Zak se hande gelaat omdat Ma se gesondheid so sleg is. Zak kán my onterf. Ek kan nie glo . . . kan dit vir geen oomblik aanvaar . . . dat hy werklik tot sulke uiterstes sal gaan nie, maar aan die ander kant . . . hy is 'n onpeilbare mens. 'n Mens moet hom liewer nie te ver dryf nie."

"Van al die . . ." Isolde spring op en haar groen oë blits. "Hy moet 'n soort onmens wees as hy so iets sou

33

doen. Ek is jammer, Kobus, maar ek het nie 'n druppel tyd vir daardie broer van jou nie."

Ook Martina is openlik ontsteld. "Kobus, dink jy regtig hy sal? Jy het dan nog altyd vertel hy is so 'n wonderlike broer . . ."

"Maar hy is 'n wonderlike broer en 'n wonderlike mens, liefste. Ek besef sy houding moet baie . . . onredelik voorkom, maar ek verstaan tot 'n mate hoekom hy so optree. Dis net omdat hy my nog altyd as sy kleinboetie beskou wat hy moet beskerm. En dan is daar natuurlik nog Ma. Hy is baie erg oor haar en hy sal enigiets doen om haar teen pyn of teleurstelling te beskerm. Die man wat aan haar raak, raak aan Zak. En die persoon wat haar ontstel, sal met hom te doen kry. Hy was – en is – meer soos 'n vader vir my as soos 'n broer. Seker omdat hy byna twaalf jaar ouer as ek is. En dan natuurlik is hy 'n man met 'n onwrikbare wil. Hy kan behoorlik hardkoppig wees as hy eers 'n besluit geneem het."

"En hy het besluit dat indien jy met 'n meisie van hierdie gewete trou, of met enigiemand aan wie hy nie eers sy goedkeuringsetiket geplak het nie, jy onterf sal word. Baie gerieflik, moet ek sê. Dan word sy erfenis mos soveel groter, nie waar nie?"

"Isolde!" Kobus lyk werklik ontsteld en geskok. "As jy Zak eers leer ken het, sal jy besef dat hy nooit so iets sal doen om persoonlike munt daaruit te slaan nie. Rocklands is so 'n magsonmoontlike stuk aarde – eintlik vyf groot plase ineen – dat daar meer as genoeg vir hom oorbly as dit in twee gedeel word. En, in alle beskeidenheid gesê, daar is genoeg kapitaal om seker nóg so 'n stuk grond te koop as hy dit wil hê."

"Dis miskien een van die redes hoekom hy oor alles

34

wil koning kraai. Dis gewoonlik so met ryk mense. Hulle verbeel hulle hulle kan oor alles en almal heers. As hy 'n bietjie minder aan aardse goed gehad het, sou hy dalk meer van 'n mens gewees het," laat Isolde op haar reguit manier hoor.

Man en vrou kyk weer vlugtig na mekaar. Kobus se oë vertel duidelik aan sy vroutjie dat sy maar haar plan kan vergeet. Nou, minder as ooit tevore, sal Isolde daarvoor te vinde wees.

Isolde voel hoe 'n hulpeloosheid haar oorval. Wat kan sy doen om hierdie twee mense te help? Sy voel dis haar plig om hulle teen hierdie hardvogtige man te beskerm, al vertel Kobus ook hóé watter wonderlike mens hy eintlik is. Kobus is maar net lojaal, besluit sy spytig.

"Wat gaan julle doen?" wil sy reguit weet, ook ten einde raad. "Kan Martina nie maar eers plaas toe gaan en hulle gaan ontmoet nie, sê as jou verloofde?" Sy glimlag skeef. "Ek weet dis nie heeltemal eerlik nie, en dis beslis nie reg van my om julle voor te gaan met so iets nie, maar wat kan 'n mens anders doen? Gaan jy dan Argentinië toe en gaan koop jou beeste, en stuur Martina solank plaas toe. Wanneer jy terugkom, het hulle darem tyd gehad om haar te leer ken, en kan julle maar bieg. Ek kan aan niks anders dink nie. Kan julle?"

Die twee loer weer onderlangs na mekaar, en dan lig Martina haar kop op. Dis nou of nooit. "Ons het self aan iets in daardie rigting gedink, maar . . . ons het eintlik gedink dit sal beter wees . . . ek bedoel, ons wil jou vra of . . . jy nie liewer eers Rocklands toe wil gaan nie."

"Ek? Maar wat moet ék daar gaan maak? Dis in jóú wat hulle belangstel, nie in my nie."

"Jy verstaan nie. Wat ek eintlik bedoel, is dat jy eers daarheen gaan en voorbrand vir ons maak . . ."

"O nee, dankie. Nie al wat 'n Brahmaankoei in die wêreld is, kry my op daardie plaas nie. Nee, Martina, nee."

"Ag, sus, asseblief. Ek vra so mooi. Nog net hierdie keer, asseblief, sus, doen dit vir my, toe?"

"Martina, jy is nie reg in jou kop nie. Die liefde het jou verstand aangetas. Daardie Zak sal my sommer van die plaas af verjaag."

"Nie as jy as Martina gaan nie. My ma weet dat daar 'n Martina is op wie ek verlief geraak het, en ter wille van haar sal hy jou dan nie sommer kan weg- . . ."

"Wag 'n bietjie. Wát het jy nou net gesê?"

Martina spring ook weer in. "Hy het gesê as jy as ek gaan . . . Verstaan jy nie? Jy gaan eers as Martina plaas toe en maak hulle mak, om dit so te stel, en dan . . ."

"Maar julle is seker stapelgek. Waar't jy gehoor . . . Liewe land!" Haar asem is skoon weg. "Julle is nie reg wys nie," sê sy met oortuiging toe sy die erns op albei se gesigte sien.

Haar jonger sussie se oë het nog nooit só gepleit nie. "Sol, asseblief. Dis al wat ons kan doen."

"Maar dis bedrog. Gruwelike bedrog!" protesteer Isolde geskok. "Jy kan nie werklik verwag dat ek so iets sal doen nie, Martina! Om 'n ou dame wat my nog nooit enige kwaad aangedoen het nie so te gaan staan en bedrieg!"

"Maar dis juis ter wille van haar," laat Kobus vinnig, oorredend hoor. "Ma sal dadelik van jou hou, net soos ek weet sy dadelik van Martina sal hou. En ná so 'n rukkie sal sy heeltemal gerus voel oor die vrou met wie ek wil gaan trou, soos sy dit sal sien. En dan kan jy haar die waarheid vertel en haar oortuig dat jou suster met wie ek reeds getroud is, net so goed soos jy is en dat sy geen vrese hoef te hê nie."

Sy kyk hom openlik ontevrede aan. "Ek sien. Ek is nou die een wat al die kastaiings uit die vuur moet gaan krap, nè? Toe ek gesê het moenie so oorhaastig wees nie . . ."

"Ja, ons weet, Isolde," keer Martina vinnig. "Ons was seker 'n bietjie te haastig, maar gedane sake het geen keer nie. Ons is nou klaar getroud en Kobus gaan onterf word as hy nie sy aanstaande deur sy broer goedgekeur kry nie en sy ma sal 'n hartaanval kry as sy moet hoor hy is al getroud. Asseblief, sus."

Isolde se nugter verstand vertel haar dat sy reeds meer as halfpad vasgetrek is, maar sy gooi nog desperaat wal. Sy wend haar tot Kobus. By dié sal sy nog haar man kan staan, maar as Martina só pleit, val dit haar swaar om nee te sê. "Is dit werklik so lewensnoodsaaklik dat jy eers Argentinië toe moet piekel agter 'n paar beeste aan, Kobus? Die wêreld is seker redelik vol van die goed? Jy kan mos eers vir Martina gaan voorstel aan jou mense en daarna, as daardie bankrot miljoenêr in Argentinië dan sy beeste al verkoop het, 'n ander transaksie beding."

Kobus skud sy kop beslis. "Nee, Isolde. Die bankrot miljoenêr in Argentinië se Brahmane is stamboekgoed. Ek verneem hy was dié teler van Brahmane in die land. Dis die kans van 'n leeftyd hierdie, en ek durf dit nie deur my vingers laat glip nie." Sy gesig is nou ernstig. "Jy sien, my pa was 'n puik boer en Zak is nog beter. Daar het nie veel vir my oorgebly om te doen nie. Nou het ek die kans om ook iets aan te pak.

"Ek wil nie net op my pa en my broer se louere gaan sit en rus nie. Met my idee om met Brahmane in ons geweste te boer, kry ek nou die kans, nie net om myself te bewys nie, maar ook miskien 'n nuwe potensiaal vir die streek te bied en 'n deurbraak in 'n heel nuwe rigting te maak. Vleis het een van ons hoofvoedseltekorte geword. Ons land produseer nie genoeg beesvleis nie. Die Brahmaan is 'n vleisras, en ek wil bewys dat daardie ras in ons wêreld kan aard en heeltemal winsgewend vir die boer kan wees wat hom nog net altyd op skaapboerdery toegespits het. Maar dan moet ek begin met die beste wat ek kan kry. En nou kán ek die beste kry."

Dit word stil in die woonstel se sitkamer. Daar is niks meer om by te voeg nie. Twee paar oë bly haar pleitend aankyk, en Isolde spring weer op. "Dis . . . te vergesog. Dit gaan nie werk nie. Daardie broer van jou sal niks daarvan dink om my in die tronk te laat gooi as hy alles uitvind nie. Ek sal ook nooit die moed hê om hulle later die waarheid te vertel nie."

"Goed dan. Jy hou die fort daar tot ons terugkeer. Dan sal ek self vir Ma en Zak alles kom vertel," antwoord Kobus vinnig.

"Kobus sê dit sal uiters drie tot vier weke wees wat hy nodig het, sus. En jou verlof begin mos oor 'n paar dae. Jy sal kan gaan."

"Dankie, maar ek sal liewer self besluit waar ek my welverdiende jaarlikse verlof wil deurbring." Isolde sug. Dis hopeloos. Sy is vas. Sy sien Kobus se standpunt in en sy besef dat dit seker vir hom een kans uit 'n duisend is hierdie. Alles sou anders kon verloop het as daardie Zak-buffel net 'n bietjie redelikheid in hom gehad het en hy 'n man was met wie 'n mens kon praat. Maar dit is hy beslis nie, soos sy uit eie ervaring reeds weet, en hy sien blykbaar geen ander mens as net Zacharias Coetzenbergh se standpunt in nie.

Sy frons hewig. Dan is dit sy eie skuld as mense hom bedrieg. Hy is die oorsaak dat mense skelm raak. En niemand wil werklik die ou dame bedrieg nie, maar ter wille van haar gesondheid moet hulle eers die waarheid so 'n effense kinkel gee tot dit veilig genoeg is om haar die volle waarheid te vertel.

Maar om daar na die gramadoelas te gaan en haar te gaan voordoen as iemand anders . . .

Daar is 'n klop aan die voordeur en Isolde sê vinnig: "Ek vermoed dis Richard. Moet asseblief niks teenoor hom noem nie. Hy hoef nie van hierdie probleem te weet nie. Dit gaan hom nie aan nie."

"Dan . . . dan sal jy, sus?" vra Martina vinnig en Isolde knik verwytend.

"Ek het nie juis 'n keuse nie, het ek? Ons praat later weer."

Toe Isolde later die aand na haar kamer gaan, ervaar sy vir die eerste keer in baie jare weer die begeerte om haar 'n slag goed uit te huil. Dis of haar lewe meteens net uit probleme en vraagtekens bestaan. Eers was dit die besef van haar oujongnooiskap wat die rustigheid kom verstoor het, toe die omwenteling wat in haar lewe teweeggebring is deur Martina se skielike troue en nou nog die bekommernis oor haar sussie se toekomstige geluk. Dis of die verantwoordelikheid meteens te swaar is, want soos menige ouer ook al moes uitvind, hou die verantwoordelikheid teenoor jou kind nie op die dag as sy of hy gaan trou nie. Baie keer begin jy dán eers ervaar wat werklike kommer is. Martina was nog altyd meer 'n dogter as 'n suster vir haar, en ook sy moet nou tot die besef kom dat haar verantwoordelikheid jeens hierdie geliefde sussie van haar nie opgehou het toe sy die dag met Kobus Coetzenbergh getrou het nie. Inteendeel, dink sy wrang, dit wil voorkom asof sy net nog meer verantwoordelikheid bygekry het. Kobus het nou ook bygekom oor wie sy haar moet bekommer.

Daarom dat Richard vanaand groter vordering as in baie jare met haar gemaak het, dink sy. Hy het haar vanaand op 'n sielkundige laagtepunt betrap en was gou om dit te benut en sy huweliksaanbod te herhaal.

En vanaand het sy hom nie weer sonder hoop weggestuur nie. Sy was baie eerlik met hom. Miskien, het sy gedink, is dit goed dat ek 'n bietjie kan wegkom en tyd kry om my lewe in perspektief te kry.

"Ek wil eers vir 'n rukkie weggaan, Richard. My jaarlikse verlof is op hande. Nee, ek gaan jou nie sê waarheen nie. Ek wil alleen wees. Ek wil tyd hê om te dink. Ek besef dat ek in 'n groef verval het. Wanneer ek terugkom, sal ek jou 'n finale antwoord gee."

Hy moes hom weer daarby neerlê en het sy skouers filosofies opgetrek. "Goed, soos jy verkies. Jy stuur my darem nie summier weg nie. Daar is dus 'n bietjie hoop, nie waar nie?"

Sy het skuldig gelyk. "Ek weet ek tree miskien nie mooi teenoor jou op nie, Richard, maar . . . ek het jou nog nooit aan 'n lyntjie gehou nie. Jy was nog altyd vry om te kom en te gaan en te trou met wie en wanneer jy wil."

"Ek weet, maar ek het jou reeds gesê ek wil jóú as vrou hê. Maar die tyd stap aan, Isolde. Ons is nie meer kinders nie. Ek weet jy is 'n baie onafhanklike mens, en ek sal jou nie probeer verander nie. Van jou kant af moet jy ook nie probeer om my te verander nie. Nietemin is daar genoeg tussen ons waarop ons 'n goeie huwelik kan bou."

Sy het geknik. Dis waar. Afgesien van sekere dinge wat krap, deel hulle ook baie belangstellings. Die manier waarop hy sy werk doen, is egter een ding wat haar baie hinder. Maar hulle is nie meer kinders nie, en sal sekerlik 'n bestendige huwelik kan bou met dit wat oor is.

"Goed, Richard. Wanneer ek terug is van vakansie, sal ek jou my antwoord gee."

Maar in plaas daarvan dat hierdie besluit haar meer gemoedsrus besorg, is dit ook een van die dinge wat haar die nag laat wakker lê. Sy kan dit nie help nie, maar die gedagte dat sy uiteindelik tog maar met Richard Latsky sal trou, maak haar onrustig. Was dit nie dat Martina se geluk die afgelope dae so opsigtelik was nie, sou sy seker nie so gevoel het nie. Maar as sy aan Martina dink, besef sy dat daar iets in haar sussie se huwelik is wat nooit in hare sal wees nie.

Maar dan betig sy haarself weer. Jy is nie meer 'n snuiter nie, Isolde. Oë soos sterre en geluk wat soos 'n onkeerbare fonteintjie na buite bars, is bedoel vir kinders soos Martina, nie vir oujongnooiens nie. Moenie kinderagtig wees nie! Jy was te vol fiemies met jou mansvriende en nou het nog net Richard Latsky oorgebly. Jy het nie meer 'n keuse nie. Jy moet nou vat wat jy kan kry. Die dae van kies en keur is verby.

Swaarmoedig probeer sy die toekoms inkyk. Veral die nabye toekoms lyk ekstra duister. Martina en Kobus het maklik gepraat, so asof dit wat sy moet gaan doen baie eenvoudig, eintlik kinderspeletjies is. Maar

41

dit gaan glad nie so eenvoudig wees as wat hulle wil voorgee nie.

Isolde was nog altyd 'n eerlike mens. Dit was juis hierdie eienskap wat haar verlowing met Richard laat skipbreuk ly het. Hulle besef nie watter swaar ding hulle van haar vra om mense doelbewus te gaan bedrieg nie, al wil hulle haar wysmaak die doel heilig die middele. Sy sou ook meer gerus en moedig gevoel het as dit net Kobus se ma was wat op haar wag. Maar sy het 'n nare gevoel dat daardie Zak-broer van Kobus vir haar die wêreld moeilik gaan maak.

Die daaropvolgende paar dae is daar egter min tyd om te veel moontlike probleme met "daardie Zak-broer van Kobus" op te tower. Sy moet haar werk op datum kry voordat haar verlof begin en tussendeur moet sy Martina en Kobus help met die voorbereidings vir hul Argentynse besoek.

Dis paspoorte en baie ander dingetjies wat in orde gekry moet word en voordat sy reg besef, groet sy hulle op die lughawe.

Sy voel maar eensaam en half verwese toe sy terugstap na haar motor. Dis die eerste dag van haar vakansie en sy moet nog vanaand die trein haal, suide toe.

Sy wou met haar eie motor gaan, maar Kobus het haar afgeraai.

"Jy ken net teerpaaie, Isolde. En daardie wêreld is vir jou heeltemal onbekend. Jy kan maklik verdwaal. Die dorpe lê ver van mekaar en party grondpaaie is maar sleg. Ook die plase lê ver uit mekaar. Onthou, hierdie wêreld se plase is 'n paar hektaar, terwyl Karooplase 'n hele paar duisend kan wees. Gaan liewer met die trein, dan weet ons jy sal veilig anderkant aankom," het Kobus gesê, en sy het maar stilswyend kopgegee.

Dis 'n bietjie laat in die dag om haar nóú oor haar welsyn te bekommer. Die vraag is nie of sy anderkant sal aankom nie. Die vraag is of sy anderkant die lewe sal bly behou en weer oor 'n paar weke heelhuids en sonder 'n omgedraaide nek daar sal kan padgee.

Isolde moet aan die een kant van die jeep vasklou om nie uitgeskud te word nie terwyl sy en die vreemdeling wat haar op die stasie ontmoet het, al stampend en rukkend op die slegte plaaspaadjie voortbeweeg.

Met elke stamp en skud styg haar wrewel jeens Zacharias Coetzenbergh. Kastig so 'n wonderlike broer, so 'n perfeksionis, en kyk hoe lyk sy pad! Haar onervare oog sien natuurlik nie die tekens van 'n onlangse donderstorm op die Karoo-aarde nie. Wat sy wel sien, en nogal oor verras is, is dat die Karoo nie werklik 'n klipperige woestyn is soos sy haar dit voorgestel het nie.

Dis ook haar onkunde oor hierdie wêrelddeel wat maak dat sy nie besef dat die Karoo onlangs goed reën moet gehad het om so te vertoon nie. Daarby kom nog die feit dat Zak Coetzenbergh 'n konsensieuse boer is wat nie sy plaas laat vertrap tot stof en kaal vlaktes as gevolg van oorbeweiding nie en dat hy baie pligsgetrou is om gronderosie in die beginstadium te bestry.

Maar van sulke goed weet Isolde natuurlik niks. Al wat sy sien, is dat die vlaktes groen voor haar uitstrek en gedurig afgewissel word met rantjies en heuweltjies met interessante patrone.

Maar die pad! Sy moet weer vinnig vasgryp toe hulle deur 'n diep knik gaan en sy loer tersluiks na die man langs haar. Hy sit agter die stuurwiel asof hy

43

op 'n gemakstoel sit, dink sy vererg. Natuurlik al gewoond aan hierdie primitiwiteit. Dis Jan Poggenpoel, die voorman, wat haar op die stasie kom haal het met die verskoning dat "meneer Zak vandag te besig is en nie self kon wegbreek om juffrou te kom haal nie".

Nog 'n punt teen die grootmeneer van Rocklands. Niks is so belangrik as hy self en sy eie belange nie. Nie eens ter wille van goeie maniere en vir die feit dat dit darem sy broer se aanstaande is wat arriveer, is hy bereid om sy program te verander nie.

Dis 'n warm dag, soos wat die Karoo kán warm word in die hart van die somer, nadat dit lekker gereën het en die donderwolke wit op die westerkim saampak met die belofte van nog reën wat aan die kom is. Die son bak op die aarde neer en die wind waai lustig deur die oop jeep en veroorsaak chaos in haar hare wat met soveel sorg gekam is om haar sogenaamde aanstaande skoonfamilie te imponeer.

Jan Poggenpoel het, toe hy haar ongelowige oë sien toe hy haar na die jeep lei, vinnig verskoning gemaak. "Ek is jammer, juffrou. Dit was ongelukkig al ryding wat beskikbaar was. Meneer is weg veld toe met die bakkie en sy motor is garage toe vir 'n diens. Daar het toe net die jeep en die perdekar oorgebly."

Hy het nie besef dat die meisie, totaal onbekend aan hierdie wêrelddeel en sy mense, nie begryp het dat hy bloot 'n grappie maak nie.

Isolde het niks daarop geantwoord nie, maar by haarself gedink terwyl sy teësinnig in die oop jeep geklim het. Die arme Martina. Sy hét te gou getrou. Waarin het haar kleinsus haar begewe? Perdekarre! In watter eeu leef hierdie mense dan nog? Maar dan . . . sy moet seker bly wees dat hulle darem al tot by

44

perdekarre gevorder het. Volgens daardie Zak se maniere behoort hulle nog in die donkiekarstadium te verkeer.

Sy het net begin wonder tot watter eindes van die aarde hulle nog sal moet ry, toe die jeep oor 'n heuweltjie kom en die plaas voor hulle lê. In werklikheid is dit 'n pragtige gesig wat jou begroet wanneer jy skielik op die groen oase tussen die ysterklipkoppies afkom. Maar Isolde is nie van plan om enigiets moois te waardeer as dit op watter manier ook al verband hou met Zacharias Coetzenbergh nie.

Die jeep sak taamlik af na die huis en die witgekalkte muur wat rondom die plaasopstal en tuine loop. Met die groot denne- en populierbome en die ou Kaaps-Hollandse herehuis wat deur die takke loer, kan 'n mens jou maklik vergis dat jy skielik op 'n Bolandse wingerdplaas beland het, was dit nie vir die onmiddellike omgewing wat duidelik vertel dat jy steeds in die hart van die Groot-Karoo is nie. Selfs die ou slaweklok is daar. Net die krismisrose ontbreek, maar in die plek daarvan groei die malvas en kannas in baldadige weelde om die rande van die grasperke. Sy sal dit nie openlik doen nie, maar stilswyend erken sy aan haarself dat hier 'n puik plaas voor haar lê.

Sy voel glad nie haarself nie, toe sy eindelik half gekneus haar voete op Rocklands se aarde neersit. Sy is intens bewus daarvan dat sy, om dit baie sag te stel, bedremmeld daar moet uitsien. Haar modieuse kapsel is na die maan. Haar hare staan woes om haar gesig.

Maar die Karooson vang die rooi drade en laat dit verblindend blink, sien die man wat lui-lui van 'n buitegebou af nader gestap kom asof niks hom jaag nie. Die grimering, wat met soveel pynlike presiesheid op die trein aangebring is – ter wille van Martina wou sy 'n goeie eerste indruk maak – het met sweet gemeng en laat haar gesig half vuil vertoon. Dis net die groen oë wat saam met die groen populierblare skitter, wat dieselfde gebly het.

Haar ergernis slaan oor in kille woede toe sy die geamuseerde glinstering in sy diepblou oë gewaar. Sonder dat iemand haar dit hoef te vertel, weet sy dat dit meneer Zak is wat hier voor haar staan.

Hy behoort skaam en skuldig te lyk, nie geamuseer nie, die plaasbuffel! Grootbaas ry self met die bakkie veld toe en sy aanstaande skoonsuster moet met die oop jeep op die stasie gehaal word. Dis sy skuld dat sy soos 'n wildewragtig op 'n afdraand lyk.

Met groen oë waarin 'n besondere lig skyn en wat Zak Coetzenbergh sou gewaarsku het as hy haar goed genoeg geken het, keer sy hom die rug toe en begin doelbewus die stoeptrap opstap.

"Juffrou Cilliers."

Sy draai haar stadig na hom om, haar stem ysig, haar houding hooghartig. "Ja?"

Hy frons, sy oë ietwat verward. "Ek is Zak. Kobus se broer."

"Werklik?" Die hand wat halfpad omhoog gebring is om haar te groet, sak terug na sy sy. Haar blik gaan op en af oor sy groot gestalte, die growwe kakiehemp en -broek en die breërandhoed. "Wie sou dit kon dink?" sê sy sag asof tot haarself, maar hard genoeg vir enigeen om te hoor.

"Ekskuus? Ek begryp nie."

Haar oë ontmoet sy fronsende blik. Dan glimlag sy. "U verras my. Ek het nie verwag om u soos 'n gewone plaaswerker te sien rondstap nie. Ek het iemand in iets soos 'n koninklike gewaad verwag, u sien."

3

Zak beweeg die trappie op en kom staan voor haar. Sy moet haar kop agteroorgooi om hom in die oë te kan kyk.

"En wat presies beteken dit?" vra hy sag, sy oë stip.

Die glimlag is nog steeds om haar lippe, maar die groen oë lag beslis nie saam nie. "O, net dat ek u eintlik op 'n troon verwag het, septer in die hand, die lot."

Sy oë flits 'n gevaarsein uit, maar voordat hy iets daarop kan sê, roep 'n vrouestem van binne af. "Waar is sy, Zak? Ek kan nie meer wag om haar te ontmoet nie. Bring haar in."

'n Oomblik lank bly hul oë nog uitdagend kragte meet. Dan grim hy effens en met 'n sarkastiese buiging staan hy opsy en sê gedemp: "Stap binne, juffrou Cilliers. U is ten spyte van u swak maniere, nog steeds welkom op Rocklands. Ek hoop u sal u verblyf hier geniet, ondanks my onaangename teenwoordigheid. Ons sal ter wille van my ma 'n vriendelike front in haar teenwoordigheid moet probeer handhaaf. Ek wil haar nie graag ontstel nie."

Sy verstyf by die aanhoor van sy reguit woorde en antwoord kil: "Natuurlik. Dis vanselfsprekend."

'n Ferm hand druk haar by die voordeur in en haar blik val op 'n fyn vroutjie wat haar vanuit 'n rolstoel

47

met gretige oë sit en betrag. Dis duidelik van wie meneer Zak sy diepblou oë geërf het, maar anders as syne, is hare oop en vriendelik, en nie bederf deur allerhande versluierde emosies nie.

Sy slaan haar hande saam en roep opgewonde: "O, maar sy is pragtig, Zak! Kom hier, my kind, dat ek jou kan groet."

Isolde staan versteen. Meer as ooit tevore besef sy dat dit gemeen is om so 'n mens te bedrieg, al is dit ook net vir 'n klein tydjie en vir 'n goeie doel. Noudat sy Kobus se ma gesien en in haar vriendelike oë gekyk het, en ná so 'n gulle ontvangs, weet sy dat sy onvergeeflik teenoor haar oortree. Maar dis te laat om enigiets daaraan te doen, want 'n stewige hand agter haar rug druk haar effens vorentoe. Sy buk af en voel 'n paar sagte lippe teen haar voorkop druk. 'n Paar fyn, ou hande vou oor hare en die diepblou oë kyk haar innig aan.

"Ek is so bly jy kon kom, Martina. Ek was omtrent opgewonde vandat Kobus ons van jou vertel het. Ek is so teleurgesteld dat hy nie saam met jou kon kom nie, maar ek en Zak sal ons bes doen om jou tuis en gelukkig hier by ons te maak, nè, Zak?" Sy frons effens terwyl sy na die deurmekaar rooi krulle en die stof op die fyn gesig kyk, en Isolde vee selfbewus met haar een hand oor haar hare.

"Ek is jammer ek lyk so . . . verwaaid en slordig, tannie. Die . . . die wind was 'n bietjie sterk op pad hierheen."

Die ou dame kyk fronsend op na haar seun. "Waarmee is sy dan op die stasie gehaal, Zak? Tog nie met die jeep nie!"

Isolde sê vinnig: "Dis niks, tannie. Ek het die rit

vreeslik geniet. Daar is geen skade berokken wat seep en water nie gou weer kan regmaak nie."

Sy kyk bestraffend na haar oudste seun wat met 'n onpeilbare gelaat die toneel staan en betrag. "Die arme kind is doodmoeg. Skaam jou, Zakkie."

Sy breë skouers word ongeërg opgetrek en die sardoniese krul om sy lippe vertel Isolde dat dit hom die grootste plesier sal verskaf om haar die hele ent pad weer in die oop jeep terug te neem.

"Jammer, Ma, maar dit kon nie anders nie." Hy kyk af na die meisie wat nog steeds gehurk voor die ou dame sit. Die oë wat hare vlugtig ontmoet, is nou staalblou. "Miskien is dit 'n goeie ding dat sake vandag so uitgewerk het. Martina sal ons lewe moet leer ken en besef dat dit 'n harde wêreld is. 'n Mens moet die stof en hitte en winde kan verduur, of jy sal bitter swaar kry. Maar u is verniet so bekommerd oor haar. Ons Martina is sterk. Ystersterk."

"Almiskie. Ek wil nie hê Kobus se bruid moet sleg van ons dink nie."

"O, asseblief, tannie, dis alles reg." Sy glimlag met die ou dame. "Zak het natuurlik reg. Hoe gouer ek hierdie wêreld in al sy fasette leer ken, hoe beter, nè? En sy mense . . ."

Die ou oë kyk haar liefdevol aan. "Ek kan nou verstaan hoekom Kobus halsoorkop op jou verlief geraak het. Jy is nie net pragtig nie, maar ook dierbaar. Ek is so jammer ons moes iemand stuur om jou op die stasie te kry, maar Zak is op die oomblik baie besig, en my ou hart was die afgelope paar dae weer 'n bietjie onstuimig. Toe wou hy natuurlik nie daarvan hoor dat ek moet saamry nie."

Zak tree vinnig nader. "En nou moet u eers weer

'n bietjie gaan rus. Die opgewondenheid van die af-gelope dae het u glad nie goed gedoen nie. Martina kan solank gaan bad en haar tuis maak en u kan haar weer vanmiddag verder leer ken." Sy stem is beslis en die ou dame glimlag met Isolde.

"Zak is baie streng met my en keer altyd dat ek my nie ooreis nie. Hy is 'n dierbare seun. Maar ek moet sê ek voel 'n bietjie moeg. Ek was so opgewonde oor jou koms dat ek nie so goed soos altyd kon rus nie. Nou sal ek kan, noudat ek jou gesien het en weet dat my seun 'n goeie keuse gedoen het. Sal jy my verskoon, hartjie? Ons kan weer vanmiddag verder gesels. En dan moet jy my alles van jouself vertel, hoe jy en Kobus ontmoet het en al daardie dingetjies, hoor?"

"Seker, tante," antwoord Isolde met 'n toegetrekte keel.

"Gaan bad jy nou en rus 'n bietjie soos Zak gesê het. Selfs ék praat nie teë as Zakkie iets só beslis sê nie," lag sy goedig. "Maar moenie jou om die bos laat lei nie. Eintlik het hy 'n baie klein hartjie, nè, my seun?"

Haar seun glimlag vlugtig op die grys kop af en draai dan die rolstoel beslis om. In daardie glimlag sien Isolde die wedersydse verering tussen moeder en seun en haar keel trek nog meer toe. Zak Coetzen-bergh gaan haar afslag en biltong van haar maak as hy van haar bedrog moet uitvind. Hy sal niemand wat sy ma bedrieg ongedeerd daarvan laat afkom nie. En wat Kobus se ma betref . . . Haar oudste seun se woord is wet. Dis duidelik.

Sy staan nog op dieselfde plek toe hy terugkeer. "Kom, ek gaan wys jou jou kamer en die badkamer."

Sy loop soos 'n mak skaaplam agter hom aan terwyl sy eerder daarna voel om suutjies om te spring en te voet terug te hardloop Skoonspruit toe.

Hy staan opsy toe hulle haar kamerdeur bereik. Sy stap binne en draai dan om. Hy staan in die deur, arms gevou. Weer hou hul oë mekaar gevange.

"Jy is uitermate vyandiggesind teenoor my. Is jy werklik só kwaad omdat jy in 'n jeep hierheen aangery is, of het daardie oujongnooisuster van jou jou so teen my vergiftig?"

Isolde voel haar nekhare rys. Haar ken druk uit. "My suster het my vertel van jou . . . van julle gesprek oor die telefoon."

"Hmmm. Ek begryp." Sy oë flikker. "Hoe oud is sy, daardie suster van jou? Sy is 'n oujongnooi, dan nie?"

"Ja, sy is seker. Maar sy is beslis heelwat jonger as jy."

Hy glimlag skielik. "En hoe oud is jy, Martina?"

Teen wil en dank voel sy 'n blos teen haar wange opstoot wat in die rooi van haar hare verdwyn. Hy lag saggies, geamuseer. "Ek begryp. 'n Dame is altyd fyngevoelig oor haar ouderdom . . . veral as dit al 'n entjie begin aanstap het. Maar ek weet natuurlik hoe oud jy is. Kobus het my vertel. Maar ek moet sê, vir een en twintig lyk jy besonder . . . sal ons dit maar volwasse noem?"

Die woedeliggies dans in die groen oë. "Ek het myself nog altyd as volwasse beskou, ja."

"Ek het gesê jy lyk volwasse vir een en twintig. Dit volg nie vanselfsprekend dat jy dit is nie. Jou houding tot dusver bewys ongelukkig net die teenoorgestelde. Dis jammer. Kobus het 'n volwasse vrou nodig. Tot dusver kwalifiseer jy beslis nie. Maar ek sal redelik

51

wees. Ek sal jou 'n kans gee. Daar is natuurlik altyd die moontlikheid op verbetering as 'n mens wil – en ek veronderstel jy wil met my broer trou?"

Isolde voel sy kan hom te lyf gaan. "Ja, ek wil, en gelukkig is dit net 'n saak tussen my en Kobus."

Hy glimlag lui. "Dis waar jy die fout begaan. Dis 'n saak tussen jou en Kobus én my. Sonder my goedkeuring is dit neusie verby wat my broer betref, behalwe natuurlik as hy bereid is om sy erfenis vir jou in te boet."

Daar is nie woorde wat Isolde se gevoel op hierdie oomblik kan beskryf nie. Die groen oë vertel hom presies wat sy van hom dink en toe kry sy eindelik haar asem terug. "Jy is in lewende lywe nog onsmaakliker as oor 'n foon."

Dit amuseer hom net, te oordeel na die glimlag om sy lippe, maar sy blou oë kyk koel terug in die onstuimige groenes.

"Elke mens het die reg op sy opinie. Noudat ek jóú in lewende lywe gesien het, vertrou ek die skielike brandende liefde wat tussen jou en Kobus ontspring het, nog minder. Ek is nou meer oortuig as ooit dat my onervare broer in die kloue van 'n Johannesburgse fortuinsoekster beland het."

Die skerp intrek van haar asem is duidelik hoorbaar. "Hoe durf jy . . . Ek kom in elk geval nie van Johannesburg af nie, maar al het ek ook, gee dit jou nie die reg om so beledigend te wees nie."

"Skoonspruit is so te sê in Johannesburg en dis beter as ons mekaar van die begin af goed begryp en weet waar ons met mekaar staan. Volgens my mening is jy gans en al nie die vrou vir Kobus nie. Wat weet 'n man van een en twintig in elk geval wat hy van die lewe wil hê?"

"En jóú mening is al wat tel, nie waar nie?" sê sy bitter en so ongelukkig dat sy kan sterf. Haar arme sussie! Hoe sal sy ooit geluk vind met 'n swaer soos hierdie monster?

Sy stem bly steeds gevaarlik emosieloos. "Nee, ek sal dit nie sê nie, maar ek het 'n plig teenoor my broer wat ek van plan is om uit te voer. Kobus is jonk en onervare en jy weet dit. Ek moet hom teen homself beskerm. Kobus is my ma se baba, en sy sal dit nooit oorleef as hy 'n ongelukkige huwelik moet hê nie, of 'n vrou wat haar glad nie by ons kan aanpas en inpas nie."

"Jy is die redelikste mansmens met wie ek al ooit te doen gekry het," laat sy sarkasties hoor, en sy wenkbroue spring omhoog.

"Dan erken jy dat jy al 'n goeie klompie ervaring met my geslag agter die rug het?" sê-vra hy en sy stamp haar voet uit skone radeloosheid.

"Ek erken niks van die aard nie. Jy verdraai my woorde om jou eie ego te streel, dat jou opsomming van my reg is." Sy swaai haar van hom af weg en kyk deur die venster, maar op hierdie oomblik sien sy niks van al die mooiheid raak nie. "Hierdie gesprek bring ons nêrens nie."

"Nee, ons moet dit liewer staak. Dit word al meer openbarend."

Sy hoor hom wegstap, en sy byt hard op haar tande. Sy sál nie huil nie! Sy sal daardie . . . daardie bees nie die satisfaksie gee dat hy haar tot trane gedwing het nie!

Terwyl sy in die bad lê, glimlag sy wrang. Haar regverdigheidsin laat haar nie wegkruipertjie met haar gewete speel nie. Sy weet sy is skuldig en dat haar

53

houding aanleiding gegee het daartoe dat haar ontmoeting met Zak Coetzenbergh op 'n totale mislukking uitgeloop het. Sy moes haar humeur beteuel en niks laat blyk het toe sy vol sweet en stof hier op Rocklands aangeland het nie. Maar sy kon haarself nie help nie. Die spanning van die afgelope tyd, en toe nog die onsmaaklike rit plaas toe, het iets in haar laat meegee die oomblik toe sy meneer Zak soos 'n hooghartige koning na haar aangestap sien kom het.

Haar skuldgevoel word al groter. Sy is hierheen gestuur om die pad vir Martina en Kobus oop te maak. Sy moes die Coetzenberghs kom mak maak, soos Martina dit gestel het, en in plaas daarvan het sy sommer met die intrap die grootmeneer van Rocklands nog verder die harnas ingeja. Sy opinie van sy aanstaande skoonfamilie het sekerlik ná dese 'n laagtepunt bereik, en sy wonder of enigiets dit verander sal kry.

Wat het jy aangevang, vra sy haar spieëlbeeld af terwyl sy die deurmekaar hare uitkam. Die groen oë in die spieël kyk ontevrede na haar terug. Sy is die laaste een wat Martina moes gestuur het om hierdie mens – as jy hom onder daardie spesie kan klassifiseer – te kom beïndruk. Haar oë is te groen en haar hare te rooi. Sy kon vooraf geweet het sy sal van alles 'n gemors kom maak, want sy sal haar nie deur hierdie mansmens laat domineer nie.

Haar gesig versober verder. Ja, dis hoekom sy nog steeds op ses en twintig op die rak sit. Haar humeur en haar onafhanklikheid het haar al redelik diep op die rak ingeskuif. Mans hou van 'n vrou wat ja en amen sê op alles. Dit laat hulle groot en sterk en manlik voel.

Sy trek haar skouers op. So 'n vrou sal Zakkie na-

54

tuurlik vir homself wil hê, en ook vir sy kleinboet. En hier kom sy en laat hom goed verstaan sy is nié een van daardie soort nie.

Ai, wat het haar ooit besiel om tot hierdie vergesogte plan in te stem? Sy is bevrees dat die baas van Rocklands nie eens gaan toelaat dat Martina haar voete op die plaas sit nie. En sy self . . . Haar hart klop benoud. Sy gaan beswaarlik met haar lewe uit hierdie ding kom. As Zak Coetzenbergh net die vaagste snuf in die neus moet kry hoe die vurk werklik in die hef steek, sal hy . . . Sy wil liewer nie dink wát hy alles sal doen nie.

En hy het klaar 'n vermoede dat alles nie pluis is nie, dink sy onrustig. Hy is reeds oortuig dat sy oor haar ouderdom jok. Hy is nie 'n uilskuiken nie. Dit moet sy hom toegee. Sy waarneming is baie fyn, en sy sal moet ligloop.

Isolde frons. Tot hiertoe het sy nog nooit 'n man ontmoet vir wie sy bang was nie, of wat sy gevoel het werklik haar meerdere is nie. Maar sy het nou daardie gevoel, en dis vir haar vreemd. Sy kon haar man nog altyd staan teenoor die ander geslag. Maar hierdie Zak . . . Sy voel onseker van haarself en dit laat haar ergernis nog hoër styg.

Haar ken druk vanself uit. Sal sy haar van hierdie man laat onderkry? Wie is hy eintlik? En tog . . . tog het sy so 'n nare gevoel dat sy dalk hierdie keer 'n man raakgeloop het in wie sy haar tier gaan kry.

Sy ruk haar skouers agteroor, maar die groen oë is nie meer heeltemal so selfversekerd nie. Sy onthou meteens wat een van haar vorige vriende eenkeer vir haar gesê het toe hy, ná vele vergeefse pogings, maar die aftog geblaas en vir hom 'n ander vrou gaan soek het. Hy het gesê: "Jy, Isolde Cilliers, gaan nog op 'n dag 'n man teëkom wat jou meerdere gaan wees en hy sal jou mak maak, jou rooihaar-, groenoogrissie."

Toe het sy hom openlik uitgelag. "Daar bestaan nie so 'n man nie."

Sy het haar vererg. Fred Jacobs is 'n swak verloorder, het sy toe gedink. "Jy sal nooit dáárdie voorreg hê nie, ou vriend. Ek laat my nie mak maak nie. Verder – as jy 'n vrou soek wat moet ja en amen sê op alles en soos 'n skoothondjie moet draf vir elke gril en gier, gaan soek haar elders, nie in hierdie woonstel nie. Ek het 'n persoonlikheid van my eie en dit sal die dag wees as ek net die skaduwee van 'n man moet word."

"As jy so aanhou, sal jy nooit 'n man kry nie," het hy volgehou.

Die groen oë het pragtig in hul verontwaardiging na hom opgeblits. "Dan bly ek sonder man, dankie. Ek kan na myself kyk. Tot hiertoe het ek heeltemal goed klaargekom."

"Juis, maar daar gaan 'n dag kom dat jy gaan besef dat jy tog afhanklik is van 'n man."

"Dit sal ons maar moet sien, Fred. Tot dusver het ek eerlik nog geen gemis gevoel nie," het sy hooghartig geantwoord en Fred het gemaak dat hy wegkom voordat hy te veel kwytraak.

Isolde dink nou skielik aan daardie gesprek en sy roer rusteloos. Fred het gelyk gehad. Haar suster se geluk het haar tot hierdie besef gebring. Daar is dinge in die lewe wat net 'n man vir 'n vrou kan vervolmaak. Daar is dinge waarin 'n vrou afhanklik van 'n man is, al is sy ook hoe onafhanklik in ander opsigte. Die geluk in Martina se oë het haar vertel dat haar sussie iets gekry het wat haar ouer suster nog nooit gesmaak het nie en haar onafhanklike leefwyse het meteens baie vaal en oninteressant teenoor Martina se geluk vertoon. Sedertdien het Isolde baie beslis 'n gemis in haar eie lewe begin agterkom.

En toe stuur hulle haar Rocklands toe om Zak Coetzenbergh te kom mak maak. Asof daar 'n vrou kan bestaan wat daardie . . . ding sal mak kry! As sy nie ligloop nie, gaan sy die een wees wat mak gemaak word.

Toe Isolde daardie middag by die ou dame gaan plaasneem, sommer in haar kamer waar sy nog 'n bietjie rus, besef sy dat sy ook hier in haar pasoppens sal moet wees. Kobus se ma ly aan 'n swak hart en is so te sê 'n totale invalide, maar haar verstand is skerp en die blou oë wat so baie aan dié van haar oudste seun herinner, is wakker.

"Vertel my nou alles van jouself. Van hoe jy en Kobus ontmoet het."

Die vrae reën op Isolde af en sy doen haar bes om almal bevredigend te beantwoord, hoewel sy elke woord eers twee keer oorweeg voordat sy iets sê.

"O, jy sê jou suster se naam is Isolde? Wat 'n pragtige naam. Is sy ook so pragtig soos jy?"

Isolde glimlag verleë. Die ou tannie se bewondering vir haar skoonheid is so opreg dat sy nie daaraan kan twyfel nie. "Sy is baie mooier as ek. Sy het nie hierdie aaklige rooi hare nie, maar is donker en fyner as ek."

"Maar kind!" Sy is opreg geskok. "Jy het nie aaklige rooi hare nie. Dis te pragtig! So besonders. Ek is so bly Kobus gaan 'n rooikop Rocklands toe bring. Hier was nog nooit 'n rooikop op Rocklands nie. Jy sal die eerste een wees. Jy weet, die eerste oomblik toe my oë op jou geval het, het ek gedink, o, maar sy sal pragtig hier op die groen grasperke met haar rooi kop lyk. Jy pas so volkome hier in die prentjie in, Martina."

Isolde sluk. Laat u seun dit hoor, is sy lus om te sê, maar swyg liewer. Asof dit telepatie is, stap hy op daardie oomblik die kamer binne.

"Wat sal volkome in die prentjie pas?" wil hy dade- lik weet, en sy niksvermoedende ma herhaal wat sy so pas gesê het. "Dink jy nie ook so nie, Zak? Daardie groen oë van haar pas by die groen grasperke en in die herfs sal die populierblare dieselfde roesrooi as haar hare wees. Dis of sy gemaak is vir Rocklands."

"Mmmm." Isolde voel sy kan in die aarde sink en weier om haar oë na hom op te slaan. Sy hand kry egter haar hare beet en hy trek haar kop agteroor. Sy is verplig om in die duiwelse glinstering van sy oë op te kyk.

"Nogal 'n goeie vergelyking, Ma. Sy sal nogal nie sleg onder 'n herfsgetinte boom lyk nie. Maar soms speel 'n mens se verbeelding jou parte en stel jy vir jou 'n ding mooier voor as wat dit werklik is. Ons sal maar tot die herfs moet wag om te sien of sy aan die droombeeld reg laat geskied. Maar dit erken ek darem: Haar oë ís so groen soos Rocklands se gras- perke."

Sy probeer ongemerk haar kop van sy woelende vingers af wegkry, maar 'n moedswillige duiwel het skielik op sy skouer kom sit. Hy weier om sy hand weg te trek en gaan familiêr voort om met sy vingers deur die rooi drade te woel. Dan gee hy dit 'n stewige pluk wat haar 'n vinnige "eina!" laat uitroep.

"Jammer. Ek wou net seker maak of dit werklik jou

eie is en nie miskien 'n pruik nie." Hy neem teenoor haar plaas en sy oë terg haar openlik, en sy skielik veranderde houding maak haar nog meer senuwee-agtig. Sy wens die man wil gaan werk. Het hy nie 'n groot plaas om te bestuur nie? Maar hy het blykbaar besluit om ook te bly vir die ondervraging en strek hom gemaklik uit.

"Goed, Ma. U kan maar voortgaan. Ek wil ook weet."

Sy ma kyk hom verward aan. "Wat bedoel jy?"

Hy glimlag. "Voortgaan met die inkwisisie. Ek het geweet u gaan hierdie rooikop nou aan 'n deeglike kruisverhoor blootstel, en ek wou dit nie misloop nie. Sien, ek is net so geïnteresseerd om alles van ons aan-staande rooikop te hoor."

"O, Zak, hou op met terg! Martina sal dink ons is vreeslike mense."

"As sy dit nie reeds dink nie," sê hy vlugtig, en glim-lag dan weer breed. "Jy het ons nog nie vertel hoe jy en Kobus ontmoet het nie – of het sy Ma al vertel?"

"Nee, nog nie. Hoe hét julle ontmoet, Martina?"

Isolde sluk. "Wel, hy het een aand saam met Richard Latsky daar by die woonstel aangekom." Sy weet nie hoekom nie, maar dis of sy nie lus voel om Richard se naam voor hulle te noem nie, en die oombliklike frons op Zak Coetzenbergh se gesig vertel haar dat sy nie verniet so voel nie.

"Jy bedoel Richard Latsky van die buurplaas?" Ook die ou dame frons effens en Isolde voel verward. Sy kan iets in die atmosfeer aanvoel wat nie reg is nie.

"Ja, ek veronderstel so. Richard het vertel dat sy ouers ook in hierdie gewete boer."

"Sy ouers is ons bure." Zak se stem klink kortaf en

sy oë is skerp. "Hoe goed ken julle hierdie Richard? Is julle vriende?"

Sy kyk hom onseker aan en weet nie wat om te antwoord nie. Zak, en so ook sy ma, hou nie van Richard nie. Sy kan dit aanvoel. "Wel . . ."

"Ja?"

"Ons ken hom redelik lank. Hy is al lank prokureur op Skoonspruit."

"Is hy 'n huisvriend van julle? Of iets meer?"

Hy het skielik self die ondervraging oorgeneem en sy kyk hom vererg aan. Goed, as hy dan wil weet . . .

"Ja. Hy is my suster se kêrel."

Daar heers 'n stilte en sy kyk vraend van die een na die ander. Dis duidelik dat hierdie stukkie nuus hulle glad nie aanstaan nie. Dan kyk sy weer vas in Zak se blou oë en lig haar ken uitdagend. "Iets verkeerd daarmee?"

"Ja. Jou suster is ten spyte van die feit dat sy 'n oujongnooi is, blykbaar nie 'n baie goeie mensekenner nie."

"Ek begryp nie."

Die ou dame verduidelik vinnig. "Dis nie nodig om jou te ontstel nie, hartjie. Maar ek is bevrees Zakkie het reg. As ek 'n dogter gehad het, sou ek nie graag wou sien dat sy ernstig met Richard Latsky word nie." Die ou oë lyk ongelukkig. "Dit klink so asof ons wil skinder, Martina, maar . . . Richard is nie 'n goeie kind vir sy ouers nie en . . . daar was al praatjies in die omloop oor hom."

"Dit was nie praatjies nie, Ma. Dit is feite. Maar as hy dan so 'n intieme vriend van Martina se suster is, moet ons liewer swyg. Dan het jy en Kobus deur Richard Latsky ontmoet. Ek sien." Sy stemtoon vertel haar dat dit haar, en dus Martina, in 'n nog slegter lig stel. Dis ook asof hy meteens alle belangstelling verloor, want hy staan op en sê kortaf: "Ek sal vanaand laat terug wees, Ma. Ons gaan na Vaalhoek om 'n pomp reg te maak. Moenie vir my vir ete wag nie."

Toe hy uit is, heers daar 'n ongemaklike stilte wat Isolde probeer verbreek deur te vra: "Is Vaalhoek 'n ander plaas?"

"Nee, dis deel van Rocklands, maar elke kamp het 'n naam, aangesien die grond so groot is." Die ou dame kyk haar verskonend aan. "Ek is jammer oor netnou, hartjie. Jy moet dit nie te veel ter harte neem nie. Ek en Zak het nie die reg om ons medemens te oordeel nie. Dis net . . . Ag, kom ons vergeet van Richard Latsky en vertel my van . . ."

"Nee, tannie. Ek wil nie van hom vergeet nie. Vertel my, asseblief. Wat weet u van Richard af? Hoekom het u gesê hy is nie 'n goeie seun vir sy ouers nie?"

Die ou dame vou haar hande. "Wel, Martina, hy is totaal van hulle vervreemd. Sy ouers hoor nooit iets van hom nie, hy kom hulle nooit besoek nie. En hy is hul enigste seun. Hulle het nog net 'n dogter. Die twee ou mense treur oor hom, maar hy is blykbaar vir hulle verlore. Dis hard vir 'n ouer om jou lewe vir jou kind op te offer en dan so behandel te word. Maar Richard was maar altyd 'n moeilike entjie mens. Hulle het maar altyd probleme met hom gehad."

"Soos wat, tannie?"

"Ag, hartjie, ek wil liewer nie daaroor praat nie, veral noudat jy sê hy is 'n spesiale vriend van jou suster. Miskien het hy ook intussen verander . . ."

"Maar dan moet u my juis vertel, tannie," sê sy

dringend. "Ons ken hom maar net van Skoonspruit se dae af. Ons weet niks verder van hom af nie. Eintlik het ek my verkeerd uitgedruk netnou. Hy is nie . . . Isolde se kêrel nie. Hy neem haar maar net soms uit, maar ek weet sy sal nooit met hom trou nie."

"Ek is bly om dit te hoor, Martina. Nee, hartjie, ek sal niks verder sê nie. Ons praat liewer oor jou en Kobus. Wanneer is julle van plan om te trou?"

Weer skiet die skuldgevoel in haar op, maar sy is verplig om te antwoord: "Ons moet nog besluit."

"Hy het oor die foon gesê jou ouers is reeds oorlede en dis net jy en jou suster. Dan trou julle uit hierdie huis. Ons sal vir julle die troue gee."

"O nee, tannie, ons verwag dit nie."

"Dit sal my grootste plesier wees, hartjie, en 'n voorreg. Ons praat weer later daaroor."

Isolde is dankbaar toe die ou tannie sê sy wil 'n bietjie rus en sy na buite kan vlug om alleen te wees met haar gedagtes. Daar is baie om oor na te dink terwyl sy deur Zak se pragtige tuin wandel.

Die Coetzenberghs weet iets van Richard af, meer as wat sy weet. Iets wat Zak se lippe in 'n wit lyn laat saampers het en sy ma ontstel om net daaroor te praat. Wat kan dit wees? Sy onthou wat sy vir die ou dame gesê het, dat Isolde nie van plan is om met Richard Latsky te trou nie. En tog is een van die redes hoekom sy vandag hier op Rocklands is juis dat sy hier finaal moet kom besluit of sy Richard se huweliksaanbod gaan aanvaar of nie. Maar ná enkele ure hier op Rocklands weet sy intuïtief wat haar antwoord gaan wees as sy teruggaan.

Sy sal nie meer met hom trou nie. En hierdie keer is dit finaal. Dan bly daar nou nog net oujongnooiskap vir haar oor, dink sy meewarig. Zak het dus nie verkeerd nie. Martina het 'n oujongnooisuster.

Mevrou Coetzenbergh gaan saans vroeg slaap – sy het haar persoonlike bediende, Kaaitjie, wat na haar omsien – en hoewel Isolde die ou dame verseker het dat sy self vanaand graag vroeg in die bed sal wil kom, voel sy nie lus om nou al kamer toe te gaan nie en sy stap op die ruim stoep uit. Maar toe sy die bakkie se ligte met die pad sien aankom, vlug sy vinnig kamer toe. Sy wil so min moontlik in hierdie man se geselskap wees.

Sy is egter net gereed om in die bed te klim, toe daar 'n klop aan haar deur opklink. Sy staan nog en twyfel of sy daarop moet reageer, toe sy sy bevelende stem aan die ander kant van die deur hoor opklink.

"Martina, jou lig brand nog, dus kan jy nie al slaap nie. Trek jou kamerjas aan en kom sit by my in die kombuis terwyl ek eet. Ek haat dit om alleen te eet."

Die voetstappe sterf weg en Isolde frons vererg. Daar bestaan blykbaar by hom geen twyfel dat daar aan sy bevel gehoor gegee sal word nie. Sy gooi die beddegoed oop en klim in die bed. Wat maak dit aan haar saak as hy dit haat om alleen te eet?

'n Paar oomblikke later swaai haar kamerdeur oop en sy sien sy silhoeët in die deuropening.

"Sit aan die lig. Ek weet jy slaap nie." Sy gehoorsaam en frons ontevrede toe sy sien hoe hy eiegeregtig haar kamer verder binnestap.

"Wat wil jy hê?" Haar stem klink byna onbeskof, en sy antwoord is weer gevaarlik kalm.

"Geselskap terwyl ek eet. Kom. Opstaan."

"Maar . . ."

Hy hou haar kamerjas vir haar uit en weer is daar

daardie krul om sy mond wat haar laat rooi sien. "Moenie maak asof jy te preuts is om voor my in jou nagklere uit die bed te klim nie. Ons is albei ouer as twaalf. Kom. Ek sal, ter wille van Kobus, my oë toehou tot jy jou kamerjas aanhet."

"Jy is laf, mansmens. Ek gaan g'n nou opstaan om jou geselskap te hou nie."

"Jy gaan, hartjie." Die volgende oomblik word die beddegoed blitsvinnig van haar afgetrek en sy voel hoe sy arms onder haar bene inskuif en sy opgelig word.

Haar groen oë peul byna uit. "Jy . . . jy . . . Sit my neer! Wat dink jy sal jou ma sê as sy . . ."

"Ma slaap lankal. Sy neem elke aand 'n slaappil. Hmmm." Sy blik gaan genadeloos oor haar. "Ek moet sê ek kan my kleinboet nie heeltemal verkwalik dat hy so gou kop verloor het nie. Jy is pragtig, hartjie."

"Sit my neer, jou gemene . . . buffel!"

"Op voorwaarde dat jy soet jou kamerjas sal aantrek en saam met my kom. Anders dra ek jou net so kombuis toe. Daar hang 'n stuk rou riem agter die agterdeur. Ek sal jou sommer daarmee aan die tafelpoot vasmaak. Wel?"

"Probeer jy snaaks wees?" Die groen oë blits asof sy hom wil vermoor.

"Nee. Ek probeer jou net leer om te gehoorsaam. Dis een ding wat jy sal móét leer as jy met Kobus wil trou – om te luister wanneer ek praat."

"Ek trou met Kobus, nie met jóú nie!"

"Dis waar jy 'n fout maak, rooikop. Die vrou wat met Kobus trou, trou met sy hele familie – en ek is die belangrikste van hulle almal. Dus . . ." Hy laat haar grond toe sak. "Trek aan jou kamerjas en kom kombuis toe soos ek gesê het."

64

4

Hy sit en wag by die gedekte kombuistafel toe sy stomend van ergernis die kombuis binnestap.

"My kos is in die lou-oond."

Sy plak dit voor hom neer, en hy kyk op. "Sit hier langs my."

Sy gehoorsaam soos 'n robot, vou haar hande onder die tafel styf inmekaar en kyk stip voor haar op die tafelkleedjie.

Hy begin rustig eet, en later word die stilte byna onuithoudbaar. Maar sy byt op haar tande. Sy sál dit nie eerste verbreek nie. Dis hy wat geselskap soek, nie sy nie.

Hy skuif sy bord eindelik terug en sit behaaglik terug in die stoel. Dan pen sy oë haar vas, ernstig, bestuderend. "Uit daarmee."

Sy is verplig om na hom te kyk, verwarring in haar oë. "Waarmee?"

"Wat byt jou?"

Sy sluk, antwoord versigtig. "Niks nie."

"Komaan, rooikop. Iets pla jou geweldig. Dit skitter in jou groen oë en blink in jou rooi hare. Is dit ek? Wat is daar in my of aan my wat jou so omkrap?"

Die groen oë deurboor hom op hooghartige wyse. "Jy laat my heeltemal koud, meneer Zak."

"Hmmm." Die blou oë dwaal oor haar. "Goed. Laat ons dan liewer nie lykskouing hou nie. Maar een ding moet jy goed verstaan. My ma mag onder geen omstandighede ontstel word nie. Wat ook al die oorsaak vir jou afkeer van my, hou dit asseblief onder beheer wanneer jy in haar teenwoordigheid is. Dit sal haar hart breek as jy nie met my oor die weg kan kom nie, want sy sal dan weet dat Kobus se huwelik gedoem is tot mislukking. Ons hoop maar tyd sal hierdie ding uitsorteer en regstel. Kobus sal seker 'n hele ruk weg wees, en in die weke wat kom, hoop ek maar vir sy onthalwe ek en jy vind mekaar."

"Hoe bedoel jy, Kobus sal 'n hele ruk weg wees?" vra sy vinnig.

"Dis vanselfsprekend. As hy die beeste koop, sal hy moet toesien dat hulle hier kom en dit neem lank. Die goed moet ook nog eers 'n ruk onder kwarantyn kom sodra hulle die land inkom. Ek verwag hom nie voor op die minste oor twee maande terug nie."

"Twee maande!" Die groen oë is geskok. "Ek kan onmoontlik so lank hier bly. Ek gaan oor drie weke terug."

"Nee, jy gaan nie. Jy bly hier tot Kobus kom."

"Maar my werk . . ."

"Dit kan gereël word. Jy is 'n onderwyseres, nie waar nie? Ek verbeel my Kobus het so iets oor die foon gesê. Ek sal die nodige reëlings tref. 'n Mens sal wel êrens iemand kry om jou plek in te neem wanneer die skole weer begin. Laat dit aan my oor. Dis afgehandel."

Sy kyk hom verslae aan, en besef nie dat daar ook skrik in die groen oë weerkaats nie. Dan kry sy haar tong weer terug. "Dis nie afgehandel nie. Ek móét oor drie weke teruggaan. Ek kan onmoontlik langer hier bly."

Sy tas wild in haar gedagtes rond na 'n rede wat grondig genoeg vir hom sal klink om te aanvaar. Sy durf nie toelaat dat hierdie man hom in haar sake inmeng nie. Hy sal onmiddellik haar bedrog agterkom. Die oomblik dat hy na Martina se skool toe bel, sal hy die waarheid uitvind.

Sy oë rus weer skerp op haar, en dis uit suiwere vrees dat sy losbars. "O, jy is onuitstaanbaar! Jy wil net almal se lewens reël en beheer. Jy los my persoonlike sake doodstil uit, hoor jy?"

"Jou persoonlike sake is nou ook my sake, en ek sal doen wat ek goeddink. Jy bly hier tot Kobus terug is op die plaas."

"Maar my suster . . ."

"Jou suster sal gewoond moet raak daaraan dat jy nie meer daar is nie. Sy is oud genoeg om vir haarself te sorg. Hoe oud is sy?"

"Ses en twintig, maar . . ."

"Jonger as wat ek gedink het. Sy het soos 'n regte versuurde oujongnooi geklink. Ek het haar minstens veertig geskat."

Isolde trek haar asem skerp in. Die vermetelheid van hierdie man! "As jy besig is om my en my suster te beledig . . ."

"Kalmeer, Martina. Skink eers vir my koffie in, dan praat ons verder. Daar staan die fles."

Sy wip op en werk taamlik hardhandig met die koppie en plak dit weer voor hom neer.

"Sit."

"Ek gaan nou slaap."

"Sit, Martina."

Sy voel verbyster toe sy weer op die stoel terugsak. Geen man het al die voorreg gehad om haar op dáárdie toon aan te spreek nie, en nog minder sou enige man dit regkry om haar teen haar sin te laat gehoorsaam. Wat gaan met haar aan vandat sy op hierdie plaas aangekom het? Wie is hierdie vreemdeling wat haar met 'n enkele blik van sy blou oë en 'n sekere stemtoon dwing om hom te gehoorsaam?

Tog bly sy sit, kyk net strak na hom, beskou hom vir die eerste keer met aandag.

Hy is 'n groot man, bonkig. Sy gelaatstrekke is te oneweredig om mooi te wees, maar dis miskien juis dit wat hom so aantreklik maak. Jy kry mos mense wat amper mooi is van lelikheid en hierdie Zacharias is een van hulle. Dis of hy amper te veel van alles het, te veel grofheid, te veel manlikheid, te veel krag en te veel trots en, natuurlik, te veel verwaandheid en eiedunk. Sy oë is ook te blou, besluit sy, sodat hulle hard voorkom, sy mond te streng, sodat dit amper wreed vertoon. Sy kakebeen is te vierkantig, sodat dit ongenaakbaarheid weerspieël.

Sy besef op hierdie oomblik dat sy nog nooit tevore so 'n man ontmoet het nie. Hy behoort tot 'n kategorie met wie sy nog nooit te doen gekry het nie. Daar is iets in hom wat haar vertel dat hy heeltemal genadeloos en selfs roekeloos kan wees as hy te ver gedryf word. Maar terselfdertyd weet sy, het sy reeds gesien hoe hy teenoor sy ma optree, dat hy ook tot tere emosies in staat is. Daar is 'n vae rusteloosheid in hom en 'n gloed in sy oë wat haar vertel dat hy geen halwe maat ken nie. Sy was van die eerste oomblik af in sy slegte boekies, maar sy wonder meteens hoe dit moet voel om in sy goeie boekies te wees . . .

Sy ruk haar gedagtes weer tot die hede terug en toe sy in sy oë vaskyk, voel sy 'n gloed teen haar hals opstoot.

Sy stem is op 'n lae toonhoogte – soos dit meestal is. "Ek sal liewer nie waag om jou bevinding te verneem nie. Ek kan in jou oë sien dat dit geensins vleiend is nie." Toe sy hom net sit en aankyk, glimlag hy skielik en om 'n onverklaarbare rede mis haar hart 'n slag of wat. "Toe maar. Ek het jou ook beskou. Wil jy nie my opinie hoor nie?"

Sy kyk hom vererg aan, maar sy glimlag bly en skielik voel sy nie meer lus om haar man teen hom te staan nie. Nog altyd het sy dit geniet om haar kragte teen dié van 'n man te meet, maar met hierdie een is dit vermoeiend, vind sy ná net 'n paar uur uit. En as Zak glimlag, gebeur daar iets met hom wat die wind onwillekeurig uit jou seile neem. Jou woede en verontwaardiging word soos 'n koek wat platgeval het. Sy kyk op haar hande af en frons weer, haar ergernis nou teen haarself gemik. Van wanneer af word sy deur 'n man se glimlag beïndruk?

"Ons het op 'n slegte voet begin, rooikop. Ons was albei bevooroordeeld toe ons vanoggend ontmoet het. Kom ons begin van voor af. Ek is bereid om alles te vergeet en te vergewe, selfs die verkeerde opinie wat jy van my gevorm het." Sy kyk vinnig na hom op en hy trek sy wenkbroue omhoog. "Jy hét 'n verkeerde opinie van my, weet jy? Jy sien my as 'n soort diktator wat net wil maak en breek, en dit terwyl Ma jou tog die versekering gegee het dat ek 'n groot man met 'n ou klein hartjie is."

Voordat sy kan keer, plooi haar lippe. Klein ou hartjie, inderdaad! Maar die spanning is meteens gebreek en sy knik styf. Dit sal beter wees om liewer 'n wapenstilstand met hierdie man aan te gaan, al is dit dan ook net tydelik. Oor drie weke gaan sy tog weg. Hoekom nou hierdie paar dae vir haarself moeilik maak?

"Nou goed. Kom ons begin van voor af," stem sy in en hy gee haar 'n mooi glimlag wat weer 'n vreemde reaksie in haar veroorsaak, maar sy weier om aandag daaraan te gee. Sy weet tog die glimlag kom nie uit sy hart nie, en dat hy dit maar net doen ter wille van sy ma en Kobus. Maar ter wille van die vrede sal sy hom maar tegemoetkom.

"Gaaf. Dan begin ons van hierdie minuut af. Jy weet, Martina, ek kan net nie begryp hoekom jy met Kobus wil trou nie."

Dadelik is haar oë weer waaksaam. "Hoekom? Wat is verkeerd daarmee?"

"Baie. Jy is nie die vrou vir hom nie, so min as wat hy die man vir jou is. Julle pas glad nie by mekaar nie."

Sy beteuel haar humeur en onrus. Hy het so pas kastig 'n wapenstilstand tussen hulle uitgeroep en daar begin hy al weer! Verder het hy natuurlik gelyk. Sy en Kobus pas beslis nie by mekaar nie, maar Martina en Kobus pas honderd persent. Maar natuurlik weet hy nie sy is nie Martina nie en sy durf hom nie laat agterkom dat hy gelyk het nie. O, dis 'n gekompliseerde besigheid! As hy net minder opmerksaam wil wees. Vir haar gemoedsrus is hy gans te skerpsinnig. As sy nie ligloop nie, gaan hy haar binne vier en twintig uur ontmasker.

Haar stem het weer sy effense gemoedelikheid verloor. "Jy kan dit natuurlik sê nadat jy my nog nie eens 'n volle dag ken nie."

Sy stem bly egter vriendelik. "Natuurlik. Ek ken my broer, en ek weet presies watter soort vrou by hom sal pas, en dis nie jy nie. Jy sal pens en pootjies bo-op sy kop sit."

Sy is weer so styf en kil soos voorheen. "Dankie. Jy sê die mooiste dinge."

Hy lag skielik met 'n diep, geamuseerde lag wat

haar laat lus voel om hom met die koffiefles te gooi. "Kom nou, rooikop. Jy weet dit is so. Jy het 'n man nodig wat jou kan kortvat en beheer."

"Werklik?"

"Ja. Want as jy nie so iemand kry nie, sal jy dit binne die eerste huweliksweek uitgil van verveling. Jy sal nooit regkom met 'n man wat jy kan domineer nie."

Haar groen oë flits weer gevaarlik, maar sy kry dit wonderbaarlik reg om haar stemtoon egalig te hou. "Dis uiters interessant. Gaan gerus voort."

Hy sit haar deur sy pyprook en betrag, 'n fyn glimlaggie om sy mondhoeke. "Jy is volkome vrou, maar as jy nie die regte man kry nie, gaan jy onuitstaanbaar mannetjiesagtig word, hartjie."

Sy sluk swaar, en nou bewe haar stem. "My naam is . . . Martina."

Hy haal die pyp uit sy mond en leun effens vooroor. "My ma noem jou hartjie."

"Jy is nie jou ma nie." Haar stem is bot en waarsku hom dat die vredesooreenkoms van 'n paar sekondes gelede 'n vinnige dood gaan sterf as hy nie nou ophou nie. Sy gesig versober ook, maar die blou oë bly skerp.

"Goed, rooikop. Ek sal nie weer vir jou hartjie sê nie."

Sy kyk vinnig weg. Die man moenie dink dat hy haar met lang blikke van daardie blou kykers sal week maak nie. Sy is al ses en twintig. Sy word nie meer so maklik deur blou kyke beïndruk nie.

Tog besluit sy dat sy liewer nou hier moet padgee. Dis genoeg vir een aand. Sy druk haar stoel terug en staan op. "Nou gaan ek regtig slaap. Nag, meneer Zak."

Hy staan ook op. "Bang om verder te luister?"

Sy trek haar kop agteroor om hom vas in die oë te kyk. "Is daar dan nog? Laat ek hoor dat dit kan klaarkom. Ek is vaak en moeg."

"Toe maar. Gaan slaap maar. Netnou is jy weer van voor af kwaad vir my. Maar dit was nie iets onvleiends wat ek wou byvoeg nie."

Sy knip haar oë vererg. Werklik, hy speel kat-en-muis met haar. "Wat wou jy nog byvoeg?" hoor sy haarself vra en kan haarself skop toe sy sy glimlaggie sien. Nou dink hy sy wil graag hoor wat hy nog te sê het!

"Net dit." Skielik is sy vingers weer in haar hare en weer voel sy die vreemde tinteling oor haar kopvel gaan. "Jy is 'n vrou wat streng beheer sal moet word."

"Jy het dit reeds gesê."

"Maar in dieselfde maat ook bemin moet word."

Sy is reeds halfpad die gang af toe sy hom agter haar hoor aanroep: "En dit sit nie in my kleinboet se klere nie."

Toe Isolde die volgende oggend wakker word, lê sy en luister na die plaasgeluide wat van buite af haar kamer insypel. Dis so 'n ander atmosfeer as naby die stad, waar sy woon. Daar word sy soggens wakker met die geluid van die motorverkeer in haar ore. Maar hier . . .

Hier digby haar kamervenster kan sy 'n tortelduifie na sy maat hoor roep. Op die agtergrond is die gekwetter van vinke en mossies en kwikstertjies hoorbaar. Daar ver hoor sy 'n trekker raas en van die ander kant af kan sy die koeie na hul kalwers hoor bulk. Tussendeur is daar die geblêr van 'n lammetjie wat na sy ma soek.

72

Sy hoor 'n stem 'n entjie van haar kamervenster af bevele uitdeel en sy voel haar hart weer daardie vreemde skop gee. Sy spring uit die bed en trek die gordyn effens weg. Hy staan met sy rug na haar en beduie aan 'n werker wat hy vandag in die tuin gedoen wil hê.

Toe kyk hy onverwags om en betrap haar waar sy hom staan en beloer. Sy laat die gordyn vinnig terugval, maar nie voordat sy die glinstering in sy oë gesien het nie. Vinnig spring sy tussen die lakens in en trek dit oor haar kop, maar sy bluf niemand nie, beslis nie die man wat sonder seremonie die gordyn van buite af met 'n bruingebrande arm ooptrek nie.

"Slaap die Johannesburger dan nog?"

Sy draai haar om en kyk hom kwaai aan. " 'n Mens trek nie sommer 'n dame se gordyn oop nie."

"Dit hang af wie die dame is. 'n Dame wat ander mense in haar nagklere staan en afloer, soek moeilikheid." Sy glimlag is breed. "Terloops, jy kan dit maar elke oggend doen. Jy het pragtig gelyk daar in die raam van die venster. 'n Prentjie om 'n man se hart te steel."

"Gaan bars!"

"Nee, ek het nie nou tyd daarvoor nie. Ek moet veld toe, en as jy gou maak, kan jy saamkom." Toe sy niks sê nie, kyk hy haar vraend aan. "Of wil jy nie sien hoe lyk die wêreld waar jy die res van jou lewe gaan slyt nie?"

"Jy sê dan ek sal nie die res van my lewe hier slyt nie. Hoekom sal ek dan die moeite doen?"

"Jy verdraai my woorde. Ek het net gesê Kobus is nie die man vir jou nie, ek staan daarby. Ek brekfis oor tien minute. Sorg dat jy daar is."

73

Die gordyn val terug en sy sit besluiteloos daarna en kyk. Sy moet liewer so min moontlik in hierdie man se geselskap wees, maar dit sal lekker wees om saam met hom in die vroeë môre in die veld rond te ry . . . Tien minute later voeg sy haar by hom aan ontbyttafel en hy knik goedkeurend.

"Mooi. Jy leer gou. Ons twee sal nog goed regkom."

Sy vervies haar sommer weer. "Ek is net hier omdat ek graag die Karoo wil sien, nie omdat jy my beveel het nie."

Hy glimlag lui. "Is dit, rooikop? Toe, eet jou pap en eier. Ek het vir ons 'n piekniekmandjie laat pak. Ons sal nie vir middagete tuis wees nie."

"Maar jou ma . . . sal sy nie omgee nie?"

"Ek het haar reeds gesê ek gaan jou vandag die plaas wys. Daar wag nog baie dae wat jy hier by haar kan sit en gesels en my sokkies stop en my knope aanwerk."

"Verskoon my, asseblief. Jy bly vergeet ek gaan met jou broer trou, nie met jóú nie."

"Maar ek het jou mos gesê jy trou dan net so goed met my."

Die groen oë flits weer. "Hoekom soek jy nie vir jouself 'n vrou nie? Te vol fiemies, veronderstel ek."

"Ek is glad nie haastig nie. Terwyl jy tog hier gaan wees, het ek mos nie iemand anders nodig nie."

Isolde frons en kyk hom onseker aan. Verwag hy werklik dat Martina en Kobus vir die res van hul lewens hier by hom en sy ma in sy huis bly? Haar arme kleinsus!

Dis of hy haar gedagtes lees, want hy vervolg: "As hy met enige ander vrou getrou het, sou ek hom toe-

74

gelaat het om eenkant te gaan bly. Maar ek het jou reeds gesê hy sal jou nie kan hanteer nie. Hy moet maar hier bly sodat ek hom met jou kan help. Klaar? Nou goed, kom."

Hy trek haar aan die arm op, lei haar die kombuis uit en skud sy kop vir die ou man wat met die opgesaalde perd nader kom.

"Nie vanoggend nie, oudste. Hierdie Johannesburger sal ek maar in 'n voertuig moet rondkarwei. Sy sal haar morsdood van 'n perd af val."

Isolde swyg maar liewer. Sy het klaar verduidelik dat sy nie 'n Johannesburger is nie en hy het klaar besluit sy is. Wat sal dit help om weer 'n argument daaroor uit te lok? En dan . . . Sy glimlag geheimsinnig. Hierdie Johannesburger sal hom dalk een of twee dinge kan leer van perdry, maar dit gaan sy hom nie vertel nie. Hy hoef nie te weet dat sy so te sê op 'n perd se rug grootgeword het nie, en dat daar 'n hele paar trofeë in haar woonstel in Skoonspruit as bewys daarvan staan nie.

Sy blik weer na agter. Die appelblouskimmel wat weggelei word, is van stoetgehalte. Hierdie man doen blykbaar alles goed.

"Waarna kyk jy?"

Sy glimlag soet na hom op. "Ek probeer net uitmaak watter is nou die stertkant en watter die kopkant. Die eerste keer in my lewe dat ek 'n perd sien, weet jy?"

Hy glimlag op haar af. "Moenie parmantig wees nie. Ek duld dit nie."

"Wát duld jy, meneer Zak?"

"Mooi meisies met rooi koppe in dun nagkleertjies."

Sy voel dat tot haar hare se wortels rooi word. "Dis gemeen!" Tog lag sy saam met hom en voel dat daar vanoggend 'n heelwat beter verhouding tussen hulle is as gister. Miskien . . . miskien sal hierdie man darem al 'n bietjie van haar hou wanneer sy die dag hier moet weggaan.

Sy vind alles wat hy haar wys interessant en sy besef gou dat hierdie wêreld maar net op die oog af so vaal en kaal lyk. Teen die tyd dat hulle middagete by een van die windpompe in die veld nuttig, begin sy al voel om Martina te beny.

Sy het vir die uitstappie 'n gemaklike langbroek en kortmoubloese aangetrek en die rooi hare is in 'n poniestert saamgevang. Behalwe vir 'n baie ligte lipstiffie, het sy geen grimering aan nie. Die man staan en kyk na haar terwyl sy die grondseiltjie op die kweek langs die dammetjie onder die wilgerboom oopgooi en die mandjie se inhoud daarop begin uitpak. Sy oë is peinsend terwyl hulle oor die slanke kurwes gly. Dan stap hy nader en sy voel hoe sy vingers in haar poniestert woel. Haar hart ruk weer soos die vorige kere. Vir wat kan die man nie haar hare uitlos nie?

"Los my hare en kom eet."

Hy gee die poniestert 'n plukkie en neem dan langs haar plaas. Sy kyk hom half vererg aan. "Is my hare werklik vir jou so aaklig dat jy dit net heeldag wil uittrek?"

Hy glimlag. "Ek kon nog nooit 'n rooikopvrou verdra nie. Behalwe dat hulle gewoonlik lyk asof hulle deur die nag in die dou gelê en die son hulle toe laat roes het, is hulle te beduiweld."

"Ek het nie sproete nie," verweer sy verontwaardig.

"Nee, maar jy het die humeur wat by rooi hare pas.

76

Tog . . . ek het nooit geweet rooi hare voel so lekker tussen 'n mens se vingers nie. Dis soos sydrade. Ek kan my hande nie van hulle afhou nie."

Sy voel meteens selfbewus en frons. Skielik komplimente vanoggend? Is dit 'n nuwe manier van mak maak, wonder sy, en haar stem is skerper as wat sy besef, toe sy kortaf sê: "Jy praat kaf. Eet jou kos."

Hy frons ook nou, maar gehoorsaam en vir 'n rukkie is dit stil tussen hulle. Die geur van die veldbossies hang om hulle en dis of 'n mens die stilte in die bak van jou hande kan skep. Sy betrap sy oë weer peinsend op haar en vra: "Was dit nodig om Kobus met onterwing te dreig?"

Die ontspanne atmosfeer tussen hulle is versteur. Hy sug. "Ja, ongelukkig. 'n Verliefde man het nie veel verstand nie. Ek het my pa belowe dat ek Ma sal beskerm, en dit is wat ek gaan doen, al beteken dit ook dat ek Kobus moet dwing om van jou af te sien as ek vind dat jy nie geskik is nie. Kobus is haar baba en dit sal haar breek as hy 'n ongelukkige huwelik moet hê of 'n vrou plaas toe bring wat glad nie by ons inpas nie. Daarom dat jy hier sal bly totdat ons jou goed leer ken het en kan uitvind of jy in die prentjie sal pas of nie. Ek het al genoeg gesien van die ellendes wat kan volg wanneer twee mense trou wat glad nie by mekaar of by die onderskeie families inpas nie. Dit gaan nie op Rocklands gebeur nie."

Sy kyk hom vas aan. "Jy praat van 'n trouery of die soek van 'n lewensmaat asof dit 'n baie koelbloedige affêre is. Daar is tog so iets soos liefde, of glo jy nie daaraan nie?"

Sy mond trek effens smalend. "Ek is bevrees ek is verby die stadium van storieboekliefde. Liefde kom vanself as al die ander dinge reg is. Maar as die ander dinge verkeerd is, sterf daardie selfde vreeslike liefde gewoonlik 'n skielike dood."

"Was jy al ooit in jou lewe verlief?"

Hy kyk haar fronsend aan. "Was jy?"

Sy kyk vinnig weg. Was sy al? Nee. Sy weet sy was nie, nie só soos wat Martina op haar Kobus verlief is nie. Nog nooit só aangetrokke tot 'n man dat sy hom blindelings na die einde van die aardbol sal volg as dit moet nie.

'n Fyn glimlaggie trek in sy mondhoeke. "Jy neem darem lank om te antwoord terwyl jy veronderstel is om op hierdie oomblik malverlief te wees."

Sy skrik, maar probeer uiterlik kalm bly, en kyk hom koel, uit die hoogte aan. "Ek het dit nie nodig geag om jou vraag te beantwoord nie. Natuurlik is dit vanselfsprekend dat ek verlief moet wees as ek op trou staan."

"Glad nie so vanselfsprekend nie. Mense trou om baie redes, en nie altyd omdat hulle liefhet nie. Jy is nie verlief nie, Martina." Hy vang haar oë met syne vas. "Ek kan byna 'n eed sweer dat jy op hierdie oomblik net so min verlief is op my broer of enige ander man as wat ek op daardie suur oujongnooisuster van jou verlief is."

"Jy word al weer beledigend."

"Nee. Ek praat net die waarheid."

Sy skuif oor op haar knieë en begin die eetgerei hardhandig in die mandjie terugpak. Sy kan stik van woede. O, hy is die verwaandste, mees eiegeregtige bees wat daar op twee bene rondloop!

"En nou is jy al weer kwaad vir my. Ek het dus die spyker op die kop geslaan."

78

Sy werp hom 'n groen, stomende blik toe. "Ek sal my nie verwerdig om jou te antwoord nie. Kom ons ry."

Hy staan op en gee sy lui, beterweterige glimlaggie. "Ma is reg. Jy is pragtig, veral as jy kwaad is. My kleinboet is 'n gelukkige man – ás hy jou gaan kry!"

Dis 'n rukkie stil in die bakkie toe hulle voortry en dan vra hy skielik: "Hierdie suster van jou . . . Wat sê jy is haar naam?"

Sy voel weer die waarskuwingsliggie in haar flits. Zak is gans te geïnteresseerd in die oujongnooi in sy aanstaande familie. Hy dink niks van haar nie. Hoekom los hy haar nie uit nie?

"Isolde."

"Uitheemse naam. Waar kom sy daaraan?"

"Kan nie sê dat Zak juis minder uitheems is nie," byt sy terug.

"Zacharias is die familienaam van die stamvader van die Coetzenberghs."

"So is Isolde." Sy flits hom weer 'n blik toe. "Jy het in elk geval niks met háár uit te waai nie."

"O, maar ek het. Beslis. Ek het jou reeds gesê 'n mens trou met die hele familie. Ek behoort haar ook hierheen te laat kom om haar deur te kyk."

"Sy is nie 'n stoetooi nie," laat sy kwaad hoor. "Sy sal ook nooit haar voete hier sit nie, dus het jy niks met haar te doen nie."

"Maar natuurlik sal sy seker gereeld vir haar suster kom kuier. Dis dan net julle twee, verstaan ek. Een van die dae is sy stokoud en dan sal sy seker permanent hier kom intrek, want waar moet sy dan heen? Nee, ons sal haar hier moet kry. Waar sê jy werk sy?"

Isolde se hart klop in haar keel. Hier gaan nou 'n

79

lollery kom, voel sy sommer aan. "Isolde is weg met haar jaarlikse verlof na 'n strandoord."

"Maar dan werk dit nog meer ideaal uit. Sy is seker dood van verveling alleen daar by die strand. Wie gaan kuier nou alleen by die see? Ons sal haar vanaand bel en sê sy moet dadelik hierheen kom."

"Hou stil."

"Wat?"

"Hou stil!"

Hy skop die rem vas terwyl hy haar verward aankyk. "Wat is dit? Word jy motorsiek?"

Sy vlieg by die bakkie uit en haar rooi gesig vertel hom dat sy beslis nie motorsiek is nie. "Nee. Ek is siek van jóú, jou bemoeisieke . . ."

Sy begin in die veldpaadjie aanstap en eers kyk hy haar net agterna.

Dan spring hy ook uit en skree: "Haai, waar gaan jy?"

"Ek stap terug plaas toe. Ek sal nie 'n enkele minuut langer in jou teenwoordigheid bly nie. Ry maar."

"Martina, moenie verspot wees nie. Ons is kilometers van die huis af."

"Ek gee nie om nie. Ek is siek en sat vir jou inmengery. Ek stap!"

Hy leun met sy voorarms op die kant van die oop motordeur.

"Jy stap in die verkeerde rigting. Die huis lê dáárdie kant toe."

Sy swaai in haar spore om en begin aanstap in die rigting waarheen hy wys, en toe sy 'n entjie weg is, skree hy weer: "Nee, wag, ek is verkeerd. Die huis lê in dáárdie rigting." Hy wys weer na die ander kant.

Sy kom tot stilstand en staan en gluur hom aan.

Dan kom sy met 'n afgemete pas nader gestap en daar kom 'n waaksaamheid in sy oë toe sy so gedetermineerd aankom. Soos sy op hierdie oomblik lyk, is sy in staat tot enigiets.

Sy voel ook in staat tot enigiets toe sy reg voor hom tot stilstand kom. Sy was nog nooit in haar lewe so naby daaraan om 'n man 'n taai klap te gee soos op hierdie oomblik nie. Dis net die gedagte aan Martina en Kobus en watter gevolge dit vir hulle kan inhou, wat haar keer om hom te lyf te gaan. "Zacharias Coetzenbergh, jy moet vir jou 'n vrou soek dat jy kan mens word."

"So? Het jy miskien aspirasies in daardie rigting, juffrou Cilliers?"

"Nee, dankie. Was jy Adam en ek Eva, het ons vandag nog rustig saam in die Paradys gelewe."

"So? Jy klink baie oortuig van jouself, rooikop. Ek kom agter jy is geneig om altyd van goed te praat waarvan jy niks weet nie."

"Soos wat?"

"Soos nou net en soos . . . dit!" Skielik word sy sommer bo-oor die bakkie se deur aan die skouerknoppe vasgevat, en voordat sy nog reg besef wat gebeur, word sy stewig en goed gesoen. Sy oë blink sadisties in hare af toe hy haar los. "Nog so seker van jou saak, Eva?"

Sy is so verslae dat sy hom net verdwaas kan staan en aankyk, en dan word sy mooi netjies aan haar skouers omgeswaai en sy vinger kom oor haar skouer van agter af verby haar neus. "Daar! Met hierdie pad langs sal jy by die huis kom. Nou stap jy."

"Wat?"

Daar is geen geamuseerdheid in die harde blou oë

wat hare ontmoet toe sy verward na agter kyk nie. "Jy wou huis toe stap, nie waar nie? Dis nog omtrent tien kilometer tot daar. Jy moet dus begin stap as jy nie te laat by die huis wil kom en Ma onnodig ontstel nie. Maak dit maar 'n stewige passie. Ek volg."

Hy klim ongeërg terug agter die stuur en skakel die bakkie aan. Toe sy nog besluiteloos bly staan, druk hy hard op die toeter en wys met sy hand dat sy moet begin.

Isolde het geen keuse nie. Sy moet maar begin stap, maar hoewel haar bene beweeg, het haar verstand gaan stilstaan. Sy kan nie glo dis besig om met haar te gebeur nie. Sy was nog nooit so verneder in haar lewe nie. Om soos 'n skaap op 'n plaaspaadjie aange-jaag te word . . . Sy vergeet totaal dat dit sy was wat in die eerste plek daarmee begin het, en dat die idee oorspronklik van haar gekom het.

Twee keer waag sy dit om vlugtig om te kyk, maar die gesig agter die stuurwiel is ongenaakbaar en hard. Sy moet geen genade verwag nie, besef sy terwyl sy die sweet sommer met die rugkant van haar hand van haar gesig afvee. Hy gaan haar die hele tien kilometer laat stap . . . die ongemanierde plaasbuffel! Die mooiheid van die Karoo gaan nou by haar verby. Die lamme-tjies wat haar op 'n afstand staan en betrag, is glad nie meer mooi nie. Vroeër in die dag wou sy gaande raak oor hulle. Nou is sy blind daarvoor. Dis 'n aaklige, vieslike, snikhete warm wêreld hierdie! Sy is dankbaar sy hoef nooit in hierdie gramadoelas te kom bly nie.

As die pad nog gelyk was, kon dit gaan. Maar dis op en af en telkens trap sy op 'n ronde klip wat haar laat struikel. Haar sandale met die effense hoë hakkie is ook beslis nie vir 'n Karoo-plaaspad gemaak nie.

Sy loop en kyk stip voor haar op die stofgetrapte paadjie en bedink die wonderlikste metodes van moord wat Agatha Christie sou laat watertand het. Maar nie een is goed genoeg nie. Hulle is te vinnig, te pynloos. Dit moet 'n stadige, martelende dood wees.

Sy sien amper nie die draadhek wat skielik voor haar opdoem nie. Dan haak sy dit los, stap deur en haak dit weer stewig agter haar toe en kyk vermakerig terug na die bakkie wat verplig is om voor die hek tot stilstand te kom. Sy lippe is 'n stywe, wit lyn toe hy uitklim en die hek kom oopmaak sodat hy ook kan deurkom, en sy stryk vinnig aan. Hy kan dit dalk in sy kop kry om haar in te loop en haar terug te bring en te dwing om die hek vir hom te kom oophou, en sy sien nie vir 'n enkele ekstra tree meer kans nie. Dit voel vir haar sy kan beswyk van moegheid en hitte.

Eerlank is die sagte dreuning weer kort agter haar, maar nou gee hy die pas aan. Sy moet later begin drafstap om voor die wiele weg te bly, en die meisie wat op die heuweltjie op 'n perd se rug al 'n hele tydjie die petalje verbaas sit en aanskou, moet hardop lag.

Wat daar onder in die pad aangaan, kan sy nie dink nie, maar hiervandaan is dit beslis baie komieklik.

Sy besluit om 'n bietjie nader te gaan, en toe die perd skielik voor Isolde in die nou plaaspaadjie verskyn, sak sy sommer in haar spore op die grond neer. Verbaas en geamuseer kyk die meisie vanaf die perd op die bondeltjie mens met die rooi hare hier voor haar neer. Dan klap 'n deur toe en Zak stap nader.

Die meisie spring van die perd se rug af en deur 'n waas van moegheid sien Isolde hoe sy na Zak hardloop. "Zak!"

"Samantha! Liewe land, ek het jou skaars herken."

83

"O, dis gaaf om jou weer te sien. Hoe gaan dit?"

Isolde steur haar nie verder aan hulle nie. Haar blik is op die perd voor haar. Sy sien nie kans om 'n enkele tree verder te stap nie. Suutjies, terwyl die ander twee mekaar groet, sukkel sy haar moeë lyf orent en bekruip die swart perd.

"Martina, klim af daar!"

Maar sy is op en kap die spore in. Die perd is egter nie hierdie soort behandeling gewoond nie, en steier runnikend agteroor.

Die volgende oomblik voel sy hoe sy uit die saal trek en dan word dit swart voor haar.

5

Toe hy oor haar buk, is sy reeds weer op. Die duiseligheid het net vir 'n oomblik geduur.

Een kyk na sy gesig laat haar sommer dadelik in haar spore omdraai en hierdie keer hardloop sy in die veldpad af.

"Martina! Het jy van jou sinne geraak? Kom hier."

Maar sy gee geen gehoor nie. Sy wil net wegkom, wegkom van Zak Coetzenbergh se woede en van daardie vreemde meisie met haar ewe hooghartige, meerderwaardige houding.

"Liewe land! Wie is dit?" wil die meisie van Zak weet, en hy antwoord met stywe lippe, sy oë stip op die weghardlopende gestalte. "Kobus se aanstaande."

"Wat?" 'n Kortaf laggie. "Wanneer het dit gebeur?"

Zak is egter nie nou lus vir verduidelikings nie. "Ek sal jou perd kry."

Sy kyk hom agterna terwyl hy haar perd aankeer, haar oë nougetrek. Dan glimlag sy. Kobus se aanstaande. Vir 'n oomblik het sy gedink daardie rooikop het iets met Zak te make. Dan is die veld nog oop. Zak Coetzenbergh loop nog steeds los rond. Dis tyd dat hy aangekeer word.

Hy oorhandig die leisels en sê kortaf: "Jy sal my moet verskoon. As daardie moedswillige rooikat alleen op die plaas aangeloop kom, sal Ma my braai. Ek sal haar moet keer voordat sy die huis haal."

Samantha glimlag. "Sy sal dit nooit op eie bene haal nie. Sy was netnou al pootuit."

"Dan sal sy kruip as sy nie meer kan loop nie, glo my. Jy ken haar nog nie."

"Van wanneer af ken jy haar en wat soek sy hier?"

"Ek ken haar van gister af en dis amper 'n dag te lank. Kobus is oorsee om beeste te gaan koop en sy kuier nou hier by ons tot die troue." Sy kan hoor dat hy sy tande liggies op mekaar kners. "Maar of daar ooit 'n troue gaan plaasvind, is ná dese 'n ope vraag."

Samantha glimlag ingenome. "Ek lei af dat jy nie veel van jou aanstaande skoonsus hou nie."

"Ek het nog altyd 'n broertjie dood gehad aan rooikoppe en hierdie een . . . Verskoon my, asseblief, Samantha. Ons sien mekaar weer. Ek moet nou eers daardie vroumens gaan aankeer."

Samantha kyk hom agterna en klim dan weer op haar perd. Sy was eintlik op pad Rocklands toe om te gaan groet, maar sy besef dat dit nie nou die geleë oomblik is nie. Daar gaan vuurvonke spat. Aan die een kant sal sy dit graag wil sien. Sy het Zak nog nooit so bleek gesien nie. Sy sal nie graag op hierdie oomblik in daardie onbekende rooikop se skoene wil wees nie.

Die rooikop besef dat sy maar die aftog kan blaas toe die bakkie met 'n vaart langs haar op die nou paadjie inskuif en sy vinnig moet padgee om nie omgery te word nie.

"Klim in!" Toe sy 'n sekonde aarsel, is hy self buite en sy word hardhandig aan die arm gevat. "Ek het my nog nooit te buite gegaan met 'n vroumens nie, maar vandag is die dag. Klim in voordat ek jou die loesing gee wat jy lankal kort."

Sy klim gedwee in. Daar is geen veglus meer in haar oor nie. 'n Vyandige stilte heers tussen hulle tot hulle op die werf stilhou. Toe sy uitklim, wil haar bene onder haar swik. Sy besef nou eers hoe moeg sy werklik is, en haar knieë voel soos water. Hy kom om die bakkie gestap en tel haar sonder seremonie op.

"Los my! Ek sal self . . ."

Sy laat die sin maar halfpad in die lug wegraak, wetende dat dit tog geen indruk sal maak nie.

Hy stap met haar deur na haar kamer en sit haar op die bed neer. "Waar het jy oral seergekry?"

"Nêrens. Ek is reg. Los my net uit."

Hy gaan egter voort om haar goed deur te kyk, lig haar arm op en bekyk die lelike skaafplek by haar elmboog, dan die plek teen haar voorkop. "Is daar nog ander plekke?"

"Nee."

Sy weet sy klink verskriklik kinderagtig en ondankbaar, maar sy voel op die punt van histerie. As hy net wil loop en sy hom nooit weer hoef te sien nie.

"Gaan neem 'n warm bad. Daar is 'n ontsmettingsmiddel in die badkamerkassie. Sit dit op die skraapplekke. Trek 'n langmouding aan dat Ma nie jou arm sien nie en kam jou hare dat dit oor daardie plek op jou voorkop hang. Dis beter as sy liewer niks van vanmiddag se kinderagtige spul hoor nie."

Nadat sy 'n rukkie in die bad gelê en week het, begin sy kalmer voel en besef dat sy nie anders kan as om met hom saam te stem nie. Dit wás 'n kinderagtige spul, om die minste daarvan te sê. Sy weet nie wat haar besiel het om so op te tree nie. Sy het haarself nog altyd as 'n baie volwasse persoon beskou, maar die gebeure van vanmiddag bewys net die teenoorgestelde.

Maar dis alles daardie buffel se skuld, verontskuldig sy haarself. Dis daardie man wat die slegste in haar uitbring en haar dinge laat doen wat sy nooit anders sou doen nie. Hy tart en tart tot sy haar selfbeheersing totaal kwytraak. Sy frons bekommerd. Geen ander man het dit nog ooit reggekry nie. Sy was nog altyd in volle beheer van 'n situasie. Dis die mans wat soms die kluts kwytgeraak het, en dan het sy hulle uit die hoogte beskou. Maar hier op Rocklands is die bordjies skielik verhang.

Sy is behoorlik te bang om haar kamer te verlaat en dis weer die grootbaas van Rocklands wat self na haar kamer kom en haar kom haal.

Sy blik gaan speurend oor haar. "Alles reg?"

"Ja, dankie."

"Net een ding voordat ons gaan. Ma wil graag jou indrukke van die plaas hoor," sê hy met 'n sarkastiese krul in sy mondhoek, maar sy blou oë is yskoud. "Waag jy dit ooit weer om op 'n perd se rug te klim – jy wat nie eens weet wat is kop- of stertkant nie – dan foeter ek jou eiehandig. Verstaan jy?"

Die enigste antwoord wat sy daarop het, is om haar kop omhoog te ruk en neus in die lug by hom verby te stap, maar sy is net 'n paar tree weg toe sy deur 'n stewige hand om haar pols teruggehou word. Sy stem is nou sissend en sy kan sien dat sy woede nog nie juis afgeneem het nie.

"Jou hardgebaktheid sal ek nog uit jou uitkry, vroumens, al moet ek ook jou nek breek."

Mevrou Coetzenbergh is die liefde en goedheid self teenoor Isolde en sy doen haar bes om die ou dame niks te laat agterkom nie. Zak staan ook 'n rukkie langs haar stoel soos 'n polisiewag om te kyk of sy sy bevele uitvoer.

"Ek hoop nie Zak het jou te veel vermoei nie, hartjie. Hy het self so 'n uithouvermoë dat hy miskien nooit agtergekom het dat jy al moeg is nie."

Isolde grim in haar binneste en loer vlugtig na bo. Sy sien hom openlik staan en grinnik, en sy moet die bloedstollende begeerte om hom by te kom op hierdie oomblik onderdruk en sy antwoord: "O nee, tannie, dit was heerlik in die veld. Ek het dit só geniet."

Sy voel, eerder as sien, hoe die man se wenkbroue hemelhoog skiet, maar sy hou haar oë stip op die ou dame.

"Dan is dit goed, my kind. Wat dink jy van ons wêreld?"

"Dis . . . nog 'n bietjie vreemd vir my, maar ek glo 'n mens sal versot raak daarop."

"Ek is bly jy dink so, Martina. Ek was bang jy sal jou nie maklik hier aanpas nie. Min mense wat nie gebore en getoë Karoo-kinders is nie, pas hulle hier aan. Maar ek sien sommer jy sal kan." Sy kyk haar ondersoekend aan. "Hoe lyk dit my die son het jou gevang?

Ek hoop tog nie Zak het jou te lank laat rondloop nie, kind. Die Karoo-son kan giftig wees vir iemand wat nie daaraan gewoond is nie."

"Ag, nee wat, tannie, dit was nie té ver nie. Ek kon nog baie verder loop, as dit moes."

Hy kom agter haar stoel verby en weer voel sy die vingers vlugtig maar hard deur haar rooi krulle trek.

"Ek sal nou moet gaan werk. Sien julle later. O ja, terloops, Ma, ons het Samantha gesien. Sy is terug op die plaas."

Die ou dame kyk belangstellend op. "Samantha? Om te kuier of permanent?"

"Ek het nie gevra nie. Sy sal seker die een of ander tyd vandag hier uitslaan om te kom groet. Sy het 'n oulike nooi geword. Ek het haar skaars herken."

Toe hy uit is, vra Isolde: "Wie is dié Samantha?"

Mevrou Coetzenbergh lyk verbaas. "Maar het Zak jou nie gesê nie?"

Hy was te smoorkwaad om iets te sê, wil sy antwoord, maar sê bedees: "Ons het nie eintlik oor haar gepraat nie."

"Sy is ons bure se dogter – die Latskys." Sy knik met haar kop. "Ja, sy is Richard Latsky se suster. Sy is 'n baie kunssinnige mens. Sy het die afgelope paar jaar 'n dramakursus in Johannesburg geloop. Ek neem aan sy het maar net kom kuier en sal seker weer teruggaan. Maar sy is ook 'n knap boerenooi, hoor. Sy ry 'n perd soos min vroue kan."

Isolde antwoord nie. Die meisie is dus Richard se suster. Hy het al van haar gepraat, hoewel hulle nog nooit ontmoet het nie. Vandag is sy innig dankbaar dat sy destyds nie een van Richard se mense leer ken het nie. Sy het 'n paar keer voorgestel dat hulle darem seker die een of ander tyd sy ouers sal moet besoek sodat hulle mekaar kan leer ken, maar Richard het altyd 'n verskoning gehad. Vandag verstaan sy.

Toe Samantha daardie middag met 'n motor voor Rocklands se deur stilhou, voel Isolde of sy liewer wil spore maak. Maar al wat sy kan doen, is om saam met die twee Coetzenberghs, waar hulle op die grasperk sit en tee drink, te kyk hoe die slanke meisie uit die motor klim en met grasieuse tred aangestap kom. Sy lyk soos 'n kunstenaar, dink Isolde by haarself. Sy kan maklik vir 'n filmster deurgaan. Die blonde hare – wat Isolde sweer uit 'n botteltjie kom – hang gekartel oor die een oog en haar hele houding, haar kleredrag en grimering vertel wat haar agtergrond is.

Zak stap haar tegemoet. "Ek kan nou nog nie glo dis werklik daardie langbeenmeisiekind van die buurplaas nie," laat hy hoor, en sy lag hom breed toe.

"Ek verseker jou dis die einste sy!"

Ook mevrou Coetzenbergh kan nie help om 'n opmerking te maak nie. "Maar Samantha-kind, jy is dan 'n totaal ander mens. Jy is pragtig!"

Samantha glimlag en soen die ou dame hartlik. "Dankie, tante. Ek het gedink julle gaan verras wees."

" 'n Wonderbaarlike verbetering, moet ek sê," laat Zak hoor en Isolde vervies haar effens. Samantha is aantreklik, maar só erg is dit nou ook nie. Sy het al mooier gesien.

"Kom sit en drink saam tee. Daar is mos nog in die pot, nè, hartjie?" nooi mevrou Coetzenbergh en Isolde staan gehoorsaam op om vir die gas ook 'n koppie te gaan haal.

Toe sy wegstap, kyk Samantha haar fronsend agterna en sê dan: "Dis al asof daar iets bekends aan haar is. Waar kom sy vandaan?"

"Van Skoonspruit, nie ver van jou af nie."

"Skoonspruit? Waar Richard is?"

"Ja. Sy ken jou broer ook."

Samantha se frons verdiep effens. "Wat het jy gesê is haar van?"

"Cilliers. Martina Cilliers."

"O." 'n Oomblik stilte. "Richard was op 'n tyd aan 'n Cilliers-meisie van Skoonspruit verloof. Sy het so 'n eienaardige naam gehad, een wat 'n mens nie heeldag raakloop nie."

"Isolde?"

Sy kyk vinnig na hom op. "Ja, dis die naam. Is sy familie van Martina?"

"Haar suster."

Die ou dame frons liggies. "Martina het niks van 'n verlowing gepraat nie. Sy het gesê hulle ken Richard en dat hy haar suster soms uitneem."

"Die verlowing is verbreek. Hoekom weet ek nie. Ek en Richard het ook nie veel kontak met mekaar nie. Ons bel mekaar dan en wan, maar dis ook al." Samantha se oë vernou. "O, dan is daardie meisie Isolde se suster . . ." Sy swyg toe Isolde teruggestap kom, en laat dan vriendelik hoor: "Ek verneem nou net jy ken my broer ook. Hy en jou suster was mos op 'n tyd verloof?"

Isolde se blik is koel. "Ja, maar dis reeds lankal verbreek."

"Maar hulle gaan nog uit, nie waar nie?" Dis Zak wat praat en Isolde frons. Moes die Samantha-vroumens juis op hierdie tydstip kom kuier het?

"Dis eintlik hy wat so agter haar aanloop."

"O?" Samantha se blik het ook verkoel. "Hoekom is hul verlowing destyds verbreek?"

"Omdat Isolde uitgevind het dat hy nie die man is met wie sy haar lewe wil slyt nie. Hul dink nie dieselfde oor baie dinge nie," antwoord sy reguit, en nou is die dramastudent se oë beslis koel.

"Soos wat, byvoorbeeld?"

"Jy moet dit maar vir Isolde vra, juffrou Latsky. Dis haar private sake."

Samantha se oë vernou. "Ek sal haar nogal graag wil ontmoet. Ek sal graag wil sien hoe lyk die meisie agter wie my broer aanloop."

Dis Zak wat tussenbeide tree. "Jy sal wel die geleentheid kry. Sy sal eersdaags hier op Rocklands kom kuier. Ek moet erken, ek is net so nuuskierig om Martina se suster te sien."

Isolde kyk hom agterdogtig aan. "Hoekom?"

"Ek dink sy moet iets besonders wees . . ."

"Ten spyte van die feit dat sy al 'n oujongnooi is?"

Die ou dame kyk Isolde verbaas aan. "Maar het jy nie gesê sy is maar ses en twintig nie? Ek was self ses en twintig toe ek getroud is."

Isolde glimlag skeef. "Maar Zak dink sy sit reeds diep op die rak."

Hy glimlag lui na haar. "Ek het gesê sy klink soos een. Ek is heeltemal bereid om te aanvaar sy lyk nie soos een nie. Daarom dat ek haar graag wil sien. Miskien kan ons haar nog red as sy nie al te ver heen is nie."

Samantha se laggie klink helder op, maar Isolde sien niks snaaks nie, en wens dat die vroumens wil vertrek. Sy ontstig net die atmosfeer hier op Rocklands.

'n Rukkie later neem Samantha met 'n uitnodiging afskeid. "Kom eet môreaand by ons."

"Zak en Martina kan maar gaan, dankie, Samantha. Soos jy weet, gaan ek nooit meer uit nie."

"Ek sal by u bly, tannie," bied Isolde dadelik aan, want dis die laaste ding wat sy wil doen – om by die Latskys te gaan kuier. Hoe minder sy van daardie mense sien, hoe beter en veiliger vir haar.

"Maar ek wil juis hê my ouers moet jou ontmoet," teken Samantha beswaar aan, en Zak stel haar dadelik gerus.

"Ons sal kom." Hy stap saam met haar motor toe en Isolde hoor hom sê: "Dankie vir jou kuiertjie. Kom gerus weer."

"O, ek sal. Ek gaan nog Rocklands se drumpel deurtrap."

"Wanneer gaan jy terug?"

"O, ek weet nie. Hang af . . . Ek is glad nie seker of ek weer teruggaan nie."

"Nie?"

"Ek verlang te veel na hierdie wêreld en sy mense. Miskien bly ek vir 'n lang ruk hier. Ons sal maar sien."

Die bietjie hoop wat Isolde gehad het dat sy gou ontslae sal wees van hierdie snuffelpot, is daarmee die nek ingeslaan. Sy kyk die motor agterna met die oortuiging dat hierdie meisie vir haar net probleme in die toekoms gaan meebring. Nóg sy nóg Martina nóg Kobus het daaraan gedink dat Richard se ouers ook in die distrik boer en dat dit komplikasies kan meebring. Oor een ding is sy darem dankbaar. Sy hoef nie te vrees dat Richard onverwags hier sal opdaag nie, en gelukkig het sy sy mense nooit voorheen ontmoet nie.

Tog bly die onrus in haar, en sy sou nog onrustiger gevoel het as sy kon lees wat in Samantha Latsky se gedagtes omgaan op pad terug na haar ouers se plaas.

"Dink jy nie dis tyd dat jy weer 'n slag jou ouers kom besoek nie, Richard?" vra Samantha daardie aand vir haar broer oor die telefoon. "Hulle begin oud word, boetie. Dis tog nie so veel gevra om 'n enkele naweek aan hulle af te staan nie."

"Hoe lank bly jy nou daar?"

"Miskien permanent. Ek moet nog besluit."

"En wat van jou aspirasies vir die verhoog en die filmwêreld?"

"Dis nog hoog, maar nie hoog genoeg as die regte persoon my vra om met hom te trou nie."

"O, is dit soos die wind waai? Wie is die gelukkige man, as ek mag vra?"

"Jy mag vra, maar nie oor 'n plaaslyn nie. Kom kuier 'n naweek dan sal ek jou alles vertel. Terloops, Richard, daardie gewese verloofde van jou . . . Hoe het sy gelyk?"

Sy stem klink verbaas. "Isolde? Van waar die skielike belangstelling?"

"Dit sal ek jou ook vertel wanneer jy hier kom. Maar wag. Laat ék jou vertel hoe sy lyk en korrigeer my as ek verkeerd is. Sy is van middelmatige lengte, goed gebou, met mooi, rooi hare en besondere grasgroen oë en 'n pragtige gelaatskleur. Reg?"

"Honderd persent. Maar wag . . . Wág 'n bietjie. Jy het haar nooit ontmoet nie, het jy?"

"Nie destyds nie, nee. Maar ek het onlangs. Ek verstaan jy neem haar nog soms uit en stel nog in haar belang. Reg?"

"Weer reg, maar Samantha . . ."

"Hier loop 'n meisie hier naby ons plaas rond wat

aan daardie beskrywing voldoen, net haar naam is an-
ders. Sy noem haarself Martina. Haar suster se naam
is glo Isolde. Sê my, het haar suster ook rooi hare en
groen oë?"

"Beslis nie. Sy is donker." Daar heers 'n oomblik stil-
te. "Goed. Ek kom plaas toe so gou ek hier kan weg-
breek. Klink my daar is êrens 'n slang in die gras."

Samantha glimlag ingenome. "So het ek uit die
staanspoor vermoed. En sommer 'n grote ook. Ek kan
net nie begryp wat daaragter skuil nie."

"Ek is self op die oomblik dronkgeslaan, maar ek sal
gou genoeg uitvind wat aangaan as ek daar kom."

"Goed. Ons verwag jou."

Toe sy die gehoorbuis op die mik neersit, is daar 'n
selfvoldane glimlag op haar lippe. Tot dusver het sy
nog geen rede tot onrus nie. Van wat sy gister gesien
het, kom Zak en sy sogenaamde aanstaande skoon-
suster glad nie goed oor die weg nie. Maar sy gaan
geen kanse waag nie. Feit bly, Zak bly 'n man en met
so 'n rooikopskoonheid heeldag onder sy voete kan
hy dalk sy ergernis jeens haar begin vergeet. Net die
feit dat haar eie broer haar nie kan vergeet of bereid
is om afstand van haar te doen nie, bewys dat hierdie
meisie 'n besondere houvas op 'n man kry. Voor dit
dalk met Zak gebeur, sal sy iets moet doen.

En dié dame speel so reg in haar hand. Êrens is 'n
lekker stukkie bedrog aan die gang, om watter rede,
bly vir haar 'n duistere geheim. Sy kan net nie dink
wat die meisiekind daarmee wil bereik nie. Maar dit
pas haar.

Sy ken Zak van kindsbeen af, en sy weet hy is nie 'n
man wat vir bedrog en valsheid te vinde is nie. Daar-
om dat hy en Richard nie kan regkom nie, want haar

boet kan die waarheid wonderlik kinkel as dit hom pas.

Sy is baie jare jonger as Zak, maar van kleins af was hy haar held, en later, toe sy groter geword het, het sy ernstig verlief geraak op hom. Maar hy het haar nooit raakgesien nie. Sy was in sy oë maar altyd die langbeendogter van die buurplaas. Al wanneer hy haar werklik raakgesien het, was wanneer sy op 'n perd se rug gesit het, en dan het hy haar ruiterkuns bewonder, nie vir haar nie.

Ten einde raad is sy weg Johannesburg toe en daar het sy redelike sukses behaal. Maar sy kon Zak nie vergeet nie. Nou het sy die kruispad van haar loopbaan bereik. Sy moet nou besluit of sy die verhoogkuns en die filmwêreld haar beroep gaan maak of nie. Maar eers het sy weer plaas toe gekom om te kyk of Zak haar nie nóú sal raaksien nie, want sy het sorg gedra dat hy haar hierdie keer nie weer as die langbeendogter van oom John Latsky van die buurplaas sal aansien nie.

En hy hét haar opgemerk. Hierdie keer het sy oë oopgegaan, maar ongelukkig is daar reeds 'n rooikop by hom en Samantha wil, tot sy seker is van hom, die enigste vrou in sy gesigsveld wees. Sy weet sy hoef haar nie oor die ander meisies in die kontrei te bekommer nie. As Zak een van hulle wou gehad het, sou hy lankal een van hulle gevat het. Nee. Hierdie keer het sy 'n baie goeie kans om Zak Coetzenbergh aan te keer, maar dan moet daardie rooikop uit die pad kom.

Want al lyk dit op die oog af asof hy haar nie onder sy oë kan verdra nie, en al het hy met sy eie mond gesê hy het 'n broertjie dood aan 'n rooikopvroumens, het sy sy gesig gesien toe Martina – of wat haar naam ook

96

al is – van die perd geval het. Sy het self ook geskrik, maar daar was iets in Zak se oë wat haar nie te gerus laat voel nie.

Sy skud haar skouers. Miskien het sy haar dit maar net verbeel. Feit bly, Zak sien haar as sy broer se aanstaande bruid, en dit sal darem 'n ding wees as sy nou hier op die plaas moet verongeluk terwyl hulle op trou staan. Maar in die paar jaar dat Samantha in die stad is, het sy wêreldwys geword, en sy het geleer dis beter om vroegtydig te keer as om agterna die wonde te lek. Hoe gouer hierdie rooikop ontmasker word en hier kan padgee, hoe beter. En dit sal gebeur sodra Richard plaas toe kom.

Isolde maak die volgende aand teësinnig reg om die afspraak met die Latskys na te kom. Sy weet dit sal nie help om te protesteer nie. Zak het besluit hulle gaan, en gaan sal hulle, al moet hy haar ook weer soos 'n hanskalf voor die bakkie uitjaag tot op die buurplaas se werf.

Sy doen moeite met haar voorkoms. Nie omdat sy Richard se ouers wil beïndruk nie, maar om Samantha Filmster te wys dat sy darem nie altyd soos 'n doodgejaagde skaap lyk nie.

Mevrou Coetzenbergh is nie suinig met haar bewondering en lof toe Isolde vir inspeksie verskyn nie.

"Hartjie, jy is regtig pragtig. O, ek spog met my skoondogter."

"Stadig, tannie," lag Isolde verleë, bewus daarvan dat nog 'n paar oë haar krities bekyk.

"Ja, Ma, nie so haastig nie. 'Between the cup and the lip', sê die Engelsman, nè?" Hy stap nader. "As jy gereed is, kan ons maar gaan. Seker Ma gee nie om om alleen te bly nie?"

"Natuurlik nie, Zakkie. Gaan geniet die aand en sê groete vir die Latskys. En bring haar weer veilig terug, hoor?"

Hy soen haar liggies op die voorkop. "Ek sal jou hartjie veilig terugbring," belowe hy plegtig.

Toe hulle die werf uitry, kyk hy skuins na haar en sê, asof hy nie regtig graag wil nie maar nie anders kan nie: "Jy lyk regtig goed vanaand, hartjie. Wie wil jy op Boshoek gaan beïndruk?"

Sy vererg haar sommer weer dadelik. Hy hoef haar nie te komplimenteer as hy nie wil nie. Sy het nie om 'n kompliment gevra nie. Hoekom moet daar altyd 'n angel in elke ding wees wat hy teenoor haar kwytraak?

"Jy lyk self nie te goor nie, Zakkie. Ek sal natuurlik nie vra wie jy op Boshoek wil gaan beïndruk nie."

Hy lag saggies, skud sy kop. "O, julle vroumense darem! Hoekom is jy jaloers op Samantha?"

Sy voel haar rug trek laaistokstyf. "Moenie verspot wees nie. Hoekom sal ek jaloers wees op die filmster?"

"Toe nou. Nou word jy katterig. En terloops, rooikop, net my ma durf my Zakkie noem, hoor?"

"Goed, en ewe terloops, net jou ma durf my as hartjie aanspreek."

Hy glimlag na haar. "Baklei ons al weer?"

"Jy't begin. Jy begin altyd eerste. Ek weet nie hoekom jy my nie uitlos nie."

Hy hou voor 'n kamphek stil en druk die deur oop. "Ek sal oopmaak as jy kan deurry." Toe hy weer agter die wiel inskuif, kyk hy haar in die skynsel van die dakliggie aan. "Ek weet nie hoekom ek dit doen nie. Maar weet jy hoe mooi is jy as jy kwaad is?"

Sy kyk hom vererg aan. "Nee, ek weet nie, maar jy

moet ophou om jou met my te vermaak. Op 'n dag gaan ek jou nog terugkry."

"Dit sal nie maklik gebeur nie, rooikop. Dit sit nie in daardie rooi hare van jou nie."

Sy glimlag hovaardig. "Moenie so seker wees nie, meneer Zak. Jy gaan nog van jou troontjie tuimel voordat ek van Rocklands af padgee. Wag maar."

"Ha!" snork hy. "Jy sal lank wag."

"Wil jy wed?"

"Vir 'n foto van jou."

" 'n Foto?" Sy kyk hom aan asof sy dink hy is die kluts heeltemal kwyt.

"Ja. 'n Foto. 'n Baie duidelike foto. Ek gaan Saterdag dorp toe en jy gaan saam. Ons apteker neem nogal oulike foto's."

"Maar wat wil jy met 'n foto van my maak?" vra sy fronsend, skielik baie onrustig. Hierdie man doen niks sonder 'n rede nie.

"As jy moet weet . . . dit ophang in my studeerkamer tussen my wildtrofeë."

Sy kyk hom onseker aan. Sy weet sy kan maar laat staan. Sy sal dit nie uit hom kry hoekom hy skielik die foto wil hê nie.

Op Boshoek aangekom, word sy onmiddellik met die twee ou mense afgeskei en Samantha monopoliseer Zak totaal. Isolde voel ietwat geamuseer. Net die gedagte dat sy die buurdogter se kanse om Zak aan te keer enigsins kan kortwiek, is belaglik.

Sy vind oom John en tant Bessie Latsky twee dierbare mense en voel in haar hart boos teenoor Richard dat hy hulle so afskeep. Sy neem haar voor dat sy met hom daaroor gaan praat sodra hulle mekaar weer sien. Maar dan besef sy dat sy dit nie sal kan doen

sonder om die hele storie van haar koms na Rock-
lands uit te lap nie, en dit sal sy nie doen nie.

Toe hulle later ná 'n heerlike ete begin groet, voel
sy half hartseer toe sy afskeid neem. Amper was hulle
haar skoonmense en sy het nooit besef watter dierbare
ouers haar destydse verloofde het nie. Sy voel skuldig
en skaam en ontevrede met haarself dat sy nie destyds
harder daarop aangedring het dat hulle sy ouers moes
besoek sodat sy hulle kon leer ken nie. Kinders kan
so onnadenkend en selfsugtig wees, besef sy. Dis eers
as jy nie meer ouers het nie dat jy weet wat jy al die
jare gehad het. Richard sal te laat agterkom wat hy
verloor het wanneer hierdie twee ou mense nie meer
daar is om vir hom te wag en te bid nie.

Dis stil op pad terug Rocklands toe. Dis of albei
skielik te diep ingedagte is om met mekaar te baklei.

Later vra sy: "Ek het gehoor jy en Samantha praat
van boeresport wat aan die kom is."

"Ja. Eerskomende Saterdag. Dis ook perdesport dié
dag. Dis gewoonlik 'n groot geleentheid. Daar kom
inskrywings van oor die hele land. Hier kort by ons is
groot perdetelers."

"Werklik? Ek het nie geweet in die Karoo teel hulle
ook perde nie."

"Jy weet maar min van die Karoo af, rooikop. 'n
Perd wat hier by ons in die distrik geteel is, het laas
die Metropolitan gewen. En verlede jaar se July is ook
gewen deur 'n perd wat afkomstig is van een van ons
drie groot perdetelers in hierdie kontrei."

"En nou wil Kobus hier met Brahmane kom boer.
Dink jy dit sal 'n sukses wees?"

"Ek dink nogal so. Ek dink hy het iets beet. Die Ka-
roo is nie net bossies nie. Daar is dele van Rocklands

wat grasveld is en op daardie dele behoort hulle goed te aard. Verlang jy al na hom?"

Die vraag kom so skielik op haar af dat sy eers nie weet wat om te sê nie, en hy spring haar weer voor. "Toe maar, jy hoef nie te antwoord nie. Dis onnodig om leuens te vertel. Kom jy saam boeresport toe? Daar is allerhande items waaraan jy sal kan deelneem om jou mee besig te hou terwyl ek met die perdesport besig is."

"Word die twee goed dan gelyk gehou?" Sy is teleurgesteld, want sy sal graag by die perdenommers wil wees.

"Nie juis nie, maar daar sal soms oorvleueling wees. Jy sal jou seker verveel met die perdenommers, maar daar sal wel iets wees om jou mee besig te hou."

"Ek veronderstel Samantha sal ook deelneem aan die perdesport? Sy is mos 'n goeie ruiter."

"Uitstekend. In die verlede, dié kere dat sy hier was, het sy baie nommers gewen."

Isolde is 'n oomblik stil. Sy weet nie hoekom nie, maar dis seker maar skone koppigheid wat haar daarvan weerhou om hom te vertel dat sy self 'n goeie ruiter is. Tog is sy nou spyt dat sy hom dit nie uit die staanspoor vertel het nie. Dan sal sy daardie Samantha miskien Saterdag een of twee dingetjies kon leer. Nou moet sy daar eenkant tweebeentjie spring of met 'n eier in 'n lepel hardloop terwyl die grootjuffrou en -meneer op hul perde rondpryk. As sy net êrens 'n perd in die hande kan kry . . .

"Dankie. Ek sal graag wil saamgaan," sê sy op so 'n bedeesde toon dat hy haar vinnig aankyk.

"Jy moet jou net asseblief daar gedra," waarsku hy ook sommer by voorbaat.

101

Sy wip haar natuurlik onmiddellik. "En wat bedoel jy daarmee? Ek weet hoe om my te gedra, hoor!"

"Dit betwyfel ek sterk. Ek wil nie nonsens voor 'n skaar van mense hê nie. En onthou asseblief jy is Kobus se verloofde. Daar sal baie jong boertjies wees wat sal probeer . . ."

"Zak Coetzenbergh, ek is nie man-mal nie, gehoor? En dankie vir jou uiteindelike toestemming."

"Toestemming? Waarvoor?"

"Dat ek en Kobus darem nou eindelik in jou oë verloof is."

"Ek het dit glad nie gesê nie. In die oog van die wêreld is julle dalk verloof, maar . . ." Hy hou stil, gee haar 'n kwaai kyk wat teen haar soet glimlaggie vasslaan, klim uit en stap hek toe om dit oop te maak en sy skuif gehoorsaam agter die wiel in om deur te ry.

Toe sy by hom verbykom, is die stroopsoet glimlaggie nog steeds om haar lippe en sy waai hom vriendelik toe. "Lekker stap, Zakkie!"

Dan gee sy vet en bring die motor 'n hele ent van die hek tot stilstand. Die man kom op sy tyd aangestap, maar sy kan in sy luie bewegings iets sien wat haar waarsku dat sy dit gaan berou. Sy voel haar hart hewig teen haar ribbekas bons. Hy gaan haar in die eerste plaasdam verdrink as hy haar in die hande kry. Maar dan . . . Die koeël is reeds deur die kerk. Hy gaan haar in elk geval verdrink of hy haar nou of later in die hande kry, dus kan sy dit maar net sowel uitstel tot later. Dis 'n paar uur langer om te leef.

Net toe hy amper by haar is, trap sy weer die petrolpedaal en skiet die voertuig vorentoe en in die truspieëltjie kan sy hom in die Karoo-maanlig tot stilstand sien kom in die middel van die plaaspaadjie.

102

Hierdie keer stop sy nie weer nie, en hoewel haar verstand haar waarsku dat sy 'n dwase ding aanvang, kners sy op haar tande en ry voort.

Vannag is die nag dat Zakkie Coetzenbergh gaan stap soos sy gister gestap het. Sy het hom mos gewaarsku sy gaan hom terugkry. Hy is in elk geval beter af as wat sy gister was. Die son brand hom nie gaar nie en hy is goed gevoer deur sy Samanthatjie. Sy maag is vol genoeg om hom 'n bietjie oefening te laat verduur.

Toe sy die ligte op die werf van Rocklands laat skyn, trap sy byna die petrolpedaal in plaas van die rem toe sy iemand op die stoep sien staan.

Dit kan nie wees nie! Dit kán nie Zak wees wat daar op die stoep staan nie, vertel haar nugter verstand haar. Maar toe sy bewerig uitklim, weet sy dis beslis ook nie sy gees nie. Op die een of ander bomenslike manier het hy vóór haar tuisgekom en hy staan stewig op die boonste stoeptreetjie asof hy daar geplant is, 'n dik seekoeisambok duidelik in die helder maanlig in sy hand herkenbaar.

6

Isolde bly versteen langs die motor staan. Haar verstand beveel haar dringend sy moet terugspring en wegjaag, maar sy is nie in staat om te roer nie.

Hy kom voor haar tot stilstand en deur 'n waas sien sy hoe hy sy arm omhoog bring.

Sy handel sonder dat haar verstand enige bevel gestuur het. Sy gooi haar teen hom vas en sirkel haar

103

arms styf om sy nek en dring haar lyf so styf moontlik teen syne vas terwyl sy haarself hoor soebat: "Ek sal nie weer nie! Rêrig, ek sal nie weer nie! Asseblief. Ek beloof ek sal nie weer nie, Zak!"

Sy voel sy arms om haar gaan en dan bars sy in trane uit. Die arms trek nog stywer en hier dig teen haar oor hoor sy hom sê: "Toe nou maar. Jy het tog seker nie gedink ek sal jou regtig slaan nie? Só primitief is ons darem nie in hierdie geweste nie."

Sy ontspan, maar met die beste wil ter wêreld kan sy nie die trane gestop kry nie. Dis of 'n kraan in haar oopgedraai is. Al die spanning van die afgelope tyd spoel uit haar uit en sy voel hoe sy nog bewe ten spyte van die vertroostende arms om haar. Een ding is seker. Sy het in haar dag des lewens nog nooit so groot geskrik soos toe sy hom met die sambok gewaar het nie.

Sy voel hom teen haar ruk en sy lig 'n sopnat gesig omhoog. Meneer Zak staan en lag dat hy so skud.

"O, ek wens jy kon jou eie oë sien! Ek het nog nooit oë só groot en só rond gesien nie. Ek dog hulle val uit."

"Jou gemene . . ." Dan begin haar mond ook plooi en die volgende oomblik is dit ander trane wat oor haar wange loop en hulle klou mekaar vas terwyl 'n magtelose, onbeheerste lagbui hulle oorval.

Toe hulle eindelik hul asem terug het, kyk sy hom nuuskierig aan terwyl sy arms haar nog steeds vashou. "Hoe't jy so gou hier gekom?"

"Kortpad deur die veld. Ek sou dit miskien in normale omstandighede nie gemaak het nie, maar ek was so boosaardig kwaad dat my voete vlerke gekry het. Toe ek daardie sambok uit die stal gaan haal, was ek vas van plan om jou die loesing van jou lewe te gee. Maar toe jy stilhou en ek jou gesig sien . . ." Weer moet hy eers stilbly, en kyk dan meteens stip op haar af. "Goed, rooikop. Ons twee is nou kiets. Gaan ons nou 'n slag vrede hê?"

Sy probeer terugstaan, maar hy laat dit nie toe nie, en sy kyk parmantig op. "Dis jy wat altyd eerste begin."

"O nee, dis jy. Jy het mos nie ore aan daardie pragtige rooi kop van jou nie."

"Ek is nie gewoond bevele ontvang nie en ek sien ook geen rede hoekom ek na jóú moet luister nie . . ."

"So het ek al agtergekom. Maar dit is noodsaaklik dat jy sál luister, dit wil sê, as ons twee ooit in vrede onder dieselfde dak moet bly."

"Maar ek sal nie saam met jou onder een dak . . ."

"Ek het jou reeds gesê jy sal nêrens anders as onder hierdie dak bly nie. Dus . . ." Hy kyk haar met opgetrekte wenkbroue aan. "Is ons twee al weer aan die baklei? Ons het nou net opgemaak . . ."

"Maar ek sê mos dis jy wat altyd weer begin."

"Goed, ek sal nie weer begin nie . . . solank jy net weet wat ek van jou verwag. Kom ons gaan slaap voordat ons mekaar nogmaals in die hare vlieg." Skielik woel sy vingers weer deur die rooi hare en word haar kop agteroorgetrek. "Jy is die verbasendste vrou, weet jy? Jy is nie net pragtig in jou mooi nagkleertjies en wanneer jy kwaad is nie. Jy is ewe pragtig wanneer jy jou boeglam geskrik het en selfs wanneer jy huil." Sy oë is meteens baie stip en naby. "Jy is 'n rooikop-heks . . ."

Weer staan Isolde magteloos en roerloos asof sy deur 'n magneet vasgepen word. Sy sien sy mond bokant hare talm, en dan is sy meteens vry en hoor sy hom kortaf beveel: "Gaan slaap."

Sy sien hom om die motor stap om dit te gaan bêre en sy vlug vinnig kamer toe. Daar gaan sy op die bed sit en druk haar handpalms teen haar brandende wange. Wat gaan met haar op hierdie plek aan? Sy is net nie haarself nie! Nog nooit in haar lewe het sy so 'n onkeerbare begeerte ervaar dat 'n man haar moet soen soos 'n oomblik gelede nie. En nog nooit het sy so afgehaal en teleurgesteld gevoel dat dit nie gebeur het nie.

Sy gaan spoel haar gesig af en bekyk haarself in die spieël. Iets is op hierdie plek nie pluis nie, besluit sy. Sy sal moet ligloop. Dis maar haar tweede dag op Rocklands. Sy kyk verbyster in haar eie oë terug. Dis ongelooflik. Dit voel vir haar sy is al baie langer hier.

Sy vee onrustig oor haar rooi hare, dié hare waarvan Zak blykbaar nie sy hande kan afhou nie. As sy môre moet weggaan, weet sy, sal sy hierdie plek mis, daarna terugverlang. Hoe is dit moontlik dat 'n plek só gou onder jou vel kan inkruip? En die baas van Rocklands . . . Sy weet sy sal hom nooit vergeet nie. Van nou af sal sy elke man wat sy teëkom met hom vergelyk. Sy laat haar gedagtes teruggaan na die soort lewe wat sy gelei het voordat sy hierheen gekom het, en sy weet dat dit baie swaar sal wees om haar weer daarby aan te pas. Sy gaan sterf van verveling.

Die groen oë is nou diep bekommerd. Maar sy sal moet teruggaan. Sy het tog van die begin af geweet dis net 'n tydelike ding dié. Hoekom krimp haar hart nou saam by die gedagte dat sy weer sal moet weggaan en seker nooit weer hierheen sal terugkeer nie? Miskien eendag, wanneer hy nie meer so baie kwaad sal wees oor haar bedrog nie, sal sy dit kan waag om vir Martina en Kobus te kom kuier, maar dit sal eers oor 'n baie lang tyd wees. En intussen? Wat gaan intussen van haar word?

In die week wat volg, gaan dit redelik vreedsaam op Rocklands. Dis of albei skielik probeer om nie te veel met mekaar te doene te kry nie. Isolde bring die meeste van haar tyd in mevrou Coetzenbergh se geselskap deur, en met elke verbygaande dag besef sy hoekom Zak so 'n verering vir sy ma het en enigiets sal doen om haar hartseer en onrus te spaar. Sy is 'n vrou en moeder uit een stuk, en Isolde weet dat sy haar sussie in haar hart beny oor die skoonmoeder wat sy kry.

Haar toekoms begin al hoe leër en onaanvaarbaarder lyk, maar sy weet dat sy niks daaraan sal kan verander nie. Sy sal moet teruggaan na haar leë woonstel en dit is Martina wat deel van hierdie wonderlike mense sal wees. Selfs al sal hulle hulle ook oor die arme oujongnooisuster in die familie wil ontferm uit pure menslikheid en jammerte, weet sy sy sal dit nie durf toelaat nie. Dit sal beter wees as sy liewer vir goed van Rocklands afskeid neem wanneer sy vertrek. Dis net 'n dwaas wat homself met oop oë aan onvermydelike hartseer blootstel.

Sy kry die gevoel dat Zak nou meer afsydig teenoor haar optree, en sy mis die manier wat hy die eerste twee dae gehad het om haar doelbewus uit te tart sodat hy haar groen oë kan sien blits, soos hy reguit erken het. Hy laat nou baie geleenthede onbenut verbygaan om haar uit te lok. Hy het dit blykbaar ook begin regkry om sy hande van haar hare weg te hou, want nou stap hy dikwels agter haar stoel verby sonder om eers aan die rooi krulle te trek of sy vingers vlugtig daardeur te laat speel.

Isolde se kommer oor haarself groei by die dag aan. Jy gedra jou glad nie soos die oujongnooi wat jy is nie, maar eerder soos 'n verspotte bakvissie, vertel sy haarself elke keer dat hy by haar verbykom sonder om met haar hare te speel. Is dit nodig om so verspot teleurgestel te voel omdat hy jou rooi kop blykbaar nie meer onweerstaanbaar vind nie? En is jy nou heeltemal aan die kinds raak om die rusies en gekoggel van die eerste twee dae te mis? Daar is tog nou vrede vir 'n slag, maar jy verlang na die onaangenaamheid!

Sy is glad nie eens meer lus om Saterdagoggend saam met hom dorp toe te gaan nie. Die boere- en perdesport waarna sy so uitgesien het, hou geen bekoring meer in nie, en dit kos al mevrou Coetzenbergh se oorredingsvermoë om haar sover te kry om by Zak in die bakkie te klim.

Hy kyk haar stip aan toe hulle by die lynhek kom. "Jy kan maar bly as jy regtig nie voel om te gaan nie. Ek veronderstel vir 'n Johannesburger sal so 'n dag seker maar kinderagtig en vervelig wees. Ek kan jou maar gou terugneem plaas toe."

Sy skud haar kop, en kan nie verstaan hoekom sy skielik so na aan trane is nie. "Nee, los maar. Ek sal saamgaan. En vir die honderdste keer, ek is nie 'n Johannesburger nie."

Hy frons ook nou. "Met die verkeerde voet uit die bed opgestaan vanoggend?"

"Ja. Hou op karring aan my."

Vir die res van die pad dorp toe doen nie een die moeite om die gespanne stilte tussen hulle te verbreek nie, en toe hy op die skouterrein stilhou, koers hy ook sommer dadelik in die rigting van die perde en los Isolde hoog en droog in die bakkie. Sy wil bitter graag ook na die perde gaan kyk, maar sy sien hoe Samantha – baie deftig in haar ry-uitrusting – hom tegemoetstap, en sy wip uit die bakkie en koers in die teenoorgestelde rigting.

Sy kom tot stilstand voor die stalletjies waar verversings in allerhande vorms verkoop word.

"Kan ek help, dame?"

Sy glimlag vriendelik. "Nee dankie, maar ek wil net sê as enigeen van julle hier miskien 'n ekstra paar hande nodig het, sal ek met graagte help."

"O, maar dis vriendelik. Ons sal beslis van jou kan gebruik maak . . . juffrou . . ."

"Martina Cilliers."

"O, dan is jy die rooikop wat op Rocklands kuier." Die vrou lag haar vriendelik toe en Isolde se koue hart word 'n bietjie warmer. Dis een ding van hierdie wêreld se mense. Hulle bodder nie veel met formaliteite nie en die meeste sê wat hulle dink. Hulle is sonder pretensie.

"Die einste," lag Isolde.

"Ons kon al sterf om jou te sien. Jy is pragtig, nes die mense sê," vervolg die vrou eerlik.

"Dankie." Isolde kan haar verbasing nie wegsteek nie. "Maar hoe weet u van my en . . . Ek bedoel, ek was nog nie juis in die openbaar nie."

"O, in ons wêreld trek nuus vinnig. Jy het mos met die trein gekom en 'n hele paar het jou hier sien afklim. Niemand kan in elk geval daardie rooi kop miskyk nie. As jy lus voel om aan sommige van die items deel te neem, kan jy gerus gaan. As ons kort van hande raak, sal ek jou roep. O, ja, ek is Lettie Badenhorst.

Ons boer weer aan die ander kant van die distrik."

"Goed, Lettie, en roep gerus, hoor. Ek gaan net kyk wat hier aangaan."

Dis die begin van 'n genotvolle oggend. Eers neem sy net deel om daardie meneer Zak te wys dat sy net so goed sonder hom kan klaarkom en haar dag geniet, maar later is dit suiwere plesier. Die mense aanvaar haar met oop harte en arms en omdat sy alles in so 'n goeie gees doen, is sy sommer gou een van hulle.

Sy was altyd goed in atletiek en sy word een van die uitblinkers op die baan. "Kom, rooikop! Hardloop, rooikop!" word telkens gehoor, en kort voor lank trek dit ander mense se aandag ook.

"Kobus se nooi is blykbaar 'n groot treffer onder die mense," laat Samantha hoor waar hulle ook nader stap, sy nog steeds koel en deftig in haar rypak. Natuurlik sal sy nie droom om aan daardie verspotte items deel te neem nie. Sy wag vir die perdenommers.

Zak antwoord nie, staan net die toneel voor hom en aanskou. Sy aanstaande skoonsuster sien daar reeds goed stowwerig en deurmekaar uit. Sy het haar langbroek opgerol tot bokant die knieë om gemakliker te kan beweeg, en êrens het sy 'n rekkie geleen en die rooi krulle in 'n poniestert agter haar kop vasgemaak. Van grimering is daar lankal nie meer sprake nie en die sweet word met 'n stowwerige hand afgevee. Op hierdie oomblik sit sy wydsbeen op 'n paal met 'n kussing in die hand, besig met 'n kussinggeveg teen een van die jong boertjies. Dis 'n geskree en 'n gegil van 'n ander wêreld en die skare doen lustig mee.

"Kom nou, Klasie, hoe sal jy dat 'n vroumens jou so foeter?"

"Kom, rooikop, dons hom op," skree 'n ander klomp weer.

Dan juig die vroue luid as sy die jong boertjie onverhoeds betrap en hy na benede tuimel.

"Pragtig, Martina. Hou so aan! Jy hou ons vrouens se naam hoog." Lettie het ook eers die stalletjie gelos om te kom meedoen, en sy straal in Zak en Samantha se gesigte op. "Dis die derde man wat sy grond toe stuur. O, pragtig! Hoera vir daardie rooikop."

Zak Coetzenbergh stap met 'n serieuse gesig nader en neem die kussing van die verleë Klaas Nienaber. Die volgende oomblik sit hy wydsbeen regoor Isolde op die paal, sy oë uitdagend. Hare spot openlik terwyl die mense om hulle hande klap.

"Jou geslaggie se ego kom probeer verdedig, meneer Zak?"

"Jou net kom wys wie is baas, rooikop. Keer!"

Die skare geniet dit terdeë. "Keer, Zak, jou skoonsus gaan jou onderkry! Slaan, Martina! Wys hom wie gaan baas wees op Rocklands."

Hy speel 'n rukkie met haar en sy besef dit. Die groen oë flikker vererg. Sy doen haar bes, want niks sal haar groter plesier verskaf as om hierdie grootmeneer ook na benede te laat tuimel nie, maar sy besef gou dat sy nie veel op daardie vooruitsig moet reken nie. Dan kry hy skielik die hou in wat sy weet fataal vir haar is, maar sy gryp blitsig na hom en trek hom saam met haar af grond toe. Daar lê hulle en lag terwyl die skare luid hande klap.

"Skelm! Jy't my afgetrek. Jy is gediskwalifiseer."

Sy lag na hom op, haar gesig ietwat komieklik van al die stofstrepe. "Swak verloorder, jy! Jy val dan sommer af!"

Samantha vind dat sy nou effens alleen staan. Zak het skielik 'n vreeslike smaak vir die verspotte boere-sport ontwikkel. Dis driebeenjie hardloop, gare in die naald, eier in die lepel, sakresies en waaraan jy kan dink, en voor aan die spits van elkeen blink en skitter die rooikop soos 'n vuurvlam. Later lyk die baas van Rocklands ook nie juis veel beter as sy aanstaande skoonsus nie, want hy moet uithaal om by te hou. By die sakresies sien hy hy gaan totaal uitsak, en met 'n flink greep pootjie hy haar dat sy daar trek.

"Dis gemeen! Jy't my gepootjie," protesteer sy en hy kruipsleep tot by haar.

"Dit sal jou leer om vir my te wag. Waar kom jy daaraan om vir my weg te hardloop?"

"Hoe bly die boertjie van die Groot-Karoo dan so agter vandag?" spot sy.

"A nee a, Zak! Hoe sal jy dan dat daardie rooikop jou so onderkry vandag? Wys haar wie is baas, man," terg 'n ou oom goedig hier van die kantlyn af, en Zak glimlag ewe goedig terug.

"Sy weet klaar wie is baas, oom Sarel. Sy hou haar maar net so parmantig voor julle. Op die plaas is sy so mak soos 'n lam."

Isolde snork hoorbaar tot groot vermaak van die toeskouers en spring weer weg met die sak, en Samantha trek 'n vies gesig. Dat grootmense hulle so kinderagtig kan gedra! Selfs Zak is vandag kinderag-tig.

Waar sy die oggend heeltemal op die agtergrond was, begin sy egter die middag op die voorgrond tree toe die perdenommers aan die beurt kom.

Isolde het gesien dat daar deur die loop van die og-gend heelwat perde op die terrein aangekom het, en sy kan sien dat dit almal puik diere is. Ook Zak se appelblou hings is daar.

"Gaan jy weer vandag skoonskip maak, Samantha?" wil iemand weet, en Samantha glimlag gemaak nederig.

"Ek weet nie, oom Kallie. Dalk het hier intussen iemand opgedaag wat my die loef sal afsteek." Sy kyk spottend na Isolde. "Miskien het Rocklands se rooikop nóg verrassings vir ons?"

Zak lag en sê reguit: "Wat? Dáárdie een? Sy ken nie die kop- en stertkant van 'n perd uit mekaar nie. Of het jy darem nou al die verskil agtergekom, rooikop?"

Isolde blik koel na hom. "Ek kon darem al die verskil agterkom terwyl ek na die ander perde gekyk het, maar die bont merrie wat in hierdie stal staan . . . Foei tog, haar kop- en stertkant lyk ewe droewig."

Oom Kallie lag dat jy hom waar kan hoor, en ook Zak het 'n klein glimlaggie om sy mondhoek, maar Samantha vind dit glad nie snaaks nie. "Daardie bont merrie waarvan jy praat, is Zak se bloubloedhings, juffrou Cilliers. Hier is nie nog so 'n perd vandag nie."

"Werklik?" Die groen oë is groot en onskuldig. "Hoe weet jy dis 'n hings, juffrou Latsky? Waar kyk 'n mens?"

Hierdie keer mengel Zak se lag met dié van oom Kallie en hy vat haar waarskuwend aan haar rooi poniestert. "Toe nou! Dis ver genoeg! Gaan staan nou mooi eenkant en kyk wat doen hierdie merrie-hings van my alles. Netnou dink jy jy is aan sy voorkant, en dan skop hy jou."

Isolde gehoorsaam en gaan neem tussen die ander toeskouers plaas, maar haar hart sit in haar oë. O, as

113

sy vandag haar eie ryperd hier gehad het – die een wat sy altyd op die plaas en op skoue gery het! Ten minste twee mense sou dan skeef opgekyk het.

Soos te verwagte, lewer Samantha weer 'n uitstekende vertoning, en Isolde moet erken dat sy 'n baie goeie ruiter is. Tog sou daar nog aan haar styl gewerk kan word.

Hoe later dit in die middag word, hoe kriewelriger word Isolde. Sy voel 'n warm trots in haar opstu elke keer wanneer Zak met sy perd verbykom en sy hoor hoe die mense skree en juig. Sy blik vlugtig na die program. Daar is nou nog net vier items oor, die vier belangrikste items van die dag. Dis twee nommers vir dames en twee vir mans.

Sy spring meteens op en hardloop stalle toe waar Sultan, Zak se perd, staan en wag op sy baas vir die volgende item. Ou Freek se oë peul byna uit sy kop toe die rooikopnooi so vinnig op hom afkom en die leisels by hom neem.

"Nee! Wat sal meneer Zak . . .?"

"Toe maar, Freek. Sê maar vir hom ek het jou oor die kop geslaan met 'n ding. Kom, Sultan."

Daar kom 'n stilte oor die skare toe Zak se appelblou hings skielik van die stalle se kant af aangegalop kom in die rigting waar die ander deelneemsters reeds gereed maak vir die volgende item.

"Maar dis mos . . . Hemel, dis die rooikop op Zak se perd!"

"Maar hy het dan gesê sy ken kwalik die kop- van die stertkant."

"Maar kyk hoe sit sy op daardie perd, oom Kallie. En ek sê oom, dis nie enigiemand wat vir Sultan kan ry nie."

114

Die baas van die perd verstrak oombliklik. Toe verbleek hy van woede, en toe, hoe verder sy na die beginpunt ry, hoe stiller word sy gesig. Hy, soos elke ander ruiter, kan 'n ánder goeie ruiter onmiddellik eien wanneer hulle een sien.

Ou Freek kom asvaal aangehardloop. "Meneer Zak, sy het my oor die kop geslaan en vir Sultan . . ."

"Ja, toe maar, oudste, dis alles reg. As Sultan nie vandag haar nek vir haar breek nie, sal ék haar met iets oor die kop slaan."

Samantha en Isolde kyk mekaar vlugtig aan. Samantha se mond trek smalend. "Ek sal die beginner die eer gee om eerste te gaan. Ek hoop jou 'beginner's luck' hou."

Isolde glimlag. "Wie weet?"

Dis 'n hekkiesloop, en na die toejuiging van die skare te oordeel, hou haar geluk besonder goed. Toe sy by die end kom, klop sy Sultan op sy nek en maak seker dat sy nie na die man kyk wat haar arms gevou staan en bekyk nie.

Dis oom Kallie wat gul laat hoor. "Jy is darem 'n onnutsige meisiekind, rooikop. Hoekom kom jy nou eers voor die dag?"

Isolde lag na hom op. "O, ek het netnou eers uitgevind presies watter kant is watter kant, oom. Ek het amper agterstevoor op Sultan geklim. Ek weet mos nie watter kant is kopkant nie."

"Wil jy my perd . . . leen vir die laaste item ook?" hoor sy 'n stem langs haar vra, en sy kan hom nie langer vermy nie. Sy is verplig om na hom op te kyk. Dan glimlag sy breed. Hy is nie kwaad nie. Sy kan nie presies uitmaak wat sy gevoelens is nie, maar hy lyk darem nie kwaad nie.

"Mag ek . . . asseblief?"

"Sultan gee blykbaar ook nie om nie." Hy klap die perd teen die nek. "Jy is 'n mooi een. Val vir die eerste rooikopvrou wat op jou wil sit." Hy kyk weer na haar af. "Waar het jy so leer perdry?"

"Ek het op 'n plaas grootgeword en my pa was 'n kampioenruiter."

"Hmmm. Dit sal my leer . . ."

'n Gesteun van die skare laat hulle omdraai. Hulle het totaal vergeet dat Samantha nog met die item besig is! Die rede vir die gesteun word duidelik. Twee paaltjies het al gekantel. Samantha is skielik nie meer op haar stukke nie.

Toe die laaste item vir vroue aan die beurt kom, help Zak haar self in die saal en hy glimlag fyn. "Ek het my geld op jou en Sultan . . . en ek is nie bereid om te verloor nie. As jy verloor, betaal jy my elke sent terug." Hy klop Sultan teen die nek en staan terug, duim in die lug.

Met 'n hart wat dartel en spring, galop sy na die beginpunt. Die lewe het skielik so wonderlik mooi geword. Sy wil dit nie uitredeneer nie, te diep daaroor dink nie, maar sy weet net dat sy nog nooit só bewus van die mooiheid van die lewe was as juis nou nie.

Die ander deelneemsters ontvang haar met vriendelike glimlagge, maar van Samantha kry sy nie eens 'n blik nie. Dit het skielik die resies van die dag geword, en vinnig word 'n paar weddenskappe onderling gemaak. Die rooikop is skielik baie gewild.

Elke oog is op die twee vroue wat uit die staanspoor die toon aangee. Isolde hou Sultan 'n bietjie terug. Sy is bewus daarvan dat Samantha haar perd onnodig met die kort peits aanpor. Sy self het nie 'n peits nie.

Toe hulle die laaste ronde vat, gee sy Sultan die teuels en die pragtige dier skiet vorentoe.

'n Paar oomblikke later gaan hulle om die draai wat agter die stalle verbykom en hulle uit sig van die skare neem. Dan volg die pylvak. Dis net voordat hulle weer in sig van die skare sal kom dat Sultan skielik runnik, verskrik wegswenk, op sy agterpote gaan staan en dan verwilderd begin hardloop. Wat gebeur het, weet Isolde nie. Wat sy wel besef, is dat sy, indien sy nie die perd betyds gekeer gaan kry nie, die dood in die gesig staar. Hy pyl reg op die hoë draadomheining af.

Dit duur net enkele sekondes, maar dit voel vir haar soos 'n ewigheid voordat sy die draad voor haar sien opdoem en Sultan se verwilderde snork hoor. Weer steek die perd vas en kap met sy voorpote in die lug en dan hardloop hy ruiterloos verder, al met die draad langs.

Niemand sien wie die wedloop wen nie. Dis net Samantha wat alleen by die wenpunt aankom. Die ander vroue is almal spontaan hek toe om Sultan daar te gaan voorkeer. Die mense stroom na die plek waar sy ruiter nog bewegingloos lê.

Isolde is bewus van stemme om haar en dat iemand haar gesig met 'n nat lap afvee. Sy voel arms om haar en haar kop vind 'n rusplek teen 'n skouer.

"Martina! Rooikop!"

Sy sukkel haar ooglede oop, kyk in 'n paar blou oë vas. "Is jy nou kwaad vir my?"

'n Sug klink op en sy stem is kortaf. "Kom. Ons gaan nou huis toe."

Hy tel haar op, maar sy is skielik weer heeltemal haarself en protesteer luid, tot die grootste verligting en geamuseerdheid van die omstanders.

"Ek gaan g'n nou al huis toe nie. Ek gaan nog dans vanaand."

"Jy gaan nou huis toe, sê ek. Hoeveel lewens dink jy het jy? Nege – soos 'n kat?"

" 'n Kat het sewe lewens."

"Nege."

Hulle gluur mekaar aan. "Sewe – en ek gaan dans vanaand!"

"Martina, ek praat nie weer nie."

Tot haar ontsteltenis voel sy die trane kom. Sy is so teleurgesteld en ontsteld oor Sultan dat sy dit nie kan beskryf nie. Hulle was besig om verby te skiet en toe klim die duiwel skielik in Sultan in. Hulle sou die resies lag-lag gewen het as daardie hings hom net gedra het, maar hy is blykbaar net so vol draadwerk soos sy baas. Sy moes die resies prysgee, maar sy gaan nie die partytjie ook prysgee nie.

"Ek gaan dans. Sit my neer."

Sy wriemel soos 'n mier in sy arms sodat hy verplig is om haar neer te sit, bewus daarvan dat die omstanders die hele petalje terdeë geniet. Neus in die lug stap sy weg en met 'n gedempte kragwoord draai hy terug na waar Sultan nog snorkend en onrustig staan en rondtrap, die oortjies senuweeagtig bewegend asof hy moeilikheid verwag.

Toe Isolde by die motor kom, wag van die ander deelnemers haar in.

Sy skud haar kop verleë. "Ek is jammer, mense, ek het die hele resies bederf."

"Dit was nie jy nie," laat een hoor. "Ons was mos agter jou. Ons het almal gesien wat gebeur het."

"Wat . . . gebeur het?" Isolde kyk haar verward aan. "Wat het gebeur?"

"Samantha het Sultan met die peits geslaan toe julle verbyskiet. Ek het dit met my eie oë gesien."

"Ek ook. Ek was reg agter haar. Sy het met mening uitgehaal, sê ek jou," laat 'n ander hoor.

Isolde se oë vernou. Dan was daar 'n goeie rede vir Sultan se swak gedrag. Sy sê vinnig: "Kom ons vergeet daarvan. Asseblief, moenie daarvan praat nie. Dis verby . . ."

"Maar jy kon dood gewees het! En sy behoort aan die kaak gestel te word. Dis 'n gemene, lae ding om te doen."

"Vergeet dit. Ek het gelukkig niks oorgekom nie. Ek wil nie hê julle moet vir iemand hiervan vertel nie. Asseblief."

"O wel, nes jy wil, maar as sy dit met my gedoen het . . . Sy kan volgende keer alleen resies jaag. Ek ry beslis nie weer saam met haar nie," laat die effens gesette Bets beslis hoor, en Isolde besef dat sy vandag baie vriende hier gemaak het.

Teen die tyd dat Zak terugkeer van die stalle waar hy toegesien het dat Sultan gereed is vir die vervoer terug plaas toe, het Isolde 'n verblindende kopseer en is sy spyt dat sy so daarop aangedring het om vir die partytjie te bly. Die laaste resies van die dag, dié van die mans, is toe nie 'n te groot sukses nie. Dis of almal se smaak ná die ongeluk getaan het, en die aardigheid is weg toe Zak aankondig dat hy beslis nie gaan deelneem nie.

"Is jy nou seker jy wil bly vir die dans?" wil hy kortaf weet toe hy inklim, en sy knik net. Ja, sy wil bly, want dit sal die een en enigste keer in haar lewe wees dat sy met hom sal dans. Sy kan die geleentheid nie laat verbygaan nie.

Hulle ry na die Coetzenberghs se tuishuis op die dorp en ná 'n warm bad en 'n hoofpynpil voel sy sommer baie beter en sy doen haar bes om die rooi sonbrand van die dag met grimering weggetoor te kry. Haar lyf voel maar styf en seer en gekneus van die val en die hele dag se ongewone oefening, maar toe sy die deur oopmaak op Zak se klop, weet sy sy lyk mooi.

Dit lyk egter nie of die prentjie van vroulike skoonheid hom enige plesier verskaf nie. Hy frons en sê waarskuwend: "Ek wil nie verder nonsens hê nie. Jy gedra jou."

Sy vererg haar sommer onmiddellik. "As jy uit die staanspoor onsmaaklik wil wees, kan jy terugry plaas toe. Ek sal wel iemand kry om my terug te neem."

Hy glimlag styf. "Jy het 'n mooi hoop dat ek jou alleen sal los tussen al hierdie jong boere wat al heeldag soos 'n trop brandsiek skape agter jou aandrentel. Kom. Jy gaan nêrens sonder my nie."

Dat Isolde vandag baie gewild geraak het onder die boeregemeenskap, is gewis, en Zak se frons word al meer onheilspellend namate die aand vorder. Ten spyte van al die oefening en die val vroeër die dag, doen sy lustig mee en kry sy nie kans om te gaan sit nie. Tog is die aand vir haar persoonlik nie so 'n groot sukses nie. Elke keer is dit een van die ander boertjies wat haar op die dansbaan lei.

Sy begin haar so stadigaan vir die man vererg. Hy bly 'n ongemanierde plaasbuffel, dink sy later ontstoke. Dis bloot net goeie maniere om 'n mens se aanstaande skoonsuster vir 'n dans te vra. Maar wat weet Zak Coetzenbergh in elk geval van goeie maniere en etiket af?

Die aardigheid van die partytjie begin vinnig kwyn

en sy begin die moegheid ten volle voel. Daar is darem een troos. Zak dans ook nie met ander vroue nie.

Van Samantha is daar niks te sien nie, en niemand mis haar blykbaar nie. Zak het by 'n tafeltjie in 'n hoek gaan sit, waar hy die dansbaan die hele tyd soos 'n valk sit en dophou – natuurlik om te kyk of ek my soos 'n verloofde meisie gedra, dink Isolde vererg. Sy oë wat haar gedurig volg, begin haar later ontsenu en toe sy weer by die tafel kom, sê sy kortaf: "Ek wil nou huis toe gaan."

Hy staan op en trek haar aan die arm op.

Sy kyk hom kwaad aan. "Ek gaan nie verder dans nie. Ek gaan nou huis toe."

Maar sy arm is om haar en sy voel hoe sy meegee teen hom. Haar oë is versluier terwyl hulle woordeloos voortdans. Vir haar is dit die toppunt van die aand. Laat sy dit maar erken. Vir al wat sy omgee, kan hulle aanhou dans tot die son opkom.

Toe die musiek ophou, tel hy dadelik haar baadjie op, hang dit om haar skouers en hulle sê nag vir die ander. Op pad terug plaas toe, bly die stilte voortduur, maar dis nie 'n ongemaklike stilte nie. Later gaan haar oë toe en 'n arm kruip om haar, trek haar gemaklik teen hom vas sodat haar kop die holte in sy skouer vind. Toe die motor voor Rocklands se deur stilhou, bly hulle nog 'n rukkie so sit. Sy weet sy moet regop sit, hom formeel bedank vir die dag en die aand en gaan slaap. Maar dis of haar liggaam heeltemal willoos geword het. Dis natuurlik die moegheid wat nou die oorhand kry, vertel sy haarself.

Tog wonder sy vaagweg of sy darem regtig só moeg kan wees dat sy nie kan protesteer nie toe sy hand skielik haar ken na bo dwing en haar mond stewig omsluit word. Sy het blykbaar geen energie in haar oor toe hy eindelik sy mond wegneem en op haar afkyk nie. Dan word sy beslis regop gedruk.

"Gaan slaap, rooikop. Jy soek moeilikheid."

Meteens is sy nie meer moeg nie. "Verskoon my, asseblief. Wil jy insinueer . . .?"

Maar hy is reeds op pad stalle toe om te gaan kyk of Sultan veilig terug in sy stal is, en Isolde spring uit en hardloop na haar kamer, terwyl die trane van woede en nog iets anders oor haar wange loop. O, hy is 'n buffel! 'n Ongemanierde, verwaande, hooghartige buffel!

7

Toe Isolde die volgende dag hoor dat skeertyd in alle erns van Maandagoggend af op Rocklands aanbreek, en dat daar eerste op die twee verste uithoeke geskeer gaan word, is sy dankbaar.

Zak sal dus 'n ruk lank net naweke tuis wees, en sy vertel haarself dat dit net die beste ding is wat kon gebeur. Hoe minder sy van daardie man te sien kry tot sy weer vertrek, hoe beter vir haar eie gemoedsrus.

"Maar hoekom bring hulle nie al die skape hierheen en skeer hier klaar nie?" wil sy van Zak se ma weet. "Dis tog seker hier baie geriefliker ingerig."

"Ja, maar dis 'n groot afstand om die skape aan te jaag tot hier. Zak vind dit makliker om die grond in drie dele te verdeel en elke deel se skaap na 'n sentrale punt te bring. Dis heeltemal gerieflik daar ook ingerig. Op die twee plekke waar hy nou gaan skeer, is 'n wolskuur opgerig en hy het 'n kamer of twee laat aanbou, met 'n stort en so meer. Daar is 'n paar stukkies ou meubels en verder hou hulle maar piekniek, braai vleis en so aan. Ek gee natuurlik baie beskuit, biltong, brood en eetgoedjies saam, genoeg vir die week tot hy en Jan Poggenpoel weer die naweek kan huis toe kom. Ou Freek gaan saam as kok en jy sal jou verbaas wat hy alles op 'n oop vuur uit 'n driebeenpot kan optower."

"Hoe lank neem hulle om klaar te skeer?"

"As daar nie iets onverwags voorval nie, dan doen hulle gewoonlik 'n buitepos per week as hulle 'n goeie span skeerders het. Oor veertien dae behoort hulle klaar te wees en dan kom hulle hier op Rocklands die res klaar skeer."

Isolde maak vinnig 'n sommetjie. Oor veertien dae is haar termyn op Rocklands om. Sy sal dus nog net twee naweke iets met Zak Coetzenbergh te doen hê.

Die ou dame glimlag. "Ek is so bly jy is hier om my geselskap te hou, hartjie. Dis maar baie alleen wanneer Zak skeer."

"Kom hy nie eens een keer in die week terug huis toe nie?"

"Net as hier probleme opduik. Anders nie."

"Ek het nog nooit 'n skeerdery beleef nie. Ek het geen idee wat daar aangaan nie. Ek sou dit nogal graag wou gesien het."

"Maar jy sál mos wanneer hulle hier op Rocklands begin skeer," laat die ou dame hoor en Isolde help haar nie reg nie. Wanneer die skeerdery in Rocklands se groot wolskuur begin, sal sy teruggaan stad toe.

Haar dankbaarheid dat sy vir minstens vyf dae nie heeldag teen Zak moet vaskyk en sy buierigheid moet sluk nie, taan vinnig, sommer al die eerste dag.

Sy word die Maandagoggend vroeg wakker en lê en

123

luister na die geluide soos die skeerders gereed maak om te vertrek. Haar polshorlosie vertel haar dat dit nog maar drie-uur in die oggend is.

Toe die dreuning van die laaste voertuig in die verte vervaag, moet sy haar oë vinnig knip. Die teleurstelling is byna te groot om te verwerk. Hy is weg en hy het nie eens tot siens gesê nie! Hy het haar gisteraand net gewoonweg nag gesê en daar was nie eens 'n goedige ou plukkie aan haar rooi krulle nie. Toe het sy gedink hy sal darem seker Maandagoggend voor hy ry, tot siens kom sê, maar nee . . .

Maandag draal soos 'n eindeloosheid om en teen die aand weet sy dat sy glad nie meer dankbaar is vir die blaaskans wat sy gekry het nie. Rocklands is net onuithoudbaar sonder daardie buffel!

Teen Woensdag voel dit vir haar sy word rasend. Hy het die vorige aand huis toe gebel om te hoor hoe dit gaan, en ongelukkig was sy in die bad. Toe sy uitkom, het mevrou Coetzenbergh haar meegedeel dat dit hy was wat gebel het, en sy kon huil van teleurstelling.

"Hoe sê hy vorder die skeerdery?" wou sy weet, en moes haar bes doen om niks te laat blyk nie. Zak se ma is self 'n fyn waarnemer.

"Baie goed."

"Het hy nie gesê hoe laat hulle Vrydagaand kom nie?" Die vraag was uit voordat sy kon keer, en die ou dame het ietwat verbaas gelyk.

"Dit sal seker maar baie laat wees. Hoekom?"

"O nee, ek vra maar sommer."

Mevrou Coetzenbergh het haar speurend aangekyk. "Kind, ek is nie juis geselskap vir jou nie, en ek gaan saans vroeg slaap. Hoekom ry jy nie een aand oor na een van die bure nie?"

124

"Ag, ek sal maar sien. Miskien sal ek môreaand gaan."

Toe Woensdagaand aanbreek, por Zak se ma haar weer aan om 'n bietjie geselskap te gaan soek, en meer om haar te plesier as wat sy dit om haar eie onthalwe doen, gehoorsaam sy maar en ry oor na een van die buurplase waarheen sy die dag van die boeresport so gul uitgenooi is.

Tog geniet sy nie die aand nie. Dis of sy gedurig onrustig voel en sommer vroegaand al sê sy dat sy moet teruggaan. Sy sê dat sy mevrou Coetzenbergh nie so alleen op die plaas wil laat nie, en die gawe mense aanvaar dit sonder meer.

Sy voel verbaas toe sy nog lig in mevrou Coetzenbergh se kamer sien brand toe sy omstreeks halfelf terugkeer. Sy gaan dadelik bekommerd daarheen, maar vind die ou dame in haar bed met niks wat op die oog af verkeerd lyk nie.

"Hoekom slaap u nog nie, tannie? Ek het so geskrik toe ek u lig nog sien brand. Ek het gedink hier is iets verkeerd."

"Nee, hartjie, hier is niks verkeerd nie. Ek wou nou net die lig afsit. Jy is vroeg terug. Het jy nie lekker gekuier nie?"

"O ja, maar ek wou u nie so laat alleen los nie en dis almal mense wat soggens vroeg roer. Hoekom is u so laat nog wakker? Het u gelees?"

"Nee. Zak was hier . . ."

"Zak?"

"Ja. Hy het onverwags hier opgedaag pas nadat jy vertrek het. Glo iets kom haal. Hy is nou net hier weg. Julle moes mekaar net-net gemis het."

"O."

125

Toe haar kamerdeur agter haar toegaan, leun sy daarteen aan en kners op haar tande. Nes hy is! Hier sit sy aand vir aand haar ore en bak luister en die een aand dat sy uitgaan, dan kom hy hier aan! Sy byt harder op haar tande. Wat makeer haar deesdae? Sy was nooit 'n tjankerige vroumens nie. Maar deesdae sit die trane sommer vlak. En vir wat sal sy nóú wil grens? Dis sommer verspottigheid. Dis net haar senuwees.

Maar toe sy op die bed neersak, weet sy hierdie trane het niks met senuwees te doen nie, en dat die verspottigheid lankal nie meer regtig verspot is nie. Iets is êrens radikaal verkeerd – en sy weet waar.

Toe, man, waarvoor sit en byt jy jou tande stomp? Jy wil grens. Grens dan! Jy bluf jouself nie meer nie, en hier is nou niemand wat jou sien vir wie jy hoef te bluf nie.

Die trane kom en sy laat haar kop op die kussing sak. O, as Zak Coetzenbergh haar nou kan sien, sal hy natuurlik heilig oortuig wees dat sy lankal verby die oujongnooistadium is en reeds haar kindsstadium ingegaan het. Om te sit en tjank oor 'n man wat jy nie onder jou oë kan verdra nie! Dis darem net nie logies nie. Erken nou maar aan jouself dat jy eindelik jou tier hier op Rocklands raakgeloop het.

En met hierdie erkenning in haar hart en met die wete dat sy op hierdie aarde niks daaraan kan doen nie, sluimer sy in toe Zak Coetzenbergh reeds weer begin gereed maak vir nog 'n dag se harde werk.

Vandag is hy skielik in 'n slegte bui. Vandag gaan dit net nie gou genoeg nie en niks is na sy sin nie. Tot met ou Freek se gebraaide skaapribbetjie word daar fout gevind en almal, Jan Poggenpoel inkluis, is dankbaar toe die son sy kop begin wegtrek. Mag, maar die man was darem moeilik vandag. Wat sou so skielik oor sy lewer geloop het? Gisteraand nog, voordat hy verdwyn het sonder om te sê waarheen hy gaan, was alles nog goed en reg, en vanoggend is die duiwel los.

Toe hy weer soos die vorige aand sonder om 'n rede te gee na die bakkie stap en wegry, kyk sy voorman hom verbaas agterna. Iets is deesdae nie heeltemal pluis met dié man nie, besluit hy. Hy ken hom al 'n klompie jare en om saans tot laat uit die slaap te bly wanneer dit skeertyd is, is net nie Zak Coetzenbergh nie. Waarheen dit ook al mag wees dat hy gaan, dit moet 'n saak van groot belang wees wat sy persoonlike aandag verg om hom twee aande na mekaar te laat rondry.

Isolde sit opgeskeep met haarself daardie aand in die sitkamer nadat mevrou Coetzenbergh al gaan rus het. Daar is niks oor die radio wat haar genoeg interesseer om haar aandag te hou nie, en ten einde raad gaan sy maar bad. In haar kamerjapon geklee, stap sy na die sitkamer om die lig af te skakel voordat sy kamer toe gaan. Sy is reeds halfpad op pad na die staanlamp toe sy hom in sy geliefkoosde stoel gewaar.

Haar mond val oop en haar oë word soos twee groen pierings. Dit lyk kompleet asof sy 'n spook gesien het.

Die man frons. "Ja? Hoekom skrik jy jou so boeglam? Nie verwag om my hier te sien nie, nè? Snaaks dat jy nie al weer aan die rondflerrie is nie."

Sy klap haar mond hoorbaar toe en haar oë keer na hul normale grootte terug. "Wat bedoel jy met rondflerrie? Ek het bloot gisteraand vir die Van der Walts gaan kuier."

Sy kan hom gerus vermorsel terwyl sy na hom staan en kyk. Sy het so verskriklik na hom verlang, en hier beskuldig hy haar sommer met die intrapslag van allerhande dinge. O, sy móét van lotjie getik wees om op so 'n gemene ding te kon verlief raak.

Sy oë is stip. "Dit moet nooit weer gebeur dat jy uithuisig is wanner ek hier kom nie, verstaan?"

Sy is blind van woede. Wie dink die buffel is hy altemit? "Daar is iets wat jy ook liewer goed moet verstaan, meneer Zak. Jy is nie my baas nie. Ek sal gaan kuier wanneer ek wil. Dit was buitendien jou ma wat so aangedring het ek moet gaan. Ek sien geen rede hoekom ek aand na aand alleen hier moet sit net om jóú te plesier nie. Dis mos nie asof ek gaan . . . gaan vry nie. Ek gaan kuier net."

"Dit maak nie saak wát jy gaan doen nie. Jy gaan nie weer kuier wanneer ek nie op die plaas is nie. As daar te kuier is, kuier ons twee saam. Ek het klaar gepraat." Hy skuif behaaglik terug in sy stoel, strek sy bene lank voor hom uit en sluit sy oë. "Ai, dit was 'n lang dag."

Sy staan hom besluiteloos en aankyk. Wat verwag hy moet sy nou doen? Dan ruk sy haar ken op. Hy kan gaan doppies blaas. Sy gaan slaap. Sy swaai haar om, maar sy stem keer haar.

"Waarheen gaan jy?"

Sy draai terug. Hy sit nog steeds so ontspanne met toe oë.

"Ek het klaar gebad. Ek gaan slaap."

Hy sug, maak dan sy oë stadig oop. "Rooikop, ek is hondmoeg. Moet nou nie moeilik wees nie, toe."

Sy pers haar lippe opmekaar. Hoor bietjie. Wie's moeilik? "Hoekom het jy dan gekom as jy so moeg is? Iets kom haal?"

"Nee. Kom kyk of jy jou gedra. Rooikop! Martina, wag."

By die deur draai sy terug en haar oë spuug groen strale na hom. "Gaan na die duiwel, hoor jy? Ek is nie 'n kind nie. En as ek lus voel om my te wangedra, sal ek nie vir jou verlof wag nie. Nou weet jy."

"Martina, kom hier."

"Ek gaan slaap. Nag."

"Ek is honger."

Sy aarsel, kyk hom kwaai aan. "Wat het dan van ou Freek geword?"

"Hy het die ribbetjie vanaand laat verbrand."

"Dis nie my skuld nie."

"Jy is die hardvogtigste vroumens . . . Ek is regtig honger, rooikop."

"Dit het niks met my te doen nie."

Hy laat 'n diep sug hoor, staan swaar uit die stoel uit op soos 'n man wat werklik die einde van sy kragte bereik het, en tel sy hoed op.

"Waarheen gaan jy?" vra sy vinnig.

"Terug. Sal maar beskuit gaan eet . . ."

"Wag." Sy voel ontevrede met haarself, maar sy kan darem ook nie toelaat dat hy regtig honger terugry nie. Hy werk baie hard. Sy merk sy hoopvolle blik en sy trek haar gesig weer op 'n kwaai plooi. "Gaan sit op jou bas. Ek sal gaan kyk of daar iets in die kombuis is."

Hy glimlag dankbaar. "Jy is 'n dierbare rooihaar-engel."

"Toe nou, hou jou in. Nou die dag was ek 'n rooi-kopheks."

"Wie waag dit om sulke dinge van jou te sê? Ek sal hom hof toe vat." Dan lag hy openlik, en die manier

129

waarop hy na haar kyk, laat haar hart weer daardie snaakse bokspring maak. "Toe nou, rooikop, roer jou. Die tyd stap aan en ek moet nog teruggaan. Dis môre Vrydag."

Sy maak dat sy vinnig in die kombuis kom. Haar hart voel lig en opgewek terwyl sy doenig raak. Wat het hy vanaand weer hier kom maak? Hy sou tog nie nog 'n slag iets vergeet het nie. Sy frons. Of het hy werklik kom kyk of sy rondflenter?

Dan verdwyn die frons. Dit maak ook nie saak wat die rede is nie. Hy is hier. Sy het hom weer 'n slag gesien en hy het haar 'n dierbare rooihaarengel genoem. O, Isolde Cilliers, jy het die skoot darem beslis hoog deur. Jy weet deksels goed hy bedoel dit glad nie. Dis net omdat hy honger is dat hy skielik vleitaal begin gebruik het. Sodra sy maag vol is, sal hy weer begin skoor soek.

Toe sy 'n ruk later met 'n volgelaaide skinkbord binnekom, sien sy dat hy nog dieper in die stoel geskuif het en dit lyk asof hy slaap. Sy sit die skinkbord sag langs hom neer en gaan hurk langs die stoel, bekyk sy ontspanne gelaatstrekke met aandag. Die lyne van vermoeienis is duidelik op sy gesig afgeteken, en 'n teerheid oorweldig haar.

Huiwerig steek sy haar hand uit na die lyne om sy mond. Sy wil dit net een keer streel . . . Dan ruk haar hart in haar keel toe sy oë skielik oopgaan en haar uitgestrekte hand warm deur syne toegevou word.

"O, ek . . . ek het gedink jy slaap. Hier is jou . . ."

"Ek is bly jy het gedink ek slaap."

Die blou oë hou hare gevange en sy hand om hare sluit nog stywer. Vir 'n oomblik kan sy, om haar lewe te red, nie beweeg nie.

"Rooikop . . ."

"Jou kos . . . Jou kos word koud." Sy spring op en trek haar hand beslis uit syne, gaan neem dan op 'n veilige afstand van hom plaas. "Eet jou kos voor dit koud is."

Hy trek homself regop in die stoel en tel die skinkbord op sy skoot. "Kom sit hier by my."

"Nee."

"Asseblief, rooikop. Hier langs my stoel op die mat. Toe."

Sy antwoord nie, maar bly stokstyf op haar stoel sit en hy begin eet, kyk dan ná 'n rukkie op. "Dis tog nie so baie gevra nie."

Sy pers haar lippe op mekaar. "Jy kan net so goed eet sonder my langs jou op die mat."

"Dis nie dieselfde nie. Wanneer ek op jou rooi kop afkyk, wil ek my verbeel dis 'n glasie wyn."

Sy frons skerp. Zak is regtig nie homself vanaand nie. Hy moet vreeslik honger wees. "Hier is wyn in die kas. Ek kan vir jou 'n regte glasie wyn gaan skink as jy so lus is daarvoor."

"Nee. Liewer nie vanaand nie. Ek het juis al my sinne en wilskrag nodig om kop te hou. Jou rooi hare sal vir eers genoeg wees." Dan is dit of iets in hom knak. "Toe nou, magtig, vroumens, moenie dat ek jou so soebat nie."

Hy plak die skinkbord weer terug op die tafeltjie langs hom en soek na sy pyp.

"Zak, eet jou kos. Ek het nie verniet alles . . ."

"Ek is nie meer honger nie."

"Jy is nou kinderagtig."

"Jy is 'n mooi een om te praat. Wat is nou so vreeslik daaraan om langs 'n man op die mat te kom sit en hom geselskap te hou solank hy eet? Waarvoor is jy bang?"

Sy ruk haar skouers agteroor. "Vir niks nie."

"Nou hoekom wil jy nie hier kom sit nie?"

Hulle gluur mekaar aan, en dan skielik gee sy in, spring op en gaan sit langs hom op die mat. "Toe, hier is ek nou. Eet jou kos."

Hy glimlag op haar af, tel die skinkbord gehoorsaam op en begin smaaklik eet, en sy sit en kyk stip voor haar op die mat af. Wat gaan met dié man aan? Hy is darem die onmoontlikste . . . Verlief of nie verlief nie, maar sy wonder sterk of sy graag sy vrou sal wil wees. Hy moet eenvoudig in alles sy sin kry.

Sy hoor hom die skinkbord neersit, hoor die skraap van 'n vuurhoutjie soos hy sy pyp opsteek en sien hoe sy bene weer lank uitgestrek by haar verbykom. Dan voel sy sy vingers in haar hare speel.

Die spanning begin haar verlaat, sy skuif gemakliker, voel sy hand haar kop teen sy bobeen druk sodat dit daarteen kan rus en dan gaan sy vingers voort met speel. Sy sluit haar oë.

"Martina, is jy seker jy het vir Kobus lief?"

Haar oë vlieg oop. Sy sluk. "Hoekom sal ek dan met hom wil trou?" antwoord sy ontwykend.

Sy vingers het opgehou met speel. "Hoekom antwoord jy my met 'n vraag? Is dit so moeilik om net ja of nee te sê? Dis tog so eenvoudig. As jy oortuig is jy het lief, is die antwoord 'n eenvoudige ja. En as jy nie . . ."

Sy voel paniek in haar oplaai. Hoekom moet hy nóú oor hierdie dinge praat? 'n Oomblik gelede was alles so volmaak, so wonderlik. "Vir jou is daar blykbaar net altyd 'n besliste ja of nee vir alles in die lewe. Jy ken geen middelweg nie, nè?"

132

"Nee, daar is geen middeweg nie. Beslis nie waar dit die liefde aangaan nie. As ek ja op so 'n vraag antwoord, sal dit beteken dat ek daardie vrou waaragtig liefhet, met elke vesel van my liggaam en met elke klop van my hart. En as dit nee is, is dit néé! Ek glo nie aan lou gevoelens nie. Dit is alles of niks."

Dis 'n rukkie stil, en weer sit die hartseer vlak in haar. Ja, Zak Coetzenbergh is nie 'n man vir 'n halwe maat nie. Eienaardig, maar sy weet hy is opreg. As Zak eenmaal sy liefde gegee het, sal daar geen rond-en-bont-springery wees nie. Sy vrou sal weet dat sy vir altyd, tot haar dood, volkome bemin sal word. Daar is min mans wat werklik tot so 'n liefde in staat is, maar Zak is een van hulle.

Hy is ook nie 'n man vir bedrog nie. Sy ja is sy ja en sy nee is sy nee – en hy sal nooit kan verstaan dat daar soms noodgedwonge 'n middeweg gekies moet word nie.

Nee, alle drome wat sy miskien kon gekoester het, kan sy maar vroegtydig afsterf. Wanneer hy uitvind . . . Tog, as hy net bloot 'n vriend kan wees . . .

"Zak."

"Hmmm?"

"Hoekom hou jy nie van my nie? Kan ons nie . . . vriende wees nie?"

Sy vingers het weer opgehou met speel. Sy hoor hoe hy sy pyp in die asbakkie neersit. Sy sien hoe hy sy bene terugtrek. Dan voel sy sy hande haar aan haar skouers na hom omdraai en sy kyk amper bevrees na hom op.

Sy oë is skielik baie blou. "Glo jy werklik dat ons twee ooit vriende sal kan wees, rooikop?"

Haar kop sak vooroor. Nee, dis seker te veel gevra. Van die eerste oomblik af, selfs nog voor hulle ontmoet het, was hulle haaks en sedertdien bly hulle mekaar in die hare vlieg. 'n Wanhopigheid pak haar beet. Nee, hy het reg. As 'n mens vriende is, moet jy goed met mekaar klaarkom – en dit sal seker nie maklik tussen hulle twee gebeur nie. Die dowwe seer waarmee sy al dae lank rondloop, het meteens 'n skerp, deurdringende brandpyn geword.

Sy kyk moedig na hom op, probeer glimlag. "Wel, jy is ten minste eerlik. Ek sal probeer om uit jou pad te bly vir solank ek nog hier is." Sy wil orent kom. "Nag, Zak. Ek gaan maar slaap."

Die blou oë kyk baie stip en die hande hou haar op die plek vasgepen. "Van wanneer af is jy 'n lafaard, rooikop?"

"Wat bedoel jy?"

"Hoekom wil jy nou skielik weghardloop? Dis nie jy nie."

Sy ontwyk sy oë. "Ek sien geen rede om langer met hierdie gesprek voort te gaan nie. Ons weet nou waar ons met mekaar staan en daar is niks verder te sê nie. Daarom gaan ek nou slaap. Los my, asseblief."

"Jy gaan slaap wanneer ek so sê. As jy darem dink ek het hierdie hele ent pad gery net om 'n bord kos te kom eet . . ."

Haar kop ruk omhoog, die oë verward. "Ek begryp nie. Wat het jy in elk geval vanaand hier kom maak? My siel kom versondig?"

"Nee. Blykbaar my eie kom versondig."

Sy trek haar skouers styf onder sy greep. "Ek het jou beslis nie genooi nie. Hoekom het jy nie gebly waar jy was nie? Ek verstaan jou nie, Zak Coetzenbergh! Jy moet beslis 'n verwronge humorsin hê om ná 'n dag se harde werk hierdie ent pad af te ry net om my te kom sit en koggel."

"Min mense verstaan my, rooikop. Maar jy sal nog – wanneer ons saam dag vir dag onder hierdie dak bly. Moenie jou kop nou al daaroor breek nie. Dit sal mettertyd regkom."

Sy pers haar lippe saam. Dis een ding wat sy Martina op die hart gaan druk wanneer sy haar weer sien. Dat sy daarop moet aandring dat Kobus vir hulle 'n eie huis bou. Hul huwelik sal binne die eerste ses maande op die rotse wees as hulle gaan toelaat dat hierdie man dit domineer.

"Ek weier beslis om saam met jou in een huis te bly. Kobus sal net vir ons 'n aparte huis móét bou as ons getroud is."

Hy lag meteens saggies, maar wat so amusant is, kan sy nie dink nie. Haar linkerhand word skielik vasgegryp. "Hoekom dra jy nie jou verloofring nie? Kobus het duur genoeg daarvoor betaal. Die tjek het al verlede week deurgekom."

Weer besef sy nie dat daar 'n vlugtige vreesflits in haar oë te sien is nie. Haar verstand gons soos sy dink, en dan glimlag sy verlig. "O, daar was 'n kleinigheid wat daaraan verander moes word. Dit is nog by die juwelier."

Hy glimlag fyn, knik asof goedkeurend. "Jy is 'n dame met vele talente, rooikop. Goed geantwoord. Honderd uit honderd."

Sy voel 'n blos teen haar hals opkom, maar kyk hom nietemin waterpas aan. "Ek weet nie waarvan jy praat nie. Sal jy nou asseblief jou ry kry?"

Hy sug, los haar skielik en staan op. Sy skarrel ook op haar voete. "Ja, miskien moet ek liewer nou ry."

Hy kyk op haar af, sy gesig onleesbaar. "Dankie vir die lekker kos. Dankie vir die geselskap. Dit was . . . baie interessant. Sien jou môreaand, skoonsussie. Ek sal laat wees, hoor?"

Sy sien hom sy pyp optel. "Ek gaan môreaand vroeg slaap. Ek sal sorg dat hulle iets vir jou in die lou-oond sit."

"Nee, dankie. Jy gaan weer vir my kos maak soos vanaand. En jy gaan nie vroeg slaap nie. Jy gaan vir my wag tot ek kom." Sy blik dwaal oor haar en sy trek haar kamerjas spontaan stywer vas. Hy glimlag skeef. "Ek gee nie om dat jy solank maar bad en so aan nie, maar jy gaan nie slaap nie." Hy gee 'n tree nader, en sy deins vinnig terug. Hy glimlag goedig. "Toe maar. Ek sal jou nie weer soen nie – altans, nie vanaand nie. Ek sal later met dáárdie lessies begin. Jou leerplan is vol genoeg op die oomblik. Ek wou maar net 'n slag weer aan jou hare vat."

Sy kyk hom fronsend aan. Zak is seker al halfpad aan die slaap. Hy begin al deurmekaar praat.

"Van watse leerplan praat jy?"

"Jou leerplan hoe om met my saam te lewe, hartjie. Maar die lesse in soen sal ons tot 'n bietjie later uitstel. As ek nie geweet het daardie oujongnooisuster van jou sit êrens by 'n strand haar seningrige ou bene en bruinbak nie, sou ek nou die aand kon sweer ek soen vir haar. My kleinboet is blykbaar 'n swak leermeester. Sy ouboet sal moet help." Dan gryp hy haar vinnig vas en strengel sy vingers deur haar krulle. "Martina . . ."

"Los my." Haar stem is skor en laag. "Los my, Zak Coetzenbergh."

Hy kyk lank in haar oë af tot die woede daaruit verdwyn en sy haar gesig teen sy bors vasdruk en byna gebroke fluister: "Los my, asseblief."

"Goed." Sy stem is ook skielik laag. "Goed, ek sal jou los. Moenie huil nie." Hy laat haar gaan en stap vinnig deur toe. Daar aarsel hy, draai weer halfpad om. "Môreaand."

Sy skud haar kop magteloos heen en weer, maar sy stem is baie beslis. "Ons sien mekaar môreaand weer. Nag, rooikop."

Dis 'n hartseernag vir Isolde, en sy weet dat dit maar die begin is. Vorentoe wag daar nog groter hartseer.

Mevrou Coetzenbergh se oë is ondersoekend toe sy haar die volgende oggend aan ontbyttafel bekyk. "Jy lyk bleek, hartjie. Voel jy miskien siek?"

"O, nee, tannie, dankie," verseker Isolde haar haastig, maar die ou dame is nie gerusgestel nie.

"Jy lyk nie vir my heeltemal gesond nie. Of is daar iets wat jou hinder?"

"Nee, tannie, wat kan my hier hinder? Dis so 'n wonderlike plaas en u en almal is so gaaf en goed vir my. Ek . . . wens ek kon langer bly . . ." Ja, langer, veel langer as drie weke. Vir altyd . . .

"Ek is bly jy voel gelukkig hier, my kind. Maar een van die dae sal jy vir altyd hier by ons wees. Ek hoop jy sal net so gelukkig hier wees soos wat ek al die jare was. Rocklands kan 'n klein aardse hemel wees as 'n mens dit kan deel met die man wat jy liefhet. Belowe my jy sal my nie lank op 'n kleinkind laat wag nie. Ek sou hom so graag in my arms wou hou voordat ek sterf. Sal jy?"

Sy is nou werklik bleek en verslae, en kyk verwese in die liefdevolle ou oë terug. "O, tannie . . ."

'n Verrimpelde hand strek oor die tafel na haar uit.

137

"Hoekom huil jy, hartjie?"

Sy voel sy kan liewer sterf. Hoe kon sy so 'n dierbare ou mens bedrieg? Wat moet sy sê? Sy sak net al dieper in die moeras van bedrog in.

"Ek huil omdat ek so gelukkig is om . . . so 'n dierbare skoonmoeder te kry."

Die blou oë met die rimpels om is teer en begrypend. "Dan is dit goed dat jy huil, my kind. Dis eers as geluk trane na jou oë bring dat dit iets werd is. Ek het ook baie gehuil toe my man nog gelewe het, gehuil omdat ek so gelukkig was. Ek huil vandag nog – van dankbaarheid."

Isolde is stil, kan maar net na haar sit en kyk en weet dat sy hierdie vrou in haar hart beny. Want gelukkig is die mens wat kan huil omdat hy of sy gelukkig en dankbaar is. Dis skoon trane. Ook die smart wat sy in haar lewe geken het, soos die afgee van haar lewensmaat, was skoon smart. Maar hierdie trane wat sý huil, wat sy gisteraand en die vorige aand in haar kussing gestort het, is trane waarvan die bron nie suiwer is nie. Ook die hartseer wat sy ken, is nie dieselfde skoon, helder hartseer wat Zak se ma geken het nie. Dis trane en hartseer wat sy oor haarself gebring het; trane en hartseer as gevolg van bedrog.

Vir die res van daardie dag is sy so rusteloos soos wat sy nog nooit was nie. As Zak vanaand kom . . . Waaroor wil hy met haar praat? Sy het al die gevoel gekry dat hy iets vermoed; dat hy al begin agterkom het dat alles nie pluis is nie. Sy "môreaand" het vir haar na 'n dreigement geklink.

Zak se ma gaan haar gewone tyd bed toe. Isolde het die groot huis vir haarself. Eindelik besluit sy om te bad en kamer toe te gaan. Sy wil nie die indruk wek dat sy werklik vir hom sit en wag het nie. Tewens, sy sal verkies om hom glad nie vanaand te sien nie.

Nege-uur is haar kamerlig ook al af. Nie dat dit juis enige beskerming bied nie. Daarvoor ken sy Zak Coetzenbergh al te goed. Hy sal niks daarvan dink om haar soos 'n vorige keer uit die bed te kom tel nie. Maar miskien sal hy haar tog vanaand in vrede los.

Sy lê met oop oë en luister en haar liggaam ruk spontaan toe sy die bekende dreuning van sy bakkie hoor. Elke senuwee in haar liggaam span saam toe sy hoor hoe hy stilhou, die deur klap, sy stem vaag opklink soos hy nag sê aan die ander, en dan sy voetstappe wat opklink soos hy aangestap kom huis toe.

Haar hart hou op met klop toe die voetstappe doelgerig vanaf die voordeur reguit op haar kamerdeur afpyl. Daar is 'n klop aan haar deur en dit word ook sommer dadelik oopgestoot. Sy hoor hom in die skemer nader kom tot by die bed. Sy knyp haar oë styf toe toe sy hom oor haar voel buk.

'n Stem fluister saggies hier by haar oor. "Moenie my te lank laat wag nie. Ek is al weer doodhonger."

Haar hart begin weer skielik klop, onstuimig, onegalig. Dis al waarvoor hy gekom het – sodat sy vir hom moet kos maak. Dis al waaraan hierdie buffel kan dink – sy maag!

Sy sit vinnig orent en haar stem bewe van verontwaardiging. "Ek sal nie opstaan net om vir jou kos te gaan maak nie, Zak Coetzenbergh. Ek het jou gisteraand gesê . . ."

"Ek is regtig honger, rooikop. Ek was so haastig om hier te kom dat ek niemand tyd gegee het vir eet nie."

"Daar is koue vleis in die yskas."

"Aikôna! Jy moenie dink ek gaan tevrede wees met koue vleis ná 'n dag se harde handearbeid nie. Ek wil 'n ordentlike bord kos hê en jy gaan dit vir my maak."

Sy gooi die beddegoed af, te kwaad om om te gee dat hy haar al weer in haar mooi naggoedjies sien. "Ek sal vir jou kos gaan maak, maar dan kom ek dadelik slaap, sê ek jou."

Hy glimlag net, sy oë vermetel op die mooi toneeltjie voor hom, maar sy stem klink bedees, gans te bedees vir hom. "Dankie, rooikop."

8

Toe sy met die skinkbord kos uit die kombuis kom, hoor sy hom in die badkamer, en sy plak dit haastig op die tafeltjie in die sitkamer neer en maak spore na haar kamer.

Hierdie keer draai sy die sleutel in haar deur en grim tevrede. Hy sal dit darem seker nie waag om die deur uit die kosyn te stamp nie. Sy ma sal die geraas hoor, en dit sal darem baie lelik lyk as hy probeer om hierdie tyd van die nag by sy aanstaande skoonsuster se slaapkamer in te breek.

Gerusgestel gaan sy lê en skakel weer haar lig af. Sy wip soos sy skrik toe daar weer 'n klop aan haar deur is.

"Rooikop, maak oop."

Sy antwoord nie, en sy hoor duidelik hoe die deurknop draai. Dan 'n kort stiltetjie. "Luister, Martina, ek maak nie grappies nie. Maak oop die deur en kom sitkamer toe."

"Zak, ek sal nie. Ek het jou gesê . . ."

"Luister mooi, vroumens. As ek nie deur die deur inkom nie, kom ek deur die venster in. En as jy dié ook grendel, dan gaan maak ek 'n dakplaat los en kom deur die plafon in. Maar uit hierdie kamer sal jy vanaand kom."

Sy lê met groot oë. Hy sal dit ook doen. As hy nêrens anders kan inkom nie, sal hy sowaar 'n dakplaat gaan losmaak.

Sy pluk haar kamerjas aan en draai die sleutel in die slot en die deur swaai oop. Dis duidelik dat hy so pas gebad of gestort het. Sy hare is nog nat en hy is kaalvoet, net geklee in 'n kortbroek met kaal bolyf. Hy lyk skielik baie jonger as gewoonlik.

Sy oë rus op die ontstoke gesiggie. "Luister nou mooi, rooikop. Ek gee nie om om jou rond te dra waar ek jou wil hê in die huis as jy dit so baie geniet nie, maar ek weet nie of Kobus daarvan sal hou nie. Jy weet, 'n mens bly nou maar eenmaal 'n mens, en om gedurig met 'n mooi rooikop in dun nagkleertjies hier in die huis rond te loop, kan dalk naderhand moeilikheid veroorsaak. Ek is nie van staal gemaak nie, weet jy? Goed? Kom nou mooi saam op jou eie paar beentjies sitkamer toe, asseblief."

Dit voel vir haar sy kan 'n oorval kry. Die vermetelheid van die man om openlik te suggereer dat sy doelbewus so optree net om in haar nagklere deur hom rondgedra te word! O, as sy darem nie nog moord by bedrog gaan voeg voordat sy van hierdie plaas af padgee nie . . .

Met 'n stokstywe rug en haar kamerjas styf om haar vasgetrek asof dit 'n pantser is wat haar teen onheil moet beskerm, stap sy vooruit sitkamer toe en toe hy

141

woordeloos met sy vinger wys waar hy haar presies wil hê, gaan sit sy op die mat langs sy stoel sonder 'n woord van protes.

Daar is 'n ou segswyse wat sê: Verander dit wat jy kan, en aanvaar dit wat jy nie kan nie – en besit die wysheid om die verskil te ken. Nou, besluit sy filosofies terwyl hy sy skinkbord op sy skoot tel en smaaklik begin eet, is dit tyd dat jy weet jy sal Zak Coetzenbergh nooit kan verander nie. Wat hierdie man wil, wil hy, en dit sit nie in jou rooi hare of jou danige sterk persoonlikheid om teen daardie wil te gaan nie. Op die ou end is jy tog maar net waar hy jou oorspronklik wou gehad het, plat op die mat langs sy stoel.

Sy voel lus vir giggel. Dis skielik snaaks, baie snaaks dat daar 'n man kan bestaan wat haar so maklik domineer. Sy sou dit nooit geglo het as sy dit nie nou self ondervind nie. Wat meer sê, dis nogal lekker! Ja, sowaar, dis lekker om te weet daar is iemand wie se wil sterker as joune is, wat jou baas is. Sê nie veel van Women's Lib nie.

In die verlede het sy haar neus opgetrek en uit die hoogte neergesien op die outydse stelling dat 'n vrou wil hê haar man moet haar baas wees. Watter Middeleeuse snert, het sy self gesê. Vandag is die vrou die man se gelyke. In alle opsigte het sy geklim tot waar sy skouer aan skouer langs hom staan. Maar Zak Coetzenbergh se vrou sal nooit heeltemal langs hom staan nie. Onder sy blad, ja, maar nie as sy gelyke nie. Hy sal die baas wees. Gelukkige vrou . . .

"Wat amuseer jou so?"

Sy wip soos sy skrik. "O, nee, sommer . . . Is jy klaar?"

"Dankie. Dit was lekker. Kobus sal beslis nie honger ly nie." Sy frons. Hy is vanaand vol van Kobus. "Mag ek koffie kry, asseblief?"

"Ja. Ek gaan haal."

Sy sit sy koffie langs hom neer, en bly onseker staan. Moet sy nou weer gaan sit, of waar wil hy haar nou hê, wonder sy.

Hy kyk op, glimlag. "Dankie, rooikop. Dankie vir al die moeite. Jy kan nou maar gaan slaap. Geruste nag."

Sy staan hom ongelowig en aankyk. Sommer net so. Jy kan nou maar gaan slaap, noudat my maag vol is. Die buffel! Nou word sy kamer toe gejaag, en netnou wou hy haar met mag en geweld daar uitdra.

Sy swaai haar vererg om, maar stap glad nie vinnig deur toe nie. Die bevel dat sy moet terugkom, bly egter uit en toe sy in die deur kom, draai sy onseker om. "Zak . . ."

"Hmmm?" Hy drink liggies aan sy koffie.

"Daar is nog koffie in die fles as jy miskien nog wil hê."

"Dankie, rooikop, maar hierdie een sal doen."

Nou is daar regtig geen rede vir haar om langer te talm nie. Hy het nou alles wat hy wou gehad het, en sy kan maar gaan slaap. Sy byt op haar onderlip om die skielike bewing in haar lippe te stil en draai met mening om. Sy hoop hy stik aan daardie koffie!

Maar sy is net 'n tree in die gang af toe sy skielik sy arms van agter af om haar voel gaan. Sy word styf teen hom vasgedruk terwyl sy sy gesig aan die sykant van haar nek voel.

"Ek het 'n harde week agter die rug," hoor sy hom gedemp sê. "Van voor sonop tot ná sononder was ek

143

aan die gang. 'n Mens raak liggaamlik en geestelik uitgeput al is jy ook hoe sterk. En jou weerstand bereik 'n laagtepunt. Myne is vanaand op die laagwatermerk. Verstaan jy wat ek wil sê?"

"Nee." Sy staan roerloos, kyk af op sy bruingebrande voorarms wat so styf om haar middelrif vou.

Sy hoor hom liggies kreun. "Jy is tog nie onnosel nie. Daardie rooi kop van jou het tog verstand ook in. Jy móét verstaan wat ek wil sê."

"Nee." Sy verstaan nie. Haar verstand staan heeltemal stil op hierdie oomblik. Sy kan net soos 'n onnosel ding na sy arms om haar staan en afkyk. Die stukkie verstand wat nog werk, vertel haar die mees fantastiese, onmoontlikste goed wat tog nie waar kan wees nie. Nee, sy verstaan glad nie.

Hy kreun weer, swaai haar skielik met geweld om en ruk haar dan weer in sy arms. En dan soen hy haar soos wat g'n oujongnooi nog ooit gesoen was nie en soos wat 'n man beslis nie sy aanstaande skoonsuster behoort te soen nie. En sy bly net roerloos staan. Stom-onnosel. Verdwaas.

"Verstaan jy nóú?"

Sy kyk in die kwaai blou oë terug en skud haar kop heen en weer. "Nee."

"Magtig, vroumens . . ." Haar hand word gegryp en sy word soos 'n vertraagde kind wat nie vir haarself kan dink nie na die rusbank gelei, daar neergedruk en hy bly voor haar staan, die blou oë steeds baie kwaai.

Isolde, spreek sy haarself stilswyend aan, jy is besig om heeltemal te degenereer op hierdie plek. Hier sal jy moet padgee. Tot jou verstand werk nie meer reg nie, want al is die onmoontlike ook aan't gebeure soos wat jou onnosel verstand jou nou vertel, weet jy mos jy durf dit nie toelaat nie. Jy is 'n bedriegster!

"Jy is my broer se verloofde, maar jy het vanaand vir my gewag. Gewag dat ek moes kom."

Dit ruk haar uit die vreemde beswyming. "Hoe durf jy so iets insinueer? Ek het nié op jou gesit en wag nie! Ek was reeds in die bed . . ."

"Maar jy het nie geslaap nie." Hy sak langs haar op die rusbank neer en sy hande gryp haar skouerknoppe vas. "Jy het gelê en wag en luister wanneer ek kom. Dit is so, rooikop. Dit sal nie help om dit te ontken nie."

Sy is byna in trane toe sy luid protesteer. "Ek het niks van die aard gedoen nie, jou buffel! Jy . . . jy is gans te selfversekerd. Dis . . ."

"Ek is . . . heeltemal seker. Sal ek jou nog iets vertel? Jy het vandag heeldag aan vanaand gedink. Jy het verlang dat dit moes aand word – nes ek."

Haar mond wat weer oopgegaan het in selfverdediging klap toe. Haar groen oë is groot en rond. Sy hoor hom weer 'n diep sug gee, en toe beland haar kop teen sy skouer, voel sy die bekende woeling van sy vingers deur haar hare. Sy sluit haar oë. Sy wil nie dink nie en sy sál nie na haar gewete luister nie. Nie nou nie. Die vingers vou stywer om haar rooi krulle en haar kop word agteroorgetrek sodat haar nek 'n swaneboog vorm en hy in die mistige oë afkyk.

"Toe jy hier op Rocklands aangekom het, het jy nie soos 'n verloofde meisie gelyk nie. Maar nou lyk jy soos een. Só pragtig . . ." Sy wysvinger gly weg uit haar hare, streel oor die boog van haar nek waar haar kuiltjie duidelik haar wilde hartklop verraai. "So pragtig dat ek net na jou wil kyk, te bang om jou aan te raak.

Jy het eers hier op Rocklands werklik verlief kom raak, nè, rooikop? Antwoord my. Ek is reg, is ek nie?"

Wanneer was jy ooit verkeerd, Zak Coetzenbergh, antwoord haar hart, want dis nie nodig dat sy dit hardop moet sê nie. Sy weet in hierdie weerlose oomblik dat hy sy antwoord in haar oë kan lees en sy is magteloos om dit te verhoed.

Sy oë hou hare gevange en toe sy mond nader kom, ontmoet haar oop lippe syne halfpad. Sy hande gly oor haar rug en forseer haar vaster teen hom. Sy aanraking is hard, sonder om wreed te wees. Sy lippe soekend, maar ook teer. Hy hou haar teen hom vas sodat sy die spiere van sy kaal bolyf teen haar kan voel beweeg, en tog is sy omhelsing ook versigtig, asof hy iets baie kosbaars hanteer.

Sy asem is klam en warm teen haar vel toe hy sy mond eindelik wegneem en sy stem is kort en laag en vreemd. "Ek het geweet dit gaan gebeur, daarom het ek jou teruggestuur kamer toe. Ek het geweet ek moet vanaand wegbly van jou af, Martina . . ."

Dis haar suster se naam op sy lippe wat haar skielik uit die betowering ruk en tot haar sinne bring. "Zak, nee!" Sy druk hom weg en hy laat haar dadelik gaan, en sy spring op, kyk een keer half verwilderd na hom en storm dan na haar kamer. Sy wag bewend teen haar kamerdeur, maar daar klink geen voetstappe op nie en daar kom geen klop aan die deur nie. Dan hoor sy die voordeur toeklap . . .

Die naweek dat Zak weer tuis is en waarna sy so uitgesien het, word skielik 'n marteling vir Isolde, dermate dat sy bid dat Maandag gou moet kom voordat sy heeltemal ingee. Daardie Saterdag en Sondag vermy Zak haar openlik, en die kere dat hulle wel verplig is om in mekaar se geselskap te wees, vind sy hom 'n stugge vreemdeling wat sy glad nie ken nie en die enkele kere dat sy wel sy oë op haar betrap, is hulle versluier en onleesbaar. Die hartseer in haar groei aan tot 'n graad wat sy nog nooit geken het nie.

Maandagoggend vóór ligdag lê en luister sy weer hoe daar gereed gemaak word om te vertrek en sy hoor hoe die dreuning van die bakkie weer in die verte vervaag. Sal sy nie maar liewer in hierdie week, voordat Zak weer huis toe kom, maak dat sy wegkom nie? As sy net aan 'n geloofwaardige rede kan dink om vir sy ma te gee . . .

Maar sy weet nie wat nie. Dit gaan moeilik wees om die ou dame te oortuig dat sy vroeër huis toe moet gaan. Sy het die saak reeds versigtig aangeroer, maar Zak se ma was net so beslis soos hy omtrent die saak. Martina bly op Rocklands tot Kobus terugkeer.

Daardie Maandag bly haar verstand net met hierdie een probleem besig. Hoe kan sy vóór die naweek van Rocklands af wegkom?

Sy en Zak se ma sit nog ná aandete in die sitkamer toe die dreuning van 'n motor skielik opklink en hulle hoor hoe dit voor die deur stilhou. Isolde verbleek merkbaar. Is dit miskien Zak? Maar hoekom sal hy vanaand weer kom?

Dan hoor sy 'n vrolike stem by die voordeur roep. "Is die mense tuis?"

"Dis Samantha," laat die ou dame hoor, en Isolde se hart sak in haar skoene. Vir dáárdie dame se geselskap is sy allermins lus.

Haar hart sak verder as haar skoene toe Samantha die sitkamer binnekom en deur nog iemand gevolg word. Sy ruk haar asem in. Richard!

147

Sy sit versteen. Wat soek hy hier? Sy het dan gedink hy kom nooit plaas toe nie . . .

"En dit is Kobus se aanstaande bruidjie dié, ouboet – Martina Cilliers. Maar julle ken mekaar mos, dan nie? Dit was mos aan háár suster wat jy daardie keer verloof was, of hoe?"

"Ja." Richard se oë is stip en hy hou sy hand uit en Isolde kan hare net magteloos daarin lê. "Goeienaand . . . Martina. Eienaardig dat ons mekaar juis hier sal raakloop, nie waar nie?"

Sy knik net, haar mond kurkdroog, en sy hoor Samantha vra: "Waar is Zak dan?"

"Hy is besig met skeer op die een buitepos. Hy kom net naweke huis toe."

"O, dis jammer. Nou sal hy en Richard mekaar nie te siene kry nie. Hy het net vir 'n dag of twee gekom."

Isolde is dankbaar om na die kombuis te ontglip toe sy gaan tee maak. Later sou sy nie kon sê wat daardie aand in Rocklands se sitkamer gesels is nie. Dit voel in elk geval vir haar soos eeue voordat die gaste aanstaltes maak om te vertrek, hoewel hulle kwalik 'n uur gesit het.

Toe hulle groet, laat Richard veelbetekenend hoor: "Ons sien mekaar weer voor ek vertrek, Martina."

Weer kan sy net stom knik en sy kyk hulle agterna met die wete dat die strop nou baie nou begin vastrek.

Toe sy hom die volgende dag weer oor die grasperk aangestap sien kom, weet sy vir die eerste keer in haar lewe hoe dit voel om werklik in 'n hoek gedryf te wees.

Sy stap hom haastig tegemoet, bang dat hy som-

148

mer voor Zak se ma sal losbrand, want sy kan aan sy gesigsuitdrukking sien dat hy met 'n vaste doel Rocklands toe gekom het.

"Wat gaan hier aan, Isolde?" wil hy ook sommer met die bymekaarkomslag weet, en sy vererg haar bloedig.

"Dit is my sake."

Sy oë vernou. "Daardie houding sal jou nêrens bring nie. Ek wil 'n antwoord hê, en baie gou ook."

Dis vrees wat haar meteens woedend maak. "Jy matig jou regte aan wat nie joune is nie, Richard. Ek is aan jou geen verduideliking verskuldig nie. Ek het geen antwoord vir jou nie."

"Jy sou kastig met vakansie na 'n strandoord gaan," sê hy sissend. "En sodra jy terug is, sou ons sake tussen ons finaliseer . . ."

"Sou, ja. Ons kan dit net sowel vandag doen. Ek gaan nie met jou trou nie, Richard. Ek het nou finaal besluit. Daarom het ek ook nie nodig om aan jou te vertel wat hier aan die gang is nie. Dit gaan jou nie aan nie."

Richard se aantreklike gesig is skielik nie meer aantreklik nie. "Dis wat jy dink, maar jy het dit mis, meisie. Ek is nou moeg van die speletjie wat jy al jare met my aan die gang het. Dit kom nou op 'n end."

"Ek is nie bewus daarvan dat ek ooit met jou gespeel het nie. Richard, dis verby tussen ons. Asseblief, aanvaar dit nou. Ek sal nooit met jou trou nie."

Sy gesig trek lelik. "Jy slyp verniet jou tande vir die grootbaas van Rocklands. Hy is ook een van daardie soort wat net swart en wit ken, geen tussenkleur nie. Jy het geen kans by hom as hy moet uitvind waarmee jy besig is nie."

Sy is bleek. "Los vir Zak uit hierdie saak. Hy het niks daarmee te doen nie."

"Ek dink hy het alles met jou aweregse houding te doen, my liewe Isolde. Dat 'n meisie van jou jare so sotlik kan raak . . ."

"Moenie persoonlik raak nie."

"Iemand moet jou vertel dat jy belaglik is."

"Richard, ek en jy het niks verder vir mekaar te sê nie."

"O ja, ons het. Of anders het ek en Zak Coetzenbergh iets vir mekaar te sê."

Sy kyk hom met veragting aan. "Jy was nog altyd 'n swak verloorder, nie waar nie, Richard Latsky?"

"Goed dat jy dit besef, Isolde. Jy moet dus liewer oormôre saam met my terugry Skoonspruit toe, dat ons ons troureëlings kan gaan tref . . ."

"Nooit. Dis nooit, Richard. En dis finaal." Sy swaai om en stap weg en hy skree agter haar aan.

"Onthou net jy het dit oor jouself gebring, Isolde. Ek sal jou . . ."

Sy swaai terug, die groen oë blitsend. "Richard Latsky, in hierdie huis sit 'n ou dame wat jou nog nooit enige kwaad aangedoen het nie. Sy het 'n swak hart. As jy niemand ooit ontsien om jou eie selfsugtige sin te kry nie, ontsien ten minste siekte."

Hy grynslag. "Dit sal op jou hoof wees as sy iets oorkom. Jy is die een wat bedrog gepleeg het, haar skandelik bedrieg het, nie ek nie."

"Jy is 'n lae, gemene . . ."

"Dit sal nie help om my name te noem nie, my liewe skat. Jy kom óf oormôre saam met my en ons trou, óf . . . Ek gee jou kans tot vanaand om daaroor te dink. Ek hoop net jy onthou jou jare en gebruik jou verstand."

Isolde is daardie dag dwalende. Wat moet sy doen? Met Richard Latsky sal sy nooit trou nie. Oor daardie feit het sy hier op Rocklands finaal sekerheid gekry. Hy kan haar in elk geval nie dwing om met hom te trou nie, maar miskien sal dit beter wees as sy liewer oormôre saam met hom vertrek. Sy het haar reeds bekommer hoe om hier weg te kom voor die naweek aanbreek. En nou gee Richard haar die geleentheid.

"Wie was netnou hier by jou, hartjie?" wil mevrou Coetzenbergh weet toe sy later weer die huis binnestap.

Isolde kyk haar vlugtig aan. Sou die ou dame miskien gehoor het wat daar gepraat is? Richard het so hard agter haar aangeskree . . . Maar mevrou Coetzenbergh se gesig is steeds liefdevol soos altyd.

"O, dit . . . dit was sommer Richard Latsky, tannie."

"Richard? Wat wou hy gehad het?"

"Nie juis iets nie. Hy . . . hy ry oormôre weer terug en het net kom hoor of hy nie 'n boodskap of iets vir . . . vir Isolde kan saamneem nie. Dis al."

"Dis gaaf van hom. Ons kan gerus vir jou suster ietsie stuur, 'n bietjie biltong en droëvrugte en so meer."

Isolde voel weer hoe die skaamte in haar opgolf. O, al hierdie leuens! "Maar sy is mos nie nou tuis nie, tannie. Het u vergeet? Sy is weg met vakansie."

"Maar sy kom tog weer terug, hartjie. Richard kan die goedjies maar solank by hom hou en vir haar gee wanneer sy terug is."

Isolde is stil. Soos haar seun, kry hierdie ou tannie ook maklik haar sin. Richard se gedagtes sal natuurlik iets wees om te lees as hy biltong en droëvrugte vir

151

Isolde moet saamkarwei Skoonspruit toe! Sy skraap al haar moed bymekaar en laat versigtig hoor: "Ek het gewonder of ek nie saam met hom moet ry nie, tannie."

"Saamry?" Mevrou Coetzenbergh kyk ontsteld op, en Isolde vervolg vinnig.

"Ja, u sien, ek . . . ek het nie vir so 'n lang ruk klere saamgebring nie, en . . . ek het gedink dis 'n ideale geleentheid vir my om op Skoonspruit te kom."

"Maar wat wil jy op Skoonspruit gaan maak, hart-jie? Ons het mos klaar besluit jy bly hier tot Kobus terug is."

Die óns is Zak en sy ma, en Isolde het geen sê daarin gehad nie, maar sy kan haar nie sover kry om die ou dame taktvol op die punt te wys nie. Sy was nog altyd so dierbaar en goed vir haar. Juis daarom durf sy nie langer van haar gasvryheid gebruik maak nie.

"Maar ek het mos gesê ek wil my klere gaan haal en . . ."

"Jy kan nog goed 'n paar dae uitkom met dié wat jy hier het, hartjie. Jy lyk altyd so pragtig. Wanneer jou suster terug is van haar vakansie, kan ons haar bel en sy kan vir jou die goedjies inpak en die koffers aanstuur."

Isolde laat haar oë hulpeloos sak. Soos Zak, het sy ma ook altyd raad vir elke probleem.

"Maar ek sal liewer graag self wil gaan, tannie. Ko-bus sal seker nie meer so lank wegbly nie, en . . ."

"Daarom, hartjie, kan jy mos net sowel maar nog hier bly tot hy terug is." Die ou dame glimlag liefde-vol. "Ek kan my nie meer die huis sonder jou voorstel nie, Martina."

Sy voel of sy kan huil. Moet die ou dame nog verder

gloeiende kole op haar hoof hoop? Het sy nie reeds meer as genoeg op haar gewete nie?

Sy probeer nog vir laas. "Tannie, ek sal graag vir Kobus op die lughawe wou ontmoet as hy kom. Dan kan ek mos maar weer saam met hom terugkom."

"Foei tog, hartjie, jy verlang seker al vreeslik na hom, nè? Ek verlang ook na hom, maar jou teenwoordigheid hier het dit darem draaglik gemaak. Natuurlik verstaan ek jy sal hom graag op die lughawe wil ontmoet. Ek sal vir Zak sê. Sodra ons hoor wanneer Kobus kom, kan jy en Zak ry en hom gaan haal. Dan kom hy ook sommer gouer by die huis. Ja, dis 'n skitterende plan."

"Tannie, nee!" Isolde bring weer vinnig haar stem terug na die normale toonhoogte. "Dit sal darem regtig onnodige moeite en geldmors wees dat Zak my spesiaal hiervandaan af aanry na die lughawe toe."

"Hartjie, dis 'n spesiale geval dié en daarom sal dit nie geldmors wees nie."

"Maar Zak is besig met skeer, tannie."

"Ja, hartjie, maar teen daardie tyd behoort hy al klaar te wees."

"Maar daar is altyd werk op die plaas."

"Ja, hartjie, maar darem nie só dringend dat hy nie vir 'n dag of twee sal kan wegbreek nie. Tewens, ek dink dit sal hom die wêreld se goed doen. Hy is altyd so aan die gang. Nee, ek dink dis 'n wonderlike gedagte en hy sal dit beslis nie as moeite beskou nie. Dan is dit afgespreek."

Sy sê daardie woorde net so beslis as wat haar seun dit al gesê het, en Isolde begin paniekerig voel. Sy het nou al na alle kante draaie gemaak, maar die ou dame bly haar net altyd een voor.

Sy kyk bedremmeld op haar hande af, probeer dan nog een keer: "Brandstof is so duur en dis inflasie. Ek het maar net gedink dit sal koste bespaar as ek sommer saam met Richard ry."

"Ag, nee wat, hartjie. Laat Richard Latsky maar ry. Ons kan self na ons mense omsien. Ek dink ook nie Zak sal van die idee hou dat jy saam met hom ry nie."

Isolde frons. Zak, dink sy, sal maar te bly wees om die laaste van haar te sien, al ry sy ook op 'n donkie-kar hier weg. "Hoekom nie?"

"Hy en Richard kon van kleins af nie regkom nie. Hy sal jou liewer self neem waar jy wil wees voordat hy jou saam met Richard sal laat ry. Nee wat, los nou maar, hartjie. Laat Richard maar oormôre alleen terugry." Die ou dame frons liggies. "Ek wonder wat het hom so skielik plaas toe gebring. Hy was in jare nie hier nie. Maar ek is bly en dankbaar dat hy wel weer 'n slag ter wille van sy ouers kom oë wys het."

Isolde antwoord nie, maar sy het 'n goeie idee wat Richard ná jare skielik weer hier laat uitslaan het. Daardie suster van hom het beslis iets hiermee te doen. Daarvan is sy seker. Sy was van die begin af agterdogtig, en nou, ná Richard se besoek, sal sy wel weet dat sy gelyk gehad het in haar agterdog. Isolde frons. Al kry sy Richard ook so gepaai dat hy die Coetzenberghs niks vertel nie, is Samantha nog daar, wat seker nie gou genoeg met die storie na Zak sal wil hardloop om haar te ontmasker nie. Of sy dus op Rocklands bly of gaan, ontmasker gaan sy word, binne die eersvolgende paar dae.

Sy kan net woordeloos en magteloos staan en toekyk toe daar later in die dag 'n hele paar kartonne vir

Isolde gepak word. Dis biltong en droëwors, gedroogde vrugte, tameletjie, ingelegde vrugte en nog wat.

Later probeer sy desperaat keer. "Asseblief, tannie, sy is net een mens. Wanneer moet sy al hierdie goed opeet? Een pakkie met 'n ietsie van alles is meer as genoeg."

"Ag, ons het oorvloed, hartjie. Sy kan mos die goed bêre. Dit word nie sleg nie. Nee wat, ons pak maar genoeg in."

Ten einde raad vlug Isolde uit die buitekamer waar die pakkery aan die gang is, en terwyl sy sommer koers kry in 'n rigting, word daar dringend na die buitepos waar Zak skeer, gebel.

"Is daar iets verkeerd, Ma?" klink sy bekommerde stem op en sy haas haar om hom gerus te stel.

"Nee, almal is nog gesond hier, Zakkie. Maar daar is 'n ou probleempie."

"Ja?"

"Richard Latsky het skielik kom kuier. Ja, ná al die jare. Wonder wat het hom gebyt."

"Wat is die probleem, Ma?"

"Hy gaan oormôre terug en nou wil Martinatjie saam met hom terugry Skoonspruit toe."

"Dis twak. Ons het mos klaar besluit sy bly hier tot Kobus kom."

"So het ek vir haar gesê, Zakkie, maar die kind lyk my wil nou al dwing om maar saam met hom te ry. Sy sê sy wil Kobus graag op die lughawe ontmoet wanneer hy kom. Verlang natuurlik al vreeslik na hom."

Sy stem klink meer kortaf en bot as wat sy ma dit nog ooit gehoor het. "As dit dan regtig só erg is, sal ek haar self lughawe toe neem wanneer Kobus land. Sê haar dit."

155

"Ek het, Zakkie, maar sy sê dis geldmors en onnodige moeite vir jou."

"Prysenswaardig." Hy byt die woord oor die telefoon af en sy ma moet glimlag. Ai, dié Zak-seun van haar.

"Ma, sê vir haar sy hoef haar nie oor óns geld te bekommer nie en nog minder oor my welsyn."

"Goed, Zakkie."

"Of nee, wag, Ma. Sê niks. Ek sal self met haar kom praat."

"Ek het ook gedink dit sal miskien beter wees. Daarom dat ek maar gebel het. Gedink ek moet jou liewer sê. Jy sal wel weet wat om te doen."

"Ek is bly Ma het gebel. Daardie rooikop . . ." Hy maak keel skoon. "Goed. Is daar nog iets anders?"

"Nee, Zakkie, niks meer nie, my seun. Gaan dit goed met die skeerdery?"

"Baie goed, dankie. Ons behoort teen die end van die week hier klaar te maak."

"Gaaf. Goed, my seun. Tot siens dan eers."

Hoe nader dit aan die aand raak, hoe bekommerder word Isolde. Wat moet sy vir Richard sê wanneer hy vanaand kom? Sy hoop en bid maar dat mevrou Coetzenbergh reeds al gaan slaap het wanneer hy hier aankom. Dit sal dalk vir die ou dame vreemd lyk as hy twee keer op een dag hier op Rocklands kom kuier terwyl daar in die verlede nie veel liefde tussen hom en die Coetzenberghs verlore was nie.

Hierdie een gebed van haar word darem verhoor. Mevrou Coetzenbergh is reeds kamer toe toe sy die motor se dreuning hoor. Sy nooi hom styf binne en sê: "Sit, Richard."

"Dankie, maar ek wil nie lank bly nie. Ek gaan nie

dood oor hierdie plek en sy mense nie. Ek het net jou antwoord kom haal."

"Sit, asseblief. Ek wil met jou praat."

Hulle kyk mekaar stil aan, en Isolde kan byna nie glo dat daar ooit 'n tyd was dat sy kon dink dat sy saam met hierdie man haar lewe sou kon slyt nie.

Sy vertel hom kortliks hoe dit gekom het dat sy as Martina hier op Rocklands beland het, en sluit af: "Ek praat my optrede glad nie goed nie. Dit was laakbaar – hoe laakbaar besef ek elke dag meer en meer. Maar ek het net bedoel om goed te doen en vir Kobus-hulle te help." Haar ooglede sak. En nou het sy vir haarself 'n magdom van hartseer geskep. Maar dit hoef Richard nie te weet nie.

"Ek is verstom, Isolde. Dat jy van alle mense te vinde was vir só iets." Maar hy glimlag ingenome. "Ek begryp egter, maar ek dink nie die Coetzenberghs sal begryp nie. Soos ek hulle ken, en veral vir Zak, moet jy liewer sorg dat jy hier weg is die dag wanneer hy uitvind. Hy is 'n moeilike man. Hy sal jou dit nooit vergewe nie. Hy is so trots dat hy kan bars daarvan, en jy het voor die hele gemeenskap 'n gek van hom gemaak. Ek weet nie hoe julle kon gedink het julle sal daarmee wegkom nie. Jy het tog geweet jy sal hierdie kontrei se mense ontmoet en as Kobus se toekomstige vrou voorgestel word. Hoe gaan hulle nou aan die mense verduidelik dat Martina oornag haar rooi hare verloor en 'n donkerkop met blou oë geword het? Ek moet sê, ek kan die man nie verkwalik as hy na moord gaan voel nie."

Isolde se kop sak. Dis alles waar wat hy sê. Sy weet nie waar was hul verstand toe hulle op hierdie plan gekom het nie. Dit kon van die begin af nie uitwerk

157

nie. Maar dis nou te laat. Sy het klaar gesondig, en sy weet sy gaan vir die res van haar lewe daarvoor boet. En hierdie bedrog gaan Kobus en Martina se saak geensins bevorder nie. Inteendeel.

Zak is in staat om hulle van die plaas af te jaag wanneer hulle hier kom. Die Coetzenberghs van Rocklands was nog nooit die onderwerp van 'n geskinder nie, maar sy sal die skuld dra dat daar in die nabye toekoms smaaklik gegis gaan word oor die mense na wie nog nooit met 'n vinger gewys kon word nie.

Richard se stem dring deur haar somber gedagtegang.

"Die beste sal wees om liewer nou saam met my terug te gaan. Hoe gouer jy hier wegkom, hoe beter."

"Ek weet," sê sy met bewende lippe en die trane blink in haar oë. "Maar ek weet nie hoe nie! Ek het al elke moontlike rede geopper hoekom ek saam met jou moet teruggaan, maar mevrou Coetzenbergh wil niks daarvan weet nie. Ek kan tog ook nie sommer net wegloop nie, Richard! Die mense was so gasvry en goed vir my. Ek durf nie soos 'n sleg ding hier wegraak nie . . . al is ek een."

Sy kan die trane nie meer keer nie. Die spanning en kommer word nou te veel vir haar, en vir die tweede keer die aand is Richard Latsky verstom. Hy het nog nooit vir Isolde Cilliers sien huil nie. Dis 'n openbaring dat sy ook tot trane gedryf kan word . . .

Hy staan vinnig op, kom na haar, sit sy arm om haar skouers en trek haar teen hom vas. Sy stem is intiem, oorredend. "Jy het nie 'n ander keuse nie, my skat. Jy sal saam met my móét kom. Ek sal jou maar stilletjies kom oplaai . . ."

"Jy sal wát doen, Richard Latsky?"

Hy staan in die deur, kolossaal in sy woede, en weer is die seekoeisambok in sy hand. Hy kom nader, lig sy arm en Isolde hoor haarself gil.

"Nee! Zak!"

Maar daar is werklik moord in Zak se oë en Richard Latsky besluit dat 'n mens nie met 'n seekoeisambok probeer redeneer nie. Hy storm vir die deur, maar die eerste hou tref hom op 'n deel van sy anatomie wat as kind laas gebrand het. Voordat die tweede hou val, is hy reeds agter sy motor se stuurwiel.

"Ek sal jou laat dagvaar vir aanranding, vuilgoed!" skreeu hy woedend, maar trap dan die petrolpedaal diep weg toe die sambok weer vinnig nader kom. Isolde staan verslae in die voordeur. Sy het nooit geweet Richard kan só vinnig hardloop nie.

Dan verstil haar gesig toe die baas van Rocklands hom omdraai en terugstap voordeur toe. Sy vlieg in haar spore om, maar is nie vinnig genoeg nie.

'n Staalhand vang haar aan die arm vas voordat sy haar kamerdeur bereik.

"Wat 'n getroue verloofde is jy nie!"

Sy kan net woordeloos na hom opkyk, en sy stem is sissend. "Moenie probeer weghardloop nie, rooikop. Dit sal niks help nie. Ek het die dag van die boeresport 'n foto van jou laat neem op Sultan, en ek sal dit in elke koerant in hierdie land laat publiseer en jou deur die polisie laat terugbring. Wie dink jy hou jy vir die gek?"

"Zak . . ."

"Stil! Ek wil niks hoor nie. Gaan slaap en vergeet elke plannetjie wat jy nog mag hê. Jy sal nie daarmee wegkom nie. En die Vader bewaar jou as ek ooit weer op Rocklands kom en ek betrap 'n ander man se arms om jou. As jy nie kan uithou tot Kobus kom nie, laat my weet. Dan bly dit ten minste in die familie."

"Jou . . . jou . . ." Sy ruk haar hand los en die groen oë skiet vuur. "Jou gemene . . . buffel. Ek . . . haat jou. Ek háát jou!"

9

Isolde weet nie hoe sy hierdie nag gaan omkry nie.

Haar gedagtes wil haar mal maak. Zak se snedige aanmerking oor die getrouheid van sy broer se verloofde bly haar by. Dan is dit wat hy van haar dink. Dan was hy al die tyd, ook die kere dat hy haar gesoen het, net besig om haar te toets. En al die tyd het sy gedink . . .

En toe betrap hy nog vir Richard Latsky ook met sy arms om haar. Dit het natuurlik die kroon op alles gespan. Nou is hy oortuig dat sy 'n losbandige meisie is wat aan elke man se liefkosings toegee, en niks op hierdie aarde sal hom van opinie laat verander nie. Sy is vir ewig by hom gebrandmerk.

Isolde wonder die volgende oggend wat Zak presies vir sy ma vertel het, maar sy is te bang om te vra. Toe sy haar sê dat sy seker nie meer saam met Richard sal teruggaan nie, knik die ou dame net tevrede.

"Hy . . . hy sal seker . . . ek bedoel, ek twyfel of ons die goedjies . . . vir my suster saam met hom sal kan stuur," vervolg sy onseker, en weer knik die ou dame net kalm.

"So het ek van Zak verstaan. Ons sal dit wel by haar kry, hartjie. Daar is geen haas nie." Dan glimlag

160

die ou dame geamuseer. "Ek sou darem graag die pe-talje wou aanskou het. Ai, dié Zak is darem soms te vinnig van humeur."

"Wat . . . wat bedoel tannie?"

Sy klop Isolde goedig op die hand. "Moenie jou so daaroor ontstel nie, my kind. Zak het my vertel hy het Richard met die sambok gelooi omdat hy hom aan jou opgedring het. Dis goed. Richard het nie 'n goeie reputasie onder vroumense nie en Zak sal nie toelaat dat hy sy broer se aanstaande vroutjie molesteer nie. In daardie opsig is my seun baie nougeset."

Isolde kan maar net swyg. Natuurlik sou hy dit in die mooiste voeë vir sy ma ingeklee het. Maar wat hy aan sy ma vertel het en wat hy werklik dink, is twee verskillende goed.

Sy lyk skaam en skuldig toe sy sag sê: "Ek is jam-mer oor wat gebeur het, tannie. Dis seker my skuld ook."

"Niks daarvan nie, hartjie. Nie ek of Zak dink slegter van jou daaroor nie. Ons ken mos vir Richard Latsky. Jy weet, ons moet regtig 'n plan maak om jou suster hier te kry. Ek is seker sy sal hier 'n oulike man raak-loop. Ons moet haar wegkry van daardie man af."

"Maar sy sal nooit met Richard trou nie, tannie. Dáárdie versekering gee ek u."

"Dis ten minste 'n troos," sê 'n stem vanuit die deur en haar kop ruk omhoog, en dan laat sy haar blik weer vinnig sak.

Vir 'n man wat veronderstel is om baie besig te wees met skeerdery, loop Zak deesdae baie rond. Hy hou haar nie lank in die duister oor die rede vir vanmid-dag se rondlopery nie.

"Kobus stuur liefde aan julle albei."

161

"Kobus? Waar . . .? Hoe . . .?" Die ou dame se gesig helder op, en hy glimlag gerusstellend.

"Alles is reg, Ma. Dit gaan baie goed. Hy het toe die beeste gekoop en hy sal oor 'n week tuis wees. Ek moes dorp toe om met hom te kon praat. Hulle laat mos nie oorsese oproepe oor 'n plaaslyn toe nie."

"O, maar dis wonderlik, Zakkie. Dan sal hy oor 'n week tuis wees. O, Martina, is dit nie wonderlik nie, hartjie?"

"Ja." Sy voel sy blik op haar en probeer glimlag. "Ja, dis . . . gaaf."

Sy wenkbroue skiet omhoog en weer is sy oë peinsend. Maar hy laat dit verbygaan en sê: "Mag ek koffie kry voor ek weer ry? Ek wil net gou iets gaan bêre."

"Ja, wat het jy daar onder jou arm, Zak?" wil sy ma nuuskierig weet en hy aarsel, draai dan om en hou dit vir hulle uit.

Isolde trek haar asem in. Dit is 'n vergroting van haar op Sultan se rug. Sy kyk verslae na hom terwyl mevrou Coetzenbergh in ekstase uitroep: "O, maar dis pragtig, Zak. Wanneer is dit dan geneem?"

"By die boeresport. Sy het nie geweet dat ek haar afneem nie, en ek dink dit het nogal baie goed uitgekom."

"Jy het dit seker vir Kobus laat doen. Hy gaan dit vreeslik waardeer, ou seun. Dit was 'n mooi gedagte."

"Hmmm." Dis 'n niksseggende geluid en Isolde kyk hom onseker agterna. Sy kan sweer hy het nie daardie foto laat neem om dit vir Kobus te gee nie. Sy weet hoekom hy dit laat neem het. Sodat, as sy wegloop, hy 'n afdruk daarvan aan elke polisiekantoor in hierdie land kan stuur. So het hy mos gesê.

162

Sy bring die koffie en luister sedig na wat tussen hom en sy ma gesels word sonder om self by te dra tot die gesprek, terwyl sy haar baie doenig hou met die stukkie naaldwerk in haar hand. Sy kan hom nie in die oë kyk nie, en selfs toe daar skielik 'n pluk aan haar krulle kom, weier sy om hom in die oë te kyk.

"Kom stap saam bakkie toe. Ek het iets vir jou."

Sy kan niks anders doen as om te gehoorsaam nie en haar hart klop in haar keel. Dis net om haar alleen te sien sodat hy haar weer voor stok kan kry, weet sy.

Hy stap egter agter om die bakkie en hou dan iets na haar toe uit. "Hier. Jy kan hom mak maak. Hulle word vreeslik mak en stap later soos 'n hond agter 'n mens aan. Sy ma het ek ongelukkig langs die pad doodgery gekry."

Haar gesig verhelder en sy hou haar arms uit en hy lê die steenbokkie in hulle neer. "Hy is . . . pragtig."

Sy oë rus op haar. "Gaan gee hom bottel soos vir die hanslammers. Ek dink hy sal deurkom. Hy is nie meer só klein nie."

Sy lê haar gesig teen die sagte haartjies en 'n weemoed oorval haar. Oor 'n week sal sy van alles moet afskeid neem, ook van hierdie bokkie. Sy sal nie meer hier wees wanneer hy mak op die grasperk rondloop nie.

Sy stem is meteens grof. "Moet in hemelsnaam net nie weer huil nie." Toe sy haar vinnig wil omdraai, hou hy haar terug. "Ek is jammer oor gisteraand, rooikop. Nie omdat ek Richard Latsky gefoeter het nie. Ek is bitter spyt ek kon nie meer houe inkry nie. Maar ek is jammer oor wat ek gesê het." Hy frons skerp. "Gaan jy nou vir ewig vir my kwaad bly daaroor?"

163

Sy sluk swaar, druk die bokkie stywer teen haar vas. "Ek . . . is nie kwaad nie."

"Maar jy is. Jy het nog nie een keer vanmiddag in my oë gekyk nie. Kyk na my."

"Nee. Los my. Kan jy my nie in vrede laat nie?"

Hy trek sy hand onmiddellik terug. "Goed. As dit is wat jy wil hê . . ."

Sy wil hom terugroep en vertel dat dit die laaste ding op aarde is wat sy wil hê – om deur hom in vrede gelaat te word – maar die stofwolk van sy bakkie trek al by die werfhek uit.

Terwyl sy die bokkie versorg, is die bekende brandpyn van die afgelope dae weer skerp op die voorgrond. Wat het haar besiel om hom so af te jak? Zak het om verskoning gevra, iets wat sy nie verwag het hy ooit sou doen nie. Maar hoe langer sy hierdie man ken, hoe hoër styg haar respek en bewondering vir hom, word hy by die dag net dierbaarder.

Want Zak Coetzenbergh is nie net 'n groot man na liggaam nie, maar ook na gees. Dit neem 'n groot mens om prontuit te sê hy is jammer, en Zak is so 'n mens. Hy het gesê hy is jammer en sy het dit in sy gesig teruggewerp. Hy het haar selfs 'n bokkie as vredesoffer gebring, maar nie eens dit was genoeg nie. Jou skaap! Jou onnosel dwaas, skel sy haarself uit. Wat wou jy gehad het? Dat hy op sy knieë voor jou sal kruip? Zak Coetzenbergh sal sê hy is jammer, maar hy sal nie kruip nie.

Later daardie aand dwaal sy rusteloos deur die huis, beland eindelik in die klein stoepkamertjie wat Zak as sy studeerkamer ingerig het. Haar hand streel oor die stoel wat voor die lessenaar staan, dan oor die lessenaarblad. Sy kyk om haar rond asof sy van elke dingetjie met haar hart afskeid neem. Sy kan nie, sy wil nie daaraan dink dat sy oor 'n week weer alleen in haar woonstel sal sit nie. Sy weet sy sal mal word daar. Sy sal 'n verandering moet maak.

Miskien moet sy maar uit haar werk bedank en êrens 'n ander heenkome vind, 'n nuwe lewe vir haarself in 'n heeltemal nuwe omgewing gaan opbou.

Sy kyk hartseer voor haar uit en besef dan eers waarna sy al die hele tyd staan en kyk. Reg bokant sy lessenaar teen die muur hang die groot foto van haar op Sultan se rug.

Sy knip haar oë en kyk weer. Dit hang werklik daar. Maar hoekom . . . hoekom sal Zak dit hier ophang, hier waar hy heeldag daarteen sal vaskyk? Haar hart klop skielik opgewonde terwyl 'n vae vlammetjie van hoop weer daarin ontbrand. Sy probeer dit met alle mag doodsmoor. Dis nie oor jóú dat hy die foto hier opgehang het nie, jou swaap. Dis natuurlik oor Sultan. Dis sy spogperd en dit is 'n pragtige perd. Dis al.

"Baie indrukwekkend, moet ek sê."

Sy draai verskrik om en kyk in Samantha se smalende gesig vas. Dié kom langs haar verbygestap om die foto van nader te beskou. Sy knik weer. "Werklik indrukwekkend." Dan draai die buurplaas se meisie weer terug, vou haar arms en kyk Isolde vas aan. "Richard ry oormôreoggend om drie-uur. Sorg dat jy gereed is."

"Wat?" Weer is dit of Isolde se verstand ietwat vertraag is. Sy kan die meisie net onnosel staan en aankyk.

"Jy het gehoor wat ek sê. Jou storietjie is uit op Rocklands, liewe Isolde. Jy ry saam met my broer terug van waar jy gekom het en jy sorg dat jy in die

165

toekoms daar bly. Sorg dat jy jou koffers betyds uit-
dra tot by die werfhek en onder die bome wag vir
Richard. Hy sal jou daar oplaai."

Isolde frons. Van Samantha gaan sy beslis geen be-
vele ontvang nie. "Ek gaan nie saam met jou broer
terug nie, juffrou Latsky."

"Jy gaan, juffrou Cilliers – of ek gaan Zak môre-
aand besoek. Ek sal nie in jou skoene wil staan wan-
neer hy gehoor het wat ek hom te vertelle het nie."

Isolde besef dat sy magteloos is. Dan frons sy. Hoe-
kom laat sy nie toe dat die meisie Zak alles gaan ver-
tel nie? Dit sal makliker wees as om dit self vir hom te
vertel. Erger as kopaf kan dit nie gaan nie. Sy voel so
moeg van al hierdie bedrog en leuens en onenigheid.
Laat dinge dan maar tot 'n punt kom. Die een of an-
der tyd sal alles tog aan die lig kom. Die ergste wat
kan gebeur, is dat Zak haar van die plaas af wegjaag
. . . en hoe gouer dit gebeur, hoe beter. Hierdie span-
ning kan sy nie langer verduur nie.

Sy lig haar kop op, haar groen oë uitdagend. "Doen
dit gerus, juffrou Latsky."

Samantha is duidelik uit die veld geslaan. Dan ver-
nou haar oë.

"Jy hou jou baie dapper, maar jy bluf my nie."

"Jy bluf my ook nie, Samantha. Gaan vertel gerus
vir Zak wat jy van my weet, en ek sal hom vertel hoe-
kom Sultan daardie dag so verwilderd geraak het."

"Ek weet nie waarvan jy praat nie. Jy is maar net
'n swak ruiter."

"Nee, ek is nie. Ek is 'n beter ruiter as jy, maar elke
perd, veral as hy nie aan sulke behandeling gewoond
is nie, sal verwilderd raak as hy skielik met 'n peits
geslaan word. Sultan is 'n baie sensitiewe dier."

166

"Jy probeer my bangpraat. Jy het geen bewyse . . ."

"Ek het. Jy het blykbaar vergeet daar was ander ruiters agter ons wat gesien het wat gebeur."

Daar is 'n oomblik stilte. "Goed. Maar wat van daardie sambokhou op Richard? Dit kan lelike gevolge vir Zak inhou, weet jy? Hy kan Zak vir aanranding hof toe sleep. So iets sal Zak se ma nie goed doen nie. Hulle was nog altyd mense van onbesproke karakter, en om nou in 'n hofsaak te beland . . ."

Sy glimlag fyn. "Natuurlik sal Richard dan vertel dat hy alle reg gehad het om sy arms om jou te sit. Julle was op 'n tyd verloof en almal op Skoonspruit sal kan getuig dat hy jou deur die jare gereeld uitgeneem het. Almal daar weet daar is nog 'n verstandhouding tussen julle. Dit kan in 'n smerige hofsaak ontaard en die Coetzenberghs sal jou nie daarvoor dankbaar wees nie, glo my!"

Sy sien Isolde verbleek en glimlag seëvierend. "Dus, as jy hulle op só 'n manier vir hul goedheid en gasvryheid wil bedank, is dit natuurlik jou saak, maar . . . anders sal ek jou aanraai om te sorg dat jy gereed is wanneer Richard jou kom haal."

Sy stap by 'n versteende Isolde verby, wat verslae agter Zak se lessenaar neersak. Sy durf nie toelaat dat Richard Zak in 'n smerige hofsaak indwing nie. Sy is vas. Sy sal in die nag van Rocklands moet wegloop, anders sal Richard en sy suster hul dreigemente uitvoer.

Dis nie net aan haarself wat sy moet dink nie. Daar is nog Kobus en Martina ook. Sy het al kennis gemaak met Zak se woede – en woedend sál hy wees wanneer hy uitvind hoe hulle hom bedrieg het. Hy sal nie 'n oomblik huiwer om Kobus te onterf nie. Hoe

167

Kobus hierdie saak gaan oplos, weet sy nie, maar sy moet alles doen om haar kant skoon te hou vir solank sy kan.

Maar nou dwing hulle haar om hier weg te loop . . . Zak sal haar dit nooit vergewe nie, veral ter wille van sy ma, want mevrou Coetzenbergh gaan geweldig ontsteld wees hieroor, en alles wat sy ma ontstel, maak Zak Coetzenbergh woedend. Maar wat moet sy doen?

Die volgende dag begin sy maar haar goedjies ongesiens inpak. Gelukkig staan haar koffers nog bo-op haar hangkas en hoef sy nie aandag te trek deur dit nog uit die pakkamer te probeer smokkel nie. Maar met elke kledingstuk wat sy opvou en inpak, voel dit vir haar asof sy 'n stuk van haar hart uit haar liggaam skeur.

Sy het lief geword vir hierdie plek en sy mense – baie lief. Sy weet dat Zak se ma haar ook liefgekry het. Die ou dame se gevoel vir haar is opreg. Sy kan dit aanvoel. Zak . . . Daar is weemoed in haar oë. Met rukke het sy tog al die gevoel gekry dat hy ook van haar begin hou het. Maar met Zak kan 'n mens nooit seker wees nie. Tog weet sy dat hy haar nie sommer maklik sal vergeet nie. Al onthou hy haar dan maar net met ergernis en oor die feit dat sy parmantig was en gewaag het om hom teen te gaan, en die feit dat sy rooi hare het waarvan hy sy hande nie kon afhou nie, maar onthou sal hy . . .

Daardie aand sit sy en Zak se ma weer saam in die sitkamer voordat die ou dame bed toe gaan. Dis vanaand besonder stil tussen hulle. Dis asof die ou tante self ook baie dinge het om oor te dink en Isolde is dankbaar dat sy nie gedwing word om gesellig te gesels terwyl haar hart so stukkend is nie. Dis haar laaste aand op Rocklands.

Telkens blik sy na die deur asof sy verwag om sy groot gestalte daarin te sien verskyn. Sal hy nie vanaand weer kom nie? Nee, hy sal nie, vertel haar verstand haar. Hy is kwaad hier weg. Hy sal nie weer so onverwags hier opdaag nie. Hy sal eers Vrydagaand laat kom . . . en dan sal sy al weg wees.

Sy is ook dwaas om te bly hoop dat hy vanaand weer sal huis toe kom. Sy moet Richard by die werf-hek ontmoet en sy moet nog, nadat sy ma gaan slaap het, haar koffers uitsmokkel tot daar. As Zak nou hier moet aankom, gaan dit probleme skep. Tog . . . Sy sou hom darem so graag nog net één keer wou sien.

Sy is nie bewus daarvan dat Zak se ma telkens met 'n peinsende uitdrukking na haar kant toe kyk nie. Dan skielik lê die ou dame haar hand op haar hart en sak teen die kussings terug.

"Tannie! Tannie, voel u sleg?" Isolde spring ont-steld op.

"Ek . . . My kind, gee tog gou my hartpilletjies aan. Dit . . . lê daar op . . . die kassie . . . langs my bed . . . Gou, hartjie."

Isolde beweeg soos die wind en hewig bekommerd help sy die ou dame haar pilletjies drink en vee haar gesig met 'n nat lap af.

"Moet ek nie die dokter laat kom nie, tannie?"

"Nee. Ons . . . wag so . . . 'n bietjie . . . Kyk eers wat die pilletjies doen . . . Help my kamer toe, hartjie."

Met 'n groot gesukkel kry sy die ou dame in die bed en kyk bekommerd op haar af. As Zak se ma vannag 'n hartaanval moet kry . . .

"Tannie, asseblief, laat ek die dokter roep," soebat sy en die ou dame maak haar oë moeg op.

"Hy kan niks meer doen as wat gedoen is nie, hartjie. Ek sal sê as dit regtig nodig word. Miskien keer die pilletjies gou genoeg."

Met 'n verskriklike kommer in haar hart gaan Isolde later na die telefoon. Sy moet vir Zak bel.

"Ek kom dadelik," is sy kortaf antwoord en die foon klik in haar oor.

Sy aarsel, besluit dan dat dit te gevaarlik is om op 'n plaaslyn te praat, en keer weer terug na mevrou Coetzenbergh se kamer. Sy sal maar aan Richard probeer verduidelik wat gebeur het. Hulle kan werklik nie verwag dat sy nóú hier moet padgee nie. Nog 'n skok vir die ou dame kan haar dood beteken.

Toe Zak die vertrek binnestap, lyk Isolde openlik verlig en kan amper haar trane nie keer nie. "Sy het nou 'n bietjie ingesluimer. Sy wil nie hê ek moet die dokter laat kom nie."

Hy knik, kyk stip op sy ma af en frons diep. "Ek sal by haar sit. Gaan rus jy 'n bietjie."

"Nee. Ek sal tog nie nou slaap nie. O, Zak, wat gaan ons doen? Ek is so bang sy gaan . . ."

Hy sit 'n arm om haar en druk haar 'n oomblik teen hom vas, en sy druk haar gesig styf teen sy nek. O, dis so wonderlik om hom hier te hê.

"Gaan maak vir my ietsie om te eet, asseblief, rooikop. Ek sal solank by haar sit. Kom nou, sy sal nie sommer doodgaan nie." Hy tik haar speels met 'n wysvinger op die ken en sy vlug haastig die vertrek uit. Zak moenie nou teer met haar wees nie. Sy sal sommer totaal ingee. Haar senuwees is aan flarde.

Toe sy met sy kos binnekom, is mevrou Coetzen-

170

bergh se oë oop en sy glimlag gerusstellend en teer in die bekommerde groen oë op.

"Ons ou staatmakertjie! Wat sal ons sonder jou doen, hartjie? Moenie so bekommerd wees nie. Ek voel 'n bietjie beter."

Maar Isolde is nie gerus nie, en kyk Zak pleitend aan. "Ons moet nogtans die dokter laat kom, Zak."

Maar tot haar verbasing skud hy sy kop. "Ek dink nie dis nodig nie. Ma sê sy voel beter."

"Maar met 'n hart kan 'n mens nooit weet nie."

"Ons sal kyk hoe sy môreoggend voel. Natuurlik sal sy net baie goed opgepas moet word."

"Ek sal na haar kyk. Ek weet niks van verpleging af nie, maar ek sal my bes doen. Moenie bekommerd wees nie."

Hy blik haar dankbaar aan. "Dankie, rooikop. Dis byna onmoontlik om nou van die skeerdery weg te breek. Ons is amper klaar daar. Ons behoort die end van die week klaar te maak. Maar as jy wil hê ek moet liewer ook hier wees . . ."

"Ons sal heeltemal goed regkom, Zakkie," verseker sy ma hom. "Gaan rus jy nou. Jy het die hele dag hard gewerk en môre moet jy weer langs die skeertafel staan. Martinatjie sal by my bly."

"Ja, asseblief, Zak, gaan rus. Ek sal jou roep as ek enigsins ongerus oor jou ma voel."

Tot haar grootste verligting stem hy in. Zak moet weg wees wanneer Richard by die werfhek opdaag.

Maar hoe Isolde ook al haar ore spits, kan sy teen die afgesproke tyd nie 'n dreuning hoor nie. In die aandstilte behoort 'n mens dit ver te kan hoor, maar geen geluid bereik haar ore nie. Sy sien dat mevrou Coetzenbergh weer ingesluimer het, en sy sluip die

171

huis versigtig uit, biddend dat Zak as gevolg van die moeilike dag wat hy agter die rug het, goed en vas slaap.

Sy loop Richard se motor by die driffie tegemoet toe sy hom eindelik met die stofpad sien aankom, en hy frons skerp toe hy haar daar aantref.

"Waar is jou goed?"

"Richard, ek kan nie saamgaan nie. Mevrou Coetzenbergh lê met 'n dreigende hartaanval. Ek kan nie nou hier weggaan nie. Die geringste skok kan haar dood beteken. Asseblief, wees tog menslik," pleit sy byna in trane, en sy ontevrede frons verdiep.

"Haar dreigende hartaanval is baie gerieflik en betyds vir jou, nè?"

"Maar dis waar! Jy kan self kom kyk as jy my nie wil glo nie. Ek moes Zak ook bel. Hy is hier."

"Dan kan hy self na sy ma omsien."

"Maar verstaan tog! Dis nie net 'n geval van omsien nie. As mevrou Coetzenbergh môreoggend moet ontdek dat ek spoorloos verdwyn het . . ."

"Sy hoef dit nie te weet nie, ás sy werklik so ernstig is as wat jy wil voorgee."

Isolde sug. "Vir 'n slim prokureur is jy maar onnosel, Richard. Hoe sal hulle dit van haar kan weerhou? Sy sal mos wil weet waar ek is."

Hy kyk haar stip aan. "Isolde, as ek uitvind dat dit net 'n slenter van jou is . . ."

"Dit is nie!"

Hy is verplig om haar te glo. "Goed. Wanneer kom jy dan huis toe?"

Sy klem haar hande saam. Huis toe? Daar is geen huis vir haar op Skoonspruit nie. 'n Eensame woonstel, ja. Huis is hier . . . hier op Rocklands.

"Sodra die tannie weer sterker is."

"Dan moet jy sorg dat sy gou sterker raak. En sodra jy terug is, trou ons twee." Sy staan hom net en aankyk, en sy stem word dreigend. "Ons gaan trou sodra jy terug is, Isolde. Dis nou 'n voldonge feit. Ek wil jou woord daarvoor hê, anders ry ek nie vannag sonder jou van hierdie plaas af weg nie."

Sy kan net magteloos knik. Sy het geen keuse nie. Mag die Vader gee dat sy nie die belofte gestand hoef te doen nie. Maar op hierdie oomblik sal sy enigiets belowe solank sy hom net hier kan wegkry.

"Goed, Richard. Ek sal met jou trou, maar dan moet jy my belowe dat jy die Coetzenberghs nooit ooit enige skade sal aandoen nie."

Sy stem is agterdogtig. "Jy is danig begaan oor hulle. Oor wie eintlik – Zak of sy ma?"

"Dit maak nie saak nie. Oor almal. Jy los hulle uit."

Hy klim terug in die motor. Dan kyk hy haar weer dreigend aan. "Ek gaan nie meer wag nie, Isolde. Jy sorg dat jy oor 'n week op Skoonspruit is."

Sy knik woordeloos. Hy trek weg en sy sien hom dankbaar gaan. Daar is nog 'n klein rukkie grasie vir haar.

Toe sy met die stoeptrap opklim, kom Zak net by die voordeur uit en sy verstil in haar spore.

Hy kyk haar stip aan. "Ek kon nie slaap nie, en het toe maar opgestaan. Waar was jy?"

"Ek . . . het net 'n bietjie buitelug kom soek. Ek . . ."

Sy verberg meteens haar gesig in haar hande en dan voel sy sy arms om haar. "Gee jy werklik soveel vir my ma om, rooikop?"

Daarop kan sy eerlik knik. Sy is werklik lief vir die

ou dame, en dit sal 'n persoonlike verlies vir haar wees as sy moet sterf. Haar verligting toe sy besef dat sy nie op heter daad betrap is nie, maar dat hy dink dis van bekommernis dat sy buite rondgedwaal het, laat die trane nog vryliker kom en sy klou hom vas sonder dat sy dit besef.

"O, Zak, Zak!"

Sy voel sy arms stywer trek en skielik het sy nie meer die krag om teen die begeerte in haar te stry nie. Sy weet sy moet hom wegdruk, maar hoewel haar hart pyn van kommer en skuldgevoel, veroorloof sy haarself die weelde om teen hom aan te leun en die genot van sy nabyheid in te drink. Sy gee nie meer om wat hy van haar dink nie. Laat hom dan maar dink sy is 'n goedkoop meisie wat in elke man se arms val. Oor 'n week is sy tog weg, en dan sal sy darem enkele herinneringe hê wat sy met haar sal kan saamneem en waarop sy sal kan teer. Oomblikke soos hierdie.

"Rooikop . . ."

Toe sy mond hard en eisend op hare neerkom, gee sy hom alles wat sy het in daardie soen. Dis eers toe sy aanraking al dringender word, dat sy weer tot nugter denke kom en hom probeer wegstoot.

"Zak."

"Rooikop . . ."

"Zak, nee." Sy du van hom af weg, en skielik is hy weer woedend.

"Wat probeer jy doen? My tot raserny dryf?"

"Nee." Sy kyk hom pleitend aan. "Nee, dis nie . . ."

"Elke keer as ons tot 'n punt wil kom, dan onthou jy skielik dat jy aan my broer verloof is."

"Dis nie . . ." Sy swyg magteloos. Hoe kan sy hom vertel dat dit die gedagte aan sy ma is en dat dit seker nie nou die aangewese tyd vir hulle is om hier te staan en soen terwyl sy daar binne ernstig siek lê nie, wat haar hom laat wegdruk het? En hoe kan sy hom vertel dat dit haar bedrog is, en nie enige gedagte aan Kobus nie, wat haar weer tot nugter denke gebring het?

"Ek laat nie met my speel nie, rooikop. Jy het nou lank genoeg gespeel. Wanneer Kobus oor 'n week hier aankom, moet jy besluit wie van ons twee jy wil hê. Ek is nou moeg vir hierdie ding."

Sy wil hom sê daar is geen sprake van 'n keuse tussen die twee broers nie, maar hoe kan sy? Sy kan maar net stil voor hom staan en die vuurgloed van die blou oë verduur. Haar hart ruk in haar keel toe hy op 'n stemtoon vervolg waarin sy die emosies kan hoor kolk en kook.

"Wat jou keuse ook al mag wees, een van ons twee sal moet gaan. As jy Kobus kies . . . Ek is nie bereid om hier saam met julle te lewe en heeldag teen jou vas te kyk nie. Magtig, ek is 'n mens van vleis en bloed, maar jy dink blykbaar ek is van klip gemaak."

"Zak, dis nie waar nie."

"Jy weet goed ek praat die waarheid. Jy het my al byna mal, vroumens! Die een oomblik glimlag jy en lok my uit, en die volgende oomblik stamp jy my weg! Ek haat valsheid. Soen jy vir Kobus ook só soos jy my nou gesoen het?"

Sy staan stom voor hom en sy stem vibreer van kwalik ingehoue emosie. "Jy is besig om jouself meer as vir my of Kobus te bedrieg. Jy is besig om jou eie hart te bedrieg, en jy weet dit. Mense wat vals is, veral teenoor hulself, vir hulle het ek nie tyd nie. Kobus kom volgende week huis toe. Jy sorg dat jy weet wat jy wil hê voordat hy hier aankom. Ek persoonlik dink die beste sal wees as jy liewer geen keuse doen nie."

"Zak." Sy adem net sy naam oor haar lippe, maar hy borduur brutaal voort.

"Vrouens soos jy dryf mans tot raserny en broers tot vyande. Miskien sal dit beter wees as jy liewer op Richard Latsky besluit . . ."

"Zak!" Sy kyk hom in ongeloof aan. Kan hy dit werklik bedoel dat sy liewer met Richard moet trou? Kan hy haar werklik so maklik weggee vir 'n man wat hy verag en verafsku?

Haar trots – of die bietjie wat oor is – kom haar in hierdie oomblik te hulp, en sy lig haar kop op, kyk hom vas in die oë. "Ek sal self besluit met wie ek sal trou, dankie. En miskien het jy reg, Zak Coetzenbergh. Miskien sal die beste keuse nog Richard Latsky wees."

Hy grynslag. "Soos ek gesê het, rooikop. Dit lyk my julle twee pas ideaal by mekaar."

Sy gaan na haar kamer toe hy kort op sy hak omdraai en by sy ma se kamerdeur in verdwyn. Daar sit sy voor haar en uitkyk met oë wat niks sien nie.

Daar is 'n wrang glimlag om haar lippe. Hoe ironies kan die lewe tog nie soms wees nie. Vanaand het Zak byna openlik erken dat hy vir haar omgee, of kan omgee as sy nie vals is nie. Maar sy weet dat daardie moontlikheid nooit tot wasdom sal kan kom nie, want as hy maar net weet hóé vals sy werklik was! Hy sal haar nooit, nooit vergewe nie!

Dis 'n paar uur later dat sy hom verwese aankyk toe hy haar kamerdeur oopstoot en kortaf sê: "Ek moet nou ry. Sy is rustiger, maar hou haar maar goed dop en laat my onmiddellik weet as jy enigsins onrustig voel."

"Goed."

Hy kyk haar fronsend aan, draai dan om, maar swaai skielik terug, kom reguit op haar afgestap en toe hy haar optrek in sy arms, is sy weerloos teen hom. Sy vingers woel styf in die rooi krulle vas en sy mond ken geen genade nie. Sonder 'n terugblik stap hy dan uit en sy hoor hoe hy met 'n vaart wegtrek.

Samantha kom later die oggend vrypostig by die wolskuur ingestap waar die skeerdery in volle gang is.

"Hoe lyk dit hier? Gaan jy teen die end van dié week klaarkry?"

"Ek hoop so." Zak se stem klink 'n bietjie kortaf, en sy kyk hom vraend aan.

"Iets verkeerd, maat?"

"Ma is in die bed met 'n dreigende hartaanval."

"O?" Samantha se oë vernou. Dan het die ou dame seker reeds ontdek dat Kobus se sogenaamde verloofde spore gemaak het. "Ek is jammer om dit te hoor. Ek kan by haar gaan bly tot jy Vrydag huis toe kom as jy wil. Ek het niks te doen nie."

"Dankie, maar Martina is mos daar."

"Martina?" Samantha frons. "Is jy seker sy is nog daar?"

Hy kyk skerp op, vanmôre duidelik nie in 'n goeie bui nie. "Natuurlik. Waar sal sy anders wees? Sy was netnou nog daar toe ek van die huis af weg is. Sy het my gisteraand ontbied toe Ma begin sleg voel het. Ek het gesê sy moet haar in die bed hou tot ek weer Vrydag kom."

"O." Samantha se stem klink afgehaal, maar dit lyk nie of Zak iets agterkom nie. Handig, en met 'n ervare slag, stroop hy die rande van die vag wat voor hom op die sorteertafel oopgegooi word, weg en Samantha

177

kyk fronsend na die besige vingers. Dan is Isolde toe nie saam met Richard weg nie, danksy die ou dame se gesondheidstoestand.

Haar lippe trek verbete saam. Daardie rooikop wurm haar steeds dieper by die Coetzenberghs in. Natuurlik het sy nou ook die ideale kans om nog dieper onder mevrou Coetzenbergh se vel in te kruip.

"Wanneer kom Kobus terug?" vra sy effens kortaf.

Zak antwoord ewe kortaf. "Saterdag. Ek verwag hom eintlik Saterdagaand se kant op Rocklands. Sy vliegtuig land Vrydagmiddag en dan sal hy vroeg Saterdagoggend deurkom."

Hy kyk vlugtig op. "Terloops, hou dit maar 'n geheim. Ek het Martina en Ma niks daarvan vertel nie. Hulle verwag hom eers volgende week."

Sy kyk hom speurend aan. "Hoekom?"

Sy mond grim. "Sal ons maar sê ek hou dit as 'n verrassing?"

Toe Samantha 'n rukkie later terugry, is haar oë peinsend en hard. Dan glimlag sy skielik. Daar gaan Saterdagaand meer as een verrassing vir Isolde Cilliers wees, besluit sy gedetermineerd. Ook vir die Coetzenberghs gaan daar 'n verrassing wees, daarvoor gaan sy sorg. Isolde Cilliers moet nou eenmaal aan die kaak gestel word, en op só 'n wyse dat sy nooit weer die moed sal hê om haar gesig in hierdie kontrei te wys nie.

Haar planne is agtermekaar toe sy op haar ouers se werf stilhou, en sy stap dadelik na die telefoon.

10

Isolde is dankbaar om te sien dat die toestand van Zak se ma nie gedurende die dag versleg nie en toe hy daardie aand bel om te verneem hoe dit gaan, kan sy hom gerusstel.

Dan kom sy stem kortaf. "En jy? Het jy toe al gedink oor wat ek gesê het?" Dis stil aan haar kant, en sy hoor hom sug. "Jy weet, rooikop, ek verbaas my soms vir jou. Ek is selde verkeerd met eerste indrukke, maar in jou geval het ek seker die bal misgeslaan."

"Wat . . . wat bedoel jy?"

"Jy het intelligent voorgekom. Jy het ook gelyk na 'n vrou wat weet wat sy wil hê en nie met 'n halwe maat tevrede sal wees nie. 'n Vrou met beginsels wat sal staan by haar oortuigings."

Dis weer 'n rukkie stil, en in haar klop die skuldgevoel soos 'n brandpyn. As hy maar weet hoeveel keer sy haar beginsels in hierdie tyd op Rocklands verkrag het! Dit was nooit haar gewoonte om leuens te vertel nie. Sy het, soos Zak Coetzenbergh, net aan die reguit pad geglo. Maar haar paadjie het die afgelope tyd meteens baie kronkelrig en doringbesaai geword, só dat sy besig is om daarop te verdwaal.

"Rooikop."

"Ja."

"Het jy niks daarop te sê nie?"

"Nee." Wat kan sy anders antwoord?

"Goed. Ons laat dit daar. Maar jou tydjie om te besin word min. Kobus is volgende week hier."

Die telefoon klik in haar oor en dit klink baie finaal. Zak se geduld hang aan 'n draadjie. Dis duidelik. Die geringste dingetjie sal hom finaal laat ontplof.

In die dae wat volg tot Vrydagaand, probeer Isolde filosofies oor die hele aangeleentheid dink. Om haar senuwees aan flarde te bekommer, gaan haar nêrens bring nie. Zak Coetzenbergh sal die waarheid vertel moet word voordat Kobus en Martina arriveer. Hoe gouer sy haar daarby neerlê en die gevolge aanvaar wat dit gaan meebring, hoe beter. Sy is net jammer dat sy nie voor die tyd teenoor Zak se ma sal kan bieg en haar om verskoning sal kan vra nie. As sy Zak se woede oorleef en in lewende lywe van Rocklands afgeskop word, sal sy maar later 'n brief aan haar skryf.

Zak kom baie laat Vrydagaand op Rocklands aan en hoewel sy lê en wag op die bekende voetstappe voor haar kamerdeur en die bekende klop, bly dit uit. Hy het seker besluit dat môre lank genoeg sal wees om alles uit te praat.

Sy kyk die volgende oggend hoe die son oor die ysterklipkoppies opkom met die wete dat dit haar laaste sonsopkoms op Rocklands is. Sy sal dit nooit weer sien nie. Dis haar laaste dag op Rocklands. Daarvan is sy seker.

Maar toe sy later die oggend moedig na hom gaan soek, kry sy hom nêrens nie, en hoor van ou Freek dat hy dorp toe is. Die spanning in haar wil breekpunt bereik. Sy moet nóú met hom praat, hom alles vertel, solank sy nog die moed het, en nou flenter hy rond.

Sy is sommer vererg toe hy eers laatmiddag tuis kom. Waar loop hy die hele dag rond?

Dis mevrou Coetzenbergh wat vra toe hy hom weer by hulle voeg: "Waar was jy heeldag, Zakkie? Martina het na jou gesoek."

"So?" Hy kyk haar met opgetrekte wenkbroue aan. "Waaroor?"

180

Isolde frons vererg en voel selfbewus. Zak se ma het vanoggend daarop aangedring om weer op te staan en het blykbaar opgemerk dat sy die pad die hele dag dophou.

"Nee, niks."

"Maar hartjie, ek het gehoor jy vra vir ou Freek waar Zak is."

Isolde frons dieper. Dis wonderbaarlik hoeveel hierdie ou dame weet van elkeen se doen en late . . .

"O, ek . . . kan nie meer onthou nie. Dit was sommer . . . niks."

"Wil julle nie weet waar ek was nie?"

"Ja. Vertel ons," laat sy ma hoor.

"Ek het met Kobus gepraat. Hy stuur baie groete. Dit gaan goed." Hy staan dadelik op. "Verskoon my. Ek het nog die een en ander te doen voor dit donker word."

"Zak."

"Hmmm?"

Sy staan op. "Kan ek jou 'n oomblik spreek?"

"Waaroor?"

Sy kyk hom openlik vererg aan. Wie is nou onnosel, wil sy amper hardop vra. "Sommer oor iets. Nie juis belangrik nie."

"Dan moet dit 'n rukkie wag. Ons kan vanaand gesels."

'n Rukkie later keer sy hom by die stalle voor. Hy is net aan't klaarmaak om op Sultan te klim. "Waarheen gaan jy?"

"Na die onderste kamp om te kyk of daardie windpomp nog hou."

"Zak, ek wil met jou praat, asseblief."

"Nie nou tyd nie. Later."

181

Sy kyk hom moedeloos agterna. Noudat sy eindelik besluit het om reguit met alles uit te kom, wil hy nie luister nie. Hy weet ook nie wat hy wil hê nie, stoom sy verontwaardig in haar binneste terwyl sy maar weer gedwee huis toe stap.

Dis al sterk skemer toe sy Sultan se hoewe op die werf hoor en sy kan breek van ongeduld. Met elke verbygaande uur het haar moed gekrimp tot die miserabele hopie waaraan sy nou met alle mag moet vashou. Die begeerte om die bieg vir nog 'n dag uit te stel, raak al sterker.

Nou kom hy binne en lyk so kalm en ontspanne, glimlag haar selfs breed toe, dat sy die ergernis opnuut in haar voel opstyg. As hy net vanoggend na haar wou luister!

"Jammer ek is so laat. Die pomp het toe gebreek soos ek vermoed het." Hy vly hom op die stoel neer. "Waar is Ma?"

"Kamer toe. Zak . . ."

"Eers ná 'n koppie koffie, asseblief. My keel is kurkdroog."

Die groen oë blits. "Werklik, Zak . . ."

Hy kyk haar verbaas aan. "Wat is dit? Mag ek nie 'n koppie koffie vra nie? Wat byt jou nou weer?"

Sy kners op haar tande. As iets haar maar net byt, dink sy kwaad toe sy die koffie gaan haal. Maar sy voel al teen hierdie tyd opgeëet!

Dis toe sy sy koffie oorhandig dat 'n geluid haar ore bereik en sy kyk deur die sitkamervenster. Die plaaspad is vol motors. 'n Hele string is in aantog plaas toe.

"Wat . . . Zak, kyk hier! Wat gaan aan?"

Hy staan lui op en kom langs haar staan, glimlag

dan. "Dit wil amper lyk soos 'n verrassingsparty-
tjie."

Sy kyk hom verward aan. " 'n . . . Verrassingsparty-
tjie? Vir wie? Hoekom?"

Hy kyk op haar af. "Seker vir jou en vir Kobus. Ek
het vergeet om jou te sê . . ."

"Wát te sê?" 'n Gevoel van onheil oorval haar.

"Dat Kobus vanaand al hier sal wees. Hy kan elke
oomblik hier aankom." Sy kan hom net staan en aan-
kyk, en hy trek sy skouers op. "Dis eintlik Samantha
se dinge. Sy het gedink dit sal nogal oulik wees as
die buurt vir jou en Kobus 'n verrassingspartytjie gee
wanneer hy vanaand hier aankom."

"Nee!" Die woord wurg uit haar keel en hy kyk
fronsend op haar af.

"Die mense bedoel dit goed. Jy gaan hulle nie in die
gesig vat nie."

"Bedoel dit goed?" As sy nie so benoud was nie,
sou sy kon lag.

"Wel, ek wou haar nie seermaak nie, en het toe maar
saamgespeel, gedink ek sal dit as 'n verrassing vir jou
en Ma hou dat Kobus al vanaand hier sal wees."

'n Onsigbare hand druk haar keel toe. "Zak Coet-
zenbergh, ek wens . . . o, ek wens jy en jou Samantha
wil jul neuse uit my private sake hou. Ek wens . . ."

"Hou jou in, rooikop. Hier hou die eerste motor
al stil. Gaan maak jou mooi. Die Coetzenberghs was
nog altyd trots op hul vroumense. Jy gaan ons nie in
die skande steek nie. Jy gedra jou. Toe, loop. Ek sal
solank die klomp ontvang."

Sy vlug haastig toe die eerste motordeur klap en
kyk hulpsoekend in haar kamer rond hoewel sy weet
daar is nêrens vandaan hulp te wagte nie. Sy is vas. Sy

183

is in 'n hoek en daar is geen ontsnapkans nie. Van een ding is sy seker: vanaand gaan hier moord op Rocklands gepleeg word.

Daardie Samantha . . . Isolde sien dwarsdeur haar. Sy het dit alles goed beplan. Sy reël 'n onskuldige verrassingspartytjie vir Kobus wat terugkeer . . . en hier klim Kobus met 'n vrou, sý vrou, uit die motor. En dit ten aanskoue van die hele buurt. Watter groot gek sal Isolde nie voel nie! En hoe lekker gaan die mense nie skinder nie! En hoe kwaad, hoe woedend, hoe siedend gaan Zak Coetzenbergh nie wees nie! Hoe verneder en vir die gek gehou gaan hy voel. Hy . . . hy is kapabel en slaan haar met die seekoeisambok!

Maar laat hy dit net waag, dink sy by haarself terwyl die gedruis van stemme al meer aangroei soos die een motor na die ander op Rocklands se werf intrek.

'n Klop aan haar deur laat haar opskrik en hy frons toe hy sien dat sy nog geen aanstaltes gemaak het om uit haar langbroek te kom nie.

"Toe, vroumens. Opskud. Jou gaste wag op jou."

"Zak." Sy kyk hom pleitend aan. "Zak, asseblief, luister eers . . ."

"Tog nie nóú nie, rooikop. Wat gaan met jou aan? Die plek krioel van mense. Maak klaar!"

"Zak, ek is nie Martina nie."

Hy frons liggies, knip sy oë. Dan vererg hy hom bloedig. "Ek het nie nou tyd vir grappies nie. Kom, jou gaste wag op jou."

"Hulle wag op Martina – en ek is nie Martina nie. Verstaan jy nie Afrikaans nie?"

Sy frons word dieper. "Blykbaar nie. Wat het jy gesê?"

Sy trek haar asem diep in, strengel haar vingers styf

184

inmekaar. "Jy het reg gehoor. Ek is nie Martina nie. Ek is Martina se suster – die oujongnooisuster, Isolde. Onthou jy haar? Wel, ék is Isolde." Hy staan en kyk haar net aan, en haar senuwees knak. "Moenie my so staan en aangaap asof jy nog nooit 'n oujongnooi gesien het nie! Loop en gaan vertel vir jou slim Samantha haar plannetjie het geslaag. Sê haar . . ."

"Rooikop." Hy vee oor sy oë. "Wat babbel jy alles? Het jy heeltemal van jou verstand af geraak? Kobus is netnou hier."

"Ja, saam met sy vrou met wie hy weke terug al getroud is. Saam met die regte Martina."

Skielik gryp 'n staalband haar boarm vas. "Wat sê jy? Kobus is getroud? Met wie? Wanneer? Wie de duiwel is jy dan? Wat . . .?"

"Stadig, Zakkie. Jy gaan haar seermaak." Mevrou Coetzenbergh rol haar stoel die kamer binne en druk die deur agter haar toe. Dan draai sy haar na hulle terug, hou haar hand na die versteende Isolde uit. "Kom staan hier by my, hartjie."

Sy gehoorsaam werktuiglik en dan word haar oë weer magneties na die woedende man voor hulle getrek. Hy is spierwit en sy blou oë brand soos twee kole vuur.

"Ma, wat gaan hier aan?"

"Nie veel nie, my seun. Ons het nie nou tyd om alles te verduidelik nie. Die grasperk sit vol gaste. Kortliks kom dit net daarop neer dat Kobus 'n maand gelede met Isolde se sussie, Martina, getroud is. Hy sal netnou met sy vroutjie hier arriveer. En dis Isolde, Martina se ouer suster, wat solank plaas toe gekom het sodat ons haar, en deur haar Kobus se vroutjie, kan leer ken."

Isolde is net so verslae soos Zak. Waar kom die ou dame aan alles? Zak se ma glimlag gerusstellend na haar op. "Dit was dierbaar van haar om te kom, was dit nie? Veral nadat jy so lelik met haar oor die foon gepraat het, Zakkie. Ek het jou daardie dag gehoor. Jy was baie onbeskof . . ."

"Ma!" Hy lyk kwaai. "Wil Ma my sê Ma het al die tyd van hierdie bedrog geweet en toegelaat dat . . . dat hierdie vroumens . . ."

"Zakkie!" Haar waarskuwende stem laat hom sy mond onwillig toeklap. "Hoe weet Ma Kobus sal net-nou hier arriveer?" vra hy bot.

"Hy het my 'n kabelgram gestuur."

"Ma het my niks daarvan gesê nie."

"Ek wou dit as 'n verrassing hou."

Zak se mond trek skeef. "Wêreld, maar ons is gek daarna om ander mense te verras! Ek het weer met hom oor die foon gepraat en toe het hy gesê ons moet hom vanaand verwag, maar ek het niemand behalwe Samantha daarvan vertel nie, gedink ek sal dit as 'n verrassing hou vir Ma en . . . sy verloofde!" Hy kyk weer na Isolde en sy krimp weg.

Maar die ou hand hou hare gerusstellend vas. "Ons kan nie langer hier staan en gesels nie, Zakkie. Gaan solank uit na die gaste sodat Isolde haar kan mooi maak. Ons kan later praat."

Sy mond is grimmig. "Ja, ons sal . . . later praat."

Dis 'n duidelike dreigement en toe die deur taamlik hard agter hom toeklap, is Isolde in trane.

"O, tannie, ek voel so sleg en skaam oor alles! Ek is so jammer! Regtig! Ek wou u al so dikwels alles vertel, maar ek was bang die skok sal u kwaad doen . . ."

"Ek weet, hartjie, en ek verstaan en is nie kwaad

nie. Alles gaan ten goede uitwerk, jy sal sien. Ek persoonlik is dankbaar dat jy Rocklands toe gekom het." 'n Stout glimlaggie huiwer skielik om haar lippe. "Ek moet ook iets bieg teenoor jou, liewe kind. Ek was self nie so heeltemal eerlik nie."

"Tannie!" Isolde kyk haar verward aan, en die ou dame lag gelukkig en lyk glad nie soos iemand wat enkele dae gelede in die bed was met 'n dreigende hartaanval nie.

"Dit is so, hartjie. Maar daarvan sal ek jou later vertel. Nou is daar nie tyd nie. Trek nou gou vir jou iets moois aan en sorg dat jy pragtig lyk soos altyd." Sy sien die huiwering in die groen oë, die vrees, en sê sag: "Daar is niks om voor bang te wees nie, kindjie. Ek sal ook daar wees. Toe nou. Gou maak. Ek sal solank vir Zakkie gaan help om die gaste te onthaal." Sy lag weer en haar blou oë vonkel prettig. "Daardie dierbare seun van my weet dit nie, maar daar wag vanaand nóg verrassings op hom."

Met hierdie duistere woorde verlaat sy die kamer en Isolde begin haastig verklee. Sy doen dit met sorg ter wille van Zak se ma, hoewel dit haar geen plesier verskaf nie, want sy weet dat daarbuite net vernedering van die ergste graad op haar wag. Samantha Latsky het sorg gedra dat sy voor die hele kontrei ontmasker gaan word. Dan lig sy haar kop op. Goed. Sy het gefouteer, maar sy sal nie in sak en as gaan sit nie. Sy sal haar kop probeer hoog hou, al weet sy dat almal haar met ontnugtering en verbasing sal aanskou.

'n Harde klop aan haar kamerdeur laat haar wip soos sy skrik en dan swaai dit oop.

"Jy kan nie die hele aand hier in jou kamer wegkruip en my alleen vir die honde gooi nie. Komaan. Die mense vra al waar jy is."

Gedwee laat sy toe dat hy haar na buite lei, en toe sy op die stoep verskyn, klap almal spontaan hande. Haar oë ontmoet dié van Samantha, en sy sien die duidelike leedvermaak in hulle. Haar ooglede val, en was dit nie vir sy sterk hand teen haar rug nie, het sy daar en dan omgespring en weggehardloop. Sy blik vlugtig na die gesig langs haar, maar dis onpeilbaar. Watter moorddadige emosies Zak ook al in sy hart koester, hy verberg dit goed.

Dan word almal se aandag getrek deur 'n laatkommer wat met die plaaspad aankom, en Isolde voel hoe haar hart gaan staan. Dis háár motortjie wat daar aankom. Sy herken dit onmiddellik. Sy voel 'n hand hare soek en sy klem dit dankbaar vas. Vlugtig kyk sy af in die goedige oë en sien weer die gerusstelling daarin. Dan, vreemd, is daar skielik ook 'n arm om haar middel, en so word sy gestut deur ma en seun tot die motor tot stilstand kom en Kobus en Martina voor hulle staan.

'n Verslae stilte hang oor die mense. Watter vreemde meisie bring Kobus dan nou saam met hom en loop dan nogal hand om die lyf met haar? Baie oë dwaal na die rooikop wat so regop langs mevrou Coetzenbergh se stoel staan. Wat gaan aan?

Hulle sien hoe die rooikop en die donkerkop mekaar om die hals val en hoe innig Kobus sy ma groet. Dan groet die twee broers. Kobus kyk om na die mense, lig sy hand in groet en hulle juig hom onseker toe. Êrens is hier 'n fout, besef hulle, en dit plaas 'n demper op die geesdrif.

Dan hou mevrou Coetzenbergh haar ander hand

na die nuwe meisie uit en met die twee meisies aan weerskante van haar, kry sy die volle aandag van die toeskouers.

"Vriende, hier aan my regterkant is iemand wat ek met trots aan julle almal wil voorstel: Kobus se vroutjie." 'n Verbaasde gemurmel volg, en sterf dan weg. Isolde voel die mense se oë op haar. Sy kan die jammerte in hul oë lees. Dis duidelik wat hulle dink. Kobus het intussen 'n ander meisie raakgeloop en háár net so in die steek gelaat. Die arme rooikop!

Maar sy hou haar kop omhoog, en voel Zak se arm om haar middel 'n bietjie stywer trek. Wat hy ook al in sy hart teenoor haar voel, sy sal hom ewig dankbaar bly vir sy morele ondersteuning in hierdie vernederende oomblikke. Weer blik haar oë sywaarts en sien sy die duidelike glimlag van genot op Samantha se gesig.

"Ons wil Martina en Kobus baie welkom heet op Rocklands, en ek kan my eerste skoondogter niks groter toewens nie as dat sy net so gelukkig sal wees as wat ek hier was. Baie welkom, Martina."

Die donkerkopmeisie word afgetrek en ontvang 'n innige soen van haar skoonmoeder en die skaar van mense klap halfhartig hande. Die hele ding word al deurmekaarder vir hulle. Die swartkop is dan nou Martina. Wie is die rooikop dan?

"En hier aan my linkerkant sien julle die meisie wat julle, of die meeste van julle, reeds ontmoet het. Sy is Martina se suster, Isolde." Die gaste is stil en die ou dame gaan rustig voort. "Toe Kobus vir Martina daar in Johannesburg raakloop, het hy onmiddellik op haar verlief geraak en besluit dat hy haar nie deur sy vingers kan laat glip nie. Hy was op die punt om oorsee te vertrek om 'n Brahmaanstoet te gaan aankoop. Hy en Martina het toe dadelik getrou.

"Maar uit konsiderasie vir my gesondheid – wat ek hoog waardeer – wou hulle my nie dadelik van die huwelik vertel nie. My liewe seun was bekommerd dat ek my sal ontstel omdat hy so skielik met 'n wildvreemde meisie getroud is. Toe het hulle besluit om Isolde eers as Martina Rocklands toe te stuur sodat ek haar kan leer ken, en deur haar, ook vir Martina.

"Dit was baie edelmoedig van Isolde om haarself daarvoor beskikbaar te stel, want sy het my nie geken nie en het my niks geskuld nie. Maar ter wille van haar jonger sussie se geluk en ter wille van 'n ou dame met 'n swak hart het sy hierheen gekom. Liewe Isolde . . ." Die ou oë kyk diep in hare. "Ek wil jou sê dat ek nooit in woorde my waardering vir jou onselfsugtige daad sal kan uitspreek nie. Al wat ek wel kan sê, is dat ek jou liefgekry het, en deur jou te leer ken, gerusgestel is dat die meisie met wie my seun getrou het, die regte vroutjie vir hom is. Dis deur jou dat ek vandag vir Martina met 'n oop hart en oop gemoed hier op Rocklands kan ontvang. Daar is min mense wat bereid sal wees om soveel op te offer en haarself so bloot te stel ter wille van ander se geluk. Jy is 'n voorbeeld vir ons. Baie dankie, hartjie."

Daar is 'n oomblik stilte terwyl die omvang van wat mevrou Coetzenbergh so pas vertel het, insink. Dan bars daar 'n spontane gejuig onder die mense los. Isolde sak op haar hurke langs die ou dame se stoel neer.

"O, tannie, u laat my so skaam voel."

"Hoekom, my liewe kind? Ek het mos net die waarheid gepraat. Jy het alles gedoen ter wille van ander se geluk. Dit is mos so, nie waar nie?"

190

Sy kan net knik en veg om die trane onder bedwang te bring. Ja. Sy het dit werklik gedoen ter wille van haar sussie en Kobus se geluk, en ook ter wille van 'n ou dame se swak gesondheid. Sy self . . . sy self het net hartseer daaruit gekry, 'n hartseer wat sy vir die res van haar lewe met haar sal moet saamdra, want hoewel Zak se ma dit wat sy gedoen het, in iets moois en goeds omgetower het, weet sy haar seun dink nie dieselfde nie en hy sien dit beslis nie so in nie. Hy sal altyd glo sy was 'n opperste bedriegster, iemand wat Zak Coetzenbergh vir die gek gehou het . . . en hy sal haar nooit vergewe nie.

Toe sy weer regop kom, is daar darem een soet druppel in haar beker. Samantha se glimlag het verdwyn. Sy lyk beslis ontevrede. Dit wat sy beoog het, het nie gebeur nie. In plaas daarvan dat die mense dink dat Isolde 'n bedriegster en leuenares is, dink hulle sy is 'n heldin. 'n Onselfsugtige, opofferende godinnetjie. Haar mond trek smalend toe sy haar tot Zak wend waar hy 'n entjie van haar af kom staan het, sy blik op die toneeltjie by sy ma se stoel.

"Jy het 'n wonderlike moeder, Zak. Sy het die bedrog in die mooiste woorde gestel sodat niemand sleg moet dink van Isolde nie. Maar eintlik het sy julle darem lekker vir die gek gehou. En bedrog bly bedrog, al gee jy dit watter mooi name." Toe daar geen reaksie van sy kant af kom nie, sê sy: "As sy so iets aan my gedoen het, sou ek haar nek wou omdraai."

Sy hyg liggies na asem toe sy in sy ysige blik vaskyk. "Moenie so gou met klippe gooi nie, Samantha. Isolde se beweegrede vir wat sy gedoen het, was immers nie van gemene oorsprong soos joune die dag toe jy Sultan met die peits geslaan het nie."

Sy trek haar oë groot in onskuld. "Zak! Is dit wat sy jou vertel het? Ek is nie juis verbaas nie. Mense wat in staat is tot sulke bedrog sal nie huiwer om ander mense te beswadder . . ."

"Sy het geen woord gesê nie. Ek het julle met die verkyker dopgehou vanaf die bakkie se kap. Ek het dit met my eie oë gesien." Sy is stil, en hy vervolg op 'n stemtoon wat geen twyfel laat oor wat sy gevoelens is nie. "Nou begryp ek jou gretigheid om 'n verrassingspartytjie vir Kobus te reël. Jy was doelbewus daarop uit om Isolde, en so ook die Coetzenberghs, te verneder."

"Dis nie waar nie, Zak. Ek . . ."

"Laat staan maar, Samantha. Ek sien nou dat jy net so verrot is soos jou broer. Dat twee sulke dierbare ouers twee sulke kinders moet hê."

"Jy word beledigend."

"Dis die bedoeling. Ek dink nie iemand hier sal jou mis as jy nou gaan nie."

Sy trek haar asem hoorbaar in, kyk hom ongelowig aan. Dan pers sy haar lippe opmekaar. "Goed. Ek sal gaan. Maar jy gaan spyt wees, Zak. Richard sal jou hof toe sleep oor daardie sambokhou."

"Sambokhou? Watter sambokhou?"

Haar oë flits woedend "Jy weet baie goed!"

"Ek weet niks van die aard nie. Het hy getuies?" Hy glimlag. "Gaan sê vir jou boetie hy moet sy gemene spel in die toekoms ver weghou van die Coetzenberghs en van Isolde af. As ek ooit weer hoor dat hy iets probeer het, sal ek hom op Skoonspruit gaan opsoek en ons sal weer alleen wees en dán sal daar nie 'n oop deur wees waardeur hy betyds kan wegkom nie."

Hy stap weg en 'n rukkie later vertrek 'n motor die plaaspad af. Niemand merk dit op nie.

Met 'n dankbare gemoed besef Isolde 'n ruk later dat haar gewildheid onder hierdie boeregemeenskap geensins ná al die openbaringe afgeneem het nie. Die mense is vriendelik soos altyd en almal spreek hul spyt uit om te hoor dat sy byna dadelik gaan vertrek. Hulle laat haar belowe dat sy gou weer sal kom kuier, en sy sê ja, wetende dat dit nie gou sal gebeur nie. Daar sal baie water in die see loop voordat sy dit sal kan waag om haar voete weer op Rocklands te sit.

Die ongetroude boertjies word, noudat hulle weet sy is nog heeltemal vry, selfs 'n bietjie voorbarig, en ding mee om haar geselskap. 'n Hele paar vra sommer trompop om te kom kuier, en sy lag maar goedig sonder om enigeen aan te moedig. Die een mens uit wie se mond sy daardie woorde sou wou hoor, behou 'n veilige afstand tussen hulle.

Sy luister met 'n halwe oor na alles wat Kobus en Martina te vertel het. Haar hart pyn toe sy na hul toekomsplanne luister. Kobus vertel dat Zak hom reeds gesê het dat Rocklands nou finaal tussen hulle verdeel gaan word sodat die jonger broer volstoom met sy Brahmaanstoetery kan begin. 'n Nuwe huis vir die jonggetroude paartjie is ook in die vooruitsig. Wat 'n bevoorregte vrou is haar sussie nie!

Dis later in die aand, toe die jonggetroude paartjie tussen die gaste meng en Kobus sy vroutjie met trots aan almal voorstel, dat Zak nader stap na waar sy ma sit, en Isolde gee ongemerk pad.

"Dit begin laat word. Is Ma nie al moeg nie?"

"O nee. Ek het nog nooit in my lewe so gesond gevoel nie!"

Hy kyk haar skeef aan. "U het besonder gou van u laaste ongesteldheid herstel, maar u moet u nie ooreis nie."

Sy ma glimlag. "Watter laaste ongesteldheid? Ek was nie siek nie." Haar glimlag verdiep toe sy sy stip oë sien. "Ek was nooit siek hierdie week nie. Ek kan nou maar my geheimpie verklap. Ek het my net siek gehou."

"Ma!"

"Toe nou, Zakkie. Dis nie nodig om só geskok te lyk nie. Ek erken dis nie goed te prate in normale omstandighede nie, maar soos Isolde, het ek uitgevind dat die doel wel soms die middele heilig. Ek moes iets doen om haar hier te hou, anders was sy weg."

"So?" Hy frons onheilspellend, maar sy ma se glimlag kan net nie vanaand taan nie. O, dis 'n wonderlike aand, 'n aand vol verrassings . . . en sy is seker die beste kom nog!

"Het jy geweet dat daardie Richard en Samantha haar gedreig het? Ja, regtig. Ek het hulle afgeluister."

"Ma!"

"Ek moes, Zakkie. Ek moes uitvind wat in my eie huis aangaan, en ek het dan so lief geword vir die kind. Hulle het gedreig hy gaan jou in 'n smerige hofsaak betrek oor daardie sambokhou as sy nie saam met Richard terugry Skoonspruit toe en met hom trou nie."

"Maar dis twak, Ma! Eerstens was daar geen getuies nie. En ek het by die plaaslike dokters uitgevind, hy was nêrens by 'n dokter of by die polisie oor die sambokhou nie. Ek het hom buitendien net skrams gevang . . . die vuilgoed. Sy het tog seker nie vir sy bluf geval nie."

"Sy het. Sy was mal van bekommernis. Toe het sy haar goedjies maar gepak, menende om dan maar saam met hom in die nag te verdwyn voordat hy jou skade berokken. Jy was weg en ek moes 'n plan maak. Toe word ek maar skielik siek. Dis al waaraan ek kon dink."

Zak moet glimlag en druk haar een hand innig. "In een opsig was Samantha reg. Ek het 'n wonderlike moeder."

"Samantha? Dis gaaf van haar om dit te sê. Waar is sy, Zak? Ek sien haar nie meer nie . . ."

"Sy . . . is maar hier iewers rond. Vergeet van haar. Is daar nog goed waarvan ek moet weet wat agter my rug aangegaan het?"

"Ja. Ek het van die begin af geweet wie Isolde werklik is."

"Hoe op aarde . . .?"

"Kobus se gewete het hom gepla en hy het dadelik nadat hy en Martina in Argentinië aangekom het, vir my 'n breedvoerige brief geskryf en alles verduidelik. Hy was te bekommerd die waarheid kom tog uit en dan is dit 'n nog groter skok vir my."

Sy blou oë is beskuldigend. "En Ma vertel my niks!"

Sy glimlag net, gee sy hand 'n drukkie. "Nee, Zakkie, ek het besluit ek gaan stilbly, want as ek jou gaan vertel, sou jy die arme kind dadelik die trekpas gegee het. Sy sou nie langer hier wou bly as sy weet die waarheid is bekend nie, en ek wou haar nie laat gaan nie. Ons het mos lief geword vir haar, nie waar nie?"

Daarop het hy niks gesê nie, en die ou dame besluit dat dit ook nie nodig is dat Zakkie alles hoef te weet nie. Hy hoef nie te weet wat die werklike rede is

195

hoekom sy hom nie in haar vertroue geneem het nie. Die eerste dag dat sy haar gesien het, het die ou dame besluit: Daardie rooikop pas by Rocklands. Sy moet hier bly.

"Ek verstaan nog nie mooi nie. Ek bring al die pos van die dorp af en ek het nooit 'n brief van Kobus gesien nie."

"A, maar daar is meer as een manier, Zakkie. Die brief was aan meneer Meintjies, die prokureur, gerig en hy het dit per geleentheid aan my uitgestuur. Kobus was bang jy sou die brief eerste in die hande kry en dan 'n vreeslike bohaai maak."

Weer laat sy na om by te voeg dat Kobus in sy brief genoem het dat dit miskien goed sal wees om Zak vir 'n ruk in die duister te hou. *Dink Ma nie daardie rooikop sal net die ideale vrou vir Rocklands uitmaak nie?* het hy geskryf. *Ek het so 'n gedagte gekry die eerste dag dat ek Martina se suster ontmoet het. Miskien moet 'n mens hulle eers kans gee om mekaar te leer ken voordat ons hom alles vertel.*

Maar dit hoef Zakkie ook nie te weet nie.

Sy oë is agterdogtig. "Hier het darem 'n lekker konkelry agter my rug aangegaan. Is daar nog iets?"

"Nog net een dingetjie wat ek dink jy behoort te weet. Minstens vyf van ons jong boertjies het vir Isolde gesê dat hulle so gou moontlik vir haar op Skoonspruit kom kuier."

"O?" Hy grim effens. "Hoekom dink Ma ek behoort dit te weet?"

Hulle glimlag fyn teenoor mekaar, en dan sê mevrou Coetzenbergh: "Sy is in huis toe. Jy sal haar iewers binne kry."

Hy kry haar in sy studeerkamer waar sy staan en

kyk na die foto bokant sy lessenaar. Sy het hierheen gevlug, wetende dat niemand haar sommer hier sal kom soek nie, en sy wou vir laas nog afskeid neem van hom.

"Waarna kyk jy?"

Sy ruk soos sy skrik, maar hou haar blik stip op die foto van haarself op Sultan se rug. "Hoekom het jy . . .?"

"Ek het jou mos reeds vertel. Sodat ek dit aan elke polisiekantoor in hierdie land kan stuur indien jy besluit om weg te loop."

"Dis nie wat ek wou vra nie." Sy sluk pynlik. "Hoekom het jy dit hier opgehang?"

"Waar anders as hier?" Hy kom langs haar verby, kyk af, vas in haar groen, hartseer oë. "Waar anders as hier waar ek elke dag daarteen kan vaskyk? Want jy is 'n seldsame vrou, Isolde. Jy het die seldsaamste, pragtigste rooi hare wat 'n vrou kan hê . . . en dan is jy nog boonop 'n bedriegster van die eerste water, en op só 'n wyse dat jy daarmee wegkom en almal dink jy is 'n heldin."

Haar blik val. Nou gaan hy haar begin uitskel, en hierdie keer het sy geen verweer nie. Hierdie keer sal sy moet stilstaan en luister terwyl hy haar na hartelus slegsê. Dan frons sy en haar kop kom omhoog, en die groen oë begin vonkel met daardie selfde veglus wat hy met hul eerste kennismaking leer ken het.

"Goed, meneer Zak. Pak maar uit, maar jy is baie skuldiger as ek. Dis deur jou dat ons bedrog moes pleeg."

"So? Nou dra ék al weer die skuld. Hoe maklik draai jy dinge in jou eie guns."

"Ek draai niks in my eie guns nie. Ek praat net die

197

waarheid. As jy nie gedreig het om Kobus te onterf nie, sou dit nie nodig gewees het vir my én hulle om bedrog te pleeg nie."

Sy vreemde glimlaggie laat haar swyg en hom agterdogtig aankyk. "Wat is so snaaks?"

"Jy! Jy, rooikop. Jy laat jou darem maklik bluf, weet jy? Kobus ook. Waar het ek dit in my mag om hom te onterf? Dink jy al sou ek ook kon, ek dit ooit sou doen solank Ma nog leef?"

Sy kyk hom verslae aan. Natuurlik! Hy sou nooit so iets gedoen het nie; nie hy wat berge versit om sy ma enige ontsteltenis te spaar nie.

"So het jy jou ook deur Richard Latsky laat bluf. Hy vir my hof toe vat oor 'n sambokhoutjie?"

"Waar kom jy daaraan?" vra sy vinnig, en sy glimlag verbreed.

"Jy sal nog uitvind watter wonderlike ma ek werklik het. Sy het julle afgeluister toe hy jou gedreig het. Maar slim rooikop, wat altyd 'n antwoord het op alles wat ek sê, val toe vir Richard se grappie."

"Dit was geen grap nie. Hy was ernstig. Hy was vas van plan om jou hof toe te vat."

" 'n Mens het getuienis nodig vir hofsake en daar was geen getuies daardie aand nie, behalwe jy – en jy sou nie teen my getuig nie, sou jy, rooikop? Richard het jou gebluf. En nie net hy nie, Ma ook."

"Jou . . . ma?"

"Ja. Daardie dame is net so 'n bedriegster soos jy, as dit haar pas. Toe sy uitvind jy het vir Richard se bluf geval en is besig om jou tasse te pak, toe word sy skielik siek."

Haar groen oë is vol ongeloof. "Jou ma . . . sy . . . sy was nie werklik siek nie?"

"Nee . . . nie só siek nie, niks slegter as gewoonlik nie. Maar toe skrik jy en jy bly." Sy gesig raak ernstig. "Ek het self ook probeer om te bluf, rooikop. Ek is ook skuldig. Daardie aande dat ek in skeertyd hier aangekom het, kastig om iets te kom haal en sulke ou verskoninkies, was alles bluf. Ek kon nie hier wegbly nie. Ek moes kom. Ek moes jou sien. Moes my vingers deur hierdie rooi krulle stoot . . ." Skielik strengel sy vingers weer soos altyd in die rooi hare vas en sy word nader getrek. "En hierdie foto . . . Dis nie om vir die polisie te gee nie, bedriegstertjie. Ek wou dit hier hang sodat ek altyd, totdat ek stokoud is, daarna kan kyk. Na die mooiste perd wat ek ooit besit het en na die mooiste vrou wat enige man op hierdie aarde van kan droom, rooikop . . ."

Sy druk haar gesig styf onder sy ken weg, skielik skaam vir hom. "Is jy nie meer kwaad vir my nie?"

"Kwaad?"

"Jy was vreeslik kwaad toe jy uitvind ek is al die tyd Martina se gehate oujongnooisuster."

Hy gaan saggies aan die lag by die herinnering aan alles wat hy oor daardie arme mens kwytgeraak het. Haar kop lig op en hulle lag saam, hou aan met lag tot hulle half magteloos is.

"O, Zak, onthou jy? Jy het gepraat van die arme ou ding wat haar seningrige ou bene by 'n strandoord lê en bruinbak . . ."

Dis eers 'n rukkie later dat hulle hulself weer onder beheer kry en hy skud sy kop, kyk diep in haar groen oë. "Jy is weer gebluf, my liefste rooikop. Ek was nie kwaad toe ek uitvind jy is nie Martina nie. Ek was so verlig om te hoor dat jy nié my broer se aanstaande vrou is nie, dat ek gerus kon huil van

199

verligting. Maar ek kon toe nie huil nie, toe lyk ek maar kwaai."

Die lag het gewyk, maar die vrede en die vreugde duur voort. Lank kyk hulle in mekaar se oë. "Sal jy hier by my op Rocklands kom bly, rooikop?"

"Ja, Zak."

Dis 'n rukkie later dat mevrou Coetzenbergh opkyk en hulle op die stoep sien uitkom, hand aan hand, en sy sê dringend vir Kobus: "Roep die mense bymekaar, boetie. Hier kom nog 'n belangrike aankondiging. Rocklands gaan 'n rooikop kry."

Wanneer die nuwe dag breek

1

"Bulperd! Bulperd! Wie se oulike tjor is dit daardie?"

"Dis mos onnodig om dit te vra. Dis vanselfsprekend Renier Neethling s'n."

"Al weer? Mag, maar daardie man is darem gelukkig!"

Die twee studente kyk met verlangende oë na die geel sportmotor wat voor 'n kafee geparkeer staan.

"Ja," sug die een. "Jammer dat ons almal se pa's nie mynmagnate kon wees nie. Ek wonder darem of ou grootbaas Neethling nie soms in sy graf omdraai as sy enigste seun so rojaal met sy erfgeld aangaan nie."

"Hmm," brom sy vriend instemmend. "Vergeet eers sy geld en wie en wat sy pa was, by dit alles het hy nog verstand ook gekry én hy is baie aantreklik."

"Ja, party mense het ook alles," sug die een weer.

"Jy weet, ou Jan," vervolg sy vriend met meer vuur, "ek raak so stadigaan moeg daarvan om net altyd met Renier se oorskiet tevrede te wees. Al wat 'n oulike poppie is, wil doodgaan oor hom en dis eers wanneer hy vir hulle moeg geword het dat ons ander ouens raakgesien word."

"Ja," sug Jan, nou nog meer mismoedig.

"Ons moet iets doen, ou Jan."

"Soos wat?" vra Jan veelbetekenend.

Stilte.

"Hoekom gaan probeer jy nie sommer nou nie? Daar kom hy nou net met Retha Cilliers onder die blad by die kafee uit." Hy kyk sy maat tergend aan. "Toe, loop sê vir hom jy wil nie weer vir Retha Cilliers as oorskiet hê nie!"

"Aag, gaan b- . . .!"

Die twee moet haastig padgee toe die motor vinnig wegtrek. Hulle kry net 'n vinnige blik van Retha wat met groot duifoë in Renier se laggende gesig opkyk.

Jan kreun.

"Jammer, ou swaerie, dit lyk my dis klaar oorskiet!"

Hy merk dat sy vriend nie juis in 'n luim vir terg is nie, en hy lê sy hand berouvol op die mismoedige skouer.

"Toe maar, vriend. Eendag is eendag! Die geluk kan nie vir ewig aan sy kant bly nie. Eendag is eendag, dan gaan Renier Neethling hom lelik vasloop. Hy gaan op 'n meisie verlief raak, werklik verlief raak, en ek hoop van harte dat sy genoeg verstand sal hê om hom in sy kanon te stuur."

Koos Stander draai om en kyk sy vriend laggend aan.

"Jy is darem 'n ou maat, Jan!" sê hy dankbaar en klop hom op die skouer.

2

Theuns Beukes sien hoe die kantoordeur agter sy laaste kliënt van die dag toegaan. Dis al tien oor vyf. 'n Oomblik lank bepaal hy nog sy aandag by die lêer voor hom op die lessenaar. Hy soek na 'n nota in sy binnesak en voel die harde oppervlak van 'n foto. Hy haal dit uit en staar lank daarna. Sy gedagtes begin in 'n heeltemal ander rigting koers kry.

Soos hy daar sit, boesem hy dadelik vertroue in, hoewel daar nie juis iets besonders aan sy voorkoms is nie. Hy is een van daardie soort mense wat jy soms met die woorde "lelik maar lieflik" sou kon beskryf. Sy liggaamsbou is net 'n bietjie té grof sodat hy effens lomp voorkom; sy gelaatstrekke net 'n bietjie té groot om mooi genoem te word. Sy hare wat agteroorgekam word, is 'n doodgewone bruin kleur. Hy gee die indruk dat hy 'n sterk man moet wees, wat dan ook in werklikheid die geval is. Sy sagte geaardheid, wat heeltemal buite verhouding tot sy groot liggaamsbou staan, verloën egter gewoonlik sy liggaamlike krag, want skynbaar is hy onbewus daarvan en sal hy geen vlieg skade aandoen nie. Hy is 'n man wat 'n mens sommer dadelik as vriend wil aanvaar. En as jy dit doen, sal jy vind dat jy 'n baie lojale vriend ryker geword het, een op wie jy te alle tye kan vertrou.

Dis juis hierdie sagte geaardheid van hom wat sy vriend, Renier Neethling, soms tot raserny dryf. Hulle is nou al sewe jaar vennote in die prokureursaak op Buffelslaagte, die grootste dorp in die Noordweste. Maar Theuns sal nooit so uitblink in sy professie soos Renier nie. Hy is baie knap in sy werk, maar sy byna teer geaardheid weerhou hom daarvan om sy opponente in die hof aan flarde te skeur soos Renier so maklik en gewoonlik doen. Soms kan Renier byna nie sy lag hou as hy sien hoe jammer Theuns sy teenstanders kry nie, veral wanneer hy sien dat hulle geen kans het om 'n saak te wen nie. Dis nie te sê dat hy enigsins 'n lamsak is nie. O nee! Theuns Beukes ken sy plig en as hy oortuig is daarvan dat hy die regte ding doen, doen hy dit met die wêreld se vasberadenheid, ongeag watter eise dit aan hom persoonlik stel, soos in die geval van Elfie.

Ja, Elfie – die meisie wat hy heimlik bemin, maar die vrou van sy boesemvriend.

Hy onthou nog so goed die dag toe Elfie sy kantoor vir die eerste keer binnegestap en om 'n betrekking gevra het. Vir die eerste keer in sy een en dertig jaar het sy hart begin bokspring. Haar gesiggie was so heeltemal iets besonders dat hy haar byna onbeskaamd aangestaar het. Sy het haarself as Elfie Rousseau bekendgestel en hy het by homself gedink dat sy nie 'n pasliker naam kon gekry het nie, want haar gesiggie het 'n mens dadelik aan kabouters en elfies en feë laat dink. Haar pragtige groen oë was effens langwerpig en nouer in die hoeke; haar neusie fyn en klein; haar mond effens groot, en haar roesbruin krulle het in losbandige lokke oor haar skouers gehang. Maar dit was eintlik haar ore wat sy aandag die meeste getrek het. Hulle het langerige oorbelle gehad en aan die bopunte was hulle net so effens na die langwerpige kant toe. 'n Elfie voorwaar!

Later, toe hulle vriendskap al meer ontwikkel het, het sy hom meer van haar verlede en haar naam vertel. Haar pa het kort voor haar geboorte verongeluk en haar ma is tydens haar geboorte oorlede. Sy is na 'n weeshuis geneem. Hulle het haar haar ma se name gegee, Elfrieda Johanna, maar eintlik lê die oorsprong van die naam Elfie by haar twee spits oortjies. Een van die kleintjies in die weeshuis het die seldsame vorm daarvan opgemerk. "Kyk haar snaakse ore. Hulle het sulke skerp punte, net soos dié van die kabouters en

206

elfies in ons leesboek!" het sy verwonderd opgemerk, en van daardie dag af was die nuwe aankomeling in die weeshuis Elfie.

Renier was oorsee met 'n welverdiende vakansie.

"Lekker gekuier?" het hy gevra toe Renier weer op 'n dag die kantoor binnestap.

"O ja! Heerlik! Maar ek is nou weer vuur en vlam om aan die werk te spring. Watter sake . . .?"

Die deur het oopgegaan en Elfie het verskyn. Sy het vinnig om verskoning gevra: "O, jammer. Ek het nie geweet . . ." Toe het haar stem ook weggeraak.

Theuns het van die een na die ander gekyk en die toekoms voor hom sien afspeel. Net . . . hy het nie verwag dat dit liefde met die eerste oogopslag sal wees nie. Elfie kon hy verstaan. Maar die ervare Renier . . .

Vir die eerste keer in sy lewe was Theuns nie so bly soos gewoonlik om Renier weer ná 'n lang tyd van afwesigheid te sien nie. Hy het na die aantreklike gesig gekyk en sy hart het tot in sy skoene gesak. Kan 'n mens 'n meisie kwalik neem as sy in die sewende hemel oor Renier raak? Sy swart hare het in donker golwe oor sy mooigevormde kop gevou. Sy Clark Gable-snor was perfek. Sy tande het wit teen sy donker vel afgesteek. Sy vel was lieflik bruin van al die son langs die Franse Riviera. Die ligte somerpak het aan sy atleties geboude liggaam gesit asof hy daarin ge-giet was. Sy donkerblou oë het verstar op Elfie vas-gehaak.

Theuns was baie verbaas oor Renier se skerp reak-sie. Hy het in die verlede al baie gesien hoe sy vriend se oë rek wanneer hy 'n nuwe nooientjie in die oog kry en dan wou hy altyd weet wie dit is. Nou het hy egter heel anders opgetree. Hy het stadig omgedraai sodat hy Elfie vol in die oë kon kyk. Sy blou oë het vernou en 'n dromerige uitdrukking aangeneem. Sy hele lyf het gespanne geword. Nie een het dadelik gepraat nie.

"Dankie, Elfie," het hy eindelik die stilte verbreek en sy hand na die lêers uitgehou. Asof in 'n droom het sy hom 'n oomblik half onnosel aangekyk en toe die lêers haastig oorhandig. Sonder 'n woord het sy die kantoor vinnig verlaat.

Theuns het die papiere tussen sy vingers gevoel, maar sy blik het onafgebroke op sy vriend se gesig gebly. Renier het nog steeds met 'n strak gelaat gestaar na die deur waardeur Elfie so pas verdwyn het. Toe het hy met 'n stemklank onbekend aan Theuns geprewel: "Elfie!" Theuns het agter die lessenaar neergesak.

Soos die student jare gelede voorspel het, het Renier Neethling hierdie keer werklik verlief geraak. Aan die begin wou Theuns dit nie glo nie. Dit sal weer oorwaai, soos al sy vorige verhoudings sommer net op 'n dag soos mis voor die son verdwyn het. Hy het besef dit sal nodeloos wees om Elfie te waarsku. Sy was van die eerste aanblik af totaal betower, en niks wat hy kon sê, sou ingang vind nie, het hy geweet. Hy sal maar wag tot Renier weer tot sy sinne kom, en dan sal hy, Theuns, die stukke agterna gaan optel.

Maar dit gebeur nie. Dit was Renier wat tot sy kollega en vriend se ontsteltenis van trou begin praat het. Hy kon nie langer stilbly nie.

"Renier, Elfie is nog eintlik 'n onervare kind. Sy weet van die lewe niks af nie. Sy het baie beskermend in die kinderhuis grootgeword. Sy is heeltemal anders as die meisies wat jy in die verlede . . ."

Renier het hom nie uitgelag soos wat hy eintlik ver-

208

wag het nie. Hy het Theuns amper kortaf in die rede geval: "Ek weet sy is anders. Sy is nie net anders nie, sy is uniek. Ek gaan met haar trou, Theuns, sommer binnekort."

En dis wat gebeur het – twee maande later. Dit was vanselfsprekend dat hulle Theuns gevra het om die bruid in te bring, en toe hy haar voor die kansel aan Renier oorhandig, het hy van sy eie drome afstand gedoen. End van storie.

Maar Theuns, ervare prokureur, moes onthou het dat daar baie stories meestal ná die huweliksdag volg. Eintlik was dit maar die begin van die storie.

3

"Ek sal darem nou moet gaan. Dankie vir die koffie. Jy sê jy weet nie hoe laat Renier terug sal wees nie?"

"Nee, Theuns, hy het net gesê hy gaan uit na oom Klaas toe, maar hy weet nie hoe laat hy sal klaarkry nie. Is daar nie 'n boodskap nie?"

"Nee, dankie, Elfie. Ek wou hom graag persoonlik gespreek het oor môre se hofsaak." Theuns draai sy kop skuins en luister aandagtig. "Dit klink my hier kom nou 'n motor."

Hulle hoor die harde klap van 'n deur en dan haastige voetstappe.

"Dit ís Renier!" roep Elfie bly uit en die volgende oomblik is sy in haar man se arms. Renier laat sy tas net so los en omhels sy vrou teer. Hartstogtelik soen hy haar op die mond en fluister in haar oor.

"Hallo, my meisie. Ek het so verlang na jou. Het jy

ook 'n bietjie verlang?" vra hy met sy lippe roerend in haar hare.

" 'n Bietjie verlang? Bietjie baie, ja!" Elfie nestel haar kop stywer teen sy skouer aan.

"Kleinding!" fluister hy sag en byt haar speels aan die een gespitste oortjie.

Meteens onthou Elfie dat hulle nie alleen is nie. 'n Diep blos kleur haar wange terwyl sy verskonend na Theuns kyk.

"Ons is nie alleen nie, my skat. Theuns is ook hier."

"Theuns?"

Theuns hoor die teleurgestelde klank in sy vriend se stem en voel meteens bitter ongemaklik en in die pad. 'n Ligte blos kleur sy gesig toe hy Renier se blik op hom voel. Hy kyk nietemin sy vriend reguit aan en voel hoe 'n skok deur sy liggaam gaan. Die twee mans bestudeer mekaar 'n oomblik lank en Theuns weet meteens dat Renier weet van sy gevoel vir Elfie. Skielik verstaan hy ook die vreemde lig in sy vriend se oë wat hy al 'n paar maal in die afgelope maande gewaar het wanneer Renier hom alleen by Elfie aangetref het. Dis jaloesie! Renier is jaloers op sy ou vriend! Theuns se gedagtes is verward. Liewe hemel, hy kan tog nie help dat hy lief geword het vir Elfie nie, en Renier hoef nooit bang te wees dat hy enigsins sal probeer om Elfie af te rokkel nie. Gaan Elfie die oorsaak wees dat die jare lange vriendskap tussen hulle twee verbreek word? Nog nooit voorheen het hy Renier jaloers gesien nie. Wel, hy gaan nie toelaat dat hierdie kinderagtigheid hulle mooi vriendskap verongeluk nie. Hy gooi sy breë skouers agteroor en kyk Renier uitdagend aan.

"Ek wou jou spreek oor daardie hofsaak van môre,

maar ons kan maar môreoggend voor die hof begin daaroor praat. Dis nie baie belangrik nie." Hy kyk op sy polshorlosie. "Ek sal moet gaan. Die hotelmense eet seker al."

"Ag nee, Theuns! Jy kan sommer saam met ons eet," keer Elfie toe sy sien dat hy aanstaltes maak om te gaan.

Theuns kyk na Renier en wat hy daar sien, laat hom haastig sy aktetas optel. Renier staan met 'n frons na Elfie en kyk, asof hy glad nie ingenome is met haar voorstel nie.

"Liewer nie vanaand nie, dankie. Ek het nog die een en ander om te doen," groet hy haastig en verlaat die vertrek.

Renier knik afgetrokke met sy kop en Theuns is nog skaars by die deur uit of hy trek Elfie weer nader.

"En nou?" vra sy effens verbaas toe sy haar man se smeulende oë en die diep frons tussen sy donker wenkbroue opmerk.

Sonder om haar te antwoord, kyk hy lank in die kinderlik onskuldige oë van sy vrou en verkleur dan liggies. Hy soen haar nog een maal teer op haar hare en draai dan om.

"Ek is net 'n bietjie moeg, meisie. 'n Koppie koffie sal lekker smaak."

"My arme ou man!" Sy streel oor sy hare. "Ek sal gou gaan haal."

Hy sak moeg in een van die gerieflike gemakstoele neer en sluit sy oë. Die frons verdiep. Daardie blinde jaloesie wat hy netnou ondervind het, kom weer by hom op. Herhaalde male het hy al tuisgekom om vir Theuns en Elfie gesellig saam te vind. Wat kom soek Theuns hier wanneer Elfie alleen tuis is?

'n Gevoel van skaamte neem van hom besit. Hoe kan hy Elfie en sy boesemvriend verdink? Dit is gemeen, laag – maar tog kan hy homself nie help nie. Die afgelope tyd, eintlik vandat hy Elfie ontmoet het, verstaan hy homself nie meer nie. In die verlede was die emosie genaamd jaloesie aan hom onbekend. Nog nooit was hy jaloers op 'n meisie wat hy uitgeneem het nie; hoekom dan nou op sy vrou? In die verlede was dit altyd die meisies se jaloesie wat sy verhoudings met hulle laat skipbreuk ly het. Hy het dit altyd beskou as 'n swak plek in hul karakter. Maar nou openbaar hy self daardie swakheid! Hy weet dat Theuns vir Elfie liefhet. Hy lees dit in sy vriend se oë, elke keer wanneer hy na haar kyk. En Elfie? Haar vonkelende oë wanneer sy Theuns goedig terg – is dit net blote vriendskap, of skuil daar dalk iets diepers agter? Of is dit maar net Retha Cilliers se woorde wat die laaste tyd so herhaaldelik by hom opkom en hom so op loop jaag?

Hy sien haar nog so duidelik voor hom daardie dag toe hy hulle verhouding verbreek het. Sy was 'n mooi meisie. Haar blonde hare was in die jongste haarstyl gesny, en noudat hy terugdink, besef hy dat haar duur aandrok, wat haar soepel, slanke liggaam omvou het, net 'n bietjie té laag van voor en té kaal van agter was. Sy het soos 'n prentjie uit 'n storieboek gelyk, en tog was haar gesig op daardie oomblik lelik vertrek van woede.

"Só, Renier Neethling," het sy woedend uitgeroep, "ons verhouding is op 'n end! Noudat jy weet dat ek jou met my hele hart en siel en liggaam liefhet, nóú het jy moeg geraak vir my! Nou maak jy met my soos jy met Elise en Ria en Louise en Charlotte en Lizette en vele ander gemaak het, en jy dink jy sal daarmee wegkom? Hoeveel harte het jy al gebreek, Renier? Kan jy my dit sê? Hoeveel meisies het jy al op jou verlief gemaak en hulle dan soos ou, vuil lappe van jou af weggesmyt? Kan jy nog byhou om almal te tel? Jy sal my nie kan antwoord nie, want daar is te veel! Jy kan hulle nie eens meer almal onthou nie! Maar hierdie keer het jy jou vasgeloop, my vriend. Hierdie keer het jy daardie gemene speletjie één maal te veel gespeel, Don Juan! Ek kan jou nie dwing om met ons verhouding voort te gaan of om met my te trou nie, en nou besef ek eers dat jy die laaste man is met wie ek dit sou waag om te trou. Jou arme vrou sal jou eendag moet deel met die hemel weet hoeveel ander. Sy sal maar net één van jou harem wees. Jy kan gaan, Renier, maar dít sê ek jou: Ek sal jou nooit vergeet nie en nog minder vergewe vir wat jy vandag aan my gedoen het. Ek sal jou altyd dophou en weet waar jy is en wat jy doen, en eendag, eendag sal dit weer my beurt wees om jóú seer te maak en jou terug te betaal."

Sy het 'n oomblik lank stilgebly om asem te skep en hy kon die haat en veragting daarin lees. So iets het hy nog nooit voorheen beleef nie. Die ander het gesmeek en gehuil, maar nog nooit het hy hierdie houding teëgekom nie. Toe het hy ook kwaad geword. Watter reg het hierdie vrou om te maak asof hulle reeds verloof of op trou staan? Daar was nou wel 'n verhouding, maar wat tussen hulle gebeur het, gebeur tussen honderde ander paartjies sonder dat dit noodwendig tot huweliksklokkies lei. Sy oë was so hard soos staal toe hy haar sarkasties vra: "En wat wil jy nogal maak as jy weet waar ek is en wat ek doen?"

Die haat het swanger in haar stem gelê toe sy hom sissend antwoord: "Wat wil ek doen? Wat kán ek doen, moet jy liewer vra. Eendag," haar oë was nougetrek, "eendag, Renier Neethling, gaan jy ook iemand werklik liefkry, só lief dat dit jou diep binne-in seermaak en pynig. Ek sal wag vir daardie dag. Ek gaan léwe vir daardie dag! En dan sal ek dit my heerlike plig ag om dié vrou te vertel watter soort mens jy is, watter wonderlike verlede jy het! Ek lê vandag 'n eed af om haar te waarsku teen jou en ek sal haar nie net met woorde vertel nie, maar ook met voorbeelde en duidelike, onomstootlike bewyse!"

Hy kon net woordeloos na haar kyk en meteens het daardie welbekende strofe van Shakespeare in sy gedagtes gekom: *Hell hath no fury like a woman scorned!* Vaag, baie vaag, het hy vrees in sy hart voel roer, maar met 'n ongeërgde optrek van sy skouers het hy dit van hom afgewerp en sonder 'n verdere woord of blik ná haar die vertrek verlaat.

Die jare het gekom en gegaan en Retha Cilliers en die eed wat sy afgelê het, het soos 'n versluierde herinnering in sy verlede gelê, tot 'n maand voor sy troue. Hy was op Graslaagte, een van die naburige dorpe, vir 'n hofsaak toe hy by die hotelingang byna teen Retha vasloop. Hulle het mekaar 'n oomblik in stilte aangekyk – hy, verbaas en verslae; sy, smalend en sarkasties. Toe het sy haar wenkbroue opgetrek en op 'n beledigende toon gesê: "O! Die geëerde prokureur Renier Gustav Neethling van Buffelslaagte! Wat 'n . . . sal ek dit maar noem, áángename verrassing!"

Vir seker die eerste keer in sy lewe het die begaafde prokureur na woorde gesoek. Retha het sy ongemak gesien en na haar beeldskone gesig te oordeel, het sy dit terdeë geniet. Eindelik het Renier hom reggeruk en byna bars gesê: "Wat maak jy hier?"

214

Gemaak verbaas het sy hom uitgekoggel. "My liewe meneer Neethling! Wat máák ek hier? Ek bly hier! Ek het so pas teruggekeer van oorsee en gee nou kuns by die plaaslike hoërskool. Enige besware?"

Toe hy nie antwoord nie, het sy met 'n betekenisvolle blik vervolg: "En hoe gaan dit met jou en Theuns Beukes op Buffelslaagte?"

Die frons tussen sy oë het verdiep.

"Wat weet jy van Theuns Beukes af? Ken jy hom dan?"

Haar laggie het soos 'n waarskuwende straal tussen hulle gehang.

"My liewe meneer Neethling, onthou jy dan nie meer nie? Is agt jaar dan so 'n lang tyd? Onthou jy nie meer die eed wat ek geneem het nie?"

Sy donker oë het skerp in haar spottendes gekyk. Soos agt jaar gelede, het hy meteens weer die onverklaarbare gevoel van vrees in sy binneste voel roer, nou net duideliker as voorheen. Soos warm kole het haar volgende woorde op sy ore geval.

"Ek weet álles van jou af. Ek weet dat jy al sewe jaar op Buffelslaagte praktiseer. Hoewel ek hom nog nie ontmoet het nie, weet ek dat Theuns Beukes jou vennoot is, en as jy wil, sal ek hom vir jou haarfyn beskryf. Ek weet dat jy verloof is aan Elfie Rousseau wat by julle in die kantoor werk, 'n weeskind soos ek verstaan. Sy het lang, donker krulhare en groen oë, en haar mees uitstaande kenmerk is haar gebreklike, gespitste ore. Ek weet . . ." Sy het haar woordevloed onderbreek en hom openlik uitgelag. "Hoekom so bleek, Renier? Voel jy nie gesond nie, of hou jy nie daarvan dat ek jou verloofde se ore as gebreklik beskryf nie?"

215

"Hoe durf jy!" het hy deur saamgeperste lippe gesis.

"Hoe durf ek?" Die koue haat het nou openlik in haar oë gelê. "Wat het jy nie in die verlede gedurf doen nie? Hoe durf ék dan nie ook nie?"

"As jy dan so alles weet, weet jy seker ook dat ek oor 'n maand gaan trou."

"Ja, dit weet ek ook. Maar ná deeglike oorweging het ek besluit om nog 'n rukkie te wag – net 'n klein rukkie!" Sy het weer sag gelag en vir Renier het dit geklink na die lag van die duiwel. " 'n Maand is nie te lank om te wag nie, veral as jy in gedagte hou dat ek al agt jaar wag."

'n Blinde woede het van hom besit geneem en met moeite het hy hom bedwing om nie sy hande om haar sagte, wit keel te span nie.

"Jou heks! Jou valse, verraderlike heks!"

"Jy noem mý vals! Jý van alle mense! Ek kan jou nog meer informasie gee indien jy belangstel. As ek jy was, sou ek my geliefde verloofde en boesemvriend 'n bietjie dophou. Dis geen geheim dat Theuns Beukes op Elfie verlief is nie, en het dit jou nie ook al opgeval dat Elfie net 'n bietjie té susterlik teenoor jou vennoot optree nie?"

Renier kreun asof hy in fisieke pyn verkeer en spring uit die stoel uit op. Rusteloos dwaal hy deur die vertrek. In watter hel het hy nie van daardie dag af gelewe nie! Hy was al weer 'n paar keer ná daardie voorval op Graslaagte, maar hy het Retha Cilliers nie met 'n oog gewaar nie. Tog was sy gedagtes gedurig met haar besig. Selfs hier op Buffelslaagte was hy altyd van haar haatgevulde teenwoordigheid bewus. Soms het hy op die punt gestaan om Elfie alles te vertel, maar wanneer hy haar in sy arms neem, in haar oë kyk en die algehele vertroue en liefde daarin lees, het sy moed hom begewe. Dan het hy Retha Cilliers en haar haat 'n oomblik lank vergeet en was hy net bewus van die vrou in sy arms. Sy liefde vir hierdie dierbare mensie het soos 'n heerlike pyn in sy hart kom lê, en dan onthou hy weer Retha se woorde van jare gelede: "Eendag gaan jy ook iemand werklik liefkry, só lief dat dit jou diep binne-in seermaak en pynig!"

As Elfie tog maar net nie so kinderlik onskuldig oor verhoudings tussen die twee geslagte was nie! 'n Soen is nie maar net 'n soen vir haar nie. Vir haar is dit iets heiligs. Wanneer hulle lippe saamsmelt, kan hy altyd die aanbidding in haar aanvoel. En soms, wanneer hy haar baie teer en innig soen, het hy al gesien dat haar wange nat is. Sal sy ooit kan verstaan dat daardie honderde soene en omhelsings tussen hom en ander meisies in die verlede net die fisieke, die dierlike deel van hom was? En nadat Retha haar storie vertel het, sal sy hom dan nog met daardie blinde vertroue aankyk? Wanneer hy in sy vrou se oë kyk en hy die volste vertroue naak in die groen dieptes sien lê, voel hy soms hoe die vrees in hom opstu. Geen mens mag soveel vertroue in 'n ander mens stel nie! Watter verskriklike verantwoordelikheid dra daardie een wat die vertroue ontvang nie! God weet dat hy Elfie liefhet – só lief soos hy nie gedink het een mens vir 'n ander kán wees nie, en hy sal sy lewe gee om haar gelukkig te maak.

Hy en Elfie is nou al 'n hele rukkie getroud, maar Retha het nog nie begin om haar dreigemente uit te voer nie. Het sy doelbewus gewag tot hulle getroud is? Op watter manier gaan sy haar eed uitvoer?

217

"Hier is jou koffie, Renier," sê Elfie agter hom.

Hy neem die koppie by haar en sit dit dan op die tafel neer.

Dan plaas hy sy hande op haar skouers en kyk diep in haar oë. Sy gelaat is strak toe hy sê: "Kleinding, ons weet nie wat in die toekoms gaan gebeur nie, maar wát ook al gebeur, onthou net altyd dat ek jou liefhet. Eeue gelede, vandag, en in die lewe hierna, sal dit net altyd jy vir my wees. Daar is net een vrou vir my en dit is jy, my liefling. Daar is niks in die verlede wat vir my van betekenis is nie, want jy was nie daar om dit met my te deel en waardevol te maak nie. Ek het jou lief, my vroutjie, baie, baie lief. Sal jy dit altyd onthou, Elfie?"

Sy lê haar bewende lippe 'n oomblik lank eerbiedig teen sy nek. Dan kyk sy met nat wimpers op.

"Ek sal dit altyd onthou, my man. Ek voel net soms dat ek hierdie groot liefde van jou nie waardig is nie."

"Nee!"

Hy kryt die enkele woord uit. Dan verberg hy sy gesig in haar krulle en fluister bewoë: "Dit moet jy nooit weer sê nie. Dit is ék, my liefling, wat dit moet sê."

4

"Maar, Renier, jy gaan nooit meer saam met my kerk toe nie!" Renier kyk in sy vrou se bekommerde oë en frons effens ongeduldig.

"Asseblief, Elfie. Moenie dat ons weer daarmee begin nie. Ek het jou al vantevore gesê dat ek sal gaan wanneer ek behoefte daaraan voel. Moet my nie probeer dwing nie. Ek is nie 'n kind nie."

Elfie byt haar onderlip vas en laat haar blik sak. Sy trek haar dit baie aan as Renier kwaai of ongeduldig met haar word. Hy is haar maan, son en sterre en sy sal enigiets doen om te verhoed dat sy oë fronsend en ongeduldig op haar rus. Sy wil hê hy moet altyd met oë vol liefde na haar kyk, want sy het hom so vreeslik lief. Dis seker waar wat hy sê. 'n Mens moenie kerk toe gaan bloot uit gewoonte nie. Maar dis nie die geval by haar nie. Sy voel sy wil gaan, en wanneer sy haar hoof buig onder gebed, dank sy altyd haar Skepper vir die liefde van Renier en sy vra Hom om haar te help om 'n goeie vrou vir haar man te wees, en eendag 'n goeie moeder vir sy kinders.

Renier se blik dwaal oor sy vrou in die lieflike ligroos snyerspakkie met die parmantige klein, wit hoedjie, en soos gewoonlik bruis die hartstog in hom op. Sy is 'n lieflike klein mensie! Hy vergeet dat hulle so pas amper woorde gehad het; hy vergeet selfs waaroor hulle amper gestry het. Hy is net bewus van haar nabyheid en die heerlike wete dat hierdie beminlike wesentjie sy eie is. Hy vou haar in sy arms toe en streel met sy lippe oor haar slape.

"Kleinding, jy lyk pragtig!"

Sy kyk verras op en vra bly: "Jy is nie kwaad nie?"

"Kwaad?" Hy kyk haar onseker aan en toe val dit hom by. Hy glimlag en gee haar 'n piksoentjie op die neus. "Natuurlik nie. Ek sal nooit vir jou kan kwaad word nie. En nou?" vra hy verbaas toe sy haar skielik uit sy omhelsing losmaak.

"Dis amper tyd vir die kerk om te begin. Ek sal moet gou maak. Tatta," en sy is by die deur uit.

Hy staar haar fronsend agterna. Hy wens sy wil op-
hou om die godsdiens in sy keel af te druk. Aan die
begin van hulle huwelikslewe het hy maar toegegee
en saam met haar kerk toe gegaan, maar hy is nie van
plan om daarmee voort te gaan nie. Hy vind hierdie
godsdienstige streep van Elfie, soos hy dit noem, baie
hinderlik. Elke aand voordat sy in die bed klim, lees
sy eers haar Bybel en kniel. Sy het so geskok gelyk
toe hy nie dieselfde doen nie. Dit voel vir hom asof sy
hom nog elke aand verwytend aankyk. Nou ja, sy kan
maar daarmee voortgaan as dit haar gelukkig maak,
maar hy stel geensins belang daarin nie. Hy is 'n man
van die wêreld wat die lewe ken. In sy werk kom hy
daagliks in aanraking met die harde werklikheid en
het tot die gevolgtrekking gekom dat godsdiens deur
die mens gebruik word as 'n soort ontvlugting weg
van die harde feite van die lewe, in baie gevalle 'n mas-
ker waaragter hulle hul eie verrotte binneste probeer
wegsteek. Met die ou bekende skud van die skouers,
gooi Renier hierdie probleem van hom af. Ook dit sal
later regkom.

Elfie kan egter hierdie verskil nie so maklik van
haar afskud nie. Haar godsdiens speel 'n baie groot
rol in haar lewe, en sy kan nie verstaan hoe Renier
dit regkry om blykbaar heeltemal ateïsties teenoor die
lewe te staan nie. Sy was maar skaars nege jaar oud
toe tannie Le Roux as matrone van die weeshuis be-
dank het, maar haar afskeidswoorde aan haar sal sy
nooit vergeet nie. "Onthou, Elfie, al voel jy soms dat
jy heeltemal alleen in die wêreld is en al sal daar dae
in jou lewe kom dat jou moeilikhede en probleme te
veel vir jou word en dat geen medemens 'n bietjie be-
langstelling in jou toon nie, moet jy onthou dat God

altyd daar sal wees. Geen mens is ooit regtig alleen nie." Hierdie woorde het haar deur baie moeilike en eensame ure laat moed hou, en sy dank die goeie Vader dat daar 'n tannie Le Roux was wat die weeskinders die belangrike dinge van die lewe kon leer.

Elfie is so diep in haar gedagtes versonke dat sy nie die blou motor opmerk wat stadig by haar verbyry nie. Ook voel sy nie die diep, smalende blik of glimlag vol leedvermaak van die blonde vrou agter die stuurwiel aan nie.

Elfie het moeite om haar aandag vanoggend by die dominee se preek te bepaal. Telkens dwaal haar gedagtes terug huis toe – en na Renier.

"Ons lewe vandag in 'n onseker wêreld," dring die prediker se stem tot haar deur. "Nog nooit in die geskiedenis van die wêreld was daar 'n tyd wat so te kort geskiet het aan vertroue as juis hierdie eeu waarin ons lewe nie. Daar is klagtes oor die gebrek aan vertroue, en tog kan 'n mens niemand kwalik neem dat die een nie meer bereid is om die ander te vertrou nie, want as jy vertroue van jou medemens verwag, moet jy daardie vertroue waardig wees, moet jy daardie vertroue verdien. Maar die een nasie kán nie meer die ander vertrou nie. Die een land kyk met agterdogtige oë na sy buurland. En dan trek ons die kring nouer en vra: Kan 'n seun altyd sy vader vertrou? Kan 'n man altyd sy vrou vertrou, of omgekeerd? Die wêreld van vandag het in so groot mate verwronge geraak dat dit nie meer 'n mens se vertroue waardig is nie. Soms word jy selfs deur hulle wat vir jou baie dierbaar is só in die steek gelaat, só geskok, selfs soms, hoe vreeslik dit ook al mag klink om dit hardop te sê, só in die rug gesteek, dat 'n mens soms in alle erns dié vraag kan en moet stel: Wie kán ek vertrou? En dan moet jy met leed in jou hart jou eie familiekring, jou eie kinders, jou vrou of jou man en jou beste vriend by hierdie vraag insluit. "

Vir die eerste keer in haar getroude lewe voel Elfie hoe 'n vreemde onrus vaagweg in haar roer. 'n Fyn fronsie verskyn tussen haar oë. Hoekom ontstel hierdie woorde haar so? Hoekom wek hulle so 'n vreemde, onrustige gevoel by haar op? Hy het gesê dat 'n man nie eens altyd sy vrou kan vertrou nie, of 'n vrou . . . haar man. Maar sy kan háár man vertrou! Sy kán Renier vertrou! En tog . . . Wat weet sy eintlik van hom af? Hoe goed ken sy haar man? vra sy haar meteens af.

Vir die eerste keer tref dit haar dat sy eintlik baie min van Renier af weet. Oor sy verlede praat hy nooit. Hy sal nooit iets uit sy kinderdae of sy studentelewe vertel nie. Maar nou, noudat sy haar gedagtes laat terugdwaal, kom daar weer skynbaar onbelangrike voorvalle voor haar geestesoog op wat haar laat besef dat sy en Renier in baie opsigte verskil, dat hulle sienswyse oor baie dinge nie dieselfde is nie. Maar dis eers vandag in hierdie stil, gewyde Godsgebou dat dit alles werklik tot haar deurdring en sy al hierdie fynere nuanses raaksien. Dit bring 'n gevoel van onsekerheid mee. Van vrees. Sy wil huis toe gaan! Sy wil teruggaan na Renier toe, in sy oë kyk en haar vergewis dat hy haar liefhet en dat sy hom kan vertrou. Byna ongeduldig sit sy en wag dat die diens ten einde loop.

Theuns Beukes sit skuins agter haar en het die frons tussen haar oë opgemerk. Die dominee se woorde het ook sy gedagtes die loop laat neem. Hoekom lyk Elfie meteens so ontsteld? Het dit wat hy reeds so lankal

222

vrees, gebeur? Hy buig sy kop 'n oomblik en daar is 'n gebed in sy hart dat niks ooit Elfie se vertroue moet skok nie.

Sy is nog 'n blote kind! dink Retha Cilliers terwyl sy stadig verder ry. Sy frons. Hier is iets vreemds. Renier Neethling se vrou pas glad nie by hom nie. Sy lyk so kinderlik en onskuldig en Renier is so wêreldwys, so hard in baie opsigte, so seker van homself. Hy behoort 'n vrou te hê wat hom ewenaar in lewenservaring, soos sy self. Daar is weer die half verbitterde glimlag om haar mond. Renier Neethling, hoe haat ek jou nie en hoe lief het ek jou nie terselfdertyd nie! dink sy. Ek gaan jou toets. Ek wil weet hoe lief jy werklik vir jou vrou is. Dink jy jy sal bestand wees teen my bekoring? En Elfie . . . Hoe seker is jy van jou man se liefde en hoe sterk is jóú liefde? Dink jy dit sal staande bly in die toets, in die stryd wat vir jou wag? Met 'n vasberade lig in haar oë hou sy stil. Sy het lank genoeg gewag. Vandag gaan sy die eerste stap doen om Renier terug te betaal vir die vernedering van agt jaar gelede.

"Retha!"

Dis asof Renier sy eie oë nie kan glo nie.

"Goeiemôre!"

Haar stem drup van sarkasme.

Renier se oë raak kil. Wat kom soek sy hier? Dat sy die vermetelheid het om hier na sy huis te kom! Dank die Vader Elfie is nie nou hier nie . . .

"Gaan jy my nie innooi nie?"

Nog antwoord hy nie. Sy blik is ondersoekend, berekenend op haar gerig.

Sy lag geamuseerd en stap dan by hom verby die sitkamer binne. Haar blik dwaal krities rond.

"Hmm. Nogal nie sleg nie. Hier en daar so 'n klein foutjie, maar vir so 'n jong kind soos Elfie nogal glad nie te sleg nie, veral as 'n mens haar agtergrond in ag neem." Sy vlei haar op een van die gemakstoele neer en haal haar sigarette uit haar handsak.

"Sigaret?" vra sy dan kalm.

Hulle oë ontmoet bokant die goue sigaretkoker. Renier s'n blitsend van ingehoue woede; hare blinkend van leedvermaak, uitdagend. Sonder dat hy weet wat hy doen, neem hy een. Terwyl hy die aansteker nader bring, vra hy byna bars: "Hoekom het jy hierheen gekom? Wat wil jy hê?"

Soos blits gryp haar lang vingers met die rooi naels sy pols vas. Haar oë is soos twee gloeiende kole en hul gesigte is baie na aan mekaar toe sy waarskuwend fluister: "Pasop, Renier, hoe jy met my praat. Moenie vergeet nie – ek hou jou toekoms in die holte van my hand. Ek kan daarmee maak wat ek wil, weet jy?"

Woedend ruk hy sy hand los en staan 'n tree terug.

"Wat probeer jy doen, Retha? Wat dink jy sal jy bereik?"

Sy gee weer daardie laggie wat Renier aan homself begin beskryf het as die lag van die duiwel.

"Ek wil jou sien kruip voor my voete, Renier Neethling!" Sy staar hom met nougetrekte oë deur die sigaretrook aan.

"Maar dis so verspot, so kinderagtig! Ek sal nooit voor jou kruip nie . . ."

"Nie? Selfs nie eens ter wille van jou dierbare Elfie nie?"

Hy stoot sy hand deur sy donker hare en gaan sit regoor haar.

"Jy het die troefkaart, nè?" sê hy dan bitter. "Jy weet

dat ek deur vuur sal kruip vir my vrou, nè, Retha? Daarom kan jy nou met my maak wat jy wil . . ." Hy leun vorentoe. "Ek is bereid om nou, op hierdie oomblik, voor jou te kruip, as dit is wat jy wil hê, solank jy net vir Elfie in vrede laat. Sal dit help?"

Sy skud haar kop.

"Nee, dit sal nie."

"Kan ek vir jou geld gee? Of is jy net doelbewus daarop uit om my huwelik te vernietig?"

"Jy stel dit baie lelik, Renier. Sê liewer ek wil 'n onskuldige kind uit jou kloue red."

"Maar hoekom het jy dit dan nie probeer doen vóórdat ons getroud is nie?" vra hy desperaat.

Tydsaam tik sy die as van haar sigaret af en druk dit dan dood. Haar oë is koud en hard toe sy antwoord.

"Omdat dit vir jou baie swaarder sal wees om afskeid van jou vróú te neem as van jou verloofde. Ek is reg, nie waar nie?"

Met skok en veragting kyk hy haar aan.

"Jy is verrot van binne, Retha. Ek dank die Vader dat ek nie met jou getrou het nie!"

Retha spring op. Haar stem is sissend toe sy hom in die rede val.

"Dis genoeg! Ek herhaal weer wat ek netnou gesê het. Wees versigtig hoe jy met my praat. Ek kan dalk my sin vir humor verloor en ek kan nogal gevaarlik wees as ek kwaad raak." Dan breek die sarkastiese glimlag weer oor haar lippe. "Ek sou darem 'n koppie tee aangebied het as ek jy was, veral aangesien dit so 'n besonder intieme vriendin uit die verre verlede is wat kom kuier het. Dit lyk my ek sal dit maar 'n volgende keer moet kom drink, miskien wanneer Elfie ook tuis is, hmm?"

By die deur draai sy om en kyk na die geboë skouers van die enigste man wat haar nog ooit geïnteresseer het, die man wat sy agt jaar lank met gemengde liefde en haat in haar hart onthou het. Toe swaai sy om en stap by die voordeur uit.

Elfie is so haastig om by die huis te kom dat sy skaars vir Theuns raaksien toe hulle by die kerk uitkom.

"Liewe land, meisiekind, watter trein wil jy haal?"

"O!" Sy glimlag verskonend. "Ek is jammer. Ek het jou nie gesien nie."

Êrens is iets verkeerd. Sy ondersoekende blik gaan oor haar. Elfie lyk onrustig.

"Gaan jy my nie vir 'n koppie tee nooi nie?" vra hy skertsend. Hy merk dadelik op dat sy net 'n bietjie te lank wag om te antwoord.

"Ja . . . ja, natuurlik, Theuns."

Hy frons. Sy lyk eintlik half onwillig om hom te nooi. Wel, hy gaan hom dikvellig hou en tog haar halfhartige uitnodiging aanneem. Hy móét uitvind wat verkeerd is, ás daar iets verkeerd is.

Renier sit nog in dieselfde posisie toe Theuns en Elfie daar aankom.

"Ek is terug, Renier," sê Elfie en hou haar lippe na hom op, maar hy sien dit blykbaar nie en soen haar liggies op die voorkop. Sy mond voel koud teen haar vel en sy kyk hom ondersoekend aan.

"Voel jy sleg, Renier? Jy lyk so bleek," vra sy bekommerd.

"Natuurlik nie. Hoekom sal ek sleg voel?" vra hy ongeduldig. Elfie laat haar ooglede vinnig sak sodat hy nie kan sien dat hy haar met sy kortaf houding seergemaak het nie, en sê gemaak opgeruimd: "Kom sit, Theuns. Wag, ek sit net hierdie kussing reg."

Sy sien 'n opgefrommelde sakdoek op die sitplek lê en steek dit in haar sak. Dan gaan sy kombuis toe om tee te maak. Ingedagte bring sy die sakdoek na haar neus en word bewus van 'n swaar parfuumgeur. Sy frons en ruik daaraan. Besef dan sy gebruik nie hierdie soort parfuum nie . . . Sy kyk met meer aandag na die sakdoek en sien dis 'n fyn, duur kantsakdoekie, heeltemal onbekend aan haar. In die een hoek is die naam "Retha" uitgeborduur. Die vreemde onrus wat sy in die kerk ondervind het, kom weer in haar op. Maar dis tog verspot om sommer tot gevolgtrekkings te kom! betig sy haarself. Sy behoort haar te skaam om sulke dinge van haar man te dink. So 'n gedagte het nog nooit voorheen by haar opgekom nie. Hoekom sal sy nou juis vandag aan sulke dinge begin dink? Dit is seker maar die dominee se preek wat nou maak dat sy allerhande verspotte gedagtes in haar kop kry. Hier was natuurlik mense terwyl sy in die kerk was. Ja, dis natuurlik nooit anders nie. Maar hoekom het Renier so snaaks gelyk toe sy hom gegroet het?

Terwyl hulle tee drink, wil die gesprek maar nie vlot nie. Renier se gedagtes is nie by die geselskap nie en daar is 'n diep frons tussen sy oë. Elfie sit gespanne en wag dat hy moet vertel wie hier was en Theuns, wel, Theuns kan geen kop of stert uitmaak van wat aangaan nie. Hy is oortuig daarvan dat hier iets verkeerd is, maar hy kan nie sy vinger daarop lê nie. Later sê hy tot siens en Elfie stap saam tot by die voordeur om hom af te sien. Terwyl sy terugstap na die sitkamer, kou sy senuweeagtig aan haar onderlip. Hoekom sê Renier dan niks nie? Hy lyk nog steeds gespanne en bleek. Iets móés gebeur het in die tyd dat sy kerk toe was. Sal dit iets te doen hê met die vrou aan wie die

227

sakdoek behoort? Sy kan nie dink dat sy iemand met die naam Retha ken nie, of al van gehoor het nie. Wie kan dit wees?

"Was jy die hele tyd so stoksielalleen terwyl ek weg was?" vra sy naderhand toe sy die spanning nie meer kan uithou nie.

Renier kyk vinnig op, maar sy ontmoet sy speurende blik kalm.

"Ja. Hoekom vra jy?"

"Nee, ek vra sommer. Wat het jy die hele tyd gedoen? Gelees?"

"Ja. Ek het so 'n bietjie in die koerant gekyk. Verskoon my, ek wil net gou iets in my kantoor gaan haal wat ek daar vergeet het. Ek is nou terug."

Toe die deur agter hom toeklap, trek sy met bewende hande weer die sakdoek uit haar sak en vou dit oop. Hoekom het Renier aan haar 'n leuen vertel? Hoekom wil hy skynbaar nie hê dat sy moet weet dat hier iemand, 'n vrou, was terwyl sy weg was nie? Hy kon nie koerant gelees het nie, want sy koerant lê nog altyd in die motor waar sy dit gister vergeet het. Waar kom hierdie sakdoek vandaan, en wie is Retha? Intuïtief voel sy aan dat dit nie die laaste keer is dat sy hierdie naam sal hoor nie; dat hierdie vrou, wie sy ook al is, 'n rol in haar en Renier se toekoms gaan speel.

Sy sluit haar oë en toe sy dit ná 'n lang ruk weer oopmaak, val haar blik op iets wat die onrus in haar hart verdiep. Met bewende vingers tel sy die sigaretstompie uit die asbak op en beskou dit van nader. Daar is donkerrooi lipstiffiemerke aan en dis nie die soort wat Renier rook nie. Die sigaret is amper klaar gerook, dus moes hierdie vrou 'n hele rukkie in die sitkamer vertoef het. Sy gaan na die ander asbak en

tref daar ook 'n stompie van die vreemde soort siga-
rette aan. Dus het Renier een saam met haar gerook.
Asof sy nie heeltemal besef hoekom sy dit doen nie,
draai sy die twee stompies in die sakdoek toe en steek
dit weer in haar sak.

5

Daar het meteens 'n mate van spanning in die lieflike
verhouding tussen Elfie en Renier ingesluip.

By Renier is die groot oorsaak die vrees waarin hy
nou daagliks lewe, die vrees vir Retha en wat haar
volgende stap sal wees om sy huwelik met Elfie te ver-
nietig. En hy vrees dat Elfie sal uitvind van Retha en
dan noodwendig ook van sy verlede, 'n verlede waar-
op hy nie juis trots voel nie, 'n verlede, weet hy seker,
wat Elfie – sy rein, edel, diep godsdienstige vroutjie
– tot in haar siel toe sal skok.

En by Elfie grens die oorsaak van die spanning byna
aan wantroue in haar man. In die verlede het dit baie
gebeur dat Renier haar van die kantoor af bel en sê
dat hy 'n bietjie laat sal moet werk, en dit het haar nog
nooit gehinder nie. Maar die afgelope weke het hierdie
verskoning van hom haar met agterdog begin vervul,
veral toe sy begin opmerk dat dit nou meer dikwels
gebeur, veral ná die Sondag toe hy die geheimsinnige
besoekster ontvang het. Dat Renier werklik besig is
om agterstallige werk in te haal, wat opgehoop het
gedurende die eerste maande van hulle huwelik toe hy
smiddae nie gou genoeg sy kantoor kon sluit om by sy
vrou te kom nie, kan sy net nie meer glo nie.

Daar is egter 'n tweede rede hoekom hy meer aandag as wat nodig is aan sy werk gee. Hy vind dit meteens moeilik om alleen by Elfie te wees. Hy kan haar nie meer so spontaan soos vroeër in sy arms neem en liefkoos sonder om skuldig te voel nie. Wanneer hy haar in die oë kyk, verag hy homself vir die man wat hy was en die lafaard wat hy nog is. Maar Elfie weet natuurlik niks hiervan nie en verag haarself vir die lelike suspisie wat sy koester, veral wanneer Renier dan tuiskom en haar soms teer in sy arms neem. En tog . . . wanneer sy weer alleen is, verskyn die naam Retha in vlammende letters voor haar en oorweldig 'n matelose angs haar.

Hoewel hulle albei baie dapper probeer om hul rolle te speel, kan hulle nie alles vir die speurende oë van Theuns verberg nie. Met kommer in sy hart kyk hy na hulle. Wat is daar wat hy vir hulle kan doen? vra hy hom af. Hoe kan hy hulle help? Wanneer hy by hulle is, praat en gesels die twee asof hulle lewe daarvan afhang, en tog kan Renier nie die senuweeagtige spiertrek in sy wang beheer of Elfie die onsekerheid diep agter in haar groen oë verberg nie. Hoewel hy hulle soms met vraende oë aankyk, bly sy lippe geslote. Die lewe het hom geleer dat 'n mens nooit in 'n ander se privaatheid moet probeer indring nie, nooit moet probeer om in 'n ander se hart te kyk wanneer hy dit gesluier wil hou nie. Dis elke mens se goeie reg om die lewe binne hom vir homself te hou, sonder die gewone inmenging wat die lewe daarbuite kenmerk. Maar dat hy, in plaas daarvan om die stryd vir sy vriend makliker te maak, dit onwetend vir hom nog swaarder maak, sou Theuns nooit kon droom nie. Afgesien van die vrees wat gedurig aan hom knaag, moet Renier nou met alle mag stry teen die blinde buie van jaloesie wat hom oorval wanneer hy hoor hoe spontaan Elfie met Theuns gesels. Sy sal sommer Theuns se hand neem en hom 'n nuwe roos in die tuin gaan wys of 'n verandering wat sy in die tuin wil aanbring met hom bespreek. Elfie sal nooit meer vir hóm aan die hand neem en iets in haar tuin gaan wys nie! Maar Theuns, ja, Théúns . . .

Een middag, 'n paar weke ná die Sondag van Retha se besoek, besluit Theuns dat hy Elfie nie die middag sal besoek nie. Hy wil net in sy motor klim, toe hy Renier agter hom hoor praat.

"Ek moet uitry na oubaas Kock se plaas toe. Die ou man verander ook elke week sy testament." Renier hou sy oë effens gesluier toe hy verder praat: "Kom jy saam huis toe?"

Theuns skud sy kop.

"Nee, dankie. Nie vanmiddag nie."

Daar is 'n oomblik stilte en dis al vir Theuns asof Renier se mondhoeke sarkasties wil-wil optrek.

"Hoekom nie?"

Theuns kyk Renier ondersoekend aan. Hoekom is Renier vanmiddag so vreeslik bekommerd om te hoor of hy by hulle gaan koffie drink of nie? Hy frons.

"Ek het die een en ander te doen. Ek sal nie vanmiddag kan kom nie."

Nou is daar byna openlike spot in Renier se donker oë.

"Dis jammer. Elfie sal jou mis."

Theuns kyk hom met nougetrekte oë agterna.

Renier kon duidelik sien dat Theuns hom vreeslik vererg het. Die spot verdwyn en sy donker oë word meteens koud en hard. Is hy reg? Was Retha Cilliers reg toe sy beweer het dat daar iets tussen sy vrou en Theuns is? Sy mond trek wreed. As hy so iets moet uitvind . . .

Ná 'n vergeefse stryd met die besonderhede op die lessenaar voor hom, staan Theuns maar op en kyk op sy polshorlosie. Renier behoort nou al op pad te wees na oubaas Kock toe. Hy sal 'n vinnige draai by Elfie gooi, besluit hy. Miskien word hy wys wat agter daardie dubbelsinnige woorde van Renier skuil.

"Elfie! Waar is jy?"

"Hier agter in die tuin!"

Elfie vee vinnig met haar hand oor haar oë, maar Theuns bemerk dadelik die onnatuurlike blinkheid. Hy maak egter asof hy dit nie raakgesien het nie, hoewel 'n frons op sy voorkop verskyn.

"Goeiemiddag. Hoe gaan dit?" vra hy sag.

"Goeiemiddag. Dis 'n lekker dag, nè?"

Theuns se oë word sag. Hy sien hoe haar vingers bewe terwyl sy sag oor 'n affodil streel. Haar lang, donker krulle val soos 'n sluier oor die een kant van haar gesiggie, sodat hy nie die bewing van die mooi mond sien nie. Met nikssiende oë staar hy na die bewende vingertjies.

"Ja. Dis 'n mooi dag." Sy stem is effens hees. Hy kyk haar stil aan. "Ek was nie van plan om vanmiddag te kom nie."

"Jy wou nie kom nie?"

Hy sien hoe haar hand tot stilstand ruk. Sy swaai om na hom toe en kyk met ontstelde oë op in sy gesig.

Hy kyk haar peinsend aan. 'n Ligte sug ontsnap sy lippe en sy oë word effens treurig. Hy draai sy gesig weg en kyk oor haar kop heen.

232

"Dis nie dat ek nie wóú nie, maar is dit goed as ek so baie hier kom?"

Toe sy nie dadelik antwoord nie, laat hy weer sy blik na haar gesig sak en kyk treurig in die groen dieptes. Hy sien daar verwarring, asof sy nie verstaan waarop hy sinspeel nie.

"Verstaan jy nie? Renier . . ."

"Renier! Wat het Renier . . .?"

"Niks, maar . . ." Hy beduie moedeloos met sy hande en stap 'n paar tree weg. "Ek weet nie hoe om dit vir jou te verduidelik nie . . ."

Elfie frons.

"Jy bedoel, Renier sal miskien dink dat daar iets tussen jou en my . . .?"

"Ja, Elfie, dis min of meer waarop dit neerkom."

"Maar dis verspot! Ek bedoel, hy behoort mos te weet dis onmoontlik. Jy is tog ons albei se vriend. Ek is baie lief vir jou, maar Renier is my mán!" roep sy ontsteld uit.

Theuns glimlag wrang. Dierbare, onskuldige Elfie!

"Jy moenie met hom daaroor praat nie. Dit sal . . . e . . . sake net vererger. Maar nou weet jy hoekom ek miskien in die toekoms nie meer so dikwels hierheen sal kom nie."

"Maar jy móét, Theuns!" Sy stap nader en lê 'n pleitende hand op sy arm. "Jy móét kom!" Sy trek haar hand terug en kyk voor haar op die grond. "Jy . . . jy weet nie hoeveel jou besoeke vir my beteken nie. Jy sal nie weet hoeveel jou vriendelike glimlag vir my werd is nie. Smiddae wag ek eintlik die tyd af sodat jy moet kom en ek met jou kan gesels, vir jou wys wat ek in my tuin gedoen het of net maar met jou kan lag." Sy kyk hom weemoedig aan. "Moenie wegbly nie, Theuns. Ek het jou vriendskap so nodig – juis nóú so nodig . . ."

Sy oë is vraend en bekommerd terwyl hulle mekaar 'n lang oomblik woordeloos aankyk. Sy stem is 'n tere fluistering toe hy weer praat: "Elfie, kind, ek . . . ek . . ."

"O, Theuns! Theuns!"

Die volgende oomblik druk hy haar aan sy hart. As hy haar maar altyd so kon vashou, soos nou, so na aan hom, beskermend . . .

"Ek sien jy het toe tóg besluit om te kom koffie drink."

Hulle draai stadig om en staar geskok en woordeloos na Renier wat 'n paar tree agter hulle staan. Om sy mond lê 'n sarkastiese glimlag en sy donker oë is twee gloeiende swart kole.

"Het julle al koffie gedrink?"

Elfie is spierwit toe sy stadig by hom verbystap. Haar stem is gesmoord toe sy hom antwoord. "Nog nie. Ek gaan solank inskink."

"Gooi net twee in. Ek dink nie Theuns sal bly vir koffie nie, nè, Theuns?" Renier se stem is gevaarlik sag.

Theuns ruk asof Renier hom 'n klap gegee het. Ook Elfie ruk tot stilstand op die onderste stoeptrappie. Twee paar oë vol verbystering en ongeloof staar hom aan.

Die twee mans kyk mekaar vas in die oë, die een net so bleek soos die ander. Stadig ontwaak 'n koue woede in Theuns se blou oë.

"Renier! Jy weet nie wat jy sê nie!" roep Elfie ontsteld uit en staar met verskrikte oë van die een na die ander.

Sonder om sy oë van Theuns af weg te neem, antwoord hy: "Ek weet wat ek sê en ek dink Theuns verstaan ook, nie waar nie, Theuns?"

"Ja, Renier, ek verstaan. Ek verstaan maar té goed."

Hy draai om, maar Elfie gryp hom aan die arm.

"Theuns, nee . . ."

Hy kyk af na haar en die woede verdwyn uit sy oë.

"Ek is jammer, Elfie. Dis alles my skuld. Dis beter as ek nou gaan."

Hy kyk oor sy skouer terug na Renier wat nog onverbiddelik in sy spore bly staan. Dan neem hy Elfie se bewende hand van sy arm af en stap stadig weg.

Met oë verblind deur trane staar Elfie hom agterna. Vaagweg hoor sy die telefoon lui en Renier se voetstappe toe hy die stoeptrappies opklim. Maar sy slaan geen ag daarop nie. Sy het pas 'n dierbare vriend verloor en daar is 'n groot leemte in haar hart. Stadig draai sy om en stap die huis binne. Theuns was 'n dierbare vriend en sy sal hom baie mis. Renier het hom geweldig seergemaak. 'n Mens kon die skok en teleurstelling in sy vriend se oë lees.

"Retha! Wat wil jy hê?"

Elfie verstar in haar spore. Daar is daardie naam weer! Retha. Sy frons. Renier se stem klink nie juis vriendelik nie.

"Jy kom nié hierheen nie!"

Elfie se frons verdiep. Hoekom mag Retha nie hierheen kom nie? Sy sou graag die gesprek tot die end toe wou hoor, maar haar ingebore sin vir reg en verkeerd laat haar nie toe om langer te luister nie.

'n Rukkie later hoor sy die voordeur klap en hoe die motor met 'n vaart wegtrek. Moedeloos sak sy op die bed in hulle slaapkamer neer. Meteens het sy ouer geword – 'n grootmens geword. Eers was sy nog 'n onskuldige kind, 'n vrolike, onervare kind wat van dag tot dag gelewe het. Die smarte van 'n kind het sy geken, maar die onbekende leed van die volwasse wêreld was vir haar vreemd. Die afgelope maande het sy in 'n droom geleef, 'n lieflike, salige, volmaakte droom. Renier – dis al waaruit haar klein wêreldjie bestaan het. Maar 'n mens kan nie in 'n droom lewe nie. 'n Kort rukkie miskien, maar die dag kom tog wanneer jy tot die werklikheid móét terugkeer, en partymaal is die werklikheid so heel anders as die droom, so wreed, so genadeloos . . . Renier . . . Is hierdie man van vanmiddag regtig dieselfde man van 'n paar maande gelede? Is hierdie man, besete van jaloesie, dieselfde een wat so teer en liefdevol in die verlede teenoor haar was? Is hierdie man wat 'n jare lange, kosbare vriendskap so maklik verbreek, dieselfde laggende, vrolike, dierbare Renier wat sy nog altyd so innig bemin het?

Elfie is pynlik stadig besig om tot die werklikheid te ontwaak, om haar man nie net met verliefde oë te sien nie, maar ook van sy foute en swakhede bewus te word.

Die volgende dag moet Renier weer Graslaagte toe vir 'n hofsaak. Met 'n kortaf groet en piksoentjie vertrek hy. Hy is steeds vasgevang in die woedebui van die vorige dag. Hoekom hy so onredelik kwaad geword het, weet hy self ook nie eintlik nie. Diep in sy hart moet hy aan homself erken dat sy gedrag van gister onvergeeflik was. En nog meer, diep binne-in hom weet hy dat, ten spyte van die toneel wat sy oë begroet het, Elfie en Theuns hom nie werklik in die rug sal steek nie. Hy weet dat hy Elfie se liefde besit, hy ken Theuns al jare en weet dat daar nie 'n greintjie agterbaksheid in sy vriend skuil nie. Miskien is daar 'n baie eenvoudige verklaring vir alles, maar in sy woede wou hy na geen rede luister nie.

Daar kom 'n diepe veragting vir homself in hom op terwyl hy die een kilometer ná die ander onder sy motor laat deurgly. Hy weet dat hy 'n leuen aan Theuns vertel het toe hy aan hom gesê het dat hy na oubaas Kock se plaas moes uitry. Wat het hom makeer om iets so onsinnigs te doen? Het hy dit gedoen omdat hy eintlik gewens het dat Theuns en Elfie regtig iets ongeoorloofs moet doen? Maar hoekom? Renier vee die sweet van sy voorkop af. Hoe kon hy sy vriend so weggejaag het? Hulle is vennote. Hoe gaan hy sy gedrag van gister aan Elfie verduidelik as hy dit nie eens aan homself kan verklaar nie?

Die oorsprong van al hierdie moeilikheid lê by Retha, besef hy. Dis sý wat hom so onder spanning plaas. Dis sy wat hom tart en terg tot dit vir hom voel asof hy wil mal word. En gister het sy weer gebel. Toe hy haar vra wat sy wou hê, het sy geantwoord dat sy sommer net wou hoor hoe dit gaan en wanneer sy die beloofde koppie tee kan kom drink. Wat sou gebeur het as Elfie die telefoon beantwoord het? Hy het homself nog nooit juis as 'n groot lafaard beskou nie, maar hy het al sterk daaraan gedink dat hy en Elfie na 'n ander provinsie moet verhuis. Hy het egter van dié plan afgesien, want hy weet dat dit nie sal help nie. Retha Cilliers sal hom agtervolg, waar hy ook al gaan. As die vroumens tog net wil doen wat sy wil doen en klaarkry daarmee, maar hierdie stilswye van haar werk op sy senuwees.

Dis ná die gewone tyd toe hy weer tuiskom die aand. Hy het op die terugpad 'n pap wiel gekry, toe eers 'n ruk gesukkel met die domkrag wat skielik nie wou werk nie. Hy is moeg, gefrustreerd, ontevrede met homself toe hy tuiskom. En diep ongelukkig toe hy Elfie se afsydige houding opmerk.

"Ek moet môre terug Graslaagte toe. Die saak word dan eers afgehandel. Ek sal oormôre eers terug wees."

"Natuurlik," is haar droë en niksseggende reaksie en hy vererg hom sommer van vooraf. Dat sy dierbare, sagte, altyd inskiklike vroutjie nie te vinde is vir sy gedrag van die vorige dag nie, is duidelik. Daardie nag lê elkeen op sy en haar kant van die bed en nie een van die twee weet presies wat het skielik met hul huwelik gebeur nie.

6

"Kan ek asseblief met meneer Neethling praat?"

"Ek is jammer, dame, maar meneer Neethling is nie vandag op kantoor nie. Hy is Graslaagte toe. Is daar 'n boodskap?"

"Nee, nee dankie, juffrou. Ek wou hom graag persoonlik spreek. Kan u my sê of sy vrou tuis is?"

"Gewoonlik gaan sy nie saam nie."

"O, baie dankie, juffrou. Tot siens."

Retha glimlag ingenome toe sy die gehoorbuis op die mik terugsit. Renier is dus weg en Elfie is alleen by die huis. Daar is 'n vasberade lig in haar oë toe sy agter die stuurwiel inskuif en haar motor aanskakel.

Nadat Renier die volgende oggend vertrek het, staar Elfie nog lank deur die venster voor sy omdraai en heeltemal werktuiglik begin om haar huishoudelike pligte

238

uit te voer. Maar haar gedagtes is nie by wat sy doen nie. Vanoggend is die eerste keer dat Renier van die huis af weg is sonder om haar te groet. Só kan dit nie voortgaan nie. Hul huwelik sal vir hulle 'n hel word as daar nie 'n verandering kom nie. En dan neem sy meteens 'n besluit. Sy sal die minste wees. Môre wanneer Renier terugkom, sal sy met hom praat. Sy sal eerste toenadering soek. Sy sal haar trots opsy skuif en hom smeek om sy liefde, want sy sien nie kans om langer so voort te gaan nie. Sy het haar man lief. Hy is al wat sy het. Sy wil van haar huwelik 'n sukses maak. As dit dan beteken dat sy haar moet verneder en die minste moet wees – al weet sy van niks wat sy gedoen het wat die oorsaak van hierdie ongelukkigheid kan wees nie – sal sy dit doen. Die beloftes wat sy voor die kansel afgelê het, is vir haar heilig. Sy sal dit nakom, al verg dit dan ook baie van haar.

En Retha? Sy sal nie eens haar naam noem nie. Sy sal van Retha vergeet. Eendag sal Renier haar alles vertel en dan sal sy sien dat sy haar verniet so ontstel het. As Renier haar nie liefgehad het nie, sou hy nie met haar getrou het nie. 'n Huwelik is so 'n belangrike stap, want dit is vir die res van 'n mens se lewe. En 'n man is lief vir sy vryheid, daarom móét hy 'n vrou kan liefhê om met haar te trou, nie waar nie? Nee, wat die rol ook al is wat Retha in haar man se lewe speel, dit kan nie so belangrik wees dat dit hulle huwelik kan verongeluk nie. Alles sal nog regkom. Sy moet net bly glo en vertrou. Môre wanneer Renier terugkom, sal alles regkom . . .

Met hierdie voorneme in haar hart, gaan sy tuin toe om 'n paar blomme vir die huis te pluk. Dit sal egter nie die eerste voorneme wees wat dadelik ná die

239

geboorte daarvan sterf nie, want toe sy die stoeptrappies afklim, swaai 'n blou motor by die hekke in.

"Goeiemôre. Jy is Elfie, nie waar nie?"

Elfie kyk die elegante vrou voor haar stil aan. Haar blik gaan oor die smalende mond, die koue, blou en té swaar gegrimeerde oë. En meteens weet sy wie hier voor haar staan. 'n Oomblik lank trek 'n koue hand om haar hart saam en dan verslap dit. Sy ondervind meteens 'n vreemde kalmte. Sy kyk reguit in die spottende oë en antwoord bedaard: "En jy is seker Retha, nie waar nie?"

Net 'n oomblik lank is die selfversekerde vrou effens uit die veld geslaan. Hmm! Dié Elfie is ook glad nie so mak as wat sy lyk nie! Jy sal jou taktiek so 'n bietjie moet verander, Retha. Jy sal nie met draaie kan loop soos jy van plan was nie. Jy sal sommer moet aanval, anders spring die klein katjie jou dalk nog voor. Maar jy ken nog nie vir Retha Cilliers nie, Elfie. Nee, jy ken haar nog nie! dink sy.

Die swartgesmeerde oë spring gemaak verras orent.

"O, dan het Renier jou al van my vertel?" Sy lag. "Dis aangenaam om te hoor hy práát van my, en dit nogal teenoor sy eie vrou. Ek moet sê ek bewonder sy moed en jou vergewensgesindheid."

Retha hou haar fyn dop en is teleurgesteld toe sy geen teken van gevoel op die jong vrou se gesig sien nie. Sy kyk haar nog steeds kalm in die oë.

"Renier is nie op die oomblik hier nie. Wou jy hom spreek?" vra sy reguit.

Retha gee 'n selfversekerde laggie.

"Ek weet hy is op Graslaagte. Hy sal seker vir my kwaad wees wanneer hy uitvind dat ek nie daar is nie. Ons sien mekaar altyd gereeld daar. Maar ek wou jou graag ontmoet het. Ek sien geen rede hoekom ek en jy nie vriende kan wees nie. Ons het dieselfde belange, nie waar nie?"

Die veelbetekenende woorde hang swaar tussen hulle en Elfie moet op haar tande byt om haar selfbeheersing te behou. Wat voer hierdie vrou in die mou? vra sy haar af. Sy probeer my uitlok, maar ek moet net kalm bly. Ek moenie dat sy agterkom haar woorde ontstel my nie, dat ek bang is nie, bang vir wat sy my kan vertel nie. Wat het hierdie vrou met Renier te doen? Wat is die betekenis van al hierdie skimpe? Dan staan Elfie opsy. As hierdie vrou haar dan iets wil vertel, sal sy haar laat praat. Sy móét weet wat tussen hierdie vrou en haar man aangaan.

"Wil jy nie binnekom nie?" vra sy en glimlag amper toe sy die vlugtige verbasing in die ander se oë sien.

"Dankie."

Soos die vorige keer, laat Retha haar blik krities deur die vertrek dwaal en dit val op 'n rangskikking in die een hoek. Sy stap sonder meer daarheen en begin die blomme uithaal. Elfie staar haar stil aan. Terwyl sy die blomme van nuuts af volgens háár smaak rangskik, praat Retha onophoudelik met nou en dan 'n lig spottende blik oor haar skouer.

"Jy moet my vergewe as ek jou nou miskien te na kom, maar ek het so 'n fyn smaak vir kuns. Ek kan dit nie verdra as iets nie reg is nie. Hierdie rangskikking se lyne is hopeloos verkeerd, maar natuurlik moet 'n mens die agtergrond hê om die fynere kunsies te verstaan. Ek het kuns oorsee gestudeer, en Renier sê altyd dat ek besonder fyn smaak het. Dis hoekom ek en Renier . . ."

"Ja? Wat van jou en Renier?"

241

"Ag, nou ja, ek kan seker maar daarvan praat. Renier het jou seker tog daarvan vertel. Jy weet natuurlik dat ek en Renier verloof was. Ons was saam op universiteit. Hy het 'n verskriklike reputasie onder die meisies gehad. Hy het dit eintlik sy stokperdjie gemaak om meisies op hom verlief te maak en dan net so te los. Ek wou niks met hom te doen hê nie, maar toe ek sien dat hy werklik ernstig was, het ons verloof geraak. Die fout wat die ander gemaak het, was om soos 'n oorryp appelkoos in sy skoot te val. Ek hoop van harte dat jy nie ook dieselfde fout begaan het nie, Elfie. Ek hoop jy het hom eers 'n bietjie laat baklei vir jou liefde, anders . . . Wel, om terug te kom na my storie. Renier wou sommer dadelik trou – jy weet hoe verliefde mans is – maar ek wou eers 'n bietjie oorsee gaan om kuns te studeer. Hy het gesoebat en gedreig, maar ek was vasbeslote om eers die wêreld te sien voordat ek my aan die eentonigheid van die getroude lewe oorgee. Hy was baie kwaad toe hy sien dat sy mooipratery niks help nie en hy het ons verlowing verbreek, hoewel hy my verseker het dat hy my nooit sal vergeet nie en dat hy vir my sou wag. Toe ek terugkeer, moes ek uitvind dat hy met jou getroud is. Ek was nogal verbaas, want hoewel ek weet dat Renier nog nooit 'n vrou met rus kon laat nie, of geen vrou vir hom nie – 'n mens kan hulle ook nie kwalik neem nie, arme goed, want waar wil jy 'n aantrekliker man as hy kry? – het hy altyd in die verlede na my teruggekom. Jy sien, ons verstaan mekaar so volkome. Op universiteit moes ek hom nie een maal nie, maar baie kere red van meisies met wie hy gespeel het en later voor moeg geword het. Die arme goed! Baie van hulle ly seker vandag nog aan 'n gebroke hart, want jy weet seker self hoe 'n hartstogtelike minnaar Renier kan wees!" Sy draai om en kyk Elfie bestuderend aan. "Ek hoop nie ek het te veel gepraat . . ."

"Niks meer as wat ek reeds weet nie, altans, nadat al die stertjies afgekap is. Daar is egter net een ding wat ek nie verstaan nie," val Elfie haar in die rede.

"Ek het geen stertjies bygelas nie. Hoekom sou ek? Jy kan almal wat saam met ons op universiteit was, gaan vra. Hulle sal jou presies dieselfde vertel. Maar wat wou jy vra?"

"Wat is jou bedoeling?"

"My bedoeling? Met wat?"

"Met al hierdie lelike stories wat jy van my man vertel en met jou besoek aan my?"

Daar is 'n oomblik stilte. Retha se oë vernou. Die gekunstelde glimlag verdwyn om haar mond en dit raak bitter. Haar oë raak koud en berekenend.

Elfie kyk haar onverskrokke aan. Waar sy die krag vandaan put om so kalm te bly, weet sy self nie. Al wat sy weet, is dat sy hierdie vrou nie moet laat agterkom wat 'n geweldige skok haar vertelling vir haar was nie. Daardie bevrediging sal sy haar nie gee nie.

"Jy hoef my niks van my man te vertel nie, Retha. Wat daar van hom te wete is, weet ek al van voor ons huwelik af. Daar is geen geheime tussen ons nie. As jy dus probeer om kwaad te stook, kan jy maar jou asem spaar en liewer gaan. Ek stel regtig nie belang in wat jy verder te sê het nie."

Retha uiter die bekende sarkastiese, smalende laggie.

"So? Jy jaag my uit jou huis, nè? Maar ek sal nie gaan voordat ek alles gesê het wat ek wou sê nie. En jy sál na my luister, of jy nou wil of nie." Daar is 'n triomfantlike lig in haar oë. "Ek is heeltemal seker dat Renier jou nie álles vertel het nie."

"Regtig? Maar jy weet baie van wat tussen my en my man gesê word!"

Die blou oë flits.

"Jy hoef nie met my sarkasties te wees nie, Elfie Neethling! En jy is heeltemal reg. Ek weet wat alles tussen jou en jou man aangaan. Daar is ook geen geheime tussen my en Renier nie. Het hy jou vertel dat ons ons verhouding hervat het van waar ons dit laat staan het toe ek oorsee is?"

Elfie verbleek merkbaar. Dis duidelik vir Retha dat sy nie hierop voorbereid was nie en daar kom 'n gevoel van oorwinning in haar op toe sy na die jonger vrou se bleek gelaat kyk.

"Ek kan sien hy het jou dit nie vertel nie!" Haar stem is swanger met leedvermaak. "Ek kan jou verseker dat ons verhouding met rasse skrede vorder. Ek moet sê, die rukkie dat ek oorsee was, het Renier goed gedoen. Daar is niks beters om 'n man se belangstelling in jou gaande te maak as om jou koud en misterieus teenoor hom te hou nie, en niks wat sy gevoel vir jou, as hy jou werklik liefhet, meer laat opflikker as om 'n tydjie van hom af weg te gaan nie. Noudat ek en Renier weer ons verhouding hervat het, is hy oneindig meer liefdevol en hartstogtelik as tevore!"

Elfie kan haar net woordeloos aankyk. Op hierdie oomblik is sy te geskok om selfs 'n vinger te verroer. Retha se woorde, haar hele houding waarmee sy die laaste woorde gesê het, is so vulgêr, die lig in haar oë so openlik veelbetekenend, dat Elfie onmoontlik nie anders kan nie as om heeltemal te begryp wat sy bedoel. 'n Siddering van walging gaan deur haar.

244

"Hoekom laat jy nie vir Renier gaan nie? Wil jy vir die res van jou lewe tevrede wees met die oorskiet wat Renier na jou kant toe gooi?" vra Retha doelbewus wreed.

"Dis nie ék wat die oorskiet kry nie," antwoord Elfie deur stywe lippe. "Dis jy wat met die oorskiet tevrede sal moet wees. Ek is sy vrou, en jy . . ."

"En ek is sy minnares! Ek besit sy liefde. Jy kry die oorskiet . . . sy jammerte!" Haar oë blink. "Ek kan jou verseker dat daar nie 'n inniger en intiemer verhouding tussen jou en Renier kan bestaan as wat daar reeds tussen ons twee is nie."

Elfie voel weer die walging deur haar skok. Meteens word dit te veel vir haar. Daar kom 'n byna onkeerbare drang in haar op om weg te hardloop, ver weg van hierdie vrou met haar harde, koue oë, haar smalende en triomfantlike glimlag en haar vulgêre insinuasies. Sy spring op. Sy strengel haar vingers krampagtig inmekaar, en dis alleen met die uiterste inspanning dat sy daarin slaag om haar stem gelyk te hou.

"Ek wil u vra om asseblief my huis te verlaat. Dadelik!"

Retha Cilliers staan stadig op en druk tydsaam haar sigaret in die asbak dood. Toe stap sy tot voor Elfie.

"As ek jou enige raad verskuldig is, laat Renier gaan. Jy kan nie teen my veg nie. Jy gaan seerkry en op die ou end sal jy tog verloor. Renier bly slegs by jou omdat jy 'n weeskind is. Hy is jammer vir jou. Hy het my vertel dat hy eintlik verplig was om met jou te trou, want jy het skaamteloos te koop geloop met jou gevoel vir hom. Gaan jy tevrede wees met Renier se jammerte? Dis ál wat jy van hom sal ontvang, want ék besit sy liefde. Baie meisies het al in die verlede ge-

245

dink dat hulle sy liefde besit maar hulle álmal, sonder uitsondering, het hulle lelik misgis, net soos jy . . ."

"Loop! Loop voor ek jou . . ."

"Te lyf gaan? Dis net wat 'n mens van iemand sonder agtergrond en opvoeding kan verwag. Goed, ek gaan voordat jy jou soos 'n regte weeshuiskind begin gedra." Sy skuur by die bewende Elfie verby. Toe sy by die deur kom, draai sy om en kyk terug. "Sal ek vir Renier sê jy stuur groete, hmm? Ek sien hom vanaand op Graslaagte. Ons geniet altyd só ons uurtjies saam!" Met nog 'n laaste hoonlag stap Retha die vertrek uit.

"Wel! Wel! Wat 'n wonderlike vriend het Elfie nie in u nie, meneer Beukes! Op die mees kritieke tye is u altyd byderhand. Sê my, is julle telepaties verbind?" vra Retha toe sy Theuns op die stoeptrap raakloop.

Theuns kyk haar aan asof sy van 'n ander planeet is. Hy hou niks van wat hy sien nie.

"Verskoon my, maar het ons al ontmoet?" vra hy op sy mees formele toon.

Retha lag. "Nie eintlik nie, maar Renier praat soms van jou. Ek dink ons sal mekaar nog baie in die toekoms sien, want Renier se vriende is ook my vriende, jy weet."

Theuns frons en toe hy antwoord, kan hy die afkeer nie heeltemal uit sy stem hou nie. "Nee, ek weet nie . . ."

Retha sluier haar oë met haar wimpers en wend haar aanloklikste glimlag aan.

"Kom nou, Theunsie, nie so suur nie! Ek hou van jou. Renier het wonderlike smaak geopenbaar toe hy jou as vennoot gekies het."

Jammer ek kan nie dieselfde van jou sê nie! dink

246

hy ergerlik. Vir die heel eerste keer in sy lewe voel hy heeltemal antagonisties teenoor iemand wat hy pas ontmoet het. Sy praat te veel van Renier en dan nog op so 'n besitlike en intieme toon asof hy aan haar behoort. Sou Renier . . .? Nee, seker nie, seker darem nie met hierdie stuk vroumens nie!

"Jy sê dan niks, Theunsie!"

Theuns is 'n man wat maar moeilik kwaad word, maar hierdie keer vererg hy hom bloedig. "My naam is Theuns, juffrou, en ek het niks om vir jou te sê nie," antwoord hy nou openlik afkeurend.

Maar Retha lag net sag asof sy die gesprek baie geniet.

"Jy sal wel baie te sê hê as jy binnegaan, Theunsie!"

Hy kyk haar vraend aan en voel meteens onrustig. Waarop sinspeel hierdie vrou? Hy kyk haar meer ondersoekend aan. Wat makeer haar? Sy lyk soos 'n kat wat 'n kan room gekry het, of liewer, soos 'n slang wat nou net 'n voëltjie gevang het!

Retha bemerk sy vraende blik, maar skud net haar skouers en klim in haar motor.

"Lekker gesels, Theunsie. Ek wonder wie die aand die meeste gaan geniet – jy en Elfie, of ek en Renier?"

Theuns wag nie om te sien of sy vertrek nie, maar gaan haastig die huis binne, tref Elfie in die sitkamer aan, en hy ruk sy asem in. Sy is net 'n paar geskokte oë en 'n bleek gesiggie.

"Elfie!"

Stadig, moeisaam draai sy haar kop.

"Elfie! Wat makeer? Kind . . ."

Theuns buk ontsteld oor haar en 'n skok gaan deur hom toe hy die lyding in haar oë lees.

"Theuns . . . Theuns, laat my liewer alleen . . ."

247

Hy kniel voor haar en neem haar hande in syne.

"Kindjie, hoe kan ek terwyl jy só lyk? Elfie, my skat, vertel my wat is dit, asseblief?"

Sy skud haar kop en daar verskyn 'n patetiese, tragiese glimlaggie om haar lippe. Dis asof daardie glimlaggie tot diep in sy siel indring en dit aan honderd skerwe laat spat.

"Ek wil jou iets vra, Theuns."

"Ja?"

Sy kyk weerloos na hom.

"Was . . . was . . . my . . . Renier baie lief vir meisies in die verlede?"

Theuns se gelaat verstrak.

"Elfie! Hoekom . . .?"

Sy draai haar kop weg en staar deur die venster.

"Toe maar, Theuns. Jy hoef nie te antwoord nie. Jou oë het my die waarheid vertel. Miskien was dit baie verkeerd van my om jou so iets te vra, maar ek moes weet . . . ek móés weet . . ."

"Elfie, ek wil my nie aan jou opdring of in jou persoonlike sake probeer inmeng nie, maar ek wil jou so graag help. Wil jy my nie maar vertel wat verkeerd is nie?"

Sy skud haar kop.

"Nee, Theuns. Dit is my deel wat vir my uitgemeet is. Jy sal niks daaraan kan verander of dit kan vergemaklik nie."

Theuns buig sy hoof en druk sy voorkop teen haar hande vas. Toe fluister hy: "Dis seker nie nou die regte tyd om daaroor te praat nie, maar ek wil net vir jou sê dat ek jou innig liefhet, Elfie. Gee dit my nie die reg om in jou smart te deel nie?"

Elfie kyk hom stil aan.

Sy oë is oneindig teer en treurig toe hy weer na haar opkyk.

"Het my woorde jou geskok?"

"Nee, Theuns. Miskien sou jou bekentenis my 'n paar dae gelede geskok het, maar nou, nou raak niks my meer nie. Maar al het jy my ook lief, kan jy my nog nie help nie." Haar oë raak peinsend. "Het jy al gehoor van Ina Boudier-Bakker? Sy is 'n Nederlandse skryfster. Sy het gesê elke mens bly ten slotte eensaam, ook naas diegene wat jou liefhet en vir wie jy liefhet."

Hy kyk haar pleitend aan.

"Maar al kan ek nie help nie, sal dit vir jou baie beteken as jy net kan uitpraat."

"Wat is daar om te vertel? Dat ek tot dusver in 'n gekkeparadys gelewe het?" vra sy bitter.

"Elfie, wie is hierdie vrou wat by jou was? Ek het haar op die stoep raakgeloop."

"Dit is Retha."

"Retha wie?"

"Net Retha, Theuns. Net Retha . . . Asseblief! Asseblief, ek wil nou alleen wees."

"Maar ek kan jou nie in hierdie geskokte toestand alleen laat nie!"

"Theuns! Goeie, liewe, dierbare Theuns! Wat sou ek sonder jou gedoen het?" sê sy teer, dankbaar.

"Hoekom vertel jy my nie alles nie, Elfie?"

Met nuwe wysheid oor die lewe kyk sy terug in sy ontstelde oë.

"Hierdie is een van daardie tye wat in elke mens se lewe kom – waar jy alleen moet wees, jy en jou Here. Dis nou so 'n tyd vir my, my vriend. Moenie so bekommerd wees nie. Ek is nie regtig alleen nie. Daar is Iemand by my, weet ek."

Terwyl 'n onwillige Theuns maar later gaan, stap Retha die voorportaal van die enigste hotel in Graslaagte binne.

"My sleutel, asseblief."

"Goeienaand, juffrou Cilliers. Hier is dit."

"Dankie." Sy is reeds 'n paar tree weg toe sy weer omdraai. "Kan jy my sê of meneer Neethling in sy kamer is?"

Die ontvangsklerk glimlag skelm.

"Hy het sowat tien minute gelede die hotel verlaat."

Retha frons.

"Het hy sy kamer gesluit?"

"Ja. Hier hang die sleutel."

Sy kyk die ontvangsklerk dringend aan.

"Kan ek dit kry, asseblief?"

"Juffrou Cilliers, jy weet ek kan dit nie doen nie. As ek uitgevang word, verloor ek my werk," verweer hy vinnig.

Sy frons ongeduldig.

"Moenie verspot wees nie. Wie sal jou nou uitvang? Ek wil net iets in sy kamer gaan neersit. Toe, gee die sleutel. Jy het al genoeg geld uit my gemaak."

"En as meneer Neethling intussen terugkom?"

"Ek sal gou maak. Toe, gee dit nou!"

Die klerk huiwer nog. Doelbewus maak Retha haar handsak oop en hou 'n geldnoot na hom uit. Hy kyk haar eers onseker aan, haal dan die sleutel van die haak af en oorhandig dit.

"Ek moet sê, jou diens is duur. Eers moes ek jou betaal om meneer Neethling in die kamer langs myne te plaas en nou wéér om sy sleutel in die hande te kry."

Die klerk kyk haar uitdagend aan.

"Dis nie ék wat verleë is nie!"

In Renier se kamer laat sy haar blik speurend deur die vertrek gaan. Eers stap sy na die tas wat eenkant staan, maak dit oop. Die klere daarin is nog netjies gepak, duidelik nog ongebruik. Seker wat hy môre wil aantrek, dink sy. Dis nie waarna sy soek nie. Dan stap sy na die hangkas. Daar is net 'n plastieksak. Sy maak dit oop. Soos sy vermoed het – die klere wat hy vanoggend uitgetrek het en teruggaan om gewas te word. Met 'n tevrede glimlaggie haal sy die hemp uit en versigtig smeer sy lipstiffie aan die kraag. En om seker te maak . . . 'n druppeltjie van haar parfuum, net om die agterdog aan te help.

Dis eers toe sy weer die sleutel aan die klerk oor-handig het en veilig terug is in haar kamer dat sy 'n sug van verligting en genoegdoening slaak. Sy neem plaas op die kant van haar bed en gaan alles weer stap vir stap in haar gedagtes na. Nee, sy het nêrens 'n fout begaan nie. Sy glimlag ingenome. Dis 'n baie gevaarlike plan, Retha, maar wie nie waag nie, sal nie wen nie, sê sy aan haarself.

Dan frons sy weer. As sy net daardie ontvangsklerk kan oorreed, sal sy die stryd gewonne hê. Sy moet hom reeds betaal het om elke keer wanneer Renier in die hotel tuisgaan, hom die kamer langs hare te gee. Dis net sy en die klerk wat weet dat hierdie twee kamers met 'n binnedeur verbind is. Selfs Renier weet nie daarvan nie, want die groot klerekas staan voor die deur. Hiérvoor moes sy óók die klerk betaal. As sy nou net die sleutel van daardie deur in die hande kan kry! Maar daardie misbaksel van 'n klerkie wil te veel daarvoor hê. Haar oë vernou. As haar plan slaag, sal dit die geld dubbel en dwars werd wees . . . Sy maak haar handsak oop en haal twee note uit. Sal

251

sy nie maar . . .? Sy staan beslis op en stap terug na die portaal.

"Luttig!"

Hy kyk haar agterdogtig aan. Wat is dit nou weer? Hy maak nou wel lekker geld uit haar, maar as hy gevang word . . .

"Ja, juffrou Cilliers?"

Sy kyk om haar rond.

"Is hier nie iemand naby wat kan hoor nie? Ek wil met jou praat."

"Juffrou kan maar praat."

"Nou goed, maar nou moet jy mooi luister."

"Ja?"

Hy leun geïnteresseerd nader. Sy oë rek toe Retha haar plan verduidelik. Hy hou nie daarvan nie. Vir mense soos prokureurs wat die wet ken, is hy bang. Maar geld is geld.

Toe Retha omdraai, is die selftevrede glimlag weer om haar mond en lyk sy soos Theuns haar beskryf het: 'n slang wat nou net 'n voëltjie gevang het.

7

Theuns is ná 'n byna slapelose nag die volgende oggend by Elfie. Tot sy verbasing vertoon sy kalm, heeltemal in beheer van haarself. Sy was reeds vroeg op, en hy loop haar in die tuin raak. Sy kan nie help om haar hand 'n oomblik teer teen sy wang te sit toe sy die intense kommer in sy oë lees nie.

"Liewe Theuns, moenie so bekommerd wees nie! Ek het jou gesê daar is Iemand by my wat vir my sal wys hoe ek hierdie . . . e . . . ding moet hanteer."

Hy gryp haar hand vas. "Maar wat ís hierdie ding? Jy móét my vertel! Ek begryp nie wat aangaan nie!"

"Kom ons gaan in. Ek gaan maak eers vir ons koffie." Oor die koffie vertel sy hom kortliks wat gebeur het en sluit af: "Soos jy sien, is daar geen werklike bewyse dat Renier ontrou aan my is nie. Dis alles sover nog net die kwaadwillige praatjies van 'n gevaarlike vrou en . . ."

Hy voeg sag by toe sy stilbly: "En dat hy jou nie wou laat agterkom dat sy hom hier besoek het nie."

Sy gee onwillig toe: "Ja. Maar selfs daarvoor kan daar ook 'n onskuldige rede wees. Theuns, ek het geen werklike bewyse dat my man besig is om my te verkul nie!"

"Nee. Maar . . . hierdie skielike jaloesie en agterdog teen my . . . Noudat ek van hierdie Retha weet . . . Hy soek dalk maat . . ."

Dis nou haar oë wat diep bekommerd na hom kyk. Renier het 'n diep en seer hou hier geslaan. "Ek verstaan. Hy het byna onvergeeflik teenoor julle jare lange vriendskap oortree. Maar laat ons hom die voordeel van die twyfel gee. Ek gaan hom geen harde woorde of verwyte toeslinger nie. Ek gaan hom nie laat agterkom dat ek iets van 'n Retha of van sy verlede af weet nie. As ek dan moet baklei vir my man, sal ek baklei. Ek het beloftes voor my God afgelê die dag toe ons getroud is. Ek wil hulle nakom. Ek sál hulle nakom."

Theuns se onvaste stem verraai dat hy aangedaan is. "Hoe gaan jy baklei?"

"Met liefde. Net met suiwer liefde. Ek gaan hom net al die liefde waartoe ek in staat is gee."

253

Hy kyk weg. Mooi woorde. Indrukwekkend, dink die regsman wat al hoeveel egskeidingsake agter die rug het. Maar prakties uitvoerbaar? Hy staan op.

"Ek moet terug kantoor toe. Elfie, as ek kan help, moet jy net sê. Maar uit die aard van dinge soos dit nou is, sal ek liewer nie dikwels hier kom nie. Maar as jy ooit my hulp nodig het . . ."

"Ek weet. Dankie, liewe Theuns. Jy weet nie hoe hoog ek jou vriendskap waardeer nie."

Dis net die vonnisoplegging wat daardie oggend nog moet plaasvind, en Renier is vroeg klaar op Graslaagte. Hy ry soos die duiwel terug huis toe. Hy het die vorige aand sy motor in die veld by Graslaagte se omringende koppies gaan parkeer en diep gesit en dink oor die chaos waarin sy huwelik so skielik beland het. Daar was een uitstaande besef egter: hy het sy vrou lief, waaragtig lief. En hy gaan nie toelaat dat hierdie onding hulle huwelik verongeluk nie. Vanoggend nog moet dinge tussen hom en Elfie opgeklaar word.

Met hierdie vaste voorneme in sy hart, draai hy in rekordtyd af na sy huis net om te sien hoe Theuns se motor by die inrit uitkom . . .

Hy hou agter Theuns stil by hul kantoor.

"Jy is vroeg terug. Hoe het dit toe . . .?"

"Ja. Blykbaar te vroeg." Hy sien 'n verwarde frons tussen Theuns se oë inspring, en syne is uitdagend: "Waar kom jy nou vandaan?" Toe die ander hom steeds verward aankyk, voeg hy sarkasties by: "Toemaar. Dis duidelik 'n onnodige vraag. Ek sal moontlik nie vanoggend op kantoor wees nie." Hy klim terug in sy motor en trek dadelik weg, en die sagmoedige Theuns se hande bal tot vuiste saam.

Al die goeie en vaste voornemens van die oggend is daarmee heen toe Renier voor sy huis stilhou. Hy weet wat om te verwag. Sy vrou gaan hom, soos altyd, liefdevol en bly terug verwelkom . . . en dit terwyl 'n ander man se motorspore nog vars by die hek lê! Wat doen 'n man dan? Gee hy voor hy weet van niks . . . of wat? Sal uitbars en beskuldigings help? Hy weet vooraf dit sal heftig ontken word.

Dis ook presies wat gebeur. Elfie is bly om hom te sien, hoewel sy andersyds tog sy terugkeer gevrees het. Maar sy strak blik en stywe soen demp ook haar nuwe, vaste voornemens.

"Het jy al ooit vanoggend iets te ete gehad? Kan ek . . .?"

"Ek het ontbyt by die hotel gehad. Ek gaan nou in die studeerkamer werk en wil nie gesteur word nie."

Hy stap ook sommer dadelik weg en sy kyk hom bedremmeld agterna. Dit sal nie maklik gaan nie, Elfie, praat sy stilswyend met haarself.

'n Rukkie later besef sy opnuut dat dit allesbehalwe maklik sal gaan om by haar voornemens te hou. Sy bring die hemp se kraag nog nader om seker te maak dat sy sien wat sy sien; dat dit nie sommer maar net weer 'n aaklige vermoede is wat die duiwel in haar kop plant nie. Maar dan is daarby ook weer die onmiskenbare reuk van parfuum . . .

Sy gaan sit, druk die hemp teen haar vas en bid opreg, fluisterend: "U moet my help, Here! Asseblief! Moenie dat hierdie voorval my in my voornemens laat wankel nie! Versterk my liefde vir my man honderdvoudig! Asseblief . . . asseblief, Here!"

Maar byna terselfdertyd onthou sy dat sy aan Theuns genoem het dat daar nog geen werklike be-

255

wyse van Renier se ontrou is nie. Sy het dit toe as kwaadwillige praatjies afgemaak. Maar hierdie . . . Haar hande bondel die hemp terug in die plastieksak. Hierdie is. Sy het God gevra om haar liefde sterk te maak. Maar wat beteken liefde sonder vertroue en getrouheid?

Soos 'n outomaat haal sy die ander klere uit die tas, sit die onderklere eenkant wat was toe moet gaan, tel die langbroek op om in die kas terug te pak. Soos altyd kyk sy of dit skoon genoeg is om op te hang, voel iets hards in die broeksak, sit die sleutel op die spieëltafel neer.

Die telefoon lui. Sy stap kombuis toe om dit te beantwoord. Renier werk. Hy het gesê hy wil nie gesteur word nie.

"Hallo."

"Elfie? Is dit jy? Retha hier." 'n Kort stilte. "Is jy nog daar?"

"Ja, Retha? Wil jy met Renier praat?"

"Nie nodig nie. Kyk tog vir my of daar nie 'n sleutel in Renier se klere is nie, asseblief. Dis 'n groterige sleutel, van die ou soort. Hy moes vergeet het om dit af te gee. Die bestuurder soek dit nou by my en ek het dit nie."

"Ja. Hier is so 'n sleutel."

"O, gaaf! Pos dit tog asseblief dadelik terug aan my. Dis die konnekterende deur tussen twee slaapkamers s'n. Baie dankie, hoor? Bye!"

Sy staan eers 'n rukkie doodstil, haar hand steeds op die gehoorbuis. Dan skakel sy 'n nommer.

"Royal hier. Goeiemôre."

"Kan u my sê of daar twee kamers in die hotel is wat met 'n binnedeur verbind is? Ek wil graag bespreek."

"Ek is jammer, dame. Hier is twee sulke kamers maar die een is beset. Maar ek kan u twee kamers langs mekaar . . ."

"Juffrou Cilliers is in die een, nè?"

"Ja, maar . . ."

"En meneer Neethling was in die ander een, nie waar nie?"

"Ja, maar hoe . . .?"

"Dankie. Dit sal al wees."

Luttig was nog nooit baie flink van begrip nie. Die hotelbestuurder weet dit, maar op die platteland moet jy maar gebruik wat jy kan kry. Maar selfs Luttig kom agter dat hier iets vreemd aan die gang is. Oomblikke later klop hy aan Retha se kamerdeur, 'n klop wat sy half en half verwag het. Net so heilig en vertrouend kan geen vrou bly ná sy só 'n oproep ontvang het nie, nie eens Elfie Neethling nie.

"Juffrou, hier is moeilikheid. Ek het nou net 'n snaakse oproep ontvang. 'n Vrou het gebel om te vra of hier twee kamers is met . . ."

"Toemaar, Luttig. Jy ontstel jou verniet. Daar sal nie moeilikheid kom nie."

"Ja, maar, juffrou . . ."

"Ag, Luttig, gebruik tog jou bietjie verstand!" sê sy geïrriteerd. "G'n mens weet daar is 'n deur tussen die twee kamers nie, behalwe jy en ek en die bestuurder. Daar staan twee yslike hangkaste daarvoor . . . aan weerskante. Wat maak dit saak wie in die twee kamers is? Vergeet van die hele ding!"

Sy glimlag ingenome toe 'n gerusgestelde Luttig wegloop. Die aas is gevat! Sy het gedink dít sal Elfie nie kan hanteer nie. Terselfdertyd dank sy die gode dat Graslaagte se hotelletjie, soos baie ander plattelandse

257

hotelle, van die outydse soort is, wat nog met ou meubels gemeubileer is. Losstaande hangkaste staan nog in van die kamers, soos in hierdie geval. Miskien was die kamers vroeër in gebruik uitsluitlik vir gesinne, maar mettertyd het dit nie meer gebeur nie, veral toe daar hangkaste voor geplaas is. Sy self het maar onlangs eers van die bestaan van die deur bewus geword toe die kas verskuif moes word omdat sy vermoed het dat daar 'n muis in haar kamer is.

Sy grinnik nou openlik by haarself. Dis sommer 'n ou sleutel wat sy in Renier se broeksak gesteek het. Maar Elfie het beloof sy sal dit dadelik terugpos! Pragtig! Reg in die val getrap, liewe Elfie!

Dat sy moontlik uitgevang kan word oor hierdie gruwelike bedrog, bekommer haar nie. As dit gebeur, is dit haar woord teen Elfie s'n. Maar sy twyfel, want haar opsomming van Renier se vrou is korrek. Die liewe Elfie is trots, baie trots – en daardie trots gaan nog haar ondergang beteken.

Retha het die situasie honderd persent korrek opgesom. Toe Renier weer sy verskyning maak, betrap hy haar met 'n klomp klere in die arms in die gang.

"Wat doen jy?"

"Ek trek oor na 'n ander kamer toe."

"Hoekom?"

"Omdat ek nie langer jou vrou kan wees onder sulke omstandighede nie."

Sy hart ruk in sy binneste. Is sy huwelik werklik al só ver heen? Die kilheid in sy stem ewenaar hare.

"Omstandighede? Skets asseblief vir my die omstandighede."

"Jy weet goed waarvan ek praat."

"Die enigste omstandigheid waarvan ek bewus is,

laat my wonder hoekom jy net na 'n ander kamer oortrek. Hoekom gaan trek jy nie sommer by hom in nie?"

Sy kyk hom 'n oomblik woordeloos aan, haar oë kil. Dan stap sy by hom verby die kamer in. "Jy soek maat, Renier – maar jy gaan dit nie by my kry nie." Dan word die deur beslis tussen hulle toegedruk.

8

Dis moeilike dae wat volg, nie net vir die ongelukkige egpaar nie, maar ook vir Theuns.

Hy bevind hom in die middel van die wêreld en weet nie presies hoe om op te tree nie. Op kantoor het hy en Renier se verhouding pynlik professioneel geword. Daar is nie meer 'n teken dat hulle ooit groot vriende was nie. Wyslik besluit hy om alle besoeke aan Elfie te staak, hoewel die onsekerheid en kommer hom tot raserny wil dryf. Maar hy besef hy is verplig om hom te distansieer. Hierdie twee mense sal hul huweliksprobleme self moet oplos.

Maar dat hierdie probleme ver van opgelos is, word vir hom duidelik toe Elfie skielik ná 'n paar dae in sy kantoor verskyn. Sy sien hoe sy gesig verstil en sy glimlag meewarig.

"Ek weet jy dink nou ek waag baie om jou openlik te kom besoek, maar dit sal nie enige verskil aan die huidige situasie maak nie. Slegter as wat dit is, kan dit nie."

"Kom sit, Elfie," sê hy, voel bekommerd en skuldig gelyk. "Ek moes seker al verneem het . . ."

"Nee, my vriend. Ek verstaan hoekom jy wegbly. Dit is die beste."

"Hoe gaan dit deesdae?" vra hy, maar in sy hart der harte weet hy hy wil dit nie regtig hoor nie.

Sy skets vir hom baie kortliks die situasie, maar hy kry daaruit 'n duideliker prentjie. Dan sluit sy af: "Ek het jou kom vra of jy vir my die sleutel aan haar sal terugpos, asseblief."

Hy neem dit, knik net, binnekant siedend van woede. "Wat nou, Elfie? Wat verder?"

"Nou niks, Theuns."

"Gaan jy by hom bly, ten spyte van . . . hierdie soort ding?" vra hy en gooi die sleutel voor hom neer.

Weer is daar die klein glimlaggie, haar blik verleë maar tog ook dapper in syne. "Waarheen moet ek gaan? Ek kan nie terug weeshuis toe nie."

Hy is 'n oomblik stil. Ja, hy weet uit sy beroepservaring dat daar honderde vroue is wat soms die onmenslikste en brutaalste liggaamlike en geestelike aanrandings van hul mans moet verduur omdat daar geen ander heenkome is nie.

"Jy kan weggaan en gaan werk, vir jouself sorg."

Maar sy skud haar kop. "Hy het my gisteraand gesê toe ek sy kos voor hom neersit, ek kan doen wat ek wil, maar hy sal uit eie, vrye wil my nooit 'n egskeiding gee nie. Hy sal my in die hof beveg tot die bittereinde toe. Ek het nie geld om teen hom te veg nie, en jy, my liewe vriend, is die allerlaaste mens wat hierin betrek moet word."

"Maar as jy bewyse het . . . Hierdie . . ." en hy kyk na die sleutel, "is 'n dodelike bewys."

"Nee, Theuns. Pos dit terug vir haar. Ek gaan terug na my man toe."

"Maar in hemelsnaam, vir hoe lank moet dit so aangaan? Hoe kan jy dan daaraan dink om terug te gaan . . ."

"Ek gaan terug met geloof. Dis al wat ek het. Al wapen. My geloof in my God dat Hy weet hoekom hierdie ding moes gebeur het. En – hoe moeilik ook al om te verstaan . . . selfs vir my – omdat ek my man nog liefhet."

Nadat Elfie weg is, sit Theuns nog 'n hele ruk stil, sy blik op die sleutel voor hom op die lessenaar vasgepen. Dan kom hy tot 'n besluit. Nee. Hy gaan dit nie pos nie. Hy gaan dit persoonlik aflewer.

Toe hy daardie aand voor Graslaagte se hotel stilhou, is dit met die eerste oogopslag duidelik dat hier partytjie gehou word. Maar hy stap vasberade nader. Al moet hy haar ook van die dansbaan af sleep . . .

Hy gewaar haar nie tussen die mense nie, kry Luttig in die oog.

"Is juffrou Cilliers nie hier nie?"

"Sy was, maar ek het gesien sy is 'n rukkie gelede na haar kamer. Moet ek haar . . .?"

"Nie nodig nie. Wat is haar kamernommer?"

Daar is geen reaksie op sy klop nie, en hy wil net omdraai toe hy hom verbeel hy hoor 'n geluid van binne af. Vasberade draai hy die deur oop en skakel die lig aan. Sy lê half skuins oor die ingeboude wasbak in die een hoek en dis duidelik sy het te veel gedrink en moet nou die gevolge dra.

Hy wil vies omdraai, maar haar bewerige stem roep hom terug.

"Moenie weggaan nie! Help my!"

Theuns se sagmoedige hart laat hom nie toe om die hulpgeroep te ignoreer nie. Sonder seremonie draai hy

261

die kraan vol oop en begin haar gesig sommer met die bakhand was.

"O! Ek is so naar!" kla sy maar kry nie simpatie nie.

"Wat het jy verwag? Voel jy nou beter?"

"Die ergste is oor maar . . . my kop is so dronk . . . dit draai . . ."

Hy is verplig om haar op te tel en bed toe te dra en sê steeds met 'n vies gesig: "Trek uit hierdie ding sodat jy in die bed kan kom."

Hy begin ook sommer "die ding" uittrek en sy is soos 'n opgestopte lappop sonder weerstand. Die besmeerde rok word eenkant toe gegooi en sy self word onder die beddegoed ingedruk. Vies oor al die moeite wat hy gedoen het om Graslaagte toe te ry net om hom in so 'n gemors vas te loop, draai hy om en stap deur toe.

"Asseblief! Moenie my nou alleen los nie! Wie . . . wie is jy?" kom dit van die bed af.

Teësinnig draai hy terug. "Theuns. Maar ons sal maar anderdag praat."

"Theuns? Theuns . . . wie?"

"Net Theuns. Beslis nie die Theuns wat 'n verhouding met Renier se vrou het soos hy en jy beweer nie."

"O! Daardie Theuns . . . Nee, moenie loop nie, asseblief! Wat . . . wat maak jy hier?"

"Ek het met jou kom praat, maar dit sal maar moet bly."

"Nee! Bly! Praat! Asseblief, Theuns, sê enigiets . . . praat . . . skel . . . sê enigiets, maar moenie nou weggaan nie! Ek is alles wat jy dink ek is, maar ek is ook 'n mens!"

Die trane blink op haar wange en skielik kom sy vir hom so pateties voor. Hy neem op die kant van die bed plaas. "Hoekom doen jy dit, Retha?"

Sy lê en kyk hom met stil oë aan. "Het jy nog nooit in jou lewe gevoel jy wil aan die drink gaan en drink en drink tot jy alles vergeet het nie?"

"Nee, want ek weet dis nie die oplossing nie. Maar ek praat nie nou daarvan nie. Hoekom is jy besig om Elfie en Renier se huwelik doelbewus te vernietig?"

"Ek moes dit geweet het. Dit gaan alles om Elfie. Jy is self verlief op haar."

"Ek is lief vir haar, ja, maar sy het haar man lief, daarom gun ek haar vir hom."

"Loop daar regtig sulke mense soos jy op hierdie aarde rond?"

"Ja. Baie. Mense wat werklik liefhet, soek die geluk van die geliefde eerste. Jou eie geluk is ondergeskik daaraan. Maar jy het nie lief nie, Retha. Jy is op hierdie oomblik so min verlief op Renier as op my. Jy is net opgevreet van weerwraak. Kom tot jou sinne! Jy is nie net besig om 'n huwelik op te breek nie – jy is besig om jouself te vernietig!"

"Jy kan maklik praat, Theuns. Alles het vir jou seker nog net altyd reg uitgewerk. Ek moes van kinds been af vir alles baklei. Eers 'n armoedige kinderlewe, daarna 'n klomp skuld om af te werk vir my studies en . . . Renier. Ek het gegló hy het my lief! Ek het hom gegló, Theuns! En toe los hy my sommer net so."

Hy neem haar een hand in syne. Vergete is al die dreigemente en harde woorde wat hy wou uiter. "Jy is 'n verdwaalde kind tussen jou emosies. Ons gaan nie nou verder praat nie. Jy moet slaap. Maar ek kom weer."

Haar mond trek wrang. "Goeie Theuns! Maar moenie deur my hartseerstorietjie mislei word nie. Môre is ek weer die ou Retha. Ek is wat ek is – vol skerp kante en punte wat die lewe op my uitgebeitel het. Jy het my vanaand maar net in een van my swak oomblikke gesien." Skielik sit sy regop en hou hom vir 'n oomblik vas. "Maar dankie . . . dankie dat jy vanaand daar was vir my."

"Ek sien jou weer." Hy staan op, druk dan 'n sagte soen op haar voorkop. "Slaap nou. Jy is moeg."

Dis 'n half verbysterde Theuns wat terugry. Die aand het so heel anders afgeloop as wat hy verwag het! En die sleutel in sy baadjiesak is toe nooit gegee nie.

9

Die verbystering bly Theuns die volgende twee dae by. Hy verwonder hom vir homself. Hy kan net nie verklaar hoe dit moontlik is dat hy van veroordeling teenoor Retha Cilliers in die bestek van 'n enkele gesprek kon omswaai na begrip en selfs deernis teenoor haar nie.

Miskien was dit haar eerlikheid wat hom getref het. Miskien haar weerloosheid in daardie swak oomblik soos sy self daarna verwys het. En hy betrap hom dat hy verskonings vir haar begin soek. Sy het 'n moeilike kinderlewe gehad. Sy moes hard werk en baklei om iets te bereik. En toe kom Renier in haar lewe – die een mooi ding wat die lewe haar gratis geskenk het, het sy geglo. Sy het hom aanbid . . . en toe los hy haar . . . sommer so, soos sy dit gestel het. Iets het binne-in haar geknak. Al die wrewel en verontregting wat sy teenoor die lewe gevoel het, het op Renier toegespits geraak. Hy het die afgod wat sy vir haarself van hom geskep het, vernietig. Nou sal sy hóm vernietig.

Sy was 'n dronk, verdwaalde meisietjie . . . ook maar net mens. En hy weet hy sal teruggaan soos hy beloof het.

Sy klink ongeërg toe hy bel. "O, dis jy."

"Pla ek? Is ek ongeleë?"

"O, nee. Ek het pas van tennis af teruggekom."

"Is jy vry vanaand?"

Sy grynslag. "Ja, Theuns. Ek is vry. Ek is van plan om in my kamer te gaan sit en oor al my sondes na te dink. Daar is baie. Dit behoort my 'n goeie stootjie van die aand besig te hou."

'n Kort stilte.

"Ek vertrek nou dadelik. Kyk of jy vir ons 'n tafel bespreek kan kry by die gasteplaas."

"Theuns . . ."

Maar die verbinding is dood.

'n Ruk later ontmoet hul oë, syne ondersoekend, hare koel, uitdagend, byna vyandig.

"Het jy vir ons plek gekry by die gasteplaas?"

"Ek het nie gebel nie."

"Hoekom nie?"

"Wat jy wil sê, hoef jou nie geld te kos nie."

"Hoe weet jy wat ek wil sê?"

"Jy het gekom om my deeglik my fortuin te vertel noudat ek nugter is. Wel, ek is nugter, dus skiet maar."

Hy sug, sit dan sy arm om haar skouers. "Kom."

"Waarnatoe?"

"Gasteplaas toe."

"Staak hierdie toneelspel, Theuns!"

"Ek het gekom om 'n lekker ete te geniet, en jy gaan my nie daarvan beroof net omdat jy geen mens vertrou nie. Kom, klim in. Jy kan kies waaroor ons sal gesels."

Ná 'n rukkie kyk hy skuins na haar. "Nog nie aan iets gedink waaroor ons kan gesels nie?" Toe sy net haar kop wegdraai, gaan hy voort: "Ek het nie gekom om jou uit te kryt of met jou te stry nie."

"Goed. Dan sal ek maar sê wat jy gekom het om te hoor."

Hy bring die motor tot stilstand, want hulle het hul bestemming bereik. "En wat is dit?"

"Ek is jammer." Sy sluk. Sy was nie van plan om dit te sê nie. Sy weier om na hom te kyk. Hierdie man het 'n vreemde uitwerking op haar. Hoekom sê sy sy is jammer? Eintlik het hy haar nog van niks direk beskuldig of haar streng aangespreek nie. Maar sy hoor haarself sê: "Ek is jammer . . . oor alles." Stilte. Sy voel soos iemand wat in 'n hoek vasgedruk word, maar hy het nog nie geroer nie, sit net na haar en kyk. "Is dit nie genoeg nie?" Sy trek haar asem in, sluit haar oë 'n oomblik, draai dan driftig na hom, met oë wat blits. "Nee, dis seker nie genoeg nie. Sal dit jou tevrede stel as ek op my knieë voor hulle gaan kruip? Is dit wat jy wil hê? Of gaan julle my hof toe vat?"

Dan bars sy in trane uit, en sy het geen verweer meer toe hy haar in sy arms trek nie. By haar oor hoor sy hom sê:

"Al wat ek eintlik van jou wou hoor, is dat hierdie afgelope dae baie lank was en dat jy uitgesien het om my weer te sien."

Sy lig haar kop wantrouig op. "Wat probeer jy my wysmaak?"

"Dis nie wysmaak nie. Dis 'n voldonge feit. Ek weet self nie wat my getref het nie, maar ek het verlang na jou."

"O, Theuns! Theuns!"

Hy skakel die binneliggie aan, kyk stip na haar terwyl sy een arm haar steeds teen hom vashou. "Ek het geen rede om iets voor te gee of vir jou te jok nie, Retha. Kom. Solank ek gaan hoor of hulle vir ons plek het, gaan kry jy jou gesig reg," sê hy beslis.

Sy lyk kalmer toe sy weer verskyn, en hy vra toe hulle aan tafel sit: "Sal ek vir ons 'n wyntjie bestel? Enige voorkeur?"

'n Glimlaggie trek aan haar mondhoeke, en sy lyk so verslae dat dit aan Theuns se hart ruk. Dis of sy sommer totaal oorgegee het.

"Theuns, ek is nie 'n alkoholis nie. Wat jy 'n paar aande gelede gesien het, was maar die derde keer in my lewe. Die eerste keer pas nadat Renier my in die pad gesteek het. Die tweede keer 'n jaar of twee gelede toe alles ook net vir my te veel geraak het. En dan nou die aand."

"As ek gedink het jy is 'n alkoholis, sou ek nie gevra het of ek 'n drankie kan bestel nie. Wat sal dit wees?"

" 'n Klein sjerrie dan, asseblief."

Dit word stil tussen hulle, sy kyk oral behalwe in sy oë. Wat is dit van hierdie man wat my so selfbewus en skaam laat voel? wonder sy. Wat kan dit haar regtig traak wat hy van haar dink? Maar tog maak dit saak.

"Retha, ontspan asseblief! Ek is vanaand hier om geen ander rede nie as om die aand saam met jou te geniet."

Eindelik kyk sy weer na hom.

"Dis nie die waarheid nie, Theuns. Ek het skielik so moeg geword van leuens. Ek het self sulke hemeltergende leuens vertel, dat ek mislik voel daaroor. Moet jy nie ook nou begin daarmee nie."

"Goed dan. Vertel jy mý dan hoekom ek vanaand hier is."

"Dit gaan alles om Elfie en haar huwelik wat ek besig is om te verwoes, of seker reeds teen hierdie tyd verwoes het. Hoewel dit seker 'n laat troos is, wil ek jou sê ek sal daarmee ophou. Ek het skielik alle lus om my op Renier te wreek, verloor. Ek bedoel dit, Theuns."

"Ek glo jou."

Sy kyk hom nou half moedeloos aan, erken reguit: "Jy verwar my, Theuns. Jy is of baie goedgelowig, of jy het 'n ander plan met my in jou kop."

Hy glimlag goedig. "Ek weet nie of 'n mens 'n prokureur kry wat goedgelowig is nie. Vertel my meer van die plan wat jy dink ek met jou het."

"My besig hou en sodoende verhoed dat ek verdere kwaad saai. Ek het jou gesê ek . . ."

"En ek het jou gesê ek glo wat jy my vertel het . . . dat jy nie verder moeilikheid sal maak nie."

"O, ek verstaan. Jy verwag nou dat ek moet gaan regmaak wat ek verbrou het." Daar is bitter selfspot in haar glimlaggie. "Ek was baie moedig om kwaad te saai, maar ek weet nie of ek genoeg moed het om dít te doen nie. Jy sien, ek is by alles nog 'n lafaard ook."

"Jy is darem baie hard op jouself, meisie. Het jy vergeet dat jy ook maar net 'n mens is?" gooi hy haar eie woorde van 'n paar aande gelede terug na haar toe. Sy oë is so vol deernis dat sy eers moet sluk.

"Maar 'n baie lelike mens."

268

"Maar daar is ook 'n mooi mens daarbinne. Ons is almal maar so, liewe Retha. Dis selde dat jy net mooi of net lelike mense kry. Die skaal balanseer maar gedurig tussen hierdie twee."

"Jy kan nie iets anders as net mooi wees nie, Theuns. Ek het nog nie iemand soos jy ontmoet nie."

"Watwo! Maak my net kwaad genoeg!"

"Jy was daardie aand woedend vir my, maar jy het nie geskel nie. Jy het my gehelp, my selfs in die bed gesit!"

"Retha, jy het nie 'n idee watter woorde ek jou wou toevoeg of mee dreig nie. En toe sien ek jou . . ."

"Ja, dronk en naar bo-oor die wasbak," voeg sy selfkastydend by.

Hy glimlag nou breed. "Dit ook. Maar veel meer. 'n Meisie wat verdwaal het in haar eie emosies."

"Nou goed dan. En dat jy jou goeie daad sal doen en haar uit haar verdwaling help. Wel, jy het dit reggekry. Ek het klaar verdwaal. Jy hoef jou dus nie verder oor my moeg te maak nie. Moet my asseblief nie weer kontak nie."

"Wil jy dit regtig hê, Retha – in jou hart der harte?"

"Ons . . . e . . . kennismaking, sal ek dit maar noem, het sy doel gedien. Ek het gister bedank. Ek gaan die einde van die kwartaal weg." Sy sien sy lippe oopgaan en vervolg vinnig: "En ek sal jou nie sê waarheen ek gaan nie."

Tot haar verbasing dring hy nie verder aan nie, sê net kalm: "Ons was vir een aand nou ernstig genoeg. Kom ons geniet nou ons kos."

Die res van die ete hou hy die gesprek aan die gang met gemeenplasies. Toe hulle later weer voor Graslaagte se hotelletjie stilhou, draai sy vinnig na hom.

"Dis nie nodig om saam te stap nie. Dankie vir die ete."

Maar sy hande hou haar terug, trek haar nader. Toe hy sy kop buig, is sy te swak om teenstand te bied. Steeds sonder 'n verdere woord, laat hy haar eindelik gaan, klim uit en hou die deur vir haar oop.

"Ons sien mekaar weer." Dan sien hy hoe sy weg-stap.

Sy skakel nie dadelik haar kamerlig aan nie, leun teen die deurkosyn. Sy wil nie daaraan dink dat sy hierdie man nooit weer sal sien nie, ten spyte van sy laaste woorde. Want hulle sal mekaar nie weer sien nie. Hulle mag nie. Sy het genoeg lewens verwoes. Hierdie Theuns, hierdie besonderse man, mag nie seerkry nie. Maar sy weet sy sal hom nooit vergeet nie . . .

Op die terugpad is Theuns se gedagtes ook baie be-sig, sy gesig ernstig. En weer lê die sleutel nog steeds onafgelewer in sy baadjiesak.

10

In die Neethlinghuis is daar ook verwikkelinge. Die afgelope dae se stilswye het albei tot breekpunt ge-bring. Hulle besef dat hierdie optrede hulle nêrens gaan bring nie. Inteendeel.

By Elfie begin die oortuiging al meer posvat dat sy maar moet padgee, al weet sy nie waarheen nie. Sy moet desperaat vasklou aan haar geloof dat Hy in wie sy glo vir haar 'n pad vorentoe sal oopmaak.

Maar hierdie woordelose dae gee vir Renier genoeg tyd om te dink, ook vir selfondersoek, en daarmee saam kom nugter denke. Hy kom tot die besef dat dit nie 'n onredelike jaloesie is wat hom gedryf het om sy vrou en beste vriend van 'n verhouding te verdink en selfs openlik te beskuldig nie, maar vrees. Nadat Retha subtiel die suggestie in sy kop geplant het, was dit vrees om Elfie te verloor wat hom daartoe gelei het om die twee mense wat die naaste aan hom is van 'n ongeoorloofde verhouding te verdink. En ook 'n skuldgevoel, moet hy ná dae se selfstryd erken. Hy het onthou hoe maklik, hoe gewetenloos, hy in die verlede oor meisies se gevoelens geloop het. Maar toe die gevaar bestaan dat hy die een vrou gaan verloor vir wie hy werklik opreg en innig lief is, het hy die skuld by ander gaan soek, nie by homself nie. Maar eindelik bereik hy die punt van absolute waarheid: Dis net hy, en hy alleen wat verantwoordelik is vir hierdie verwydering tussen hom en sy vrou.

Dis terwyl 'n baie ernstige Theuns in sy motor op pad terug is huis toe, dat Renier Elfie voorkeer toe sy, nadat sy die kombuis ná aandete aan die kant gemaak het, na haar alleen-kamer terugstap, soos dit nou al gewoonte by haar geword het.

"Elfie . . . Ek sien nie langer kans om so voort te gaan nie. Ons moet hierdie saak nou uitpraat."

Sy knik, staal haar vir wat sy verwag om te hoor. Hy gaan nou 'n end aan ons huwelik maak. Hy gaan my sê hy gaan loop . . . na Retha toe. "Ja. Ek stem saam."

"Ek is jammer. Ek weet daar is nie 'n verhouding tussen jou en Theuns nie. Ek het dit nog altyd geweet. Ek moes waansinnig gewees het om julle te beskuldig . . ."

Die pyn in sy oë word vir haar te veel. 'n Groter

deernis as haar eie seerkry vul haar. "Ek verstaan, Renier. Jy kry lief, en eintlik het jy self geen sê daarin nie. Dis die hart wat besluit. Wanneer wou jy gaan – of wil jy hê ek moet gaan? As dit . . ."

"Waarvan praat jy!" roep hy uit. "Ek praat nie van gaan nie. Ek pleit by jou om my te vergewe. Asseblief! Asseblief, my liefste vrou, ek wil jou terughê soos vroeër! Elfie, ek het jou liewer as enigiets of iemand op hierdie aarde!"

Sy trek haar asem skerp in en dan kan sy die woorde nie keer nie. "Liewer as . . . Retha Cilliers?"

"Retha . . . Wat . . . Wat weet jy . . .?"

"Alles."

Hy gaan sit asof sy bene onder hom ingee. "Wat . . . alles?"

Sy gaan ook regoor hom sit, maan haarself tot kalmte terwyl dit bloei in haar. "Jy het gesê ons moet hierdie saak uitpraat. Laat ons dit eerlik doen. Ek weet van Retha. Sy was hier en . . ."

"Hiér!" Hy is nou bleek, sy oë stokstyf. "Hiér by jou?"

"Ja." Sy gaan na 'n paar oomblikke voort: "Maar ek het toe reeds geweet daar is iemand anders. Toe jy van Graslaagte af teruggekom het, was daar lipstiffie aan jou hemp se kraag wat gewas moes word. Ook 'n smeersel aan jou sakdoek."

"Dis . . . onmoontlik," fluister hy skor, verbysterd.

Maar sy praat moedig voort: "En toe het sy hierheen gebel – gesê ek moet na 'n sleutel tussen die klere wat jy daar aangehad het, soek. Dis die sleutel van die konnekterende deur tussen julle slaapkamers. Jy het dit per abuis saamgebring. Ek het dit in jou baadjiesak gekry."

Dis 'n oomblik stil tussen hulle. "Ek glo nie wat ek hoor nie," is al wat hy fluisterend kan uitkry.

Sy verhard haar hart. Net sy en haar Here weet wat sy die afgelope tyd deurgegaan het. Die tyd vir toneelspel is verby. "Maar nou vra jy my om te bly, dat alles weer soos voorheen tussen ons moet wees. Is dit nie 'n bietjie te veel gevra nie, Renier?"

Hy kyk haar hierdie keer vas aan, steeds bleek. "As ek jou verseker dat alles wat jy my nou vertel het, infame, hemeltergende leuens is . . . sal jy my glo?"

"Dit gaan baie moeilik wees, my man. Ek is nie 'n engel nie. Ek is net 'n mens – en die bewyse van jou ontrou is daar. Ek het hulle gesien."

"Elfie, ek sweer 'n eed voor ons hemelse Vader, ek weet nie van daardie dinge nie. Waarvan ek beskuldig word, het nie gebeur nie!"

Haar stem is baie stil. "Snaaks dat jy Hom nou inroep as getuie vir jou. Haar eerste besoek hier by ons aan huis was juis terwyl ek in die kerk was. Ja, sy was hier. Moet dit nie ontken nie. Daar was 'n sigaretstompie in hierdie asbak met lipstiffie aan – en haar geparfumeerde sakdoek het op die bank agtergebly."

Hy knik, skuldig. "Ja, sy was hier, het my kom dreig dat sy weerwraak op my beplan. Ek het voorgegee hier was niemand terwyl jy weg was nie, want ek wou nie hê jy moet van haar uitvind nie. Ek wou nie hê jy moes van my verlede en veral my reputasie onder meisies uitvind nie. Ek was 'n losbol op universiteit, ook nog 'n ruk daarna. Ek het roekeloos met hul gevoelens gespeel. My belangstelling het 'n kort rukkie gehou en dan het hulle my begin verveel. Ek erken dit en ek is skaam, en jammer daaroor vandag. En toe ontmoet ek jou . . . en wat Retha daardie dag gewens het, het waar geword. Sy het gesê ek sal iemand op 'n dag opreg liefkry, só lief dat dit my sal seermaak en pynig. Ek het jou opreg liefgekry, is steeds waaragtig lief vir jou, en wat ek die afgelope tyd deurgemaak het in pyn en seerkry, kan ek nie beskryf nie. Ek was, en is, steeds bevange van vrees dat ek jou gaan verloor. Asseblief! Ek het geen bewyse om die teendeel wat Retha beweer, te weerlê nie, maar . . ."

"Mag ek dan?" Theuns stap nader. "Ek kom van Graslaagte af. Ek ry toe hier verby en sien julle ligte brand nog en besluit nou is so goed soos enige ander tyd om sake reg te stel. Ek vra nie verskoning dat ek sommer so hier inbars nie, want ek is ook betrokke."

Renier knik. "Sit, Theuns. Ek skuld jou ook 'n verskoning. Ek is jammer, my vriend. Dit het nooit en sou nooit by my opgekom het dat daar iets tussen jou en Elfie is nie, maar Retha het dit daardie dag met haar eerste besoek gesuggereer. Van toe af het my kop nie meer normaal gewerk nie uit vrees vir wat sy gaan doen. Ek is jammer en skaam. Ek ken my vrou en ek ken my vriend. Vergewe my."

'n Hand rus 'n oomblik lank op die een skouer, dan kom Theuns se stem gelykmatig. "Jy is vergewe . . . as vergiffenis nodig is. Maar ek is lief vir Elfie. Ek dink steeds sy is 'n wonderlike mens en vrou. Maar ek is nie verlief op haar nie. Daar is 'n verskil." Hy haal iets uit sy baadjiesak, sit dit voor hul oë op die koffietafel voor hulle neer. "Herken jy dié sleutel?"

"Nee. Nog nooit gesien nie. Wat het dit . . .?"

"Niks met jou en Elfie te doen nie – en dis ook nie die sleutel van die konnekterende deur tussen twee slaapkamers nie."

"Theuns, ek weet nie van 'n deur tussen twee slaapkamers in Graslaagte se hotel nie. Maar Elfie wil my nie glo nie."

"Daar is 'n deur, Renier – maar jy weet nie daarvan nie." Hy kyk na Elfie. "Jy was nog nie in Graslaagte se hotel nie. Daar is van die ouer kamers wat met los meubels gemeubileer is. In hierdie twee kamers met die deur tussenin is aan weerskante los hangkaste ge- sit. Jy sal net die deur opmerk as jy die hangkaste wegskuif."

Renier kyk hom fronsend aan. "Jy weet skielik baie van Graslaagte se hotel af. Waar . . .?"

"Ek was daar," en Theuns glimlag goedig. "Elfie ken hierdie sleutel, of dan . . . sy herken dit, nie waar nie, Elfie?" Laasgenoemde knik net. "Ek het dit toe nie teruggepos soos jy gevra het nie. Ek wou self na daardie deur gaan kyk het. Ek het die kas weggetrek van die muur in die kamer langsaan . . . dié van Retha. Hierdie sleutel kan nie daardie deur oopsluit nie. Dis 'n moderner soort deur en hierdie sleutel pas net in 'n outydse deurslot. Ek het selfs gevoel of dit toe is. Dit was gesluit." Sy kan hom net met groot oë sit en aankyk, en hy vervolg: "Retha het ook ander beken- tenisse gedoen. Renier het haar gelos, nie sy vir hom, soos sy voorgegee het nie. Sy het erken dat sy weer- wraak gesweer het. Sy het erken dat sy die sleutel na jou kamer bekom en die lipstiffie aan jou hempskraag en sakdoek gesmeer het. Sy het erken dat sy alles be- plan het . . ."

"So 'n lae, gemene, listige slang!" Renier is op sy voete, maar Theuns se hand is weer op sy skouer en druk hom terug op sy stoel. "Ek is nog nie klaar nie."

Hy kyk van die een na die ander. "Ek het julle lief. Ek wil julle nie verloor nie. Ek hoop uit my hart dat

dit wat ek nou gaan sê, ons nie van mekaar sal ver-
vreem nie."

"Dit sal nooit gebeur nie. Jou vriendskap is nou nog
kosbaarder as ooit tevore," sê Renier beslis.

Ook Elfie laat hoor: "Jy is ons lewenslange vriend,
liewe Theuns. Daar bestaan nie iets wat ons vriend-
skap ooit kan opbreek nie."

"Moenie te gou praat nie, Elfie. Want ek gaan iets
van julle vra wat ek nie weet of julle dit sal kan gee
nie. Ek wil julle vra om Retha te vergewe – opreg te
vergewe."

Dis eers baie stil. "Jy vra darem nou baie, Theuns.
Daardie vrou het byna ons huwelik verwoes."

Hy knik net en Elfie vra verward: "Hoekom is dit
vir jou so belangrik?"

"Omdat ek hoop om met haar te trou."

11

Eers volg daar 'n verbysterde, verslae stilte.

Dan is Renier weer op sy voete en bars los: "Jy is
van jou sinne beroof, Theuns! Daardie vrou het jou
gemanipuleer! Daardie vrou . . ."

"Ek het daardie vrou liefgekry, Renier – soos wat
jy vir Elfie liefhet." Die twee vriende se oë ontmoet
waterpas.

"Ek het destyds nie geloof in julle verhouding ge-
had nie. Ek was oortuig daarvan dat dit op 'n vol-
slae mislukking sal uitloop. Maar hier is julle twee
vanaand nog bymekaar – en dit ná 'n vuurproef, en
met inniger liefde en waardering vir mekaar. Ek het

nie met die eerste aanblik soos julle twee op Retha verlief geraak nie. Ek kon kwalik," laat hy glimlaggend hoor. "Sy was dronk en besig om naar te raak oor haar wasbak. Sit, Renier, dan vertel ek julle alles van die begin af."

Dis absolute verdwasing wat Renier weer laat terugsak op sy stoel, en Theuns gaan sit nou self ook, kyk na Elfie wat hom soos 'n standbeeld met groot, wit oë net kan bly aanstaar.

"Ek is een aand, ná werk, Graslaagte toe met die vaste voorneme om daardie vrou in geen onseker terme die leviete te gaan voorlees, haar selfs te dreig met die hof as dit nie anders kan nie . . ." begin hy sy verhaal, en die ander twee luister woordeloos, in absolute ongeloof.

Hy sluit af: "Sy is jammer oor wat sy gedoen het, kan ek julle verseker. Maar sy het reguit gesê sy het nie die moed om julle in die oë te kyk en dit persoonlik te kom sê nie. Retha het haarself eindelik gevind. Die soort dinge wat sy gedoen het, sal nooit weer gebeur nie. Sy het geen wraakgedagtes meer teenoor jou nie, Renier."

Daar is diepe kommer in Elfie. "Jy sê jy is seker van jou gevoelens vir haar. Maar sy . . . Hoe voel sy?"

"Ek is oortuig daarvan dat sy vir my omgee, maar sy wil haarself nie toelaat nie. Sy wil nou vlug."

"Vlug?"

"Ja. Sy het bedank. Sy gaan die end van die kwartaal weg en sy weier om my te sê waarheen. Ek dink sy weet self nog nie."

"Theuns, my vriend, asseblief, ek smeek jou, jy moet baie goed dink oor hierdie ding," laat Renier pleitend hoor.

"Ek begryp jou kommer, Renier. En miskien kom daar niks van nie, behalwe as julle my gaan help."

"Help?"

"Ja. Dat een van julle na haar toe gaan en haar vertel julle vergewe haar. Dis al wat haar hier sal hou."

Weer is daar 'n stom stilte. Dan sê Elfie versigtig terwyl haar hart pyn vir hom: "Jy moet verstaan dit sal vir ons . . . 'n tydjie neem om hierdie ding verwerk te kry, Theuns. Om te verwag dat ons sommer dadelik . . ."

"Dit begryp ek ook, Elfie. Die probleem is dat daar nie tyd is nie. Die skole sluit oor 'n week."

Renier laat sy kop sak, skud dit heen en weer. "Ek sal my bloed vir jou tap, my vriend, maar . . . moenie dit van my verwag nie. Ons is deur hel."

Theuns kyk na Elfie. Sy sluk.

"Asseblief. Jy sal my 'n dag tyd moet gee."

Hy knik weer, stap deur toe. "Ek begryp, vriende. Dit doen niks aan ons vriendskap nie. Ek is opreg dankbaar dat julle mekaar weer gevind het. Goeienag."

Man en vrou se oë ontmoet toe hy weg is. Dis Renier wat eerste praat.

"Hy kan nie so iets van ons verwag nie." Dan neem hy haar in sy arms. "Maar laat ons nou van alles en almal vergeet, behalwe dat ons mekaar weer gevind het. Ek het jou lief, my vrou."

"En ek het jou lief, my man. En laat ons mekaar vanaand iets belowe en dit nooit vergeet nie."

"Ja?"

"Dat ons nooit weer sal stilbly wanneer daar iets is wat krap of ons ongelukkig maak nie. Laat ons mekaar belowe ons sal in die toekoms met mekaar praat, al is dit ook oor iets hoe gering."

278

"Ek belowe, my liefste." Dan ontmoet hul lippe in oorgawe.

Elfie is verras en dankbaar toe sy die volgende oggend, Sondag, gereed maak om kerk toe te gaan en sien Renier trek hom ook aan. Hy glimlag 'n skewe, selfbewuste glimlaggie.

"Ek voel ek wil ook vanoggend gaan."

"Ek is so bly, my skat. Natuurlik gaan ons saam. Daar is so baie om voor dankie te sê."

Die afgelope Sondae was die prediker besig om die Onse Vader-gebed stap vir stap vir sy gemeente te ontleed. Is dit toeval dat vanoggend s'n handel oor: En vergeef ons ons skulde, soos ons ons skuldenaars vergewe?

Dis stil tussen man en vrou toe hulle op pad huis toe is. Nie een maak aanstaltes om uit te klim toe hulle voor die huis stilhou nie. Sy sien die stryd op sy gesig en lê met innige teerheid 'n hand op sy been.

"Renier . . ."

Sy stem is skor. "Dis nie maklik nie, Elfie."

"Ek weet. Om te vergewe – van harte te vergewe – is nooit maklik nie. Dit was nie vir een van ons twee maklik om mekaar te vergewe nie. Ons moes eers deur 'n loutering gaan. Dit was sekerlik nie vir Theuns maklik om jou te vergewe nie. Dit was liefde alleen wat dit moontlik gemaak het. En dit was vir Jesus nie maklik om terwyl Hy so ly, vir hulle wat dit aan hom doen, te bid: Vader, vergewe hulle . . ."

Eindelik vind hulle oë mekaar en daar is onbeskaamde trane in albei s'n. Dan, sonder 'n verdere woord, skakel hy weer die motor aan en 'n rukkie later draai hy in op die pad wat na Graslaagte lei.

Dit was 'n lang Saterdag en 'n ewe lang Sondag vir

Retha. Hy sal nie weer kom nie. Jy het hom gesê hy moenie weer kom nie, vertel sy haarself oor en oor. Tog luister sy . . . Sal daar nie miskien tog 'n klop aan haar deur kom nie?

Toe dit wel gebeur, weet sy nie of sy moet lag of huil nie. Sy storm deur toe, maar toe dit oopswaai, is dit nie Theuns wat voor haar staan nie.

"Hallo, Retha."

Haar gesig verstil, staar Elfie net aan. Sy kyk na die man agter Elfie.

"Môre. Ons het jou kom haal."

"Waa . . . waarnatoe?" wurg sy dit uit.

"Na Theuns toe." Elfie kyk haar met deernis aan. Dis 'n ander vrou wat sy vandag voor haar sien staan. Weg is die selfversekerdheid, die smaling, die harde nyd. Dis 'n verwese vrou wat hulle voor hulle sien staan – iemand met vrees en skaamte en volkome weerloos, 'n mens wat haarself eindelik gesien het soos wat sy is en verslae gelaat is. Elfie se hand reik na haar toe uit: "Moenie so huil nie, Retha. Ons wil vir jou graag ook so gelukkig sien soos wat ons is. Theuns wag vir jou."

"Ek . . . ek is hom nie werd nie! En hy . . ."

"En hy het jou baie lief. Hy het dit reguit aan ons beken. Hy wil met jou trou. Dis waar, Retha!"

Dis 'n self verslae Renier wat byvoeg – hy herken skaars die vrou voor hom: "Nie een van ons is mekaar werd nie, Retha, want ons is mense met baie foute en tekortkominge. Maar, dank die Vader, ons kan mekaar vergewe en ook liefhê."

"Julle . . . Ek is só jammer . . . vir alles," bieg sy huilend. "Ek kan nie glo dat julle my sommer kan vergewe vir al my . . . gemeenheid en . . ."

"Dis klaar vergewe. Vergewe nou net jouself ook. As jy wil vergoed vir gister, kom saam en gaan maak 'n wonderlike man gelukkig."

"Elfie, alles . . . alles wat ek jou vertel en gesuggereer het, was leuens! Asseblief, glo my! Ek is só jammer . . . En, Renier, hoe . . . hoe kan ek om verskoning vra . . .?"

Haar stem raak weg in trane en Renier glimlag, en daar is skielik 'n gevoel van groot bevryding in hom. Hy kan met opregtheid sê: "Deur jou gesig te gaan was, dat ons kan ry. Theuns weet nie ons is hier nie. Ons het skielik besluit om jou te kom haal, dit is as jy hom liefhet."

Retha glimlag bewerig. "Ek het nog nooit oor 'n man gevoel soos oor daardie man nie. As . . . as julle baie seker is . . ."

"Kom!" Elfie se stem is beslis, opgewonde. "Ons mors tyd."

Theuns het hierdie Sondagoggend besluit om nie kerk toe te gaan nie, maar 'n ver ent in die veld te gaan ry, stilgehou, uitgeklim en op 'n klip gaan sit en die stilte van die wye ruimte om hom ervaar, gehoop dat dit vrede binne-in hom sal bring. Maar die onrus en onsekerheid het gebly. Eindelik het hy teruggekeer na sy woonstel, rusteloos, gejaag. Hy weet hy kan na sy vriende gaan. Hy weet hy is enige tyd daar welkom. Maar hy wou nie. Hierdie twee mense het mekaar pas weer opnuut gevind. Hy kan nie nou daar indring nie.

Daar is 'n klop aan sy deur en dis Renier wat verskyn. "Ek het gewonder of jy tuis is, gedink miskien is jy Graslaagte toe."

"Nee. Ek weet nie wat om te doen nie. Ek wil my

nie aan haar opdring as sy regtig nie vir my omgee nie. Wat moet ek doen, Renier? Gee my raad."

"Die beste is dan om net daar te bly staan en laat sy uit haar eie kom."

"Maar sal sy ooit? Ek is nie seker . . ."

"Dan maak ons seker," klink Elfie se stem op en sy verskyn met iemand aan die hand.

Dis doodstil. Dan trek Renier Elfie deur toe. "Ons sal julle genoeg tyd gee. Later vanmiddag gaan ons 'n vleisie op die kole gooi. Julle is welkom. Tot dan."

Môre lé ver

1

Hy kom tot stilstand en bekyk eers die toneel voor hom.

Met die eerste oogopslag is dit duidelik dat hier nie gewone mense bly nie. Dis 'n miljoenêrswoning wat hier voor hom pryk. Die groot dubbelverdiepinghuis in 'n Spaanse boustyl met sy gietystertraliewerk om die balkon en vensters, die koepeldeure en geboogde mure getuig van geld. Ook die byna oordadige weelde van groot grasperke, 'n groot marmerswembad met wit gietysterlanterns, die gestoffeerde tuinstoele . . . alles spel net een woord: geld.

Die man se mond trek grimmig, amper smalend. Dan, met 'n vinnige beweging, buk hy, tel sy tas van die grond af op en stap tydsaam reg op die voordeur af.

Voor die deur kom hy tot stilstand, sit weer die tas neer en druk die voordeurklokkie. Nie dat hy enige hoop het dat dit gehoor sal word nie. Vanuit die oop vensters klink die geluid van dansmusiek op, en na die helder klanke te oordeel, moet dit 'n volbloed orkes wees wat hier binne aan die speel is.

Hy trek sy wenkbroue op en kyk besluiteloos om hom rond. 'n Ongeleë oomblik om te arriveer, beslis. Tog, die datum is reg. Hy is in kennis gestel dat hy hom vandag hier moet aanmeld. Dis weliswaar al aand, maar dis nie sy skuld dat die trein nou eers hier

285

aangekom het nie. En toe was daar ook nie 'n motor om hom by die stasie te kry nie. Met bloot net 'n paar sent in sy sak kon hy nie die luukse van 'n huurmotor bekostig nie. Hy moes maar tot hier ryloop. Gelukkig gaan die groot teerpad net tweehonderd meter verder hier verby.

Sy vinger gaan uit na die klokkie. Dan laat sak hy sy hand en sy vingers vou om die groot deurknop. Hy maak dit oop.

Vir hierdie spesiale geleentheid van vanaand is die groot skuifdeure wat die ruim ingangsportaal van die saalagtige ontvangskamer skei, oopgestoot sodat dit een ontsaglike lokaal vorm. Die gaste wat die naaste aan die voordeur is, kyk verbaas na die man wat so kalm in die deur die gedoente voor hom staan en be-skou, tas in die een hand, reënjas oor die ander arm, informeel in kakie geklee.

Maar dis nie eintlik hierdie dinge wat die gaste na hom laat staar nie. Daar is net iets aan die man wat 'n mens onmiddellik boei, iets wat dadelik jou belang-stelling prikkel. Miskien is dit die effense smaling om sy lippe, die uitdagende, reguit blik waarmee hy son-der enige selfbewustheid na die gaste kyk. Of miskien is dit die manier waarop hy daar staan: lank, lenig, donker, die skouers vierkantig, die kop opgelig in 'n amper uitdagende houding.

Een van die gaste glimlag openlik geamuseerd. Mag, die man laat 'n mens amper voel asof dit sy plek is dié en dat hy nou onverwags teruggekeer en 'n spul indringers hier betrap het. Hy stap nader.

"Kom binne, meneer. Ek veronderstel u wil vir Tania sien? Kom gerus in. Ek sal gaan kyk of ek haar kry."

"Nee dankie. Ek wil meneer Erasmus spreek."

"O! Ek . . . ek sal kyk of ek hom in die hande kan kry. Maak u gerus tuis."

Weer is die effens smalende glimlaggie in die een mondhoek. Die oë spot openlik. "Dankie, meneer, maar ek is nie 'n gas nie . . . soos u self seker kan sien. Net 'n werknemer wat ontydig aanmeld vir diens."

"O . . ." Die belangstelling taan onmiddellik by die man in aanddrag en hy draai dadelik om. Sy oog vang met verligting dié van 'n jong meisie wat ook die vreemdeling in die deur opgemerk het en verbaas na hom staar. "Tania . . . Daar is iemand by die voordeur wat jou pa wil spreek."

Sy stap nader, dieselfde belangstelling in haar oë as in dié van haar gas totdat hy gehoor het waarvoor die man hier is.

"Goeienaand." Haar blik weifel effens voor syne toe sy in die skerp oë vaskyk. Werklik, dis darem seker nie nodig om haar só uit die hoogte aan te kyk nie! Maar sy vererg haar nie. Tewens, dit prikkel haar belangstelling. Sy het hierdie vreemdeling nog nooit gesien nie. Dit moet 'n onlangse kennis van haar pa wees. Maar wat 'n man! Die vreemde opgewondenheid wat sy ondervind het toe sy opgekyk en hom skielik in die voordeur sien staan het, neem weer van haar besit. Sy kan nie onthou dat sy al ooit met die eerste oogopslag só deur 'n man beïndruk is nie.

Meteens is al die ou twyfel ook weer terug in haar. Sy raak vanaand vir die derde keer verloof. As sy Ewald werklik liefhet, behoort sy geen ander man, veral vanaand, raak te sien nie.

Haar blik gaan na die tas in sy hand en sy glimlag. "Ek sal iemand stuur om jou tas te kom haal. Jy kan intussen aantrek. Kom, ek gaan wys jou 'n kamer."

287

"Juffrou . . ."

"Ag, noem my gerus Tania. Die aand gaan verby."

Sy stap vooruit en hy het geen keuse as om haar te volg nie. Menige oog volg hulle terwyl hulle met die groot trap na die boonste verdieping opklim. Veral onder die jonger vroue is daar 'n fluistering. "Wie is hy? Waar kom hy vandaan? Liewe land, as ek Tania was, het ek liewer my strikke vir hóm gespan!"

Sy kom voor 'n deur tot stilstand, glimlag weer na hom op. "Druk net die klokkie as jy iets nodig het. Hier is jou tas. Sien jou netnou."

Die in wit geklede kelner sit sy tas langs hom neer en hy kyk om hom rond. Ook hier spreek weelde en gerief uit elke hoek. Hy staan 'n oomblik besluiteloos. Dan, asof hy skielik tot 'n besluit gekom het, buk hy af en knip die tas oop.

Toe Tania met die trap afkom, vang haar oog dié van 'n jong meisie en sy stap nader.

"Wie is daardie man wat jy nou net die trap opgeneem het?" wil Elsa Kempen openlik nuuskierig weet.

Tania lag en sy is nie daarvan bewus dat haar opgewondenheid in dié laggie deurskemer nie. "Ek weet nie! Ten minste, ek ken nie sy naam nie. Hy is 'n kennis van Paps."

"Maar waar kom hy nou so laat vandaan? Het jy hom verwag?"

"Nee. Paps het seker maar vergeet om my van hom te sê."

Elsa Kempen sien hom eerste aan die bokant van die trap verskyn. Nou, nog meer as netnou, vertoon hy indrukwekkend, nog steeds met daardie skewe grynslaggie in die een mondhoek. Elsa kyk vinnig om haar rond, maar daar is op die oomblik geen teken van Tania of haar verloofde of oom Bertus nie. Sy staan onseker nader na die trap. Sy dwalende blik vang haar oog en hy hom stadig met die trap af na haar toe – soos 'n koning wat met die paleistrap afbeweeg, dink sy effens geamuseerd.

"Goeienaand. Ek is Elsa Kempen." Hy maak net 'n ligte buiging, byna asof sy 'n onderdaan is, dink sy weer geamuseerd, en gaan vinnig voort: "Ek sal u na oom Bertus toe neem . . . as u wil."

"Dankie, maar daar is geen haas nie." Hy kom langs haar tot stilstand, laat weer sy blik oor die dansende, rokende, drinkende mense om hom dwaal. "Wie is oom Bertus?"

Sy kyk hom verbaas aan. "Maar . . . maar oom Bertus Erasmus. . . . die baas van dié plek."

Die eerste keer hierdie aand glimlag hy, 'n ietwat siniese glimlaggie, maar tog met iets goedigs in sy oë terwyl hy na haar wydgerektes kyk. "Jammer. Natuurlik. Wat gaan op die oomblik hier aan? Is dit die gewone miljoenêrspartytjie of 'n spesiale geleentheid?"

Sy frons weer en probeer haar bes om haar verbasing weg te steek. "Dis Tania se verlowing wat gevier word." Onmiddellik trek haar eie mond ook effens wrang. "Haar derde."

"Ekskuus?"

Sy voel hoe sy onder sy skerp blik bloos en laat hare sak. "Dit was onnodig. Ek is jammer." Teen wil en dank kyk sy weer nuuskierig op. "Maar . . . weet u dan nie dis vanaand die verlowingspartytjie nie?"

"Nee. Daar is ook geen rede hoekom ek daarvan moet weet nie."

"Dan het jy . . . nie eintlik partytjie toe gekom nie?"

Weer is haar oë wydgerek en weer glimlag die man

289

skeef. "Nee. Nie eintlik nie. Maar terwyl ek nou hier is . . ." Hy keer 'n kelner voor, neem twee glasies vonkelwyn van die skinkbord af, wink met sy wenkbroue. "Kom ons gaan staan daar eenkant. Dan vertel jy my meer van oom Bertus en sy dogter wat vanaand die derde keer verloof raak. Hulle klink . . . interessant. Of het jy 'n vriend . . .?"

"Nee. Ek het sommer in die bondel gekom. Hier is . . geen spesiale vriend van my nie." Sy skerp oë kyk vlugtig na haar. Sy ruk haar reg. Die aand is nog lank nie verby nie. Daar lê nog 'n hele paar uur van toneelspel vir haar voor. "Ken jy hulle dan nie?" vra sy versigtig toe hulle eenkant staanplek kry.

"Nie persoonlik nie. Die dogter . . . Tania . . ."

"O, eintlik is sy baie gaaf," begin Elsa Kempen vinnig vertel. "Sy kan seker nie help dat haar pa 'n miljoenêr is en dat die mans almal op haar verlief raak nie. Eintlik is sy te bejammer. Jy sien, die vorige kere toe sy verloof was, moes sy uitvind dat die eintlike belangstelling in haar om haar pa se rykdom gegaan het. Nou is sy weer verloof en . . ."

"En dis maar net 'n herhaling van die geskiedenis."

"Ek het dit nie gesê nie."

"Nee, maar dis baie waarskynlik."

"Miskien is hy tog lief vir haar. Sy is 'n baie mooi meisie, nie waar nie?"

"Wie?"

"Tania."

"Ek sal nie kan sê nie."

"Maar jy het haar tog gesien."

"Ja, maar nie regtig gekyk nie. Ek stel nie belang in mooi, ledige rykmansdogters nie."

Agter sy rug versteen Tania Erasmus. Sy was op die

290

punt om by hulle aan te sluit toe sy Elsa se vraag hoor, en sy is vrou en mens genoeg om eers sy antwoord te wou verneem. Nou staan sy besluiteloos, die eerste keer in haar lewe opgesaal met iets waarmee sy nog nie tevore te doen gekry het nie. Gewoonlik word sy deur bewondering en aandag van die teenoorgestelde geslag versmoor. Weliswaar weet sy al ná twee gebroke verlowings dat die belangstelling nie altyd om haar as persoon gaan nie, maar dikwels aangevuur word deur dit wat agter haar staan – die Erasmus-miljoene. Maar vir die eerste keer in haar lewe moet sy hoor dat sy kwalik raakgesien is en dat die rykdom agter haar geensins beïndruk nie. Wie is hierdie man?

Sy swaai terug en voeg haar doelbewus by hulle, hoewel haar glimlag nie meer so oordadig is as aan die begin nie.

"Het jy toe reggekom? Ek sien jy het Elsa al ontmoet. Kom dat ek jou aan 'n paar ander mense gaan voorstel. Ons sal wel by Paps uitkom."

Weer buig hy effens, sy oë merkbaar koel. "Dankie, maar ek het so pas vir Elsa gevra vir 'n dans – as u nie omgee nie, juffrou?"

Hy stel dit as 'n vraag, maar eintlik is dit baie duidelik dat dit hom nie 'n duit skeel of sy omgee of nie. Terselfdertyd neem hy die verbaasde Elsa se glasie uit haar hand, sit dit saam met syne op 'n tafeltjie neer en sê glimlaggend vir haar: "Sal ons?"

Elsa se verbouereerde blik skiet vinnig na Tania se gesig en sy sien die vlugtige verbasing in die mooi oë voordat Tania vinnig met 'n stywe glimlaggie laat hoor: "O nee, dis alles reg. Ons kan maar later . . ."

Sy swyg, want hulle is reeds al buite hoorafstand. Langs haar klink 'n stem op.

"Liewe land, Tania, ek soek al hoe lank na jou! 'n Mens sal amper nie sê dis ons twee se verlowing wat vanaand gevier word nie! Ek het jou omtrent nog nie met 'n oog gesien nie. Waar was jy?"

Sy draai vinnig na die man en haak by hom in.

"Hier is so baie gaste om aandag aan te gee, Ewald. Maar ek dink ek was nou min of meer by almal. Kan ons nou 'n slag gaan dans?"

"Natuurlik! Dis wat ek kom vra het! Kom, liefling." Hulle beweeg na die afgebakende ruimte vir die dansers en hy vra sag by haar oor: "Gelukkig, liefling?"

"Natuurlik." Sy lê haar kop teen sy skouer. Natuurlik is sy gelukkig. Verspot van haar om skielik te voel – soos Nannie dit sou stel – soos 'n koek wat platgeval het. En dit net omdat daar skielik 'n vreemdeling in die voordeur verskyn het, 'n man wat haar kwalik raakgesien het. Sy lig weer haar kop op. "Ewald . . . Ken jy daardie man? Die een wat nou met Elsa dans?"

"Nee. Ek het gewonder wie hy is. Ek het hom netnou met Elsa sien gesels. Is dit nie een van julle bekendes nie?"

"Wel . . . e . . . seker van Paps. Ek ken hom nie." Sy frons terwyl sy die paartjie dophou.

Skynbaar salig onbewus van die belangstelling wat hy, nie net onder die ander gaste nie, maar ook by die dogter van die huis en haar splinternuwe verloofde gaande maak, dans die vreemdeling voort met Elsa en sonder dat sy daarvan bewus is, word hy heelwat wyser en sy niks.

"Is jy ook 'n miljoenêrsdogter?"

Sy lag op na hom, onbewus daarvan dat 'n sekere paartjie by hulle verbydans en dat Tania sowel as Ewald se oë skerp op hulle rus.

"O nee! My pa is maar net oom Bertus se bankbestuurder – dis al!"

Hy glimlag goedkeurend op haar af. "Ek is bly om dit te hoor. Ek het begin dink ek het vanaand net tussen miljoenêrs en miljoenêrsdogters verval!"

Sy kyk hom weer nuuskierig aan.

"Dit klink nie asof jy alte erg is oor die baie ryk mense nie."

Sy wenkbroue lig terwyl sy blik 'n oomblik vaspen in dié van Tania toe hulle verbydans. "Kom ons sê ek verkies die gewone, gemiddelde mens se geselskap."

Elsa kyk hom belangstellend aan. Hierdie man is baie uitgesproke. As hy dan liewer die gewone mens verkies, hoekom het hy dan vanaand hierheen gekom? Lojaliteit laat haar vinnig sê: "Maar oom Bertus en Tania is eintlik baie gawe mense. Oom Bertus het my nog nooit laat voel ek is benede hom nie."

"Maar Tania wel."

Sy frons en kyk vinnig af. Hierdie man is ook baie skerpsinnig.

"Ek dink nie sy doen dit doelbewus nie. Die gewone meisies kan net nie anders as om minderwaardig teenoor haar te voel nie. Behalwe al die aardse skatte, is sy ook baie mooi, trek sy pragtig aan en is sy in elke opsig 'n baie oulike meisie."

"En jy is in elke opsig 'n lojale mensie," sê hy vriendelik.

Elsa laat haar ooglede sak en 'n warmte sprei oor haar hart wat vanaand so swaar in haar lê. Skielik is die aand nie meer so ondraaglik nie, kan sy selfs teenoor Ewald Serfontein glimlag toe hulle weer verbydans. Sy merk die frons tussen sy oë, maar kyk uitdagend terug. Wat kan dit hóm langer skeel met wie

293

sy dans en met wie sy die aand geniet? Hy is nou aan Tania verloof. Sy kyk weer op na haar dansmaat.

"Nee, dis net 'n geval van feite onder die oë sien. Dis iets wat ek die afgelope tyd moes leer – om feite onder die oë te sien."

Hy knik, sy oë steeds goedig en die hand wat hare vashou, klem 'n bietjie stywer. Sy stem is meteens diep. "Ja. Dis iets wat ons almal die een of ander tyd moet leer, nè? Om feite reg in die oë te kyk en dit te aanvaar."

Die musiek hou op en hulle keer terug na hul plekkie in die hoek, en die res van die aand geniet die vreemdeling Elsa Kempen se geselskap. Die oë wat hulle dophou, sien dat sy geensins omgee nie. Een keer wou Tania al reguit na haar pa toe stap en hom vra wie die man is, maar haar trots weerhou haar. Nadat sy sy mening oor rykmansdogters gehoor het, stel sy nie belang om te weet wie hierdie man is nie, vertel sy haarself. En tog ... Elke keer betrap sy haar dat sy na 'n bepaalde hoek kyk en dat haar blik hulle volg wanneer hulle op die dansbaan is. Sy betrap haarself ook dat sy al gewonder het of die vreemdeling darem sy maniere sal ken en haar vir 'n dans sal kom vra. Sy is tog dié dame van die aand. Sy voel geïrriteerd. Wel, as hy haar kom vra, sal sy koel weier, hom goed laat verstaan dat sy geensins belangstel om met hom te dans nie. Net ... hierdie goeie voorneme ly skipbreuk, want die vreemdeling toon geen teken dat hy enigsins belangstel om haar te kom vra nie.

Die aand is reeds byna verby en die eerste gaste het reeds begin vertrek. Dis amper met verligting dat sy sien dat die Kempens ook gereed maak om te gaan. Sal die vreemdeling saam met hulle vertrek of ...?

Sy sien dat Elsa hom aan haar ouers voorstel, dat hy saam met hulle uitstap en haar hart ruk in haar keel. Sal hy werklik net so ongeërg as wat hy gekom het, ook weer verdwyn? Dan onthou sy dat sy tas nog bo in die kamer is. Nee. Hy sal dit darem seker kom haal en dan sal hy darem seker moet groet en bedank vir die aand voordat hy gaan. Só onopgevoed kan hy darem nie wees nie!

Sy voel weer die vae, onwillige opwinding in haar aan toe hy weer in die deur verskyn, en sy swaai vinnig weg sodat hy nie miskien die gedagte moet kry dat sy die voordeur dopgehou het nie. Sy hou haar baie doenig met gaste wegsien, maar voel ontstoke toe die man weer houtgerus sy plek in die hoek gaan inneem en die vertrekkende skare met uitdrukkinglose gesig staan en betrag. Hy lyk beslis nie haastig om te gaan nie, en sy kan nie verstaan hoekom hierdie feit haar tegelykertyd vererg en ook vreemd opgewonde laat nie.

Ewald en sy ouers verskyn ook langs haar en hy laat sy arm om haar glip. "Liefling, ek sal ook nou moet gaan. Moeder-hulle het saam met my gekom en dis al reeds baie laat. Gee jy om?"

"Natuurlik nie. Ek verstaan." Sy groet haar aanstaande skoonmense en dan trek Ewald haar styf in sy arms in. Haar pa en Ewald se ouers is stadig aan die aanstap na buite en dis die natuurlikste ding onder die son vir 'n man om sy verloofde ordentlik te wil nag sê. Ewald is skynbaar onder die indruk dat al die gaste al uit is, maar Tania is intens bewus van die man wat nog doodluiters in sy hoekie staan en hulle onbeskaamd bly aankyk. Vreemd, maar sy voel ook nie lus om Ewald se aandag daarop te vestig dat daar nog 'n gas in die groot saal oorgebly het nie. Sy rem terug. Haar verloofde kyk skerp op haar af.

"Wat is dit, Tania? Jy is al die hele aand half terug-getrokke. Is jy al klaar jammer dat jy aan my verloof geraak het?"

"Nee, natuurlik nie, Ewald!" Haar stem is skerper as wat sy dit wou hê, en sy gaan vinnig voort: "Dis maar net . . . Ek voel 'n bietjie moeg."

"Moeg?" Hy lyk eerlik verbaas. "Liewe aarde, my meisie, maar . . . jy kon aand vir aand so te kere gaan en het nog nooit tekens van moegheid getoon nie! Wat is dit dan?"

"Ewald, asseblief!" Dan, asof sy haar moet inspan, laat sy haar arms om sy nek gly en soen hom vinnig op die lippe. "Jou ouers wag."

Hy sug, kyk haar nog 'n keer onseker aan en staan dan terug. "Nou goed. Sien jou môre. Ek sal die een of ander tyd hier kom inloer. Lekker slaap, liefling."

Sy knik net en daar is werklike verligting in haar om hom te sien gaan. Sy was op die punt om hom te sê dat sy dink hulle het 'n fout begaan om vanaand verloof te raak! Wat makeer haar?

Sy draai om, wil eers maak asof sy nie die man in die hoek raaksien nie, maar dan, soos hoeveel keer vanaand, gaan haar blik in daardie rigting.

"O!" Sy doen haar bes om voor te gee dat sy hom nou eers opmerk en stap nader, dwing 'n onbedui-dende glimlag na haar lippe. "Ek is jammer. Ek het u nie gesien nie." Hy antwoord nie, staan haar net en aankyk, en sy voel meteens verskriklik selfbewus. "Wil . . . wil u nie nog 'n oomblikkie sit nie?"

"Nee dankie. Ek wag vir u pa. U kan maar gaan slaap."

Sy kyk hom vinnig, vererg aan. Waar kom hy daaraan om haar sommer kamer toe te stuur? Haar oë flits, maar sy klou aan haar glimlaggie vas.

"O, daar is geen haas nie. Ek is nie moeg nie." Sy sien sy een wenkbrou omhoog trek en voel hoe die rooi gloed teen haar hals opstyg. Hy het beslis gehoor wat sy aan haar verloofde gesê het! Toe was sy te moeg om hom eens behoorlik nag te sê!

"Verskoon my, asseblief. Ek wil net my tas gaan kry." Hy stap ook dadelik aan na die trap, en sy kyk hom fronsend agterna. Dis so duidelik soos daglig dat hy nie gretig is om in haar geselskap te wees nie, maar hy kon die hele aand baie gesellig in die bankbestuurder se dogter se geselskap verkeer!

Sy byt haar onderlip vas. Ag, laat hom na sy peetjie gaan! Tog bly sy staan en kyk verlig na haar pa toe hy binnestap. Sy arm gly om haar skouers en hy glimlag op haar af.

"Ek sou sê dit was 'n groot sukses. Gelukkig, my kind?"

Sy lê haar kop vinnig teen sy bors. "Ja. Ja, natuurlik, Paps. Baie dankie vir die wonderlike partytjie."

"Solank jy net gelukkig is, Tanie. Dis al wat ek vra. Nou wel, kom ons gaan rus. Dis al oggend."

Hy swyg toe hy saam met sy dogter die man aan die bopunt van die trap sien, tas in die hand, reënjas oor die ander arm. Sy hoor haar pa saggies hier teen haar voorkop vra: "Wie is dié man, Tania?"

Sy skud haar kop, probeer haar verbasing verberg. "Ek weet nie, Paps. Ek het gedink dis iemand wat jy genooi het," fluister sy saggies terug.

Bertus Erasmus frons liggies, skielik bewus daarvan dat hier iets ongerymds is. Hy het die man al vroeër in die aand opgemerk, maar toe hy sien dat hy by Elsa Kempen is, het hy maar aanvaar dat dit haar metgesel vir die aand was. Die Kempens en al die ander gaste het reeds vertrek, maar hy staan nog aan die bopunt van die trap en kyk op hulle af asof hy verwag dat húlle nou moet gaan.

Toe die vreemdeling stadig met die trap begin afklim, stap Bertus Erasmus nader en hulle ontmoet mekaar by die onderpunt. Die vreemdeling gooi die reënjas oor na die ander arm en hou sy hand uit.

"Goeienaand, meneer Erasmus. Ek is Roux – Rocco Roux."

"Aangename kennis, meneer Roux." Dis duidelik dat die gasheer niks wyser is nie en 'n effense glimlag ruk weer aan die vreemdeling se mondhoeke.

Iets soos vermaak blink in sy oë toe hy sê: "Ek is jammer dat ek op so 'n ongeleë tyd hier aangeland het, maar die trein was laat en toe moes ek nog tot hier 'n geleentheid soek." Sy blik gaan glinsterend na die blonde meisie. "U dogter was egter so vriendelik en gasvry om my te nooi om aan die partytjie deel te neem. Baie dankie, juffrou. As u my nou sal wys waar ek moet heen, sal ek u nie langer ophou nie."

"Waar u . . .?" Die ou man frons, en dan is dit of daar meteens 'n lig vir hom opgaan. "Jy bedoel jy is . . .?"

Die donker kop buig effens. "Ja, meneer. Ek is die nuwe plaasbestuurder." Weer, vlugtig, pen sy oë in Tania se verbysterde bloues vas. "Wie het u dan gedink is ek?"

Bertus Erasmus lag. "Liewe land, nee, ek het nie die vaagste benul gehad nie! Ek het heeltemal vergeet dat jy vandag sou aankom." Hy frons effens. "Maar het hulle jou nie by die stasie gekry nie?" Hy draai na sy dogter. "Tania, ek het jou mos gesê dat daar 'n motor vandag stasie toe gestuur moes word . . ."

"Ek . . . e . . . ek is jammer, Paps. Dit het my heeltemal ontgaan."

"Ek is jammer, meneer Roux . . ."

"Alles reg. As u my nou my woonplek sal wys, sal ek u nie langer ophou nie."

"Sekerlik. Dis 'n woonstelletjie aan die agterkant van die huis. Ek hoop jy sal dit gerieflik vind."

Tania sien weer die effens smalende trek om die lippe, maar sy stem is egalig en niksbeduidend toe hy antwoord: "Ek is seker ek sal. Dankie." 'n Oomblik kyk hy haar vas aan en buig dan effens spottend. "Goeienag, juffrou."

Sy sien hom saam met haar pa uitstap en die verslaentheid in haar neem toe. Dan gryp sy haar rok vas en hardloop met die trap op terwyl sy nie weet of sy histeries aan die lag of histeries aan die huil moet gaan nie.

2

Die son sit die volgende oggend reeds taamlik hoog toe Tania, nog in haar kamerjas, op die balkon uitstap.

Sy sien die plaasbakkie aangery kom en dan voor die deur stilhou. Haar pa en die nuwe plaasbestuurder klim uit.

Weer voel sy die vreemde gevoel van teleurstelling en sy weet nie presies wat met haar aan die gang is nie. Toe is die geheimsinnige vreemdeling al die tyd maar net die nuwe plaasbestuurder! Onwillekeurig voel sy weer die warm gloed oor haar wange. Liewe land, hy moes die situasie darem heimlik geniet het ten koste van hulle, dink sy vererg.

Haar pa gewaar haar op die balkon en wuif. "Kom drink saam met ons tee."

Sy blik vlugtig na die man langs hom, maar hy staan blykbaar baie belangstellend om hom en rondkyk. Sy knik en wuif en spring dan terug die kamer binne, maar toe sy klaar gebad en aangetrek het en buite kom, is dit net haar pa wat nog op die stoep sit. Sy voel ietwat teleurgesteld. Terwyl sy aan die aantrek was, het sy besluit wat haar optrede teenoor die nuwe plaasbestuurder sal wees. Sy sal hom koel uit die hoogte groet en met haar houding goed laat verstaan waar sy plek is. En nou is hy nie eens hier nie!

"Waar is Paps se voorman dan?" vra sy ongeërg en begin vir haar tee skink.

Haar pa frons effens en kyk haar tersluiks aan. Snaaks, hy kry die gevoel dat sy dogter nie van die nuwe man hou nie. "Jy bedoel my nuwe bestuurder?"

Sy begin haar tee roer. "Is daar 'n verskil?"

Hy frons nou dieper. "Jy weet ek hou nie van daardie benaming 'voorman' nie, Tania. Rocco Roux is in elk geval 'n volbloed bestuurder. Ek laat die bestuur van die hele plaas net so in sy hande, kwalik 'n voorman se werk."

Sy frons ook nou, maar ontwyk haar pa se oë. "Is dit so verstandig, Paps? Hy is 'n vreemdeling, al hemel sy getuigskrifte hom hoe hoog op."

Bertus Erasmus glimlag effens. "Daar is geen getuigskrifte nie." Hy sien sy dogter se verbaasde blik.

"Soos jy so pas gesê het, kan 'n mens nie altyd op getuigskrifte reken nie. As elke getuigskrif wat gegee word die waarheid en niks anders as die volle waarheid vertel nie, is daar nie slegte mense op aarde nie – en ons albei weet dis nie die geval nie. Ek het my nog nooit baie aan getuigskrifte gesteur nie. Hierdie man het bloot net 'n brief aan my geskryf en die bewyse van sy kwalifikasies ingesluit en sy telefoonnommer verstrek indien ek hom sou wou bel. Hy was die enigste onder die talle aansoeke wat ek ontvang het wat geen getuigskrifte en lofliedere oor homself ingesluit het nie. Ek het hom gebel en dadelik van die man se stem gehou."

"Paps! Maar jy kan nie sommer 'n man in so 'n belangrike pos aanstel net omdat sy stem oor die telefoon jou beïndruk nie!"

Haar pa glimlag. "My liewe kind, ek beroem my op 'n klein bietjie mensekennis en oordeel. As ek dit nie gehad het nie, sou ek nie vandag gewees het waar ek is nie. My werknemers wat ek in die verlede aangestel het, het ek verkieslik nog altyd volgens my eie persoonlike indrukke aangestel, liewer as om getuigskrifte te lees. Ek het my nog baie selde misgis. Ek is ook oortuig dat ek in hierdie geval nie verkeerd geoordeel het nie. Ons het netnou die plaas so 'n bietjie deurgery en ek is oortuig dat Rocco sy boerdery ken."

"Dis nie te sê dat hy betroubaar is nie," hou sy dogter koppig vol, en haar pa se wenkbroue lig.

As dit nie belaglik sou klink nie, sou hy amper wil dink dat Tania doelbewus iets aan die soek is om teen die nuwe plaasbestuurder in te bring. Maar sy ken die man nie eens nie!

Hy kyk met groter aandag na haar. Sy lyk glad nie

stralend gelukkig soos sy behoort te lyk nie. Sy kommer verdiep. Niemand weet hoe hy hom oor hierdie dogter van hom bekommer nie. Sedert sy vrou twee jaar gelede oorlede is, het hy sy bes gedoen om nie te oorbeskermend teenoor haar te wees nie.

Hy het vroeër nooit enige bekommernis oor Tania gehad nie. Hy het geglo dat sy kind reg grootgemaak is en dat sy, ten spyte daarvan dat sy as rykmansdogter grootgeword het, in haar wese opreg en kerngesond was. Dis eers sedert haar ma se dood dat Bertus Erasmus kommer begin ondervind het. Dis nie dat Tania heeltemal ledig is nie. Sy help hom baie met sy korrespondensie en so meer, maar sy is nie gebonde nie, en dis of hy die afgelope twee jaar 'n rusteloosheid by sy kind begin opmerk het. Dis of sy aan die rondval is, aan die rondsoek na iets sonder om dit op 'n bepaalde naam te kan noem.

Daar is byvoorbeeld haar twee vorige verbreekte verlowings. Hy het hom reeds jare gelede, toe sy nog 'n kind was, voorgeneem dat hy haar nooit sal probeer beïnvloed in die keuse van 'n lewensmaat nie. Albei vorige twee kere het hy vaag onrustig gevoel, en dit het later tog geblyk dat sy onrus gegrond was. In albei gevalle het dit duidelik geword dat hierdie jong mans meer belanggestel het in wat hulle uit 'n miljoenêrskoonpa sou kon kry as in wat hulle eintlik aan die dogter het.

Ook hierdie derde verlowing van Tania stem hom nie gelukkig nie, hoewel hy sy bes doen om haar dit nie te laat agterkom nie. Op die oog af is Ewald Serfontein 'n oulike jong man wat, te oordeel na die uiterlike, al ver gekom het vir sy jare. Hy is die eienaar van 'n hele reeks motelle langs die kus, en staan onder sy vriende bekend as die "motelkoning". Hy het nog nie juis kans gehad om sy aanstaande skoonseun goed te leer ken nie. Daarvoor is hy self, asook Ewald, te bedrywig. Maar tog is daar iets wat al bly hinder.

Hy bekyk weer sy dogter tersluiks. Miskien is dit Tania self wat hom hinder. Hy kan nie van die gevoel ontslae raak dat sy hierdie keer maar net sommer verloof geraak het sonder om werklik verlief te wees nie. Tania se vriendinne, wat hoofsaaklik uit haar skooldae dateer, het die afgelope tyd die een na die ander in die huwelik getree. Hy het 'n nare gevoel dat sy dogter se derde verlowing sommer net plaasgevind het om in pas met die res te bly.

Nie dat Tania nie kan kies en keur nie. Dis miskien juis die probleem. Haar vriendinne, minder ryk en minder aantreklik, het nie so 'n wye keuse gehad nie. Daarom was dit vir hulle makliker, maar sodra jy alles of almal kan kry, word die keuse moeiliker, soms só moeilik dat jy op die ou end geen keuse het nie. Hy is bevrees dis nou wat met sy kind gebeur.

Sy blik dwaal weg oor die oop, ruim grasperke voor hom.

Die indruk is altyd daar dat dit fantasties moet wees om so 'n oorvloed aan besittings te hê. Die indruk bly totdat jy die dag miskien ontdek dat jy een van daardie bevoorregtes is, en dan besef jy dat dit eintlik 'n wanindruk is. Want saam met aardse skatte vermeerder ook die kommer en verantwoordelikheid. Hy het hom dit nooit ten doel gestel om eendag 'n miljoenêr te word nie. Maar die een suksesvolle transaksie het tot 'n ander gelei. Dit het omvangryk geword, later omtrent buite beheer geraak. Dit het vorentoe bly rol, met elke draaislag groter en onstuitbaarder geword.

Die ou spreekwoord dat geld geld maak, het vir hom waar geword.

Maar hoewel dit gerieflik is om 'n multimiljoenêr te wees, is dit beslis nie maklik nie. Oor sy sakebelange bekommer hy hom nie veel nie. Hy het net daardie inherente vermoë om te weet wat 'n goeie saketransaksie is. Hy kan aanvoel as 'n ding gesond is en of dit die moeite werd gaan wees. Nee, sy bekommernis is oor sy dogter en dat die aardse skatte wat haar pa versamel het, op die ou end nie geluk nie, maar ongeluk oor haar gaan bring – soos reeds gebeur het.

Twee keer was sy al verloof en moes sy ontdek dat dit eintlik nie om háár gaan nie. Gaan dit 'n derde keer gebeur? Hy sug diep en sy dogter se stem sny deur sy gedagtes.

"En nou, Paps? Waaroor die diep sug?"

Hy kyk na haar kant toe. "Dis oor jou, my kind."

"Oor mý?"

"Ja. Ek het die gevoel dat jy nie gelukkig is nie. Is jy, Tanie?"

"Maar natuurlik, Paps!"

Sy blik is skerp en ondersoekend. "Dis nie so natuurlik om gelukkig te wees nie, my kind. Die teenoorgestelde is die meeste van die tyd waar. Geluk is nie iets wat vanselfsprekend daar is nie. 'n Mens moet daarvoor werk, opoffer, soms selfs tot by die punt van selfverloëning. Geluk is nie iets wat met geld gekoop kan word nie." Sy oë pen sy dogter s'n vas. "Nie al my geld kan jou geluk koop nie, Tanie. Solank jy dit net onthou."

Haar oë is verward. "Ek begryp nie heeltemal . . ."

"Ek het al die indruk begin kry, my kind, dat jy dink dat ons besittings ons hoër stel as ander mense."

Hy glimlag skeef. "Eintlik moes ek nooit 'n miljoenêr geword het nie. Ek pas nie in by hierdie groep mense nie."

"Paps!"

"Dis waar, Tania. Ek is op my gelukkigste tussen gewone mense. Maar jy, my kind, jy het 'n manier om deesdae op mense neer te sien wat minder as ons het."

"Paps! Ek was nog nooit 'n snob nie!"

"Nee, nie heeltemal snobisties nie, maar die gevaar is groot dat jy een kan word." Bertus Erasmus is 'n reguit man, en hy huiwer ook nie nou om reguit te praat nie. "Jou optrede teenoor ons nuwe plaasbestuurder, byvoorbeeld. Jy sien neer op die man, en dit staan my nie aan nie, Tania. Dis geen skande om eerlik met jou hande en liggaamskragte 'n bestaan te maak nie."

"Dis nie . . . dis nie waar nie, Paps!" protesteer sy, maar haar oë is ontwykend.

"Ek hoop ek is verkeerd. Ek hoop van harte so, my kind, want ek het probeer om jou die regte waardes in die lewe te leer. 'n Man se bankbalans was nog nooit 'n getuigskrif vir die man self nie. Moet nooit 'n mens oordeel na wat hy besit of nie besit nie, Tania. As jy dink aan jou groep vriende . . . Hulle is almal kinders uit ryk huise – geërfde rykdom. Maar daar is baie onder hulle wat, as hulle nie ryk pa's gehad of ryk geërf het nie en op eie inisiatief en in eie krag die lewe moes aandurf, vandag arm sou gewees het. Ek het hulle deurgekyk. Daar is van hulle wat vandag 'n hand-in-die-tand-bestaan sou gevoer het as dit nie was vir wat agter hulle is nie. Daarom is ek so bevrees vir jou, my kind, dat jy ook sal steun op wat ek besit.

As daar vandag iets met my moet gebeur, en met my rykdom . . . sal jy in eie krag en karakter vir jou 'n eerbare pad in die lewe kan oopkap?"

Tania sit verslae en luister. Sy het haar pa nog nooit voorheen só hoor praat nie. Sy antwoord fronsend: "Is daar dan 'n moontlikheid . . .?"

"Nee, maar ek sal liewer wou weet dat, wat ook al mag gebeur, my kind oor die inherente krag beskik wat haar staande sal hou, beter as wat my aardse besittings dit ooit sal kan doen. Ek het vir Rocco gesê dat hy sy etes saam met ons moet geniet."

Hy staan op en stap weg en sy kyk hom agterna. Dan spring sy op en trek haar skouers ongeërg agteroor. Ag, Paps is maar net nie vandag in 'n goeie bui nie. Dis al. Sy frons effens. Haar pa is blykbaar baie ingenome met die nuwe plaasbestuurder. Sy wens hy het die man liewer nie gevra om sy etes saam met hulle te geniet nie. Daar is 'n onwilligheid in haar om te veel met hierdie nuwe werknemer te doen te hê. Sy kan die gevoel nie afgeskud kry dat hy beslis nie veel van sy werkgewer se dogter dink nie. Om watter rede, kan sy nie sê nie, maar die gevoel bly.

Ook toe hulle later weer aan die etenstafel ontmoet, is dit sterk op die voorgrond. Gedagtig aan haar pa se prekie van vanoggend, probeer sy vriendelik wees, die man selfs tuis laat voel, sodat hy nie moet voel dat hy in sy meerderes se geselskap is nie. Haar pogings word met 'n koel knik van die kop en 'n enkele blik van die oë beantwoord, en dan word sy heeltemal geïgnoreer. In der waarheid voel dit later vir haar of sy die een is wat nie aan die tafel tuis hoort nie, want die twee mans gesels land en sand oor boerdery, landsake, wêreldsake.

306

Sy sit fronsend en luister. Hy weet waarvan hy praat, moet sy toegee. Hy is beslis op die hoogte van elke onderwerp wat aangeroer word. Ook het hy vaste menings oor almal en hy stel dit kalm maar beslis. Een keer verskil hy selfs openlik van haar pa, en tot haar ergernis sien sy hoe haar pa bereid is om na sy standpunt te luister en hoe hy blykbaar ook oortuig word.

Sy is verlig toe Ewald onverwags binnestap. Sy het net begin voel dat sy maar kan opstaan en loop. Nóg haar pa nóg die nuwe plaasbestuurder sal dit eens agterkom.

Daarom is haar ontvangs van haar verloofde guller as wat selfs hy verwag het en hy hou haar styf teen hom vas. Dan blik hy na die vreemdeling aan tafel en dis oom Bertus wat hulle bekendstel.

"Dis nou my dogter se verloofde, Ewald Serfontein, en dis Rocco Roux. Kom sit, Ewald. Wil jy nie saam eet nie?"

"Dankie, oom Bertus, ek het klaar geëet." Sy blik keer terug na die man wat ongeërg voortgaan met sy ete. "Kuier u 'n rukkie hier, meneer Roux?"

Die donker wenkbroue lig. Dan kyk hy op, sy stem kalm. "Nee, meneer Serfontein. Ek werk hier."

"Werk?"

Tania kan nie verstaan nie, maar sy voel meteens senuweeagtig en verduidelik vinnig: "Dis Paps se nuwe voorm- . . . ek bedoel ons nuwe plaasbestuurder."

"O." Ewald se belangstelling verdwyn onmiddellik.

Skielik, onverklaarbaar, het daar 'n gespanne atmosfeer om die etenstafel ingesluip. Ewald en haar pa het albei 'n frons tussen die wenkbroue. Dis net Rocco Roux wat daar sit, so kalm soos netnou.

Die twee mans wat so lekker sit en gesels het, se gesels het meteens ook opgedroog. Sy kyk onderlangs na haar pa, sien dat hy fronsend sy koffie roer en voel sommer geïrriteerd. Wat is dit nou skielik met hom? Hoekom kan hy nie voortgaan met gesels soos netnou nie? Dit lyk kompleet asof hy nie lus het om met Ewald te gesels nie!

Sy wend haar tot haar verloofde en vra met 'n breë glimlag: "Is jy op pad êrens heen, of het jy vir my kom kuier?"

"Ek het jou kom haal om saam te ry. Ek wil inspeksie gaan doen by die naaste motel. Ons sal vanaand terug wees."

Sy aarsel 'n oomblik, betrap dan Rocco Roux se blik op haar en sê dadelik: "Dit sal lekker wees! Natuurlik wil ek graag saamry."

"Nou maar goed. Hoe gouer ons wegkom, hoe gouer is ek klaar. Kan ons maar gaan?"

Sy soen haar pa vlugtig op die kop. Net baie vlugtig gaan haar blik na die ander man. Hoewel sy teësinnig is om dit te doen, sê sy tog, bewus daarvan dat haar pa dit van haar sal verlang: "Tot siens, meneer Roux."

Toe sy opstaan, het hy beleef op sy voete gekom en hy knik nou weer met sy half koninklike buiginkie. "Tot siens, juffrou Erasmus."

"Tot siens, oom Bertus, Roux. Kom, skat."

Toe hulle uit is, sug oom Bertus diep en wink met die hand. "Kom sit. Ons drink nog 'n koppie koffie." Die ander man neem plaas. Vir 'n rukkie is dit stil aan tafel. "Dis nou die motelkoning, soos hy genoem word. Besit 'n hele reeks motelle al langs die kus op. Skynbaar skatryk." Die ander man antwoord nie, en

Bertus Erasmus kyk hom vas aan. "Wat dink jy van hom?"

Tydsaam word daar eers aan die koffie geproe. "Ek het seker nie die reg om enige mening uit te spreek nie."

Bertus Erasmus frons diep. "Dan hou jy ook nie van hom nie." Hy sug weer. "Ek het 'n gevoel dat my dogter se derde verlowing dieselfde pad as die eerste twee gaan loop. Maar ek is nog banger dat die verlowing op 'n huwelik sal uitloop en dat Tania te laat sal besef dat sy 'n derde keer dieselfde fout begaan het. Ek is bekommerd oor my kind, Rocco." Die twee mans kyk mekaar aan. "Ek het al dikwels gewens ek was 'n doodgemiddelde man en nie 'n miljoenêr nie, ter wille van my dogter. Daar is baie slaggate op die pad van 'n rykmansdogter."

Die ander man is stil, maar dit hinder Bertus Erasmus nie. Sedert sy vrou twee jaar gelede oorlede is, het hy nie iemand gehad teenoor wie hy werklik sy hart kon oopmaak nie, want die meeste van die tyd is 'n miljoenêr ook 'n eensame mens. Jy is nooit werklik seker hoe diep en eg mense se gevoelens teenoor jou is nie.

Maar snaaks, teenoor hierdie nuwe plaasbestuurder kan hy sy hart oopmaak. Dis asof hulle van die eerste oomblik af mekaar gevind het, en hoewel Rocco Roux nie baie te sê het nie en die meeste van die tyd nog net geluister het, was daar 'n onmiddellik wederkerige gevoel van respek en vriendskap tussen hulle. Bertus Erasmus is 'n fyn mensekenner, en van die eerste oomblik af het hy aangevoel dat hierdie man geen gewone werknemer is nie. Rocco Roux is 'n man met 'n B.Sc-landbougraad. Hy het agtergrond en opvoeding. Die ouer man is oortuig dat hierdie jong man beter gewoond was, maar natuurlik is hy te goedgemanierd om hom direk daarna uit te vra. Wanneer hulle mekaar beter leer ken het, sal hy wel die verhaal hoor.

Intussen is dit 'n verligting om sy probleme teenoor iemand wat begryp, te kan lug. Sy vorige plaasbestuurder was reeds 'n ou man wat 'n rukkie gelede die tuig weens swak gesondheid moes neerlê. Dis heerlik vir Bertus Erasmus om nou weer iemand jonk op die plaas te hê, want hoewel hy lankal gevoel het dat oom Martiens nie meer alles kon bybring nie, kon hy dit ook nie oor sy hart kry om die ou man af te dank nie.

Maar hierdie jong man het nog inisiatief, kan nog sien waar verbeter kan word, waar reggeruk kan word. Meer nog, hy het nou weer iemand met wie hy kan praat. Daarom het sy aanstaande skoonseun onwetend nog 'n swart kruisie teenoor sy naam gekry toe hy Rocco kortaf as Roux gegroet het. Toe Ewald onder die indruk was dat Rocco 'n gas in die huis is, het hy hom as meneer Roux aangespreek, maar toe hy hoor hy is maar net 'n werknemer, toe word hy sommer net Roux, en Bertus Erasmus het hom in sy hart geskaam vir die ryk man.

Hy kyk nou na die stil, sterk gesig hier langs hom en sê reguit: "Ek is jammer oor Ewald se gedrag netnou, Rocco."

Die donker oë flits omhoog en sy mond word grimmig. "Ek het geleer om daardie soort ding te vat van wie dit kom. Moet u nie ontstel nie."

"Maar ek ontstel my daaroor! Dis die man aan wie my dogter verloof is vir wie ek my so moet skaam,"

310

laat die ouer man driftig hoor en staan op. "Kom ons gaan kyk na die onderste kampe. Ek sal graag jou mening daaroor wil hoor. Ek beoog om die kampe kleiner te laat sny, maar ek wil eers hoor wat jy daarvan dink."

Rocco staan op. "Ons kan maar gaan, maar het u nie gesê u moet vanmiddag in stad toe vir sake nie?"

Die ouer man wuif met die hand. "Ek het besluit dit kan wag tot môre. Ek is nie vandag lus vir mense en geldstories nie."

Tania sit en staar voor haar uit en Ewald kyk haar skuins aan.

"Jy is besonder stil, skat. Iets verkeerd?"

Sy aarsel, liewer lus om stil te bly, maar sy kon aan haar pa se oë sien dat Ewald hom volgende keer gaan vasloop as hy hom weer só gedra.

"Nee, nie juis nie, net . . ."

"Net wat?" Hy frons ook nou. "Dis al vir my asof jy sedert gisteraand al verder van my af beweeg, pleks van nader, Tania. Wat is dit met jou? Het ek iets verkeerd gedoen of . . .?"

Sy vererg haar op die plek, juis omdat sy in 'n mate skuldig voel. Sy weet nie wat met haar aangaan sedert gisteraand nie. Dis of almal haar irriteer.

"Ek wil jou net waarsku dat Paps nie hierdie soort gedrag sal duld nie, Ewald. Jy kon meer beleef gewees het."

Hy lyk eerlik verbaas. "Waarvan praat jy? Wanneer was ek onbeleef?"

Haar blou oë blits na hom op. "As jy dit nie self weet nie, sal dit nie juis help dat ek jou daarop wys nie, sal dit?"

311

Hy frons ook nou vererg. "Liewe land, Tania! Is dit nou nodig? Teenoor wie was ek onbeleef?"

"Teenoor ons nuwe plaasbestuurder."

Hy lyk verbysterd. "Is dit waaroor die bohaai gaan – oor die plaasbestuurder?"

Sy pers haar lippe opmekaar, maar voel tog ook 'n bietjie belaglik. Gister, eergister sou sy dieselfde houding as Ewald ingeneem het, maar sedert haar pa se prekie, het sy begin gevoelig raak vir hierdie dinge. Sy kyk hom nou koel aan.

"Ja, en as jy in my pa se goeie boekies wil bly, sal jy jou in die toekoms meer beleef en minder neerhalend teenoor sy werknemers moet gedra."

"Liewe aarde, Tania! Ek wou nie doelbewus onbeleef wees nie, maar hy is net 'n plaasbestuurder! Verwag jy en jou pa dat ek elke werknemer van julle soos 'n absoluut gelyke moet behandel? Moet ek hom volgende keer om die hals val?"

"Moenie verspot wees nie, Ewald. Dis net . . . Paps self is altyd uiters beleef teenoor sy minderes en hy verwag dit ook van ander. Hy sê elke mens het sy selfrespek en trots, of jy arm of ryk is."

"Goed. Toegegee, maar dis nie nodig om hulle om die hals te val nie!"

"Niemand het gepraat van om die hals val nie!" Sy voel nou regtig vererg en geïrriteer en is jammer dat sy ooit saamgekom het.

"Dit klink so," hou hy bot vol. "Ek sien hy eet saam met julle aan tafel ook. En gisteraand het ek hom onder die gaste gewaar. Ek veronderstel dat, wanneer ons in die toekoms êrens heen gaan, ons hom sal moet saamvra."

"Jy is nou kinderagtig," sê sy boos. Die onrus vat

weer in haar pos. Het sy hierdie man werklik lief en is sy werklik bereid om die res van haar lewe met hom te slyt? "Rocco eet saam met ons omdat hy ongetroud is en dit sal belaglik wees as ek en Paps alleen in die huis eet en daar eenkant in sy woonstel vir hom ge- kook moet word. En gisteraand . . . wel . . . Hy het hier aangekom terwyl die partytjie aan die gang was en ek kon kwalik vir hom sê hy moet wag tot die par- tytjie verby is, kon ek?"

"Jy kon hom sy woonstel laat wys het deur een van die kelners. Ek merk op julle is al op voornaamterme."

Sy trek haar asem vinnig in. Dit sal darem belaglik wees om die dag ná die verlowing al rusie te maak – en dit oor haar pa se nuwe plaasbestuurder!

"Ons is nié by voorname nie. Regtig, Ewald, as jy so voortgaan, sal ek begin dink jy is jaloers op die man!"

"Tania!" Ook hy trek sy asem diep in. Nee wag, dit sal nie deug om sake te verbrou en dit oor 'n ou plaasbestuurdertjie nie. "Jou opmerking is so belaglik dat ek nie daarop sal antwoord nie. Kom ons vergeet nou van meneer Roux. Die hele affêre is belaglik, om die minste daarvan te sê.

Sy swyg ook hierna en hulle ry in stilte verder. Dis of hulle skielik niks het om oor te gesels nie. Tania voel weer die beklemming op haar toesak. Sy ken Ewald nog glad nie so lank nie. Sy weet dat hy as die motelkoning bekend staan, dat hy baie goed dans, dat hy hou van partytjies en rondreis, dat hy . . . Sy frons. Wat nog? Hy trek baie byderwets aan. Hy ry met 'n peperduur sportmotor, hy speel goed tennis en . . . dis eintlik al!

Sy kyk hom tersluiks aan. Hy is aantreklik, baie

gewild, maar is hierdie dinge wat sy nou vir haarself opgenoem het, werklik al wat sy van die man verlang met wie sy wil gaan trou? Sy byt haar onderlip vas.

Maar sy is reeds verloof aan hom! Was sy vir 'n derde keer te oorhaastig? Moes sy nie nog 'n rukkie gewag het nie, Ewald eers 'n bietjie beter leer ken het nie? Tog . . . Aan die begin was sy seker dat sy hierdie keer die regte besluit geneem het. Dis van gisteraand af dat sy werklik begin twyfel het. Maar hoekom gisteraand? Dit was dan hul verlowingsaand!

Skielik sien sy 'n man voor haar geestesoog verskyn, geklee in sportdrag, sy oë koel dwalend oor die gaste waar hy in die voordeur staan.

Hoekom het hierdie man juis nóú hierheen gekom? Maar wat maak dit saak? vra sy haarself driftig af. Wat het die verskyning van 'n wildvreemde plaasbestuurder met haar persoonlike sake te doen? Hoe kan dit haar persoonlike lewe raak?

Tog, toe sy daardie aand weer terug is in haar kamer – die dag en aand wat verby is 'n totale mislukking – wens sy uit haar hart dat Rocco Roux liewer wil teruggaan van waar hy gekom het. Dis sedert hy hier aangekom het dat hy op 'n onverklaarbare wyse alles kom ontstig het. En dis belaglik, soos Ewald ook gesê het.

Sy klim in die bed en skakel die muurlampie af. Net môre sal sy haarself onder hande neem en haar regruk. Hierdie snaakse bui waarin sy skielik verval het, moet nou end kry. Rocco Roux is 'n doodgewone plaasvoorman en die uitdrukking in daardie koel oë van hom kan haar regtig nie skeel nie. Môre sal sy hom op sy plek in die prentjie plaas – op die agtergrond, waar 'n plaasvoorman hoort.

Die nuwe plaasbestuurder se oë rek effens toe hy vroeg die volgende oggend 'n skraal gestalte, netjies in rydrag geklee, sien aanstap in die rigting van die stalle.

Tania het met vaste, goeie voornemens opgestaan. Sy gaan vanoggend weer vroeg perdry sodat sy haar lawwigheid kan vergeet. Dis van saans te laat rinkink en soggens tot watter tyd lê en slaap dat sy nie meer nugter en helder kan dink nie. Van nou af gaan sy elke oggend gereeld perdry. Dis een van die voornemens wat sy het.

Bertus Erasmus hou al jare lank baie goeie perde in sy stalle aan. Tania is deur haar pa self geleer perdry. Dus is haar keuse die pragperd in die stalle.

"Saal vir my Black Beauty op, asseblief," beveel sy die stalopsigter en hy gehoorsaam dadelik.

'n Verdonkering van die lig in die stalle laat haar vinnig oor haar skouer omkyk en weer, teen alle voornemens in, voel sy haar hart ruk.

"Goeiemôre, juffrou. Kan ek help?"

"Môre, meneer Roux. Dankie, maar ek is geholpe." Sy draai dadelik terug en slaan ongeduldig met die kort peits teen haar kamaste. "Toe dan nou, George. Opskud!"

"George! Nie dáárdie perd nie. Saal vir Satin op."

Sy frons, draai effens terug, maar kyk nie agtertoe nie. "Ek het gesê hy moet Black Beauty opsaal. Ek ry hom altyd."

"Altyd? Wanneer laas het u hom gery, juffrou?"

Sy frons vererg. "Wel . . . e . . . 'n rukkie gelede, maar ek en Black Beauty verstaan mekaar. Toe, George!"

"Saal vir Satin op, George! Die juffrou ry nie vir Black Beauty nie."

Sy swaai nou om, kyk hom vas aan, trek haar skouers agteroor. "Is daar fout met hom? Is hy siek?"

"Nee. Maar hy is lanklaas gery en hy is gevaarlik vir 'n dame. Satin is baie meer geskik . . ."

"Meneer Roux, ek dink ek weet self watter perd ek kan hanteer. Ek ry nooit op 'n ander perd nie. Black Beauty is my ryperd."

Hy leun ongeërg teen die kosyn, sy arms gevou. "So het ek verneem, maar jy het jou perd die afgelope tyd verwaarloos en Black Beauty het vol nukke geraak. Ek wil hom eers self 'n rukkie ry voordat ek iemand anders op sy rug sal toelaat."

Sy voel 'n bewerigheid in haar posvat en haar hand knel stywer om die peits.

"Meneer Roux . . ."

Hy kom vinnig orent en dis duidelik dat hy skielik moeg is vir die geredekawel. Sy stem is kortaf, bevelend: "Haal af, George. As die juffrou nie een van die ander perde wil ry nie dan ry sy glad nie."

"Meneer Roux!" Dis hopeloos. Haar eerste goeie voorneme is na die maan. Sy het besluit sy sal hom net so koel en afsydig en ongeërg behandel as wat hy met haar doen. Maar nou . . . Hy is verregaande vermetel! Hom kom baas hou in haar pa se stalle! Wie dink hy is hy? "U matig u regte aan wat . . ."

Sy oë flits waarskuwend en sy stem daal. "Ek weet ek is net 'n plaasvoorman in jou oë, maar ek beskou dit as my plig om jou te verbied om Black Beauty te ry. Gaan sit terug die saal, George. Die juffrou sal nie vanoggend perdry nie, dankie."

Sy trek haar asem diep in. "Luister hier, meneer

316

Roux! Ek gaan vanoggend ry. Ek het nie jou verlof nodig nie."

"Ek kan jou verbied om op dié perd te ry, en ek sê jy ry nie vir Black Beauty nie."

Sy weet sy moet dit nie sê nie, maar sy is bederf, nie gewoond om teengegaan te word nie, en dit nogal deur 'n plaasvoorman. Sy staar strak terug in die besliste gesig. "Dis ons perde, weet jy?"

Net baie effens is 'n verdere verstrakking op die gelaatstrekke sigbaar. Dan smaal die een mondhoek terug. "Daarvan is ek ten volle bewus, juffrou, maar hierdie perde is my verantwoordelikheid, en ek gaan nie toelaat dat iemand net ter wille van 'n skielike nuk die beste perd in die stalle vir altyd bederf nie."

Hy staan opsy en wys baie duidelik met sy hand dat sy maar kan aanstap. Eers voel sy lus om haar verder te verset, maar intuïsie waarsku haar dat dit haar niks sal help nie. Hierdie man is so beslis as wat kan kom. Met 'n stywe rug en 'n hooghartige optrek van die skouers stap sy aan staldeur toe, maar toe sy regoor hom kom, roep sy uit: "Ek dink . . . ek dink jy is onuitstaanbaar!"

Die koninklike knik van die donker kop is al antwoord wat sy kry, en hy draai dadelik van haar af weg en begin aanstap in die rigting van die motorhuise. Tania begin op 'n stywe, woedende pas terugstap huis toe.

Bertus Erasmus is self vroeg op vanoggend, want 'n lang dag van omsien na sy sakebelange in die stad wag op hom. Hy kyk verbaas van die ontbyttafel af op toe sy dogter binnestap.

"Môre, my kind. Jy is vroeg op. Het jy weer 'n slag gaan perdry?"

"Ek wou, maar Paps se . . . se plaasbestuurder dink nie dis gewens nie."

Hy kyk verbaas na die ontstoke gesiggie. "Hoe nou?"

"Meneer Roux dink nie ek is in staat om vir Black Beauty te ry nie. Hy het subiet geweier dat hy opgesaal word."

"O . . ."

Sy plak haar langs haar pa neer en die blou oë flits. "Paps, ek gaan my nie laat voorskryf deur 'n . . . 'n . . ."

Haar pa kyk haar waarskuwend aan. "Stadig, Tania. Die man het seker 'n rede hoekom hy jou nie op Black Beauty wil laat ry nie. Hy . . ."

Rocco kom binnegestap, kalm en bedaard, en neem sy plek aan tafel in. "Goeiemôre, meneer Erasmus."

"Môre, Rocco." 'n Swaar stilte sak neer en die ouer man kyk geamuseerd van die een na die ander. Tania lyk asof sy kan oopbars van woede, en in teenstelling met haar lyk Rocco Roux so koel en ongesteurd soos 'n vars geplukte komkommer. Oom Bertus maak keel skoon: "E . . . ek verstaan jy wil nie hê dat Tania vir Black Beauty moet ry nie. Sy is 'n baie goeie ruiter, weet jy? Ek het haar self geleer."

"Dit betwis ek nie, meneer Erasmus, maar Black Beauty is op die oomblik gevaarlik. Hy staan al hoe lank op stal en is onregeerbaar van al die opgehoopte energie. Dit maak hom nukkerig en vol draadwerk. Ek wil eers self al daardie opgedamde energie afry voordat ek enigiemand sal toelaat om op hom te klim."

"Maar Paps sê mos nou vir jou ek is 'n goeie ruiter!" Sy wend haar tot haar pa. "Sê vir hom dat ek Black Beauty mag ry, Paps!"

318

Vir die eerste keer sedert hy sy verskyning gemaak het, verwerdig hy hom om haar direk aan te kyk. "Ek is bevrees dan sal ek nog steeds weier. Ek sê jy ry nie daardie perd nie!"

"Wat?" Haar oë val byna uit haar kop. Ook Bertus Erasmus kyk die jong man vinnig aan, 'n geamuseerde uitdrukking in sy oë.

Dan hou hy sy hand vinnig omhoog toe sy dogter se mond weer oopgaan. "Ek dink die saak is afgehandel, Tania. As Rocco sê daardie perd is gevaarlik, dan is hy. Daar is genoeg ander perde in die stalle om te ry."

Sy dogter kyk hom verbysterd aan. Haar pa kies sowaar hierdie . . . hierdie man se kant teen haar! Sy spring op, stom van woede en verontwaardiging. "Wie . . . wie dink jy is jy om vir my bevele te gee, meneer Roux?" kry sy dit eindelik stikkend uit. "Jy ken nie jou plek nie . . ."

"Tania!" Dis selde dat sy al daardie stemtoon van haar pa gehoor het, veral teenoor haar. "Jy ken blykbaar nie jou maniere nie! Vra Rocco onmiddellik om verskoning!"

'n Hand waai ongeërg in die lug en hy trek sy bord nader. "Die kool is die sous nie werd nie. Laat haar begaan, asseblief."

Met 'n snik op haar lippe swaai sy om en hardloop die vertrek uit, so kwaad soos wat sy nog nooit in haar lewe was nie. En aan die ontbyttafel kyk die ouer man die ander met meer respek aan, 'n fyn glimlaggie om sy lippe, goedkeuring in sy oë, maar tog ook verskonend.

"Ek moet jou al weer om verskoning vra . . ."

"Asseblief. Ons laat dit daar." Hy kyk op. "U dogter dink ek probeer net snaaks wees, my gewig rondgooi; maar daardie perd is werklik nou gevaarlik."

319

"Ek aanvaar jou woord volkome. Ek is jou dankbaar dat jy so sterk standpunt ingeneem het. Tania is al wat ek het."

"Dis waaraan ek gedink het toe ek geweier het om Black Beauty te laat opsaal. Maar miskien, om enige toekomstige misverstand te voorkom, moet my regte asseblief duidelik uitgespel word. Waaroor het ek gesag? Wat mag en wat mag nie?"

Bertus Erasmus vou sy hande. "Die hele plaas en alles wat daarop is, is onder jou bestuur. Jy gee die bevele hier. Jy doen soos jy goed dink." Hy glimlag skeef. "Ek wens net ek kon sê jy is in bevel van my dogter ook, maar dit is seker te veel gevra." Die glimlag verdwyn. "Tog, Rocco, wat haar veiligheid betref, en haar welsyn, verwag ek dat jy jou voet sal neersit, al is dit teen haar wense en begeerte in. Tania is inherent 'n goeie kind, maar sy is bederf en sy het 'n bietjie handuit geruk. Dit sal goed wees om haar 'n slag, binne perke, 'n bietjie . . . e . . . kort te vat."

Vir die eerste keer glimlag die plaasbestuurder en sê droog: "Ek hoop van harte dit sal nie nodig wees nie, meneer Erasmus, maar as dit wel is, dan sal dit gedoen word."

Die ouer man lag en klop hom op die skouer. "Dankie, ou seun. En jy kan gerus maar hierdie gemeneerdery staak. Ek is oom Bertus vir bekendes en vriende . . . en ons is mos vriende, of hoe?"

"Dankie, oom. Ja, ek dink ons kan sê ons verstaan mekaar."

Terwyl Bertus Erasmus en sy nuwe plaasbestuurder mekaar binne 'n baie kort rukkie goed leer verstaan en mekaar volkome gevind het, moet Tania skielik vind dat sy en haar geliefde Paps deesdae meteens haaks is

– en elke keer is die plaasbestuurder êrens in die prent-jie, meestal sommer ook op die voorgrond.

Sy gesig is streng toe hy haar kamerdeur oopdraai nadat hy geklop het. Daar is duidelik tekens op die gesiggie dat daar trane gevloei het, maar haar pa se gesig versag geensins nie.

"Ek gaan nou ry. Moontlik sal ek vanaand eers laat terug wees."

"Goed, Paps."

"Tania, ek hoop nie ek sal my ooit weer so vir jou hoef te skaam nie. Ek weet nie waar jy aan daardie maniere kom nie. Blykbaar het jy dit by jou verloofde aangeleer. Van my het jy dit beslis nie geleer nie." Die koppie hang en hy sê ietwat minder streng, maar nog met gesag: "Rocco is in beheer van die hele plaas – dit sluit die stalle ook in. As hy sê jy mag nie op Black Beauty ry nie, is dit uit en gedaan. Dit sal dus nie help om na my toe te hardloop as julle volgende keer 'n meningsverskil het nie."

Haar kop ruk omhoog. "Maar, Paps, hoe kan jy sommer alles net so in 'n vreemdeling se hande laat? Wat weet . . .?"

"Ek weet genoeg om te weet dat ek 'n betroubare bestuurder het, 'n man wat nie uit kleinlikheid jou dinge sal weier as hy nie 'n grondige rede daarvoor het nie. In hierdie geval het hy eerste aan jou veilig-heid gedink – iets waarvoor jy hom dankbaar behoort te wees en hom behoort te bewonder."

"Werklik? Dis nie wat hy in die stalle te sê gehad het nie. Toe het hy vertel ek sal Black Beauty net be-derf met my . . . e . . . nukke!"

Haar pa se oë glinster weer geamuseerd. Hy kan goed glo dat sy dogter sulke reguit taal nie maklik sal kan verduur nie. Sy is gewoond om net bewonder en gepamperlang te word. Hy hou sy gesig sedig. "Dis maar net 'n ander manier om die saak te stel. In elk geval, ek wil nooit weer hoor dat jy so neerhalend teenoor hom is nie. En sê dit ook vir jou verloofde."

Hy draai om en Tania kyk hom bekommerd agterna. Dis nie die eerste keer dat sy die indruk kry dat haar pa nie veel tyd vir Ewald het nie. Maar wat haar baie meer kwel, is die feit dat dit baie duidelik is dat haar pa vierkantig aan ene meneer Rocco Roux se kant is . . . en dit ná skaars 'n dag! Dis belaglik!

Dis veral die feit dat sy en Rocco Roux vanmiddag alleen aan die eettafel sal wees, wat haar laat besluit om haar motortjie uit te trek en ook spore te maak. Sy sien nie kans om alleen in sy geselskap te wees nie, nie eens vir die duur van 'n ete nie. Tewens, sy sal sorg dat sy in die toekoms so min moontlik in sy geselskap is. Hoe minder sy hul plaasbestuurder sien, hoe beter.

Vorige kere, wanneer sy in 'n neerslagtige bui was, het sy gewoonlik gaan inkopies doen, en dit was wonderlike medisyne wat dadelik gehelp het, maar vandag wil die ou beproefde medisyne nie werk nie. Niks is vandag mooi nie en die verkoopsdames van die eksklusiewe modewinkels wat 'n gereelde klant in die miljoenêrsdogter het, voel naderhand hoe hul senuwees begin styftrek.

Die een uitrusting na die ander word uitgehaal, vertoon, maar met alles word fout gevind. Hierdie een se kleur is nie reg nie, daardie een se patroon is nie reg nie, daardie een sit aaklig . . . totdat die dames later met alle mag hul humeure moet beteuel. Feit bly – 'n mens vererg jou nie vir 'n miljoenêrsdogter nie, al is sy ook hoe vitterig en onredelik.

Almal slaak egter 'n sug van verligting toe Tania eindelik besluit dat sy vandag niks sal koop nie en begin dan maar gedwee maar met stille opstand die bondels klere weer netjies ophang en wegsit, hopende dat hierdie dame hulle nie gou weer met 'n besoek sal vereer nie.

Tania se rusteloosheid ken geen perke toe sy op die sypaadjie uitstap nie. Sy het nog nooit so opgeskeep met haarself gevoel nie. Hoe gaan sy hierdie lang dag alleen omkry? Daar is weliswaar hope vriendinne by wie sy kan gaan tee drink, maar daarvoor voel sy ook nie lus nie. Dit sal maar net weer die gewone geklets oor 'n teekoppie wees – wie die volgende groot party-tjie gee; wie nou weer met wie se man of wie se vrou aan die lol is; wie nou oorsee is, ensovoorts, en van-dag sal sy aan die gil gaan as sy daarna moet luister. Om die waarheid te sê, sy is siek en sat vir almal en veral vir haarself.

Ten einde raad stap sy by die bank in en vra om met Elsa Kempen te praat. Haar ongeduld neem toe toe sy 'n rukkie moet wag voordat Elsa haar verskyning maak.

"Waar draai jy so lank? Kom drink saam met my tee."

"Ek is jammer, Tania, maar ek kan regtig nie nou kom nie. Ek is baie besig op die oomblik."

Tania frons ergerlik. "Liewe land, maar hier is tog hope ander wat dit seker ook kan doen. Kom saam, man."

Elsa glimlag, maar haar oë is speurend. Vir 'n ver-loofde meisie lyk Tania vanoggend glad nie juis inge-nome met die lewe nie.

"Tania, die feit dat my pa die bestuurder hier is, gee

my nie die reg om te kom en te gaan soos ek wil nie. Ek is 'n doodgewone werknemer hier, en wat vir die ander geld, geld vir my ook."

Tania klik haar tong. O, die mense met die vreeslike pligsbesef gee haar 'n kramp! Elsa is net so erg soos daardie Rocco-man.

"Ek sal self jou pa gaan vra of jy die dag kan vry kry . . ."

"Jy kan maar jou asem spaar. Pappa sal my nie laat gaan net omdat jy dit vra nie. Jammer, Tania." Sy glimlag in die ontstoke gesiggie voor haar. Ryk mense! "Dankie vir die uitnodiging, maar regtig, ek kan nie nou hier padgee nie. Dis maandeinde."

"Wag eers, Elsa. Luister, dis môre Saterdag. Kan ek jou nie vanmiddag kry en dan kom kuier jy die naweek by my nie, asseblief? Jou pa kan jou darem soms 'n Saterdagoggend vry gee?"

Elsa glimlag, skud haar kop, aarsel dan. Sy het môreoggend vry en sy kan die naweek na die Erasmusse toe gaan, maar . . . Sy kyk die ander meisie ondersoekend aan. Hulle was nog nooit sulke groot vriendinne nie. Dan ook – hoekom soek Tania skielik vriendinne se geselskap op? Waar is haar verloofde dan? Dis of Tania haar gedagtes kan lees, want sy voeg vinnig by: "Ewald is vir die hele naweek weg na sy ou motelle toe. Ek kon saamgaan, maar was nie lus nie. Ek is die hele naweek alleen. Ag toe, Elsa, sê nou ja!"

Elsa sug saggies. Tania sal nie ophou voordat sy nie haar sin gekry het nie. "Nou goed dan. Kom kry my vanmiddag ná werk."

Elsa se bedenkinge oor die naweek verdwyn soos mis voor die son toe sy en Tania die middag op die plaas aankom en 'n man sien wat ook net kom stilhou het.

"Maar . . . maar is dit nie Rocco Roux wat daar uit die bakkie klim nie?" wil sy opgewonde weet.

Tania frons. "Ja."

Elsa bedwing haar opgewondenheid. "Ek het hom op jou verlowingspartytjie ontmoet."

Tania se stem is droog. "O ja. Dis waar. Julle het mos die hele aand gedans." Elsa antwoord liewer nie hierop nie, en Tania sê met dieselfde droë stemtoon: "Hy is ons nuwe plaasbestuurder."

"Julle nuwe plaasbestuurder!"

Tania glimlag skeef, 'n ietsie van leedvermaak in haar oë. "Ja. Jammer om jou te skok, maar dis wat hy is. Het hy jou nie gesê terwyl julle gedans het nie?"

"Nee." Elsa glimlag, haar blik steeds op die man wat besig is om bevele aan 'n paar werkers te gee. "Nee, maar dit maak nie saak nie."

Tania frons. "Hoe bedoel jy – dit maak nie saak nie?"

"Dat hy 'n plaasbestuurder is. Wat is daarmee verkeerd? Hy bly nog steeds 'n baie oulike man."

"Regtig?" Tania kyk ook nou na Rocco. "Dink jy hy is oulik?"

Elsa kyk Tania verbaas aan, lag dan. "Jy moet blind wees om dit nie raak te sien nie! Maar natuurlik is dit net Ewald deesdae en sal jy geen ander man raaksien nie. Maar ek sê vir jou . . ." Haar laggie klink weer opgewonde. "Ek sê reguit ek sal glad nie omgee om hierdie man beter te leer ken nie!"

"Elsa!"

Elsa kyk haar verbaas aan. "Wat is dit? Jy lyk geskok."

"Ek is. Jou ouers sal ook glad nie van die idee hou dat jy te bevriend raak met 'n . . . 'n plaasvoorman nie. Jy is van jou sinne beroof!"

Elsa frons. "My ouers hou van Rocco Roux. Ek het hom op die dans aan hulle voorgestel. Hy het 'n baie goeie indruk op hulle gemaak. Die feit dat hy 'n plaasvoorman is, soos jy dit stel, dink ek nie sal teen hom tel nie." Sy kyk Tania vas aan. "Jy vergeet, Tania, dat ons ook maar net van die gewone, werkende klas is. My pa is wel 'n bankbestuurder, maar hy werk ook maar vir 'n salaris, nes Rocco Roux . . en ek ook. Ek is 'n doodgewone kassiere in 'n bank. Ons is van dieselfde soort."

"Moenie belaglik wees nie!" Tania is regtig ontsteld. "Jou pa het darem status . . ."

"Tania, ons sien hierdie dinge deur verskillende brille. Soos ek Rocco Roux deurgekyk het, is hy 'n man met agtergrond en opvoeding. Hy is op die oomblik 'n plaasbestuurder, maar hy gaan dit nie bly nie. Daarvan is ek seker."

Tania glimlag meewarig. "Dan sal hy moet begin wikkel. Hy is nie meer só 'n kuiken nie. Ek skat hom al om en by dertig."

"Hy is agt en twintig."

"O? Jy weet baie van hom af. Julle het werklik baie intieme besonderhede op die dansbaan gewissel."

Elsa pers haar lippe opmekaar. Werklik, soms kos dit al jou wilskrag om jou humeur met Tania te behou. Haar eie stem is koel toe sy antwoord: "Ja, nogal. Gee jy om?"

Ook Tania se lippe pers opmekaar. "Nee, glad nie. Hoekom sou ek? As jy jou belaglik wil maak met 'n plaasvoorman . . ."

"Tania! Luister, as dit die hele naweek jou houding

gaan wees, kan jy maar net sowel nou omdraai en my terugneem. Is ons werklik besig om oor jou pa se nuwe plaasbestuurder te baklei?"

Tania klim uit en slaan die deur met min ontsag toe. "Nee. Beslis nie. Oor hom sal ek nie baklei nie. Kom ons gaan in."

Rocco se aandag word getrek deur die harde toe-klap van die motordeur, en Tania stap kop in die lug voordeur toe en maak asof sy hom glad nie raakgesien het nie. Maar ná 'n oomblik van onsekerheid draai Elsa af en glimlag breed vir die man wat met duidelike herkenning glimlag.

"Hallo, Rocco! Ek is bly om jou weer te sien! Ek het nie verwag dat dit só gou sou wees nie!"

Tania staan ontsteld op die stoep. Wat makeer Elsa? Om haar só voor die man se kop te gooi! Liewe land!

"Dis baie gaaf om jou weer te sien, Elsa." Haar uitgestrekte hand word stewig vasgevat. "Kom kuier jy hier?"

"Ja. Vir die naweek."

"Dis gaaf. Dan sal ons mekaar weer sien. Nou . . ." Sy blik gaan vlugtig huis se kant toe. "Ek dink jy moet nou maar eers gaan. Jou gasvrou lyk ongeduldig."

"Ja, ek sien. Sy is nie in die aangenaamste bui nie." Sy sê dit met 'n breë glimlag. Tania se onaangename bui kan haar skielik nie meer skeel nie. "Het jy op haar tone getrap?"

Die donker oë kyk onskuldig terug. "Het sy so ge-sê?"

"Nee, maar iemand het. Sou sy en haar verloofde al klaar rusie gemaak het? Dis nie juis 'n goeie begin nie."

"Sal nie kan sê nie. Haar sake gaan my nie aan nie."

327

Hy knik die bekende knikkie met die kop. "Sien jou later."

"Goed. Dis 'n belofte, hoor!"

Die res van die middag is dit of die twee vriendinne net nie lekker aan die gesels kan kom nie. Hulle gesels oor die jongste modes, oor die jongste rolprente wat in die stad vertoon word, oor dit en dat, maar dis nie so spontaan soos voorheen nie. Tania wil al begin spyt kry dat sy Elsa die naweek genooi het. Sy is eintlik verlig toe sy haar pa se motor voor die deur sien stilhou.

"Paps is vroeg terug."

Hy soen sy dogter. "Ja." Hy lyk bekommerd en moeg, maar toe sy blik op Elsa val, klaar sy gesig op en ook sy word hartlik gesoen. "Elsa, kind, dis gaaf om jou te sien!"

"Dankie, oom. Tania was so gaaf om my vir die naweek te nooi."

" 'n Puik gedagte. Ons sien jou gans te min. Jy moet meer kom kuier."

"O, ek sal . . as ek genooi word!"

"Dan moet ons dit regstel."

Tania frons liggies. Snaaks, maar sy het die afgelope tyd die indruk gekry dat Elsa nie meer so graag hier kom kuier nie. Nou, ewe skielik, is sy weer oorgretig om te kom. Die nuwe plaasvoorman is natuurlik nou die aantrekkingskrag, dink sy spytig.

Daardie aand aan tafel is almal heel gesellig en word daar nie opgemerk dat die gasvrou taamlik stil is nie. Elsa laat die twee mans dikwels glimlag met haar vertellings en opmerkings, en vir die eerste keer sien Tania die nuwe plaasbestuurder werklik glimlag. Een keer lag hy selfs hardop.

"Hoe lyk dit? Wil julle televisie kyk of gaan ons vanaand 'n potjie brug speel?" vra haar pa toe hulle opstaan.

Die ander twee toon duidelik dat hulle vir brug te vinde is, en Tania moet maar noodgedwonge meedoen. Maar soos sy verwag het, loop dit ook op 'n mislukking uit. Sy begaan die onmoontlikste flaters, totdat selfs haar pa nie anders kan as om 'n aanmerking te maak nie.

"Genugtig, Tania, maar wat gaan met jou aan?"

Sy gooi die kaarte neer en staan op. "Ek is nie lus vir speel nie. Ek gaan eers vir ons tee maak."

Haar pa kyk haar fronsend agterna en die ander twee sit ook maar hul kaarte neer. Dis Elsa wat sê: "Hoekom speel julle twee mans nie 'n potjie skaak nie?"

"Hoe voel jy, Rocco? Speel jy?"

"Ja, oom Bertus. Ons kan maar speel, maar dan sit jy . . ."

"O, ek hou daarvan om te kyk. Speel gerus," verseker Elsa haastig, en toe Tania weer binnekom, is die twee mans verdiep in die skaakbord voor hulle, terwyl Elsa, heeltemal onnodig, baie naby aan Rocco se regterarm sit, net so verdiep in die spel.

Tania begin tee skink, maar dit lyk nie asof enigiemand eens agtergekom het dat sy ook weer terug in die vertrek is nie. Sy neem haar koppie en gaan sit eenkant, luister stil hoe daar oor en weer geskerts word, hoe Elsa, die vriendin wat sy vir haar geselskap plaas toe genooi het, elke keer bewonderend uitroep wanneer die plaasbestuurder 'n skuif waag. Ook haar pa klink opgewonde.

"Mag, Rocco, maar jy speel puik, man! Jy is mos 'n

329

ou skaakspeler."

Baie besadig en onnodig beskeie, dink Tania vererg, antwoord Rocco: "My pa was 'n kampioen op sy dae. Ek speel nie naastenby soos hy kon nie."

"Was?"

"Ja. Hy is oorlede."

"Wie was hy?" wil oom Bertus belangstellend weet.

Die antwoord kom ongeërg, maar beslis ontwykend: "O, hy het nooit vir werklike kampioenskappe gespeel nie, maar daar in ons omgewing kon niemand hom later klop nie. Hy het nie professioneel gespeel nie."

"Dis dan jammer. As hy naastenby so goed soos jy was, kon hy professioneel gespeel het. Ek behoort aan 'n skaakklub in die stad. Hoe voel jy? Wil jy nie aansluit nie?"

Tania frons dieper. Liewe land, nou wil haar pa al die plaasvoorman saamsleep na daardie uitgelese klub toe! Net baie vlugtig kyk die swart oë na die fronsende gesiggie.

"Nee dankie. Ek speel net vir my plesier en het nie lus vir kompetisie nie."

Oom Bertus klink werklik teleurgesteld. "Nou goed, maar een keer 'n maand mag ons 'n gas saambring. Volgende keer gaan jy saam met my. Dis seker."

"U is baie vriendelik, oom Bertus, maar . . ."

"Twak, man! Jy gaan 'n paar ouens skeef laat opkyk daar. Hy speel briljant; nie waar nie, Elsa?"

"O, fantasties, oom!" Haar oë blink bewonderend, en Tania voel hoe haar maagsenuwees vasknoop. Werklik, Elsa maak darem nou die pap te dik aan. Dan smaal haar lippe effens toe sy sien dat die briljante skaakspeler mens genoeg is om tog geraak te word deur die bewondering. Sy glimlag is vriendelik en goedig, en teësinnig moet sy weer opmerk dat hy werklik 'n oulike ou is as hy so ontspanne is. Sy ruk haar gedagtes onder beheer. Sy moenie nou ook nog oor die man begin maansiek raak nie! Hy bly 'n plaas-voorman, 'n vermetele, voorbarige plaasvoorman, of hy nou skaak kan speel of nie.

"Julle tee word koud."

Al drie se verbaasde swaai van die koppe in haar rigting vertel haar dat sy beslis nie in die geselskap gemis is nie, en dit wil amper lyk asof sy kwalik ge-neem word oor die onderbreking. Sy spring op. Kyk, nou het sy genoeg gehad. "Elsa, sal jy vir hulle skink? Verskoon my, asseblief, ek het 'n ligte hoofpyn. Ek gaan maar solank lê. Nag, almal."

Sy gee niemand kans om iets daarop te sê nie, maar vlug behoorlik die vertrek uit en weer is daar 'n skerp, bekommerde frons tussen Bertus Erasmus se oë ter-wyl daar 'n ongemaklike stilte volg.

Tania gaan egter nie dadelik lê nadat sy uitgetrek het nie. Daarvoor voel sy te rusteloos. Sy gaan neem op die balkon in 'n stoel plaas en staar somber voor haar uit. Wat gaan deesdae met haar aan? Maar dis nie met haar wat iets skort nie, vertel sy haarself. Dis met die ander. Haar pa, Elsa, almal . . . Hulle . . . hulle is belaglik! Hulle gaan te kere oor hierdie man asof hy . . . asof hy die koning se kat se stert is! Liewe land, dis asof die man 'n soort hipnotiese mag oor almal uitoefen. Maar hy sal dit nie met haar regkry nie. Laat almal dan met hom dweep, maar nie sy nie. Sý sal hom op sy plek hou.

En net môre sal sy Elsa presies laat verstaan dat dit

nie van pas is dat 'n gas van hulle so oorvriendelik met een van hul werknemers is nie.

Stemme onder die balkon laat haar haar ore spits en die bekende, diep stem klink in haar ore op: "Slaap gerus, Elsa. Dit was 'n lekker aand. Sien jou môre."

"Waar woon jy?"

"In 'n woonstel aan die agterkant. Baie gerieflik."

"Ag, gaan wys dit vir my, toe, Rocco! Ek wil dit graag sien."

Tania ruk haar asem in. Het Elsa heeltemal van haar kop af geraak? Maar Rocco dink beslis nie so nie.

"Nou goed, kom. Jy kan vir ons lekker koffie maak. Die Erasmusse drink meestal net tee, en ek is lief vir my koffie."

Elsa se gelukkige laggie is tot op die balkon hoorbaar. "Nou toe, kom. Ek kry ook nou vreeslik lus vir koffie."

Hul voetstappe sterf weg en Tania sit asof versteen. Elsa gaan sowaar saam met daardie man na sy woonstel toe! Natuurlik is sy nie preuts en outyds nie, maar hierdie is iets heeltemal anders. Dit hoort net nie in hierdie huis dat 'n gas van hulle die plaasbestuurder se woonstel besoek nie, en dit nogal hierdie tyd van die nag! Nee, môre sal sy ernstig met Elsa moet praat.

Uiteindelik gaan sy maar bed toe, en dis heelwat later dat sy Elsa se fluisterende stem by haar kamerdeur hoor: "Tania! Slaap jy al? Hoe voel die kop?"

Sy gee voor dat sy in droomland is en hoor die deur weer saggies toegaan. Maar dis eers lank daarna dat sy eindelik insluimer.

Die volgende oggend word sy met 'n werklike hoofpyn wakker. Sy spring uit die bed, pluk haar kamerjapon aan en stap uit op die balkon. 'n Paar keer diep asemhaal in die vroeë, vars oggendlug . . .

Sy trek haar asem in en hou dit daar. Elsa en Rocco is besig om op 'n stywe galoppie in die vroeë môreskemering weg te ry!

Sy voel haar kop 'n ekstra steek gee en druk met haar handpalm teen haar slaap. Hulle het natuurlik gisteraand met die koffiedrinkery besluit dat hulle twee vanoggend saam gaan perdry. Natuurlik word sy nie saamgenooi nie! En Elsa weet hoe lief sy self vir perdry is! Om die waarheid te sê, het sy nog vir Elsa geleer ry. En nou . . .

Sy sluk, haar oë op die ander ruiter. Hy ry 'n appelblouskimmel en haar ervare oog kan sien dat hy 'n goeie ruiter is. Maar sy wens Fleur wil skielik 'n nuk uithaal en hom afsmyt! Maar aan die manier waarop Fleur gehanteer word, weet sy sy het nie veel hoop dat dit sal gebeur nie.

Sy swaai om en stap driftig terug die kamer in. Goed, laat hulle gaan perdry. Hulle hoef haar ook nie saam te nooi nie. Maar dis haar pa se perde en as sy ook lus voel vir perdry, sál sy, en het sy niemand se verlof daarvoor nodig nie, en nog minder hoef sy te wag om genooi te word.

Met vinnige hale stap sy die stalle binne en George kom gedienstig nader. "Moet ek Satin vir juffrou opsaal?"

"Ek ry geen ander perd as Black Beauty nie, en jy weet dit."

"Maar die . . ."

"Saal vir Black Beauty op of ek saal hom self op; verstaan jy, George?"

Toe sy oomblikke later op die vurige swart hings se rug wegry, is George die ene bewerasie. Die juffrou kan kwaai wees, maar daardie nuwe man . . . Hy het uitdruklik gesê: "George, nooit laat jy juffrou toe om op hierdie perd te ry nie. Ek trek jou velle af . . ."

En vandag is die dag dat George sy velle gaan verloor, maar wat moes hy doen?

4

Elsa bekyk die man tersluiks toe hulle 'n rukkie stilhou. Sy kan dit nie help nie. Hy is vir haar geweldig interessant. 'n Paar weke gelede het sy gedink sy sal nie gou weer in 'n man belangstel nie, maar sedert sy Rocco Roux ontmoet het, voel sy nie meer so seer en ontnugter oor die manlike geslag nie.

Langs haar kyk die man ook voor hom oor die panorama van veld en vlei uit, maar hy sien ander velde voor hom uitstrek. Overberg se velde. Eendag sal hy weer terug wees. Die een of ander môre sal hy weer oor Overberg se veld ry . . . Maar daardie môre lê ver, miskien te ver.

"Jy lyk skielik baie ernstig."

Hy dwing sy gedagtes terug na die hede, bring 'n glimlag na sy strak mond. "Jy was ook skielik baie ver weg."

Sy swaai haar blik weg. "Nie so erg ver nie. Ek het gewonder . . ."

"Ja?"

"Hoe het jy hier beland?" Sy kyk hom vas aan. "Jy is nie werklik 'n plaasbestuurder nie, is jy Rocco?"

Sy mond trek grimmig. "Ek is, Elsa." 'n Oomblik aarsel hy. "Ek is bly jy roer die saak aan. Dit is mis-

334

kien nie wenslik dat ek en jy te . . . e . . . bevriend raak nie."

"Rocco! Wat bedoel jy? Jy dink tog nie dat dit aan my enige verskil maak dat jy . . . wel . . . 'n . . ."

"Plaasvoorman is nie? Nee. Ek dink nogal dit maak nie werklik saak vir jou nie. Maar daar is ander mense . . ."

"Ander mense? Wie?"

"Dis miskien nie van pas dat 'n gas in die miljoenêrshuis maats maak met die plaasvoorman nie."

"Rocco!"

Sy blik is reguit. "Ek is die plaasvoorman en jy is 'n gas."

Elsa frons. "Ja, maar watter soort gas? Ek is maar net hierheen genooi omdat die dogter van die huis opgeskeep met haar eie geselskap was. Dit is al. Verder . . ."

"Ja?"

Sy lag kortaf. "Om dit prontuit te stel: sy het my kêrel afgevat." Sy glimlag selfbewus na hom op. "Jy sien, ek en Ewald Serfontein het eers uitgegaan, en ek het begin dink . . . wel, dat ons vriendskap tot iets ernstiger sou ontwikkel. Maar toe verskyn Tania op die toneel. Heel ironies was dit nogal ek wat hulle aan mekaar voorgestel het. Ewald was die dag in die bank – hy het ook sy rekening by ons tak – en toe kom Tania ook in en ek stel hulle toe voor. Van daardie dag af het Ewald se gevoel duidelik begin afkoel en ek het toe maar met 'n ompad gehoor dat hy hard vlerksleep by die miljoenêr se dogter. Hulle het kort daarna verloof geraak." Sy kyk weg na die rantjies waar die eerste strale van die son begin lek-lek. "As hulle werklik verlief op mekaar is, maak dit nie saak nie, maar . . ."

335

Sy sug en kyk met ongelukkige oë na hom terug. "Dit is nie suur druiwe nie, Rocco, maar ek kan nie van die gevoel ontslae raak dat Ewald so min verlief is op Tania as wat Tania op hom is nie. Met Tania is dit maar net weer 'n gier. Haar vriendinne van haar ouderdom is omtrent almal al getroud. Dis nog net ek en sy en een of twee ander wat op vier en twintig ongetroud rondloop. En Ewald . . ." Sy byt haar onderlip vas en lyk onseker. "Miskien moet ek liewer verder stilbly. Ek praat nou goed wat nie mag nie, maar . . . Ewald se motelbesigheid is deesdae nie so gesond as wat dit altyd was nie. Ek werk in die bank en ek weet. Nou maak die duiwel my wys dis om hierdie rede dat hy skielik sy aandag van my na Tania verskuif het. Hy het 'n skatryk skoonpa op die oomblik nodig." Sy tel die teuels op. "Ag, kom ons vergeet daarvan. Ek weet ook nie eens meer of ek omgee dat Tania Ewald voor my neus weggeraap het nie. Maar een ding is seker: ek gaan nie toelaat dat Tania aan my voorskryf met wie ek bevriend mag wees nie; dus . . ." Sy sluk haar woorde in en roep uit: "Hemel, kyk daar!"

Rocco se kop ruk om en 'n oomblik lank sit hulle versteen en toekyk hoe Tania soos die wind oor die vlakte jaag, die swart hings se maanhare en stert styf in die wind.

"Sy ry darem deksels goed, nè?"

Die gesig langs haar word soos graniet. "En sy is deksels hardkoppig en bederf. Iemand sal haar moet vasvat. Kom!"

Tania is net op pad by die stalle uit, meer as tevrede dat sy aan Black Beauty én die nuwe plaasbestuurder getoon het dat sy heeltemal in staat is om dié moeilike dier te hanteer, toe die ander twee ruiters by die stalle aankom. Sy kyk hulle koel uit die hoogte aan en wil neus in die lug by hulle verbystap, maar sy word nie die geleentheid gegun nie.

Die volgende oomblik vat twee sterk hande haar skouerknoppe vas en word sy geskud dat haar tande klap. Selfs Elsa is te verbysterd om van haar perd af te klim.

"Jou onuitstaanbare, selfsugtige, bedorwe brok!"

Dis met volslae verbasing dat Tania opstaar in die woedende gesig bokant haar. Sy hyg 'n paar keer na asem, kry dit dan terug en die blou oë wat 'n oomblik gelede gelyk het asof hulle uit hul kasse gaan val, keer terug na hul normale grootte.

"Hoe . . . hoe durf jy! Hoe durf jy aan my raak, jou . . ."

Sy gesig is baie naby hare, 'n gesig wat haar meteens bang maak. Die sissende stem laat 'n koue rilling langs haar ruggraat afgaan waar sy nog magteloos in sy pynlike greep staan.

"As jy dit ooit weer doen . . . ooit weer . . . gee ek vir jou dit wat jy lankal kortkom! Jy sal vir dae daarna nie 'n perd wil sien nie!"

"Jou . . . jou ongemanierde, ongepoetste plaas . . . plaasarbeider! Hoe durf jy my . . .!"

Sy word met min ontsag omgeswaai sodat haar gesig in die rigting van die huis gekeer is, en kry nog boonop 'n stewige stootjie van agter af. "Loop huis toe! My hande jeuk vir jou!"

Sy swaai terug, woedend en verneder, die trane stromend oor haar wange, vuisies dreigend in die lug. "Ek sal jou . . . Paps sal jou . . . Hoe durf jy . . .?"

"Tania! Ek praat nie weer nie!" Hy gee 'n vasberade tree nader en weer peul haar oë byna uit en Elsa val byna van die perd af. Sy hand is opgehef en dit mik baie beslis en baie duidelik na 'n sekere deel van haar anatomie waar ander kinders gewoonlik getugtig word, maar iets wat Tania Erasmus, enigste ooilammetjie van haar pa, nog nooit geken het nie.

Met 'n hyg en 'n snik blaas sy die aftog en laat vat terug huis toe, en Elsa klim met bewerige knieknoppe af en sluk. Maggies!

"George!" Die stalopsigter verskyn en krimp opmerklik kleiner. "Het ek jou nie gesê . . .?"

"Asseblief . . . Die juffrou wou self die perd opsaal, enne . . . enne . . ."

"Volgende keer trek ek nie jou velle af nie! Ek draai jou nek om, verstaan jy?"

"Ja . . . maar . . ."

"Paps! Pappa!"

Bertus Erasmus frons en staan vinnig agter sy lessenaar op waar hy reeds met sy dagtaak begin het. "Hier, my kind. Wat is dit?"

"Paps!"

"Tania!" Hy tree ontsteld nader. Hy het sy dogter nog nooit só gesien nie. Haar lang, blonde hare is windverwaaid, sy bewe soos 'n riet, en die gesiggie is nat en vol strepe soos sy sommer met beswete handjies die trane met die plathand afvee. "Wat het gebeur?"

"Paps, jaag hom weg! Dadelik! Paps, steek hom dadelik in die pad!"

"Wie? Wat? Bedaar, kind! Wat . . .?"

"Hy't my aangerand! Daar by die stalle . . ."

"Wie?" oom Bertus se stem klap soos 'n sweep. Dis sy enigste kind, sy enigste dogter hierdie, sy oogappel. "Wie . . .?"

"Daardie . . . daardie plaasbuffel! Daardie . . . man! Hy't my vasgegryp en geskud . . . tot my tande . . . Hulle is almal los, voel dit my! En hy wou my slaan! Dis waar! Elsa was by! Vra haar! Hy wou my pak gee soos vir 'n kind! Hier! Hier op my . . ." Sy wys waarheen sy hand gemik het.

Bertus Erasmus staar sy kind ongelowig aan. "Wou Rocco jou slaan?"

"Ja! Dis wáár! My skouerknoppe is ook af soos hy my vasgegryp het!" Sy wikkel hulle en 'n pyntrek verskyn op haar gesig. Nee, hulle sit darem nog, maar dis deksels seer.

Oom Bertus se oë vernou. Sy gesig word effens kalm. Hier is darem iets snaaks aan die gang. "Hoekom wou hy jou pak gee?"

"Sommer! Sommer net! Hy't my sommer net vasgegryp en begin skud, en toe ek my wou verweer, toe . . . toe lig hy sy hand . . ."

"Hoekom wou hy jou slaan?"

"Maar ek sê mos vir Paps . . ."

"Tania!"

Stilte.

"Dis gewoonlik wat 'n mens met ongehoorsame, balhorige kinders doen," sê 'n stem vanuit die deur en hy stap kalm binne, kyk die baas van die plaas vas in die oë, die kakebeen vierkantig en die moorddadige blik uit 'n paar blou, nat oë gaan heeltemal by hom verby. "U dogter het teen my uitdruklike bevele Black Beauty gaan opsaal en soos 'n mal mens met hom gaan jaag."

"Hoe durf jy sulke leuens . . .!"

"Stil, Tania! Gaan voort, Rocco."

"Ek en Elsa het haar gesien. U kan net dankbaar

wees dat ons nog nie daardie nuwe draad net agter die koppie gespan het nie, want dan sou sy nou dood gewees het."

"Ek ken die plaas! Ek weet mos waar die drade . . ."

"Stil, Tania!" Nou is Bertus Erasmus se stem baie streng. Sy gesig ook. "Jy het maande gelede laas gery en weet nie van veranderings wat aangebring is nie. Rocco is honderd persent reg. Ja, Rocco?"

"Ek het haar aan haar skouers beetgekry en geskud, gehoop ek sou 'n bietjie verstand in haar kop losgeskud kry, maar . . ."

"O, jou . . ."

"Ek het haar nie geslaan nie, maar as sy langer gebly het, het sy 'n pak slae gekry," word onomwonde gesê, en Tania swaai met blitsende blou oë na haar pa.

"Hoor, Paps? Daar sê hy nou self . . . erken hy . . ."

Maar die kyk in haar pa se oë laat haar verstom. "Gaan na jou kamer!"

"Paps!" Vir die tweede keer vanoggend, en dit nogal albei kere voor ontbyt, is sy verbysterd. Netnou is sy soos 'n skoolkind terug huis toe gejaag en nou . . . nou jaag haar pa haar ook kamer toe asof sy net 'n stout kind is!

"Ons twee sal later praat. Gaan, asseblief. Ek wil eers met Rocco praat."

"Sodat hy vir Paps allerhande leuens in die kop kan prent . . ."

"Tania!" Haar pa trek sy asem in. "Ek begin spyt kry dat Rocco jou nié 'n pak slae gegee het nie!"

"Ooo!"

Die deur klap hard agter haar toe en onmiddellik

daarna gaan dit weer oop, en nou is Bertus Erasmus regtig kwaad.

"Tania! Tania, ek praat!"

Sy swaai om, die oë blitsend van woede.

"Jy gedra jou presies soos 'n stout, bedorwe kind! Wanneer is jy geleer om deure so toe te slaan?"

In die studeerkamer soek die plaasbestuurder na sy pyp en begin dit rustig opsteek en hy hoor 'n stemmetjie snikkend sê: "Ek . . . is jammer, Paps."

"Nou goed. Maar dit moet nie weer gebeur nie. Ek wil jou ná ontbyt in my studeerkamer spreek, asseblief."

Toe Bertus Erasmus weer binnekom, kyk hy half magteloos na die jong man. "Wat maak 'n mens met 'n ongehoorsame, opstandige dogter van vier en twintig?"

Dis 'n oomblik stil. Daar word eers aan die pyp getrek. Dan sê hy: "Jy behandel haar presies soos sy haar gedra."

Bertus se ergste ontsteltenis bedaar. Hy gaan sit agter sy lessenaar, kyk die ander man met 'n ongelowige glimlaggie aan. "Jy is seker nie regtig ernstig nie."

"Ek is."

Sy glimlag word breër, maar sy oë kyk stip. "Jy sou haar nie regtig 'n pak slae gegee het nie."

Die ander man sug liggies, klop sy pyp versigtig in die asbak uit en steek dit terug in sy sak, staan dan op. "Miskien."

Bertus lag nou saggies. "Liewe land, jy ís ernstig! Nee wag, moenie loop nie. Ons moet nog eers hierdie saak bespreek. Rocco, Tanie is werklik 'n baie knap ruiter. Jy het dit nou self gesien."

Hy aarsel, voel effens geamuseerd. Van wanneer af

is hy bang om 'n voorstel aan 'n bestuurder van hom te doen? Maar hierdie Rocco Roux is anders as enige van sy ander werknemers. 'n Mens dwing nie sommer net jou wil op hom af nie, al is jy die miljoenêr en hy die plaasbestuurder.

"Luister, seun, kan ons nie 'n kompromis in hierdie saak bereik nie? Sal ons haar nie toelaat om haar geliefde perd te ry nie, maar alleen as jy by is?" Aan die trek van die lippe kan hy dadelik sien dat hierdie voorstel geen byval by die bestuurder vind nie, en hy gaan vinnig, amper pleitend voort. "Dit hoef nie elke oggend te wees nie. Sy ry nie só dikwels nie. Ek weet nie watse gier dit skielik van haar is om nou weer soggens te wil gaan perdry nie. Maar kom ons sê so twee, drie oggende in die week? Asseblief, ou seun!"

Dis duidelik dat die jong man 'n stryd te stry het, maar dan knik hy sy kop op die bekende, amper neerbuigende manier en sê styf: "As u so sê."

Bertus sug saggies. Ai, dis nie net sy dogter wat hardekop is nie!

Tania skitter in haar afwesigheid aan die ontbyttafel, maar niemand sê iets nie. Dis eers toe hulle opstaan dat Bertus vriendelik vra: "Elsa, sal jy so vriendelik wees en asseblief vir Tania sê ek wil haar spreek?"

"Seker, oom Bertus." Haar blik gaan na Rocco, en sy vra vinnig: "Mag ek saam met Rocco veld toe ry, oom Bertus?"

"Natuurlik, my kind. Gaan gerus saam. Doen net waarvoor jy lus het; moet net nie teen my bestuurder se bevele gaan nie!" terg hy goedig, en selfs Rocco moet 'n skewe glimlaggie gee.

Toe hulle in die bakkie klim, laat hy hoor: "Elsa, jy is nou moedswillig."

Sy is dadelik op die verweer. "Maar ek het oom Bertus gevra en hy het beslis nie gelyk of hy nie wil hê ek moet saam met jou ry nie."

Hy laat dit daar, maar daar bly 'n ligte fronsie tussen sy wenkbroue, hoewel dit Elsa nie lank neem om hom darem vriendeliker te kry nie. Sy glimlag. Sy het die afgelope tyd ook 'n paar lessies geleer. As jy 'n ding wil hê, doen alles in jou vermoë om dit in die hande te kry. Wel, hierdie plaasbestuurder boei haar geweldig, en sy gaan haar nie deur Tania of Rocco Roux self laat dwing om tou op te gooi nie.

Terwyl haar vriendin dus met die blye vooruitsig van 'n aangename oggend in 'n interessante man se geselskap die veld inry, verskyn Tania voor haar pa se lessenaar – nes 'n stout kind wat na die skoolhoof se kantoor ontbied is.

"Sit, my kind."

Sy het haar gesig gewas en dis skoon en blink. Die ooglede is oor die blou oë neergeslaan en die gesiggie is onpeilbaar. Sy is klein en fyn gebou en op hierdie oomblik lyk sy vir haar pa niks ouer as veertien, vyftien jaar nie. Hy voel sy hart saamtrek. Hy weet sy is nie genoeg getugtig toe sy jonger was nie, maar sy is sy enigste kind. Hy glimlag weer skamper. Maar vanoggend het sy enigstetjie darem amper haar eerste pak slae gekry! Daardie man was wragtie ernstig!

"Tania, ek het met Rocco tot 'n vergelyk gekom. Jy mag op Black Beauty ry, op voorwaarde dat hy saamry." Hy sien die blou oë vinnig omhoog flits, sien die duidelike opstand in hulle en sê oorredend: "Dit was my voorstel, nie syne nie. Dis die enigste manier waarop jy hom kan oortuig dat jy wel deeglik in staat is om Black Beauty te beheer. As hy twee of drie keer

saamgery het, sal hy oortuig wees dat daar geen ge-
vaar bestaan dat jy met die perd sal verongeluk nie, en
dan sal hy jou laat begaan."

Dat haar pa in hierdie saak fyn diplomasie aan die
dag lê, beïndruk haar glad nie. Haar stemmetjie is
styf en amper onvriendelik toe sy antwoord: "Moet
ek dus nou aflei dat ek én Paps én alles én almal wat
op hierdie plaas beweeg en asemhaal onder die juris-
diksie van meneer Roux val en dat ons in alles eers sy
verlof moet kry?"

"Tanie, my kind! Moet nou nie weer stroomop
dwing nie! Ek het te veel dinge om aan te dink as
om nog my volle aandag aan die plaas ook te wy. Ek
is oortuig dat Rocco meer van boerdery af weet as
ek. Daarom het ek hom volmag op die plaas gegee,
en ek glo dat hy nie daarvan misbruik sal maak nie.
Natuurlik het hy geen jurisdiksie oor jou persoonlike
lewe nie, maar oor die perde het hy wel. Dis deel van
die boerdery, en daarom verwag ek dat jy hom sal ken
in hierdie saak." Sy dogter se gesig bly bot en Bertus
se goeie luim bederf ietwat. Maggies, Rocco het gelyk.
Tania kan haar soms nes 'n bedorwe kind gedra. Hy
staan op as teken dat daar nou genoeg oor die saak
gepraat is en sê: "Ek gaan weer stad toe vanoggend.
Wil jy saamry? Inkopies gaan doen of iets?"

"Nee wat. Ek voel nie lus vir die stad vanmôre nie.
Dis juis Saterdagoggend. Dankie." Sy stap aan deur
toe. "Waar is Elsa?"

"Sy is saam met Rocco veld toe. Hulle sal seker nie
lank weg wees nie."

Haar pa is besig om sy dokumente bymekaar te kry
en in sy tas te pak en sien nie hoe sy dogter se gesig
opnuut strak raak nie. Dan swaai sy vinnig om en

maak dat sy by die deur uitkom voordat sy dalk iets onverantwoordeliks kwytraak. Dis 'n grap! Sy nooi Elsa om háár geselskap te kom hou en nou flenter sy saam met die plaasvoorman in die veld rond en los haar hier alleen by die huis!

Soos die ure verbydraal, versleg haar bui al meer. Sy dwaal in die tuin rond, stap later stalle toe en George, wat haar aangestap sien kom, se hart gaan staan byna. Vandag is die dag dat hy sowaar van die plaas af wegloop as daardie juffrou weer kom lol om perd te ry, want sy nek sal omgedraai word! Tot sy grootste verligting sien hy haar egter wegswenk en na die agterkant van die huis verdwyn.

'n Jong meisie is besig om die gerieflike woonstelletjie aan die agterkant aan die kant te maak en Tania stap binne, kastig om te kyk of dit goed gedoen word, hoewel dit geensins vir haar nodig is om toesig te hou nie. Daarvoor is die werkers gans te getrou en werk hulle al te lank by hulle om te laat slaplê. Nietemin stap sy binne, sien dat die sitkamertjie maar nes altyd vertoon. Dan val haar oog op die rangskikking vars blomme in die hoek. Dis beslis nie Saartjie se werk nie, en haar lippe pers stywer opmekaar. Elsa doen darem beslis haar bes om ander mense se plaasvoorman tuis te laat voel! dink sy spytig.

Sy wil omdraai, maar loer dan tog by die slaapkamer in. Ook hier is niks wat enigsins iets van die bewoner se persoonlikheid verraai nie. Net 'n ligte tabakgeur hang in die lug. Teleurgesteld draai sy om, maar betig haarself terselfdertyd. Rocco Roux is nie die soort man wat portretjies op sy spieëltafel sal uitstal nie, al het hy ook 'n nooi. Sy is dus niks wyser toe sy weer uitstap en byna in Rocco vasloop nie.

345

Sy wenkbroue trek omhoog en sy voel soos iemand wat op heter daad op iets ongeoorloofs betrap is. Sy vererg haar sommer weer opnuut. My maggies, sy kan mos loop waar sy wil. Dis mos hulle plaas! Tog voel sy 'n warmte oor haar wange sprei toe hy baie formeel vra: "Kan ek iets vir u doen, juffrou?"

Sy wip haar neus in die lug. "Nee, dankie, meneer Roux. Ek het net kom kyk . . . kyk of hulle die woonstel goed skoonmaak."

Sy oë vertel haar dat hy die gebakte kluitjie dadelik eien, maar sy stem bly ernstig: "Baie gaaf van u, juffrou, maar ek het geen klagtes nie, dankie."

Sy stap by hom verby en voel 'n nog groter gek toe sy om die draai kom en in Elsa se verbaasde oë vaskyk.

"Waar was jy? Ek soek jou die hele wêreld vol."

Weer moet sy haar humeur beteuel, en sy antwoord uit die hoogte: "O, sommer maar hier rond. Jou oggend geniet?"

Elsa lag onbekommerd. "O ja! Dit was heerlik in die veld."

"Wil jy tee hê?"

"Dankie. Dit sal lekker wees. Rocco het darem vir ons 'n fles koffie saamgevat, maar hy drink dit sterk en bitter. Tee sal nou lekker smaak."

Dis oor die teekoppies dat Tania nie anders kan as om op te merk nie: "Ek het nie geweet jy rangskik so mooi blomme nie."

Elsa kyk vinnig, vraend op, begin bloos, maar steek dan haar ken ook uit. "Ja. Ek het dit van Mamma geërf. Sy doen dit regtig wonderlik."

"Hm."

Elsa frons, vra dan reguit: "Gee jy om dat ek 'n

paar ou blommetjies in Rocco se sitkamer gesit het?"

"O nee. Nee, natuurlik nie. Hoekom sou ek?"

Elsa sug. Ai, Tania is sommer net lus om moeilik te wees. Dit klink of haar stem van die Suidpool af kom.

"Tania, moenie so wees nie, asseblief! Ek het daar niks mee bedoel nie. Rocco se plekkie het net vir my so . . . so onpersoonlik gelyk en . . . toe het ek gedink ek sal 'n paar blommetjies daar sit om dit 'n bietjie op te vrolik, en . . . enne . . ." Sy vererg haar ook effens. "Ek is jammer as ek verkeerd gedoen het. Ek moes seker eers gevra het."

Tania drink eers 'n slukkie tee en sê dan reguit: "Dink jy nie jy dryf hierdie vriendskap darem nou te ver nie, Elsa? Dis alles goed en wel, maar . . . Ek weet ons het al daaroor gepraat, maar . . ."

"Moet dan nie weer nie. Tania, asseblief, laat ons die saak hier laat. Ek wil nie met jou rusie maak nie."

"Ek wil ook nie met jóú rusie maak nie, maar ek is net bang vir wat jou ouers gaan sê . . ."

"Dit sal jou nie raak wat my ouers sê nie. Dis my saak. Wat meer is, Rocco gaan môre vir die dag saam met my huis toe. Dan kan my ouers self besluit of hulle 'n vriendskap tussen ons goedkeur of nie. Dis nie nodig dat jy jou daaroor hoef te bekommer nie."

Tania se oë begin ook blits. "Julle vriendskap het darem werklik met rasse skrede in 'n baie kort tydjie gevorder as jy hom nou al huis toe neem."

"Ja, nogal. Dit het goed gevorder." Die twee meisies kyk mekaar vas aan. "Het jy enige besware daarteen?"

Die twee vriendinne is op die punt om in 'n volskaalse rusie gewikkel te raak, en die man wat agter hulle verskyn het, bly staan half besluiteloos. Miskien moet hy liewer omdraai . . .

"Nee. Niks. Dis jou saak as jy jou met 'n blote plaasarbeider wil ophou."

"Tania! Hoe durf jy Rocco 'n plaasarbeider noem?"

"Dis eintlik wat ek is, Elsa – of jy dit wil weet of nie," sê 'n kalm stem agter hulle en hy kom nader gestap, geklee in sy swembroek, handdoek oor die skouer, 'n grynslaggie in sy mondhoek. "Ek gaan gou vir 'n vinnige induik voor ete. Kom jy saam?"

Elsa spring op. "Ja, natuurlik. Ek is binne 'n minuut by jou."

Tania sit versteen terwyl Elsa vinnig huis toe hardloop om haar baaiklere te gaan aantrek en die man op sy luie gang stadig aanstap swembad toe. Vir die eerste keer is sy dankbaar dat sy heeltemal geïgnoreer word, want as sy in sy oë moes kyk, sou sy gesterf het van skaamte. Wat het haar besiel om daardie woord te gebruik? Hy lyk allesbehalwe na 'n gewone plaasarbeider terwyl hy die handdoek langs die swembad neergooi. Haar blik rus op die lang, lenige, bruingebrande liggaam wat soos koper in die son blink, en skielik sit die trane onverwags vlak agter haar ooglede en is daar 'n dowwe pyn hier diep binne-in haar.

Sy spring uit die stoel uit op sonder dat sy eintlik weet waarheen sy wil gaan en toe sy haar kom kry, staan sy langs hom.

"Rocco, ek . . . ek is jammer. Ek het nie bedoel . . . Ek bedoel, ek wou nie . . ."

Sy kop draai baie stadig in haar rigting tot die donker oë in hare vaspen. Sy kan dit nie wegsteek nie. Die trane staan helder in die blou oë, maar syne kyk genadeloos terug.

348

"Die waarheid is die waarheid, juffrou."

"Maar dis nie die waarheid nie! Asseblief? Ek het nie bedoel . . ."

Hy kyk oor haar kop verby en glimlag. "Is jy al terug? Jy is darem soos 'n blits, meisie! Kom! Die water wag!"

Hulle hardloop swembad toe en Elsa se gelukkige laggie klink helder op. Dan is daar 'n gespat van water en Elsa se uitroep: "Rocco, nee! Jou nare ding, moenie my kop onder die water druk nie! Kyk hoe lyk my hare nou!"

Daar is 'n diep, hartlike lag as antwoord . . . en Tania draai stadig om en stap terug huis toe. Nog nooit in haar lewe het sy só eensaam gevoel nie.

Ewald Serfontein hou stil en klim uit en bekyk 'n rukkie die spelery in die swembad, en Elsa laat saggies hoor: "Die aanstaande bruidegom het opgedaag. Hy wonder seker wat soek ek en jy in sy aanstaande se swembad!" Dan swem sy kant toe, klim uit en wuif ewe vriendelik: "Hallo, Ewald. Tania is in die huis."

Daar is 'n diep frons tussen sy oë terwyl hy na die man kyk wat nog rustig voortswem en dan sy blik weer na die druipnat meisie voor hom laat terugkeer. Sy spring hom voor. "Ek kuier die naweek hier. Jou . . . e . . . aanstaande was so gaaf om my te nooi."

"Is dit nie die . . . plaasbestuurder wat daar swem nie?"

"Ja. Dis Rocco Roux. Hoekom?"

Sy frons verdiep. "Werklik, Elsa . . . Ek weet nie wat om te sê nie. Dis nie jou geselskap daardie nie."

"O?" Sy kyk hom uitdagend aan. "Hy is baie beter geselskap as baie ander mans wat ek ken . . . of geken het. Rocco is ten minste eerlik en reguit, probeer nie iets voorgee wat hy nie is nie. Daarom kom ons twee so goed klaar."

"Wat bedoel jy? Is jy aan die skimp?"

"Nee. Ek sê maar net, maar as die skoen pas . . . Dit het niks met jou te doen met wie ek vriende is nie, Ewald Serfontein. Jy het geen belang daarby nie. Jou belange lê daar binne . . . by die miljoenêrsdogter," en sy beduie met haar kop huis se kant toe, draai summier om en duik weer terug in die water.

Nog 'n skok wag op Ewald Serfontein toe hy die huis binnestap en sy verloofde in 'n diep stoel aantref, besig om trane af te vee.

"En nou?"

Sy kyk vinnig, skuldig op, probeer 'n vergeefse poging aanwend om die spore van trane te verwyder, en hy kom nader, kyk fronsend op haar af. Sy lyk beslis skuldig!

"O! Hallo, Ewald. Ek . . . ek het jou nie verwag nie."

Sy frons verdiep. Hy is beslis nie verwag nie, en nog minder is hy op hierdie oomblik welkom. Sy oë vernou.

"Is dit hoe jy jou verloofde groet?"

"O! Nee. E . . . hallo, Ewald." Sy spring op, gee hom 'n piksoentjie en draai vinnig weg voordat hy sy arms om haar kan plaas. "Wil jy nie iets drink nie? Tee, koffie . . . of 'n drankie miskien?"

"Hoekom het jy gehuil?" Daar is 'n kort stilte. "Tania, wat is aan die gang?"

"Wat bedoel jy, aan die gang? Niks is aan die gang nie!" Sy is op die verdediging en hy vererg hom bloedig.

"Nie? Dis doodnatuurlik en normaal om hier aan

te kom om die plaasvoorman soos watter geëerde gas in die middel van die middag in die swembad te kry, besig om hom gate uit te geniet met 'n meisie ver bo-kant sy stand, en om jou hier binne alleen aan te tref – in trane. Maar daar is niks aan die gang nie!" sluit hy sarkasties af.

Haar trane is vergete en haar oë begin blink. "Ewald, as jy hierheen gekom het om moeilikheid te soek . . ."

"Moeilikheid te soek! Ek breek my nek om klaar te kry en hier te kom en dan kry ek hierdie soort be-handeling, en dinge gaan hier soos dit gaan," sê hy betekenisvol.

Sy strek haar tot haar volle lengte uit. "Ek hou nie van jou insinuasies nie. Hier gaan niks aan nie, soos jy wil beweer. Rocco is in die swembad, want, al is hy 'n plaasbestuurder, is dit Saterdagmiddag en mag hy darem seker 'n paar minute ontspan. Verder . . ."

"Nou is dit al Rocco! Tania, ek hou nie van hierdie voormanvriendskap van jou nie . . ."

"Ewald Serfontein, jy moet liewer loop voordat ek my regtig vir jou vererg. Wie is jy om jou aan te stel bo ander mense?"

Sy oë trek tot twee nou splete, en skielik is hy glad nie meer vir haar aantreklik nie.

"Jy keer verskriklik vir jou plaasvoorman. Waarop skimp jy dat ek my nie kan aanstel bo 'n plaasvoor-man nie?"

"Ek skimp op niks nie! Al wat ek bedoel, is dat jy nie die reg het om op ander mense neer te sien bloot net omdat jy 'n motelkoning is en hy 'n plaasbestuur-der nie. Dit maak nie noodwendig van jou 'n beter mens as hy nie."

"Tania!"

"En hou op om na hom te verwys as 'n plaasvoor-
man. Hy is 'n volwaardige plaasbestuurder. Paps het
die hele boerdery net so in sy hande geplaas."

"Dan is jou pa net so kortsigtig as sy dogter!"

"Ewald, ek . . . Wag tot jy ook 'n miljoenêr is en
dan kan jy my pa begin kritiseer oor hoe hy sy sake
reël. Tot dan kan jy nog baie van hom leer."

"Al weer 'n geskimp!"

"Ek skimp nie, maar die skoen pas blykbaar. O,
gaan liewer voordat ons dinge sê . . ."

"Ja, ek dink ek moet liewer gaan voordat . . ." Hy
sluk, rooi in die gesig. "Ek sal vanaand bel en hoor of
jy al uit hierdie vieslike bui is. Tot siens."

Hy stap met lang, driftige hale terug na sy motor
toe en van die kant van die swembad af kyk hulle hoe
hy met 'n vaart wegtrek.

"Hm. Die liefde loop hier beslis nie so dik soos
stroop nie."

Rocco frons, staan dan op. "Kom. Ons moet gaan
aantrek."

Elsa lyk onseker toe hulle daardie aand almal in die
sitkamer bymekaar is. Dis Bertus Erasmus wat op-
merk: "Daar het mos Donderdag 'n nuwe rolprent be-
gin draai. Hoekom gaan julle jongklomp nie 'n bietjie
fliek nie?"

"O, dit sal gaaf wees, nè, Rocco?"

Hy lyk besluiteloos en Tania sê vinnig: "Gaan julle
twee maar. Ek wil vroeg gaan inkruip. Ek . . . ek het
'n hoofpyn."

Haar pa kyk haar fronsend aan. "Voel jy nie gesond
nie, my kind? Jy het deesdae dikwels hoofpyn."

"Ag nee, Paps! Dis sommer maar net . . . Dit sal weer

352

oorwaai." Sy staan op, te vinnig, en kan die vlugtige pynflits op haar gesig nie keer nie, maar ruk haar dadelik reg toe sy 'n paar donker oë op haar betrap. "Ek sê maar nag. Geniet julle aand. Nag, Paps."

Bertus kyk sy dogter bekommerd agterna, en toe sy by die boonste trap verdwyn, laat hy weer hoor: "Daar is iets nie reg met haar nie. Ek dink sy moet 'n slag dokter toe gaan. Sy ís deesdae nie haarself nie."

Rocco staan op, 'n klein glimlaggie om sy lippe. "Ek sou nie te bekommerd wees nie, oom Bertus. Ek dink haar hoofpyn sit heelwat laer as wat hoofpyn gewoonlik sit."

"Wat bedoel jy?" vra Elsa verbaas.

"Sy het lanklaas perd gery en Black Beauty is nie 'n perd wat 'n onfikse ruiter moet aandurf nie. Sy is net stokstyf van die ongewone oefening van vanoggend. Sy sal môre reg wees."

Tania hoor hul hartlike lag waar sy net buite sig staan en luister het en vir die tweede keer sedert sy hierdie man ontmoet het, weet sy nie of sy histeries aan die huil of histeries aan die lag moet gaan nie. O, sy weet nie hoekom sy vandag so in Ewald se keel afgespring het nie! Rocco Roux is net 'n onopgevoede plaasvoorman en niks anders nie!

Toe Ewald later die aand bel, moet Bertus hom meedeel dat Tania nie goed voel nie en reeds in die bed is.

Dis 'n bekommerde Ewald Serfontein wat die gehoorbuis aan die ander kant neersit, en dis nie 'n minder bekommerde Tania nie wat ure later nog lê en wonder hoekom die fliek dan vanaand so laat uitkom. Dis lankal verby die gewone tyd, maar die plaasvoorman en Elsa is nog nie terug nie!

5

Tania is werklik dankbaar toe sy die volgende oggend wakker word en onthou dat Elsa gesê het dat Rocco vandag saam met haar na haar ouers toe gaan. Sy wil nie een van die twee sien nie!

Lank nadat hulle gisteraand eindelik teruggekom het, het sy nog wakker gelê en na Elsa se vrolike gebabbel geluister terwyl hulle omgestap het na sy woonstel toe waar sy natuurlik eers vir hulle gaan koffie maak het. Dit was kort daarna, maar vir haar het dit soos nog 'n uur of twee gevoel, voordat sy die deur in die gang hoor oop- en toegaan het. En toe nog kon sy nie aan die slaap raak nie.

Vanoggend het sy regtig 'n verblindende hoofpyn, hoewel die ander styfheid darem 'n bietjie beter is. Sy wens sy hoef nie een van hulle twee te sien voordat hulle vertrek nie. Maar as sy in die bed bly, sal haar pa sowaar 'n dokter laat kom. Dus sukkel sy maar op en voeg haar by die ander aan die ontbyttafel, maar probeer sover moontlik almal se oë vermy.

Sy besef nie dat sy langs 'n stralende Elsa bleek en moeg vertoon, en dat 'n paar swart oë haar dikwels fronsend maar tersluiks dophou nie.

Bertus is natuurlik dadelik daarvoor te vinde dat Rocco die dag vry kry sodat hy by Elsa en haar ouers kan gaan kuier.

"Maar natuurlik! Sondae word hier nie juis gewerk nie en Rocco is geregtig op 'n dag vry. Hy is nie 'n slaaf nie. Gaan geniet die dag, ou seun, en kom terug net wanneer jy wil. Jy kan een van my motors neem."

"Dankie, oom, maar ek sal sommer die klein bakkie neem as ek mag, asseblief. Ek het darem reeds toegesien dat al die diere versorg is, en so aan."

"Dis alles reg, maar jy neem 'n motor. Hier staan drie in die garage. Waarvoor wil jy nou met die ou bakkie ry?"

"Dankie, oom, maar ek verkies die bakkie, asseblief."

Bertus kyk die jong man goedkeurend aan. Rocco Roux, hoe meer hy van hom te sien kry en hoe beter hy hom leer ken, is 'n man so na sy hart. Hy het net een groot fout. Hy is te trots. Hy wil met die ou plaasbakkie by Elsa se ouers aankom sodat daar uit die staanspoor geen misverstand sal wees nie. Hy is 'n plaasbestuurder en dis al.

Hy draai na sy dogter. "En jy my kind? Kom haal Ewald jou of . . .?"

"Nee. Nie waarvan ek weet nie."

Bertus frons weer. Hy verstaan darem ook nie hierdie vryery so mooi nie. Noudat die twee verloof is, sien hy sy aanstaande skoonseun omtrent nooit.

"Ek gaan kerk toe vanoggend. Wil jy saamgaan?"

"Ja, ek sal saamgaan."

"Ons sal seker ook kerk toe gaan, Rocco. Onthou om vir jou klere saam te bring."

"Goed."

Die ander twee vertrek en oom Bertus en Tania is net gereed om ook te ry toe Ewald daar aankom.

"Ons is op pad kerk toe."

"So sien ek. Maar jy kan seker maar hierdie keer bly en my geselskap hou."

Tot haar pa se heimlike trots hou sy egter voet by stuk. "Nee, Ewald. Ek gaan vanoggend eers kerk toe. Jy kan ná kerk kom en hier by ons kom eet, as jy wil."

Bertus sien dat sy aanstaande skoonseun sy lippe saampers, maar dan onwillig kopgee. "Nou goed. Sien julle later."

Op pad stad toe waag Bertus om ná 'n rukkie op te merk: "Jou verloofde is nie juis 'n kerkganger nie, nè, Tanie?"

"Hy . . . e . . ." Dan sê sy reguit: "Nee, Paps. Blykbaar nie."

"My kind, dis jy wat jou lewe met die man moet deel, maar . . . ag, my dogter, daar is dinge in die lewe waaroor twee mense eenders moet dink en voel om 'n sukses van hulle huwelik te kan maak. Een daarvan is godsdiens. Ek en jou ma het jou van kleins af geleer om kerk toe te gaan. Ek hoop nie dis een van die dinge wat jy gaan verloor wanneer jy eers getroud is nie."

Tania is stil terwyl sy skaam voor haar sit en uitkyk. Sy het dit die afgelope tyd reeds begin verloor. Sy kom baie minder in die kerk as voorheen.

Haar pa gaan voort: "Jy weet, my kind, 'n mens, 'n ryk mens, is soms geneig om te dink jy het nie jou God en jou kerk nodig nie. Jy is selfstandig genoeg op jou eie. Maar daar kom dinge in 'n mens se lewe, tye in 'n mens se lewe dat jou aardse besittings van nul en gener waarde vir jou is. As jy nie dan 'n Hand het om aan vas te hou nie, 'n kerk waar jy vertroosting kan gaan soek nie, dan is jy verlore met aardse rykdom en al. Hoe ryker ek geword het, hoe meer het ek besef hoe nodig ek my Skepper het. Om van een rand eendag verantwoording te doen, sal nie 'n moeilike taak wees nie. Maar as Hy jou 'n paar miljoen gegee het, dan . . . dan is dit 'n groot verantwoording om te gaan doen."

Tania luister stil. Haar pa praat deesdae dinge met haar waaroor hy nog nooit voorheen gepraat het nie, of dan nie so op die man af soos vandag nie.

"Dit sal vir my baie swaar wees, en my aardse besittings sal vir my 'n vloek pleks van 'n seën wees as ek moet sien dat dit die kosbaarder dinge van die lewe by my laat verbygaan. Want geld is van die mins kosbare dinge op aarde, my kind. Belowe my jy sal gereeld kerk toe gaan wanneer jy die dag uit my huis is en getroud is . . . en dat jy jou kinders dit ook sal leer, Tanie."

Daar is 'n onrus in haar wat sy op hierdie oomblik herken, maar nou is dit net feller op die voorgrond as vroeër. Sy het al dikwels oor haar verhouding met Ewald Serfontein getwyfel. Vandag is dit weer daar, net sterker as ooit tevore. Die dinge wat sy en Ewald gemeen het, wat hulle saam geniet, is die dinge van die wêreld. Maar die dieper dinge van die lewe . . . daaroor het hulle nog nooit eens gepraat nie, maar dikwels het sy al die gevoel gekry dat hy oor baie van daardie dinge smaal, selfs daarop neersien.

Hulle hou voor die kerk stil en sy lê gerusstellend 'n hand op sy arm. "Ek sal onthou, Paps."

Bertus gee haar hand 'n drukkie en sug sag. Dis al wat hy kan doen, wat enige ouer kan doen. Om die pad te wys, die leiding te gee, die voorbeeld te probeer stel, maar . . . op die ou end is dit die kind self wat kies, self besluit waar hy gaan stap, waarheen, en op watter wyse hy wil. Dan kan die ouer maar net hoop en bid. Daar is niks anders om te doen nie.

Maar Tania is vanoggend tog spyt dat sy kerk toe gekom het. Toe hulle instap, val haar blik byna eerste op die Kempens. Hulle gas vir die dag sit op die kant. Ewe gemoedelik knik Bertus vir sy bankbestuurder en gade en staan opsy dat Tania by hulle moet inskuif.

Sy is menslik genoeg om bitter weinig te weet van wat op hierdie oggend in die kerkgebou plaasvind. Op 'n keer laat haar bewende vingers haar gesang-boekie val. Toe Rocco langs haar afbuig en dit optel en 'n sterk, bruin hand die boekie na haar toe uithou, knik sy net met neergeslane ooglede en weet dat hy na haar bewende hand kyk.

Dis 'n verligting om weer buite te kom, maar nog is die beproewing nie verby nie. Die Kempens nooi hulle vriendelik vir tee, en sy sê vinnig: "Baie dankie, maar ons sal nie kan vertoef nie. Ons . . . ons kry gaste vir ete. Baie dankie."

Haar pa klink nie tevrede toe hulle in die motor terug is nie. "Wie kom vir ete?"

"Maar Ewald het mos gesê . . . Ag, Paps, ons sien die mense heeldag."

"Dis nie waar nie. Ons was maande laas by die Kempens, en hulle is sulke gawe mense. As dit net Ewald is wat kom . . ."

"Nou goed dan. Paps kan maar gaan tee drink. Ek sal Paps later weer kom oplaai."

Hy kyk haar fronsend aan. "Tania, maar hoe lyk dit dan vir my jy wil nie na die mense toe gaan nie? Wat skort? Het jy en Elsa woorde gehad?"

"Nee, natuurlik nie!"

"In daardie geval kan ons gerus eers gaan tee drink," sê haar pa beslis, en Tania bly liewer stil voordat sy en haar pa naderhand oor iets onsinnigs rusie maak.

Hulle het egter net plaas geneem of sy kom met 'n verskoning: "Sal u my asseblief vir 'n rukkie verskoon? Ek het 'n boodskap wat ek moet aflewer by iemand . . ."

"Maar bel sommer, kindjie," laat mevrou Kempen hoor.

"Ek . . . ek moet eintlik die persoon persoonlik sien, tannie Louise, en . . . U sal my regtig moet verskoon, asseblief," sluk Tania.

Die swart oë wat hare vlugtig vang, vertel haar duidelik wat hy van hierdie verskoning dink, en sy weet ook dat haar pa, en seker Elsa ook, dit as 'n noodleuentjie herken. Maar sy word verskoon en sy ry na 'n koffiekroegie waar sy vir haar 'n koppie tee bestel en haar vir die honderdste keer afvra wat met haar aangaan.

Hoekom is die gedagte dat sy daar doodnormaal moet sit en tee drink saam met die Kempens en Rocco Roux net vir haar te veel? Hoekom weet sy by voorbaat dat sy nie kalm daar sal kan sit en luister hoe Elsa "Rocco" voor en "Rocco" agter, en "Ag, Rocco, sal jy . . .?" en "Rocco" dit en "Rocco" dat nie? Wat maak dit saak as die Kempens duidelik vir Rocco Roux as 'n gelyke behandel en hom gul in hul huis ontvang? En wat maak dit saak as hy daar so tuis lyk asof hy daar hoort en gewoond is om Sondagoggende by bankbestuurders te gaan tee drink?

Toe sy haar pa weer gaan oplaai, is daar geen teken van Rocco en Elsa nie, en sy voel die spanning in die motor aan op pad terug plaas toe. Maar haar pa sê niks nie, kyk net fronsend voor hom uit, en sy is dankbaar. Hoe sal sy aan hom kan verduidelik wat met haar aan die gang is as sy self nie weet nie?

Tuis aangekom, verneem hulle dat Ewald daar was, 'n rukkie vertoef en toe gesê het dat hulle nie op hom vir ete moet wag nie. Hy het glo êrens 'n sakeafspraak. Pa én dogter laat dit verbygaan, maar Tania weet dat Ewald hierdie keer beslis 'n swart merkie agter sy naam gekry het. Sakeafsprake op Sondae was nog altyd taboe by Bertus Erasmus.

Dis 'n lang Sondagmiddag om om te kry. Haar pa het in sy studeerkamer verdwyn, seker maar om te lees, en sy is weer aan haarself oorgelaat. Sy probeer ook lees, maar gee later die stryd gewonne toe sy seker al tien keer dieselfde sin oorgelees het en nog nie weet wat daar staan nie.

Dis ná aandete dat Ewald eers weer sy opwagting maak, en hoewel Tania teen hierdie tyd al kan skree van opgeskeeptheid met haarself, is sy ook nie juis ingenome om haar verloofde te sien nie. Sy wens hy het liewer nie gekom nie. By hierdie gedagte voel sy hoe die kommer in haar ernstige afmetings begin aanneem. Sy kan nie langer met haarself wegkruipertjie speel nie. As 'n mens darem pas verloof is en jy is nie bly om jou verloofde te sien nie, dan moet daar êrens 'n groot skroef los wees.

Haar pa vra net ná ete verskoning en dis al vir Tania asof hy effens kortaf met Ewald is, iets wat Ewald blykbaar ook opgeval het, want toe hulle eindelik alleen is, laat hy reguit hoor: "Jy en jou pa is deesdae nie juis in 'n alte goeie bui nie, Tania. Wat is fout?"

"Ag, asseblief, Ewald, jy sien spoke. Dit is maar net . . ."

"Ja? Dis maar net wat?" Sy oë is speurend en Tania vererg haar sommer weer.

"Dis maar net . . . Ek dink ek kort 'n vakansie. Ek wil 'n bietjie weggaan."

Hy glimlag grimmig. "Jy is jou lewe lank met vakansie. Goed. Moenie weer my kop afbyt nie. Is dit nie eerder 'n geval dat jy jou aan skinderstories steur nie?"

"Skinderstories?" Sy lyk eerlik verbaas. "Watse skinderstories?"

"Stories wat oor my by jou aangedra word, natuurlik. Daar is baie wat ons verhouding graag sal wil verongeluk."

Sy is heeltemal verward, en skielik is die vae agterdog in haar skerp op die voorgrond. "Nee, Ewald. Ek het nog geen skinderstories oor jou gehoor nie, maar . . . is daar dan wat vertel kan word?"

Hy kry 'n ligte rooi kleur en sê vinnig, sy oë ontwykend: "Nee, ek bedoel maar net . . . As 'n mens 'n hond wil slaan, kry jy maklik 'n stok. Tania, wanneer trou ons?"

"Trou?"

Hy kyk haar vinnig, vererg aan. "Ja. Nog nooit van dié woord gehoor nie?"

Haar blou oë blits terug. "Jy is nie snaaks nie."

"Dis nie ek wat snaaks is nie, dis jy. Moenie my vraag ontwyk nie. Ek het gevra wanneer trou ons?"

Haar blik swenk vinnig weg. "Ek . . . ek het nog nie só daaraan gedink nie."

Hy lag kortaf. " 'n Verloofde meisie wat nog nooit aan trou gedink het nie! Werklik, Tania . . ."

"O, Ewald, hou asseblief op met jou sarkasme!" Dan kry sy skielik skaam vir haar gedrag. Sy tree nie regverdig teenoor hom op nie. Sy kyk hom boetvaardig aan. "Ek is jammer, skat. Dis maar net . . . Ewald, jy weet van my twee vorige verlowings en die redes hoekom dit skipbreuk gely het. Jy kan my nie nou kwalik neem dat ek . . . e . . . bang voel nie . . ."

"Liefling!" Hy lyk werklik geskok. "Jy dink tog nie ek wil met jou trou omdat jou pa 'n miljoenêr is nie! Glo jy dan nie dat ek jou liefhet nie? O, Tania, liefste, jy . . ."

Bertus Erasmus draai in sy spore om en stap terug na sy studeerkamer, sy voetstappe onhoorbaar op die sagte mat. Daar sak hy weer agter sy lessenaar neer, diep kommerplooie op sy gesig.

Hy hoor Ewald later gaan, hoor hul stemme duidelik deur die oop venster na hom kom.

"Onthou nou, skat, ek sal 'n week weg wees, maar wanneer ek terugkom, moet jy die troudatum al bepaal het. Daar is geen rede hoekom ons langer moet wag nie."

"Goed, Ewald. Ek sal daaroor dink." Maar ook vir haar pa klink sy nie juis alte geesdriftig nie.

Laat die aand hoor sy die plaasbakkie terugkeer, en dis eers daarná dat sy insluimer.

Die volgende oggend lê en worstel sy eers met haarself voordat sy eindelik aan die drang in haar toegee en vinnig opspring. Daar is 'n onmiddellike frons tussen die plaasbestuurder se oë toe hy haar oor die werf aangestap sien kom.

Sy kom voor hom tot stilstand, vertoon nog fyner en kleiner in haar styfpassende rydrag, en ignoreer die frons terwyl sy vriendelik glimlag.

"Kan ons 'n bietjie gaan perdry, asseblief?"

Sy frons verdiep. Tot haar stem het 'n skielike verandering ondergaan. Sy klink vanoggend kompleet soos 'n soet, welopgevoede kind wat mooi om 'n guns vra.

Sy stem is egter bot. "Dis Maandagoggend. 'n Moeilike oggend vir rondrits."

"O . . ." Sy kug, plak weer die glimlag terug om haar lippe. "Ekskuus. Dan . . . dan kan dit maar eers wag. Sal . . . môreoggend jou pas?"

Hy kyk haar nou so openlik agterdogtig aan dat dit glad nie meer moeilik is om te glimlag nie. Daar is mos darem meer as een manier om 'n kat dood te maak.

"Wil jy regtig baie graag vanoggend ry?"

"Ja, asseblief, Rocco."

Sy sien sy lippe opmekaar pers. Dan swaai hy vinnig om. "George, saal die blouskimmel en Black Beauty op."

Steeds soos 'n soet dogtertjie staan en wag sy voor die stalle, maar kan die tinteling in haar nie ignoreer nie. Fronsend bring hy die perde tot by haar. "Klim!"

"Watter een? Ek . . . ek kan die blouskimmel ook maar ry as jy liewer . . ."

Die donker oë pen skielik vas in die bloues. "Jy ry mos geen ander perd as die swarte nie. Klim op. Jy mors my tyd."

Dis eers toe hulle albei op is dat sy sien dat die twee perde aan mekaar gekoppel is, en sy kyk vinnig, vererg op, vas in die donker oë wat haar met 'n uitdagende glinstering dophou. Dan sak haar ooglede en die man frons weer, hierdie keer duidelike verbasing op sy gesig. Hy het verwag dat die blou blitse op hom sal staan wanneer sy sien hulle is gekoppel, maar dis 'n onbekende, deemoedige dogtertjie wat sonder 'n woord haar leisels optel en langs hom op 'n trippeldraffie in pas val. 'n Hele ruk lank is dit stil. Dan lig

Tania haar kop op en hy kyk weer teen haar vriendelike glimlaggie vas.

"Waar wil julle die nuwe drade span?"

Dis duidelik dat hy geen begeerte het om 'n gesprek aan te knoop nie, maar hy moet teen wil en dank op haar vrae antwoord. 'n Ruk later bring hy die perde tot stilstand en sy sien verbaas hoe hy afklim en hulle ontkoppel.

"Nou toe. Ry. Maar jy ry nie weer of die duiwel jou jaag nie. Jy gedra jou."

Die blou oë blink en 'n tergende glimlaggie huiwer om haar mond. "Kom jy?"

"Nee. Ek wil na die onderste kamp toe gaan. Ry maar terug."

"Dankie, Rocco."

Weer is haar stemmetjie te besadig om te glo. Hy kyk haar met 'n kwaai frons agterna terwyl Tania met 'n borrelende, tintelende opgewondenheid in haar op heel matige pas begin terugry huis toe. Eers toe sy uit sig verdwyn, swaai die man weer terug in die saal.

Vir die res van die week kyk Rocco Roux, en selfs Bertus Erasmus, soms skeef op in verbasing. Tania het skielik so mak geraak dat hulle hul eie ore nie kan glo nie. Sy is stil en bedees, in so 'n mate dat haar pa van voor af bekommerd oor haar word. Eers het hy begin voel sy dogter is te rusteloos, gedurig aan die jaag van die een partytjie na die ander, van die een man na die ander. En nou, skielik, het sy onnatuurlik bedaar.

Sy ry nooit meer in stad toe nie, en wanneer hy haar saamnooi, bedank sy vriendelik maar beslis. Sy nooi ook niemand uit plaas toe nie. As sy nie droomverlore met 'n geheimsinnige glimlaggie voor haar sit en uitstaar nie, is sy, tot haar pa se grootste verbasing, besig om in 'n blommerangskikkingboek te lees. Hy het nie geweet sy dogter stel só ernstig in blommerangskikking belang nie. En skielik kom daar nie meer ruikers van bloemiste uit die stad aan nie, maar word blomme uit hulle eie tuin gepluk en deur die dogter van die huis gerangskik.

Tot die plaasbestuurder kan al die blomme nie miskyk nie, want tot sy sitkamertjie het nou gereeld 'n bos blomme in die hoek en op 'n dag is daar ook selfs 'n klein rangskikking op die kleedtafel in sy slaapkamer. Hy het die pragtige blommetjies met vernoude oë staan en betrag. Wat de duiwel gaan hier aan?

Sy het nog net een keer hierdie week weer kom vra om perd te ry, en die plaasbestuurder het Black Beauty sonder 'n woord laat opsaal. Haar oë het gerek.

"Waar is jou perd?"

"Ek ry nie saam nie. Ek het werk."

"Maar . . . maar Paps het gesê jy moet saamry . . ." het sy geprotesteer, en sy gesig het streng geraak.

"Jy het my oortuig dat jy Black Beauty kan ry. Solank jy jou nie soos 'n besetene gedra nie, mag jy alleen ry."

Haar oë het geknip en die vriendelike glimlaggie van die afgelope week het vinnig begin taan. "Maar . . . miskien moet jy liewer saamry. Ek . . . ek kan net 'n nuk kry om . . . om soos 'n besetene te wil ry en dan . . ."

Haar stem het weggesterf en die plaasbestuurder het kalm geantwoord: "In daardie geval sal ek persoonlik self daardie nuk uit jou uitfoeter. Jy moet liewer dus maar jou nukke by die huis los solank jy op Black Beauty is."

Hy het omgedraai en weggeloop en sy het verslae

365

bly staan. Op 'n stappie het sy weggery en sommer kort daarna het sy die vurige swart perd weer stalle toe gebring, en vir die res van daardie week nie weer haar opwagting daar gemaak nie. Daar was skielik geen aardigheid meer daarin om alleen op Black Beauty rond te ry nie – soos 'n normale mens óf 'n besetene nie. Nie dat sy dit ooit werklik een keer oorweeg het om die swart perd 'n slag weer vrye teuels te gee nie. Daardie harde, swart oë en opgehefte handpalm sal sy nie maklik vergeet nie.

Woensdagaand verras sy haar pa en die plaasbestuurder toe hy ná aandete opstaan en soos gewoonlik na sy woonstel wil teruggaan.

"Jy . . . jy kan mos maar nog 'n rukkie sit en gesels as . . . as jy wil," laat die dogter van die huis hoor. Rocco se wenkbroue skiet omhoog en Bertus laat die koerant wat hy opgetel het, weer sak.

"Ekskuus?"

'n Rooi blos kleur haar wange, maar sy kyk uitdagend terug. "Jy vlug elke aand woonstel toe. Jy is welkom om te bly en vir ons . . . Paps geselskap te hou, of hoe, Paps?"

"Natuurlik, my kind. Natuurlik is Rocco welkom. Maar as hy . . ."

"Toe, hoor jy nou? Gaan sit en ek bring netnou vir ons koffie. Wil jy nie televisie kyk nie?"

Rocco lyk eerlik uit die veld geslaan. Dan ruk hy hom reg. "Dankie vir die uitnodiging, juffrou, maar . . . ek weet oom Bertus wil graag sy koerant lees en ek het 'n paar dringende briewe om af te handel. Goeienag."

Sy gaan bedremmeld sit toe hy uit is, en haar pa tel weer sy koerant op, maar hou sy dogter ongemerk bo-oor die rand dop. Hier is deesdae darem beslis iets eienaardigs met Tania aan die gang.

Sy stem klink ongeërg toe hy agter die koerant vra: "Het jy en Ewald al besluit wanneer julle wil trou, Tania?"

"E . . . Nee, Paps. Ons het nog nie in daardie rigting gepraat nie."

Haar pa frons. Hy weet sy bak nou 'n kluitjie. "Julle sal darem die een of ander tyd moet besluit, my kind. Jy wil seker 'n groot affêre hê."

Tania frons. Hoe meer sy oor 'n trouery dink, hoe minder sinnigheid kry sy daarvoor. Nog minder het sy enige trek vir 'n "groot affêre", soos haar pa dit noem. Waarvoor sy op hierdie oomblik lus voel, is om haar kop in 'n kussing te druk en te huil tot sy genoeg daarvan het. Maar hoekom sy skielik so onkeerbaar lus voel vir huil, kan sy nie eens aan haarself verklaar nie.

In sy woonstel staan Rocco eers 'n oomblik peinsend in die middel van die sitkamertjie, sy blik op die rangskikking op die hoektafeltjie.

Dan grinnik hy grimmig. "O nee, juffrou Erasmus! Ek het genoeg van rykmansdogters se grille gehad. Vir daardie soort grappies val ek nie meer nie."

Hy stap met lang hale nader, trek die blomme uit die blompot en stap deur toe.

Saartjie, wat verantwoordelik is vir die netjies hou van sy woonstel, kom net daar verby op pad na haar eie huis, en sy kyk verbaas na die man met die bos blomme in sy hand.

"Saartjie!"

Sy kom vinnig nader en vind haar arms die volgende oomblik skielik vol blomme. "Vat dit vir jou en moenie weer blomme in my woonstel sit nie. Ek kry hooikoors van die goed."

Die deur gaan vinnig in die verbaasde Saartjie se gesig toe.

6

Die volgende oggend keer Saartjie toe Tania met vars blomme die woonstel binnestap.

"Die meneer het gesê hy kry hooikoors daarvan, juffrou. Juffrou moenie weer blomme in sy kamers sit nie."

Sy frons. Snaaks. Hy het geen klagtes gehad toe Elsa begin blomme indra het nie. Sy draai kortom en stap uit. Daardie middag is dit weer eens die hooghartige miljoenêrsdogter wat oorkant die plaasbestuurder aan die eettafel plaasneem.

Ook Bertus merk dadelik haar veranderde houding op en hy sug. Wat het haar nou weer gebyt? Die hele week was sy heeltemal skaflik, het sy haar besonder goed gedra, en nou is sy skielik weer terug op die oor-logspad.

Maar as Rocco Roux enigiets opmerk, wys hy dit nie, en dit blaas die stoom binne-in haar net al hoe meer aan. Hy kan nou na sy peetjie vlieg! Sy wou be-skaaf teenoor hom optree, maar dis hy wat hom nou skielik opruk – asof hy kan bekostig om hom teen haar op te ruk.

Die Saterdagaand begin die motors aangery kom en oom Bertus frons ontevrede.

"Wat is aan die gang, Tania?"

368

"Sommer net 'n paar mense wat ek genooi het vir braaivleis, Paps. Het ek vergeet om te sê?"

"Ja, jy het." Deksels! Hy het uitgesien na 'n lekker aandjie skaak saam met Rocco. Hy kyk skuins na die jong man wat fronsend die klomp motors beskou en laat hoor: "Ons sal seker dan maar ons skaak moet uitstel."

"Natuurlik sal julle moet. Paps is saam met my gasheer en meneer Roux sal moet toesig hou oor die braaiery."

Rocco Roux draai voluit na sy werkgewer. "Is dit 'n opdrag van u, oom Bertus? Dat ek moet vleis braai?"

Oom Bertus frons ook, lyk onseker. "Nee, beslis nie. Ek hoor ook maar nou daarvan . . ."

"In daardie geval kan ons twee nog altyd rustig in my woonstel 'n potjie skaak gaan speel. Dis u dogter se partytjie en haar gaste. Ons het niks met hulle te doen nie."

"Rocco!" Die blou oë flits na hom op. "Meneer Roux, ek verwag dat jy toesig sal hou oor die braai . . ."

Die swart oë kyk haar stip aan. "Ek werk vir jou pa – nie vir jou nie. As hy my beveel om dit te doen . . ."

Bertus spring vinnig tussenbeide. Hier is 'n volbloed rusie aan die kom en die eerste gaste is reeds aan die aanstap huis toe.

"George braai altyd die vleis, Tania. Hy kan dit weer doen. Ek en Rocco speel skaak in sy woonstel. Die hele huis en tuin is jou en jou gaste s'n, maar jy los vir my en Rocco uit. Kom, ou seun. Kom ons gee pad."

Tania kan slange vang. O, daardie . . daardie plaas-

369

voorman is onuitstaanbaar vermetel en hy het haar pa ook nou al heeltemal in die sak! Om haar hier alleen met die gaste te los!

Ook Ewald Serfontein lyk nie ingenome toe hy stilhou en die klomp motors sien nie. Dekseis! Hy en Tania het vanaand ernstige dinge om oor te gesels. Die troudatum moet bepaal word en hoe gouer, hoe beter. En nou is hier weer 'n skare mense.

"Dit lyk my jy reël dit doelbewus sodat ons twee nooit meer alleen hoef te wees nie," beskuldig hy Tania openlik. "Dit lyk asof jy bang is om alleen by my te wees."

Tania kners liggies op haar tande. Sy is klaar teë vir dié spul nog voordat die aand behoorlik begin het, en nou moet Ewald ook nog aan haar karring.

"Jy het nie gesê watter aand jy terug sal wees nie. Verwag jy dat ek hier op 'n hopie moet sit en doodgaan?"

"Nee, natuurlik nie, maar weet jy, ons was nog nooit behoorlik alleen vandat ons verloof geraak het nie?"

"Dis nie my skuld nie. Dis jy wat gedurig op reis is tussen jou ou spul motelle. Ek kan nie langer met jou staan en redeneer nie. Ek het gaste om na om te sien."

Sy stap weg en hier langs hom klink 'n stem gedemp op: "Dis blykbaar nie altyd so hemel op aarde om aan 'n miljoenêrsdogter verloof te wees nie, nè, my ou vriend?"

Hy kyk vererg op; dan raak sy gesig strak. "O, jy is ook hier."

Elsa Kempen lag, maar sonder veel humor. "Ja, ek is ook hier. Hoekom, moet jy my nie vra nie. Ek sal maar netnou by die plaasbestuurder in sy woonstel gaan kuier. Ek pas beter daar."

Hy kyk haar fronsend aan. "Moenie verspot wees nie!"

Elsa kyk hom vas aan. "Nee, ek is nie verspot nie. Ek vind oom Bertus se plaasbestuurder 'n baie oulike man – eerlik en reguit."

Sy oë is stip. "Wat probeer jy sê, Elsa? Dat ek dit nie is nie?"

Sy kyk ewe stip terug. "Ek probeer niks sê nie, Ewald. Ek hoop, ek bid dat die dag nooit sal aanbreek dat ek moet uitvind dat jy nie 'n eerlike man is nie, dat jy nie 'n reguit pad loop nie."

Sy stap dadelik aan en 'n ruk later kyk Tania met stil oë en 'n uitdrukkinglose gesig op toe haar pa en Rocco met Elsa tussen hulle, en styf ingehaak by albei, hulle ook by die mense om die vure voeg.

Elsa lag seëvierend. "Hierdie twee kruip toe mos sowaar agter 'n skaakbord weg! Ek het hulle daar gaan uithaal. Komaan, Rocco! Vanaand braai jy vir my 'n skaapribbetjie soos hy moet gebraai word. Of kan jy nie?"

Hy glimlag goedig op haar af en tel 'n braaivleisvurk op. "Vanaand is die aand dat jy 'n gebraaide skaapribbetjie gaan eet wat wegsmelt in jou mond."

Tania draai stil weg. Die bankbestuurder se dogter het blykbaar 'n geheime wapen wat sy, die miljoenêrsdogter, nie besit nie.

"Tania . . ."

"Ja, Paps?"

"Ek wil met jou praat – ernstig."

"Nou?"

"So gou moontlik. Ek weet jy kan nie nou van jou

gaste af padgee nie, maar . . . sê my reguit: het jy Ewald Serfontein werklik lief?"

Sy kyk haar pa verbaas aan. Wat 'n onmoontlike vraag op die mees ongeleë tyd! "Maar, Paps . . ."

"Ek wil weet, Tania. Nóú. Dis net ja of nee, my kind. Sekerlik nie 'n moeilike vraag om te beantwoord as jy jou eie hart ken nie. Het jy, Tania?"

Sy soek met haar oë tussen die mense deur totdat sy haar verloofde sien waar hy hom teen wil en dank maar by 'n groepie geskaar het. Het sy? Sy kyk terug na haar pa en skielik skiet die blou oë vol trane. "Ek . . . weet nie, Paps. Ek weet eerlik nie! Ek het al gedink daar is iets verkeerd met my . . ."

Haar pa se oë verteder. Sy arme kind! "Daar is niks verkeerd met jou nie, my kind. Jy het nog net nie die regte man ontmoet nie. Dis al. Maar intussen durf jy ook nie met oop oë in die ongeluk stap as jy weet dit gaan op 'n mislukking uitloop nie. Moet ek met hom praat?"

"U bedoel vanaand nog?" Sy frons. "Is dit so dringend?"

"Ja, my kind. Ek dink dis dringend."

"Paps . . . Paps, wat steek u vir my weg?" Toe haar pa nie antwoord nie, verbleek sy merkbaar in die lig van die braaivleisvure. "Dan is dit weer so? Dan is dit weer nes die vorige kere? Dis my pa se geld wat bemin word, nie ek nie!"

Bertus Erasmus sluk, die jammerte bloot in sy oë, maar hy durf dit nie langer vir haar wegsteek nie. Wat hy vermoed het, en intussen bevestig gekry het, moet nou uit. "Ewald se motelbesigheid staan op die randjie van bankrotskap." Hy sug diep. "As hy eerlik na my toe gekom het, sy kaarte oopgegooi het voordat

372

hy aan jou verloof geraak het, sou ek meer van hom gedink het. Maar soos ek verneem, is hy op die laaste bene en nog het hy nie 'n woord gesê nie."

"En intussen is hy baie gretig dat ons die troudatum moet vasstel," voeg sy stil by. "Dis nou baie duidelik hoekom." Sy trek die verloofring van haar vinger af en lê dit in haar pa se hand neer, die blou oë pleitend. "Asseblief, Paps, gee dit vir hom terug. Ek kan nie . . ."

"Ek verstaan, my kind." Die kommer lê helder in sy oë. "Maar, Tanie, as jy vir my sê jy het hom lief, is ek bereid om hierdie dinge oor die hoof te sien en hom te help sover ek kan. Dis jóú geluk wat die swaarste by my tel, my kind – nie geld nie."

"Ek weet, Paps, en . . . dankie, maar . . . gee maar sy ring terug." Sy glimlag effens op na hom. "Ek is nie regtig so geskok as wat ek behoort te wees nie. Ek . . . begin gewoond raak aan hierdie soort ding."

"Tania!"

"Toe maar, Paps. Moenie u so ontstel nie. Ek het van die begin af 'n gevoel gehad dat ook hierdie verlowing van my nie enduit sal hou nie. Ek kan ook eerlik nie sê dat ek gebroke is soos ek nou hier staan nie. Wel, seker teleurgesteld, maar dis nie die einde van my lewe nie." Sy glimlag dapper op na hom. "Moenie oor my bekommerd wees nie."

Sy sien haar pa wegstap in die rigting van die groepie waar Ewald se blonde kop tussen die ander sigbaar is. Sy draai blindelings weg, betrap Elsa en Rocco se oë op haar en dan gaan hulle weer voort met die vleisbraaiery asof hulle niks gesien het nie.

Toe Ewald 'n ruk later verdwaas weer sy opwagting maak, is dit Elsa wat skielik die braaivurk neersit en vinnig na hom toe stap. Hy lyk bleek en ontsteld en haar hart gaan na hom uit.

"Kom staan daar by my, dan soek ons 'n lekker stukkie vleis vir ons uit."

"Nee. Ek . . . ek dink ek gaan maar."

"Nee! Ewald, nee, jy gaan nie nou hier wegsluip nie. Waar is jou trots? Lig jou kop op, man!"

Hy glimlag meewarig. "Ek het geen rede om my kop op te lig nie. Binnekort sal ek dit êrens in 'n gat in die grond moet gaan wegsteek wanneer die krediteure op my toesak."

"Dit is nie so erg soos wat dit op hierdie oomblik lyk nie, my vriend." Haar oë en stem is teer. "Niks is ooit werklik so erg soos wat dit lyk nie. Êrens is daar altyd 'n plan te make. Alles is nie heeltemal verlore nie."

Hy sug saggies, kyk haar stil peinsend aan. Dis die meisietjie op wie hy verlief geraak het, maar wat hy moes laat vaar om sy besighede van ondergang te red. Hy het haar skandelik net so gelos en agter die miljoenêrsdogter aangehardloop. Maar nou is dit sy wat skielik weer daar is, by hom inhaak en hom saggies in die rigting van die braaivleisvure dwing.

"Ek verdien nie dat jy . . . jy jou . . ."

"Toe nou. Ek is nie nou lus vir daardie soort praatjies nie. Ek is nou lus vir braaivleis. Rocco, het jy al iets lekker daar vir ons?"

"Ja." Die donker oë kyk vlugtig na die man se verwese gesig, en skielik word hy en hierdie motelkoning wat mekaar nog nooit kon vind nie, maats. "Hier, ou kêrel. Proe 'n bietjie daar en sê my of jy al lekkerder geëet het."

Ewald ontvang die stukkie braaivleis en kyk die ander man vas aan. Nou is hulle gelykes, en albei weet dit. Eintlik was hulle van die begin af gelykes, maar dit was hy wat hom in verwaande vermetelheid hoër as die plaasbestuurder gestel het. "Dankie, Rocco. Dit . . . smaak vorentoe!"

Rocco neem self ook 'n stukkie en keer sy rug na die ander mense sodat hy en Ewald en Elsa 'n groepie van hul eie vorm. Sy stem klink ongeërg: "Die wêreld het nie vergaan nie, Ewald. Jy is nie die eerste man wat skielik op 'n dag moet ontdek jy het niks nie. So-lank jy net weet dat jy altyd jou bes probeer het, is dit nie nodig om nou in sak en as te gaan sit nie."

Ewald kyk skerp op. "Jy praat asof jy weet wat dit is, hoe dit voel . . ."

"Ja, ek weet wat dit is en hoe dit voel." Die lippe glimlag sonder enige bitterheid. "Ek het ook op 'n dag gestaan waar jy vanaand staan. Toe word ek 'n plaasbestuurder. Jy kan 'n hotelbestuurder word."

Ewald kyk hom eers verward aan, begin dan glim-lag en skielik lag hulle saam. "Sowaar! Ek kan! Ek weet darem ten minste hoe 'n hotel bestuur moet of behoort te word!"

"Juistement."

Elsa kyk Rocco met dankbare oë aan. Hier diep binne-in haar hart sal daar altyd 'n spesiale plekkie vir hom wees. Maar vanaand, netnou, toe sy Ewald so verdwaas en verslae op die stoep sien staan het, het sy onmoostoklik geweet sy het hom nog lief, het hom nog altyd liefgehad. Ewald kyk nou met vonkelende oë op die meisie aan sy sy af. "Sal jy omgee om 'n hotelbestuurder se vrou te wees?"

"Ek sal enige bestuurder se vrou wees, mits hy my liefhet."

Sy arm sirkel om haar middellyf en hy druk haar 'n oomblik teen hom vas. "Die moontlikheid bestaan dat ek darem een van my motelle sal kan behou. Oom Bertus het beloof dat hy my sal help. Julle weet, daardie man is 'n ware heer. Hy het baie reguit gepraat, maar hy was ook nie een keer neerhalend of aftakelend nie. Die man wat hom as 'n skoonpa kry, is werklik 'n gelukkige man."

Skielik is die donker gesig weer grimmig. "Ongelukkig moet hy egter eers met die dogter trou."

Ewald kyk vinnig na hom. "Maar Tania is nie 'n slegte meisie nie, Rocco. Ons verlowing was van die begin af 'n fout, en ek het meer skuld daaraan as sy. Ek erken dit. Ek het my doelbewus daarop toegelê om haar voete onder haar lyf uit te slaan."

"Nog 'n stukkie braaivleis, Ewald?" Dis duidelik dat die ander man nie oor die dogter van die miljoenêr wil praat of na 'n lofsang oor haar goeie hoedanighede wil luister nie, en Ewald neem maar nog 'n stukkie vleis.

Toe oom Bertus hom by sy dogter voeg, trek hulle hul ook 'n bietjie terug van die res en sy kyk vraend op.

"Hoe het dit gegaan, Paps?"

"Baie goed. Ons het reguit gepraat en hy het alles erken. Ek sal volgende week aandag aan sy sake gee, want ek het beloof ek sal hom help om minstens een van sy motelle te behou. Hy kan dan self sy persoonlike aandag daaraan gee." 'n Gelag by 'n sekere groepie laat hulle vinnig daarheen kyk, en oom Bertus sê: "Ek is bly om te sien dat nie een van julle twee hartgebroke is nie. Jy is nie, nè, my kind?"

Sy doen haar bes om te glimlag, haar stem gerusstellend te laat klink. "Nee. Nee, Paps. Ek is nie hart-gebroke oor Ewald Serfontein nie."

'n Ruk later staan Elsa en Ewald skielik voor haar.

"Tania . . . Ek . . . ek weet nie wat om te sê nie . . . Ek is jammer."

Sy kyk hom stil aan en besef dat sy op hierdie oom-blik die naaste daaraan gekom het om hom lief te hê. Sy soen hom vlugtig. "Dis alles reg, Ewald. Ek het ook skuld. Ons vergeet daarvan en . . . ek wens jou net alles van die mooiste toe."

"Ek groet ook maar, Tania. Ek ry sommer saam met Ewald terug," laat Elsa hoor en Tania sien hulle saam wegstap, en sy voel skielik grensloos eensaam. 'n Derde verlowing na die maan. Sal sy ooit verder as 'n verlowing kom?

Die laaste gaste het vertrek en oom Bertus het ook al nag gesê. Dis nog net Rocco en George wat toesien dat al die vure goed dood is. Dis eers toe Tania hoor hoe hy George aansê om maar te gaan dat sy uit die skaduwees te voorskyn kom.

Hy was blykbaar nie bewus daarvan dat sy nog al die tyd hier ronddwaal nie, en dan sê hy kortaf: "Nag, juffrou."

"Rocco . . ." Hy draai nie heeltemal terug nie, maar wag met sy kop skuins gehou op wat sy nog wil sê. Sy lek oor haar droë lippe. "Ek . . . Dankie dat jy so mooi gehelp het met die braaiery." Hy knik net, wil weer aanstap, en sy gee vinnig 'n tree nader. "Jy braai wonderlik vleis. Al die gaste het daarvan gepraat. Dankie."

Hy stap nou doelbewus aan, en haar stem roep hom weer tot stilstand. "Rocco . . . Net 'n oomblik . . ." Sy stap huiwerig nader. Sy kan nie toelaat dat hy gaan slaap sonder dat hy eens een woord met haar gepraat het nie. "Ek wou jou nog sê . . . Of jy weet seker al . . . Ek en Ewald . . . Ons verlowing is verbreek." Sy wag, maar hy staan voor hom en uitkyk. "Het jy gehoor wat ek gesê het? Ek is nie meer verloof nie." Stilte. "Het jy niks te sê nie?"

"Dit gaan my nie aan nie."

Hy stap weer voort en sy sit hom weer agterna, nou byna in trane. Hy kan nie, hy durf nie hierdie ongeergde houding inneem nie! Sy moet weet wat hy daarvan dink, hoe hy daaroor voel.

"Dit was 'n fout. Ons het albei besef . . ."

"Regtig?" Hy gaan staan, draai nou reguit na haar. "Wanneer het jy besef jy het hom nie meer lief nie? Die oomblik toe jy hoor hy staan op die punt van algehele bankrotskap?"

"Nee!" Haar oë kyk hom pleitend in die maanlig aan. "Van die begin af het ek geweet . . ."

"Van die begin af het jy geweet jy wou hom nie regtig hê nie. Maar jy is die bedorwe, ryk dogtertjie wat alles wil hê, al wil jy dit nie regtig hê nie. Jy het jou vriendin se kêrel afgevat, nie omdat jy hom regtig wou hê nie, maar net omdat sy iets gehad het wat jy nie het nie . . ."

"Jy . . . Wat praat jy? Ek weet nie waarvan jy praat nie! Ek het Ewald by niemand . . ." Dan swyg sy skielik. Is dit dalk waar? Elsa . . . Elsa was vanaand by Ewald, het hom daar op die stoep gaan haal en is saam met hom terug huis toe. Elsa en Ewald het 'n rukkie saam uitgegaan voordat . . . "Dis nie waar nie!" fluister sy skor.

"Natuurlik is dit waar! En noudat hy in die moeilikheid sit . . . nóú het jy skielik ontdek jy wil hom

378

nie meer hê nie!" Sy stem klap soos 'n sweep in haar ore, en die veragting tril daarin. "Julle is almal eenders – julle rykmansdogtertjies. Solank dit mooiweer is, gaan dit wonderlik. Maar sodra dinge skeefloop, dan stroop julle die ringetjie van julle vingertjie af en maak dat julle wegkom. Julle maak my siek!"

"Rocco!"

Hy stap weer aan en sy kyk hom verbaas agterna. Dan is dit wat hy van haar dink! Maar dis nie waar nie! Hy durf dit nie dink nie!

"Rocco!" Sy hardloop agterna, kry hom voor die bors beet voordat hy die woonstel se deur kan oopdraai. "Jy verstaan nie! Dit is nie soos jy dink nie! Ek het nooit geweet Elsa en Ewald . . . O, ek erken ek het geweet hulle ken mekaar, was 'n paar keer saam uit, maar ek het nooit gedroom daar was 'n verhouding tussen hulle nie! Ek sweer dit, Rocco! Asseblief, glo my!"

Hy staan stokstyf, sy gesig 'n ontoeganklike vlek bokant haar. "En vanaand? Is dit ook nie jou skuld dat jy sy ring van jou vinger gestroop en dit vir jou pa gegee het om vir hom terug te gee nie?"

Die trane blink nou openlik op haar wange en sy laat haar voorkop teen sy bors sak. "Ek is jammer. Ek het nie bedoel om hom verder te verneder nie. Ek het nie die moed gehad om dit self vir hom terug te gee nie. Ek het gedink dit sou makliker vir hom wees as ons liewer niks verder praat nie. O, Rocco, moenie so hard . . ."

Sy hande klem skielik styf om haar skouerknoppe – soos daardie dag toe hy haar voor die stalle geskud het. Maar nou voel sy nie die pyn van sy knellende vingers nie. Al wat van belang is, is dat hy haar moet

379

glo, moet glo dat sy nie net 'n bedorwe rykmansdog-
tertjie is nie.

"Ek kan nie die sin in hierdie gesprek sien nie, juf-
frou Erasmus. Jy is geen verduidelikings aan my ver-
skuldig nie. Het jy vergeet ek is net die plaasbestuur-
der?"

"O, Rocco, moenie! Moenie, asseblief!" Sy huil
nou openlik en haar arms gly om sy middel en knel
styf agter sy rug vas.

Meteens is haar skouerknoppe vry, voel sy sy arms
om haar gaan, word sy styf vasgedruk en met 'n snik
druk sy haar nat gesiggie onder sy ken vas. Maar net
vir 'n oomblik, en dan word haar gesig agteroor teen
die breë skouer gedwing en kom sy lippe met geweld
op hare neer. Sy weet nie eens dat haar knieë onder
haar meegee en dat sy in sy omhelsing hang nie. Sy
weet net dat die hemel skielik vir haar oopgegaan het
en sy ontvang sy mond met wederkerige geweld.

Hoe lank hierdie soen geduur het, sou sy nooit kon
sê nie, maar skielik word sy omgeswaai en stewig op
haar eie bene neergesit.

"Gaan soek jou volgende verloofde op 'n ander
plek, juffrou. Ek gaan nie die middelman tussen jou
verlowings wees nie. Ek is net 'n plaasvoorman, maar
ek stel nie in aalmoese belang nie."

Die deur gaan oop, gaan toe en 'n sleutel draai dui-
delik in die slot.

In die dae wat op hierdie aand volg, is Tania weer
baie stil en stemmig, maar dis 'n ander soort stem-
migheid as die eerste. Waar sy die eerste keer dikwels
droomverlore voor haar sit en uitstaar het en amper
soos iemand in 'n dwaal was, sien haar pa nou dik-

wels dat daardie blou oë tekens toon dat sy gehuil het. Sy eet ook byna niks en verder is daar net niks wat blykbaar haar belangstelling kan gaande maak nie.

Sou sy, noudat alles verby is, ontdek het dat sy tog meer vir Ewald Serfontein omgegee het? vra hy hom dikwels af.

Een aand roer hy dan ook baie subtiel die saak aan.

"Ek het vandag 'n bietjie na Ewald se sake gekyk en dinge lyk glad nie so sleg soos wat hy hom aanvanklik verbeel het nie. As hy die ander motelle goed van die hand kan sit – en ek kan nie sien hoekom nie – behoort hy met wat oor is, nog twee daarvan aan die gang te hou. Ek is bereid om 'n sekere bedrag daarin te belê."

"Ek is regtig bly om dit te hoor, Paps."

Hy kyk haar ondersoekend aan. "As jy dus regtig vir hom omgee, my kind, is daar niks wat in julle pad staan nie."

Sy glimlag treurig. "Alles is verby tussen my en Ewald, Paps. Ons het mekaar nie lief nie – nooit gehad nie."

"Maar, my kind, dit lyk dan al vir my asof jy treur. Iets is verkeerd met jou. As dit dan nie oor Ewald is nie . . ."

"Dit is nie oor Ewald nie," antwoord sy beslis. "As ek môre hoor dat hy gaan trou, sal dit aan my niks maak nie, behalwe dat ek bly sal wees dat sake so goed vir hom reggekom het."

"Nou maar wat is dan verkeerd met jou, Tania?" vra haar pa met opregte kommer in sy stem.

Sy weet dit sal nie help om te probeer voorgee dat daar heeltemal niks met haar verkeerd is nie. Daarvoor is haar pa te oplettend. Sy tas wild in haar gedagtes rond. "Ag, Paps, ek dink dis maar net . . . Ek is eintlik net met myself opgeskeep. Dis al."

Bertus Erasmus frons. Ja, dis een van die nadele van rykdom. Snaaks is later nie meer snaaks nie. Verveling is dikwels die gevolg van te veel geld.

"Hoekom gaan jy nie 'n slaggie oorsee nie?" doen hy aan die hand.

"Ek was verlede jaar oorsee. Ek is nie nou lus vir rondry nie." Sy sien hoe bekommerd hy lyk en sy spring op, gee hom 'n soentjie op die voorkop en sê vinnig: "Ag, Paps. Dis sommer net 'n luim wat weer sal oorwaai. Daar is regtig niks met my verkeerd nie. Regtig nie."

Sy wil uitstap, want skielik lê haar trane vlak.

Haar pa hou haar terug, sien tot sy verdere ontsteltenis hoe die mooi, blou oë onnatuurlik blink. "Tanie, vertel my wat verkeerd is; asseblief, my kind!"

Sy sluk swaar en skielik is dit te veel om langer alleen te dra. "Ek het hom lief, Paps. Ek het hom liefgekry. Moenie my vra wanneer en hoe dit gebeur het nie, want ek weet self nie. Dit was net skielik daar. Ek het hom regtig lief, Paps. Hierdie keer weet ek. Dis so heeltemal anders as die vorige kere. Hierdie keer is daar geen twyfel by my nie."

"My kind!" Hy staan op, trek haar in sy arms in. "Maar ek het tog gesê daar staan niks in julle pad . . ."

"U verstaan nie, Paps. Dis nie Ewald nie. Ek praat nie van hom nie."

"Maar van wie dan? Wie anders . . .?" Hy kyk verward op haar af en sy uiter 'n geluidjie tussen 'n lag en 'n snik.

"U . . . u gaan flou val as u hoor wie! Ek . . . kan dit self nog nie heeltemal glo nie, maar ek weet dit is so! Ek het hom verskriklik lief!"

"Tanie, asseblief! Wie het jy so lief?"

Sy snuif, vee oor haar oë, trek haarself regop en kyk haar pa vas in die oë. "Paps se plaasbestuurder."

"My . . . Rocco!"

"Ja." Sy lag kortaf, sonder vreugde. "Ja. Rocco Roux. Belaglik, nè?"

Bertus frons skerp. "Ek sien niks belagliks daarin nie. Rocco is 'n man uit een stuk."

"Juis, Paps. Dis juis die ding. Hy is só 'n man uit een stuk dat hy beslis nie in mý sal belangstel nie. Hy wil niks weet van bedorwe rykmansdogters nie. Dis die een man wat nie in die minste aangetrokke sal voel tot die miljoenêrsdogter nie." Sy glimlag meewarig. "Die vorige kere was Paps se geld die lokaas. Hierdie keer is dit juis miskien die een ding wat hom sal afskrik, behalwe natuurlik dat hy niks van my as persoon dink nie."

"Hoe weet jy?"

"Hy het my dit in soveel woorde gesê." Sy beduie met haar hande, draai weer weg. "Daar is niks wat jy aan die saak kan doen nie, Paps. Dus . . ." Sy probeer moedig glimlag. "Ek sal dit oorleef. Ek sal. Gee my net tyd. Môre het alles weer oorgewaai."

Hy sien haar uitstap en sy hart bloei vir sy kind. Arme rykmansdogtertjie! Sy het alles in die lewe – behalwe dié een ding wat werklik saak maak. En hy, met die wysheid van ryper jare as sy, weet dat daardie môre waarvan sy praat soms baie ver lê.

Tania voel die wind deur haar hare waai toe sy op Black Beauty se rug oor die veld jaag. As die wind maar deur haar hart ook kon waai, alles wat so on-verwags daarin wortelgeskiet het, ook met wortel en tak kon wegwaai. Maar sy weet hierdie keer sal dit nie so maklik gaan nie. Hierdie keer sal 'n deel van haar hart saam uitgeruk moet word.

Sy is reeds byna op hom toe sy hom gewaar, en sy ruk die swart perd in, wil dit omswaai, maar 'n hand gryp die teuels vas. Die afgelope week het sy dit só ge-reël dat sy hom nooit te sien kry nie. Sy het nooit meer gaan ontbyt eet nie, en middae het sy gesorg dat sy in die stad is. Saans het sy altyd die een of ander versko-ning bedink om nie saam met hom aan die etenstafel te verskyn nie.

Hy hou Black Beauty pragtig onder beheer terwyl hy sonder 'n woord na haar opkyk, en sy voel haar hart in haar keel ruk. Sy het hom so lief! Maar haar trots kom haar te hulp en sy sê uit die hoogte: "Los my perd, asseblief."

Skielik lag sy oë vir haar. "Hoekom? Jy het mos vir my kom kuier, nie waar nie? Klim af."

Sy kyk kwaai op hom af. "Waar kom jy aan die idee dat ek . . .?" Sy sluk. Sy het nie doelbewus agter hom aangery nie, maar sy het gehoop dat sy net weer 'n glimp van hom te sien sou kry. Sy het hom dae laas gesien! Maar dis nie nodig vir hom om dit so direk te stel dat sy agter hom aangery het nie! Wie dink hy is hy? "Meneer Roux, u vlei uself. Los asseblief my perd se teuels. Onmiddellik!"

Maar die swart oë bly lag vir haar op 'n ontsenu-ende manier. "Ontken jy dat jy spesiaal hierlangs gery het om my te sien?"

"Baie beslis! Watter vermetelheid! Jy ken nie jou plek nie, meneer Roux!"

"Ek ken my plek, maar jy ken joune deesdae nie so goed nie. Om agter 'n ou plaasvoormannetjie aan te ry . . ."

"O, ek sal jou . . ." Sy lig die kort peits, maar die volgende oomblik word sy uit die saal grond toe getrek, en sy hang halfpad tussen hemel en aarde in sy arms terwyl sy tevergeefs probeer om hom met die peits by te kom. "Los my, jou . . . ongemanierde . . ."

"Plaasbuffel? Of het jy darem al weer 'n nuwe woord bygeleer?"

"O, los my, jou gemene . . . ding! Ek . . . ek haat jou, jou opgeblase brulpadda!"

Sy hartlike lag klink skielik op en sy bedaar, kyk hom verstom aan. Sy het hom nog nooit so hartlik hoor lag nie. "Jy sê die mooiste goed, my meisie."

Skielik sak hy met haar op die gras neer, voel sy hoe sy styf teen hom vasgetrek word, en skielik lewe sy lippe in haar nek, teen haar oor, hoor sy 'n stem fluister: "Jy is so pragtig! So begeerlik!"

Die peits val uit haar hand en haar vingers kruip teen sy agterkop op.

"Rocco . . ."

Sy stem is skor terwyl sy mond diep in die warmte van haar nek inwoel. "Ek weet ek moenie. Ek weet ek gaan hieroor spyt wees, maar . . . ek bly per slot van rekening 'n man!"

Toe sy lippe hare soek, ontvang haar mond hom met oorgawe.

"O, Rocco . . . Rocco!"

"Hoekom doen jy dit? Hoekom het jy hierheen gekom?"

"Omdat ek jou weer moes sien! Omdat ek jou liefhet!"

Hy druk haar styf vas, lê sy ken teen hare. "Het jy, my kleinding? Of is ek ook maar net weer 'n nuwe speelding, iets wat jy nie sommer kan kry nie?"

Sy druk sy gesig 'n entjie weg, kyk met pleitende oë na hom op, liefkoos met haar bewende vingerpunte die streng gesig bokant haar.

"Nee. Jy is nie 'n speelding nie. Ek het jou regtig lief. Lankal al. Van daardie oomblik af toe jy in die voordeur gestaan het . . . Glo my, asseblief!"

Sy gesig is strak, lyk byna kwaai, die donker oë priemend asof hy tot in haar siel wil kyk. "Lief genoeg om met my te trou?"

"Ja!"

"Met 'n plaasvoorman?"

"Jy kan enigiets wees, solank dit net jy is!"

"Het jy goed gedink, Tania? Baie goed? Jy gaan 'n doodgewone arm man se vrou word. Sien jy kans daarvoor?"

Haar gesig verteder, die lippe is bewend en haar hart lê in haar oë. "Ek sal saam met jou agter 'n bos gaan sit ook. Toets my!"

Dis of hy nog aarsel, kyk dan weer in haar oë af en sy arms span weer stywer om haar. "Nou goed. Jy sal getoets word. Sal jy met my trou en saam met my weggaan?"

"Weggaan?"

"Ja. Ek gaan nie hier bly as ons twee trou nie. Jy gaan saam met my weg en ons gaan saam êrens ons eie potjie krap – ek en jy. Van die oomblik af dat ons getroud is, moet jy vergeet dat jy 'n miljoenêr vir 'n pa het. Dis al manier waarop ek en jy geluk saam sal kry."

Haar oë huiwer nie voor syne nie. "Goed. Ek sal.

386

Ek sal môre saam met jou gaan waarheen jy ook al wil."

"Dit gaan nie maklik wees nie, Tania."

Maar sy glimlag. Môre hou vir haar geen verskrikking in nie, solank sy net by hom kan wees. Maar môre lê ver . . .

7

Bertus Erasmus sien hoe sy dogter met 'n vaart op Black Beauty aangery kom, sien hoe sy die teuels vir George gooi en dan, blonde hare stromend in die wind agter haar, na hom aangehardloop kom waar hy haar op die stoep inwag.

"Paps!" Sy gooi haar in sy arms en hy hou haar bekommerd vas. Wat het tog nou weer gebeur?

"Tanie, wat is dit? Het jy en Rocco weer rusie gemaak?" Hy druk haar weg. "Hoekom huil jy so?"

"Ek . . . huil nie!" Sy skud haar kop, vee die blink trane met die agterkant van haar hand weg en 'n breë glimlag breek deur, hoewel nuwe trane in die blou oë vorm. "Ten minste, ek huil omdat ek so gelukkig is! O, Paps, ek was nog nooit so gelukkig in my hele lewe nie!"

Oom Bertus bekyk haar of hy nie so seker is of sy al haar varkies bymekaar het nie. Die trane stroom dan, maar sy sê sy is gelukkig. Hy moet erken: hy het sy dogter nog nooit so opgewonde gesien nie. Sy stem is besadig toe hy vra: "Wel, lig my in waaroor die groot vreugde is."

"Ag, Paps!" Hy kry eers weer 'n drukkie, en dan

staan sy regop voor hom, haar oë soos sterre. "Hy het my lief, Paps! Hy het my ook lief! En ons gaan trou en . . . agter 'n bos sit en . . ."

"Wat?"

"Ag, ek bedoel ons gaan saam ons eie potjie krap en ons gaan só gelukkig wees, Paps! O, Paps, ek kan uit my nate bars van vreugde! Rocco het my ook lief! Hoor Paps?"

"Ek hoor, my kind. Ek hoor allerhande ander dinge ook. Bedaar, Tania, en kom vertel my alles van voor af. Wanneer is dié groot ontdekking toe gedoen?"

"Nou. Nou. Sommer netnou. Ek het veld toe gery. Ek het so na hom verlang en . . . ek wou hom net weer op 'n afstand sien en toe . . . toe ry ek in hom vas en toe gryp hy die teuels en . . . toe trek hy my af grond toe en . . ."

"Ja, toe maar. Ek verstaan. En toe is alles sommer reg . . . net so."

"Ja. Sommer net so." Sy frons effens. "Paps . . . Paps gee mos nie om dat ek met Rocco trou nie, nè?"

"Nee, my kind. Ek het nog altyd gedink hy is 'n man uit een stuk, maar . . ." Hy frons ook. "Het jy goed gedink, Tania? Is jy seker dis wat jy wil hê?"

Die geluk straal weer in strome na hom uit. "Ek was nog nooit in my lewe so seker nie, Paps. Ek het Rocco lief, werklik lief, en ek wil vir altyd by hom wees." Sy gewaar die bakkie wat uit die veld aan die aankom is en sê vinnig: "Ek wil gou gaan bad en aantrek. Hy sal seker nou met Paps praat. Paps . . . Paps sal mos ja sê, nè, Paps?"

"Vir jou geluk sal ek altyd ja sê, my kind," antwoord haar pa stil, en doodgelukkig en doodtevrede hardloop sy vinnig die huis binne.

Maar daar is kommer in Bertus Erasmus se oë toe hy die jong man dophou en sien hoe hy nader gestap kom. Toe hulle oë ontmoet, weet die jonger man dat Tania reeds haar pa van die jongste verwikkeling vertel het.

"Kom ons gaan binnetoe," sê oom Bertus en Rocco volg hom met 'n uitdrukkinglose gesig die studeerkamer in. "Sit, Rocco. Ons het blykbaar iets om oor te gesels," sê hy met 'n effense glimlag.

Daar is egter geen glimlag op die ander gesig nie. Die oë wat die miljoenêr dophou, is skerp. Hy het hom in die verlede met baie mense misgis. Hy het uit die staanspoor van hierdie man gehou. Hy hoop nie dat hy vandag teleurgesteld in hom ook sal wees nie.

Sy stem is baie kalm toe hy sê: "Ja, oom Bertus. Ek wil u vra of ek met u dogter mag trou, asseblief."

Daar volg 'n kort stilte. "Het jy haar werklik lief?"

'n Effense grimmige trek verskyn op sy gesig. "Ek durf u nie oor daardie vraag verkwalik nie. Ek verseker u ek het Tania lief – en dis die een en enigste rede hoekom ek met haar wil trou, en die enigste rede waarom ek met haar sál trou."

"Wat bedoel jy?"

"Net dit – ek trou met Tania, nié met haar pa se rykdom nie. Ek sorg self vir my vrou, of dit moet bly."

Oom Bertus kug, ietwat geamuseerd. Hy besef dat hy hom in 'n baie sonderlinge posisie bevind. Gewoonlik was die bordjies net verhang. Die verlede en Tania se drie vorige verlowings het dit bewys. Maar vandag, hierdie keer, is net die teenoorgestelde besig om te gebeur, en dit maak hom bekommerd.

"Ek respekteer jou gevoelens in dié verband, Rocco, maar 'n mens moet prakties wees. Jy kry 'n baie goeie salaris by my en ek is enige tyd bereid om dit ook te verhoog." Hy sien die verstrakking van die gesig en sê dan vinnig: "Nie omdat jy met my dogter gaan trou nie. Jy is elke sent daarvan werd vir my, maar . . ."

"Maar ek gaan nie hier bly nie, oom. Ek het Tania reeds gesê. As ons trou, gaan ons weg."

Die kommer lê nou vlak in die miljoenêr se oë. Hy kan dit nie langer wegsteek nie. Sy stem is oorredend. "Maar hoekom, ou seun? Maak dit saak waar en by wie jy die geld verdien waarmee jy vir jou huis wil sorg?"

"Ja, dit maak saak. My huwelik gaan nie in die skaduwee van die Erasmus-rykdomme staan nie."

"Rocco!" Die ou man sug. Hy het lankal, eintlik van die eerste oomblik af, agtergekom dat Rocco Roux 'n baie trotse mens is. Té trots, besef hy vandag, en met die wysheid van jare weet hy ook dat oral waar dit bykom, probleme ontstaan. Om trots en selfrespek te hê, is 'n goeie ding, en elke aanstaande skoonpa is dankbaar as hy daardie eienskappe in sy aanstaande skoonseun ontdek. Maar té trots . . .

"Tania is 'n rykmansdogter. Dis iets wat jy moet besef en aanvaar. Sy ken nie swaarkry nie. Sy het nog nooit swaarkry geken nie, en ek wil nie hê my dogter moet in die toekoms swaarkry nie. Rocco, probeer my kant ook verstaan. Sy is my enigste kind! Hoekom moet sy swaarkry as dit nie nodig is nie?"

Die gesig bly strak, ontoeganklik, lyk selfs effens bleek om die stywe lippe, en die oë kyk waterpas terug.

"Dit hang natuurlik af wat u met swaarkry bedoel. My vrou sal altyd kos en klere hê. Natuurlik sal sy nie hierdie weelde hê wat sy nou het nie. Sy sal nie, as sy verveeld is, net winkels toe kan ry en gaan koop net om die tyd om te kry nie."

Oom Bertus laat sy kop sak. "Ja, ek weet sy is verkeerd grootgemaak. Maar dis nie haar skuld nie, Rocco. Dis myne. Ek erken dit. Maar dit gaan nie net om kos en klere nie. Sy is 'n sekere lewenspeil gewoond, en hoewel dit nie nodig is dat jy aan haar dieselfde standaard moet gee nie, kan ek ook nie toelaat dat sy . . . e . . . wel, agter 'n bos gaan sit, soos sy dit gestel het nie. Luister, ou seun. Tania dink op hierdie oomblik dat dit hemels sal wees om saam met jou agter 'n bos te gaan sit en saam met jou jul eie potjie te krap. Maar ek en jy weet dis nie so maklik nie, gaan nie lank hemels bly nie – nie vir 'n meisie wat nie swaarkry ken nie."

"Sy sal nie agter 'n bos gaan sit nie. Ek sou haar nie gevra het om met my te trou as daar net 'n bos was nie."

"Ja, ek weet, maar vir haar kan dit 'n bos word. Dis wat ek by jou wil tuisbring. Rocco, van al die mans met wie my dogter al verhoudings gehad het, is jy die een aan wie ek haar die graagste sal wil gee. Maar jy sal moet hulp van my aanvaar ter wille van haar. Ek sal vir jou 'n plaas koop, ver hiervandaan as jy wil, sodat jy nie nodig het om in my skaduwee te leef nie, soos jy dit stel."

"Ek het 'n plaas."

"Jy . . . het?"

"Dis 'n lang storie, maar kortliks kom dit hierop neer: My pa het drie plase gehad. Groot plase en van die beste in daardie kontrei. Toe teken hy borg vir 'n vriend en sake loop skeef. Hy moes betaal en twee van die drie plase moes verkoop word. Die ander een,

Overberg, het behoue gebly, maar is swaar belas. Ek moes dit as sekuriteit gee om die balans van die skuld te betaal."

"Jy?"

"Ja. My pa is aan 'n hartaanval dood toe hy gehoor het dat hy vir die gelag moes betaal."

Oom Bertus frons diep. Sy hart gaan uit na die jong man, maar hy weet hy moet dit nie te duidelik wys nie. Rocco het die verhaal nugter en sonder omhaal vertel. Hy wil geen simpatie hê nie, maar dit bly 'n skokkende storie: Staan borg vir jou vriend op wie jy vertrou en dan is jy die een wat op die ou end moet betaal. "Ek kan my nou die geval herinner. Dit was in die koerante," laat hy op dieselfde amper ongeërg-de stemtoon hoor, en die stem wat antwoord, is ewe saaklik.

"Ja. Die koerante was vol daardie tyd. Sensasie. U weet hoe dit gaan. In elk geval, ek was maar te dank-baar dat ek nie Overberg ook heeltemal verloor het nie."

"Jy boer dus nog op die plaas?"

"Ja. Ek het gelukkig baie betroubare werkers wat al jare daar is. Die boerdery gaan voort, maar toe ek u advertensie in die koerant sien en die hoë salaris wat u aanbied, het ek gedink dit sou baie help as ek 'n byverdienste ook kon hê. So kon ek die skuldlas gouer afkry."

Bertus knik, maar sy respek en bewondering vir die man voor hom styg die hoogte in. Rocco het die saak maar so ligweg afgemaak. Feit bly, soos die koerante daardie tyd beweer het, was die Rouxs skatryk mense tot daardie dag dat oubaas Roux mense te veel begin vertrou het. Dan was sy indruk van hierdie jong man

392

tog nie verkeerd nie. Rocco was van die begin af nie vir hom die gewone plaasbestuurder nie. Daar was iets anders aan hom en in hom wat verraai het dat hy veel meer as bloot 'n opgeleide plaasbestuurder is.

Hy raak die saak versigtig aan. Hy weet sommer hy gaan probleme kry, maar hy druk deur. "Ek is bereid om die skuldlas op Overberg oor te neem."

"Nee."

"Ons kan dit 'n suiwer besigheidstransaksie maak."

"Nee, oom Bertus. Dankie, maar . . . ek gaan op eie stoom weer op my bene kom."

Oom Bertus sug weer. Ai, die trots! "Maak dit saak of jy die geld by my of by die bank leen?"

"Ja."

"Maar streng volgens besigheidsbeginsels, Rocco!" roep oom Bertus ietwat gefrustreerd uit. Mag, die man is darem koppig!

"Nee, oom Bertus. Dan maak dit in elk geval nie saak waar ek die lening het nie, nie waar nie?"

Oom Bertus moet teen sy sin glimlag. Deksels, hy het hom in 'n hoek! Hy waag weer, wetende by voorbaat dat die antwoord weer 'n besliste, kortaf nee gaan wees: "Ek mag dit seker darem as 'n huweliksgeskenk aan julle gee . . ."

"Nee!"

"Rocco, regtig . . ."

"Dis u wat moet verstaan, oom Bertus. Dis nee. As u nie kans sien om u dogter aan my te gee soos ek nou hier voor u sit nie, dan moet u dit reguit sê en die saak is afgehandel."

Die ouer man frons ietwat vererg. "Dan sal jy haar net so los?"

393

"Nee. Ek sal die keuse aan haar oorlaat. As sy voel soos haar pa . . ." Die skouers word opgetrek. "Anders, as sy kans sien vir my soos ek nou is, vat ek haar saam – met of sonder u toestemming."

Bertus Erasmus leun terug in sy stoel, sy oë vonkelend. Wel, dis duidelik genoeg! Maar die frons is dadelik weer terug. "Wil jy nou by iemand anders bestuurder gaan word?"

Vir die eerste keer is daar 'n effense glimlag om die strak lippe en daar vonkel ook 'n bedekte geamuseerdheid in die donker oë. "Nee. Ek sal nie onredelik wees nie. Ek sal haar saamvat Overberg toe. Sy gaan dan wel heelwat langer 'n arm man se vrou wees, maar dit sal darem nie letterlik agter 'n bos wees nie. Maar die potjie sal sy saam met my moet help krap. Dis gewis."

"En . . . as sy nie daarvoor kans sien nie?"

"Dan gaan ek alleen terug. Ek sal nie langer hier bly nie."

Die miljoenêr probeer 'n ander slenter. "Julle ken mekaar nog redelik kort. Hoekom bly jy dan nie maar hier aan tot julle eendag trou nie?" Met tyd, hoop hy teen sy beterwete in, sal hy hierdie koppige, trotse man tot ander insigte kan bring.

Sy hoop word vinnig beskaam. "Ons gaan nie ééndag trou nie. As sy met my wil trou, trou sy volgende week met my."

"Volgende week!"

"Ja. Ek sien geen rede vir wag nie."

"Maar, ou seun, daar is darem reëlings wat getref moet word . . ."

"Die minimum. Dit kan in 'n dag afgehandel word. Ek wil geen groot affêre hê nie."

Oom Bertus se bedenkinge neem toe. Hy hou van Rocco. Hy dink, veral nou, die wêreld van hierdie jong man. Maar is hy die regte man vir sy bedorwe, sag grootgemaakte dogter wat self maar 'n stewige koppige streep in haar het?

"Dis darem seker die bruid se keuse watter soort troue sy wil hê," sê hy versigtig.

"Nie hierdie keer nie. Sy het al drie groot verlowingspartytjies gehad. Dis genoeg."

Oom Bertus weet nie of hy hom moet vererg of lag nie. Hy besluit om maar liewer te glimlag. "Weet Tania van jou . . . planne?"

"Nee. Nog nie."

Oom Bertus is 'n oomblik lank stil. Feit bly, hy het net vir Tania en, of Rocco Roux daarvan hou of nie, Tania is sy erfgenaam. Dááraan kan hierdie hardkoppige jong man niks verander nie. Dat hy hom beslis misgis, hoor hy egter die volgende oomblik.

"Op een punt wil ek hê ons moet mekaar ook duidelik verstaan, oom Bertus. Ek wil nie eendag met 'n miljoenêr vir 'n vrou sit nie."

Nou kan oom Bertus darem nie meer sy humeur so goed in toom hou nie. "Kragtie, man, wat wil jy dan hê moet ek doen? Die spul goed in die see loop gooi voor ek doodgaan?"

Weer vonkel die swart oë geamuseerd: "Nee. Dit sal darem sonde wees! Nee. Bemaak dit aan u kleinkinders."

"My . . .?" Hy kyk die ander man 'n oomblik onbegrypend aan, moet dan maar weer glimlag. "Jy loop die tyd darem nou taamlik ver vooruit, of hoe?"

"Glad nie. Dis die normale verloop van die lewe. Miskien het ons nie kinders nie; dan kan ons maar weer aan 'n ander plan dink. Intussen – verander asseblief u testament. Ek sal my bes doen dat daardie miljoen of meer onder genoeg verdeel sal word sonder dat een van hulle daardeur 'n slapperd of dikkop sal raak." Hy staan op, glimlag skielik openlik. "En van hierdie planne van my weet Tania ook niks nie. Dis seker ook nie nodig om haar dit nou al te sê nie. Sy kan maar met die tyd wys word!"

Bertus Erasmus kyk die man voor hom ongelowig aan. "Is jy werklik ernstig?"

"Baie beslis. Die vrou met wie ek trou, sorg ek self voor. Maar ter wille van u sal ek sorg dat dit waarvoor u gewerk het, in die familie bly. Maar Tania self kry niks nie."

Oom Bertus spring op, glad nie meer geamuseerd nie. "Ou seun, luister, ek gaan my nie deur jou laat beveel om my eie en enigste dogter heeltemal uit my testament te laat nie, en dit net om . . . om jóú trots te troetel nie. A nee a! Daar is darem perke! Al die toegewings moet van Tania se kant kom. Wat gee jy van jou kant?"

Net die lessenaar skei hulle, en hulle kyk mekaar strak en waterpas in die oë.

"Die belofte dat ek vir haar sal werk met al my krag en om haar te versorg na die beste van my vermoë. Dat ek haar met alles waartoe ek in staat is, gelukkig sal probeer maak; dat ek haar sal liefhê en haar altyd getrou sal bly. Dis al."

Hy draai om, stap aan deur toe, draai dan om en kyk die ouer man weer 'n keer waterpas in die oë. "As sy en u meer verlang, trek ek my huweliksaanbod terug."

Die deur gaan beslis agter hom toe en oom Bertus

sak terug in die stoel. Wat dink die man van hom? Wat dink hy om . . .?

Dan vernou sy oë. Wat wil 'n vrou meer in die lewe hê as dat die man met wie sy trou met al sy krag sal werk om haar na die beste van sy vermoë te versorg; dat hy met alles waartoe hy in staat is, haar gelukkig sal probeer maak; dat hy haar altyd sal liefhê, altyd getrou sal bly tot die end toe?

Watter pa kan meer as dit van enige skoonseun vra?

"Rocco!" Die studeerkamer se deur swaai oop net toe hy by die voordeur wil uitstap en Tania aan die bopunt van die trap verskyn, vol afwagting.

"Ja?"

"Jy het my toestemming om met my dogter te trou."

"Paps!" Tania hardloop die trap af, gooi haar arms om haar pa se nek. "O, Paps! Dankie!"

Hy ontvang 'n skewe maar dankbare soen, en dan is sy weg en sien oom Bertus hoe sy in die ander man se arms inhardloop. Hy staan hulle stil deur die voordeur en agternakyk, die fyn, blonde Tania so styf onder die donker man se blad vasgedruk terwyl hulle stadig wegstap. Vir die eerste keer is hy oortuig dat sy dogter werklik liefhet, maar Rocco Roux is 'n man wat hoë eise stel. Sal sy dogter in staat wees om aan daardie hoë eise te voldoen? Sal liefde alleen genoeg wees?

Weer lê daar 'n beklemming in hom toe hy omdraai. Môre sal maar moet leer . . .

Hulle stap stadig totdat hulle 'n klomp struike bereik. Toe trek hy haar op die gras langs hom neer. Lank lê

397

hy net op haar en afkyk, en haar blou oë gly liefko-send oor hom.

"Is jy seker jy het my regtig lief?"

"So seker soos wat ek nog nooit in my lewe van iets was nie." Haar hand gly agter om sy nek en trek sy kop af na hare. Dit is haar oop lippe wat syne eer-ste soek. Ná 'n lang ruk druk hy haar terug teen die kromming van sy arm.

"Ons trou volgende week." Hy wag op haar reak-sie, en kry dit in 'n glimlag en kopknikkie. Sy oë hou haar fyn dop en sy is bewus daarvan. "Ons gaan nie 'n groot affêre hê nie. Net ek en jy en jou pa en . . . miskien tien of twaalf vriende, as dit regtig nodig is."

"Goed."

Hy frons nou en kyk stip op haar af. "Gee jy om dat ons stil trou?"

Haar gelukkige laggie klink klokhelder op. "Nee! Ons moet net trou!" Haar vingerpunte streel die frons tussen sy oë. "Ek wil net vir jou hê. Dis al wat be-langrik is."

Hy gryp haar hand vas, druk dit 'n oomblik teen sy lippe, maar sy stem bly saaklik.

"Daarna gaan ons weg. Gee jy om dat ek jou hier wegvat?"

"Natuurlik nie! O, ek sal verlang na Paps. Hy sal baie alleen wees, maar . . . natuurlik gaan ek waar jy gaan." Sy glimlag weer in sy ernstige oë op. "Het jy al vir ons 'n bos uitgesoek?"

Hy glimlag nie terug nie. "Tania, dit gaan nie 'n grap wees nie. Jy gaan swaarkry om aan te pas by die lewe van 'n gewone mens."

"Solank ek net by jou is, my liefling. Waarheen gaan

ons?" Sy stel dit met soveel kinderlike vertroue dat hy voel sy hart trek saam nes oom Bertus s'n saamgetrek het. Gaan hierdie ding werk? vra hy hom ook weer af.

"Ons gaan na 'n plaas toe – Overberg."

"Wie s'n is dit?"

"Sal jy omgee om die vrou van 'n plaasbestuurder te wees?"

"O, Rocco, asseblief!"

"Tania, daar is een ding wat jy baie goed moet verstaan. Wanneer ons twee met mekaar trou, is dit vir goed. Daar moet geen misverstand daaromtrent wees nie. Daarom noem ek al hierdie dinge vir jou vooraf op. Jy kan nog nee sê tot aanstaande week. Maar as jy finaal ja gesê het, is dit ja vir altyd. Die ring wat ek daardie dag aan hierdie vinger steek, sal niks en niemand daar afhaal nie. Net die dood."

Maar met vertroue in môre antwoord sy: "Dis ook soos dit hoort, nie waar nie, my liefling? 'n Mens trou mos vir altyd. Dis hoekom ek met jou wil trou. Om altyd by jou te wees."

"Nietemin, Tania. Ek wil hê jy moet baie goed daaroor nadink. Ek gaan jou hiervandaan wegneem na 'n ver, vreemde plaas, en daar sal jy saam met my moet meet en pas, met my moet saamwerk om op eie krag 'n bestaan te maak. Wat ons twee betref, is dit so goed asof jou pa arm is. Hy is nie 'n miljoenêr nie, nie vir ons twee nie. Is dit baie duidelik?"

Die teerheid wil haar op hierdie oomblik oorweldig. Hoe trots is hierdie man met wie sy gaan trou tog nie! Maar sy sal hom nie faal nie. Sy sal hom wys dat sy saam met hom kan swaarkry as dit moet. Môre, en al die môres wat op hulle wag, sien sy voor kans, as hulle twee net by mekaar is. "Ek verstaan dit baie duidelik, my liefling. My pa is nie 'n miljoenêr nie. Is daar nog iets?"

Hy kyk weer op haar af, en sy stem daal tot 'n toonhoogte wat haar weerloos laat. "Nee. Net dit."

Toe hy eindelik sy mond van hare af wegneem, vra sy pleitend: "Mag ek net een ding met my saamvat, asseblief?"

"Wat is dit?"

"Black Beauty. Asseblief, Rocco! Net hy."

Bertus Erasmus loop sy aanstaande skoonseun 'n ruk later by die stalle raak. "Ek kan maar net sowel nou van die perde ontslae raak. Hulle gaan nou net in die stalle staan en vet word. Dis al. Ek het hulle maar net vir Tania en haar vriende aangehou sedert ek self opgehou het met ry."

"Tania wil Black Beauty graag saamvat."

"Natuurlik kan sy. Dit is haar perd. Sy kan almal vat as . . ."

"Nee dankie. Black Beauty is 'n groot genoeg huweliksgeskenk."

Die ou man sug diep en hoorbaar. "Regtig, Rocco, jy dryf dit te ver. Ek veronderstel ek moet daaruit aflei dat ek haar nie eens 'n huweliksgeskenkie mag gee nie?"

"U het klaar. Black Beauty is 'n klein fortuin werd. Niks meer nie."

Oom Bertus word al meer skepties. Hierdie ding gaan nie werk nie. Die kommer in hom neem toe. Eintlik ken hulle hierdie man glad nie. Hy het nou die dag hier aangekom en nou gaan hy sommer sy enigste dogter hier wegvat en dit op sy voorwaardes. Soos in die verlede, kan hy wel weer op sy manier meer uit-

400

vind oor sy dogter se aanstaande. Maar een ding weet hy ook: As Rocco Roux moet uitvind dat hy agter sy rug oor hom navraag doen, dan . . . Mag, hy wil liewer nie dink wat sal gebeur nie!

Tog . . . Dis darem vir hom asof die jong man net 'n bietjie te erg is oor hierdie geldsaak. Dis of die man 'n obsessie daaroor het.

"Daar is nog iets wat ek wil vra," hoor hy Rocco sê, en hy dink: Jy bedoel seker eis. Maar hy knik net.

"Ek het Tania net vertel dat ons na 'n plaas toe gaan met die naam Overberg. Sy is onder die indruk dat ek daarheen gaan as plaasbestuurder. Hou dit voorlopig eers so, asseblief."

Oom Bertus frons kwaai. "Jy bedoel Tania glo sy gaan as 'n plaasbestuurder se vrou op Overberg bly?"

"Ja. Is daar iets mee verkeerd om 'n plaasbestuurder se vrou te wees?" Die twee mans se oë ontmoet bo-oor Black Beauty se satynswart rug. "Dis wat ek eintlik maar op Overberg sal wees. 'n Plaasvoorman – tot dié dag dat ek elke stukkie geld betaal het. Dan eers sal dit weer my plaas wees."

"Maar het jy haar glad nie die storie oor Overberg vertel nie?"

"Nee, en ek wil ook nie hê u moet dit doen nie. Ek sal haar dit self vertel – die dag ná ons troue wanneer ons op Overberg aankom."

"Maar hoekom, Rocco? Hoekom?"

Die swart oë swenk eers 'n oomblik weg. Dan kom die bekentenis swaar oor sy lippe: "Oom Bertus, ek het 'n dure les geleer. Toe ons die eienaars van drie pragplase was, was ons vriende talryk. Toe ons alles oornag verloor het, wou nie een my pa die helpende hand reik nie. Daarvan is hy dood; van die besef dat

401

jy selde 'n opregte vriend het as jy baie ryk is; dat jy selde om jouself bemin word as jy goed daarin sit. Dis 'n les wat ek ook moes leer. Ek stamp my nie twee keer teen dieselfde klip nie."

"Glo jy dan nie dat my kind jou om jouself liefhet nie? Want sy het, Rocco. Sy is bereid om saam met jou die wêreld in te gaan net op haar geloof in jou en haar liefde vir jou. Dat Tanie jou werklik liefhet, twyfel ek nie nou meer aan nie. Jy hou my kind se hele hart in die holte van jou hand, Rocco Roux."

"Maar ek bly versigtig, oom. Dit kan mos nie kwaad doen om eers die dag ná ons troue te hoor dat Overberg ons plaas is waarvoor ons gaan werk nie, kan dit?"

"Nee . . . e . . ." moet die ou man teësinnig toegee.

"Wel? Sy is bereid om met my te trou terwyl sy dink dat ek 'n doodgewone, werkende man is. Asseblief, oom."

Bertus Erasmus skud sy kop en beduie met sy hande. "Nou goed dan. As jy dit regtig so wil hê, maar . . ." Hy draai weer terug. "Maar jy moet mooi na haar kyk, Rocco Roux. Jy moet haar nie gaan verniel nie. Sy is my enigste kind!"

Die donker kop knik. "Ek weet, oom. Sy is vir my net so kosbaar soos vir u. Ek het mos klaar belowe."

"Ja. Ja, ek weet, maar . . . As jy net so 'n klein bietjie trots wil prysgee en my toelaat om net 'n bietjie te help. Ek dink nie net aan Tania nie! Ek wil jou ook help! Ek het vertroue in jou . . ."

"Ons het klaar hieroor gepraat."

"Nou goed dan maar. Dit sal tog nie help nie. Maar dit sê ek vir jou: liewer Tania as ek wat met so 'n klip-kop moet gaan saamlewe."

Rocco Roux se seldsame hartlike lag vul die stalruimte, en die oë vonkel tergend. "Sy sal leer!"

In die week wat volg, is daar nie tyd vir enige van die drie vir lang, ernstige gesprekke nie. Tania is baie bedrywig, want hoewel sy haar stiptelik by Rocco se wense hou en sorg dat nie meer as agtien gaste genooi word vir die troue en daar geen "groot affêre" van gemaak word, soos hy dit uitdruklik gestel het nie, is daar nogtans baie om in die kort bestek van 'n week klaar te kry. Soos enige jong meisie het sy haar droomrok in gedagte en wil graag daarin trou. Tania maak skaamteloos van haar pa se geld gebruik om die modebaas wat die rok moet maak, te oorreed om dit binne 'n week gereed te hê. Dit sal aan haar pa tog nie saak maak of die rok 'n paar duisend rand duurder is nie.

Dis 'n oggendtroue omdat Rocco nog daardie selfde dag wil deurry Overberg toe – dus geen wittebroodsreis vir hierdie miljoenêrsdogter nie. Die ete vir die klein groepie gaste word in die mees eksklusiewe hotel gegee en Tania is baie vitterig oor wat alles op die spyskaart moet wees. Geamuseerd het sy daaraan gedink dat dit seker haar laaste ryk ete in 'n baie lang tyd sal wees. Van nou af, het Rocco gewaarsku, gaan dit pap en harslag wees! Sy het hartlik daaroor gelag. Tot dusver is alles nog net 'n avontuur, en môre met pap en harslag en al kon nie vinnig genoeg vir haar aanbreek nie.

"En sê nou ek word vreeslik vet van al die pap?" het sy geterg, maar soos altyd, was sy oë ernstig.

"Dan laat ek jou met die plaaswerk help. Jy sal gou genoeg enige oortollige vet afskud. Terloops, jy is klaar 'n bietjie te swaar vir jou beenstruktuur. Die ledige rykmanslewe het jou glad nie goed gedoen nie."

Sy het hom verontwaardig aangekyk. "Wil jy beweer ek is vét!"

"Nee, nie vét nie, maar oorgewig." Doodernstig het sy duim en voorvinger 'n rolletjie in haar sy beetgekry, en toe het hy skielik geglimlag. "Maar ek hou ook nie van te maer nie. Bly net so en ek sal sorg dat jy jou pap sonder suiker eet."

Pap sonder suiker het vir haar na 'n koningsmaal geklink as sy dit saam met hom kon eet, en sy was salig onbewus van die bedenkinge, nie net in haar pa se hart nie, maar ook in dié van haar bruidegom. Dat Rocco snags wakker gelê het in sy woonstelletjie, het sy nie geweet nie. Dat hy hom telkens voorgeneem het dat hy môre, net môre liewer die hele ding sal stopsit en maak dat hy wegkom, was sy salig onbewus van terwyl sy snags die soetste drome gedroom het. Maar elke môre het verbygegaan, en elke aand het hy homself vir 'n dwaas en 'n sot uitgeskel terwyl die troureëlings daardie betrokke dag nog 'n stap verder gevorder het.

Ook Bertus Erasmus het elke aand gaan slaap met die vaste voorneme dat hy die volgende dag weer met Rocco sal probeer praat. Maar môre het onverrigter sake verbygegaan en die week het onrusbarend ten einde gesnel. Môre is die troudag en hy het nog nie daarin geslaag of eens weer die moed gehad om te probeer om sy hardkoppige skoonseun tot ander insigte te bring nie.

Sy moed het in sy skoene gesak toe Tania se motor op die werf gestaan het, gereed om die bruidspaar ná die troue na die verre Overberg te vervoer.

"Ek sal die motor terugstuur sodra ons daar kom."

"Maar hoekom? Het jy 'n ryding daar?"

" 'n Bakkie – eintlik net vir plaasverbruik, maar dis goed genoeg om oor die weg mee te kom."

"Tania het hierdie motortjie al drie jaar. Dit was die laaste geskenk van haar oorlede ma aan haar. Laat sy dit hou, Rocco!"

"As dit daar staan, sal sy gedurig wil rondrits, soos dit haar gewoonte was, en daar is nie geld of tyd vir rondrits nie."

Oom Bertus het sy kop geskud: Genugtig, nee! "Dit stuit jou natuurlik ook nog teen die bors om met 'n motor waarvoor jy nie betaal het nie hier weg te ry."

"Beslis. As dit kon, sou ek verkies het dat ons met die trein moes gaan. Maar een trein sal nie groot genoeg wees vir al daardie klere wat Tania wil saamvat nie." Die donker oë het weer ietwat geamuseerd gevonkel. "Daar is darem een troos. Vir die volgende tien jaar sal u dogter seker nie kaal hoef te loop nie. Geen normale mens kan daardie klomp goed in tien jaar opdra nie."

Bertus se bekommernis was weer duidelik sigbaar. "Die goed raak uit die mode, Rocco . . ."

Skielik het hy sy aanstaande skoonpa goedig op die skouer geklop. "Toe maar, oom. Ek terg sommer. Maar ek sou nog steeds die trein verkies het."

Bertus het liewer vinnig weggestap. Hoe langer hulle redekawel, hoe koppiger sal Rocco raak en op die ou end nog met sy dogter op 'n donkiekar hier wegry.

Daardie aand neem Rocco teer van sy aanstaande bruid afskeid. Dis of sy aanraking dringender is, asof hy minder in beheer van homself is, en Tania glimlag teer. Môreaand hoef hulle nie weer vir mekaar tot siens te sê nie. Dan is hulle by mekaar – vir altyd.

405

Rocco se stem is weer op daardie lae stemtoon toe hy haar eindelik op die voorstoep laat gaan. "Gaan slaap nou, kleinding. Ons sien mekaar môre."

Maar haar hande sluit nog styf om sy agterkop vas. "Wens jy ook al dis môreaand?"

Sy arms knel haar weer pynlik styf vas, maar sy gee nie om nie. Dis pyn wat ekstase bring. "Tanie! Gaan slaap nou!"

Hy breek van haar af weg en verdwyn vinnig om die hoek in die rigting van sy woonstel en met 'n gelukkige glimlaggie swaai sy om terug voordeur toe.

Bertus maak seker dat Tania reeds in die bed is voordat hy, amper soos 'n skelm, omsluip na die woonstel.

Rocco kyk sy aanstaande skoonpa verbaas aan toe hy die deur vir hom oopmaak.

"Rocco, ou seun, ek wil met jou praat. Ek weet dis laat . . ."

"Kom binne, oom."

Tania kan nie aan die slaap raak nie. Soos menige bruid voor haar, vind sy dat die slaap haar ontwyk op die vooraand van haar troue. Nie een keer is daar enige bedenkinge in haar hart oor die stap wat sy môre gaan doen nie. Daarvoor is sy te oortuig dat Rocco Roux vir haar die enigste man is. Hy besit haar hele hart. Dis opgewondenheid wat haar nie wil laat slaap nie, en later 'n intense verlange na die man wat sy liefhet. Skielik lê môre te ver vir haar om hom weer te sien.

Sy gooi die beddegoed af en soek na haar kamerjas. Sy móét hom net eenvoudig nog een maal sien voordat sy gaan slaap. Sy weet sy is nou verspot. Oor 'n paar uur sal sy hom weer sien wanneer hulle saam sal inry stad toe vir die plegtigheid.

Tog . . . Sy sluip stilletjies met die trap af en by die voordeur uit. Sy probeer haar optrede regverdig. Elsa het hom in sy woonstel besoek. Sy is sy bruid. Natuurlik kan sy na die woonstel gaan en . . . Rocco gaan dink jy is belaglik, waarsku haar verstand haar, maar haar hart kry die oorhand. Sy sal nie lank bly nie. Hy moet haar net een maal weer in sy arms neem, net een maal weer soen. Dan sal sy tevrede wees. Dan sal sy aan die slaap kan raak.

Haar voete maak geen geluid op die leiklippaadjie wat na die woonstel lei nie. Tot haar verbasing gewaar sy dat daar nog lig in sy sitkamertjie brand. Sy glimlag teer. Dan kan hy ook nie aan die slaap raak nie!

Sy beweeg saggies nader, lig haar hand om net so effentjies aan die vensterruit te klop. Dan verstar sy. Daar kom stemme van binne af . . . en terwyl sy luister, staan sy stil soos 'n standbeeld.

8

"Nou goed, Rocco. Ek sal die geld Maandag laat oorplaas op jou rekening. Ek doen dit ter wille van my kind. Verstaan dit nou, asseblief. Al wat ek vra, is dat jy haar gelukkig moet maak. Sy het jou werklik lief."

"Goed, oom. Maar ek sal u elke sent terugbetaal. Ek belowe dit."

"Dit kan maar bly ook. Solank Tania net gelukkig is."

"Ek sal regtig probeer om haar gelukkig te maak, oom."

"Nou goed dan, ou seun. Ek is bly ons het mekaar

eindelik gevind. Ek is dankbaar dat ons nou weet waar ons met mekaar staan. Dankie, Rocco."

"Dis ek wat moet dankie sê."

"Nee. My kind se geluk is vir my belangriker as enige bedrag geld waaraan jy sou kon dink. Dit kon dubbel soveel gewees het, dan sou ek dit nog met 'n geruste hart gegee het. Want vir jou het sy werklik lief, en daarom . . ."

"Oom Bertus, voor u gaan . . ."

"Ja?"

"Daar is nog iets wat ek wil vra."

"Ja?"

"Ek sal dit waardeer as u Tania niks hiervan vertel nie."

"Ek begryp, Rocco. Ek verstaan dat jy nie daarvan sal hou dat sy moet weet nie. Goed. Sy sal nie weet nie. Sy hoef nooit te weet nie."

"Dankie, oom. Ek waardeer dit."

Bertus staan deur se kant toe, glimlag vir sy aanstaande skoonseun. Mag, dit het twee uur se gesoebat en gesmeek gekos voordat hy die koppige jong man kon oorreed! Maar op die ou end het hy. Dis van belang. Hy steek sy hand uit, en op daardie oomblik swaai Tania blindelings in haar spore om en maak dat sy wegkom.

Die twee hande sluit met wedersydse respek en waardering vir mekaar styf ineen. Bertus het geen bedenkinge meer nie. Rocco het eindelik ingestem om die bedrag wat hy kort is en wat hy teen 'n hoë rentekoers by 'n bank leen, van sy skoonpa te ontvang, maar alleen op voorwaarde dat 'n wettige kontrak opgestel word en dat hy rente teen 'n redelike koers daarop moet betaal. Bertus kon dit nie regkry om hom sover te kry om dit renteloos te neem nie. Ook begryp hy die jong man se laaste versoek. Rocco is 'n trotse man, en daardie trots sal nie toelaat dat sy vrou moet weet dat hy 'n lening by haar pa aangegaan het nie, want hy het openlik teen sy sin toegegee aan oom Bertus se gesoebat.

Rocco glimlag ook nou. "Maar onthou wat ek van u testament gesê het, oom Bertus. Bemaak dit aan u kleinkinders."

Die ou man knik, trek sy hand terug. "Ek sal onthou. Nag, ou seun. En dankie dat jy ingestem het."

Toe Tania op haar bed neerval, knik haar bruidegom van môre en laat hoor: "Ek is klaar jammer ek het. Ek voel steeds nie gelukkig hieroor nie, en sal nie rus voordat elke sent plus rente terugbetaal is nie."

"Ek weet, daarom leen ek dit so graag aan jou. Hierdie paar duisend rand wat ek Maandag na jou rekening gaan oorplaas, is die veiligste belegging wat ek het." Bertus stap met 'n breë glimlag uit.

In sy eie kamer aangekom, vee hy met sy sakdoek oor sy gesig. Sjoe! Dit het darem soebat en smeek gekos! Daardie man was so hardkoppig soos 'n muil! Maar eindelik het hy tog toegegee.

Tania lê op haar bed en gaan dié deel van die gesprek wat sy gehoor het herhaaldelik weer in haar gedagtes oor, maar op die ou end kom sy maar weer tot dieselfde slotsom as daardie eerste, verblindende oomblik van skok en ontnugtering: Rocco is nie anders as haar drie vorige verloofdes nie. Hy is nie anders, soos sy gedink het, as enige ander man nie. Hy trou ook maar net met haar om wat hy daaruit kan kry. Sy kan geen ander afleiding maak nie. En haar arme pa is hierdie keer bereid om dit oor die hoof te sien, selfs saam te speel, omdat hy weet sy het hierdie keer werklik lief. Daarom is hy hierdie keer bereid om 'n man vir haar te koop!

Sy krimp in 'n klein bondeltjie ineen waar sy lê, die vernedering en hartseer byna te groot om op hierdie oomblik te verduur.

"Dit kán nie wees nie!" roep sy snikkend uit. Dit kan nie waar wees dat Rocco ook maar soos al die ander net agter geld aan was nie! Hy kon nie so goed toneel gespeel het nie! Sy was dan so trots op hom dat hy elke gebaar van hulp van haar pa se kant summier verwerp het. Dit het haar so innerlik laat gloei van trots en liefde dié kere wat hy so reguit met haar gepraat het, haar vertel het dat dit net hulle twee en môre is. Soms was haar respek vir hom amper groter as haar liefde!

En nou . . . nou moes sy hoor dit was maar alles net toneelspel. Al die tyd het hy 'n goeddeurdagte rol gespeel. O, hy was slim! Baie slim! Hy het gesien hoe dit met die ander gegaan het en besluit hy sou net die teenoorgestelde rol speel. Hoe reg was hy nie! dink sy verbitterd. Hy het haar pragtig om die bos gelei. Ook haar pa is deur sy trotse, onafhanklike houding beïndruk, en tot op die laaste het hy met daardie rol volgehou. Tot op die vooraand van die huwelik. En toe . . . toe skielik is hy bereid om sy trots te laat vaar, om geld van sy skoonpa te aanvaar. En haar pa, haar arme Paps, in die wete dat sy hierdie fortuinjagter met haar hele hart liefhet, is bereid om te gee wat hy vra. Dit was sy uitdruklike woorde: "Ek doen dit ter wille van my kind. Al wat ek vra, is dat jy haar gelukkig moet maak. Sy het jou werklik lief."

"O! Paps! Paps!"

En ewe skynheilig het die trotse man beloof dat hy elke sent sal terugbetaal. Maar haar pa is 'n ou mensekenner, en sy antwoord was dat dit maar kan bly – "solank Tania net gelukkig is. My kind se geluk is vir my belangriker as enige bedrag geld waaraan jy sou kon dink."

Haar vingers knel die kussing krampagtig vas terwyl sy die snikke vergeefs probeer keer. En natuurlik mag sy nie daarvan weet nie! Haar dierbare pa sal te jammer vir haar wees dat sy moet uitvind dat geld die man van haar hart gekoop het en nie opregte liefde nie. En natuurlik wil hy ook nie hê sy moet van hierdie middernagtelike transaksie weet nie, want die klug moet voortgaan. Sy is só sieklik verlief op hom, en waar daardie bedrag van vanaand vandaan kom, is mos nog baie.

Dus . . . Tania moet voortleef in die gekkeparadys dat sy met die wonderlikste man op aarde getrou het terwyl hy stil in die vuis lag in die wete dat hy met die teken van sy naam in 'n huwelikskontrak vir homself 'n miljoen rand losgeslaan het. Want sy is tog die enigste kind. Wie anders as sy sal Bertus Erasmus se erfgenaam wees?

Dis 'n lang nag vir Tania, en sy voel tam toe die eerste tekens van 'n nuwe dag begin verskyn. Weemoedig kyk sy vanaf die balkon na die oosterkim. 'n Nuwe dag . . . Haar troudag. Die môre waarna sy so reikhalsend uitgesien het, waarvoor sy met ongeduld gewag het om aan te breek.

Maar dis nie die môre van geluk waarop sy gehoop het nie. Die môre van geluk sal nooit kom nie. Die môre van volkome geluk saam met die man wat sy liefhet, lê nie om die draai soos sy gedink het nie.

411

Daardie môre lê ver . . . te ver in die verskiet, bestaan moontlik nie eens nie.

Maar dis net die hoop, daardie klein, flou vlammetjie van hoop hier diep in haar halsstarrige hart wat die werklikheid en waarheid nog nie ten volle wil aanvaar nie, wat sorg dat sy haar gereed maak vir die dag wat voorlê.

Met kunstige grimering verwyder sy die spore van 'n slapelose nag van haar gesig, maar sy weet die spanning is nogtans daarop te lees. Maar daarvoor het sy 'n antwoord gereed toe haar pa later sê: "Jy moes ontbyt geëet het, my kind. Voel jy gesond?"

Sy trek haar skouertjies agteroor, glimlag op na hom. Sy kan ook toneel speel as dit moet. "Natuurlik, Paps! Maar my maagsenuwees laat my nie toe om vanoggend te eet nie. Ek sal eet sodra alles verby is. Daar wag 'n groot ete vanmiddag op ons."

"Môre, Tania."

Sy staal haar en draai na hom toe om. "Môre, Rocco. Goed geslaap?"

Hy glimlag effens skeef. "Nie so watwonders nie. Ek is nie gewoond aan trou nie!"

Haar laggie klink senuweeagtig en gespanne. "Dis te hope!"

Sy donker oë kyk ondersoekend na haar. "Hoe het jy geslaap?"

"Soos 'n klip!"

Skielik trek hy haar teen hom vas. "Sê vir my mooi môre. Dis 'n besondere môre vanoggend."

Weerloos ontmoet haar lippe syne. Sy het hom nog lief, die . . . skurk! Ja, dis wat hy is, maar . . . Haar hande sluit op sy agterkop saam en sy soen hom met amper desperate oorgawe. O, sy het hom nog so lief!

412

"Hoe ry ons?" vra haar pa agter hulle en met 'n vinnige, skerp ondersoekende blik laat Rocco haar gaan. Haar pa se groot motor en haar eie staan gereed. Die pasgetroudes sal sommer dadelik ná ete vertrek en haar motor is reeds tot bo teen die dak met al hul bagasie gelaai.

"Ek dink ek ry saam met Paps. Terwyl ek nou weggaan . . . Gee jy om, Rocco?"

"Nee, natuurlik nie. Ry julle voor. Ek sal agter ry."

Die res van die oggend is 'n droom – 'n soort kruis tussen 'n droom en 'n nagmerrie. Die een oomblik sluit sy haar verstand vir alles, is sy net bewus van Rocco se warm hand oor hare, verbeel sy haar dat sy donker oë liefdevol in hare kyk. Dan is die waarheid weer skielik daar, weet sy dis net 'n klug.

Elsa Kempen en Ewald Serfontein is onder die tien uitgesoekte gaste wat genooi is, en toe die predikant met waardigheid en erns die huweliksformulier voorlees, kyk Elsa skuins na die man langs haar op. Dit was amper Ewald wat daar langs Tania gestaan het. Hy draai sy kop, kyk in haar oë af en glimlag gerusstellend, neem haar hand in syne en druk dit styf vas. Daardie dwaasheid is verby. Môre hou vir hom net een vrou in, en dis Elsa. Sy glimlag terug en kyk dan weer na die preekstoel waar die bruidegom nou besig is om die ring aan sy bruid se vinger te steek.

By die ete voel Tania hoe haar man se hand hare onder die tafel soek en haar vingers gryp syne styf vas. Die gelukwensings stroom op hulle af, en met 'n glimlag ontvang sy die goeie wense van almal.

Ook Ewald en Elsa buig oor haar en haar oë vul skielik met trane toe sy die opregtheid in hul stemme hoor.

413

"Julle . . . julle tweetjies moet ook baie gelukkig wees, hoor? Ek hoor julle gaan ook binnekort trou," stamel sy en Elsa druk haar 'n oomblik styf vas.

"Ja. Oor drie maande. Ons sal vir julle 'n troukaartjie stuur. Alles wat mooi is, Tania. Ek bedoel dit uit my hart," sê Ewald en steek dan sy hand na Rocco uit. Die twee mans se oë ontmoet en dan glimlag hulle vir mekaar. "Geluk, Rocco."

"Dankie, Ewald."

Eindelik is die ete verby en die bruidspaar staan op, wuif met die hand hul gaste toe en stap saam met oom Bertus uit. Daar word haastig verklee en met weemoed pak Tania haar trourok terug in die koffer. Met hoeveel drome het sy dit nie laat maak nie, en met hoeveel ontnugtering het sy dit nie gedra nie. En nou is dit verby . . .

Met haar bruidsruiker van orgideë in haar hand voeg sy haar by haar pa en die gaste wat buite by die motor op haar staan en wag. Sy draai na haar pa, hou die ruiker na hom toe uit.

"Sit dit op Mamma se graf vir my, asseblief, Paps."

"Ek sal, my kind." Hy druk haar styf teen hom vas, veg teen die hartseer van afskeid wat hom wil oorweldig. Sy is sy enigste! Dan staan hy terug, glimlag moedig en hou sy hand na sy skoonseun uit. "Tot siens, my seun. Versigtig ry."

"Tot siens, Pa." Die twee mans se oë voer 'n woordelose gesprek. Ek gee my kosbaarste wat ek het nou in jou besit, Rocco, vertel die pa se oë.

Ek weet. Ek sal haar mooi oppas, antwoord die ander.

Dis stil in die motor tot hulle die buitewyke van

die stad bereik. Dan strek hy 'n hand uit en trek haar nader terwyl die motor nou vinniger beweeg.

Sy lê haar kop teen sy skouer eerder as om na hom te kyk, want sy is bang om sy oë te ontmoet. Haar toneelspel is nog nie verby nie. Sy sal hom nog kans gee. Miskien sal hy eerlik met haar wees, haar reguit vertel. Miskien kan hulle nog iets van hierdie huwelik maak. Dit gaan van hom afhang.

Sy hand gly teen haar wang op en sy lippe druk vlugtig teen haar voorkop. "Hoe voel jy, mevrou Roux?"

Sy sluk, sluit haar oë. "Heeltemal goed, dankie."

'n Ligte frons verskyn tussen die donker wenkbroue. "Is daar iets verkeerd, Tania?"

"Nee. Nee, natuurlik nie. Dis net . . . Noudat al die spanning en opwinding verby is . . . Dis amper 'n soort antiklimaks."

"Ja."

Sy lek oor haar droë lippe en gee 'n kortaf laggie. "Ek kan ook nou maar erken: ek het self ook nie verlede nag baie geslaap nie!"

Die hand teen haar wang druk haar kop stywer teen sy skouer vas. "Lê jou kop neer en probeer 'n bietjie slaap. Dis 'n lang pad."

Sy gehoorsaam en moet hard teen die trane stry. Miskien het hy haar tog darem 'n bietjie lief! Sy stem het tog teer geklink! Miskien . . .

Tot haar eie verbasing, sluimer sy tog 'n bietjie in en word eers wakker toe hy van die pad aftrek. Half verward kyk sy na hom en hy glimlag vir haar.

"Jy het lekker geslaap. 'n Hele drie uur amper. Voel jy beter?"

Sy vee oor haar gesig en voel verleë onder die volle

gloed van sy donker oë. "Ja. Ek is net effens . . . deur-mekaar."

Hy lag saggies, dan is sy arms om haar en soek sy mond hare op. Dis 'n lang soen en die lippe op hare is meteens baie intiem – soos die lippe van 'n man wat weet dat die vrou wat hy nou soen, syne en net syne is.

"Almal het al my vrou gesoen behalwe ekself!"

Tania druk haar gesig in sy nek in. Sy vrou . . . 'n Ligte bewing gaan deur haar en sy greep om haar versterk. Sy lippe soek oor haar wang, sluit liggies om haar oorbel. "Gelukkig, kleinding?"

"Ja." O, as hulle maar vir altyd hier kon sit!

Sy kan ook 'n bewing in die sterk liggaam teen hare aanvoel, en sy weet soos 'n vrou maar weet dat hy op hierdie oomblik deur sterk emosies aangegryp word. Hy staan tog nie heeltemal onverskillig teenoor haar nie, al is dit dan ook net die fisieke wat hom op hierdie oomblik meevoer.

Sy stem is skielik amper bot toe hy vinnig sy arms onttrek en sê: "Kom ons drink 'n bietjie koffie, en dan moet ons aanstoot. Overberg lê nog 'n hele paar uur ver."

Die gloed in sy oë verraai die botheid van sy stem en sy buk vinnig vooroor om die koffiefles by haar voete op te tel. Sal sy hierdie man sonder liefde van sy kant kan ontvang? Hulle is nou man en vrou. Sy probeer haar stem kalm hou.

"Jy het my nog omtrent niks van Overberg vertel nie."

"Dit het nie juis gelyk asof jy belangstel nie."

Sy gee hom sy koffie en buig weer vinnig af om ook vir haar in te skink. "Daar was so baie ander dinge wat my gedagtes besig gehou het. Vertel my nou daarvan, asseblief."

Hy besef nie dat dit amper 'n smeekroep van haar kant af is nie.

Sy drink stadig aan haar koffie terwyl sy na hom luister.

"Dis 'n mooi plaas. Een van die puikste in daardie omgewing. Dit lê net anderkant 'n groot berg, vandaar die naam Overberg."

"Dan ken jy die plaas? Ek het nie geweet nie," sê sy stil.

"Ja. Ek ken dit van hoek tot kant. Dis my eie plaas."

Haar blou oë lig verbaas na syne op. "Jóú plaas?"

Hy glimlag. "Ja. Ek weet jy is onder die indruk dat ek daarheen gaan as plaasbestuurder, maar dis nie heeltemal waar nie." Sy gesig raak ernstig. "Jy sien, Tania, ons het eintlik drie plase gehad, maar my pa het borg geteken vir 'n ander man en ons het byna alles verloor. Twee plase moes verkoop word, en ek het net daarin geslaag om Overberg te behou – maar met 'n groot skuldlas daarop. Dus is Overberg nog lank nie myne nie – nie voor dié dag dat elke sent betaal is nie. Daarom het ek 'n werkie apart van my boerdery gesoek, en toe ek sien watter groot salaris jou pa aanbied, het ek besluit om vir die betrekking aansoek te doen. Dit sou help om die skuld gouer afbetaal te kry. Intussen het my getroue werkers voortgegaan met my boerdery."

"Jou pa?"

Die gesig is nou weer strak. "Hy is aan 'n hartaanval oorlede toe hy gehoor het ons het so te sê alles verloor."

417

"Ek is jammer."

Hy knik, gee sy koppie terug. "Jy sal dus nie beter af wees as wat 'n gewone plaasbestuurder se vrou sal wees nie. Miskien nog slegter af. Maar ons sal anderkant uitkom, kleinding. Vertrou my net."

Sy knik, haar tong swaar in haar mond. "Hoe groot is die skuldlas?"

"Heelwat, maar as ek 'n paar goeie jare na mekaar kry, behoort ons dit te maak. Overberg is 'n goeie plaas."

Hulle ry in stilte voort. Dis nie heeltemal die waarheid wat jy vertel het nie, Rocco, sê sy stilswyend aan haarself. Daardie groot skuldlas is nou deur my pa betaal. Jy is daarmee gekoop. Miskien was dit maar jou plan van die begin af. Gaan speel plaasbestuurder vir 'n rukkie by die miljoenêr en kyk wat jy uit hom kan kry. Jy was toe gelukkig, want toe het die miljoenêr nog 'n ongetroude dogter op die koop toe wat binne 'n kort tydjie soos 'n ryp appelkoos in jou skoot geval het. Sake kon nie beter vir jou verloop het nie!

Sy kon aan sy stemtoon hoor dat hy Overberg baie liefhet. Sy probeer baie hard om redelik te wees. Die Rouxs van Overberg was ryk mense met drie plase. Oornag verloor hulle byna alles. As dit met haar moes gebeur het . . . Maar sou sy met 'n man gaan trou het net om sy aardse besittings?

Sy sug saggies. Hulle kan nie met mekaar vergelyk word nie. 'n Man sien hierdie dinge anders as 'n vrou. Vir 'n vrou is liefde alles in die lewe. Vir 'n man is dit maar net 'n gedeelte daarvan.

Sy is dankbaar dat Rocco self ook stil is. Hy dink natuurlik aan sy plaas, dat hy dit gered kon kry. Hy dink natuurlik nou aan alles wat hy daar gaan vermag, al probeer hy voorgee dat hy nog onder 'n swaar skuldlas gebuk gaan. Want dis nie waar nie. Haar pa gaan dit vir hom betaal. Hy is weer die baas van Overberg.

Ná 'n ruk kyk hy sydelings na haar. "Jy is stil."

Sy gryp na enige ding om te sê. "Hierdie geslapery tussenin het my net nog vaker gemaak. Ek is half aan die slaap."

"Nou goed dan. Ons hoef nie vandag al deur te ry plaas toe nie. Ons kan teen skemer maar 'n slaapplek vir die nag soek."

"Nee, Rocco. Ek het nie bedoel . . ."

Maar hy trek haar weer nader. "Ek het jou pa beloof ek sal jou nie verniel nie. En ek sal nie. Daar is geen móét dat ons vanaand nog op Overberg moet wees nie. Ons kan net sowel môre ook daar aankom. Nee. Ons soek 'n motel langs die pad; dan slaap ons maar eers vannag daar."

Diep in haar hart is sy dankbaar vir hierdie verposing. Dit voel vir haar hoe langer hulle van Overberg af kan wegbly, hoe langer is die tyd van grasie, hoe langer sal die hoop bly leef dat hy haar tog die volle waarheid sal vertel. Maar 'n ongekende bitterheid stoot in haar op. Hy het haar pa beloof hy sal haar nie verniel nie, en hy sal ook nie! Natuurlik nie. Haar pa het duur genoeg vir daardie belofte betaal en wie verniel dan nou ook die gansie wat die goue eiers lê?

Dis hy wat die motel 'n entjie van die pad af gewaar en indraai. Dis ook hy wat daardie aand se aandete ten volle geniet, ondanks die groot bruilofsmaal van die middag. Soos dit gewoonlik maar gaan, het die bruidspaar self min van daardie ete geniet, en hy is nou regtig honger, kan sy sien. Sy krap egter net in haar kos rond en wurg 'n paar stukkies in. Hoe nader dit aan die aand kom, hoe meer voel sy die spanning in haar oplaai.

Hoewel sy haar bes doen om niks van haar innerlike chaotiese gemoedstoestand te laat blyk nie, besef sy dat sy nie so 'n goeie toneelspeler soos hy is nie. Sy betrap sy blik 'n paar keer peinsend op haar. Hy word ook opmerklik stiller, hoewel die ligte fronsie wat nou tussen sy wenkbroue is, nie sy eetlus demp nie.

Dis reeds donker buite toe hulle by die motel se restaurant uitstap en sy voel hoe haar hart in haar ore klop. Wat nou?

"Dis 'n lieflike aand. Sal ons 'n entjie gaan stap?"

Sy knik. Ja, miskien sal hy haar nou vertel . . . Sy hand reik na hare, en sy plaas dit daarin en hulle stap stilswyend verder. Dan gaan hy skielik staan, swaai haar na hom om.

"Tania . . ." Met groter krag as ooit tevore neem hy haar in sy arms, soen hy haar soos 'n man alleen die vrou wat hy werklik liefhet, mag soen. Hy lig sy kop skielik op, probeer haar oë deur die donker peil. "Tanie . . . jy bewe so groot soos jy is. Wat is fout?"

"Nee!" Dit wurg skor deur haar keel, en hy laat haar los, maar gryp haar skouerknoppe vas.

"Hou op met hierdie speletjie! Wat is dit?"

Die oë kyk pleitend na hom op, maar hy kan dit nie sien nie. Haar arms gaan vinnig, krampagtig om sy nek. "Rocco . . . Rocco!"

Weer gly sy arms om haar, frons hy diep terwyl hy die bewende gestaltetjie teen hom vasdruk. Hy het die smeekkreet in haar stem gehoor, maar . . . Meteens gaan daar 'n lig vir hom op, en sy aanraking word teerder, sy stem innig diep hier by haar oor.

"Tanie! My kleinding . . . Dis nie nodig om bang te wees nie! Ek belowe dis nie nodig nie!"

Haar kop ruk omhoog en sy kyk hom verbysterd aan. Hy dink sy is bang vir haar eerste huweliksnag! Hy dink sy tree so snaaks op omdat sy bang is om sy vrou in die volle sin van die woord te word!

Die laaste flou vlammetjie van hoop flikker, sterf dan weg.

"Rocco, ek . . ." Sy onttrek haar van sy arms. "Ek wil liewer teruggaan as jy nie omgee nie. Nee. Eers . . . alleen, asseblief."

"Goed. Ek kom oor 'n rukkie."

Sy swaai om en begin so vinnig as wat sy kan, terugloop en sy blik volg haar tot sy by die ry kamers in verdwyn. Dan gaan neem hy op 'n klip eenkant plaas en steek tydsaam 'n sigaret aan, die frons nog tussen sy wenkbroue.

Tania voel soos 'n vasgekeerde dier toe die kamerdeur agter haar toegaan. Haar oog val op die dubbelbed en 'n snik breek in haar keel los sodat sy vinnig haar hand oor haar mond plaas.

Hy gaan haar nie vertel nie! As hy haar in sy vertroue geneem het, sou sy haarself nog sover kon kry om te glo dat daar tog êrens 'n sprankie van liefde vir haar is, en dat dit nie net 'n koue, goed deurdagte, vooraf berekende plan is nie. Maar nou weet sy . . . Hy het haar nie lief nie! Sy sluk swaar, laat haar suwwe brein terugdwaal, en met 'n skok besef sy dat hy nog nooit direk vir haar gesê het dat hy haar liefhet nie. Nog nooit het hy haar reguit gesê dat hy haar liefhet nie. Maar hy het so goed toneel gespeel dat sy dit nooit besef het nie!

En nou? Wat nou? Een ding weet sy: sy kan hom

nie vanaand ontvang terwyl sy nog so vol ontnugtering is nie.

Skielik moet sy teen die histerie stry wat in haar opborrel. En ook verbittering wat sy nog nooit tevore ervaar het nie. Drie keer tevore het sy dieselfde stel afgetrap. Wat het haar ooit laat dink dat die vierde keer anders sou wees? Maar sy weet wat dit is. Dis omdat sy die eerste drie nooit regtig liefgehad het nie, maar Rocco Roux het sy liefgekry. Daarom het sy geglo dat die vierde keer anders is, omdat sy dit wóú glo.

Sy gaan sit voor die spieëltafel en kyk na haar eie spieëlbeeld. En nou, Tania Erasmus? Wat nou? Jy het hierdie dinge gisteraand al geweet. Hoekom het jy nie vanoggend reguit gesê jy gaan nie meer trou nie? Hoekom het jy dinge eers so ver laat gaan, só ver dat jou wettige man op hierdie oomblik wag dat sy bruid haar gereed moet maak om hom te ontvang?

Sy lê 'n bewende hand teen haar kloppende keel. Sy kan nie . . . sy kan nie vanaand . . . Sy spring op. Sy sal die deur sluit, hom nie laat inkom nie.

Maar halfpad deur toe hoor sy die voetstappe wat nader kom . . . vasberade, doelgerig, afgemete . . .

Sy swaai terug na die spieëltafel, haar oë beangs . . . en dan hoor sy duidelik hoe die deur agter haar oopgaan. Met groot oë sien sy hom in die deur verskyn, sien sy die gloed in sy oë, voel sy byna die afwagting in sy groot gestalte aan. Dan sien sy dit verdwyn, sien sy hoe die gloeiing in die oë plek maak vir verwarring. Die deur klik agter hom toe. Hy gee 'n tree nader.

"Is ek te gou? Ek het gedink ek het jou genoeg tyd gegee . . . om uit te trek. Dit maak nie saak nie. Ek sal in die badkamer . . ."

"Rocco." Haar blik val voor syne, kyk dan weer

422

moedig in die spieël op. "Jy slaap nie vannag hier nie."

Hy was halfpad op pad na sy tas toe. Hy verstil in sy spore, soek haar oë vinnig in die spieël.

"Ekskuus?"

"Ek . . . Jy het gehoor." Die blou oë lig omhoog, kyk koud en vasberade terug in die verbysterdes agter haar. "Vat jou tas en . . . loop. Gaan soek 'n ander kamer of . . . doen wat jy wil, maar jy slaap nie vannag in hierdie kamer nie."

Sy sien hoe hy verstyf, hoe die ongeloof uit sy gesig verdwyn en dit bleek en strak laat. "Tanie, ek is nie van die geduldigste mans op aarde nie. Vir 'n meisie van vier en twintig is hierdie skielike . . . e . . . vrees wat jy ontwikkel het, belaglik. Jy is nou 'n getroude vrou. Het jou ma jou nie die feite van die lewe geleer nie?"

Sy is ook bleek, maar 'n ligroos blos sprei vlugtig daaroor. Die blou oë kyk vas terug.

"Ek ken al die feite van die lewe. Dis nie . . . dit nie . . ."

"Nou wat is dit dan?" Hy wend 'n daadwerklike poging aan om haar te kalmeer. "Dis ons huweliks-aand, Tania. Gaan jy dit bederf deur jou belaglike kinderagtigheid? My kleinding . . ."

"Moenie aan my raak nie!" Sy spring op, gee vinnig van hom af pad en sy uitgestrekte arm val terug langs sy sy. Ook sy doen haar bes om so kalm moontlik te bly. "Asseblief! Ek wil nie daaroor praat nie. Gaan net."

Hy frons onheilspellend. "Net so? Ek moet gaan sonder 'n verduideliking vir jou vreemde gedrag?"

"Ek dink nie dis nodig om te verduidelik nie. Staak

423

nou maar die toneelspel, Rocco. Jy het nou wat jy wou gehad het. Ek wil nie daaroor praat nie. Spaar my ten minste dit, asseblief."

Hy prop sy hande vinnig in sy broeksakke waar sy kan sien hy hulle tot vuiste bal en bly onbeweeglik staan. "Dis ek wat nie vanaand gespaar word nie. Ek word blykbaar verdink van allerhande dinge, wie weet wat! Jou optrede en die redes daarvoor is nog vir my steeds duister. Ek wil 'n verduideliking hê . . . nou!"

Dis senuwees wat verby perke gedryf is wat haar skielik laat losbars: "Nou goed. As ons dit dan reguit vir mekaar móét sê. Ek stel nie belang in 'n man wat ek moes koop nie. Jy het nou die geld vir jou kosbare Overberg uit my pa gewurg. Moenie voorgee dat jy in mý belangstel nie. Ek was net toevallig 'n baie handige instrument om te bereik wat jy wou bereik het – om jou kosbare Overberg te red. Wel, dit is gered, en nou hoef jy nie meer so hard voor te gee dat jy my so vreeslik liefhet nie. Want jy het nie. Jy het nog nooit gehad nie."

"Jy klink baie oortuig van jou saak."

"Ek is ook. Dit moet ek jou darem toegee: nie een keer kon jy jou sover bring om reguit te sê dat jy my liefhet nie."

"Ek is nie 'n man vir woorde nie . . ."

"Nee. Ek weet. Vir dade wel. Jou daadwerklike optrede het jou plaas vir jou gered. Dis dus nie nodig dat ons hierdie klug enduit hoef te voer nie. Gaan soek vir jou 'n ander slaapplek. Nag, Rocco."

"Nie so haastig nie, mevrou Roux. Ek het nog nie alles gehoor wat daar te hore is nie. Waar kom jy aan die storie dat ek 'n klomp geld van jou pa gekry het?"

"Dis nie 'n storie nie. Dis die waarheid! Ek het dit met my eie ore gehoor."

"Waar? Wanneer?"

"Gisteraand. Ek . . . het die gesprek tussen jou en Paps afgeluister by die venster."

"So? Die hele gesprek?"

"Nee. Maar ek het genoeg gehoor om te weet dit is so! Jy kan dit nie ontken nie!"

"Ek erken of ontken niks. Dat jou pa wel vir my 'n bedrag geld voorgeskiet het, is die waarheid, ja. Die res . . . Dink daarvan wat jy wil. Jy doen dit reeds." Sy oë priem in hare. "Wat het jy daardie tyd van die nag by my woonstelvenster kom soek?"

Sy kyk vinnig weg. "Ek . . . was net toevallig daar."

"Twak. Dit was omtrent al middernag. Wat het jy daar gesoek, Tania?"

Sy ruk haar kop op, kyk uitdagend terug. "Dis my saak."

Skielik trek sy een mondhoek in 'n harde glimlaggie en pen sy donker oë haar genadeloos vas. "Toe maar. Ek weet." Dan draai hy om, stap na sy tas en tel dit op. Sy hou haar asem op. Met 'n kragtige gebaar smyt hy dit op die bed neer, knip dit oop en begin sy nagklere en skeergoed uithaal. Tel dan die tas van die bed af op, plaas dit in die een hoek van die vertrek en begin sy baadjie uittrek, haal sy das af en begin sy hemp oopknoop.

"Wat . . . wat doen jy?"

"Ek trek uit, my vrou. Dis al laat. Dis tyd om te gaan slaap."

Sy ruk haar asem in, knel haar bewende hande agter haar rug saam. "Ek het gesê . . ."

"Ek het jou gehoor. Spaar jou asem." Hy gooi die hemp op 'n stoel neer, sy vingers soekend na sy broek. "Ek het hierdie kamer met my geld betaal, nie met Bertus Erasmus s'n nie. Ek slaap hier."

"In daardie geval . . ." Sy kyk vinnig weg toe hy sy broek kalm begin uittrek, gryp haar tas van die vloer af op en begin aanstap deur toe. Maar skielik stap sy teen 'n staalarm vas. Die oë wat in hare afkyk, is ewe staalhard.

"Gaan sit daardie tas terug en begin uittrek."

"Ek . . . sal nie!"

"Moet ek jou help uittrek?"

Sy kyk hom verbysterd aan. Hy kan nie regtig bedoel wat hy sê nie! Sy hand neem die tas uit haar willose vingers, stap daarmee bed toe en knip dit oop. 'n Ragfyn uitrusting, beslis bedoel vir 'n bruid se eerste huweliksnag, word omhoog gehou en op die bed neergesit.

"Daar."

"Rocco, ek . . . Jy sal my nie dwing . . . Jy kan nie só . . ."

"Ek kán en ek sál, my vrou." Hy kom terug om die bed gestap. "Jy is nou my vrou, die vrou van 'n skurk, soos jy dink. Goed. Moet dus nie te veel van my verwag nie. Ek is nie een van jou goedgemanierde, verfynde, slaprug-vryertjies van die verlede nie. As jy dink ek gaan jou toelaat om dit wat wettig myne is, van my te weerhou, dan moet jy vinnig wéér dink. Gaan jy self uittrek of . . ." Sy gryp die nagklere van die bed af voor hom op en hy knik. "Goed. Gebruik maar die badkamer vanaand nog. Van môreaand af sal dit beslis nie meer nodig wees nie, dit verseker ek jou. En laat staan die deur oop!"

426

Sy verdwyn by die badkamerdeur in en hy gaan voort om verder te ontklee, gaan lê dan op die bed en steek 'n sigaret aan.

'n Rukkie later hoor sy sy stem bevelend opklink: "Dis nou lank genoeg, Tania."

Sy trek haar asem in, sluit haar oë. Sy kan van vernedering sterf! Met 'n rooi blos op haar gesig verskyn sy in die badkamerdeur, ontwyk sy oë, sien nie hoe die spiere skielik styftrek om sy kake en die gloed weer in sy oë ontspring nie. Dan beweeg sy vinnig na die deur, maar hy lê en kyk haar net kalm aan. Vergeefs probeer sy die knop gedraai kry, kyk dan bed se kant toe en laat dan maar haar pogings vaar. Hy lê woordeloos na haar en kyk, die kamersleutel tussen sy vingers in die lug gehou.

"Rocco, asseblief!"

Hy staan tydsaam op en weerloos sien sy hoe hy nader kom. Dan kan sy die gloed in sy oë nie langer verduur nie en gooi haar arms om sy nek, steek haar brandende wange onder sy ken weg. Sy voel sy arms om haar gaan, sy greep versterk en dan voel sy hoe sy opgetel word. Hy lê haar saggies op die bed neer. Vir laas pleit die blou oë.

"Gaan jy my regtig teen my sin jou vrou maak?"

"Sal dit regtig teen jou sin wees?" Sy voel sy liggaam teen hare aandruk en sy weet sy het verloor. Wat meer is, hy is reg! Hy gaan haar vannag neem, en dit sal nie teen haar sin wees nie!

Met 'n sagte kreuntjie ontspan sy teen hom en sy hoor sy lae stem teen haar oor: "My pragtige vrou . . ."

Toe sy soekende mond hare vind, is haar lippe oop en gewillig onder syne, weet sy dat sy diep in haar hart bly is dat hy nie gegaan het toe sy hom beveel het nie. Weet sy dat sy steeds, bo alle mans wat sy ken, hierdie man se vrou wil wees.

9

Toe Tania die volgende oggend wakker word, bevind sy haar alleen in die kamer. Sy spring vinnig op, gaan bad en trek aan en stap dan na buite.

Rocco is besig om die motor se bande na te sien en die blou oë is skugter toe sy haar by hom voeg.

"Goeiemôre."

"Môre, my vrou. Gereed? Kan ek maar die tasse insit?" Sy knik net en hy gaan haal die tasse, sit dit in die motor en hou dan die deur oop. "Ons ry sommer tot by die restaurant en eet gou iets."

Sy klim stil langs hom in. Gaan hy haar nie eens môre soen nie? Sy draai haar gesig vinnig sywaarts. Het sy dan gedink hy sou haar só maklik vergewe? Het sy werklik gedink dat alles vanoggend vergete en vergewe sal wees?

Aan die ontbyttafel kom sy duidelik agter wat die patroon van nou af sal wees. Hulle is nou eenmaal getroud. Sy vrou sal snags syne wees, maar bedags sal hy 'n veraf, beleefde vreemdeling wees.

Dis lank stil tussen hulle toe die motor die kilometers onder sy wiele laat deurgly. Ons kan nie só lewe nie! dink sy met amper paniek. Snags minnaars en bedags beleefde bekendes. Haar senuwees sal dit nooit hou nie!

"Rocco . . ."

"Asseblief. Ek dink hoe minder daar nou gepraat word, hoe beter."

"Maar ek . . ."

"Dis genoeg, Tania!" Sy oë is strak op die pad voor hom gerig en vanoggend is daar nie weer 'n hand wat haar nader trek na hom toe nie. "Tyd sal hopelik hierdie saak regstel. Intussen wil ek dit nie bespreek nie."

Sy stem is beslis, finaal, en sy krimp weg in haar hoekie. Hoekom het sy gisteraand so uitgevaar? Hoekom het sy nie maar liewer stilgebly nie! Wat maak dit tog saak? Sy het hom lief, of hy die eerbaarste man op aarde is of die grootste skurk. Aan dáárdie feit kan niks verander word nie.

Teen elfuur se kant bereik hulle 'n hoë berg. Hulle ry 'n ruk lank teen die hang langs en toe hulle later om 'n draai in die pad gaan, strek 'n groot vlakte skielik voor hulle uit, met 'n plaasopstal in sig. Sy trek haar asem in. Dis pragtig! Die toneel is asemrowend mooi – die boomryke plaas op die voorgrond met die groen lusernlande en braaklande netjies daaromheen gerangskik. Dan dwaal haar blik verder en verder en al verder oor die groen vlakte tot dit daar ver in die oneindigheid van die blou kim versmelt.

"Dis . . . pragtig."

"Dis Overberg."

Hy ry op 'n slakkepas die berghang af terwyl sy kop, nes hare, heen en weer beweeg. Sy blik is meer op die lande gerig, hare staar stip deur die bome na die huis wat nou duideliker in sig kom. Dis nie 'n moderne huis nie, maar spreek van karakter en dit vertoon uiters netjies. Dan frons sy.

"Daar staan 'n motor voor die deur."

Sy sien dat hy ook vinnig frons, en vir 'n oomblik

knel sy vingers vaster om die stuurwiel. Half ontsteld sien sy hoe sy mond tot 'n wit lyn verstrak. Wie hierdie ontydige besoeker ook al is, dit wek nie aangename herinneringe by hom nie.

Hulle hou agter die rooi motortjie stil en Tania klim met bewende knieë uit. Hulle is tuis. Van nou af is dit haar huis dié.

'n Lang, donker meisie verskyn meteens in die oop voordeur.

"Rocco!"

Tania staan en kyk hoe sy vinnig nader hardloop, haar arms spontaan om sy nek gooi en hom deeglik soen, hoewel daar van Rocco se kant, sien sy darem met 'n dankbare hart, nie veel reaksie kom nie.

"O, Rocco! Dis wonderlik om jou weer te sien – terug op Overberg! Baie welkom!"

"Môre, Bella. Dankie." Dan glimlag hy. Laat sy blik oor die werf dwaal. "Ja. Dis goed om weer tuis te wees." Sy frons keer terug. "Hoe het jy geweet ek sal vanoggend . . .?"

Die donker Bella lag in sy oë op. "O, ek het hiernatoe gebel. Ek wou eintlik jou nuwe adres in die hande kry en toe sê Anna vir my jy kom gister of vandag terug. Ek het gisteraand weer gebel, maar toe sy sê jy is nog nie hier nie, besluit ek om jou vanoggend te verras. Ek het 'n heerlike middagmaal vir jou gekook as verwelkomingsete!"

"Baie vriendelik van jou."

Tania voel sy wil liewer agter in die motor platval waar sy nie gewaar sal word nie. Hierdie Bella-dame ken Rocco beslis baie goed en die ete is beslis net vir hom gekook.

"Tania . . ."

Sy sluk, trek haar skouers agteroor en kom om die motor gestap. Maar ek is sy vrou, bemoedig sy haarself en kyk koel op in die meisie se oë.

"Dis my vrou, en dis Bella Durandt."

Die twee vroue knik net kop en Bella se blik keer dadelik na Rocco terug. "Is jy nou vir goed terug, Rocco?"

"Ek hoop so. Waarheen gaan jy, Tania?"

Sy draai terug, kyk hom ook koel aan. Sy het haar die tuiskoms op Overberg so anders voorgestel! Waar is sy maniere? Staan en kekkel met 'n ander vrou op die werf en nooi haar nie eens in haar eie huis in nie!

"Ek gaan tee soek."

"Ek sal gou . . ."

"Dankie, juffrou Durandt, maar aangesien die vrou van die huis nou tuis is, is dit haar plig en voorreg. Gesels jy en Rocco maar nog 'n bietjie. Ek sal regkom. Ek kan tee maak."

Dis jammer dat die ontstigte Tania nie die fyn, goedkeurende glimlaggie om haar man se mond sien nie, maar sy hoor Bella Durandt se verergde vraag: "Wie is sy?"

"My vrou. Wettig."

"Ja, dit weet ek! Anna het my gesê jy het laat weet jy is getroud en dat jy terugkom. Maar waar kom jy aan haar?"

"O, in daardie geweste raakgeloop. Kom ons stap aan huis toe."

"Dit was baie gou, nie waar nie? Julle ken mekaar skaars."

Hy kyk haar vas aan. "Ek het geleer 'n mens ken iemand soms jare lank en dan eers ontdek jy jy ken hom glad nie. Tyd het niks hiermee iets te doen nie."

431

"Rocco . . ." 'n Ligte gloed skiet oor haar wange. "Ek weet jy skimp nou op my, maar . . . jy verstaan nie! As jy my net 'n kans sal gee om te verduidelik . . ."

"Geen verduidelikings is nodig nie. Laat dit bly, Bella. Dis verby."

"Maar ek wil . . ."

"A, Floors! Môre! Hoe gaan dit?"

'n Man kom vinnig nader, sy gesig net een glimlag van blydskap. "Goed, meneer. Baie goed noudat Overberg se baas weer terug is op sy plek. My hart is vanoggend so groot soos die vlakte."

"Ek is toe gouer terug as wat ons gedink het, nè? Maar ons sal moet hard werk. Harder as ooit tevore."

"Dis goed so."

Tania stap stadig deur haar toekomstige tuiste op soek na die kombuis. Sy hou van wat sy sien. Weliswaar is dit geen miljoenêrswoning nie, maar, en sy glimlag stil, ook glad nie 'n slegte "bos" om jou agter tuis te maak nie! Eindelik bereik sy die kombuis waar sy haar vasloop teen 'n breë, vriendelike glimlag en haar hart, so ontsteld, ontstig en bekommerd, gaan dadelik uit na die vrou wat duidelik verras is.

"Is dit nou die nuwe mevrou? Ai, meneer het vir hom 'n mooi vrou gevat! Maar so kleintjies!"

"Môre! Ek is taaier as wat ek lyk, hoor! My naam is Tania."

"Ek is Anna. Ek en my man, Floors, het hier op Overberg aangekom en is nog altyd hier. Dis ek wat meneer Rocco grootgemaak het."

Tania glimlag dankbaar en sê opreg: "Ek is baie bly om jou te leer ken, en ek is so bly jy is hier, Anna! Ek kan nie kos kook nie!" erken sy eerlik, en die ouer vrou slaan haar hande saam en lag van oor tot oor.

"Dis g'n probleem nie. Ek sal mevrou leer."

"Sal jy, Anna? O, baie dankie. Ek weet nie eens hoe om pap te maak nie, nog minder hoe om harslag gaar te maak, en Rocco het gesê dis wat ons van nou af gaan eet!"

"Oe, ai! Pap maak is maklik en ek sal self vir jou leer om die suurharslag te maak dat die meneer hom siek eet daaraan."

Tania voel asof sy die ou mens om die hals kan val. "Dit ruik lekker hier by jou."

Anna trek 'n gesig. "Dis daardie juffrou Bella se kos. Asof ek nie self kan kook nie!"

Tania lag hardop. O, dis wonderlik! Anna hou ook nie van Bella nie! Sy het 'n bondgenoot gekry.

"Ons is dors, Anna. Ek wil 'n bietjie tee maak."

"Ek sal. Gaan sit maar. Ek sal bring."

"Nee. Ek sal self maak, dankie, Anna." Sy laat haar stemtoon sak. "Jy sien, ek is bang juffrou Bella dink naderhand ek kan nie eens tee maak nie!"

"Daardie een! Wat sal 'n mens jou steur aan daardie weghardloopding! Hierso . . . Hier is die kookwater en die koppies . . ."

Op pad stoep toe met die tee, is Tania se oë peinsend. Wat sou Anna bedoel het om Bella Durandt as 'n weghardloopding te bestempel?

Die geselskap op die stoep gaan oor mense wat Tania nie ken nie en sy sit en drink maar haar tee in stilte, en wonder waarom Bella 'n ligte kleur op haar wange kry toe Rocco vra: "Hoe gaan dit met jou ouers?"

"Onder omstandighede goed. Pappa se gesondheid het ook maar 'n knou weg en Mams voel die ding maar nog steeds baie. Maar verder gaan dit goed, dankie."

"Ek is bly om dit te hoor. Dra my groete aan hulle

433

oor." Hy staan op. "Nou moet julle dames my asseblief verskoon. Ek wil so 'n bietjie gaan rondkyk."

Tania sit ook haar koppie neer en staan op toe Rocco om die huis se hoek verdwyn. Sy gaan beslis nie hier alleen met hierdie vroumens bly sit nie. "Ek aanvaar u wil na die ete gaan kyk. Verskoon my, asseblief. Ek wil graag begin uitpak."

"Net 'n oomblik."

"Ja?"

"Het jy geweet ek en Rocco was so te sê verloof voordat hy hier weg is?"

Tania voel haar hart ruk, maar sy kyk kalm terug. "Nee, juffrou Durandt, ek het nie geweet nie. Hy het nooit van u gepraat nie. Maar dis seker nou nie meer van belang nie, of is dit?"

"Ek dink tog dit is. Hy het uit weerwraak met jou getrou . . . om my terug te betaal . . ."

Tania se stem is yskoud. "Regtig, juffrou? Ek stem nie met jou saam nie. Ek weet hoekom Rocco met my getrou het — en dit het absoluut niks met jou te doen nie."

"Dit sal nie help om daardie houding in te neem nie, Tania. Ek mag jou seker so noem? Ons sal nog baie van mekaar in die nabye toekoms sien. Jy verkeer onder 'n wanindruk as jy dink hy het met jou getrou omdat hy jou liefhet. 'n Man se gevoel kan nie in 'n paar weke so drasties verander nie. Jy sien, Tania, dit was vir my pa wat Rocco se pa borg geteken het en deur wie hulle toe byna alles verloor het. Jy ken natuurlik daardie storie?"

"Ja . . ." Sy weet sy moenie langer luister nie, maar sy is net 'n mens, en sy bly vasgenael staan.

"Wel, dit was vir ons almal 'n vreeslike skok, vir

my inkluis. Ek was so jammer en so skaam dat ek . . . ek vir 'n ruk weggegaan het. Ek kon Rocco nie in die oë kyk nie. En toe ek terugkom, was hy weg. Ek weet hy het gedink ek het hom verlaat noudat hy alles verloor het, maar dit was nie só nie! Eerlik nie! Dit was skok en skaamte wat my . . ."

"Juffrou Durandt, ek dink jy moet dit maar aan Rocco vertel. Ek het geen belang daarby nie."

"Maar jy het! Jy is sy vrou. Dit gaan jou huwelik raak, want . . ."

"Jy het dit mis, juffrou. Watter verduideliking jy ook al het oor jou gedrag in die verlede, dit het niks met my huwelik te doen nie en dit kan my nooit raak nie. Ek en Rocco is getroud. Dis 'n feit wat jy sal moet aanvaar, want ons gaan getroud bly. Verstaan ons mekaar duidelik?"

Die ander vrou staan ook op, kyk smalend neer op die korter Tania. "Dis jy wat dinge nie duidelik verstaan of wil verstaan nie. Maar goed, moenie sê ek was nie met jou eerlik en reguit nie. Jy is vooraf gewaarsku."

"Baie dankie. Dis bedagsaam van jou, maar dis werklik nie nodig nie. Rocco is my man, my wettige man, en dit sal hy bly. Verskoon my, asseblief."

Maar sy het 'n bewerasie in haar maagsenuwees toe sy die kamer instap waar hulle tasse neergesit is. Sy druk die deur agter haar toe en neem op die dubbelbed plaas.

Dan het Rocco miskien om meer as net bloot geld met haar getrou. Daar was blykbaar nog 'n rede. Hy was amper verloof aan 'n meisie wat hom in die steek gelaat het toe hy alles verloor het. Miskien was dit nog 'n rede hoekom hy weggegaan en as plaasbestuurder

435

by Bertus Erasmus gaan werk het – om weg te kom van die omgewing waar hy twee groot vernederings en teleurstellings moes belewe. En buiten die geld wat hy uit sy aanstaande skoonpa kon kry, het hy ook haastig met die miljoenêr se dogter getrou voordat hy teruggekeer het Overberg toe. Hy sou Bella Durandt en die hele omgewing wys dat hy nie op 'n hopie oor haar gaan sit en treur het nie. Miskien het hy haar nog lief, maar sy het hom teleurgestel, en daarom het hy sorg gedra dat hy 'n getroude man is voordat hy na Overberg terugkeer.

Maar Bella Durandt het 'n verklaring vir haar op-trede van daardie tyd en as 'n mens iemand liefhet, glo jy baie maklik enige verduideliking wat gegee word. Gaan Rocco vind dat hy te oorhaastig getrou het? Dat hy sy eertydse amper-verloofde eers 'n kans moes ge-gee het? Maar dan, glimlag sy bitter, Bella Durandt het nie 'n miljoenêr vir 'n pa nie. 'n Arm skoonpa kan Rocco Roux in hierdie stadium niks baat nie.

Sy spring vinnig op, onderdruk haar gedagtes. Sy moet liewer nie dink nie. Sy moet elke dag aanvaar soos dit kom. Net een ding sal juffrou Bella en Rocco Roux goed moet besef: sy, Tania, laat haar nie gebruik wanneer dit nodig is net om haar dan later sommer eenkant toe te laat gooi nie. Bella Durandt het haar kans by Rocco Roux gehad en dit verbrou. Sy, Tania, het ook haar kanse redelik goed verbrou, maar nie onherroeplik nie. Feit bly, sy het 'n groot voorsprong. Sy is sy vrou, of hy nou vir haar omgee of nie en om watter rede of redes hy ook al met haar getrou het, en sy gaan dit tot die uiterste toe benut.

Daarom begin sy hul klere uit die tasse haal en in die kaste wegpak. Vandag, op pad hierheen, het sy met die

436

gedagte gespeel om hom vanaand reguit te sê dat sy alleen hier sal bly as hulle elkeen hul eie slaapkamer het. Nou het sy baie vinnig van plan verander. Sy wil nie 'n ander slaapkamer hê nie. Nie meer nie . . .

Met 'n meewarige glimlaggie gaan sy voort met haar taak. Waar was jou verstand, Tania? vra sy haarself af. Nie een keer het jy daaraan gedink dat Rocco miskien êrens 'n vaste meisie het nie. En tog moes jy geweet het dat 'n man soos Rocco Roux nie sonder vroulike bewonderaars sou wees nie. Jy het dan halsoorkop op hom verlief geraak toe jy gedink het hy is 'n blote plaasvoorman. Al die tyd was hy 'n groot boer van hierdie geweste. Natuurlik sou hy minstens een vroumens op sleeptou gehad het!

Wel, hoe gouer hy van daardie sleeptou ontslae raak, hoe beter, dink sy driftig. Sy is bereid om baie dinge met hom te deel – agter 'n bos te sit en van pap en harslag te lewe – maar sy sal hom nie met 'n ander vrou deel nie. Dit moet hy baie goed verstaan!

Maar as haar gedagtes baie stormagtig is, toon haar uiterlike niks daarvan toe sy 'n rukkie later saam met die ander twee aan tafel aansit nie. Gee die duiwel sy eer. Hierdie Bella kán kos kook. Sy tel haar vurk op. Môre, nét môre moet Anna haar begin leer kook.

'n Rukkie ná ete maak Rocco verskoning. "Ek wil af lande toe. Ek wil net gou gaan verklee." Die twee vroue wat in die sitkamer agterbly, hou hulle doenig met hul koppies koffie. Dan klink sy stem op. "Anna! Anna, waar't jy my klere gesit?"

Tania staan op en stap tot in die deur. "Dis alles is daardie kamer. Ek het alles daarheen oorgedra."

"In watter kamer?"

"Dáárdie een, my man! Ons kamer, natuurlik."

'n Kort stilte. "O . . . Ek . . . ek het vergeet."

Tania glimlag hom soet toe. "Het jy dan gedink ons twee sal saam inpas op jou enkelbedjie in jou ou kamer, my skat?"

Agter haar hoor sy hul gas vinnig opstaan. "Ek dink ek gaan nou eers. Ek sê maar eers tot siens, Rocco. Sien jou weer."

Hy kom nader. "Dankie vir die ete. Dit was regtig gaaf van jou. Wag, ek stap saam motor toe."

"Goed." Bella kyk oor haar skouer terug. "O, terloops, daar is iets in die lou-oond vir vanaand. Afval, soos jy daarvan hou, Rocco."

"Werklik, Bella. Jy het darem te veel moeite . . ."

"Geen moeite. Jy weet ek kook graag vir jou . . ."

Hulle verdwyn by die voordeur uit en niemand merk blykbaar op dat die twee dames mekaar nie eens groet nie. Tania draai in haar spore om en stap kombuis toe. Anna is ook gereed om te gaan.

"Ek sal vanaand weer inkom," belowe sy en Tania knik.

"Dankie, Anna. Ons sal nog iets vir aandete moet maak. Hierdie . . ." Sy ruk die lou-oond se deur oop en haal die bak afval uit. "Dit kan jy maar saamvat. Gaan gee dit vir jou kinders."

Anna se oë rek. "Maar dis afval daardie en meneer . . ."

"Ek weet dis afval en dis spesiaal vir hom gekook nes hy daarvan hou. Maar hy gaan nie vanaand afval eet nie. Vat dit of ek smyt dit in die asdrom."

Daardie aand voel Tania hoogs tevrede met haarself. Sy het deur die huis geloop, elke vertrek bekyk en besluit wat sy verander wil hê. Nie dat daar iets kortkom nie, maar tog kan die huis met 'n paar klein veranderinkies baie meer atmosfeer en warmte hê. Sy het kamer toe gegaan en begin somme maak – vir die eerste keer in haar lewe. Op pad stad toe die oggend voor die troue, het haar pa 'n rolletjie note in haar handsak gedruk en met 'n skamper glimlaggie gesê: "Net so 'n ietsie dat ek darem weet jy het 'n kontantjie by jou, my kind. Maar om die vrede te bewaar, moet liewer nie vir Rocco hiervan sê nie."

Nou is sy dankbaar sy het stilgebly. Die geld sal nou handig te pas kom. 'n Paar vertrekke moet nuwe, fleuriger gordyne kry. Hier en daar 'n paar kussings en 'n paar los matte en . . . So het sy dit loop en opskryf en toe somme begin maak, maar al die goed wat sy wil hê, sal nooit deur hierdie klompie rande gedek word nie. Rocco sal haar beslis geen geld gee vir sulke goed as daar skuld op die plaas is nie. Sy kan vir Paps nog 'n paar rand vra . . .

Dan besluit sy daarteen. Nee. Sy sal nie. Sy sal Rocco wys sy kan 'n goeie huisvrou wees sonder om spandabel te wees. Wag 'n bietjie . . . Sy kan self geld probeer verdien. Die meeste plase het hoenders en . . . speenvarkies en . . . koeie wat melk en room gee en . . .

Haar kop het gesuis van al die planne toe sy later verplig was om eers die pen neer te sit en kombuis toe te gaan. Rocco moet aandete kry.

Met arendsoë hou sy elke beweging van Anna dop en mis nie 'n enkele woord terwyl Anna haar wys hoe 'n mens suurharslag maak nie. Sy voel skatryk en met die wêreld se kok-kennis in pag toe die suurharslag stomend eenkant op die stoof staan en wag dat die baas van die plaas moet huis toe kom. Suurharslag is nou nie meer net vir haar 'n woord in 'n outydse resepteboek nie. Volgende keer sal sy dit alleen voorberei.

Rocco se wenkbroue lig omhoog toe sy die bak voor hom op die tafel neersit en die deksel oplig. Hy lyk ietwat verward.

"Dit lyk lekker, maar . . . het Bella dan nie gesê sy het afval . . ."

"O, Bellatjie het haar met die oond se hitte misgis. Dit het houtskool verbrand. Toe maak ek maar sommer gou suurharslag." Die blou oë kyk onskuldig na hom op. "Jy het mos gesê dis wat ons van nou af gaan eet – pap en harslag, nie waar nie?"

'n Fyn glimlag pluk in sy mondhoek. Dan kyk hy weer vlugtig na die bak stomende kos voor hom. "Het jy hierdie kos gemaak?"

"Ja. Hoekom?" Sy sus haar gewete dat sy nie regtig volmond jok nie. Sy hét die speserye en asyn vir Anna aangegee . . .

"Nee. Ek vra sommer."

Toe hy later behaaglik in 'n stoel sit en sy die skottelgoed kombuis toe dra, voel sy so opgewonde soos 'n kind: Wel, vol is hy beslis – en dit aan háár suurharslag! Daar is kwalik 'n letseltjie vir die huiskat oor!

Hy is verdiep in 'n tydskrif toe sy weer uit die kombuis kom, nog meer tevrede met haarself. Anna is lankal huis toe en sy het self die skottelgoed gewas! Sy kyk vinnig na hom. Hy kon darem kom hoor het waar sy so lank bly. Sy aarsel. Sal sy vanaand al die bul by die horings pak?

"Rocco?" Hy kyk op en sy strengel haar vingers inmekaar. "Waarmee kan ek geld verdien?"

"Wat bedoel jy?"

"Ek wil iets hier op die plaas begin waarmee ek kan geld verdien. Daar is goedjies in die huis kort en . . ." Sy sluk. "Iets soos hoenders of speenvarkies kweek of . . ."

Sy oë vonkel. " 'n Mens teel speenvarkies, my vrou. Is jy regtig ernstig – ek bedoel dat jy iets wil probeer?"

"Natuurlik is ek. As jy my net sal sê hoe om te begin en waarmee. Ek het nie die kennis . . ."

"Goed. Die hoenderhokke is agter die laning soutbosse. Daar is 'n goeie klompie. Dit behoort genoeg te wees vir 'n begin. Die varkhokke is anderkant die rantjie. Daar is een beer en twee sôe. Die ou beer is al 'n bietjie af . . ."

"Af? Hoe bedoel jy?"

"E . . . wel, miskien sal jy 'n ander beer moet kry vir teeldoeleindes."

"O . . ." Sy vee vinnig oor haar wange en vra saaklik: "Wat kos 'n goeie teelbeer?"

" 'n Mooi klompie. Ons het dit nie nou nie, maar ek sal kyk . . ."

"Ek het 'n paar rand."

"Wat jy waar kry?"

Die blou oë pleit. "Asseblief, Rocco. Paps het dit vir my gegee. Dis net tweeduisend rand, nie so baie nie."

Hy frons hewig. "Net tweeduisend. Tania, jy sal die waarde van geld moet leer as . . ."

"Dis wat ek wil doen en jy wil my nie 'n kans gee nie," antwoord sy kwaad. "Help my om met 'n ding te begin en self daarmee handel te dryf. Hoe moet ek anders leer? Laat ek met daardie geld vir my 'n beer koop en 'n paar koeie en . . ."

Hy moet glimlag. "Stadig, my vrou. Jy laat darem

441

nou tweeduisend rand soos kougom rek." Hy kyk haar peinsend aan. "Goed. Ek sal jou help om te begin, maar as jy wins maak, word die eerste tweeduisend rand weggesit en teruggegee aan jou pa. Daarna kan jy met jou wins maak wat jy wil. Misluk jy, skuld ons net tweeduisend meer vir jou pa."

Sy knip haar oë. Wat bedoel hy met tweeduisend rand méér vir haar pa?

"Ek verstaan nie."

Sy mond is skielik weer grimmig. "Ek het nie verwag jy sal nie. Maar dis wat dit is. Jy moet dus nie 'n ding begin wat jy nie enduit gaan voer nie. Ons het nie geld om te mors nie."

Sy byt op haar tande. Regtig! Dis nie nodig om haar aan te spreek asof sy presies tien jaar oud is nie! Haar ken lig uitdagend. "Ek begin nooit 'n ding wat ek nie enduit voer nie." Dan onthou sy van haar drie mislukte verlowings en voeg vinnig by: "Ten minste, nie iets wat die moeite werd is nie."

"Hm." Sy oë is stip. "En jy dink dis die moeite werd? Waarvoor wil jy die geld hê?"

"Ek het mos gesê – vir die huis. 'n Paar nuwe gordyne, 'n paar matte, 'n paar stukkies linne, en so meer. Wel? Sal jy my help net om te begin?"

"Goed. Gaan haal daardie tweeduisend rand. Waar hou jy die klomp geld?"

"In die kamer, natuurlik."

"Werklik, Tania! 'n Mens laat nie honderde rande rondlê nie!"

"Dit lê nie rond nie. Dis weggesteek. Ek sal dit gaan haal." Sy oorhandig die rol note 'n rukkie later aan hom en sê opgewonde: "Jy moet vir my 'n goeie beer soek, Rocco. Ek wil 'n klomp varkies hê."

442

Sy gesig is sedig. "Ek sal my bes doen."

Later gaan sy maar bad en gaan dan kamer toe, want hy is só verdiep in sy ou landboutydskrif dat hy nie eens agterkom sy is ook in die vertrek nie. In die bed lê sy nog steeds en somme maak. As sy soveel varkies kry en sy kan hulle teen soveel verkoop . . .

Sy maak haar oë vinnig toe toe hy inkom en sy hom hoor uittrek. Haar kop sing van die syfers. Die bed beweeg en sy voel hom langs haar inklim. Sy lê doodstil, maar hy draai op sy sy met sy rug na haar en al die syfers is vergete. Hy kon haar darem nag gesê het!

In die nag droom sy en keer tot die werklikheid terug toe sy stem tot haar deurdring. "Tania! Word wakker. Hoekom gil jy so?"

Sy is so dankbaar dat dit net 'n nare droom was dat sy spontaan na hom draai en haar arms om hom sit.

"Ek het gedroom ek het 'n vark wat vreeslik baie kleintjies het. Dit krioel sommer so van die varkies. En daar . . . daar lê sy almal dood! Dit was vreeslik! Die skade!"

Hy lag saggies by haar oor. "Ja, dis regtig 'n groot skade. Jy moet onthou dat 'n mens die klein varkies dadelik wegvat nadat hulle gebore is. Die sôe lê of trap hulle maklik dood."

"Regtig? En wat . . .?"

"Asseblief, Tania. Dis twee-uur in die oggend. Ek is nie nou lus om oor varke te praat nie."

"Maar sê my nog net een ding: hoeveel kry 'n mens vir 'n speenvarkie?"

"Ek het nie die vaagste benul nie. Los nou die varke en . . ." Sy arms trek haar stywer teen hom vas en sy gaan gewillig. Toe haar man se mond hare vind, is al die groot somme wat gemaak is, vergete. Terwyl haar

443

arms agter sy rug opkruip, dink sy dromerig: Môre sal dit al baie beter gaan. Môre, oormôre, een van die mooi môres, sal hy sien dat ek 'n beter vrou vir hom sal wees as daardie Bella-vroumens . . .

Maar in die dae wat volg, vind Tania dat sy oral vordering maak, behalwe op een plek. Sy woel en werskaf dat dit 'n naarheid is. Haar mooi, duur rokke hang weggepak agter in die kas en dis haar oudste langbroeke wat nou daagliks saam met haar harde werk leer ken.

Die hoenders en die twee koeie wat reeds op die plaas is, word in haar sorg en versorging oorgedra. Die roomtjek mag sy nou kry; die afgeroomde melk gaan na die hoenders en varke. Op hulle beurt moet hulle vir haar eiers en varkies gee. Sy kry 'n boek by Rocco en vir die eerste keer in haar lewe leer sy elke sent wat inkom en uitgaan, aanteken. Vir die eerste keer leer sy hoe min geld regtig werd is. Rocco ken geen genade nie. Alles word streng volgens besigheidsbeginsels gedoen. Die varke, hoenders en beeste wat op die plaas is, gee hy haar as 'n begin.

"Sê maar dis my trougeskenk aan jou. Ek het niks vir jou gegee met ons troue nie," laat hy droogweg hoor. "Maar van nou af koop jy alle voer wat jy vir die diere gebruik. Ek gaan nie jou diere uit my sak aan die lewe hou nie."

Natuurlik moet sy daarby inval. Sy het geen keuse nie. Maar soos die tyd aanstap, leer sy.

"Ek sal nie weer by jou pampoene vir die varke koop nie, dankie, Rocco. Jy kan dié wat nou nog hier oor is, maar mark toe vat."

"So? Waarmee gaan jy jou varke voer?"

"Met oom Daantjie Rietkuil se pampoene. Hy vra

my net die helfte minder as jy. Jy's te duur met jou goed."

Die nuwe beer kom op die plaas aan en van daardie dag af hou sy hom soos 'n valk dop. Dan knik sy tevrede. Nee, Rocco het darem goed gekies. Die beer ken sy werk. Een van die mooi môres gaan die varkhok vol klein varkies wees.

Maar soos haar boerdery vorder, tot haar eie vreugde en haar man se heimlike verbasing, vorder sy skynbaar niks in dié opsig waar sy die graagste sukses wil behaal nie – met haar man. Bedags is hy saaklik, soms selfs met rukke koel teenoor haar. Hy bly veraf en sy weet hy het nog nie hul eerste huweliksaand vergeet of vergewe nie. Maar hy bly die vurige minnaar wat sy daardie eerste huweliksnag leer ken het, en dis net dit wat haar nog laat hoop dat hulle mekaar eendag tog volkome sal vind. Hy kan nie regtig so onverskillig teenoor haar staan as wat sy houding bedags voorgee terwyl hy haar snags met soveel vuur, maar ook met soveel teerheid bemin nie.

Sy vee moeg en vererg oor haar natgeswete gesig toe sy van die varkhokke af kom en die bekende rooi motor voor die deur sien staan. Deesdae steek sy beslis af teen die ander dame, want dié is gewoonlik fyn uitgevat wanneer sy besoek aan Overberg bring, en Tania het nie meer tyd om heeldag aan te trek nie. Sy is 'n besige vrou.

Tot dusver het hulle daarin geslaag om darem beskaaf teenoor mekaar op te tree in die teenwoordigheid van Rocco en ander mense, maar Tania weet daar gaan 'n dag kom dat sake tussen hulle tot 'n uitbarsting sal kom. Wat soek die vroumens hier? Rocco is 'n getroude man!

Rocco is nêrens te sien toe Tania teësinnig sitkamer toe gaan nie. Bella se neusvleuels trek fyntjies op toe Tania binnestap, en dié vererg haar onmiddellik.

"Jammer. Ek ruik seker nie te waffers nie. Ek was besig met die varke."

Die ander meisie glimlag smalend. "Ek wonder wie jy nou eintlik wil beïndruk."

Tania frons. "Wat bedoel jy?"

"Net dit, my liewe miljoenêrsdogtertjie. Ons almal weet jy hoef nie hierdie dinge te doen nie. Dis net om Rocco te beïndruk dat jy skielik so 'n vreeslike boer is." Sy glimlag weer. "Ja. Ek het uitgevind wie jy is en hoekom Rocco met jou getrou het. Maar binnekort sal hy nie meer jou pa se geld nodig hê nie, en dan . . ."

Tania trek haar asem in. Dit was seker te veel gevra dat hierdie kontrei nooit moes uitvind dat sy 'n miljoenêr se dogter is nie.

"Wat dan?"

"Dan kan jy maar jou goedjies pak. Jy is dan nie meer nodig nie."

"Bella, ek wil nog my hoenders gaan versorg. As jy iets wil sê, sê dit en kry klaar. Jy praat in raaisels."

"O, dan weet jy nog nie? Rocco het my al 'n week gelede vertel dat hy Overberg gaan verkoop en . . ."

"Jy is mal," sê Tania kortaf en reguit. "Rocco sal Overberg nooit verkoop nie. Daar is nie sprake van so iets . . ."

"Maar daar is, skatjie. Lankal al. Hulle wil Overberg as 'n natuurreservaat aankoop. Dis al ou nuus. Weet jy regtig nie . . .?"

"Nee."

"Dis natuurlik die beste ding wat kon gebeur het. Hulle bied Rocco 'n geweldige bedrag aan. Hy kan nou uit sy skuld kom en genoeg oorhou om vir hom êrens anders 'n ander plaas te koop."

"Rocco sal Overberg nooit verkoop nie, al bied wie hom ook wat aan."

"Maar hy gaan, Tania. Ons twee het die saak klaar bespreek. Hy voel soos ek daaroor. Verkoop en raak ontslae van die las op sy skouers en gaan maak êrens anders 'n nuwe begin."

Tania voel asof sy in haar spore versteen van skok. Dan gewaar sy hom van die stalle se kant af aankom en sy swaai om.

Sy kom uitasem voor hom tot stilstand, die blou oë soos twee vlamme in haar kop. "Is dit waar . . .? Is dit waar dat hulle Overberg as 'n natuurreservaat wil koop?"

Hy frons, maar knik dan. "Hulle het my 'n aanbod gedoen, ja. Waar . . .?"

"En is dit waar dat jy Overberg gaan verkoop?"

"Tania . . ."

"Antwoord my!"

"Ja, maar . . ."

Sy spring soos 'n vlakhaas weg en toe hy by die kamerdeur kom, draai die sleutel in die slot.

"Tania! Maak oop die deur!"

"Loop! Loop, jou gemene, lae fortuinsoeker! Loop bespreek jou sake verder met jou groot vriendin. Ek en jy het niks, niks vir mekaar te sê nie!"

Sy hoor 'n gedempte kragwoord en dan vinnige, swaar voetstappe die gang afgaan en sy val snikkend op die bed neer. Overberg verkoop! Dis nie moontlik nie! Ná al haar bloedsweet Overberg verkoop! Sy het hierdie plaas so lief soos geen ander stukkie aarde nie! Hy kastig ook, maar nou gaan hy dit verkoop om

447

van die "las" ontslae te raak! Toe daar geen ander heenkome was nie, was haar pa se geld goed genoeg en het hy selfs sover gegaan om met sy dogter te trou! Maar noudat daar uitkoms gekom het, laat hy Overberg sommer los. Nou sien hy kans om op 'n ander plaas te gaan bly, noudat hy hulle geld nie meer nodig het nie . . . en ook nie vir haar nie.

Anna is verbaas toe sy later inkom en geen lewende siel aantref nie. Snaaks, mevrou is gewoonlik teen hierdie tyd al lankal terug van die diere af en meneer van die lande. Maar die huis lê oop en geen mens is te sien nie. Dan kom Rocco se bakkie voor die deur tot stilstand.

"Waar is my vrou, Anna?"

"Ek weet nie, ons het oral gesoek. Sy's nêrens. Ek dog . . ."

"Het jy al in die kamer gekyk?"

"Ja, sy's nie daar nie. Ek weet nie so mooi nie . . . Haar motor is ook weg."

10

Toe sy in die vroeë oggendure voor haar pa se huis stilhou, sien sy tot haar verbasing dat daar lig in die studeerkamer brand.

Sy het ook net stilgehou, toe die voordeur oopgaan en haar pa in die lig verskyn. Sy is gedaan toe sy uitklim en in sy arms val.

"Paps!"

"Kom, my kind. Kom binne." Hy lei haar die huis in, laat haar sit en skink dan vir haar 'n koppie warm koffie wat sy dankbaar ontvang. Sy het net een keer langs die pad stilgehou. Haar pa laat haar eers 'n paar slukke koffie neem voordat hy sê: "Tania, hoekom?"

Die blou oë skiet opnuut vol trane, val dan voor syne. Sy ontwyk sy vraag. "Paps lyk nie verbaas om my te sien nie."

"Nee, ek het vir jou sit en wag. Rocco het gebel, gesê hy vermoed jy is op pad hierheen en dat jy seker sal deurry. My kind . . ."

"Ek kon nie langer daar bly nie, Paps! Regtig! As Paps alles weet . . ."

"Nou toe nou maar. Jy is morsdood en dis amper oggend. Gaan rus eers. Ons kan later verder praat. Ek wil net vir Rocco laat weet dat jy veilig aangekom het. Hy is seker al mal van kommer teen hierdie tyd." Sy hand reik na die telefoon en Tania laat haar kop laag oor die koffie sak terwyl haar mond wrang trek. Mal van bekommernis se voet! Hy is so dankbaar dat sy weggeloop het. Die telefoon lui net een keer, toe word dit aan die ander kant opgetel.

"Rocco . . ."

"Ja, Pa?"

"Sy is veilig hier."

"Dankie."

"Rocco! Net 'n oomblik . . . In verband met daardie aanbod wat jy gekry het . . . Ek het maar gister eers jou brief gekry waarin jy my daarvan vertel. Ek het dit goed oordink en dit klink na 'n goeie proposisie. Ek dink jy moet verkoop en . . ."

"Paps!"

"Stil, Tania! Ek praat nou met Rocco. Hoe sê jy, ou seun? Ja-nee, ek dink jy is reg daar. Jy kan nie 'n fout

449

maak nie. Sodra ek my hier kan loskry, kom kyk ek daar. Dankie, ou seun. Ek weet ek is altyd welkom. Nou maar goed, Rocco. Ons praat maar later weer oor . . . die ander sake. Nag, my seun. En moet jou nie verder bekommer nie."

Hy sit die gehoorbuis neer en kyk in sy dogter se ontstelde oë vas.

"Hoe kan Paps hom nog aanmoedig om Overberg te verkoop? Dis 'n sonde om daardie plaas uit jou hande te laat glip en dit net vir . . . geld!"

Haar pa se stem en oë is beslis koel. "Jy praat van goed waarvan jy niks weet nie, my kind. Dis nie Overberg wat verkoop word nie . . ."

"Nie . . . Overberg nie? Wat dan?"

"Net 'n gedeelte daarvan, die verste paar kampe. Dis eintlik die plaas langsaan – ek dink Rocco het gesê Dassieskraal – wat hulle as natuurreservaat wil inrig. Maar dis te klein. Daarom wil hulle nog 'n paar kampe van Overberg aankoop."

Sy kyk hom verslae aan. "Maar . . . maar ek het nie geweet . . . Hy het nie gesê . . ."

"Het jy hom kans gegee?" Sy laat haar kop sak, en haar pa se stem is baie streng. "Hy het my gesê dat jy net daar weggestorm het, hom geen kans gegee het om te verduidelik nie. Is dit so, Tania?"

"Ja, Paps." Wat kan sy anders sê?

Dis 'n rukkie stil.

"Ek is bitter teleurgesteld in jou, my kind. Ek skaam my vir jou gedrag."

Sy begin saggies huil en die ou man sug, voel hoe sy hart weer begin vermurwe. Hy het ook skuld aan Tania se optrede. Hy het haar verkeerd grootgemaak. Rocco is reg. Ryk mense moet baie kinders hê. Maar

450

gewoonlik is dit mos net omgekeerd in die werklike lewe. Wat is vandag nog reg in hierdie lewe? vra hy homself ontsteld af. Maar hy hoop van harte daardie skoonseun van hom hou by sy oortuigings en sorg dat daar eendag minstens 'n dosyn erfgename vir sy boedel is. Maar dit sal nie kan gebeur as Tania hier sit nie. Sy hoort by haar man.

"Nou goed, my kind. Ons laat dit voorlopig daar. Gaan slaap nou eers."

"Nee, Paps. Ek sal tog nie nou 'n oog kan toemaak nie. Kan ons dit nie maar asseblief nou uitpraat nie?"

"Goed. Ek sal ook nie nou kan slaap nie, dus . . ." Hy kyk haar stip aan. Hy ken darem sy dogter ook. "Tania, ek kan nie glo dat jy bloot net omdat jy geglo het Rocco gaan Overberg verkoop sommer halsoorkop van jou man af weggeloop het nie. Wat presies gaan hier aan?"

Tania se ooglede sak weer. Dis skielik baie moeilik. Sy weet nie waar om te begin nie. Alles wat sy wou sê, klink meteens so kinderagtig. "Dis eintlik baie moeilik . . ."

"Ek besef dat dit seker baie persoonlik is, maar ek dring nietemin op 'n volledige verduideliking aan."

Sy sug, vee oor haar oë, leun terug in die stoel en kyk haar pa vas aan. "Nou goed. Laat ons heel voor begin – by die rede hoekom Rocco met my getrou het. Ek weet hoekom hy met my getrou het."

"Dis te hope, my kind."

"Paps, asseblief, moet Pa nie ook nog langer probeer toneel speel nie!"

Haar pa frons. "Ek is nie aan die toneel speel nie en ek is nie in die minste van plan om dit te doen nie.

Tania, êrens is hier 'n baie groot misverstand, kom ek agter. Goed. Sê jy dan vir my hoekom jou man met jou getrou het, anders as dat hy jou liefhet?"

Haar mond trek bitter. "Hy het my nie lief nie. Hy het met my getrou oor Paps se geld – oor die bedrag geld waarmee Paps hom gekoop het."

Haar pa sit en kyk haar verstom aan, en sy kyk uitdagend terug.

"Ontken dit! Ontken dat Paps hom die geld gegee het wat hy nog skuld?"

Net enkele kere vandat sy kan onthou, het sy haar pa al regtig kwaad gesien. Nou sien sy hom skielik weer so. "Ek ontken nie dat ek Rocco met 'n bedrag geld gehelp het nie, maar ek ontken ten sterkste dat ek daardeur vir jou 'n man gekoop het! In hemelsnaam, wat dink jy van my?"

"Maar . . ." Haar oë kyk groot na hom. Hy is wit van woede. "Maar Paps het vir hom geld . . ."

"So het ek gesê en erken. Maar dit is 'n volwaardige besigheidsooreenkoms tussen my en Rocco. Ek neem daardie lening van hom by die bank oor, en hy betaal aan my ook rente, hoewel teen 'n redeliker koers. Dan het hy nie 'n vasgestelde tyd waarop dit terugbetaal moet wees nie. Maar dis al geringe voordeel wat hy daaruit kry. Wat meer is, ek moes my malle verstand af soebat voordat hy eindelik ingestem het dat ek die lening mag oorneem. Hy het teengeskop tot die voor-aand van jul troue. Toe eers het hy eindelik ingestem, maar nog steeds baie teen sy sin. Wanneer het jy ge-hoor van hierdie geldtransaksie?"

"Die vooraand van ons troue," antwoord sy stil, nie wetende wat sy moet dink nie. "Ek het julle hoor praat . . ."

452

"Halfpad geluister en tot jou eie gevolgtrekkings gekom, soos ook nou met Overberg, ja."

Die trane sit weer vlak in die blou oë. "Maar hoekom het julle my nie daarvan vertel nie? Hoekom dit vir my wegsteek?"

Haar pa sug. Tania sal nog baie moet leer. "Omdat jy met 'n man getrou het met uitermate trots en selfrespek. Maar dit hoef ek jou seker nie te vertel nie, my kind. Jy moes dit darem al agtergekom het."

'n Skaam blos skiet oor haar wange. "Ja. Ek weet."

"Wel? Hy weet van jou vorige verlowings. Hy wou jou onder geen omstandighede ooit die idee laat kry dat my geld 'n rol in sy gevoel vir jou speel nie. Daarom het hy gevra dat ons dit net tussen ons moes hou. Rocco is baie trots, Tania."

"Ek weet, Paps."

"As jy dan hierdie dinge weet, my kind, hoekom is dit dan vanaand vir my nodig om dit aan jou te verduidelik?"

Haar kop hang laag en sy voel sy kan sterf van skaamte. Pleitend lig haar oë weer omhoog. "Paps! Paps, help my! Ek het 'n vreslike ding gedoen!"

"Ja, jy het, Tania. Ek is bly jy besef dit nou. Rocco het 'n moeilike tyd agter die rug. Eers moet hy op 'n oggend opstaan en uitvind dat hy oornag alles verloor het, of so te sê alles. Toe moes hy ontdek dat 'n ryk man se vriende dun gesaai is wanneer die rykdom skielik verdwyn het. Toe moes hy sy pa aan die dood afgee, en vir 'n trotse mens soos hy is . . . moes dit nie maklik gewees het om vir 'n ander man as plaasbestuurder te gaan werk nie, hy wat gewoond was om baas te wees."

"Ek begryp, Paps, maar daar is nog iets wat Pa nie

weet nie. Hy was so te sê verloof aan 'n meisie en toe hy alles verloor, verdwyn sy ook net."

"So? Hy het my nooit daarvan vertel nie, maar hy sou ook nie. Dan nog te meer, Tania, het jy hom dieper teleurgestel as wat ek gedink het. Sy vertroue was eenmaal geskok, wreed geskok. Toe leer hy jou ken, raak teen sy sin op jou verlief. Ja, hy het dit byna in soveel woorde aan my gesê. Maar sy gevoel vir jou was te sterk en hy het besluit om die kans te waag om met jou te trou, maar net op dié voorwaarde dat ek eendag julle kinders my erfgename sou maak. Ek hoor hom nog sê: 'Ek sorg self vir my vrou.' En nou, noudat hy pas terug is op Overberg, dat hy weer sy skouers agteroor kan gooi, en die wêreld trots in die oë kan kyk, nou dien jy hom die grootste vernedering van almal toe: jy loop van hom af weg!"

"As dit maar al was!" Sy besef dis tyd om al haar kaarte oop te gooi. Stadig begin die besef van die volle omvang van haar wanindruk tot haar deurskemer. Met 'n stil, radelose stem vertel sy haar pa van daardie eerste huweliksnag, hoe sy hom direk beskuldig het. Weer pleit sy om begrip en simpatie.

"Hoekom het hy hom toe nie verdedig nie, Paps? Hoekom het hy my verder in die duister gelaat? Hy het geweet ek was onder 'n wanindruk!"

Haar pa skud sy kop. "My kind, ja, ek kan jou net dit sê: Rocco moet jou baie liefhê om ten spyte van wat jy daardie aand gesê het, nog by jou te bly, jou verder met hom saam te neem Overberg toe. Jy weet, as my vrou vir my daardie dinge op ons eerste huweliksaand gesê het, sou ek haar daar en dan teruggevat het na haar ouers toe en van haar vergeet het."

"Paps!"

"Ja, o ja, Tania! Goeie genugtig, kind! Stel jou in die man se plek! Onthou alles wat voorafgegaan het, al die vernedering wat hy al moes deurgaan, en hier is hy op sy eerste huweliksaand saam met die meisie wat hy eintlik teen sy sin liefgekry het, en pleks daarvan om haar liefde te ontvang, word hy trompop van dinge beskuldig wat nié so is nie, waarteen hy juis so gewaak het! Wat het jy verwag moes hy doen? Op sy knieë voor jou val en jou smeek om hom tog te glo. Rocco Roux? Jy is van jou sinne beroof!"

Haar kop sak weer. Natuurlik! Rocco is nie 'n man wat hom ooit sal verneder om hom teen sulke aantygings te verdedig nie, veral nie as dit kom van die vrou met wie hy so pas getrou het nie! Van haar sou hy darem immers vertroue en geloof verwag het – sy wat so danig bereid was om selfs saam met hom agter 'n bos te gaan sit, as sy maar net by hom kon wees! O, wat het sy aangevang? Nog meer! Die kole hoop al hoër op haar hoof. Toe sy kamer toe gehardloop en sy die deur voor hom gesluit het, het sy weer in wilde voortvarendheid hom beskuldig dat hy 'n gemene, lae fortuinsoeker is! Sy was bereid om haar ore uit te leen aan 'n giftige vroumens wat die toets van die liefde nie kon deurstaan nie, maar sy wou nie na hóm luister nie!

Sy verberg haar gesig in haar hande. Dis verby! Rocco mag haar liefgehad het, maar na dese kan hy nie meer nie! Die een of ander tyd sou hy dit seker in sy hart kon gevind het om haar te vergewe vir daardie fatale huweliksaand, maar nooit sal hy haar kan vergewe dat sy van hom af weggeloop het nie!

Bella Durandt kon die toets van die liefde nie deurstaan nie. Maar sy – sy is niks beter nie. Ook sy het jammerlik gefaal. Miskien nog erger as Bella, want sy was sy vrou. Snags het sy in sy arms geslaap en sy liefkosings ontvang, het hy haar bemin ten spyte daarvan dat hy weet wat sy van hom dink, of dink sy weet. Was sy dan blind? Hoe dwaas en stiksiende kan 'n mens dan raak?

Haar pa sug ook diep, sy stem nou kalmer, dieper. "Rocco sal jou nooit kom terughaal nie, my kind. So min as wat hy daardie aand hom teen jou valse en ongegronde beskuldigings verdedig het, so min sal hy na jou toe kruip. Jy sal moet terugkruip."

Haar kop ruk omhoog, haar wange bleek. "Nee! Nee, Paps, ek sal sterf van skaamte! Ek sal dit nie kan doen nie . . ."

"So? Dis goed, my kind. Ek is bly om te hoor jy kan sterf van skaamte. Dis wanneer 'n mens wil sterf van skaamte dat jy aan die groot lesse van die lewe leer. Pynlik, maar jy leer. Nou weet jy. Jy sien nie kans om terug te gaan en te sê jy's jammer nie, al weet jy ook die fout lê by jou. Maar jy het verwag dat Rocco dit moes doen, terwyl hy heeltemal onskuldig is." Weer kan sy hom net verslae sit en aankyk en hy knik. "Ja, my kind. Dis soos die prentjie is, nie waar nie? En nou verwag jy weer hy, wat weer heeltemal onskuldig is, moet hierheen kruip en jou kom soebat. Wel, ek kan jou net dit sê, Tania: As jy gaan wag dat Rocco jou kom terughaal, gaan jy hier sit tot jy oud en grys is, want hy sal nie."

"En . . . en as ek daar kom en hy . . . hy wil my nie meer hê nie, Paps?"

Bertus Erasmus staan op, stap om die lessenaar en trek haar in sy arms op, kyk teer op haar af. "Hy sal jou wil hê, Tania. Daardie man het jou werklik lief.

456

Dit weet ek nou ná alles wat jy my vertel het. So trots as wat Rocco is, moet hy jou baie liefhê om nog, ten spyte van al daardie dinge wat jy gesê het, jou man te gebly het. Gaan terug en gaan sê vir jou man jy is jammer, jy was verkeerd. Gaan doen dit gou, Tania, voordat dit te laat is. Rocco het baie knoue weg. Sy geloof en sy vertroue in die mens is tot in die fondamente geskud. Dit kan te laat word om terug te gaan."

"O, Paps!" Sy lê haar kop teen sy skouer en hy druk haar saggies teen hom vas.

"Kom. Gaan rus nou goed uit. En wanneer jy wakker word, ry jy terug." Hy glimlag in die klam oë af. "Ek word nie jonger nie. Ek wil graag my testament agtermekaarkry. Rocco het my beloof hy sal sy deel doen; hy sal sorg dat ek eendag genoeg erfgename het. Gaan terug na jou man en gaan doen jóú deel van hierdie ooreenkoms."

"O, Paps!" Sy moet tussen die trane deur lag terwyl 'n ligroos blos haar wange kleur. "Het hy . . . het hy regtig gesê hy wil baie kinders hê?"

Bertus glimlag breed. "Ja, regtig. Hy het dit plegtig beloof, en soos ek Rocco Roux ken, kom hy sy beloftes na. Hy is nie 'n man vir ydele woorde nie."

Nee, hy is nie, dink sy met stille trots toe sy in haar bed lê. Ook die beloftes wat hy saam met haar voor die kansel afgelê het, het hy nagekom. Ten spyte van wat gebeur het, is hy haar man, bemin hy haar soos hy beloof het. Maar sy . . . Die bed van selfverwyt is hard, en dis eers 'n hele ruk daarna dat sy van skone uitputting insluimer.

Haar pa laat haar eers goed uitrus voordat hy koffie opstuur kamer toe. Toe bel hy weer sy skoonseun.

"Rocco . . ."

"Ja, Pa?"

"Tania sal oor sowat 'n uur hiervandaan vertrek. Ek bel net sodat jy kan weet wanneer om haar daar te verwag."

"Nee, Pa. Dan is sy 'n gedeelte van die aand op die pad. Laat haar môreoggend vroeg daarvandaan vertrek. Bel my weer."

"Ek weet nie of ek haar hier gehou sal kry nie. Sy is baie haastig terug huis toe."

Daar is 'n ruk stilte; dan kom die stem beslis: "Ek sê nee! Sy ry nie voor môreoggend terug nie!"

Tania het net haar koffie klaar gedrink toe haar pa in haar kamerdeur verskyn. "Môre, Paps. Ek is nou klaar."

Sy swaai haar voete van die bed af, maar haar pa skud sy kop. "Lê maar nog 'n rukkie as jy so voel. Rocco sê nee."

"Nee!" Haar hart gaan staan en sy word wasbleek, en Bertus kom vinnig nader, sy stem streng.

"Toe nou, kind. Jy kom al weer tot verkeerde gevolgtrekkings! Hy sê jy ry nie vandag terug nie, want dan is jy 'n deel van die nag op die pad. Jy kan môreoggend vroeg hier wegspring."

Sy sak teen die kussings terug en haal diep asem. 'n Oomblik lank het sy gedink . . . Sy glimlag flou na haar pa op. "Maar . . . ek wil so graag vandag al teruggaan, Paps!"

"Jy het gehoor wat jou man gesê het, Tania! Nee! En jy sal van nou af moet leer om te luister as hy praat. Jy ry môreoggend soos hy gesê het, en dis uit en gedaan!"

Skielik vlieg sy soos 'n weerligstraal by hom verby

badkamer toe en haar pa volg haar bekommerd. Hy kom onseker in die deur tot stilstand en luister bekommerd na die geluide wat sy ore bereik.

"Tania . . .? My kind, is jy . . .? Wat is verkeerd?"

'n Wit gesiggie verskyn om die badkamerdeur. "Ek . . . ek is jammer. Ek het skielik net vreeslik naar gevoel. Dis . . . nou 'n bietjie beter." Sy probeer glimlag. "Dis seker maar senuwees . . ."

Haar pa kyk haar ondersoekend aan, knik dan net. "Seker maar, my kind. Gaan lê maar eers weer 'n bietjie." In die gang frons hy. Dan verskyn daar 'n glimlaggie om sy lippe. Ja. Ja, dit kan maagsenuwees wees . . .

Tania is so rusteloos die res van die dag dat sy werklik op haar pa se senuwees begin werk. Teen die aand is sy geduld genoeg beproef. "Kind, kry tog 'n slag jou sit! Jy loop soos 'n broeis hen al om my rond."

"Paps, sal Paps nie maar bel nie? Net hoor hoe dit gaan, asseblief!"

"Nee, hoekom? Hoe sal dit nou gaan?"

"Asseblief, Paps!"

"Hoekom bel jy nie, Tania? Dis jy wat wil weet."

"Ag, Paps, asseblief!"

Hy sug, tel dan maar die telefoon op.

"Rocco . . .? Ou seun, jammer om te pla . . . Nee. Nee, hier is niks verkeerd nie. Dis Tania wat so aanhou kerm ek moet bel . . ."

"Paps!"

"Ja-nee, dis sy wat wil weet hoe dit gaan. Goed, sê jy? Ek het haar gesê sy bekommer haar verniet, maar jy weet mos hoe vroumense is. Nee, goed. Net so 'n bietjie maagmoeilikheid . . ."

"Paps! Dis nie nodig nie . . ."

"Goed, ou seun. Sodra sy vertrek, bel ek jou. Wel te ruste, Rocco."

Hy sit die telefoon neer. "Dit gaan goed met hom," vertel hy heeltemal onnodig, en sy kyk hom met 'n weeskindgesiggie aan wat haar pa vinnig 'n glimlag laat verberg.

"Het hy nie gesê . . . gevra hoe dit met my gaan nie?"

"Ja, natuurlik. Ek het hom gesê jy sukkel 'n bietjie met jou maag . . ."

"Paps! Dis nie wat ek bedoel nie! O, toe maar, los maar. Ek wens hierdie nag is al verby!"

Toe Tania se motor se rooi agterliggies die volgende oggend verdwyn, skakel Bertus Erasmus weer die nommer wat hy nou al uit sy kop ken. Hy moet weer glimlag. Mag! Hy sweer Rocco slaap met die telefoon teen sy oor! Die ding het nog skaars gelui . . .

"Rocco, sy is so pas weg. As sy nie teëspoed kry nie, behoort sy redelik vroeg daar te wees. Ou seun, net voor jy aflui . . . Is my kind nog welkom daar?" Die ouer man luister met 'n bekommerde frons na die antwoord. Tania bly sy enigste kind! Dan begin daar stadig 'n glimlag deurbreek wat oorslaan na 'n hartlike lag. Hy sit die telefoon neer en skud sy kop. Hy het 'n bielie van 'n skoonseun!

Tania se hart sit in haar keel toe sy op Overberg se werf stilhou. Amper het sy weer haar motortjie omgedraai en teruggery in die rigting van waar sy gekom het toe sy die rooi motor voor die deur gewaar. Bella Durandt!

Sy sit 'n oomblik besluiteloos agter die stuurwiel. Dan klim sy beslis uit. Dis tog háár huis hierdie! Rocco is nog háár man! En vandag is die dag . . .

Sy kom die sitkamer binne en die donkerkopmeisie kyk verbaas op. "Jy! Waar kom jy so skielik vandaan?"

"Dis my huis. Mag ek nie hier wees nie?"

Bella Durandt frons en kom stadig orent. "Maar hulle het gesê jy het weggeloop . . ."

"Regtig? Wie is dié hulle? Jy?" Voordat die gas kan antwoord, sê sy met 'n stywe glimlaggie: "En toe jy hoor ek is weg, toe besluit jy dis tyd om weer vir Rocco 'n lekker ete te kom kook. Jy glo beslis aan daardie ou spreekwoord dat die pad na 'n man se hart deur sy maag loop! As Rocco jou man was, sou hy net uit maag bestaan het." 'n Rooi blos kleur die ander vrou se gesig en die blou oë verskerp. "Dan is ek reg, nè? Jy het weer vir my man kom kos kook toe ek my rug draai!"

Bella ruk haar uitdagend reg. "Aangesien jy weggeloop het en jou arme man . . ."

'n Geluid by die deur trek hul aandag en Rocco staan en kyk hulle met gevoude arms aan, wenkbroue gelig. Dis duidelik dat hy so pas van die lande af kom. Tania se hart ruk toe sy in die donker oë vaskyk, maar sy is te kwaad. Sy kan haar rug nie 'n paar uur draai nie, dan . . . Sy loop hom byna uit die grond soos sy by hom verbybars die gang af, en hy frons skerp.

"Wat gaan hier aan?"

Bella trek haar skouers op en trek haar oë onskuldig groot. "Ek weet nie. Sy het my sommer skielik begin aanval."

"Wat maak jy hier, Bella?"

"Ek . . . ek het vir jou 'n stukkie kos gebring, gedink terwyl jou vrou nou nie hier is nie . . ."

"Anna is enige dag net so 'n goeie kok soos jy. Dankie vir die moeite, maar dit was onnodig. Bella, ek het jou gesê dis verby."

En terwyl Bella Durandt in die oë lees dat hierdie man bedoel wat hy sê, storm Tania die kombuis binne. Anna wip soos sy skrik.

"Mevrou! Waar kom jy nou so skielik vandaan?"

"Waar is daardie kos?"

"Watter kos, mevrou . . .?"

"Daardie Bella-ding se kos. Watter is hare?"

"Daardie pot kerriekos in die hoek." Anna slaan haar hande saam. "Mevrou, waarheen gaan jy nou met die kos?"

Maar Tania is al weer halfpad die gang af en kom met die pot stomende kos voor Bella tot stilstand.

"Hier, juffrou Durandt. Vat jou kos en verlaat asseblief so gou as moontlik my huis." Sy wag dat daar 'n streng stem van agter haar rug moet opklink, maar dis doodstil, en sy prop die pot kos in Bella se hande. "Toe! Vat, voordat ek dit in die asdrom gooi! En nou verstaan ons mekaar mooi. Rocco Roux is my man, en ék gee vir hom kos. En as ek nie hier is nie, dan doen Anna dit. Wag, ek is nog nie klaar nie. Jy het Rocco Roux liefgehad toe hy 'n ryk man was, maar toe sy rykdom oornag verdwyn, het jou liefde ook verdwyn. Noudat hy weer op sy bene is, vlieg jou liefde weer net so vinnig terug. Maar ek, juffrou Durandt, ek het hom liefgehad toe hy 'n kerkmuis-plaasvoorman was. Toe was ek bereid om saam met hom agter 'n bos te gaan sit. As hy oornag weer alles moet verloor, sal ek hom nog altyd liefhê, is ek nog altyd bereid om saam met hom agter 'n bos te gaan sit. Toe! Nou kan jy loop!"

11

Met soveel waardigheid as wat onder die omstandig-
hede moontlik is, stap Bella Durandt die sitkamer
uit en Rocco kom met 'n geamuseerde vonkeling in
die donker oë nader waar hy eenkant die hele petalje
staan en beskou het. Maar net toe hy sy arms na sy
vrou uitstrek, ruk Tania se maag weer in haar keel
op, en met 'n gesmoorde kreet stamp sy hom weg en
storm die vertrek uit.

Die man staan 'n oomblik bewegingloos, die vonke-
ling uit sy oë weg. Dan, met lang, kwaai hale, stap
hy by die voordeur uit en sien nie eens hoe sy eer-
tydse meisie se rooi motortjie vinnig oor die rantjie
verdwyn nie.

Dis Anna wat op die spoor van allerhande aardi-
ge geluide vir Tania in die badkamer aantref. Sy kyk
Tania met groot oë aan terwyl dié, in geen waardige
posisie nie, oor die wasbak gebuk staan.

"Mevrou! Wat is dit? Is jy siek?"

Tania vee die trane af en kom stadig orent, so bleek
soos die dood. "Ek . . . ek weet nie wat met my aan
die gang is nie, Anna. Ek kan sterf van naarheid. Dis
. . . dis seker maar die senuwees . . ." Weer moet sy
vinnig vooroor buk en Anna maak 'n waslap nat en
vee dan die bleek gesiggie af.

"Van wanneer af is dit so?"

"Al 'n paar dae, maar gisteroggend het ek die eerste
keer werklik naar geword en daarna bly dit sommer
so. Dit gaan 'n bietjie oor en dan kom dit net weer
skielik . . ." Die trane begin sommer loop. Asof sy nie
genoeg probleme het nie, moet haar maagsenuwees
ook nou nog begin lol!

"Toe nou maartjies! Toe nou maartjies," troos Anna, wysheid in haar oë. "Dis nie 'n ding om oor te huil nie!"

Tania kyk haar onbegrypend aan. "Wat . . . bedoel jy? Ek voel sleg!"

Anna glimlag. "Ek weet. Ek het hom self so gekry. Veral in die oggend kan jy sterf! Maar dit sal weer oorgaan. Dis net die eerste ruk."

Tania frons. "Waarvan praat jy, Anna? Watse eerste ruk?"

Anna lag weer. Ai, sal sy dan nie weet nie? Sy het mos darem self nege kinders in die wêreld gehelp!

Terwyl Tania grootoog en verslae na Anna se verduideliking luister van wat eintlik met haar skort, stap die baas van Overberg buite rond. Eindelik beland hy by die varkhokke. 'n Lang ruk later kom hy binne, stap na die telefoon, praat 'n paar minute en draai dan na Anna.

"Die kos is op die tafel, meneer."

"Waar is my vrou?"

Anna glimlag. "Sy sê sy sal nie vanaand eet nie. Meneer moet maar eet."

Sy gesig is strak toe hy alleen aan die tafel gaan sit. Ook hy peusel net. Dan stap hy terug sitkamer toe. Iets val hom by en hy stap weer telefoon toe. Hy sal seker haar pa moet laat weet dat sy darem veilig hier is.

"Dankie vir die bel, ou seun. Is alles reg?"

Die lippe is styf en bleek, maar die antwoord kom gerusstellend: "Ja. Geen foute."

"Nou goed. Sê groete en alles wat goed is vir julle twee, my seun. En onthou jou belofte, hoor? My testament wag!"

Tania hoor die afgemete voetstappe nader kom en

sy maak haar oë oop. Sy het maar uitgetrek en gaan lê, want sy voel te ellendig om regop te bly. Deur moeë, slap oë sien sy hom na sy kas toe stap, sien hoe hy klere begin uithaal.

Sy sukkel op haar elmboog orent. "Rocco, wat maak jy?"

"Ek neem net my klere sodat ek jou nie verder sal steur nie."

Sy kyk hom onbegrypend aan, vra dan in 'n bewerige stemmetjie: "Gaan . . . gaan jy my nie eens groet nie?"

Hy klap die kasdeur toe en draai direk na haar. Sy besef meteens dat hier groot fout is.

"Nag, Tania."

Hy is al amper by die deur toe sy uit die bed spring. "Rocco! Wag! Waarheen gaan jy?"

"Na my ou kamer toe. Ek slaap van nou af daar. Sorg dat my goed môre alles daarheen oorgedra word."

"Rocco! Jy . . . Jy kan nie . . . Jy . . ."

Hy swaai terug, sy oë blitsend. "Ek is nie van plan om my langer aan jou op te dring nie, my vrou. Ek is ook siek en sat van jou kinderagtigheid en bedorwenheid. Dit was 'n indrukwekkende toespraak wat jy vanmiddag in die sitkamer afgesteek het, maar dit beïndruk my nie. Sodra jy 'n volwasse vrou geword het, kan ons weer praat. Tot dan . . ."

"Rocco!" Sy spring vorentoe, kry hom aan die arm beet, kyk bleek en verskrik na hom op. "Jy bedoel . . . jy trek uit ons kamer uit? Jy . . ."

"Presies. Nag."

"Rocco! Maar gee my kans om te verduidelik hoekom ek jou vanmiddag weggestamp het . . ."

465

"Ek stel in geen verduidelikings belang nie. Ek wil dit nie hoor nie."

Hy ruk sy arm los, stap uit en trek die kamerdeur beslis agter hom toe, en Tania sak in 'n hopie op die mat neer.

Hy kan dit nie aan haar doen nie! Hy is onredelik! Hy wil haar nie eens kans gee om te verduidelik nie . . . Haar hart ruk in haar keel. Maar dis presies wat sy met hom gedoen het! Sy het hom ook geen kans vir verduideliking gegee nie! Sy het sommer begin beskuldig!

Sy het hom finaal verloor, dink sy met vretende self-verwyt toe sy stadig opsukkel en weer in die bed terugklim. In die verlede was hy nog altyd haar man. Sy het snags in sy arms geslaap, ondanks die misverstan-de wat daar tussen hulle was. Snags het hulle daarvan vergeet, was hulle minnaars. Maar nou het hy sy goed gevat en geloop, oorgetrek na sy ou kamer toe en sy het alleen in die groot dubbelbed agtergebly . . . En sy voel so vreeslik siek ook nog! Nog nooit in haar lewe het sy haarself so jammer gekry soos op hierdie oomblik nie. En nog nooit was sy so desperaat, so verskriklik bang vir môre nie. Want môre het skielik baie donker geword. Nog altyd, al hierdie weke wat verby is, het sy haar hoop op môre gestel. Môre sal dit beter gaan. Môre sal hulle mekaar volkome vind. Maar vannag, alleen in 'n klein, ineengekrimpte bon-deltjie in die middel van die groot bed, besef sy: Môre lê ver . . . só ver dat sy wonder of daardie môre ooit sal aanbreek. Nou is 'n ander môre skielik in sig – 'n môre waarin sy haar man vir altyd verloor het.

Hy sê niks toe hy weer alleen moet ontbyt nuttig nie, en maak ook sommer spore lande toe. Toe Tania haarself eindelik sover kry om te voorskyn te kom, is daar geen teken van hom nie. Sy vertoon bleek en moeg, maar daar is ook 'n vasberade trek om haar mond. Sy sien nie kans om weer so 'n nag te belewe nie. Sy sien nie kans om so voort te gaan nie. Vanoggend gaan hulle sake uitpraat, en as hulle mekaar dan nog nie kan vind nie, gaan sy haar goed pak en teruggaan huis toe. Dis finaal.

Teen elfuur se kant sien sy 'n motor oor die rant kom. 'n Rukkie later sien sy Rocco en 'n vreemde man aangestap kom huis toe. Rocco stel hulle bekend. Sy oë is ontwykend en hy verduidelik kortaf: "Meneer Bergh wil die bruin sog koop. Ek het hom gisteraand gebel en gesê hy kan haar maar kom haal. Haar dae is verby."

Tania frons. Hy kon dit ten minste eers met haar bespreek het! Dis haar vark! Maar sy beteuel haar humeur. "Goed, sy is al oud. Maar ek sal 'n ander een in haar plek moet kry. Een sog is te min."

Hy knik styf. "Natuurlik. Ons kan 'n ander een soek."

Sy voel haar hart spring. Soos 'n drenkeling gryp sy nou na die geringste strooihalmpie wat in haar pad kom. Hy praat darem nog van "ons", dink sy. Miskien . . .

"Hoeveel betaal u, meneer Bergh?"

Die vreemdeling noem die bedrag waarop hy en Rocco ooreengekom het, maar Tania skud haar kop beslis.

"Nee, dis te min. Wag so 'n bietjie. Ek wil net my boekie kry, dan kan ons verder praat."

Rocco sê met 'n stywe glimlag: "My vrou is eintlik die varkboer op die plaas."

467

Die man glimlag. "Dan moet ek eintlik met háár besigheid praat." Geamuseerd kyk hy op toe die skraal vroutjie weer verskyn, swart boekie in die hand.

Sy blaai daarin rond en skud dan haar kop. "Nee, meneer Bergh. As ek haar vir daardie bedrag laat loop, verloor ek. Hier kan jy self sien. Kyk. Kyk wat kos voer, arbeid, al dié dinge. Nee, ek wil meer hê."

Die man aarsel. "Ek kan u 'n bietjie meer aanbied, maar . . "

"Nee." Tania hou voet by stuk. Nee a! Sy het geld nodig, babadoeke en kombersies, en al daardie goed. Sy kán nie haar vark so goedkoop verkoop nie! "Ek sal vyf persent afkom in my prys, en nie 'n sent meer nie. Anders kan dit maar bly. Sy sal darem seker nog een werpsel vir my kan gee."

Die twee mans se oë ontmoet, en dan gee die koper bes. "Nou goed, mevrou. Ek sal u prys min vyf persent betaal." Hy glimlag. "Nie omdat die ou sog dit werd is nie, maar net omdat ek vanoggend iets sien wat ek nie geglo het moontlik is nie." Tania knip haar oë verward.

"Wat is dit?"

" 'n Vrou wat boekhou van haar besigheid." Meneer Bergh lag openlik. "Ek sukkel al amper dertig jaar lank dat my vrou ook só 'n boek moet aanskaf, maar verniet. Die meeste vroue koop mos maar net en die man moet kyk dat dinge regkom. Ek bewonder u regtig, mevrou."

Tania glimlag hom dankbaar toe en sê dan sag: "Die eer kom my man toe, meneer. Dis hy wat my geleer het om dit te doen."

"Dan bewonder ek hom nog meer vir wat hy reggekry het! Ek het maar al handdoek ingegooi!"

Nadat hy tee gedrink het, groet die gas en met die belofte dat hy 'n bakkie sal stuur om sy sog te kom haal, vertrek hy. Tania sien hoe Rocco sommer dadelik weer wil wegstap, en sy skraap al haar moed bymekaar.

"Rocco, net 'n oomblik . . ."

Maar hy het reeds die bakkie se deur oop. "Ek gaan na die onderste kampe. Moenie vir middagete wag nie. Bêre my kos in die lou-oond."

"Rocco!" Sy loop vinnig agter hom aan, maar die enjin brul reeds.

"Daar het gisteraand 'n klomp varkies by die ander sog aangekom," laat hy terloops hoor en trek dan weg.

Tania kyk hom mismoedig agterna. Hy wil haar nie kans gee om te praat nie. Met haar hart in haar skoene stap sy maar varkhok toe, maar daar, by aanskoue van die veertien wriemelende klein varkies, verbeter haar gemoedstoestand darem weer. Sy kom opgewonde by die huis aan.

"Anna! Ek is skatryk! Ek het véértien klein varkies bygekry! Maar daar is een wat nie goed lyk nie. Hy is baie klein en pieperig. Sal ek hom nie maar hans grootmaak nie?" soek sy raad.

" 'n Hansvark is 'n bitter stout ding. Nee, ons kan hom maar net altyd eenkant alleen voer en miskien die eerste paar aande 'n warm slaapplek gee. Die nagte word mos nou effens koelerig." Anna kyk haar skerp aan. "Wat is dit, mevrou?"

Tania sluk. "Wat . . . wat kook daar wat so aaklig ruik?"

Anna lag. "Dis die braaiboud vir vanmiddag en kool." Sy lag toe Tania haar hand vinnig oor haar mond slaan. "Mevrou moet maar liewer die eerste ruk wegbly uit die kombuis. Ek sal kyk dat alles hier reg is. Al die reuke sal mevrou se maag omkrap. Toe, hardloop gou, jy mors netnou hier op my vloer!"

Rocco het verwag om die aand weer alleen aan die eettafel te sit en hy is verbaas om te sien dit is nie die geval nie, maar hy laat niks blyk nie. Tania peusel net en bid byna hardop dat die kos se reuk haar net hierdie keer 'n kans moet gee. Haar gebed word verhoor en sy volg haar man ná ete sitkamer toe.

Oudergewoonte gaan sit hy gemaklik, soek sy pyp en skakel die radio aan. Sy gaan sit eenkant en blaai deur 'n tydskrif sonder om iets raak te sien. Sy sal hom kans gee om eers sy nuus klaar te luister, en dan . . .

Haar hart is in haar keel en elke senuwee in haar is tot breekpunt gespan toe die nuusleser sê dat dit die einde van die nuus is. Sy staan met bewende knieë op, skakel die radio af en kyk vas in die donker oë wat vinnig opkyk.

"Dis nou streeknuus."

"Ek weet, maar . . . maar dit moet eers wag, Rocco . . ." Sy gaan sit vinnig want haar bene wil haar nie meer dra nie, knel haar vingers styf op haar skoot saam. Die blou oë lig op na haar man. "Ek is jammer." Daar kom geen reaksie van sy kant af nie, en sy lek oor haar droë lippe, kyk moedig terug. "Ek is regtig jammer oor alles. Oor daardie eerste aand . . . My beskuldigings . . . Ek was verkeerd. Vergewe my, asseblief." Nog sit en kyk hy haar strak aan, en haar keel trek pynlik saam. Hy gaan dit nie vir haar makliker maak nie! "Ek is ook jammer dat ek van jou . . . weggeloop het, jou nie 'n kans gegee het om te verduidelik van Overberg nie . . ."

470

Hy praat vir die eerste keer, kortaf, saaklik: "Het jou pa verduidelik?"

"Ja, hy het. Maar . . . maar gaan dit Overberg nie baie opbreek nie?" waag sy om te vra.

"Nee. Oom Koos Rietkuil wil verkoop. Dit grens aan ons. Ek is van plan om Rietkuil te koop en by die stuk van Overberg wat oorbly, te voeg. Dan sal Overberg eintlik 'n baie beter plaas wees as wat hy nou is. Rietkuil het goeie grond."

"O . . ."

Sy stem bly saaklik, maar hy verduidelik tog verder: "Die aanbod wat ek vir Overberg se onderste kamp gekry het, is baie goed, só goed dat ek Rietkuil daarmee kan koop en betaal, maar nie genoeg dat ek nog dit wat ek jou pa skuld, ook kan betaal nie. Daarom dat ek so lank geneem het voor ek die saak met jou bespreek of daaroor besluit het. Ek sou liewer jou pa se geld wou teruggee, maar as ek nie hierdie kans benut nie, sal ek nie weer 'n kans kry om 'n plaas wat aan myne grens, te koop nie."

"Natuurlik moet jy Rietkuil koop!" sê sy driftig, en skielik gaan dit baie makliker. "Paps dink ook so. Ons . . . ons sal saam daardie ander geld wat jy nog skuld, verdien." Haar blik val effens. "Ek . . . ek het Overberg so liefgekry . . . Toe Bella sê jy het klaar besluit om te verkoop . . ." Sy kyk weer pleitend op. "Sy het my regtig onder die indruk gebring dis die hele Overberg wat verkoop word."

Hy frons ook nou kwaai. "Ek weet nie waar sy daaraan kom nie. Natuurlik het die storie oor die aanbod uitgelek, en sy moes toe maar haar eie afleidings gemaak het. Ek het die saak nooit met haar bespreek nie. Hoekom sou ek? Dit gaan haar nie aan nie."

471

Tania se hart ruk van vreugde. "O, Rocco, ek is so jammer oor . . . oor my gedrag. Vergewe my, asseblief, my . . ."

'n Onaardse geskreeu laat haar verskrik stilbly en Rocco spring op. "Wat . . .?"

"O! Dis my vark! Wat sou hom . . .?"

Nog 'n nare geluid laat haar vinnig die gang afpyl kombuis toe. Toe sy die kombuislig aanskakel, is die geraas skielik stil. Sy hardloop na die hoek toe. Meneer Vark het op 'n manier tussen sy slaapkas en die muur beland en sit nou daar vas. Sy tel die dingetjie op en kyk skuldig oor haar skouer terug.

"Ek weet nie hoe hy uitgekom het nie. Hy is so klein en pieperig en toe het ek gedink ek sit hom maar die eerste paar nagte hier. Gee . . . gee jy om dat hy hier slaap?" vra sy versigtig, en skielik sien sy hom weer vir die eerste keer glimlag.

Hy skud sy kop. " 'n Miljoenêrsdogter met varke in die kombuis!"

Sy glimlag bewerig terug, hou die pienk dingetjie omhoog. "Maar hy is so vreslik klein! Kyk! Ek het darem gekyk dat hy mooi skoon is." Sy druk die varkie teen haar vas, kyk tussen sy pienk oortjies deur na die groot man in die kombuisdeur, en skielik is haar hart in haar oë. "Ek het jou so lief, Rocco. Kan jy my nie probeer vergewe vir al die dom dinge wat ek gedoen het nie? Asseblief!"

Hy staan 'n oomblik doodstil, kom dan nader, neem die varkie uit haar hande en sit hom terug in sy kas. Dan druk hy die kas stewig teen die muur vas.

Hul oë ontmoet en hy trek haar aan die skouers omhoog, en skielik is sy styf teen hom vasgedruk.

"Tania! My vrou . . . My kleinding . . ."

Haar arms klou hom krampagtig vas. Hy is weer haar man! Sy mond soek na hare en dis doodstil in die kombuis. In sy kas sit en luister die varkie met pienk oortjies na agter gedraai. Hier is iets agter hom aan die gang, maar wat, kan hy nie uitmaak nie.

"O, Rocco, my liefling . . ."

Hy hou haar 'n entjie van hom af weg. "Daar is een ding wat ek nog nie verstaan nie. Hoekom het jy my gister sommer so weggestamp toe ek jou . . .?"

Skielik – ag nee, nie nou nie! – moet sy weer sluk, en tot die man se algehele verdwasing word hy skielik weer vir 'n tweede keer vinnig weggestamp en voor sy verbaasde oë verdwyn sy die gang af. Hy staan 'n oomblik asof versteen. Dan pyl hy ook in die gang af. Kyk, wat te erg is, is te erg! Een oomblik vertel sy jou hoe lief sy jou het en die volgende oomblik stamp sy jou weg!

"Tania!" Sy stem klink streng op en dan gaan hy staan. Weer hoor hy die aardigste geluide êrens in die huis . . . maar dit kom nie van die kombuis af nie! "Tania!" Hy staan verslae in die badkamerdeur en sy kyk met 'n nat gesiggie op, vee met 'n waslap daaroor en glimlag dan bewerig na hom op.

"Ek is jammer, my liefling, maar . . . hierdie ding kom wanneer hy wil!"

Hy stap ontsteld nader. "Wat makeer? Is jy siek?"

"Nee. Nie juis nie!" lag sy na hom op toe hy langs haar buk. "Dis net 'n vreeslike naarheid, maar Anna sê dit gaan weer oor . . . later."

Sy buk weer vinnig vooroor en hy hou haar vas, sy oë diep bekommerd. As sy nóú iets moet oorkom . . .

"Jy is siek. Ek gaan dadelik 'n dokter . . ."

"Nee! Nee, dis nie nodig nie. Ek sal self môre dokter toe gaan. Dis nie regtig 'n siekte nie, my man." Sy

473

lag weer deur die trane na hom op. "Dis hoekom ek jou gistermiddag so vinnig moes wegstamp of . . . alles was oor jou!"

'n Lig gaan vir hom op en hy glimlag effens. "Ek verstaan, maar ek voel nie gerus oor jou nie. Dit kan net senuwees wees, maar . . ."

"Dis nie senuwees nie."

"Hoe weet jy?"

Sy sit terug op haar hurke, vee weer met die waslap oor haar gesig en die blou oë skitter in syne. "Ek weet. Anna sê so."

"Ag, wat weet Anna nou . . .?"

"Sy behoort te weet, sy het nege kinders in die wêreld gehelp."

Hy frons skerp, verward, en sy lag nou hardop. "Liefling, hoeveel erfgename het jy vir Paps belowe?"

"Erfgename? Wat het . . .?" Hy bly stil, kyk haar stip aan. "Tania . . ."

"Toe, sê my? Die dag toe ek met jou gaan trou het, het ek geweet ek is in vir 'n ding, maar ek mag darem seker die getal weet waarop jy besluit het, of hoe?"

"Tania . . ." Dan glimlag hy ook skielik, trek haar weer terug op haar bene en kyk af in die bleek, gelukkige gesiggie. "Ek het gedink aan ses. Hoe klink dit vir jou?"

"Net ses? Dis 'n bietjie min, is dit nie? Onthou, dis 'n miljoen of wat wat gedeel moet word!"

"My vrou . . . Asseblief, is . . . dit só? Is dit waar . . .?"

"Anna is vas oortuig en ek is seker sy is reg."

"My vrou! My dierbare, pragtige vrou!" Sy word opgetel en hy begin met haar aanstap. "Jy gaan nou dadelik lê . . ."

474

"Nie alleen nie! Ek slaap nooit weer alleen in daardie groot bed nie!"

Hy lê haar versigtig op die bed neer, kyk diep in haar oë af. "Wie het van alleen gepraat?" Hy soen haar met soveel teerheid dat sy die trane in haar oë voel opwel, en toe hy haar laat gaan, hoor sy hom saggies lag. "Dan is dit die rede hoekom jy daardie arme man vanoggend so skaamteloos laat betaal het vir 'n stokou sog!"

Sy lag na hom op. "Natuurlik, ja! Daar wag groot koste en uitgawes op ons!"

Dis asof die donker oë haar wil verteer. "Het ek jou al ooit vertel dat ek jou liefhet?"

Sy skud haar kop, raak weg in daardie twee poele van liefde. "Nee. Nog nooit nie."

"Skandelik, maar van nou af sal jy dit elke dag hoor. Ek het jou lief, my vrou, met my hele hart en wese." Sy oë word ernstig. "Bella het nooit iets beteken nie, beslis nie van daardie aand af toe ek in jou pa se voordeur gestaan het en jy vir die eerste keer na my toe aangestap gekom het nie."

Weer word dit baie stil en dis 'n lang ruk later dat Tania droomverlore teen sy nek fluister: "Liefling, as jy dalk vannag wakker word, moenie skrik as jy nare geluide hoor nie, nè? Dit sal maar net ek wees . . ."

"Of die vark!" fluister hy saggies terug en trek dan sy kosbare bondeltjie stywer teen hom vas.

Ena vertel waar alles begin het ...

Dit gebeur nie aldag dat twee broers met twee susters trou nie. Maar ek ken so 'n geval en dit het my kop in daardie rigting laat werk. *Oase van geluk* is egter 'n suiwer verbeeldingsvlug, bedoelende om net 'n paar uur van ligte ontspanning te verskaf. Ek het dit geniet om dié storie te skryf en ek hoop julle geniet om dit te lees.

As die nuwe dag breek illustreer hoe maklik die verhouding tussen man en vrou kan skeefloop, veral as daar kwaadwillige inmenging is. Veral by die jonggetroude paartjies kan dit so maklik 'n paadjie na die egskeidingshof word – soos die statistieke ook toon. Liefdesverhale vertel net tot waar die paartjie mekaar vind en die suggestie is dat dit daarna net maanskyn en rose tot die end van hul lewens is. Allermins. Die eintlike verhaal van twee mense begin eers die dag wanneer hulle trou.

Vir seker sal daar krisisse, hartseer en probleme kom. Selfs teleurstelling en ontnugtering sal die een of ander tyd verwerk moet word, want ons bly mense. Ek moet sê, 'n huwelik wat net altyd mooiweer ken, moet maar later 'n eentonige affère raak.

Toe ek as jongmeisie gaan trou het, het my pa hierdie goeie raad vir my gehad: Die huwelik het vyf vereistes: Aanhou, uithou, inhou, moedhou en . . . bekhou. Veral die laaste het hy benadruk, want ek was maar altyd vinnig met die mond!

Die tema vir *Môre lê ver* het by my opgekom toe daar op 'n keer 'n meisie uit 'n skatryk familie met 'n gewone salarisman gaan trou het. Dié huwelik het nie lank gehou nie. Ek het albei jammer gekry.

In die meisie se agterkop was daar maar altyd die vraag: Is hy regtig lief vir mý, of gaan dit om my pa se geld? Vir hom was dit 'n geval van trou met 'n vrou wat nog altyd net gewoond was aan die beste wat geld kan koop. Iemand wat nie van 'n begroting geweet het en dat 'n mens binne die perke van 'n salaris moet bly nie. Daar gaan nie veel van die man se selfbeeld oorbly as sy vrou maar net elke keer na haar ryk pappie toe hardloop as sy iets wil hê wat haar man nie kan bekostig nie. Respek word ingeboet – een van die belangrikste pilare waarop 'n suksesvolle huwelik gebou kan word.

As jy 'n doodgewone mens met 'n doodgewone inkomste is, wees dankbaar. Diegene wat óf baie ryk óf baie arm is, het groter probleme as jy. Moenie dat die liefdesverhaalskrywer jou wysmaak die liefde vermag alles nie. Dit los nie altyd alle probleme op nie . . . dis nou, behalwe as jy met 'n man soos Rocco Roux getroud is!

ENA MURRAY

Ook beskikbaar!

Ook beskikbaar!

Omnibus 35

Ena Murray

Die vrou in die spieël
Die oujongnooi van Polkadraai • Die kleine kring
Met 'n nawoord deur die skrywer